网络文学
名作典藏丛书

JIANG YE
猫腻◎作品

精修典藏版

捌

匹夫之勇

作家出版社

《网络文学名作典藏》丛书

总策划

何　弘　张亚丽

主编

肖惊鸿

统筹

袁艺方

主编的话

《网络文学名作典藏》丛书聚焦网络文学，遴选名家名作，工于精修校订，集于精品丛书，力图成为记载中国网络文学成长的历史见证，和致敬中国网络文学发展的一座里程碑。

网络文学名作的实体出版极为重要。这是扩大网络文学影响力、推动网络文学经典化的重要途径，也是展现网络文学成果、引领大众阅读和传播以及拉动文化产业发展的有力手段。

在中国作协的支持下，网络文学中心领导和作家出版社领导担纲总策划，落实主编责任制，确定经过时间验证和社会公认的名家名作，组织精修团队，在作家本人参与下，与责编共同负责精修工作。

回顾网络文学发展历程，这样的一套丛书是前所未有的。精修，意味着与作家的高度共识，意味着对作品的深度把握，完成去粗取精、去伪存真的过程，以实体出版的“固化”形式，朝着网络文学经典化、精品化的目标迈进。精修团队本着为作家负责、为读者负责的态度，重视作品的文学性、思想性，尊重读者的阅读体验，为新时代网络文学高质量发展贡献出集体智慧。

愿更多的读者阅读它、检验它。愿中国网络文学真正成为新时代文学的一座高峰。

肖惊鸿

2021 年 5 月 18 日

《将夜》精修成员

总负责人

肖惊鸿　袁艺方

修订

菜　籽　清　白　茹八一　当代贝克特　王　烨

校订

田偲堂　李伟元　程天翔　王　颖

1

厉啸声中，观主来到宁缺身前，雪街上步步皆血。余帘砍断了彩虹桥，大师兄握住他的脚，他无法从空中离开长安城，便只能硬接宁缺这把千万人的刀。

他此时凄惨得就像是受了一半凌迟之刑的罪人，浑身是血，白骨森森，但他依然认为自己能够接住这把刀。观主飘掠之势，依然如仙，白骨仙。他出指点中刀锋。他的神情庄严肃穆，似行走在人间的神国君主。他身上的气息骤变，变得极为凛然。一道比深渊还要寒冷、比死亡还要寂寞的气息，从他的指尖传到了铁刀的刀锋之上，瞬息间，刀锋蒙上了一层寒霜。

好强大的寂灭气息。朱雀发出一声愤怒的鸣啸，喷涌出无尽的火焰，与寂灭相对抗。铁刀前端寒冷胜冰，散发出令人心悸的寂灭意，覆着雪霜，与宁缺右手相近的那一端则是炽热无比，向外界散发出火焰。两道极端的气息，便在这样一把朴实无华的刀上，做着最凶险的抵抗，谁也不知道下一刻这把铁刀是会被冻成废铁，还是会焚尽世间一切寂灭。

便在这时，铁刀在雪街上卷起的飓风里响起一道很清脆的声音，那是金属物体撞击的声音，然后越来越多的撞击声响起。刀风拂过街道，鼓荡于街巷坊市之间，不知卷起了多少物事，有人们落在街面上的铁锅，也有几张破锣，还有些箫管之类的乐器。

铜锣被石块击中，厚实的铁锅撞在墙上，风灌进箫管开始呜咽，昏暗的风里响着热闹的声音，不知谁家上演着喜事或是丧事。随着这些声音的响起，铁刀前端覆着的雪霜以肉眼可见的速度消失，而朱雀喷出的火焰则是顺着刀锋向观主斩去。寂灭，被人间的热闹所破。

铁刀掀起的狂风，让朱雀大道变成了宋国东面的风暴海。观主的寂灭气息被破，青衣随风而动。他招摇而起，身躯仿佛瞬间变大了无数倍。一道宏大如海、无边无量的气息，出现在雪街上。观主再一次动用佛宗的大海无量。

前一刻的凌迟之苦，让他非常清楚，如果只使用佛宗的无量境界，并不足以抵抗宁缺手中的那把刀，因为那是千万把刀。所以他同时施出了天魔境——天魔境乃魔宗不世功法，如今世间除了余帘，便只有观主会。这种功法除了能够让修行者的身躯强逾钢铁，更重要的是可以创造一个新的世界，或者说虚假的世界。

佛宗的无量和魔宗的天魔境，同时施展出来，会有怎样的效果？

宁缺来到了东海之滨，站在绵延不知多少里的海堤上。宋国的东海堤非常著名，他没有看脚下那些奇形怪状的大石头，而是沉默地看着堤外那片仿佛无边无际的大海。有无数风暴起于海洋深处，近处海水被搅动得仿佛墨汁，透着一股令人心寒的危险味道，远处的海水则掀起了十余层楼高的巨浪。

宁缺没有挥刀砍向那些重楼巨浪。因为观主不是风暴，风暴本就来自他的铁刀。观主就是大海，无论风暴再如何剧烈恐怖，始终无法摧毁大海本身。阴晦的天空里响起朱雀的清鸣。殷红的小鸟衔着一块小石头，顶着海上的暴风雨，奋力向大海深处飞去，无论风雨如何狂暴，也无法阻止它。朱雀变成天穹下的一个小黑点。它把衔着的小石头，扔进了大海里。石块落入狂暴的海洋里，瞬间被吞噬，甚至没有溅起足够显眼的浪花。朱雀没有因此而丧气，它清鸣一声，振翅向海岸飞回，又衔起一块石头，继续顶着暴风雨，再次向大海深处飞去。小鸟穿梭于阴晦的天空与狂暴的海洋之间，不停往复。

在海堤的后方，有座山已经垮塌了一大半。山下有人拿着铁锤敲打石头，把坚硬的岩石砸碎，砸到朱雀能够衔起。砸石头的人很多，黑压压的难以计数。砸石的人有很多来自瓦山，这几年他们把崩塌的佛像砸成无数小佛像，卖给游客来换取利益，很擅长这种事情。人类本来就很擅长这种事情。人类擅长开山，擅长砸碎世间所有的坚硬。海堤之后，沉闷的砸石声不停响起，不知持续了多少日夜，人们不知疲惫地砸着，朱雀不知疲惫地来回于大海和陆地之间。无数的小石头被朱雀扔进海洋里。这便是填海，大海无量，但只要不停地填，相信总有填满的那一天。无量，被人间的无限所破。

观主变成了荒芜的原野。大雨已经持续下了半年时间，据说这场洪水是来自昊天的惩罚，任何不敬的人都要死在这场恐怖的灾难里。如果想要躲过这场大洪水，便必须走过这片荒原，然而这片原野间生长着没膝的野草，到处都是泥泞的乱沼，有些地方看似安全，却隐藏着凶险的流沙，即便是凶猛的野兽，也不敢在原野间乱走。

第一个人来到了原野外围，他有些犹豫，因为这片原野上没有道路，他不知道应该如何走，怎样走才是正确的。有越来越多的人来到了原野上，他们想要走过这片原野，去寻找新的世界，然而就像第一个人那样，他们也不知道道路在哪里。人们商量了很长时间，甚至开始争吵起来，却始终没有得出一个主意。

“请让一让。”一个少年挤开人群，向荒原里走去。他的行李很简单，真正有些用的大概便是手中那把带着锈迹的柴刀，更令人感到担心的是，他还背着一个瘦瘦的小女童。人们劝说他荒原里很危险，最关键的是没有道路。少年没有理会他们，继续向荒原里走去，只是把手里的柴刀握得更紧了些。看着消失在荒原野草里的少年背影，人群沉默了很长时间。有人紧了紧背上的行囊，跟着走进了荒原。有人用树枝支撑着疲惫的身躯，也走了进去。走进荒原的人类越来越多。有的人被沼泽里的毒蛇咬死，有的人沉入泥潭深处，有的人变成流沙下的干尸，但有更多的人成功地走过了这片原野，去往了崭新的世界。世间本就没有路，只要走的人多了，便自然有了路。天魔境，被人间的执着所破。

观主同时施出三种境界：道门之寂灭、佛宗之无量、魔宗之天魔境。这三种境界皆在五境之上。宁缺简单地落刀。一刀尽破。观主的手指依然抵在刀锋之上。铁刀上的雪霜早已尽消，刀势与炽烈的火焰随风而去。观主的手指上多了道极细的血口。然后他的身上多了十余道极凄惨的刀口。被割开的肉，有的被风吹走，有的耷拉外翻，裸露于昏暗的风中。血水像瀑布般从他身上淌落。他看上去很惨，惨到看上去怎么都不可能再活。但观主还活着。

千年以降，道门最强的人，不会这般容易死去。只是他离死亡，或者说回归昊天神国，也只剩下一线的距离。如果他无法对抗宁缺的千万刀，那么一切便将结束。观主一生傲视世间，感受死亡阴影的次数极少。败在轲浩然剑下是一次。被夫子木棍击中是一次。但即便是这两次，他都活了下来，而且在修行路上再进一步。唯有生死间的大恐惧，才能让观主这等大解脱之人，再有悟道之机。今日在宁缺的刀前，他再次看到生死之间的那片深渊，他能否再悟出什么？观主看着宁缺，脸上出现一种很奇怪的表情。那种表情不是淡然的忏悔，也不是愤怒，与不甘也没有任何关联。这种表情不是人类应该拥有，平静到了极点，便透着几分漠然，漠然的最深处不是寒冷，而是虚无，没有任何情绪。没有情绪的表情，似乎不应该称之为表情。但宁缺却觉得这就是，而且他很警惕。观主的眼睛里也没有任何情绪，甚至连眼瞳都逐渐淡去。不是施展灰眸功法时的那种浅淡，而是真的淡。观主的眼睛淡至透明，不再似玉，而是无味的清水。然后他忽然收指。

宁缺的铁刀落了下来。刀锋未至，风提前开始肆虐。黑发在风中飘舞，血水在风中散落。他身上剥落的血肉，鲜红得仿佛花瓣。那些森森然的白骨，洁净如藕。本应血腥的画面，此时显得无比清美。他变成一朵莲花。血不能污，垢不能蔽。清净无比。清静无比。碎裂的彩虹，从青天之上飘落，此时终于落到了街上。有几片落在了观主的身上，骤然泛起金玉的光泽，然后滑落。这些彩虹碎片，是天启的残余气息，但此时不知为何，这些昊天赐予的力量，竟无法融入观主的血肉。观主与昊天的联系竟仿佛中断了，他仿佛从天地间消失，变成了遁走的雪与花，是那样的独立，从而是那样的不可触摸。

看着这幕画面，余帘骤然挑眉。大师兄不可置信道：“清静境？”

2

清静境是传说中道门最深不可测的一种境界，但从来没有人见过，在上次永夜之后的修行史上，也没有出现过。对于这个世界里真正的强者们来说，曾经有一个问题令他们最为好奇——那就是夫子究竟有多高？烂柯寺的歧山大师曾经猜测夫子应该是清静境，由此可以想见，清静境在人们的眼中是何等样的高妙。夫子在荒原上证明自己的境界，超出了所有人的想象，但即便是他，也没有在自己漫长的人生中，见过晋入清静境的人。大师兄更没有见过，他对清静境的了解完全来自书院后山藏书里的零星记载，此时他喊出“清静境”三个字，完全是猜测。他感觉到自己的猜测与事实的真相应该相差不会太远。除了传说中的清静境，没有任何办法能解释观主此时的变化。

宁缺写出了那个字，集长安城里千万人的渴望，借了千万把刀，眼看着便要把观主斩杀于刀下，观主居然进了清静境！大师兄不敢相信这个世间真的有人能够进入这种传说中的境界。但这幕却如此真切地发生在他的眼前。观主果然不愧是道门千年至强者，昊天之下的那个寡人！和别的五境之上相比，清静境是更高层次的一种境界，这种境界才能真正被称为绝世，因为这种境界可以做到与世相绝。晋入清静境，世间一切力量对于修行者来说，便成为了绝对的外物。清丽的阳光洒落在山崖间，青松在石上映下身影，若有清风拂过，或者撼起几缕松涛，或能拂去山石上的尘土，却如何能吹走影子？

此时的观主血肉为莲瓣，白骨为藕节，清稚生在清水间，已然不在天地内，宁缺的铁刀是人间之刀，尚在天地之内，如何能落得到他的身上？那把铁刀能连破三道五境之上，却如何来破清静？铁刀砍散了寂灭，砍灭了无量，砍破了天魔境，宁缺此时的战意与精神，正处于巅峰的时刻，身体里数量恐怖的天地元气，仿佛要喷出来一般。因为知道，所以思考，所以烦恼，大师兄现在便是如此。他却是什么都不知道，他不知道观主为什么会飘起来，为什么会看着干净了很多，所以他没有思考，他只知道自己要把对方砍死。他的铁刀终于完全砍落。铁刀挟着的十余里火焰，终于在湛蓝青天上写完了那个字。朱雀大道上的所有事物，都被他的刀风卷起，袭向观主的身体。有衙门库房里的银锭和金条，有书画铺里的花鸟，有女子梳妆用的脂粉和十几根发簪，还有小道观里的陈年香炉。有铁锅与破锣，有茶壶里的隔夜茶，有夜壶里的童子尿，有被啃了一半的包子，还有带着葱味的肉馅，也有下水道里被掀起的屎与尿。无论是美好还是丑陋，是甜美或是恶臭，是令人欢愉或是憎厌，都是人间。

宁缺的刀把人间的所有气息都砍了出来，包括污秽。所有的事物混杂在一起，便不再有各自不同的属性，再也闻不到是香是臭，银锭和夜壶能有什么区别？干屎橛和金条又有什么不同？朱雀大道上狂风大作，变得昏暗无比，整座长安城都变得昏暗无比，然后变得逐渐黑沉，仿佛黑夜将要来临。

仿佛被黑夜笼罩的长街上，不停响起沉闷的撞击声。观主像一朵洁净无尘的莲花，鲜红的花瓣，洁白的枝茎，于风中飘摇。无数来自人间的物事，击打在他的身体上。带着葱味的肉馅，落在他的脸上，然后落下，在他的胡须上留下些许冻凝的肉汁，还留下了一小粒葱段。一根金条重重地打在他的胸膛上，打得那处垂落如花瓣的血肉微微一颤，然后留下一道字迹，那是金条上的大唐国库标志。一把夜壶擦着他的右肩飞过，洒下黄色的令人恶心的尿液。一盒脂粉在他的面前散开，扑撒得他满脸雪白。观主的身上到处都是血，此时则到处都是污秽，腰带上挂着两根烂菜叶，断指的伤口处是几团粪星。他变得很脏，非常脏。就算没有晋入清静境，他这辈子也没有这般脏过。

他这一生居于人间之上，游于南海之间，双脚不沾尘埃，然而此时却被迫被红尘洗礼，承受着人间所有气息的熏染。来自人间的污垢只在身外，亦在心外。观主依然在清静境之中，没有受到任何伤害。他只要能保持道心清静，便能身心皆净。然而身心不二，若身体真的被红尘熏染久了，他的心可能始终保持清静？相隔无数年的漫长岁月，甚至可能经过了数次永夜，传说中的清静境，才终于再一次出现在人间，这是何等样令人震撼的画面。然而更加令人震撼的是，清静境刚刚重现人间，便遇到了在天地间能够遇到的最强大的对手——这个对手就是人间本身。莲花在黑风中摇摇欲坠，似乎随时可能凋落，也有可能逝去。观主继续与宁缺抗衡。道门绝世境界与人间的战斗，没有谁知道结局。即便是昊天，也不知道。

姜睿是三元里最著名的泼皮，最擅长坑蒙拐骗，胆子却是极小，连最不成器的市井混子都不如，于是连少年们都瞧不起他。他居无定所，到处流窜，自然也没有收到朝廷的通知，清晨时分，他被满城钟声惊醒，然后听到了风中传来的很多杂声。姜睿不知道那是观主在和书院战斗，他甚至不知道现在长安城是什么情况，只是当他发现，街巷坊市里居然空无一人，平日里在街上巡逻甚严的长安府衙役也不知去了何处，仅存的那些疑虑顿时被狂喜冲淡。他去荷花池偷了几匹来自南晋的绣布，当发现一处衙门库房垮塌后，准备捡几锭银子，却又因为胆怯而最终罢手。虽然是个泼皮，但他也像别的唐人一样，觉得尊严是个很重要的东西，所以当他回到那间小杂院后，想着先前的胆怯，觉得好生羞愧。为了不再羞愧，他决定做一件想做很久的事情，他从怀里摸出一把尖刀，偷偷溜进里正家的院子，准备捅死小时候咬过他的那只大黄狗。那件事情已经过去了十几年，当初的大黄狗早已成了垂垂老矣的老黄狗，根本没有什么反抗的力量，在他把尖刀刚捅进去时便咽了气。姜睿甚至怀疑老黄狗究竟是被自己捅死的，还是老死的。总之，他完成了自己这一生最想做的事情，他提着老黄狗回了小杂院，开始剥皮剁块，然后点燃炉子准备做锅狗肉吃。

就在这个时候，他听到了街上传来了对话。他听不懂那些对话，但紧接着，他听到了两个少年哭喊的声音，他听出来其中有一个应该是张家那个冷眉冷眼的小子。姜睿用双手攀住墙头，向街上望了一眼，然后大概明白了长安城正在发生什么事情，他很害怕，赶紧走回院中。他看着锅里没有开的水，看着案板上的狗肉，发了会儿呆。他把尖刀插进案板里，把狗肉带着血水倒进水锅里。

他推倒年久失修松动的老墙，捡了十几块砖头捧在怀里，然后很吃力地再次爬上墙头，取出一块砖头对着街上那个青衣道士砸了过去。他觉得这样比较安全，想着那锅狗肉，他有些愤怒，对老黄狗又觉得有些抱歉，所以他对着那个道士破口大骂：“老子砸死……”话还没完，姜睿就这样死了，再也没有人知道他今天完成了这辈子最大的心愿，也不会有人知道小杂院里垮了半面墙，锅里煮着狗肉。

观主的寂灭意笼罩整座长安城，炉子里的柴火被冻熄，锅里的水不再升温，水里泡着的狗肉，继续就这样泡着，泡出了很多血水。宁缺从雪街上拔出朴刀，小杂院里案板上的小尖刀随之跳了起来，刀上的血迹依然新鲜，不远处的锅里冒着微微的蒸汽。

青天上出现了一个字，朱雀大道上起了一阵风，世界变得昏暗无比，长安城仿佛提前进入黑夜，小杂院也在夜色之中。那阵黑风很暴烈，到处乱吹，把坊市里的屋檐吹破，把小杂院里剩下的半堵墙也吹倒，甚至把炉上的狗肉锅都吹了起来。狗肉锅被风卷着飞过院墙，飞到街上，然后落在一个人的身上。落在了观主的身上。

这锅带着血水的狗肉，从观主的头顶淋下。血水和汤水，打湿了他的全身。狗肉落在观主残破的身躯间。如果是朵莲花，冒着温气的狗肉，就挂在花瓣上。花瓣上淌着血水。观主身污，然后心污。道门的清静，最终被人间的世俗所破。观主眼中生起一道惘然的神思。

“我杀死你了。”宁缺说道。他的铁刀砍在观主的左肩上，真正的身体上。纵使清静境被破，观主的天魔境深厚至极，已近不朽。所以他砍得很用力。他左膝微屈，浩然气如风暴大作，无数的天地元气灌进铁刀，斜斜向下拖去，在观主的身上斩开一道极恐怖的刀口。那朵洁净的莲花被黑风卷起，渐渐凋零，然后有花瓣落下。

宁缺的这一刀，蕴藏着长安城千年的沧桑，带着千万人的渴望。观主直接被斩落尘埃，向长街南方颓然飘去。一路鲜血洒落。长安城街巷里的数百道乂字符，再次落在他的身上。长安城里千万把刀，同时斩在他的身上。黑夜之下，刀风之中。观主的七根手指，像藕节般落下。然后他的双腿离开了身体。他的腹部裂开，肝肠寸断。狗血屎尿进入他的身体最深处，再难洗净。南城门上轰的一声，出现一个人形的洞口。观主震飞出了长安城。从宁缺拔刀开始，他就想离开长安城，但绝对不是以这种方式。黑风卷起观主的身体继续狂舞。南城门外的那些巨大的湖石，被吹得凌乱不堪。残缺的块垒阵，竟都无法让宁缺的刀风稍作停留。城南四里外，有片湖。飓风扫过，湖水卷起如雨。观主的身体，重重地摔落在湖畔。干净的湖水，随之落下，把他身上的污秽洗去了些。有几尾鱼落在他身旁的地面上，不停地弹尾挣扎。宁缺那把刀斩出的飓风继续向南。湖畔渐渐恢复安静，天光清明。观主睁着眼睛，看着湛蓝的天空，双唇微微翕动，想要说些什么，却什么话都没有说出来。他转头望向那几尾在水泊里挣扎的鱼。湖鱼挣扎片刻，最终认命死去。观主看着这几尾死鱼，若有所悟。

湖畔响起脚步声。陈皮皮对着他双膝跪下。

3

举世伐唐，战火连绵数月，随着观主被宁缺一刀斩落尘埃，却发生了很多变化，这种变化也许只是偶然，但有些却是必然。北方的向晚原上，拼死坚守不退的千余唐军，在以为必死的那一刻，终于看到了南方飘来的尘土，等到了来援的骑兵。战局的走势顿时发生变化，数千北军唐骑，如雪崩一般冲向金帐王廷的骑兵大队，寒冷的刀锋在清寂的阳光下带走无数头颅。战事终歇，染血的草甸把天穹投下的光线都变成了红色，司徒依兰手中的朴刀早已断成了两截，她擦掉脸上的血水，向战场四周望去，发现平日里的下属，大部分都已经死去，但是她和他们最终还是获得了胜利。

南方的青峡外，也已到了最危险的时刻，君陌手握铁剑，神情疲惫，有如深秋的青山，静美依然，奈何黄叶将落。书院后山弟子都站在他的身后，看着原野上再次掀起的烟尘，听着铁蹄的声音，沉默不语，等待着最后那一刻的来临。木柚伸出手，握住君陌空荡荡的右袖。四师兄范悦，在用河山盘接住观主那道虚剑之后，一直用全身修为在与之对抗，而此时即便是他，也艰难地走出铁栅。既然同门，自然应该同生，而且共死。西陵神殿联军的骑兵，再次来到青峡前。七日时间，书院诸弟子不知打退了西陵神殿联军多少次冲锋，无论是他们还是神殿联军方面，对这种画面都已经熟悉到有些厌烦。这一次想必会有些不一样。这一次大概会是最后一次。便在这时，四师兄忽然感觉到手中的河山盘变得轻了很多，他稍一感知，震惊地发现沙盘河山里竟再也找不到那道虚剑的踪影！

青峡前的人们，并不知道长安城究竟发生了什么，但观主的虚剑消失，只有一种可能，那就是观主死了，或者废了。四师兄很清楚书院在长安城的准备，知道师兄师姐和小师弟，正在想尽一切办法杀死观主，但他其实对此并没有抱太大希望。因为他擅长算，事前无论他怎样算，都算不明白书院怎样才能杀死观主。然而此时，河山盘里的虚剑消失无踪，那么无论他相信或是不相信，都表明长安城里肯定发生了什么事情。他声音微哑说道："观主败了。"他的声音之所以沙哑，除了在那道虚剑下苦苦支撑数日所产生的疲惫，更多是因为难以抑止的激动和不可置信所带来的惘然。书院诸人都听到了这句话。一片安静。忽然，君陌举起铁剑指向原野，放声大笑起来。北宫未央放声大笑，乱拨琴弦。西门不惑放声大笑，用箫管拍打着手掌。六师兄憨厚一笑，把手里的铁锤握得更紧了些。王持微微一笑，鬓畔早已乌黑的花朵，仿佛多了分颜色。木柚是女子，不用识豪迈之气，所以她没有笑，而是湿了眼睛。

西陵神殿联军的骑兵已经近在眼前。书院弟子们却视若无物，放声大笑，快意至极。爽朗笑声，回荡在青峡前，顺着青山传向很远的地方。今日无论是死是活，是否还能守得住青峡，只要观主败了，长安城安然无恙，那么书院和大唐便能保有最后的希望。他们用生命守了青峡整整七天时间，守的不就是希望？而且希望并不渺茫，就在他们的手里。更准确地说，是在四师兄的手里。在同门不解的目光中，四师兄走到了最前方，看着像铁流般涌来的骑兵，看着那些隐现于空中的剑光，举起了河山盘。四师兄的脸色变得极度苍白，脸颊瞬间瘦削了不少。他把自己的念力尽数灌注进河山盘中。

河山盘是沙盘，里面是最精细的黄沙。盘中有河山，每粒沙便是大好河山里的一座山峰，一座石桥。黄沙狂舞于青峡之前，天空被遮掩，原野间变得昏暗无比。西陵神殿联军骑兵，杀进了黄沙之中，便迷了眼，误了道。黄沙之中，不时传来凄厉的惨叫，还有重物撞击的声音。不知过了多长时间，黄沙渐渐飘落。青峡之前恢复平静，原野间多了很多骑兵和战马的尸体。河山盘并不能改变书院弟子们的命运。因为西陵神殿联军，在稍一整队之后，准备再次发起冲锋。便在这时，莽莽群山间，忽然走出来了一个唐兵。这名唐兵看上去非常狼狈，蓬头垢面，浑身泥土，盔甲早已不知何时被扔到山涧里，衣服也被山中的荆棘割成了布条。这名唐兵向书院诸人跑来，一路踉跄，几次险些摔倒，可见疲惫到了极点，但他依然奔跑着，然后大声喊出一句话。他的声音沙哑至极，像很多天都没有喝过水，但落在书院诸人的耳中，却像最清澈的泉水那样清脆动人。

“镇南军斥候营乙组王五，奉命来援！”说完这句话后，这名最早抵达青峡的镇南军士兵，再也无法支撑，重重地摔倒在原野上，不停地喘息，再也无法站起。王持跑到这名唐兵的身旁，赶紧替他把脉。君陌对着这名最普通的唐兵郑重行礼，说道：“辛苦了。”一名普通的唐军斥候，对青峡前的局面，起不到任何作用。对书院诸人来说，这名唐兵的到来，却意味着很多事情。书院是大唐的书院。大唐是书院的大唐。没有谁孤军奋战。紧接着，又有一名唐兵从莽莽群山里走了出来。然后有更多的唐兵走出了青山，来到了原野上。他们互相搀扶着，替同伴们打着气。他们早已疲惫不堪，走出青峡便一屁股坐到地上，再也无法站起，就算让他们拿起兵器，也不可能迎敌。甚至有几名唐军，在走出群山的那一刻，精神骤然放松，就此倒地不起。对训练有素的唐军来说，这是很难想象的事情。越来越多的唐兵继续走出青山，来到青峡之前。他们走了数日数夜，不眠不休，终于走到了这里。镇南军到了，这就够了。出现在青峡之前的是一支疲敝之师。但没有任何人敢否认，他们是一支威武之师。

便在这时，南方的原野间，传来鸣金的声音。西陵神殿联军的骑兵们，看着青峡前那些唐军，神情极为复杂，有些不甘，有些敬畏，最终牵起缰绳，向营地里归去。

4

那场起于宁缺刀锋的黑风，吹过十里长街，把观主斩得遍体鳞伤、肝肠寸断，让他如条死鱼般落于湖畔，却未就此停歇，而是继续南行。有两千精锐骑兵驻在城南数十里外，此时的他们并不知道长安城里发生了什么事情，还在做着杀进城后四处烧杀劫掠的美梦。

西陵神殿里知道观主全盘计划的人非常少，隆庆却是其中一人，他以为自己知道长安城里正在发生什么，他不惜代价，千里突袭来到此间，就是为了要配合观主。观主应该已经败了书院，破了惊神阵，没有任何正式军队保护的长安城，在他的两千骑兵面前，就是名束手待毙的罪人。想到这一点，隆庆的心情便禁不住地美好起来，他的骑兵将成为历史上第一支攻进长安城的军队。他是燕国皇子，又是西陵神子，毁掉长安城，灭掉唐国，本就是他毕生所愿。为了实现这个愿望，他付出了太多的努力艰难，甚至灵魂都遭受了无数次冰与火的考验，早已遍体鳞伤，苦不堪言。对于他来说，毁掉长安城的同时，还有一件事情必须完成，那就是杀死宁缺这个在他生命中留下太多残酷回忆的对手。

在知守观后面的青山里，用灰眸吞噬了半截道人的毕生修为，在荒原上又吞噬了好些王廷祭司的精神力，他如今的境界早已强行提升到知命境巅峰，虽然他知道宁缺如今也已晋入知命，但他坚信这一次胜利的绝对会是自己。从长安城里的酒宴，到书院后山的石径，再到荒原雪崖上的那一箭，再到红莲寺外的秋雨，他败给宁缺的次数实在是太多，最令他愤怒的是，宁缺明明诸方面都不如他，但他却偏偏一败再败。如果世间真有命运，如果昊天真的平静而慈爱地俯视着这个人间，那么莫名其妙败了这么多次，总该轮到自己胜利了。

付出得越多，撷取的果实便越甜美。隆庆看着北方那座若隐若现的雄城，想到稍后入城时的画面，想到宁缺痛苦地倒在自己剑下的画面，忽然觉得这几年受的那些苦痛，都变成了一种令人陶醉的香味。道旁的村舍在熊熊大火中不停倒塌，火焰在银色面具上不停舞动，他露在面具外的双眼平静如常，持缰的手却微微颤抖起来。便在这时，村庄里的熊熊大火忽然间熄灭了！隆庆看着忽然间变得极为幽静的村庄，看着那些冒着黑烟的焦土与废墟，看着寂静的原野，双眉微挑，心中升起一道极为怪异的感觉。

就算是最狂暴的大雨，也没有办法在如此的一瞬间内，浇熄如此大的火势，就算再狂暴的大风，也没有办法把村庄里的火焰全部吹熄。而且天上的阴云散去，露出湛蓝的青天，哪里有落雨的痕迹，官道两侧的原野间安静异常，焦柳静垂，连丝清风都没有。究竟发生了什么事情？

四周的骑兵也注意到了这幕诡异的画面，有些惘然地向四处望去。隆庆没有看别的方向，只是盯着官道的那头。这条笔直宽敞的官道，直通长安城，便是朱雀门。他隐隐见到，有黑色的风沙，从远处呼啸而来。隆庆不知道那场黑风是什么，但他的心脏却下意识里加快了跳动，道心微摇，生出无穷恐惧，直想远远避开。

“散开！避风！”隆庆脸色微白，向散布在四周的两千名骑兵厉声喝道，然后一提马缰，便想驰下官道，向民宅废墟逃去。作为一名知命巅峰的强者，隆庆对危险的感应，非常准确而且及时，其部下骑兵也完美地展现了自己的行动力，做出了最迅速的反应。然而这场来自长安城的黑风，早已超越了人间的范畴，瞬息间便突进十余里，来到隆庆和骑兵们的身前。

黑风来临，仿佛最深最沉的夜。浓重的夜色里，只能听到无数刀锋破空之声，却看不到挥刀的人。骑兵们发出绝望的喊叫，然后纷纷死去。隆庆看着身前被风切成无数碎粒的民宅，面色微白。此时黑风已经来到他的面前，他终于看清楚了风里的一些细节。他看到了那些长安城里普通人家的用器，然后他看到了那些刀痕。他知道是谁挥出的这些刀。

他一声清啸，自胸间取出那朵黑暗幽静的桃花，迎向黑风。这是他的本命桃花，他毫不犹豫用上了毕生修为。然而即便是观主于生死之间悟清静境，将白骨血肉变成白茎红莲，最终也被这场黑风砍得生死不知、生不如死，更何况是他？黑色的桃花以肉眼可见的速度凋零，然后瓣瓣脱落。隆庆的身上出现无数道细微的血口。他脸上的银色面具，如干旱的田野般裂开，然后剥落。

不知过了多长时间，黑风终于停了，谁也不知道黑风去了哪里，是就此消失，还是破碎虚空，进入了另外的空间。城南的原野间恢复了平静，首先落下的却不是清湛的光线，而一场恐怖的血雨，更准确地说，是一场血肉形成的暴雨。被刀意切割的骑兵和战马，随黑风而起，卷至不知多少丈的空中，直到此时黑风消失，先后落在了地面上。

隆庆还活着。他看着远方的长安城。银色面具已碎，旧伤未去，脸上又多了很多道新的伤口，曾经完美的容颜，如今十分恐怖。他忽然笑了起来，然后痛声大哭。为了那座城，为了杀死城里的那个人，他付出了无比惨痛的代价，然而眼看着便要成功，他却发现那依然只是痴心妄想。那座城看上去这么近，原来……还是那么远。他连宁缺都还没有见到，就这样败了，败到血肉涂地。最令他感到痛苦的是，宁缺的这一刀不是砍的他，相信宁缺甚至都不知道他曾经来过长安城，曾经离长安城是这般的近。而他还是就这样败了。他看着远方的长安城，发出一声绝望的喊叫：“宁缺！”

从进入书院二层楼开始，世间便有好事之徒，把宁缺和隆庆皇子形容成为一生之敌，但宁缺真的不知道隆庆此时就在长安城南。他更不知道隆庆被那场黑风吹成了个疯子，本来会给长安城带来灭顶之灾的两千名精锐骑兵被风里的刀意砍成了一场血肉雨。他砍的是观主。长安城里的千万唐人，要砍的也是观主。他一刀砍出，黑风令黑夜来到人间，观主便飞了出去。

朱雀大道一片安静，无论是受伤还是没有受伤，所有人都看着宁缺的背影，最终打破沉默的，还是朝老太爷。朝老太爷颤着声音问道：“死了吧？”大街上的人们都有勇气，但没有谁想再次面对观主这样恐怖的人物。宁缺摇了摇头。所有人沉默不语。宁缺说道：“不过就算不死也废了。”听到他的这句话，一时没有人反应过来。张念祖和李光地靠着湿漉的墙壁，有些惘然地对视一眼。朝老太爷怔了怔，笑骂道：“这种时候还来逗你二伯。”他拄着拐杖向东城方向走去，喊道：“事情都完了，还愣着干什么，该回家的回家，该找妈的找妈，来个谁，赶紧去太医署叫人。”楚老太君发出豪迈的笑声，把旧刀交给身后的小儿媳妇儿。直到此时，人们才最终确认了这场战斗的结局。张念祖和李光地对视一笑。茶博士呵呵一笑。所有人都笑了起来，放声大笑。欢快的笑声，渐渐传播开来。长安城里每条街巷，都有笑声响起。余帘横抱着重伤的大师兄向街边走去。“师兄，平时在后山没有觉得你有这么高大。”余帘看着大师兄快要垂到残雪里的脚尖，微微蹙眉说道。蹙眉是因为不解，也是因为疼痛。她跳上青天，再从青天落下，还要抱着大师兄，虽然她是魔宗宗主，也受了极重的伤，也无法忍受这种疼痛。大师兄落地，把她横抱在怀里，向街边走去，不停咳着血。终于艰难地走到街边，大师兄把她放下，看着她用缓慢的语速认真解释道：“师妹，不是我变高了，而是你变矮了。”余帘“嗯”了一声。二人并排坐在残破的门槛上。大师兄望向街对面，伸手相召。莫山山没有看到，因为她在看着街上。在街上，宁缺抬头望向青天，说道：“老师，你看到了吗？”片刻后，他又说道：“桑桑，你看到了吗？”宁缺缓缓坐倒。

长安城里响起无数刀声，那是归鞘的声音。他的身上响起无数哧哧破空声，那是归阵的声音。无数道天地元气，从他的身躯里狂涌而出，回到长安城的大街小巷中。他开始流血，血水被瞬间震成雾气，雾中有无数的雷电。一时幻灭，一时重生。莫山山走到他身边，把他扶起。他们也坐到了那道残缺的门槛上。坐在门槛上的四个人没有说话，只是静静地看着天空。仿佛天空中有一幅美丽的图画。青天上没有图画。只有先前铁刀喷射的火焰，在上面留下的两道水蒸气痕迹。

水蒸气就是云。那是云写的一个字。一个大大的“人”字。过了很长时间，那个字渐渐散去。仿佛从来没有出现过。

5

寒冬渐深，风如刀割。随着紧张局势缓解，前段时间转移至长安城里的难民都已返回原籍，居住在城南的人们，正冒着严寒整理被敌人烧成焦土的村庄。官道上走来了百余名唐军。忙着重建家园的人们，看着这些士兵疲惫的神情，放下手中的工具鼓掌替他们打气，有人喊着："马上就到长安了。"唐军点头致意，然后继续前进。

在这队唐军的后方还有几辆马车，忙着干活的村民，想着这些马车里可能是南方某州郡的官员，自然更没有时间理会。他们哪里会想到，从某种意义上来说，正是马车里的这些人，拯救了大唐。天光从车窗的缝隙里透了进来，落在君陌的脸上。重伤未愈的他，瘦削的脸颊本就极为苍白，被冬日阳光一照，更是如洁净的雪一般。他看着窗外焦土般的村庄，沉默不语，也不知道心里在想些什么。木柚看着他的侧脸，眉间写满了担心。书院后山诸弟子在青峡一役中都受了极重的伤，相对而言，她的情况最好，只是因为主持阵法消耗了太多念力，在旅途中歇了这些天，便已经恢复了大半。四师兄等人的情形则要糟糕不少，接受过诊治后还是无法起身，一直在后方几辆马车里养病，不知道什么时候才能真正痊愈。但她最担心的还是君陌，因为君陌受的伤最重。君陌离开青峡之后便已经醒了过来，看似没有任何问题，却让人非常担心。

因为这些天的旅途中，他沉默的时间实在是太长了些。他始终安静地坐在车窗旁，看着大唐南方覆着浅雪的原野，或是被敌人放火烧毁的村庄。木柚看着他依然坚毅的侧脸，看着他散在身后的头发，然后目光落在那只空荡荡的衣袖上，在心里默默叹息一声。

那几辆马车没有进长安城，而是直接转道去了书院。负责护送的唐军，在草甸下便离开，草甸覆着薄雪，雪里有无数丛桃花，只是还没有到开花的时节，今日的书院很安静，甚至有些冷清。没有皇族或大臣们谦卑行礼，没有民众夹道欢迎，没有隆重的仪式，听不到锣鼓喧天的声音，甚至连迎接他们的人都不多。没有人会在意这一点，因为他们本来就没有通知长安城里的那些人，出征然后归来，回到书院就是回家。在草甸上迎接他们归来的，只有两个人。那个可爱的小书童许家纶，以及拄着拐棍、浑身缠着绷带的宁缺。小书童看着君陌一句话没说，便流下两行眼泪。君陌把他留在书院，他便在书院里担惊受怕了这么多天，今天终于看到少爷活着回来了，哪里还能控制住情绪。当他看到君陌的右臂断了，顿时哇的一声哭了出来。君陌微微皱眉，说道："不准哭。"小书童听话，拼命地擦着眼泪，奈何眼泪太多，怎么擦也擦不干净，而当他看到君陌的头发时，忍不住哭着喊出声来："少爷，你的头发怎么变白了！"

宁缺看着二师兄空荡荡的衣袖，看着他灰白的头发，不知道该说些什么。君陌面无表情地说道："到处都有燃烧的村庄，路上灰太多。"这是很笨拙甚至有些可爱的解释，但没有人笑。车厢里一片安静。"为什么书院这般安静？"二师兄问道。宁缺说道："三师姐提前便把书院前院的教习和学生散了，有的教习和学生走了，大部分教习和学生正在长安城里帮朝廷做事，还有些已经上了前线。"

君陌问道："师兄和余帘现在如何？"宁缺说道："情况还好，就是行动有些不便。"马车驶过书院破落的石坊门，向更深处去。书院的教舍和二层前殿，都已残破不堪，尤其是通往旧书楼和后山的巷道，更是看不出原先的模样，这段时间根本找不到人来修。君陌看着这些画面，沉默不语。

书院后山依然温暖如春。还是那间不愁会被秋风所破的草庐，小书童和唐小棠把诸位师长抬到软榻上，有的还在昏睡，有的勉强支撑着身子。暂时听不到北宫的箫声，西门的琴声，溪畔的打铁声，宋谦和八师弟为了一颗棋子的争吵声，大概永远也再看不到老师了。

大师兄和余帘坐在轮椅上。君陌松开木柚扶着自己的手，走到大师兄的轮椅之前，行礼相见。然后他望向余帘，说道："熊初墨该死，你为何没有杀死他？"余帘平静地说道："有些人，活着比死了有用。"二师兄想了想，没有继续再问。大师兄看着他空荡荡的袖管，看着他灰白的头发，说道："老师曾经说过，有些事情，既然无法改变，便要学会接受。""不是在意，而是遗憾。"君陌望向草庐外那片灰淡的天空，说道："我一直想像小师叔那样，拔剑与天战上一场，当老师在泗水畔登天而去，我更想着明朝终有一日，我能跟随老师的步伐而去，如今看来却是没有了机会。"不是所有人都能听懂他的这番话。大师兄叹了口气，说起另外一件事情："皮皮走了。"在后山，君陌和陈皮皮的感情最为深厚，此时听着这个消息，他沉默了片刻，然后问道："观主究竟能不能恢复？"对于书院来说，这是最重要的一个问题。君陌问这个问题的时候，看着宁缺。草庐下醒着的所有人，都看着宁缺。

那天在朱雀大道上，宁缺曾经给过长安城里的人们一个答案，今日他却依然思考了很长时间，才肯定地说道：“不能。”听到这个答案，二师兄始终有些冷冽的神情，终于稍微松了些，便是吹进草庐的风，也仿佛变得温暖了几分。观主曾经展露出来的境界，是后山诸人心上最寒冷的那抹云，虽然他在长安城败了，但事实上他并不是败给宁缺，而是败给了惊神阵。换句话来说，他依然是败在夫子的手里。如果不是在长安城，而是在人间别的另一处地方，无论是大师兄还是君陌，甚至加上余帘，都不见得是观主的对手。至于宁缺，更没有任何可能。瀑布的声音，回荡在小院里，很是震耳。宁缺当年一直想不明白，二师兄怎么能在这样的环境下入睡，也想不明白，师兄师姐们每次在小院里议事的时候，是怎么能够听得见对方的声音。他曾经向二师兄提出过这个疑问，当时二师兄的回答是：听久了自然成习惯，只要心是安静的，又有什么声音能扰耳？

时隔数十日，在青峡前经历了七天七夜难以想象的厮杀，上演了两场绚丽夺目的强者战，君陌再次回到了自己的小院里。他第一次觉得瀑布的声音有些吵。他知道那是因为自己的心不够静。天色已黑，他站在窗畔看着山上的夜穹，就像旅途中那样，沉默了很长时间，然后他望向自己空荡荡的袖管，微微皱眉。与柳白惊世一战，他断了右臂。肉身的残缺，并不是问题，君陌左手持铁剑，依然足以横扫世间。问题在于心灵的残缺，肉身与心灵，向来是一体两面。他很清楚，此生大概再也无法走到修行道的尽头。修行道的尽头便是大道。河流的对岸便是彼岸。那里不是五境之上，而是更高远的地方，是只有小师叔和夫子才能到的地方，是天空之上。

当今世间以剑道而论，他只比柳白稍逊一筹，但他更年轻，更有潜质，所以他本来更有希望走到那个地方。如今这些希望，已经断绝。对于修道者而言，这便是最沉重的打击，比死亡还要可怕，直欲令人疯狂，即便是强如君陌，也渐渐灰了黑发。但如果有人问他这一切到底值不值，他依然不屑于回答。因为君不见黄河之水天上来，因为青山见他多妩媚，水落不能复起，山垮亦不能复起，后悔这种情绪，从来与骄傲的二师兄无关。能与柳白如此尽情尽意地战上一场，如何不值？只是……有些遗憾。“如果不能与天斗，与人斗其实也很有意思。”不知何时，宁缺走进了小院，他看着二师兄有些落寞的背影，说道，“观主虽然废了，但大师兄和三师姐也受了很重的伤，看不见的伤，短时间内没有办法恢复，无论是唐国还是书院，现在都很需要师兄你。”君陌没有回头，说道：“不用担心我。”宁缺说道：“没法不担心。”君陌转身，看着他微笑说道：“些许遗憾，不想便是。”只是一个转身的距离，宁缺却忽然觉得自己有些不认识站在身前这个男子，仿佛有些很微妙的变化，发生在他身上。不是因为二师兄没有梳髻戴冠，也不是因为他露出了少见的微笑，他依然是世间最骄傲的那个人，却没有了令人敬而远之的气息。这种变化让宁缺有些不适应，不知道该说些什么。君陌说道：“我只是有些不适应，负手时左手再也没办法握住右手，而且无法再行礼，最主要是仪姿颇为不佳。”

6

说话间，木柚端着盆热水，从后院走进屋内。她见到宁缺在，有些吃惊，也顾不上多说什么，便开始服侍二师兄梳洗整理。“没办法自己梳髻，也没办法戴冠。”君陌说道。宁缺说道：“有七师姐在，师兄你哪里还需要自己动手。”君陌说道：“男女有别，总有些事情不怎么方便。”宁缺笑了起来，说道：“成亲之后，自然一切方便。”

一片安静，不远处瀑布落潭的声音显得非常清晰。木柚低着头，有些微羞，君陌轻轻咳了两声，正色问道：“你还有什么事？”宁缺正在感受房间里的气氛，听着这话，强行忍住笑意，说道：“确实还有些事情需要师兄你帮忙定夺一下。”君陌说道：“我的问题，除了大师兄和余帘便只有你能看出来，说明你的境界已经颇为不错，虽然还不稳妥，却也不用担心太多。”

“不是这件事情。”宁缺拍了拍手，对着窗外的院门喊道，“进来吧。”从小院外走进两名拄着拐的少年，神情都非常紧张，但如果认真观察，便能看出其实差异极大。其中一名少年衣着光鲜，明明紧张得要死，却仍然用余光四处打量，扮演着镇定的模样，眉眼间透着一种浑吝的劲儿；另一名衣着朴素的少年则是始终看着脚下，握着拐架的右手不停地颤抖，相信如果不是被前面那个少年带着，只怕他连路都不会走。

宁缺对二师兄说道："前些天和观主战，这两个小子表现不错，看伤势恢复情况，身体底子也不错，就是不知道有没有潜质。""你想让他们进书院？"君陌问道。宁缺说道："如果师兄觉得还成，就挑一个当徒弟，剩的那个给我，不过最近这段日子，可能两个人都需要你先管教着，我没时间。"君陌说道："师兄都还没有传人。"宁缺说道："如果大师兄想要，我让给他便是。"

两名少年自然便是张三和李四，那日雪街血战之后，他们回家被好生教训了一通，如果不是受了重伤的缘故，只怕要被长辈们痛打一番，也正因为受了伤，李四一家暂时没有回原籍，还是借住在三元里张家，直至今日，长安府忽然派人过来，把他们从长安城里接到了书院。两名少年根本不知道发生了什么事情，他们浑浑噩噩地走进书院，进入半山的云雾，然后便来到了真正的书院。

书院对于唐人来说，是最尊贵的地方，却并不神秘，然而后山却是截然不同的另一个世界，因为所有细节都表明这里应该是仙境。直到伴着瀑布声进入小院，听到宁缺和君陌的对话，两名少年才明白自己遇到了怎样的机缘，于是他们越发紧张，即便是张念祖也不敢再四处打量，低头看着自己的脚尖，在心里默默地祈祷。宁缺说道："我知道进后山需要考核，不过我瞧这两个小子实在是有些顺眼，我现在主要担心的是他们像我当年那样，没有修行的资质。"君陌说道："既然你都能修行，他们自然也能，只要书院愿意教人，就没有教不会的，你想把他们留下来，那便留下。"

宁缺不再多留，对两名少年说了几句话，便告辞而去，七师姐送他出院，在院门时不知道碰见谁，传来说话的声音。两名少年此时处于极度的震撼和幸福之中，根本没有注意宁缺的离开，敬畏地看着身前这名断臂男子，等着对方的吩咐。便在这时，一只大白鹅摇着屁股走进了小院，熟门熟路地来到屋前，有些笨拙地迈过高高的门槛，踱到君陌脚边一屁股坐下，开始闭目养神。

掌教闯山时它受了伤，现在还没有痊愈，精神有些恹恹的，不然如果让它瞧见自家院子里多了两个陌生少年，谁知道会发生什么事。饶是如此，两名少年依然被这只仿佛知道人事的大白鹅吓了一跳。“书院的规矩，日后你们再学，首先要学的便是处变不惊。”君陌看着两名少年，面无表情地说道，“去院中站着，不准扶拐，膝不能弯，眼不能闭，如果能看到明天清晨的第一抹阳光，便算你们过关。”

在小院门口与大白鹅相撞，宁缺险些被它啄了一口，如果不是看着它精神不大好，他肯定不会善罢甘休，恼火说道：“师姐，将来你变成这间小院的主人，可不能像师兄那样，对家纶如此严厉，对大白鹅却宠得不行，你得把那畜生管得紧些，没见我现在也是个残疾人，居然还敢对我下嘴。”木柚的心情本就有些紧张，听着他这话，更是不知如何言语，低声问道：“这件事情难道你们早就看出来了？”

宁缺笑着说道：“我们又不是瞎子。”木柚把手里的绣帕拧成了一朵花，低声分辩道：“是他先喜欢的我。”宁缺说道：“老师都不在了，谁还敢来管这事？”木柚小心翼翼说道：“就算老师还在，也不会不同意吧？”宁缺看着夜空里那轮皎洁的明月，不知怎的便觉得有些恼火，说道：“那个老不修的家伙，谁知道会弄出什么扯犊子样的事儿来？”木柚看着山峦间的明月，微微一笑。然后她转向宁缺，行礼说道：“小师弟，多谢。”

宁缺带着两名少年进书院拜师，无论是出于什么原因，但让二师兄来负责处理这件事情，自然是存着让师兄分神的想法。她谢的便是这件事。宁缺笑了笑，没有多说什么。

后山很大，所有人都有自己单独的小院，而且不是山景便是湖景，便是唐小棠也不例外，宋谦和八师兄成天在松下弈棋，读书人常年在藏书洞里起居，他们的小院基本上就没有人住，也就那般空着。以往因为桑桑，宁缺是书院后山唯一的走读学生，基本上都住在老笔斋或雁鸣湖，只偶尔会在山间留宿，但房子始终留着的。夜色深重雾气浓，他撑着拐杖，沿着山道慢慢向自己的小院走去。

桑桑不在长安城，雁鸣湖的宅院被他斩成废墟，老笔斋的院墙也被斩成了两断，他没有回长安城的理由，以后大概便会以此间为家了。他的小院离镜湖不远，便在北宫、西门二位师兄平日里奏琴演曲那方密林的后方，很是偏僻清幽，月光洒落在屋檐上，更添寒意。

有人在等他。唐小棠靠着泥墙，低着头，看着旧旧的小皮靴，不时踢一下墙。宁缺看着她清丽的容颜，眉间那抹淡淡的哀愁，说道："想问什么就问吧。"唐小棠抬起头来，看着他问道："桑桑真的死了？"她是桑桑的好朋友，桑桑的好朋友很少。想到这个事实，宁缺忽然觉得身体某个地方有些痛。

"回来之后没有几个人会在我面前提起桑桑，有些人大概是觉得不方便提，比如师兄和师姐们，更多的人则是根本已经忘记了她。"不等唐小棠说话，他继续说道，"是的，桑桑死了。"他的语气很平淡，就像在叙述一件很寻常的事情。但越是如此，越令人伤感。唐小棠问道："她真的是昊天的女儿？"宁缺沉默片刻，说道："或者说，她就是昊天。"他想起昊天在惊神阵里留下的那些痕迹，桑桑在长安里走过的痕迹，那些被他斩断的旧居和过往，忽然笑了起来，说道："我把昊天养大，还把她给睡了，有没有觉得我是一个很传奇的人？"唐小棠忽然觉得他很可怜，但她不知道应该怎样安慰。因为她现在也是一个很可怜的人。宁缺看着她说道："我知道你想问什么，皮皮背着观主离开了长安，应该是回知守观，我想告诉你的是，我欠他很多人情，我还欠他人命，所以将来如果有什么需要我做的事情，我会拼命去做。"唐小棠听懂了他的意思，说道："……小师叔，多谢。"二人在凄冷的月光下拥抱，给予彼此温暖和勇气，然后告别。

宁缺曾经以为自己什么都不欠，只是这个世界亏欠自己，直到他去了渭城，来到长安，进了书院，才发现自己欠得越来越多。他欠陈皮皮命，欠莫山山情。莫山山没有接受大师兄的邀请来书院居住，还是住在长安城的礼宾馆里。她自大河国千里迢迢而来，破派而出，为的是书院以及朱墙白雪。宁缺不知道该怎样面对。有情人，最终不知会如何。不是所有的男女，都会像二师兄和七师姐。就像他也曾经有过妻子，现在却是一个人在床上辗转反侧。他想，睡一觉大概这些事情便会都过去，却怎样都睡不着。他睁着眼睛，看着窗外的白月光。

那年离开渭城的时候，星光也是这般的寒冷白淡，如霜。观主在他身上留下的伤口，忽然变得很痛，心也很痛。

7

城门处很热闹。数千名唐军依次走进城门洞，他们苦战归来，衣衫褴褛，神情疲惫，身上带着或重或轻的伤。无数长安城的百姓夹道相迎，迎接着这批自前线归来的将士，依然没有喧闹的锣鼓，却有热情的笑脸和挥手。

这是大战开始以来唐军的第一次轮换，从前线撤回的军队，大部分归各州郡安置，回到长安城的只是一部分。唐国朝廷在战争中展现出近乎完美的行政能力和令人瞠目结舌的效率，自募兵令发布，数十万曾经的退伍军人，或自发或有组织地补充到了前线，各类物资源源不断地运往各处前线，终于让唐国迎来了喘息的机会。惨烈的战争还在疆土上继续，各地迎接将士归来的仪式庄重但简朴，长安城里的仪式也不例外，但皇后娘娘的亲自出席，还是吸引了很多民众。一辆普通的马车，停在城外的官道旁，一只手掀起青色的窗帘，宁缺隔窗望向被寒冬冻凝的官道远方，待终于看到有尘土掠起，他撑着拐棍下车相迎。

数十骑唐军回到了长安城，从兵器制式和坐骑可以看出，应该是骁骑营的骑兵，骁骑营直属皇宫指挥，是真正的贵兵，单以地位论，甚至还在羽林军之上，但现在这些骁骑营骑兵，却比先前入城的普通唐军更为狼狈。宁缺看着马上那名男子，说道："看着你穿皮甲，还真有些不习惯。"男子满身灰土，却依然英气难掩，听着宁缺的话，微笑说道："既然是在军中，不是在长安城里收房租，自然不能穿那身旧衣。"他自然就是带着骁骑营千里驰援东疆的朝小树。朝小树跳下马，没有来得及说话，却先咳了起来。宁缺说道："既然受了伤，就不要骑马了。"说完这句话，他转身先上了马车。朝小树笑了笑，回头对刘五说了两句话，也坐进了马车，说道：“既然是来迎我的，哪有自己先进马车的道理。”

宁缺指着自己身上的绷带，说道：“我被观主戳了七个洞，血基本上都流光了，可不敢站在道畔吹太长时间的寒风。”朝小树看着他的脸，发现再也找不到当年的那些青稚，想着长安城里流传出来的那些消息，说道：“我以为你死了。”宁缺说道：“我也以为你死了。”两个相视而笑。宁缺说道：“为什么认为我会死？”朝小树说道：“听说杀夏侯之前，你当着满朝文武的面说，你的故事不是书里的故事，既然如此，那么遇到观主，你怎么都该死才是。”宁缺说道：“你放下老婆孩子热炕头，带着几百骑便要去当大英雄，我以为这种英雄最后总要死去，才能完美地展现悲壮的情绪，所以我以为你死了。”朝小树沉默片刻后说道：“有很多人死了。”宁缺掀起青窗向后望去，望向后方那几辆很沉重的马车。车厢里是骁骑营将士的遗体，上面覆着马皮，被路途上的寒冷冬风吹了这么多天，那些马皮的边缘已经翘起，隐隐发青。“你带着数百骑兵出长安，回来时只剩下数十骑，确实死了太多人。”宁缺说道：“东疆那边，打得太惨了。”朝小树说道：“镇北军独立对抗金帐王廷，和他们相比，我们这些在东疆上的人没有任何资格喊苦喊惨，只是边境空虚，东荒骑兵轻身肆虐，那些各郡征召而来的义勇军，确实吃了很多苦头。”

宁缺说道：“我以为你会回来得早些。”朝小树说道：“前些天追隆庆，一直追到陈汤县还没有追上，然后发现这个问题莫名其妙就被你解决掉了，我便先回了东疆。如果不是书院守住了长安城，又把西陵神殿联军在青峡处堵了七日，固山郡和撤回境内的东北边军根本无法重新组织起来，那我现在应该还在那边。”宁缺说道：“局势的变化，总是要慢慢来的。”朝小树看着他身上的绷带，说道：“你的伤什么时候能好？”这个问题听上去很简单，也许只是关心，但宁缺知道朝小树此时提到自己的伤势，肯定不会这般简单。“不知道。”他知道朝小树还想问什么，继续说道，“师兄师姐们的伤，也不知道什么时候能好，这方面你暂时不需要想了。”朝小树微微蹙眉，问道：“为什么这么慢？”宁缺说道：“不容易受伤，受伤后便不容易好。”他想着后山依然伤重难起的师兄们，想着还坐在轮椅里的三师姐，神情渐趋凝重，如果道门强者潜入唐国心腹，那会带来很大的麻烦。

由东城门入，自然便要经过东城。马车路过老笔斋时，宁缺掀起窗帘，看着铺门依旧完好的旧居，想着这些年在这里发生的故事，难免有所感慨。“天启十三年春天，你和桑桑来到长安城，现在是十八年的深冬，其实只过去了五年，却好像已经过去了数十年之久。”朝小树看着老笔斋还有旁边那些铺子，想着天启十三年的那场春雨，想着那天夜里的杀戮和自己那碗没有蛋的煎蛋面，微微一笑。宁缺看着他，忽然说道：“其实现在想起来，我们并不怎么熟。”朝小树说道：“不错，相见的次数都不是太多。”宁缺说道：“你难道不觉得有些怪？”“再往前推二十年，那时候先帝还是太子，我与他在红袖招第一次见面，打了一架，然后喝了顿酒，从此我便成了朝二哥。”“一杯酒便是一条命，一碗面也是一条命。”朝小树说道：“长安是座很有趣的城市，像这种事情发生过很多次，生活在这里的人们依然乐此不疲，所以没有什么好奇怪的。”宁缺想了想后说道：“确实如此。”

朝小树没有回春风亭的家，而是直接进了皇宫。入宫后，自有太监接应，朝小树随之入殿，宁缺却没有跟着一起去，而是挥手让跟着自己的太监离开，自己去了御书房。他的一生颠沛流离，发生过很多次关键性的转折，很多地方都有很重要的意义，但大唐皇宫的御书房，无疑是其中很特殊的一个地方。在这里他写过一幅“花开彼岸天”，于是和先帝相识，在这里他和李渔长谈一夜，才会第二天在殿前一刀砍下李珲圆的头。他把拐棍搁到书架前，慢慢挪到案前，磨墨铺纸，开始写字。他不停地写，写了很多张。先帝当年就喜欢他的字，他却偏生不肯写，就算偶尔给几张，也像割肉般心疼，现在想来，当时还真不如多写几张，让陛下高兴高兴。现在他愿意写了，陛下却看不到了。

御书房里非常安静，只能听到紫毫在纸面上滑过的声音，忽然间，不知何处传来几声极为威严的训斥声。宁缺微微失神。御书房和前殿离得极近，想必声音是从那里传来的。先前那一刻，他甚至以为自己听到了陛下痛骂白痴的声音。就像在车中他说的那样，他和朝小树并不熟，但可以共生死。他和陛下其实也不熟，但陛下就敢把长安城，把李氏皇族的将来交到他的手里，他也敢用自己的命去完成这件托付。因为这里是长安城，这种事情很常见。他和陛下之间的信任，并不是从那张花开帖开始，而是当时他在御书房里听到陛下痛骂白痴，他很喜欢骂人白痴，所以觉得好生痛快。宁缺醒过神来，陛下已经死了，再没有人在皇宫里大骂白痴。他摇了摇头，继续落笔行墨。忽然间，他握着笔杆的手变得有些僵硬。因为他再次听到殿前传来的声音。这一次他听得真真切切。那道威严的声音，确实是在骂白痴。皇后娘娘在骂人。宁缺笑了起来，觉得好生痛快。

宫殿深处，有一张极大的地图，上面标注着繁复的线条和注释，被数十支臂粗的明烛照着，才能看清楚所有的细节。一名军部的中年参谋，拿着细而长的木棍，指着地图，正在为殿内的所有人做着讲解，只是很明显此时能够听进去的人不多。皇后娘娘有些累了，坐在案后取过一盏茶缓缓饮着。将军和大臣们看着娘娘此时温婉的模样，哪里能联想到先前户部因为往征西军的粮草输送出了问题，娘娘痛骂十几句白痴时的画面。朝小树安安静静站在角落处，看着皇后没有说话，却像此时御书房里的某人那样，想起了曾经在殿内痛骂自己白痴的那位陛下。

有些人还活着，他们回到了家乡，有些人已经死了，他们也回到了家乡，也许他们根本就没有离开过，这样很好。

8

细长的木棍涂着红漆，在帛制的军事地图上不停移动，仿佛就像根火把，要把这张地图点燃，火苗在大唐的疆域上不断蔓延。大唐征西军在高原上获得大胜后，并没有就地休整，也没有回援，而是选择穿越雄峻的葱岭，直扑朝阳城。舒成大将军统率的军队，孤军深入异国，如果能够最终攻克朝阳城，俘获月轮王族，对于如今紧张的局势而言，有很重大的战略意义。

隆庆和那两千名骑兵覆灭在长安城下，荒原骑兵震撼之余生出很多悖意，又缺少有效的军事指挥，对东北边军残部和义勇军为主体的唐军，已经无法构成太大的威胁，东疆的局势渐趋稳定，已经进入清剿的阶段。

真正的威胁还是在南北两方，镇北军补充了很多新鲜的兵员，甚至可以让固山郡腾出手来支援东疆，但金帐王廷准备了数十年时间大举南侵，其势如火如雷，战事依然进行得极为惨烈，唐军始终处于被动防御阶段，在短时间内，还看不到可以歼灭王廷骑兵主力，继而大举反攻的可能性。

南方青峡处的局势同样紧张，西陵神殿联军的主力由南晋军队构成，真正的实力却远不仅此，无论是神殿联军强攻青峡，还是绕道东疆北伐，都必将给长安带来极大的压力，甚至极有可能再次扭转这场战争的走向。然而令人极为不解的是，西陵神殿联军的攻势，比想象中要弱很多，看粮草后勤的动向，似乎也没有绕道北伐的打算。

宫殿内很安静，大臣和将军们都觉得很困惑。“神殿方面究竟在想什么？”曾静大学士说道，“莫非神殿到了此时还想保存实力，等着我们与金帐王廷两败俱伤，才会真正开始进攻？”

“神殿想要和谈。”皇后娘娘指着案上的一封书信说道。那封信色作明黄，是只有西陵神殿和大唐皇室才有资格用的颜色。皇后说出的这句话，让殿内的人们震惊无语，因为没有人能够想明白，在现在这种时刻，西陵神殿方面为什么想要议和。殿内再次变得安静起来，没有人说话。即便如今是举世伐唐，唐人也无所畏惧，但殿内的大臣和将军不是徒有热血的青年人，他们所拥有的最宝贵的气质便是冷静。只要冷静下来，人们便能清醒地认识到大唐与整个人间之间的实力差距。无论是人口、物资、战马数量或是疆土面积，大唐都是世间最大最强的国家，但要和整个世界相比，则毫无疑问处于绝对的劣势。

尤其是随着东北边军在燕国都城覆灭，清河郡水师官兵的鲜血染红了大泽，大唐军队的实力受到了极惨重的损失。虽然在书院和朝廷的搏命努力下，暂时缓解了亡国的危险，可如果要在金帐王廷和西陵神殿联军的南北夹击之下继续苦战，谁也不敢说唐国究竟能不能撑下去，还能撑多长时间。从理性考虑，西陵神殿提出议和，无疑是大唐现在最想看到的事情，然而在这种情况下的谈判，大唐必然要付出极大的代价，甚至现在都可以猜到，联军方面必然会要求大唐割土赔款。开国千年以来，大唐逢战必胜，从无降者，更无城下之盟，难道说现在自己这些人真的无法再坚持祖辈们的骄傲？如果真的迫于无奈要谈，谁来谈？谁敢冒着被唐人痛骂卖国求荣的罪名，在那份文书上签字？殿内的沉默，便是来源于此。皇后娘娘说道："朝臣们商议一番，究竟谈不谈，怎么谈，总之尽快拟个方案出来，必须要快，因为慢一天便会多死一天的人。"

御书房内，皇后娘娘看着那些墨汁尚未完全干透的书帖，不知想起了什么，沉默了片刻，然后说道："你都听见了。"宁缺把笔扔进清水瓮里，扯过一张纸擦了擦手，说道："既然神殿要谈，那我们就陪他们谈，怎么谈都可以，就是不能吃亏。"皇后娘娘说道："既然占着优势，如果我们不肯吃亏，神殿方面必然不会同意，所以既然要谈，便要做好吃亏的准备。"

宁缺摇头说道："首先我们要明白，神殿方面为什么忽然想着议和，要知道神殿联军的主力到今天为止，连场正经的仗都还没有打。"皇后娘娘问道："在你看来，神殿方面主动要求议和的原因是什么？"书案上有一壶新沏的岩茶，书架里有一套精美的茶具，宁缺把茶具取了出来，倒了两小盅，把其中一盅推至皇后身前，自取一盅饮尽，然后取出茶具盒里的所有物事，放到曲线微妙而美的茶盘里。茶盘如海，可盛茶具无数，宁缺把最大的茶壶从茶盘里取了下来，说道："我们现在可以确认的是观主废了，掌教也废了。"他从茶盘上取下一根细瘦的茶匙，又单手抓住几个茶杯，继续说道："天谕神座、七枚大师，还有叶苏也都废了。"最后他轻敲盛放茶叶的木筒，说道："柳白斩了二师兄的右臂，二师兄也刺中了他的胸口，短时间内，柳白不会再次出手。"

此时回看过去数月间这场波澜壮阔的战争，有唐军在浴血奋战，有普通人的雄起，但真正关键的，还是那几场书院与道门之间的强者战。大师兄把观主牵制了整整七日，在葱岭前重伤七枚大师，在青峡前重伤天谕神座，二师兄在青峡前连战绝世强者，先败叶苏，再伤柳白，与同门一道令西陵神殿大军无法进入青峡一步，三师姐把西陵神殿掌教打成了废人，其后又在长安城里与大师兄联手，和观主从地面战至青天。除了夫子留下的惊神阵，以及宁缺最终写出的那个字，便是大师兄二师兄和三师姐，直接改变了这场战争的走向，“书院确实打残了，但道门方面付出的代价更为沉重，他们想要议和并未出乎我的意料，我甚至觉得消息来得还晚了些。”宁缺看着皇后说道，“现在双方都需要时间疗伤，所以娘娘不用在意书院的态度，想怎么谈就怎么谈。”

皇后娘娘说道：“不错，时间对我们有利。”宁缺看着窗外的夜色，那轮有些灰暗的月亮，说道：“也许并不见得。”御书房里安静无声，皇后和他看着那轮月亮，心里都很清楚，也许最终决定人间胜负的关键，还是在夜空里的月亮之上。皇后娘娘收回目光，看着他问道：“书院还有什么意见？”

宁缺说道：“朝政军事之事，后山里的师兄师姐都不懂，自然没有什么意见要我转告娘娘，但我确实有件事情，想要提醒一下。”“什么事？”“如果有办法，请尽快传书葱岭，让舒成将军回师。”皇后娘娘听着这句话，挑眉说道：“按照时间推算，最多再过半个月，西军便能攻进朝阳城，灭掉月轮，这种时候让他们放弃？”“朝阳城绝对不能进。”宁缺想着在荒原地下那座高峰，峰间那些黄色的寺庙，说道：“书院和道门两败俱伤，我可不想讲经首座这样的人来长安城。”皇后娘娘是魔宗出身，虽然久居深宫，但对修行界那些传说中的人物还是很了解，听着这话便明白了宁缺的忌惮，表示了同意。她说道：“军部曾经有个方案，让西军不理月轮国，在葱岭外北进荒原，争取能够趁金帐主力南侵之时，找到单于所在的位置。”宁缺想着那片荒原上名为“泥塘”的大沼泽，说道：“这个方案太过冒险，最好放弃，还是让西军原路撤出葱岭，然后向七城寨机动。”皇后娘娘说道：“便如此办理。只是如果朝廷同意与神殿谈判议和，神殿方面肯定要求与书院谈，到时候是你还是大先生出面？”“书院不能出面，至少我不能出面。”宁缺看着桌上那些散乱的茶杯，说道，“如果书院出面谈，将来便不好后悔，如果我在上面签字，将来还怎么杀人呢？”

朝小树一直在值房里等宁缺，待他出宫时便同路而行。夜空里忽然开始下起小雪，不多时，广场和周边的街巷上铺了层薄薄的雪，靴子踩在上面有些滑，朝小树说道："路不好走，先喝两杯。"宁缺点点头。巷口有家汤铺，铺子里已经坐满了人，战局的缓解很迅速地在百姓生活中得到了体现，只是食客们并不像平日里那般吵闹。铺子老板见又有客来，搬了桌椅搁在店外，询问是否可以。朝小树和宁缺对此无所谓，便就着微雪，开始吃热乎的羊杂汤。酒杯未举，朝小树忽然问道："你准备怎么处理李渔？"宁缺正在往朝小树的碗里拨香菜，听着这话，动作微微一僵，然后恢复正常，说道："那是皇后娘娘或者说朝廷的事。"朝小树说道："我是在问你。"宁缺放下筷子，看着他说道："我记得你和殿下的关系很普通。"

"她毕竟是陛下最疼的女儿。"说完这句话，朝小树端起蘸料碟，把腐乳拨进宁缺碗里。

9

这里离朱雀大道不远，受当日战斗的波及，有些房屋受损得比较严重，微雪夜里，还能看到有人正在修葺。宁缺像是没有听到朝小树的话，静静看着那边，看了很长时间后忽然说道："那天街上死了很多人。"朝小树不再说什么，开始从汤锅里捞羊杂。宁缺给他的碗里倒满酒，说道："议和的事情你怎么看？"朝小树说道："朝堂大事，我不便发言。"宁缺说道："战局渐稳，但谈不上有利于大唐，而且流了太多血，需要缓一段时间，但既然我们没有打输，谈的时候自然不能吃亏。"朝小树说道："先吃吧。"汤锅香味四溢，酒香则显得淡了很多，毕竟是战争时期，朝小树和宁缺都很喜欢的双蒸，没有办法从北方运过来。这顿酒饭吃得有些沉默，也没有喝太多酒，直到最后锅中羊杂将尽，蘸料见底，朝小树才再一次开口说道："这场战争牵涉太广，所有唐人都在为之出力，唯有李渔却像是被人遗忘一样，但你应该很清楚，无论朝野都还有很多人没有忘记她。"

他看着宁缺说道："书院威望太高，皇后娘娘的手段了得，最关键的还是因为外敌入侵，所以朝野能够一心，便是她最忠诚的下属，也选择了蛰伏平静，但如果战争结束或者暂时终止，矛盾终将再次爆发出来。"宁缺说道："朝堂上的大人们并不真的是白痴，皇后娘娘展现出了她的手段和治国能力，他们没有道理继续支持李渔。"朝小树说道："你似乎忘记了一件事情，现在全天下的人都知道皇后是魔宗余孽，唐人虽然从来没服过西陵神殿，但对昊天的信仰却一时半会儿没有可能洗清，人们对魔宗依然有一种天然的厌恶感。"宁缺说道："你究竟想说什么？"朝小树说道："那要取决于书院和朝廷准备如何处理她。""如果一切平静，她就会被永远囚禁在公主府里。"宁缺看着朝小树的眼睛，说道，"如果哪怕只有那么很不起眼的骚动迹象，那么我会在最短的时间里把她杀死。"朝小树看着他说道："你和她以前曾经很亲近，长安城的人都知道，我没有想到你对她竟能如此冷漠。"宁缺说道："我说过，这条街上死过很多人。"朝小树说道："我要去见见她。"宁缺微微挑眉，说道："见她做什么？"朝小树说道："看看，或者谈一谈。"宁缺说道："虽然我不认为还有什么谈的必要，但……我也很长时间没有看见小蛮了，那就去吧。"

夜街安静无声，曾经宾客如云的公主府，显得格外冷清寂寞，即便是偶尔走过的百姓，也没有谁愿意向那扇紧张的大门看上一眼。宁缺知道夜色笼罩的周边坊市里隐藏着不少侍卫。他始终认为李渔是个白痴，但这并不代表皇宫里的那对母子，会对她稍微放松警惕。他和朝小树向着公主府走去。微雪落在紧张的大门上，院墙内幽静无声，也没有灯火，看上去就像是一座坟墓。宣威将军府被满门抄斩后，也很像一座坟墓，刚入长安时，宁缺去凭吊过几次，知道这是败落府邸应有的模样，并不觉得奇怪。他忽然停下脚步，腋下的拐杖落在雪里。朝小树也停下了脚步。在看似正常的夜色里，他们同时感觉到了不正常，因为他们听到墙后的古树间隐隐传来呼吸的声音，从呼吸的频率上来看，那几个人有些紧张。宁缺抬头望向夜空里落下的雪，雪花缓缓地飘落，看着确实有些美丽，但他其实不是在看雪，目光在墙头树枝间轻拂而过。在树枝间，他看到了锋利寒冷的箭镞。"是弩箭。"他看着朝小树笑着说道，“好像还是神侯弩。”听着“神侯弩”三字，朝小树也笑了起来。数年前他和宁缺走进春风亭，在夜雨里杀人无数，推开朝宅大门时，看到的便是神侯弩。

今夜无雨，但是有雪。时隔多年，再一次被神侯弩瞄准，两个人的神情不像当年那般凝重，而是笑了起来，因为他们早已不是当年。朝小树不再是江湖里的君王，在皇宫湖畔便已入了知命，在柳白剑下也能逃出生天，人间修行强者的行列里，早已有了他的位置。

宁缺的改变最大，老笔斋虽然还是他的，但他早已不再以卖字为生，曾经的落魄边城少年，如今已经是书院入世之人。不要说几具神侯弩，就算此时有数百重骑从街那头奔杀而至，无论是朝小树还是宁缺，都不会因之而动容。他们很强，站在一起便更强，数年前春风亭的那场夜雨见过，或者数年后公主府前的这场夜雪，也会有幸亲眼目睹。“我现在只想知道是哪里的人？”宁缺说道。朝小树说道：“应该是固山郡的血披风，华家在军中最精锐的部属，你可能还不知道，华山岳已经从前线回到了长安城。”宁缺说道：“问世间情为何物？直教人都变成白痴。”

走进公主府，依然漆黑一片，只有墙外别家府中的灯光，借着微雪的映照，落在园中，勉强能够看到残花之间的旧径。宁缺来过公主府很多次，带着朝小树直接向里走，经过石门，穿过已经被冻实的湖面，便看到了湖畔露台上那盏如豆的灯光。露台上有很多重幔纱，灯光很暗淡，坐在那里的女子显得很寂寞，时值寒冬，没有人能明白，她为什么要坐在那里受冷风吹。宁缺掀开幔纱，看着李渔说道：“看起来最近你情绪还算可以，想来也是，只要心里有念头，再苦的日子也总能熬下去。”李渔明显有些清减，但容颜依旧清丽，她没有理宁缺，是对着他身旁的朝小树行礼，说道：“多谢朝二叔还记得我。”朝小树摇了摇头，没有说话。宁缺扶拐走到她身前，手指轻搓灯芯，让油灯变得明亮一些。他看着李渔说道：“以前我经常在背后骂你白痴，那是因为我对你的要求太高，其实你没有那么白痴，那么你应该很清楚，在现在这种局面下，你或者留在府里或者死去，大唐没有给你选择第三条道路的权利。”李渔一言不发，只是静静看着他。宁缺说道：“为什么要做如此愚蠢的事情？”听着这句话，李渔笑了起来，有些凄凉，她说：“被幽禁而死，或者被直接杀死，对现在的我来说其实并没有太大差别，我宁肯选择后者，而且我总不能让小蛮跟着我在这座墓里活一辈子。”

“都是借口。”宁缺的语气很平静，这种平静里透着比湖上的雪还要低的温度，他接着说，“如果是担心小蛮，你可以直接派人对我说，看在旧日情分上，无论如何我也不会看着他在这里虚度年华，但你没有说，因为你还是想着自己要出去，而你知道，无论如何我都不会让你离开这座公主府。”寒冷的夜风拂起幔纱，落在李渔的身上，她有些寒冷。朝小树站在一旁沉默不语。李渔看着宁缺，忽然说道：“你就这么恨我？”宁缺说道：“与爱恨无关，你知道我向来只考虑利益问题。”说完这句话，他望向露台四周，说道：“都出来吧。”一片安静。过了会儿，露台四周包括下方都传来声音，十余名穿着披风的男子走了出来，华山岳走在最前方，手里牵着小蛮。这些人面有风霜之色，气质肃然，明显都是军人，令宁缺有些意外的是，这些人身上的披风都是白色的，不像朝小树说的血披风。直到一阵风起，卷起这些军人的披风，露出里衬血红的颜色。小蛮当然认识宁缺，看见他站在母亲身前，下意识里便要喊人，但忽然发现露台上的气氛有些怪异，强行抿紧了嘴。宁缺看着他笑了笑。然后他望向华山岳，笑容渐敛。他不知道此人和这些唐军精锐血披风是用了什么手段进的公主府，但他知道这些人想做什么，而那绝对是他不能允许的事情。

“居然相信一个被情感冲昏头脑的白痴能把你带出长安城，我真不知道是应该对你失望，还是对我当年的判断表示自豪。”宁缺看着华山岳，这句话却是对李渔说的。李渔说道：“我并不相信他能带我离开长安，但既然他来了，我总不能把他赶走，要知道他是这些日子以来，府里来的第一个客人。”宁缺对华山岳说道：“你现在的军职是三州总管，距离大将军只差三级，听闻在北线立下不少战功，今夜却要尽数变成烟云，你会不会后悔？”华山岳看着他腋下的拐杖，说道：“有些事情，总要尝试一次才知道会不会后悔，听说你受了很重的伤，在这种时候遇见我，或者后悔的人是你。”宁缺指了指朝小树。华山岳说道："听闻朝帮主也受了重伤，你们修行者受了伤，普通人也看不出来，但按照军中的说法，此时的你们就像兔子一样弱。"宁缺看着他和十几名血披风，说道："痴心妄想多了，果然容易丧心病狂。"华山岳说道："夜色里有三十具神侯弩对着你，我当然可以想一想。"

10

宁缺扶着拐，看着华山岳，半个身体的重量都压在拐上，因为这个姿势，显得他看得非常认真，仿佛要把华山岳眉间的那抹躁意看透。华山岳的眉心有些隐隐作痛，他觉得宁缺的目光就好像两把锋利的小刀，所以他牵着小蛮的手向旁边侧了一步。

他让开了露台外的夜色，又把坐在案后的李渔遮在了身后。他先前说过，夜色里有三十具神侯弩，这并不是撒谎，随着他的侧身，安静的府园里，骤然响起极凄厉的破空之声。雪花乍破，数十道弩箭从院墙旁的树间闪电般射出，直指露台上的宁缺。园内落下的雪花很稀，此时却仿佛骤然间密集起来，并且上面被附着了一道很诡异的力量，形成无数道锋利的线条。弩箭锋利的箭镞，穿过雪花之后，便像被利刃砍掉的头颅一般，折断坠落，紧接着弩箭的箭枝也段段破裂，在空中散开。

数十道弩箭，根本没有办法逾越露台外的风雪，变成无数段残片，随风雪而散，然后缓缓落下，和树头落下的枯枝没有任何区别。弩箭的碎片落在薄雪上，发出啪啪的乱响，露台内外的人们，早已被这幕画面震惊，直到听到声音，才醒过神来。铮铮两声，数名唐军厉喝声中，自腰间抽出佩刀，向宁缺的头顶斩去。宁缺倚在拐上，看都没有看这几把刀，只是依然静静地看着华山岳。华山岳觉得自己眉心的刺痛越发严重，身心俱寒。数名唐军抽刀斩落，未至宁缺身前，坚硬的刀身便随着一声清脆的鸣响，断成了两截，接下来断裂的是他们握着刀柄的手。两道非常清晰的刀痕，出现在他们的胸腹之上，鲜血缓缓从那两道刀痕里渗出来，逐渐蔓延，伤口也渐渐向两边分开，变得越来越恐怖。宁缺没有抽刀，便在这些唐军的身上斩了两刀，刀伤只在身前，刀意却浸透至后背，唐军身后的披风随风而断，落在地上。半截披风落在地上时卷起，露出鲜红的那一面，看上去就像是片片血泊，那数名唐军双膝跪倒在血泊之中，再也无法站起。华山岳眼瞳微缩，神情却还算镇静，看着宁缺问道："这就是那个字？"

宁缺倚着拐杖看着他，依然一言不发。然后他缓缓站直身体，右手松开拐杖下方的那根横木，似乎准备抽刀，又或者准备写字。先前的两幕画面，已经说明了双方之间难以想象的实力差距，看到宁缺的动作，所有人都知道，他接下来要做的事情。

便在这时，朝小树的手落在了宁缺的肩上。宁缺想听解释。朝小树看着那些唐军问道："你们刚从前线回来？"露台上很是安静，没有人回答他的这个问题，因为不知道他为什么要问这个问题。宁缺知道，朝小树这个问题是说给自己听的，他看着这些唐军脸上的风霜，沉默片刻后，右手重新握住拐杖，把身体倚了上去。

他看着华山岳说道："再怎么想，都是痴心妄想。"华山岳看着身旁那几名倒在血泊里的下属，沉默了很长时间，然后收回一直捂着小蛮眼睛的右手，望向宁缺说道："想，有时候或许会比较可笑，但你即便杀了我，也没有办法阻止我想这件事情。"说这句话的时候，他脸上的神情很复杂，有些遗憾，有些自嘲，有些不甘，为了救李渔离开长安城，他做了很缜密的安排，然而谁能想到，在这个下着微雪的夜里，冷清了好些日子的公主府，居然迎来了宁缺和朝小树这样两个客人。

冷清了很长时间的公主府，今夜重新变得热闹起来，侍卫处和长安府派来了很多人手，府前街上被火把照得一片通明，街道两头围了很多民众，看着那边的动静指指点点、议论纷纷，基本上没有什么好听的话。战局紧张，大唐子弟还在前线浴血奋战，结果那些达官贵人还要在长安城里闹出这么多事情，没有谁会对失败者投予任何同情。

华山岳和五十余名来自固山郡的唐军，被缴械上枷带出公主府，等待他们的是军部的大牢。至于最终要付出什么代价，现在还没有人知道。事后看来，这场营救确实显得太过痴心妄想，被评价为丧心病狂也没有什么问题，但事实上，华山岳不愧为唐军将领青壮派领袖，他并不像此次计划所展现出来的这般无能，事先拟订的计划堪称完美。初回长安便以雷霆之势动手，各个环节都有准备。只要他能够带着李渔走出公主府，那么无论是巡城司还有侍卫处，都不可能阻止他们离开长安，而如果真让他带着李渔回到固山郡，谁知道此后的大唐会变成什么模样？只可惜他的运气实在是差得有些厉害，谁都没有想到，朝小树要去见李渔，更想不到的是，宁缺也随他一起到了公主府。府外街上的热闹与议论，并没有影响到府里深处的幽静。宁缺对朝小树说道："你现在还想和她谈吗？"朝小树沉默片刻后说道："看到了，那就不用谈了。""那你等我一会儿。"宁缺说道，"我忽然有些事情想和她谈一下。"

露台幽静，湖面积雪渐厚，更添几分凄冷，小蛮被仆妇带去睡觉，只是今夜见着如此血腥的杀人画面，也不知道他能不能睡着。宁缺放下拐杖，有些困难地坐到案边，伸手拿起李渔身前那盏冷茶，喝了两口润了下嗓子，然后说道："其实我真的不想再骂你白痴了。"李渔看着那盏残茶，说道："骂腻了？"宁缺说道："安安静静待在这个园子里，虽然景致有些单调，但总比死了好，你应该明白这个道理，为什么却偏要不死心？""我说过，被幽死和被杀死，我宁肯选择后者，而且华山岳不顾身家性命也来救我，我还能做些什么？难道向你告密？"李渔看着他嘲弄说道，"在御书房里那个夜晚，你曾经对我说过，你的冷酷我会慢慢看到，接着你便在殿上杀了珲圆，现在你是不是要来接着展示冷酷？如果你要杀我最好直接一些，不要用我白痴来当借口。"宁缺沉默片刻，说道："我想骂你白痴，不是因为今夜这件事情，而是因为今夜发生了这件事情后，你似乎依然很自信不会被我杀死。"李渔说道："如果你真想杀我，这时候就不会留下来和我说这些话。"宁缺摇了摇头，说道："杀你是很简单的事情，不杀你确实是比较麻烦的事情，但这种麻烦不是你所以为的那种麻烦。"

李渔皱了皱眉，却没有说话。宁缺看着她清丽的容颜，仿佛看到多年前篝火堆旁，抱着小蛮听自己讲童话故事的那个婢女，说道："看来这些天你想明白了很多事情。"李渔依然沉默不语。宁缺说道："这世间没有什么奇货可居，无论是小蛮的身世，还是你在草原上的影响力，都不会影响我和皇后娘娘做的决定。”

李渔盯着他的眼睛，收在袖中的双手微微颤抖。她能够想到宁缺看明白自己的想法和依靠，却没有想到，宁缺在知道这一切后，还显得如此冷淡。如今举世伐唐，除了西陵神殿，真正能够威胁到大唐的，便是自北方南侵的金帐王廷骑兵，大唐如果想要彻底解决来自北方的威胁，小蛮的身世还有她在金帐里的影响力，便显得非常重要。正是因为这些，她算准了书院和朝廷一定会留着自己。“其实你想的不算错，但书院和朝廷不见得这样做，尤其是当我发现你想要把这些当作筹码的时候。”宁缺看着她说道，“死了李屠夫，我一样可以吃猪肉，夫子走了，书院依然强大无敌，对于金帐王廷拥有的万里荒原，我早有计划安排，如果有你帮助，自然更好，如果没有你，我一样会获得最终的胜利。”李渔看着他挑眉说道：“哪怕要多死很多人？”宁缺说道：“只要死的不是唐人。”李渔想到了某种可能性，神情微变，显得有些落寞，说道：“看来大唐确实不需要我和小蛮了，难道说开战之前，你就已经做了安排？”宁缺没有想到她通过只言片语，便猜到了自己对金帐王廷所做的计划，说道：“看来在这些方面，你确实不是白痴。”李渔自嘲说道：“那说明在别的方面我依然是白痴。”宁缺说道：“不错。”军马撤走，公主府前的街上渐渐恢复安静，街面上被踩成污水的积雪，却一时半会儿无法恢复到整洁柔白的模样。宁缺和朝小树走在街上，靴底踩着雪水，发出啪啪的声音。“杀还是不杀，这个问题你最终还是要解决。”朝小树说道：“毕竟是陛下最疼爱的女儿，如果能够不杀，最好不杀。”

11

安静的街巷里回荡着靴底踩雪水的声音，显得很单调，就像是有人用手掌拍打皇宫里那口旧钟，发不出来嗡沉的低鸣，令人肉痛。宁缺腋下的拐杖随着脚步，有节奏地落在雪地上，却没有发出任何声音。听到朝小树说的话，他沉默了很长一段时间，说道：“书院不干政，杀不杀她最终还是由皇后娘娘说了算。”

如果书院不干朝政，大唐只怕在数月之前便已经亡国，书院不干朝政，自然早已变成一句空话，那么第二句自然也是空话。朝小树说道：“华山岳杀不杀？”宁缺说道：“我想杀。”朝小树说道：“华家乃是河北望族，和清河郡诸姓不同，对大唐向来忠心，在军中朝中颇有根基，尤其是固山郡五大营，向来由他们打理，此番在北疆和东疆，华家一直在拼命，事实上现在还在拼命。”

宁缺说道：“你给我讲这些事情，就是要告诉我华山岳不要杀？”朝小树说道：“你也清楚这一点，不然先前就算我阻止你，你也一样会动手。”宁缺说道：“我是在想，如果要杀华山岳，是不是应该把华家满门抄斩。”

“虽说这个答案有些冷狠，但并没有出乎我的意料。”朝小树说道，“只是朝野间那么多人你是杀不光的，你不可能把所有支持李渔的大臣都满门抄斩，因为那样大唐便等于自取灭亡。然而战事一旦平息，这些人肯定会担心皇后或者书院会对他们进行清洗，所以矛盾会一直持续下去，就算今夜没有华山岳这件事，以后也会出类似的事情。”

宁缺说道：“我会寻找到一个合适的方法进行处理。”二人不再继续讨论这件事情，毕竟那些事情或者说处理方法里，透着难以抹去的阴森意味，和今夜的白雪净街，这些天的热血，并不是太和谐。

朝小树不喜欢，宁缺也不愿意在这种时刻说这些，二人沉默前行，没用多长时间，便来到了东城的春风亭横二街。走进朝宅，宁缺见过朝老太爷，然后便被上官扬羽拉到了侧院。他看着这位府尹大人如当年一般猥琐的容颜，微微挑眉说道：“那边反应怎么这么快？”

上官扬羽抚着山羊胡，看似镇定，实际上手颤抖得险些把本就不多的胡须拔下来，说道：“好不容易才安静两天，这事处理不好，会惹出大麻烦。”“怎么处理才是好？”宁缺看着他问道。上官扬羽被他看得很是心慌，说道：“您说好那就是真好。”宁缺笑了笑，说道：“谁找到你的头上？”

上官扬羽说道：“这种事情，无论是大学士还是尚书大人们都不敢出面，还能有谁？大理寺卿这时候就在我家等着。”通过府尹大人的解说，宁缺才知道，这位大理寺卿是华家的姻亲，他想了想后问道：“皇后娘娘是什么意思？”上官扬羽说道：“娘娘请十三先生全权处理。”

然后他看了看四周，确认没有人窥视，低声说道：“华家老少这时候正在宫门前跪着，看情形只怕要跪到明天清晨去。”“这时候跪着又有什么意义？”宁缺说道。他明白了朝廷的意思，华山岳的行为明显没有得到家族的同意，而在这种时刻，所有人都想保持平静和团结。有资格处置此事，平息风波的地方，只能是书院。换句话来说，就是他。

宁缺想起在北大营伏袭皇后车队的那些镇北军官兵，说道：“把那些涉案的血披风都送到徐迟大将军麾下，就说是我送过去的，照前例办理，以十首级赎罪，你回府告诉那位大理寺卿，如果战事稍歇，让华家准备好交兵权。”

“明白。”上官扬羽被皇后娘娘扔出来做中间人，却也不愿意把公主殿下那派的大人们得罪得太惨，听着宁缺的意见终于松了口气，问道：“那华山岳？”宁缺说道：“一样扔过去。”上官扬羽终于完全放下心，他最担心的便是宁缺坚持要杀死华山岳，要知道就连皇后娘娘都觉得，华山岳不能这时候死。

上官扬羽出了朝宅，宁缺一个人站在偏院里，手掌轻轻抚摩着拐杖有些粗糙的表面，想着今夜这件事情，总觉得哪里有些不对劲儿。蜡梅丛后响起咳嗽声，朝老太爷走了出来。宁缺准备上前去扶。朝老太爷挥挥手，说道：“你现在就是个死瘸子，还想着扶我？”宁缺笑了笑，忽然问道：“二伯，您对这件事情怎么看？”朝老太爷说道：“朝堂大事，怎么来问我这个老头儿？”宁缺说道：“便是观主，也要向您发问，更何况是我。”朝老太爷说道：“说来听听。”宁缺说道：“我总觉得这么处理，有些不对劲儿。”朝老太爷说道：“因为你在退。”宁缺若有所思道：“不错，我已经不习惯在世事面前后退。”朝老太爷看着他说道：“若要问天道，便不应理世事。”宁缺问道：“世事总来扰你又如何？”朝老太爷说道：“观主在你面前时，你是怎么做的？”

朝宅花厅里搁着很多火盆，温暖如春。鱼龙帮弟子前些天死伤惨重，帮中的气氛自然有些黯淡，今日朝小树和刘五归来，诸人在朝宅相聚，也没有饮太多酒。宁缺和齐四说完了雁鸣湖畔宅院整修的事情，向桌对面看了一眼。陈七正在喝热茶，他不喜欢喝酒，因为他认为酒水对思考无益。宁缺说汤喝得有些多，出了花厅去解手。不多时，陈七也出来了。“你们和军方熟，和镇北军那边关系怎么样？”宁缺看着陈七问道。明黄的灯光透过窗纸，落在陈七身上，留下大片阴影，看不清楚脸。春风亭一夜后，鱼龙帮和军方的关系非常紧密，陈七知道在这方面不可能隐瞒什么，轻声说道：“能说上话。”

宁缺说道：“告诉那边，我要华山岳死。”陈七沉默了很长时间，然后点了点头。他点头的动作很小，如果不是宁缺在盯着看，根本都看不清楚。二人先后回到花厅。朝小树看了二人一眼，说道：“快吃吧，肉都快烂了。”

12

吃了羊杂汤，接着宵夜，酒却喝得不多，宁缺走出朝宅，被寒风微拂，便没了酒意，又觉着有些不尽兴，或者说烦闷。马车去了礼宾馆，他让车夫离开，自己扶着拐，在雪中深一脚浅一脚地走进园中，透过雪窗，看到莫山山正在提笔写字。

烛火如当年，女子的眉眼还是那般秀丽，他在窗外静静站了很长时间，然后才叩门而入，却不知该说些什么。宁缺此时想饮酒，想和莫山山饮酒，进得闺舍才发现此时已是深夜，不知如何开口，便说道：“天猫女那丫头现在怎么样？”

“说了门亲事……”莫山山准备给他斟茶，看着他的神情，忍不住微微一笑，说道，“我这时候有些想饮酒，你陪不陪？”几碟小菜、两碗青菜粥、一壶大河国老酒，二人对饮。莫山山问道：“你的眉间有郁结。”宁缺放下酒杯，揉了揉眉心，说道：“这么明显？”莫山山微笑说道：“若非如此，你怎么会如此夜深来找我？”

宁缺沉默片刻，把今夜发生的事情说了一遍，至于最后交代陈七的那些隐秘事，自然没有提，感慨说道：“五年前送李渔回长安，在北山道口第一次看见华山岳，当时我就不喜欢这个人，现在依然不喜欢，但我怎么也想不到，他居然舍了命也要救李渔，情之一物，着实令人猜不透。”

“情之一物……”莫山山轻转酒杯，静静看着宁缺说道，“本就是极难明白的事。”宁缺被她看得有些乱，伸筷子去夹油炸小尾鱼，鱼却从筷子里滑了下来。他把筷子搁到桌上，转而言道：“我有些郁结的原因，还在于世间之事，想那日雪街之上，无数人死去，但死得清爽，今夜这事，绝大多数人都能活着，却活得令我极不舒畅，朝二伯对我说，要问天道便莫理世事，若世事来扰你我，便像砍观主那般一刀砍落，只是说得简单，做起来何其困难。”

莫山山把鬓畔的细发理至耳后，说道：“修道途中，每个人都会被这些选择所困扰，我也曾经有过相同的困扰，只是后来发现，我是一个很贪心的人，天道要问，世事我要理，情之一物，我也要琢磨。”她抬起头来，看着宁缺说道：“那年在瓦山，我曾经想问歧山大师一句话，最终却没有问出口，当其时，我以为自己已经想明白了，然而回大河后，坐在墨池畔看水面倒影，看青天里流云，却发现所谓想明白依然只是逃避，我始终有些不甘，这便是贪心，因为红墙白雪你曾说过喜欢，我依然喜欢。”

宁缺沉默了很长时间，然后说道：“我也是喜欢的。”然后他望向雪窗外的那些竹子，想起那个漫长的夜，自己在雪湖畔咒天骂地，说道：“那天她跑掉，但跑得不远，所以我能抓回来，这一次她跑到天上去了，跑得太远，回不来了，所以我没有任何办法。”

这段话前后似乎没有什么关系，但莫山山听懂了，疏长的睫毛微微眨着，白皙的脸上没有任何黯然情伤，只是平静。“我喜欢你，你喜欢我，这就很好。”她看着宁缺说道，“至于其余的贪心，以前或者有可能，现在大概没可能，我也不会因此而感到伤心，因为这大概便是天意。”她斟了杯酒，缓缓推到宁缺身前。然后她望向雪窗外的夜穹，微笑说道：“谁让她就是天。”宁缺看着她那令人心颤的美丽容颜，饮尽杯中酒，以为敬。

长安城越来越寒冷，冬天变得越来越冷酷，日子缓慢而不可阻挡地前行，悄无声息间，天启十八年便走到了尽头。

小皇帝还没有正式登基，大唐朝事尽掌于皇后之手，改年号的事情，大概还要等一段时间，战争并没有完全停止，唐国依然承受着极大的压力，不知有多少人死去，但新年总是要过的，并且还要过得更热闹。

宁缺的新年是在书院里过的，后山的师兄师姐们伤的伤，残的残，养病的养病，年夜饭便落在莫山山和唐小棠的身上，再加上小书童在旁协助，虽然直到月亮爬上山巅，饭菜才做好，总算是有口热乎饭菜吃。这一夜大家都喝了不少酒，对着夜穹里那轮明月敬了好几轮，如果夫子这时候有空闲喝下弟子们敬的酒，只怕会醉得一塌糊涂。

很平静，很温馨，仿佛一切如昨，但事实上众人都觉得，现在的书院后山少了些什么，而且缺少的那些很重要，也许是最喜欢当美食品鉴定家的老师，也许是前些年一直在负责做饭的桑桑。

新旧两年相交之时，世间的局势也发生了很多重大的变化，因为天气严寒，金帐王廷的骑兵终止了疯狂的进攻势头，与唐军暂时进入了休战状态。金帐王廷以七城寨的开平为大营，唐军则坚守在向晚原一带，寸步不退。

月轮国的国主以及大军的主帅等重要人物，都死在大师兄手中。大军主力在葱岭前被大唐西军歼灭，西军趁势突破葱岭，直袭朝阳城，意欲灭其国本。一路连破十七城，到了朝阳城北才接到长安十万火急发来的飞信。舒成将军看过这封由朝廷和书院联署的书信后，思考了一段时间，然后不顾麾下众将领的震惊不解和反对，强行命令大军回撤。

大唐西军撤离朝阳城之时，烟尘冲天，月轮国人完全无法相信自己的眼睛，待他们确定唐军不再攻城之后，整个朝阳城变成了一片欢腾的海洋，无数的月轮国人痛哭流涕，然后开始泼洒清水以为庆贺。在此后的撤军途中，大唐西军甚至受到了月轮国国民的夹道欢送。不时有月轮国士绅百姓或是僧侣，给大军送来粮草清水还有染红的鸡蛋。就连最开始坚决反对撤军的西军将领们，在看到这一幕幕画面后，也终于确认这个常年温暖的国度实在是不能以常理论，征服他们确实没有什么意思。

真正最令人震惊的变化，发生在青峡处，号称数十万之众的西陵神殿联军，不知道因为什么，竟开始收兵南撤，不再试图打通青峡，也没有绕道北伐的意图，而是撤回了清河郡，沉默地等待着什么。

大唐镇南军千里奔援青峡，一路丢弃了无数辎重，甚至大部分士兵连盔甲皮甲都扔进了深山里，疲惫不堪，完全靠意志力在苦撑。因为西陵神殿联军的南撤，他们终于迎来了珍贵的喘息机会，只是幸福降临得如此突然，无论是镇南军的将领们还是长安城，都不明白究竟发生了什么事情。

最强大的神殿联军，在这场举世伐唐之战里，等于什么事情都没有做，或者更准确来说，没有起到任何作用，便这样退了回去，这究竟是为什么？唐人想不明白，南晋人更想不明白，尤其是因为丧子始终沉浸在极端悲痛中的南晋皇帝陛下，更是不可能想明白，所以他非常愤怒。然后他便气死了。

新年之后，南晋皇帝的死讯传遍天下。按照南晋朝廷的官方说法，这位伟大的南晋皇帝是因为操劳国事过甚，连续批阅奏章，三天两夜未眠，突发疾病而亡。大唐天枢处在南方则查到了一些别的说法，虽然最终能够确定的只是一些片段，却足够长安城里的人们推断出当时究竟发生了什么事情。

南晋皇帝死前的那天，因为西陵神殿联军南撤而雷霆大怒，把南晋军方的将领召进宫里一顿乱骂，甚至就连已经死了的白海昕主帅都没有放过。然后这位陛下依然没法高兴起来，命令剑阁派人进宫交代为什么青峡一战打成了这副模样。剑圣柳白正在养伤，而且以他的地位，自然不会去皇宫做什么交代，剑阁随意派了名弟子进宫，那名弟子叫柳亦青。然后……就没有什么然后了。

南晋皇帝的死，在史书上大概只是简单的一句记录，和历史上无数座皇宫里的阴森血污相比，没有什么太大的区别，但在有心人的眼中，这位皇帝陛下的死亡却是件非常重要的事情，因为这代表着人间权力结构的根本性改变。修行者并没有足够的力量，能够影响世俗的皇权，这场举世伐唐战争里的很多细节，早已证明了这一点，无论是燕国的修行者，还是唐军里的阵师剑师，或者是金帐王廷里的祭司，在千骑冲锋和满天箭雨之前，和普通人没有太大差别。

同样是这场战争，却证明了另外一种可能，那就是知命巅峰的真正强者，一旦发威足以改变河山的颜色，比如青峡之战里出手的那三人。肃穆的南晋皇宫，在一个瞎子的剑前，都显得那般孱弱、不堪一击，这与剑阁的强大有关，事实上却说明了一个事实：夫子离开人间，去了天上。从那一天开始，人间便不再是当年的人间，这便是所谓天上人间。

13

像柳白、君陌、叶苏这样强大的修行者一直存在，千年前的世界，本就是修行强者的世界，无论是王族还是普通人，都只是在缝隙里苟延残喘的可怜人。只不过千年有圣人出，随着夫子建唐，西陵神殿做出相应的改变，这种局面便发生了根本性的变化。

有书院和西陵神殿这两座大山，再强大的修行者，都必须服从于世俗的规矩。除非他们能够越过五境，然而越过五境，他们会发现自己的头顶，原来始终笼罩着一片青天，让己不得出。如今夫子登天，苍天也似乎无心再理人间，西陵神殿在战争中损耗极大，两座大山和一片青天的震慑力，都在减弱。

在这种情况下，强大的修行者自然可以呼吸更多新鲜的空气，更何况像剑圣柳白这种只要愿意、随时可以跨过五境门槛的人。于是南晋皇帝悄然死去，便成了一件很自然的事情，因为他根本没有看明白世界的变化。越强的人拥有越多的自由，一旦他们有能力把这种自由凌驾在人间之上，人间必然陷入混乱之中，如同大唐出现之前的那些蛮荒岁月。

现在就看像柳白这样的神殿客卿，对昊天道门是否还保有足够的尊敬，同时看书院里的人们，能否像夫子那样替人间百姓撑开一把伞。如果只从眼下看来，西陵神殿在这场战争中受到的削弱最多，但昊天道门统驭世间无数年，底蕴之深厚难以想象，谁都不知道在哪座山的简陋道观里，是不是还藏着知命境的隐者。

除了七枚大师重伤，佛宗的实力基本上没有受到太大影响，无论是佛宗行走七念还是悬空寺的僧兵，都没有加入到这场战争中来，只是因为佛宗本身的理念所限，他们应该不会做出太主动的事情。除了道佛两宗，世间诸势力最强的还要数金帐王廷，除却那些狼群一般的骑兵，王廷的国师和那十余位大祭司，便足以震慑绝大多数修行者。

南晋剑阁已经开始展露锋芒，相信各地的门阀世家低调多年的供奉，也敢在这风雨飘摇之时出来见天日了，被三大不可知之地控制无数年的世俗世界，必将变得纷乱起来，谁也看不清楚最终会走到哪一步。如果想要看清楚人间的将来，所有修行门派都必须盯着长安城南的书院，无论书院现在如何沉默，但那里毕竟是书院。

“今后是修行强者的世界。除非夫子回到人间，或者西陵神殿在最短的时间内恢复实力，不然至少会乱上一段时间。”宁缺隔着青帘，看着车厢里说道，“你现在应该清醒地认识到这一点，那些大臣也应该认识到这一点，然后学会接受现实。”

来到新的一年的长安城，局势也有些纷乱复杂，当西陵神殿联军和金帐王廷骑兵施加给大唐的强大的外部压力暂时消失之后，原先看似铁板一块的大唐朝野内部，有些隐藏着的问题渐渐浮出水面。尤其是前些天，华山岳的死亡从前线传来后，整个长安城都震动了。

华山岳是世家子弟，数年前便成为固山郡三州镇军主管，在军中权势颇重，地位极高，很被看好成为将来的大唐王将。在大唐军中，马革裹尸从来都不是只属于普通士兵的悲伤，将军死于沙场是很常见的事情，比华山岳级别更高的将领，死于敌人流矢的事情，在大唐千年的历史上不知道发生过多少次。按道理来说，华山岳战死的消息，肯定会引起朝野间的悲痛与遗憾，却不至于引发如此剧烈的震动。

但事实并非如此。因为华山岳身为三州镇军主管，不需要身先士卒，至少不需要在战事渐平的时期，还带着下属冲杀于凶险的战场之上。最关键的是，所有人都知道，华山岳是因为什么才被书院送到了镇北军中。

于是华山岳的死讯，在很短的时间内，便点燃了公主一派官员的怒火。前日朝会结束之后，白发苍苍的礼部尚书对着宫墙泪流满面，厉声喝道：“即便有罪，岂能不审而死？娘娘，你可对得起陛下？”礼部尚书乃是公主派的大人物。像他这样的人，在朝中还有很多，更何况华家本就是大唐世家，不知有多少亲近的门生故旧。

如果皇后和书院选择在这时候，对朝野间的势力进行清洗，必然会伤透人心，但如果不伤人心，人心却难免乱起来。皇后娘娘是魔宗圣女这件事情，直到如今依然无法被大唐朝野很多人接受，最危险的是，如果人心之乱和道门对大唐皇室的指责联系到了一起，必然会给大唐带来极大的麻烦。西陵神殿方面，现在还没有进行这方面的舆论攻势，但谁都知道，这只是暂时的平静。

红袖招前停着很多辆马车，楼内却非常安静，听不到丝竹之声，听不到曲声，听不到一曲舞罢，喝彩鼓掌之声。大厅里摆着十余张桌案，案后坐着的人，都是公主一派的重要人物，这些人或面有怒色，或面带思忖之色，或沉稳不语。无论心里是何等情绪，但他们看着正前方那张桌案的眼光都很冷漠。那张桌案摆在正前方，和这十余张桌案隔着一段距离，宁缺坐在案后，静静看着面前这十余位神情各异的大臣。

他是书院十三先生，整个唐国无人敢有丝毫不敬，但此时却没有人理他，所以他显得很孤单。宁缺很适应这种孤单，无论是在岷山还是在荒原，他过惯了这种日子。他举起酒壶，把自己面前的酒杯斟满，看着身前这十余位大臣，说道："我知道你们在想什么，你们不甘心，或者说不服气，或者对皇后娘娘有所怀疑，或者认为我做了些很不妥当的事。"

大臣们微微挑眉，心想难道你真的敢自承其事？宁缺举起酒杯说道："但我不会对你们解释，因为我不需要解释，唐律在上，规矩总是要守的，等什么时候我大唐军队能够南出青峡，收复清河，或是深入荒原，把金帐一把火烧了，到时候我们再来说今日这些事。"

一位大臣说道："那十三先生今日让我们来又是何意？"宁缺说道："我要你们闭嘴。"那位大臣怒意难遏，斥道："你凭什么让我们闭嘴？"宁缺说道："没有证据，到处传流言，是为诬陷，而且在这种时刻，做这种事情，迹同叛国，你们应该知道轻重，如果不闭嘴，那你们想做什么？""我们要见公主殿下。""不行。"宁缺说道："殿下是戴罪之身，没有人能见，如果你们坚持要见，那明日便开审公主殿下篡改先皇遗诏一案。"

“那便开审吧。”沉默的礼部尚书终于开口说话，声音有些疲惫，也有些黯然，说道，“至少我不能眼看着殿下像华将军一样悄悄地死去。”宁缺看着手中的酒杯，沉默了片刻，然后说道：“那便见吧。”随着这句话，他身后的珠帘轻动，发出清脆悦耳的鸣响，穿着宫裙的李渔，在两名侍女的陪伴下，缓步走进厅中。

楼内顿时响起一阵碗碟撞击之声，十余名大臣纷纷站起，看着李渔面露震惊激动之色，半晌后才醒过神来，纷纷行礼相见。这是事变以来，李渔第一次离开公主府，也是朝中这些人第一次看到她，此时看着殿下虽然有些清减，但精神不错，诸大臣的心情终于安定了些。

李渔看着这些大臣，想着已经到了如今境况，这些人依然对自己不离不弃，心中难免感动，拜谢道：“多谢诸君。”大臣们齐声道：“不敢。”宁缺端着酒杯，看着酒杯，仿佛事外之人。然后他抬起头来，看着那些大臣，说道：“如果这样你们还不能冷静下来，我可以向你们保证，公主殿下绝对不会像华山岳那样悄悄死去。我会让她死在你们面前，让世间所有人都看到她死亡时的画面。”

大臣们还沉浸在得见殿下的兴奋中，忽然听着宁缺说的这段话，顿时觉得仿佛被冰刀刺了个对穿，寒意直透内腑。坐在角落里的一名青年将领大怒喝道：“谁敢动殿下！”宁缺把杯中的酒饮尽，起身离开大厅，向楼上走去。他没有回答这名青年将领的话，厅内诸大臣也没有谁回答这名青年将领的话，楼内安静无比，只能听到人们有些急促的呼吸声。因为愤怒，也是因为紧张，还有恐惧。他们此时终于想起来，宁缺连皇帝都敢杀。

红袖招顶楼房间里，桌上铺着百花绣布，一只青瓷碗里盛着银耳羹，瓷碗的碗底正压在那朵艳丽的牡丹花上。宁缺把银耳羹喝完，擦了擦嘴说道：“就喝了一杯酒，不需要醒。”简大家说道：“问题是案上那些点心你也没怎么吃。”宁缺这才知道先前楼下的动静，一直被她看在眼里，说道：“最近这些天，实在是没有心情吃东西。”简大家说道：“我让水珠儿去煮汤圆了，记得你喜欢吃这个。”

“谢谢简姨。”宁缺略一停顿，继续说道，“今夜这件事情，书院是给简姨面子。”

14

简大家说道："这是给娘娘的面子。"宁缺说道："事涉书院，皇后也要喊我一声小师叔，我不用给她面子。"简大家静静看着他，问道："你真想杀了李渔？"宁缺想都没想，说道："让她死是最好的选择。"
"为什么？"简大家问道。

宁缺解释道："杀了李珲圆，再把李渔杀死，朝中的大臣们就算还有二心，他们能向谁效忠？他们就算再痛苦不甘，也必须服从娘娘的意思。这场战争在很多人看来，让朝廷和书院不方便对这些人下狠手，但如果换个角度去想，杀死李渔后，战争的压力和大义的名分，便会成为这些大臣的压力。"

听完他的这番话，简大家叹息说道："我以前一直以为你和你小师叔很像，后来你学了他的浩然气，便以为你们俩更像，现在才想明白，你们终究是两个人。"宁缺说道："我这辈子都没办法赶上小师叔，但在有些事情上我相信自己能比他做得更好，比如现在大唐面临的这些情况。"

简大家微涩一笑，说道："所以他死了。"宁缺平静说道："我不怕死，但我要大唐和书院活下去。"简大家看着他，眼神里流露出怜惜的情绪，手抚胸口平静一阵后说道："但你有没有想过，亲王虽然与夏天关系不错，但他也姓李？"

听到这个名字，宁缺想起了很多事情，比如将军府里化不开的稠血，说道："在我的眼里他已经死了，只是需要一个正确的时间。"简大家说道："你的冷静会让人们觉得恐惧。"宁缺不再讨论这件事情，问道："我还是很想知道，皇后娘娘为什么反对我杀死李渔，她不应该是那种能被小情小意影响的人。"

"我真的不知道夏天在想什么。"简大家望向窗外，此时天色已黑，一轮明月悬在城墙之上，她的脸上露出迷惘的神情，问道："夫子真的走了？"宁缺站起身来，走到窗畔看着那轮明月，说道："谁知道呢？"稍作停顿，他继续说道："除了他和昊天，还能有谁知道呢？"

过年之后，宁缺便一直留在长安城里，不是因为来回书院不便，而是有更重要的一些原因，以及准备等待西陵神殿使团的到来。时渐入春，神殿使团终于抵达了长安城，在唐人们复杂的目光注视下，使团的车队驶过朱雀大街，进入礼宾馆。

前来谈判的使团人员构成有些复杂，主使是西陵神殿天谕院院长，两名副手分别是南晋的一位王爷还有燕国的丞相，说起来有些好笑，但真的不好笑的是，南晋和燕国的皇位现在都还是空着的。战争暂时告一段落，两路大军依然在唐国南北，局势非常紧张，所以双方的谈判随着使团的到来迅速开始，大唐朝廷里的博学之士和西陵神殿使团的成员，坐在长桌两侧，开始像意料中的那样挥舞唇枪与舌剑。

谈判自然需要谈，据理力争却往往看的不是谁更占着道理，而是看谁更有力气。皇宫侧殿里双方的谈判只是一个方面，最重要或者说最关键的谈判场所在长安城内的另一个地方，那里有一片碧波荡漾的湖。

和观主一战前，宁缺执刀行走于街巷中，斩掉桑桑留下的痕迹。雁鸣湖的宅院也自然不能避开，好在破坏并不是太严重，没有用多长时间便修好了。新年后的这段日子，他便一直住在这里。雁鸣湖上的厚雪早就已经融化，冰层变成极薄的镜面，然后纷纷碎裂，被风吹至湖岸堆成雪酥卷，露出了清澈的湖水。

宁缺站在湖畔，伸手把尚未抽出青芽的寒柳枝拨开，看着水中那些隐约可见的细青茎，自然想起了那年夏天，他和桑桑划着船儿在湖上种荷花的画面。湖上阴云渐至，没有春雷炸响，悄无声息间便有雨点淅淅沥沥落下，这是长安城今年落的第一场春雨，自然带了些料峭寒意。

宁缺走回宅院，拿了毛巾擦拭身上的雨水，便在此时听到了叩门声。他走到院门前，听着那边响起的叩门声，沉默片刻，把门打开。雨水不停地落着，把他的衣裳全部打湿，也打湿了门外那个女子。宁缺看着她，觉得仿佛又回到了那年夏天。

她没有穿青色的道衣，穿着血色的裁决神袍，黑色的发丝没有像那年一样因为湿漉而显得狼狈，因为她戴着华贵的神冕。但她还是那样的美丽。宁缺的眼神很平静，看到她身后的那两个人，也依然平静。

剑阁柳亦青，还有现在是南晋礼部官员的谢承运。柳亦青和谢承运对他行礼，也很平静。柳亦青的眼睛是宁缺砍瞎的，谢承运和他相识于书院之中，只是随着时间流逝，很多事情在此时已经没有必要还记得。院门缓缓关闭，把随行的那些人都关在了门外。叶红鱼随宁缺走进宅院。

宁缺和叶红鱼坐在梅园的雨廊下，看着自天落下的春雨发呆，南边的院墙那头，隐隐传来雨水落入雁鸣湖里的声音。“现在想起来，住在这里的那些日子，确实算是平静。”叶红鱼伸手去接廊檐落下的雨水，说道，“只是世事多变，平静终不可久。”宁缺看着雨水在她白玉般的掌心里溅开，说道：“当了裁决大神官后，你说的话越来越不像是人说的话了。”叶红鱼收回手，看着他说道：“你这是在挑衅本座？”

“本座你个头。”宁缺把毛巾递过去，说道，“在我面前还是说人话的好。”他和叶红鱼在荒原上相识，至今已经有很长时间，曾经相杀，不曾相爱，曾经同居，从未同心，从最开始的时候，他们就知道将来的某一日，他们会要杀死对方，并且他们已经做过多次尝试。有意思的是，大概正因为非常清楚这一点，他们两个人相处时，反而显得特别平静，仿佛有清风缭绕其间，令人神清气爽。

宁缺问道：“观主和掌教都还活着，你说的话能算话？”叶红鱼说道：“既然我来长安城，说的话自然能算数，问题是书院向来不干朝政，你对长安城里的人有多大影响力？”宁缺说道：“魔宗宗主牌就在我身上，你知道皇后的身世，所以不用怀疑。”叶红鱼说道：“唐国付出的代价会很大，那个魔宗妖女也不可能把朝野里反对的意见全部压下来，那么这份协议有什么意义？”

宁缺说道：“首先我不认为我们会在这份协议上吃太多亏，其次至于协议的效力和执行力，这是书院需要考虑的事情，不需要神殿关心。”叶红鱼说道：“如果没有效力，谈判就没有意义。”宁缺说道：“谈判本身就是意义之所在。”叶红鱼说道：“这句话乏味无趣，你如今变得如此死气沉沉，满身陈腐气息，就是因为一个女人，实在是有些可笑。”

宁缺神情不变，平静地说道：“昊天道门统驭世界，号称强者无数，最终却要你这样一个女子来长安城冒险，难道不更可笑？”叶红鱼说道：“长安城对我来说何险之有？”宁缺说道：“我现在随时可以杀死你。”叶红鱼说道：“在沼泽里，如果不是那群野马，你已经被我杀死了。”宁缺说道：“这里不是荒原里的烂泥场，这里是长安城。”

叶红鱼眼眸微冷，说道：“如何？”宁缺平静地说道：“我身在长安便无敌，即便是观主也要被我一刀斩飞，我不认为你有任何机会胜过我。”叶红鱼说道：“但不要忘记，终究没有人能够胜过昊天。”宁缺很想说自己在极北寒域热海边的雪屋里把昊天欺负得很惨，但他终究还是没有说，因为这是他和桑桑夫妻间的事，和任何人都无关。

“与天斗，其乐无穷。”他想起老师的这句话，忽然间有了新的认识，忍不住笑了起来。叶红鱼说道：“如果夫子他老人家真的能够胜过昊天，他就不会变成那轮明月，而是会变成新的昊天。”宁缺说道：“这种推测看似正确，其实完全错误，因为你们不明白老师是个什么样的人，他根本没有兴趣变成一片天穹，盖在我们每个人的头顶，他更愿意化身清光洒向人间，感受此间的悲欢离合。”

春雨中的这场谈话不是试探，是确定谈判的基调，不是猜测对方的底线，而是要知道对方最终想要什么，看雨水最终向何处流去。既然春雨有的落进雁鸣湖，有的渗进梅丛下的土壤，看来短时间内是没有办法汇集到一处，那么便需要谈一些更具体的事情。

就在这时，宁缺举起双手，伸到她的鬓畔，似要抚她的脸颊。叶红鱼像是没有看到他的手，没有任何反应。宁缺问道：“现在不觉得重了？”叶红鱼说道：“自然还是重，只不过没有人帮着拿。”宁缺把神冕从她的头上取下，说道：“赶紧再找个人吧。”叶红鱼微湿的黑发散在神袍之上，更显美丽。她看着宁缺说道：“到哪里找像你这么无耻的人？”

15

谈判就是一场战斗，先提出条件便等于先出招。宁缺和叶红鱼很擅长战斗，他们清楚，先提出条件的人必然会在这场战斗中取得先手，所以都认为应该由自己先提出条件。

“这里是长安城，是我的主场。”宁缺说道。叶红鱼静静看着他，说道：“现在你们唐国的局势危险，金帐王廷的骑兵和我神殿联军，都还在你们的国土之上。”宁缺说道：“这种事情虽然有些麻烦，但并不是关键之所在，观主废了，掌教也废了，你哥听说也废了，我实在不明白你们的底气在哪里。”

叶红鱼说道：“书院情况应该更糟糕，二先生断了执剑的右臂，听说大先生和二十三年蝉现在还坐在轮椅里，至于你其余那些同门，我在青峡前看着他们受的伤，我知道他们短时间内恢复不了。”宁缺看着她很认真地说道：“你忘了我。”叶红鱼看着他平静地说道：“问题在于，你不能离开长安，在这里你或许无敌于世间，但离开长安城，道门有很多人可以杀死你。”

是的，新年之后宁缺便再也没有离开过长安城，因为只有在这里，他才能通过阵眼杵借用惊神阵的力量。离开长安的他，虽然也是知命境的强者，但却远远没有强大到可以影响整个人间的程度。叶红鱼继续说道：“道门千万年，有如浩瀚大海，虽然如今海浪之上稍显黯淡，但如果你想看，我随时能给你找出十个知命境。”如果她的言语没有夸张，这句话确实足够吓死世界上绝大多数人，要知道某些小国，连一个知命境的修行者都找不出来。

但这并不足以吓倒宁缺，他说道：“就算将来真的有一天，知命满地走，天启多如狗，也没有任何意义，如果他们敢来长安城，来一个杀一个，来两个杀一双，到不了观主的境界，那就是送死。”叶红鱼说道：“你会一生一世守在长安城里？”宁缺听着这话有些结婚誓词的感觉，笑着说道：“如果真有那个必要，我也只好如此，好在长安城里有酒有肉有美人，不至于太过无聊。”

看似是在争谁先提条件，实际上彼此把自己的筹码都已经摆到了桌上，宁缺不等叶红鱼继续开口，提议道：“或者划拳吧，这个公平简单。”叶红鱼秀眉微蹙。宁缺说道：“你是道痴，号称万法皆通，难道不会划拳？要知道划拳亦是胜负之学，最讲究精神气魄与算法……”未等他说完，叶红鱼问道：“什么拳？”宁缺说道：“淫荡拳。”叶红鱼问道："这是什么拳？"宁缺说道："你想学？我可以教你啊。"

没有任何意外，叶红鱼输了，她虽然是万法皆通的道痴，但在赌博这方面，绝对不可能是宁缺的对手。要知道宁缺自小赌到大，从渭城赌到长安，历经艰辛甚至是死里逃生才终于能够修行后，想到的第一件事情就是去赌铺赢钱。叶红鱼很愤怒，不仅仅因为她不喜欢输，更主要是因为她终于听明白了淫荡拳里的淫荡是什么意思，居然真的就是那个"淫荡"二字。宁缺解释道："这是很有历史传承的一种文化，可不是想着要占你便宜。"叶红鱼深吸微寒的空气，春雨的湿意滋润着她的肺，让她终于控制住了情绪，心想世间果然再找不到第二个这样无耻的人。

"神殿联军撤出清河郡，清河郡我们必须收回。"宁缺的神情变得严肃起来，说道，"这件事情没有任何讨论的余地。"叶红鱼神情不变，看不出在想什么，问道："诸姓？"宁缺说道："自然都要杀光。"叶红鱼依然不置可否，说道："继续。"宁缺说道："燕国把东北边军将士的遗骸恭敬送回，崇明太子来长安城请罪，于灵前跪拜一夜，我们便不再有更多的要求。""再继续。""为了表达我大唐的诚意以及和平的姿态，我们愿意退出月轮国，但葱岭要给我们，再就是大河国要获得永久中立地位。""还有吗？""没有了。"

"想不想听一下神殿的条件？""说实话，真不想听，因为书院和朝廷都不可能答应。""但你最终还是要听的。""已经中午了，先吃饭吧。"宁缺让叶红鱼换掉裁决神袍，说来有些令人感慨的是，梅园里至今还放着叶红鱼当年的换洗衣裳。二人走到雁鸣湖畔，顺着西面那片芦苇里的木桥，走到了街上，把院门前的柳亦青谢承运众人扔在了原地。

在街上随便买了几个烧饼充饥，宁缺带着她继续向南城行去，路上看到很多扶着拐的百姓，还看到很多伤残的士兵。伤残士兵大多是从前线抬回来的，断肢断腿，看着很是凄惨，百姓则大多数是观主进长安那日受的伤。

"满城尽是扶拐人。"叶红鱼说道，"唐国已经惨成这样，书院何必还要硬撑？"宁缺说道："同样的画面，可以做出不同的解读，在你们神殿看来，这么多扶拐的伤者，足以证明我们大唐已经快要撑不住，但在我看来，相反这证明了大唐依然很强，因为我们有能力把伤员从前线救回来，最关键的是，哪怕面对观主这样可怕的敌人，再普通的唐人也敢去和他拼杀，满城尽是扶拐人？不，在我眼里这些不是拐，这些都是刀，很锋利的刀。”叶红鱼没有再说什么。

来到南城石狮巷口，宁缺停下脚步。巷口处有两株大树，一株不知道是什么树，另一株也不知道是什么树，正在春风里渐渐变绿。叶红鱼问道：“书痴走了？”宁缺说道：“她在书院里跟着大师兄读书。”叶红鱼说道：“若要问天道，岂能为情所困？”“前些天，我刚好思考过这个问题。”宁缺走到树下，在光秃秃的树枝间寻找着绿色的芽叶，却发现很困难。

“先前我们看到这两株树在春风里变绿，但现在走到树下，却很难找到青芽。天道就像春意，只能远观，无法近看，而情之类的人间小物，则像是青芽。看到天意却无法捕捉天意，正是因为你不肯把身体低到尘埃里去，不肯把眼神放在这些光秃秃难看的树皮间，天道就是小事。”他望向叶红鱼，微微皱眉地说道，“我没能看到青峡前二师兄与柳白战，与叶苏战，但你看到了，难道你的想法依然没有任何改变。”叶红鱼想起兄长离开前说的那些话，沉默不语。

“每个人的道都不同，老师的道是逆天之道，你的道又是什么？”宁缺看着她说道：“你这一生究竟在追求什么？以前你想着要追上自己的兄长，成为道门里的强者，让你哥当观主，可是当观主又有什么意思？还不是一样流浪南海数十年，连知守观都回不去，后来你要自己变成最强的，要超过你哥，那又有什么意思？你我可能是这个世界上最会打架的两个人，同等境界里，没有人是我们的对手，但你想过没有，我不可能成为夫子，你也不可能变得像观主那样强大，那么这么修行下去，又有什么意思？”

叶红鱼说道：“不是所有事情都需要有意思。”宁缺说道：“老师说过，我们活着不是为了有意义，就是为了有意思。”叶红鱼说道：“我活着就是为了更强。”宁缺问道：“我也曾经无比渴望变强，因为那时候我要带着桑桑活下去，而且我想报仇，所以我有执念，但你自幼生活在知守观，然后去桃山进天谕院，最后进裁决司直至今日，一生顺畅，你心中的执念究竟从何而来？”

叶红鱼平静地说道：“不是所有事情都需要有原因，变得强大可以理解为某种本能，就像是蚂蚁看到两片青叶，它也想拿那片大的，修道之人，我对权力或者利益这种事情不感兴趣，但我始终喜欢站在山巅看风景时的感受。”宁缺想起当年，自己登山成功，在峰顶看到过的那片风景，其时星光如银，崖间流云盘桓，远处隐现几座山峰，美丽至极。

“那种感受确实很不错。”他同意叶红鱼的说法。叶红鱼说道：“你没有杀李渔，难道不担心内乱？”宁缺看着街上神情平静的行人，说道：“你在长安城里有看到乱的可能？神殿在长安城里有很多探子，你应该清楚我随时能杀她，我只是暂时不想杀。”“究竟是不想杀，还是舍不得杀？”叶红鱼说道，“你不杀她，自然是因为她和金帐王廷之间的关系，先前你一直没有提到金帐王廷，看来你对北面早有安排。”

宁缺说道：“没有任何安排。”叶红鱼说道：“神殿对金帐王廷有书院想象不到的影响力。”宁缺说道：“不就是长生天？去年路过荒原时，就觉得有些怪异，事后让人查了查，才知道原来这些年神殿一直在金帐王廷传教，说起来真是有趣，昊天那小样儿以为换个马甲，就没人认识了？”

叶红鱼没有想到他已经知晓了这件事情，说道：“对北面没有任何安排，又拒绝神殿的好意，你们对金帐王廷到底是怎么想的？”宁缺说道：“我对金帐王廷只有一个想法。”叶红鱼问道：“什么想法？”宁缺说道：“把他们杀光。”

16

这句话本身以及话中隐藏着的那些没有言明的意思，非常血腥残酷，但宁缺的语气却很平静寻常，理所当然。他的神情宁静，甚至还带着真挚的笑容，对于他来说，金帐王廷的事情确实没有什么好谈的，除了被杀光，他不接受任何别的结果。即便是叶红鱼，在这一瞬间都感到了一股寒意。

此时刚刚入春，有的树上青芽微小到肉眼难以看见，有的树上则已经生出了嫩嫩的小青叶，街上忽然一阵微寒风起，嫩茎折断，有青叶飘落。青叶从空中来到地上，这场谈话也终于落在了实处，叶红鱼提出了西陵神殿方面的要求，和先前宁缺在雁鸣湖畔提的那些条件针锋相对，神殿要求确保清河郡的独立地位，要求唐国付出大笔的战争赔款，并且皇族人员必须亲赴桃山谢罪，金帐王廷则索要向晚原周遭的大片牧场和贺兰城，至于月轮燕晋齐宋诸国，自然也有他们的诉求，只是相对而言并不重要。

宁缺沉默了一会儿，问道："隆庆现在是什么情况？""两千精骑尽灭，他虽然侥幸活了下来，也是身受重伤，现在正在神殿疗伤，不知道什么时候能够恢复。"叶红鱼对隆庆没有任何好感，提到他时神情不变，只是有些不明白宁缺为什么会忽然提起此人，说道："他的境界修为虽然在你之上，但你应该不至于如此警惕才是。"

宁缺说道："询问不代表警惕。"叶红鱼说道："那为何要问他？""几年前在长安城里，我曾经对他说过一句话。"宁缺说道，"我当时对他说，你长得真的很美，既然如此，你就不要想得太美。"叶红鱼平静不语。宁缺看着她微笑说道："谁都知道，道痴是世间最美丽的女子。""所以我也不应该想得太美？"叶红鱼说道，"无论你在言语上如何强势，再如何不甘，最终你依然不得不接受这些条件。"宁缺笑着说道："我看不出来有任何答应你们的道理。"叶红鱼说道："我也看不出来，但有人告诉我，你会答应的。"宁缺微微挑眉，问道："谁？观主？"叶红鱼没有回答他的问题，转身离开青树。宁缺没有随她离开，他看着地面上那片青嫩的树叶，眉头蹙得越来越紧，因为叶红鱼最后的那两句话，让他隐隐有些不安。

西陵神殿使团和唐国的谈判，在皇宫偏殿里继续进行，双方在局势判断上的分歧太大，根本没有办法找到都能接受的方案。话不投机半句多，只适用于酒桌上的情景，并不适用于谈判，所以双方仍然继续在谈，宁缺和叶红鱼仍然在雁鸣湖畔的宅院里看春雨，说着闲事闲话闲题，考较着彼此的耐心，想要确定彼此的底气和底限。就在这段时间，崇明太子终于在成京城正式登基，成为燕国的新一任皇帝，非常顺利地收服隆庆派系的实力，开始专心于内政事务。南晋也变得平静起来，在剑阁的强力震慑下，尤其是在剑圣柳白这个名字的锋芒之下，曾经蠢蠢欲动的皇族和军方，都变得理智了很多。

西陵神殿联军，并没有完全撤回各自的国家，而是继续停留在清河郡里，由清河诸阀提供粮草后勤，对唐国保持着足够力度的威慑力。大唐西军撤至葱岭之后，无数年来第一次遭遇兵荒之灾的月轮国，终于认清楚了自己的位置，低调得仿佛世间已经没有了这么一个国家，白塔寺的僧侣开始准备推选新帝，而悬空寺则是始终没有表达任何态度。世界仿佛已经摆脱了战火的威胁，只是谁都没有忘记北方，金帐王廷的骑兵在七城寨度过寒冬后，借着春意又开始蠢蠢欲动。大唐军民都盯着北方，虽然警惕，却并不像大战开始之初那般紧张，因为随着时间的流逝，唐国的实力也在逐渐恢复。东疆的原野间有道道炊烟升起，镇北军将士的盔甲崭新无比，新换的武器十分精良，运送粮食辎重的车队在唐国四通八达的官道上不停来回，各地的矿山工坊热火朝天，长安城解除了宵禁，人们的脸上渐渐多了笑容。谈判双方比拼的是耐心和对时间的信心，唐国从来不缺少这方面的底气，而从现在这些肉眼可见的变化来看，似乎胜利正在偏向他们。

莫山山坐在涧旁拿着一卷旧书在看。大师兄坐在她身旁，拿着钓鱼竿在钓鱼，身上的棉袄在微风里轻轻颤动，很长时间都没有改变姿势，竟似乎睡着了一般。涧是山涧，从山崖里那道瀑布积成的水潭里来。二师兄站在潭边，神情严肃地看着潭后的瀑布。大白鹅浮在水潭里，红掌不时拨拨清波，它像二师兄一样看着瀑布，严肃之余有些嘲弄的神情。

潭旁有两副拐杖，瀑布下有两个少年。张念祖和李光地，在瀑布下蹲马步，他们身上的伤本就没有全好，此时被强劲的寒冷水流冲击着，更是脸色苍白，仿佛随时都要倒下。事实上他们已经倒下了很多次，但看到站在潭畔的二先生，尤其是看到那只可恶的大白鹅，他们依然在咬牙坚持。

顺着潭后的石块往山后走，穿过那道狭窄的峡口，便来到了后山之后的万丈绝壁，有些小的石坪上停着一辆轮椅。余帘坐在轮椅上，手里拿着笔纸，描着簪花小楷，虽然没有书案，无处借力，但她写在纸上的笔迹依然是那样端正。眼睛乏时，她望向绝壁之前的流云和远处的长安城稍作休息，有时候，也会望向绝壁上方那些狭窄的石径。

那道石径通往宁缺曾经闭关的崖洞，非常狭窄，行走在上面很是危险，被强劲的山风一吹，随时有可能跌入万丈深渊。唐小棠这时候便在石径上，她要做的事情，是用手里的那把血色巨刀，把岩壁凿开，对石径上的梯面进行拓宽。这是很有意义的一项工作，当然也是非常艰难的工作，绝壁间的岩石非常坚硬，即便她自幼修行魔宗功力，拥有很强的力量，也很难凿动。

最令她感到恼火的是，长安一战中余帘跳上青天，斩断彩虹的后果，便是她手里这把血色巨刀，已经被毁得不成模样。她已经在绝壁石径上凿了十几天，却只完成了十分之一不到，抬头望去，陡峭山道根本都看不到尽头，崖洞前的瓜棚还是个小黑点。

小白狼趴在上方的石梯间打瞌睡，听着下方传来的凿石声，觉得有些烦躁，它并不担心自己会被石屑崩伤，因为按照前些天的速度，唐小棠要凿到它现在睡觉的地方，至少还要好几天的时间。宋谦和八师弟缠着绷带在下棋。一只手轻拨琴弦，那是北宫现在唯一能动的一只手；王持在院子里熬药，墙角下堆满了各种花草药材，片刻后，老黄牛满头野花走了进来；四师兄范悦一面咳嗽，一面和木柚看着惊神阵的图纸讨论，六师兄则是看着熄了多日的打铁炉连连叹气。教书的教书，育人的育人，被折磨的注定继续被折磨，读书人还在读书，休养的还在休养，书院后山平静而温馨。忽然间，大师兄睁开了眼睛。

他看着石下的山涧，缓缓提起手中的钓鱼竿。线上没有钩，大师兄钓鱼从来不用钩，即便是直钩都不用。但此时当他提起钓鱼竿时，线上却持着三尾草鱼。那三尾草鱼隔空悬在线旁，拼命地挣扎，明明没有什么系着，却怎样也挣扎不开，鱼尾弹动，甩出的水珠在涧上折射阳光，很是美丽。大师兄手腕轻振，三尾草鱼终得解脱，入涧水而去。

他静静看着涧水，忽然对莫山山说道："你先慢慢看着，有什么不明白的……也先看着，等我回来再问我。"莫山山神情微异，她察觉到似乎发生了什么事情，把那卷旧书合好，走到大师兄身前，说道：“我和您一道去。”大师兄看着她温和一笑，说道：“事情不大，只是有些突然。”

大师兄坐着轮椅离开涧边，走出山腰间的云雾。他脸上的神情很凝重，不像平日那般从容，所以他到得很快。余帘比他更快。她穿着件素雅的淡黄裙装，坐在轮椅上，看着长安城的方向。有寒风在山道上吹过，拂起秋天到此时的层层黄叶，拂起她的裙角。

余帘说道：“没想到，他居然真的来了。”大师兄说道：“老师走了，他们自然想来便来，我不明白的是，为何来。”余帘说道：“我也不明白，看来只能当面去问一问。”大师兄温和而坚定地说道：“我是师兄，自然应该是我去问。”余帘说道：”师兄你现在真的很慢，所以只能我去。”

有人来到了长安城。不知道那个人是谁。大师兄和余帘知道，所以他们要去会会对方。他们的神情很凝重、很严峻，甚至要超过当初面对观主时。那个人究竟是谁？

17

山道上响起沙沙的声音。君陌从山雾里走出来，说：“不用再争，师兄和师妹伤势未愈，自然应该是我去。”此时场间三人，便是书院最强的三个人，那人来到了长安城，书院自然是由他们来接待，只是都知道此一去便难测后事，所以相争。

“出来吧。”君陌说道。随着这句话，张念祖和李光地从云雾里走了出来。第一次单独走出云门阵，他们有些兴奋。君陌望向轮椅里的大师兄和余帘说道：“不用再争，我要带他二人回长安城，去见那人是顺路，所以我去。”余帘说道：“你为何要带他二人回长安？”君陌想了想，说道：“家访！”

车厢里的气氛很压抑，因为君陌始终没有说话。张念祖和李光地偷偷交换眼光，隐约猜到长安城应该是发生了什么大事，哪里敢交谈，紧紧闭着嘴，看着窗外的风景。道路旁的树在窗外高速向后掠去，两名少年的眼光顺着这些整齐的树望向远方，看到了长安城的城墙。

正值午时，平时非常热闹的长安城南门今天却是异常安静。白昼时间，两扇厚重如山的城门紧紧关闭，城门前看不到行人，看不到小贩，没有巡城司的士兵，一个人都没有。只有一辆马车。这辆马车看上去很普通，毫无光彩可言，偶有一阵微寒的春风吹过，把车厢上的灰尘拂落些许。黑色马车没有马，只有单独的车厢，车轮与地面接触的地方深深陷落，两旁能够看到细碎的沙砾，顺着向后方望去，便能看到官道坚硬的石制道面，被碾轧出两道极深的痕迹，一直拖向非常远的地方，根本看不到尽头。

这辆马车究竟有多重？竟把道面毁坏成这样？比马车更吸引人目光的，是车厢旁站着的那个人。既然没有马，如此沉重的车厢，难道说是被他徒手拉了这么远的道路？那人穿着身普通布衫，眉眼普通，眼角有几丝皱纹，皮肤却是极为细嫩，头发有些花白，如果仔细看去，又会发现那些黑发透着股年轻，竟让人看不出来究竟有多大年纪，说不好是苍老还是年轻。一只酒壶，系在那人腰间，随春风轻轻摆荡。

他似乎在等人，等得有些无聊，便拎起酒壶饮了一口。他饮酒时的神情极为豪迈，有若鲸吸海水，很长时间都没有放下，那只酒壶却始终不曾见底，永远有酒水不停倒出。过了一会儿，那个男人放下酒壶，擦了擦嘴，眼睛微眯。如果往他微眯着的眼睛最深处望去，能看到他的眼神是那样的冷漠沧桑，因为他在漫长的人生里早已看透所有，对这个人间早已厌烦，故而无情。

蹄声渐缓，又有一辆马车来到了城门前。张念祖挤到李光地身旁，两名少年隔窗看着那个男人，身体难以遏制地颤抖起来，脸色苍白至极，因为他们仿佛看到了那天街上的青衣道人。君陌掀起车厢前帘，下车。他走到那个男人身前，缓步停下。看着男人腰间的酒壶沉默很长时间后，低头致意道：“见过前辈。”那男人有些满意，说道：“不用多礼。”

很简单的四个字，却让南城门都有些颤抖。因为这个男人的声音很苍老，苍老到了极点，空气经过他的声带时，仿佛是蒙着灰尘的青铜器在互相摩擦，就算灰尘泥垢被摩擦掉，紧接着便是牢固附着在铜器上的锈块在摩擦，直让所有人的灵魂都悸动起来。张念祖和李光地没有下车，听着这道声音后，脸色变得更加苍白，身体骤然间寒冷得有若冰块，仿佛从少年忽然来到了暮年将死之时。城墙里蒙着青苔的城墙青砖，都有些隐隐松动的迹象，城墙承受过千年的风雨，在这道苍老的声音之前依然太过年轻。

君陌抬起头来，神情依旧宁静，眼中再看不到丝毫敬意。他说道："离开，或者死。"春风再起，酒壶在那个男人的腰间再次摆荡起来，他有些意外，然后恢复漠然，看着君陌说道："听说你最重礼数。""我已向前辈见过礼，自然不需要再多礼。"君陌看着那名男子说道，"礼者，序敬而已。我向你行礼，是因为你的辈分高，老师曾问道于你，但依的是序，却不是敬你这个人。"那男人微微挑眉，神情漠然地说道："我为何不值得敬？"君陌说道："因为你是懦夫。"

随着这句话，南城门前的天地元气骤然剧变。春风变成了寒冷刺骨的寒风。君陌于春风中飘摇的空袖管，仿佛被浆洗的次数太多，骤然硬挺，衣袖上本极柔软的道道纹路，变成了锐利至极的线条。他右臂已断，却还有衣袖。他没有出剑，衣袖依然剑意纵横。骤然寒冷的春风里，多出了无数道凌厉的剑意。那个男人身前出现了无数道剑痕。他腰间的酒壶上，忽然响起无数声清脆的声音，然后渐渐敛去。

他看着君陌说道："他收弟子的眼光，果然比我们要强很多。"君陌说道："老师任何事情都比你们二人强很多。"说完这句话，他把左手伸至腰间，握住剑鞘的中段，横剑于身前，铁剑依然齐眉，看似相敬如宾，实际上便是冷漠如冰。

君陌执的是晚辈礼，横剑于前，神情凝重。"守青峡七日，先败叶苏，再与柳白共伤，果然不凡。"那男人看到君陌横剑，神情变得认真了些。

但依然只是些许，他潇洒挥袖，春风应召而来，缭绕于身周盘桓不去，气息陡然提升，瞬息之间连破五境，不知来到了哪座山峰之上。他不在城中，城墙便拦不住他。他不在青山中，青山便看不见他。他不想战，便是强如君陌，也战不成，这是什么境界？

"老师说过，论起此等境界，即便佛祖也不如你。"君陌的目光透过剑锋，落在那个男人身上，说道，“既然不战，你来此何意？”男人看着他说道：“我来长安，是替人还件东西给书院。”君陌问道：“何物？”那男人说道：“便是这辆马车。”君陌说道：“我已到，你便可以离开。”

那男人问道：“这车是你的？”君陌说道：“不是。”那男人说道：“既然如此，那我找的就不是你。”君陌说道：“既然是小师弟的车，我自然能够做主。”那男人缓缓摇头，自腰间取下酒壶饮了口，回头看着斑驳古旧的城墙，说道：“不能，因为这座城，你做不了主。”君陌看着他，不再说话。他只有一只手，握着剑鞘，便无法再握住剑柄。铁剑自行从鞘中抽出，随着轻微的摩擦声，便将展露锋芒。便在此时，城门处响起摩擦声，然后缓缓开启。

18

城门缓缓开启，现出宁缺的身影。他背着铁刀，手里握着铁杵，站在城门洞里看着城外。他说道：“师兄，既然是来找我的，我与他谈。”君陌沉思片刻，双眉如被柳荫遮蔽的湖面，趋向平静。宽直的铁剑缓缓自行收回鞘中。他对着车厢畔那个男人再次行礼，然后走回自己的马车。

马车驶入长安城，在宁缺身旁停下。君陌看着他说道：“既然谈，便要好好谈，虽然老师已不在人间，但书院还在，这等懦夫，没资格让你我心思稍乱。”宁缺行礼，平静地说道：“明白。”

他望向城门外那辆脏旧的马车，看到被春风拂落灰尘后的黝黑钢铁车壁，还有那些眼熟的符线，然后才望向车旁的那个男人。只有二师兄，才敢说这个男人是懦夫吧。宁缺默默想着，因为他知道这个仿佛无视时间的男人是谁，这个男人曾经出现在老师的谈话中，更曾出现在他的梦里。夫子曾经在书院后山里的一场谈话中提到，有两名大修行者，曾经经历过上次的永夜，一个酒徒，一个屠夫，便是他梦里的这两个人。

去年他带着桑桑，乘着黑色马车去往荒原，看到了西陵神殿联军和荒人战士们的那场大战，看到了云后的光明神国和巨大的黄金龙首，夫子的身影果然是那般高大。但他没有看到那个酒鬼，也没有看到那个屠夫，直到今天。能够度过漫长的永夜，说明酒徒和屠夫有对付昊天的手段。用夫子的话来说，修行就是比谁活的时间更长，那么这两个人的境界，毫无疑问，已经到了人类难以想象的程度。依然还是用夫子的话来说，这两个人大概已经不能算是人了。在宁缺知道的人里，除了夫子，没有人见过酒徒和屠夫，大概也只有夫子能够找到他们，他们只要活着，便是人间的传奇。那男人带着酒壶，背上没有猪腿，自然不是屠夫。

宁缺不是普通人，看着这个男人却依然极为震撼与警惕，片刻后才平静下来，问道："酒徒前辈找我何事？"酒徒看着他哑声说道："受人之托，来还你一些东西。"他的声音依然是那么的难听，宁缺微微皱眉。二师兄先前问过还什么东西，他自然没有再问，看着相伴多年的马车，看着官道上被碾轧出来的痕迹，自然想起泗水畔的那些事情。

老师和桑桑就是在那里离开的，在泗水与他分别的还有大黑马，黑色马车里还有元十三箭和大黑伞。事后宁缺曾经派人去寻找过，根本找不到大黑马，黑色马车和车厢里的那些事物，也都已经消失无踪。今天终于有一样事物回到了人间，那么其余的呢？箭呢？伞呢？大黑马那头憨货呢？老师呢？桑桑呢？

宁缺的情绪有些不稳，沉默了很长时间才冷静下来，把思考的重点放回现实当中。是谁要还自己东西？是谁有能力找到酒徒，并且让他来做这个信使？"是谁？"他看着酒徒直接问道。酒徒没有回答。夫子不在人间，那么只要他不想回答，便没有谁能让他开口说话。

春风拂着宁缺的脸颊，毫无温暖的意思，寒冷得厉害。在泗水畔，他确定桑桑死了，或者说回到了昊天神国。无论哪一种，反正她现在已经不在人间，如果她还在，他一定能够有所感觉。那么是谁带走了大黑马？是谁拾了铁箭？现在是谁在人间撑着破旧的大黑伞？又是谁要把马车还给自己？为何会在酒徒的手里？宁缺想不明白这些事情。"乱我心者，昨日之日。"他举头望向天空里那轮黯淡的春阳，沉默片刻后继续说道："弃我去者，何必再想。"然后他望向酒徒，说道："先生请进。”

南城门前安静无比，随着他的这句话，仿佛一股紧张的气氛，从城墙根的最深处涌出，然后向着高远的天穹飘去。酒徒看着雄伟的长安城墙，说道：“为何要进？”宁缺说道：“既然为客，哪有过门不入的道理。”酒徒说道：“做恶客，便要有不进家宅的自觉。”宁缺说道：“恶客善客都是客，客随主便。”酒徒觉得他很有趣，微笑说道：“那我便不是客。”

宁缺也笑了起来，真实的心情却并非如此。如果不是客，自然是敌。他看着酒徒认真说道：“既然不进城，怎么把东西还我？”酒徒就像看着一个耍赖的孩子，说道：“我已经这么老了，走了这么远的路，已经很累，难道最后几步路还要我自己走？”宁缺说道：“就算只差几步，依然是没有走到。”

酒徒说道：“你可以出来。”宁缺笑着说道：“你可以进来。”酒徒再次望向长安城斑驳的旧城墙，沉默片刻后说道：“改日再说。”听到这句话，宁缺毫不犹豫说道：“改日不如择日。”这是邀请也是赌博，更准确地说是在赌命，赌他自己的命，赌整座长安城的命，赌大唐的命，赌人间的命数。

19

酒徒没有接受宁缺的邀请，说道：“今日不想进。”宁缺音调渐高，说道：“还是不敢进？”酒徒神情渐淡，白雪与黑土相间的散发随风而起，说道：“无数年来，我只与酒肉相伴，尤嗜杯中物，唯醺然方能解忧，酒能令人愤怒也能令人释然，我从中选择了后者，却不代表我不能选择前者。”宁缺盯着他的眼睛，继续说道：“但你还是不敢进。”酒徒说道：“你可以出来。”宁缺摇头，说道：“我胆子小。”

酒徒说道：“敢在雪街上横刀向观主，你的胆子哪里小？”宁缺说道：“我不敢出城，自然就是胆子小，您呢？敢进吗？”酒徒说道：“这等言语，实在有些无趣。”宁缺说道：“有本事你就进来，有本事你就出来，有本事你就上来，有本事你就下来，这是小孩子吵架才做的事情，确实无趣，甚至可以说丢脸，身为晚辈，我可以丢脸，您也可以丢脸吗？还是干脆一些，进来吧。”

这番对话其实是在各说各话，看上去有些可笑甚至有些可爱，但其间不知隐藏了多少把霜刀雪剑，寒透骨髓。宁缺的言语一直在前进。他要做的事情，便是请酒徒进长安，无论对方接受或者不接受，在这场太过突然和危险的会面里，书院都能寻到自己想要的契机。这是书院的定策。

酒徒只用了一个方法，便破了书院的定策。他举起酒壶，开始饮酒，嘴要用来喝酒，自然没有办法说话。不说话不代表拒绝，也不是接受。南城门前一片安静，只能听到酒水不停倾入酒徒胸腹里的声音，其声如瀑布入潭，又似小溪潺潺，最后竟似一条大河将要泛滥。

正如先前所说，夫子不在人间，那么便没有谁能够让酒徒开口说话，更没有谁能够牵起他的手，请他入城或者回家。酒徒放下酒壶。宁缺看着他前襟上洒落的酒渍，忽然笑了起来。他的笑容有些无奈，有些自嘲，有些黯淡。他脸上的笑容渐渐敛去，看着酒徒说道：“既然如此，您把马车放在此处，稍后我自然会派人来取。”

酒徒看着他微笑说道：“没有亲手交还到你手里，我怎能离开。”随着这句话，城门前的局势顿时逆转，先前是长安城占着主动或者说先手，现在则是酒徒用这句话挑战长安城。

以宁缺的境界，本来应该很难应对，但他是经历过生死的人，见过不同的世界，他的心境要比所有人想象得更加坚定，无所畏惧。宁缺看着酒徒认真说道：“我从不要脸，不管如何，今天我肯定不会踏出长安城一步，哪怕你把我妻子复活再拉到我面前说要杀了她，我也不会出来。”酒徒明白了他的意思，便明白了无论自己做任何事情，杀再多人，都不可能把宁缺从长安城里逼出来，于是他不再尝试。

此次他离开隐居的小镇来到长安，除了受人之托，也是想看看夫子离开后的书院，看看宁缺是个怎样的人。他没有失望。夫子挑选学生的眼光，果然不会令人失望。所以他有些失望，因为这个世界，仿佛还是要在以前的轨迹里行走下去。因为有些失望，所以他轻叹一声，拍了拍身旁的马车。他的动作很随意，手掌落下很轻柔，没有附加任何力量。马车忽然变矮，受到恐怖的反震力，车厢猛地跳了起来，来到了半空中。

如此沉重的钢铁车厢，却被酒徒轻轻一掌拍到了空中，仿佛就是在拍一只皮球。酒徒挥袖，春风微乱。沉重的钢铸车厢，就像投石机投出的巨石般，向着城门洞呼啸而去！宁缺握紧了阵眼杵。无数道雄浑的天地元气，从城门洞里涌出来，顺着阵眼杵灌入他的身躯，瞬间填满雪山气海，为他提供源源不尽的念力和力量。铮的一声！他抽刀断春风。铁刀斩在了车厢上。黑色的车厢骤然静止，悬在城门洞前的春风中。

无数道天地气息碎片向四周喷射而去，城门外的树还没来得及抽出青芽，便断了腰肢，官道上的碎石如箭般射走。这片城墙承受了千年风雨，表面已有风化的痕迹，受到如此恐怖的震动，青砖片面剥落无数，如暴雨般落下，哗哗之声不绝于耳。

风停烟尘敛，城墙青砖越发斑驳，却看不到任何明显的毁坏，相反，那些被气息切割下来的地方，能看到的青砖光滑无比，竟似新砖一般。想要撼动长安城，终究是件不可能的事情。“果然有些意思。”酒徒看着城墙说道，然后他望向宁缺，说道，“但你没什么意思，要知道有很多事情我已经几千年都没有做了，但并不代表我真的不会做。”

宁缺收刀，黑色车厢终于落到地面上，发出一声沉重的闷响。他看着酒徒说道：“只是开开玩笑，前辈难道当真了？”说这句话的时候他在笑，虽然这时候胸腹间烦恶一片。因为他必须笑，在某些时刻，只有笑容才能证明自己的强大。“之所以说你没意思，是因为你不行。”酒徒看着他说道，“你老师离开之后，便没有人行了。”宁缺知道自己不行，因为自己不能离开长安城，而老师当年可以坐着牛车带着大师兄周游诸国，一去便是很多年。“最关键的是，能不能写出那个字，现在依然不由你决定。”酒徒看上去似乎真的有些失望，眉间有些恹恹的。宁缺想要挽回一些什么，说道：“至少我曾经写出来过，你不敢进城便是明证。”

酒徒说道：“长安城再大，终究只是一座城，和世界相比还是太小。”宁缺说道：“总有一天，我会走出长安。”酒徒说道：“即便你有勇气，但你也没有办法把整个世界变成长安，我们都是这个世界里的一部分，那么如何能够改变世界呢？你老师没有做到，我做不到，陈某也做不到，你凭什么能够做到？”宁缺无法回答。书院和神殿的谈判，正在僵持之中，处于非常微妙的关键时刻，在这种时候，像酒徒这样足以改变世间局势的隐世强者出现，自然有其目的。书院和唐国非常不想看到那种变化。

“我不明白你为什么要来长安。”宁缺看着酒徒的眼睛说道，即便现在的书院或者说他没有能力改变无数年来昊天与人间的关系，但酒徒也不应该出现在这里。他看着酒徒的眼睛，认真说道：“在我的梦里，你和屠夫都在看着我，说明就像先前那一刻一样，你们都还有希望。”

“梦境往往都与真实相反。”酒徒说道。宁缺说道：“老师说过，你和屠夫都经历过上一次永夜，既然如此，证明昊天都拿你们没有办法，为什么你们要现身？为什么要来长安？”“我这些年饮酒过多，基本上都是醉着的，时常不知道自己身处梦境还是真实。但即便在梦中，我都没有梦见过夜晚的模样。”酒徒看着他说道，“因为那是我最恐惧的画面。”漫长的永夜里，无数人类死去，没有人能够保持如此长时间的记忆，只有酒徒和屠夫拥有那段仿佛永无止境的寒冷黑暗记忆。这种恐惧，非常能够理解。

“那天之后，夜晚忽然有了月亮，我和屠夫有些意外，尤其是那轮月亮一直没有消散。这大概便是你先前所说，我曾有的希望。”酒徒说道，“我们也以为可以继续看下去。虽然藏匿令人生厌，再坚持几百年应该没有问题，但奈何天总是不遂人愿。”宁缺身体有些寒冷，问道：“昊天找到了你们？”酒徒说道：“是的。”宁缺沉默了很长时间，喃喃说道：“千万年来都没有找到，为什么……为什么偏偏在这个时候能找到你们？”酒徒没有回答他，抬头望向青天，默默想着：他在天上时，离地面太远，自然很难找到我们，但他若来了人间，我们还能往何处躲？一切已成定局，宁缺觉得很疲惫。

20

“既然如此，当年老师在时，你们为何不出手？二师兄说得对，和夫子与小师叔相比，你们真的就是懦夫，不过懦夫总比狗要好一些。”宁缺看着酒徒说道，这简单的一句话里其实是三个问题，不停递进，就像是三把刀，又像是三记热辣的耳光。

酒徒的神情没有变化，说道：“永恒，是生命存在的唯一意义，或者说，唯一应该追求的目标。”酒徒看着青天说道：“为了抵达彼岸，实现这个目标，完成生命的意义，我们愿意为之付出任何代价，何惧做狗？你应该庆幸今天出现在长安城外的是我而不是屠夫，不然谁知道会发生什么？”宁缺说道：“既然是做狗，当年你们就应该去西陵当看门狗。”这句话很刻薄，酒徒的神情依然没有任何变化，平静地说道：“永恒的前提是存在，存在的前提是自我，而这是我们的坚持。”

通过这番谈话，宁缺明白了些事情，问道：“这就是你们得到的承诺？”酒徒没有回答他的这个问题，指着城门洞前的车厢，说道：“这是还给你的东西，同时有人还有句话要我转述给你听。”宁缺说道：“什么话？”酒徒说了一句话，神情平静，明显这句话是背下来的，没有混入一丝他自己的理解或感情。然后他转身离开，酒壶在春风里轻轻摇摆。

这让宁缺想起大师兄腰间以前那只木瓢，某年在书院后山，大师兄在前面的山道间行走，看似极慢，宁缺在后面加快脚步跟着，却怎么追也追不上。他看着酒徒离去的背影，脸色有些苍白，没有留意此人离开之前代人转述的那句话。数月战火连绵，唐国和书院付出极大代价才终于稳定住局势，甚至隐隐已经看到明亮的前路，然而就在这时，隐世无数年的酒徒和屠夫出现了。明亮的前路骤然黯淡。晴朗的天空里下起了雨，春雨寒冷刺骨。宁缺抬头望向灰蒙蒙的天空，沉默了很长时间。

他走进黑色马车，在车厢角落里看到了一个黑匣子。黑匣子很眼熟，就算现在有些变形，他依然不可能忘记，因为匣子里的事物，曾经伴他走过千山万水，击败无数强敌。他伸出手指轻轻抚摩黑匣的边缘，让灰尘堆出皱纹，然后轻轻掀开。铁弓依然在，锋利的箭镞泛着寒光，仿佛一直在等着他。黑色马车来到雁鸣湖畔，春雨把车厢壁上的灰尘洗去不少，符阵却始终没有开启。

柳亦青一直抱剑守在院门处，听着车轮碾地的声音，缓缓站起身来。宁缺提着黑匣走下马车，向院里走去。柳亦青忽然感受到一股慑人的杀意。他蒙在眼睛上的白布带已经被春雨打湿，此时却骤然干燥，不由心神剧震，右手猛然握住剑柄。宁缺看都没有看他一眼，就这样从他的身前走过，根本不在意这名剑阁知命境强者随时可能拔剑，神情平静得令人心悸。

柳亦青没能拔出剑来，因为他的手腕上出现道道裂痕，如龟裂的土地一般渗出鲜血，蒙着眼睛的白布带随雨中的寒风撕裂飘落！宁缺走进了雁鸣湖畔的小院。柳亦青握着剑柄，低着头，鲜血从他的手腕间不停滴落，与檐上落下的雨水一道，不停发出轻微的啪啪声。“好可怕的杀意与愤怒。”

没有人能用肉眼看出来宁缺在愤怒，在他的眉眼间更看不到什么杀意。他此时就像是一口废井，始终无人问津，静得看不到有多深。叶红鱼在廊下看雨中的梅花，手里捧着碗清茶。宁缺走到她身前，问道：“你知道这件事情？”叶红鱼把茶碗搁到石窗上，说道：“我和你一样，也是刚刚知道。”宁缺说道：“你曾经对我说过，书院一定会改变主意。”叶红鱼说道：“这句话是有人告诉我的。”宁缺问道：“谁？”叶红鱼说道：“能让我代表神殿来长安与书院谈判的人，自然是掌教。”

“他说得有道理，书院的态度会有所变化。”宁缺走到石窗畔，看着那丛在料峭春雨里越发灵动的梅花，说道，“但神殿应该知道分寸。”叶红鱼看着他的后背说道：“和唐人的罪孽相比，神殿的要求并不过分。”宁缺没有转身，说道：“去神殿请罪，这没有任何可能。”“唐人好颜面，这条可以去掉。”叶红鱼说道，“除了上次说的那些，神殿还要求你们的小皇帝退位，那位皇后娘娘必须离开长安城，你明白这是什么原因。”宁缺沉默片刻，眼前那株梅花在雨水的浇打下，渐从灵动变得疲惫，说道：“你应该很清楚，没有退路的时候便只好拼命。”

叶红鱼说道："昊天没有给书院留下太多时间考虑，我想你这时候最需要做的事情不是发泄愤怒与恐惧，而是去与人商议。"宁缺盯着她的眼睛看了很长时间，然后转身离开。叶红鱼站在石窗畔沉默片刻，然后拿起残茶，碗中金色的茶水轻起涟漪，不是因为有春雨误落，而是因为她的手有些不稳。这是她见过的最危险的宁缺，虽然他似乎什么都没有做，神情平静，语气沉稳，但事实上他已经愤怒到了爆发的边缘。如果她没有办法让他冷静下来，那么先前，宁缺真的有可能会不顾一切，调动惊神阵的力量把她杀了。

21

宁缺离开雁鸣湖后，没有直接进宫，而是沿着朱雀大街散了散步，走得不远，任由春雨洒在他的头上、脸上和身上，好在春雨温柔，身上的衣衫不是很湿。以步散气，以雨清心，他渐渐平静。来到三元里，街坊四邻都在准备晚饭，菜油爆锅的味道和微湿柴木燃烧的味道混在一起，有些好闻，他的心情越发平静。他站在院前的石阶下等待，不多时院门伴着一声吱呀打开，二师兄走了出来，随后夜色里响起吱呀吱呀的声音。

宁缺对着夜色和石阶上行礼，说道："酒徒和屠夫应该是得到了昊天的承诺，他们可以得到保持自我意识的永生，所以他们选择了服从。"君陌说道："他们撑不过第二次永夜，这是他们最大的恐惧。"

院内有人挑起高灯，街巷被照亮，夜色退去，露出两张轮椅。余帘说道："昊天神国，不可能允许自我的意识存在。"君陌说道："懦夫的智慧，比不上勇者的愚蠢。"大师兄没有参与到师弟师妹们的讨论中，他静静看着夜空，看着雨云后那轮明月，又像是看着那个有去无回的昊天神国。

君陌看着宁缺说道："愤怒有时候会带来勇气，更多的时候没有意义。"余帘看着宁缺说道："既然你已经冷静下来，那么便接着谈。"宁缺听明白了师兄和师姐的意思，问道："怎么谈？"余帘说道："你想怎么谈就怎么谈。”宁缺想起自己和皇后曾经说过类似的话，神情有些苦涩。大师兄收回望向夜空的目光，看着他微笑说道：“小师弟，加油好吗？”

大殿里非常安静，就连烛火散发的光线，都显得有些冷清。皇后看着案上那封黄封皮的书信问道：“世间真有度过永夜的修行者？”宁缺想了想，说道：“酒徒和屠夫二人在世间不知修行了多少个千年，虽然在城外他始终没有显圣，但他的境界肯定要超过绝大多数普通人的想象。”

皇后微微蹙眉，说道：“那个酒徒与观主相比，谁更强？”宁缺想了想，说道：“酒徒境界或者更高，但实力却不见得能超过观主。”皇后有些不解，问道：“为何会如此？”“他和屠夫无数年来只能行走在黑暗里，无论身心皆已委顿腐朽，观主则始终行走在光明中，随着夫子的离去，恰至巅峰。”宁缺说道，“如果酒徒或屠夫中的一人敢走进长安城，我有七分的把握杀死他们，即便他们一起进长安，我依然有一分的把握。”

皇后说道：“一分把握，和没有把握基本相同。”宁缺说道：“如果是别的修行者，这种说法正确，但既然面对的是酒徒和屠夫，那么一分把握便是十分把握，因为他们很怕死。”皇后说道：“如此境界高深不可测的大修行者，难道还没有看破生死？”“老师曾经说过，活得越长，也就越怕死，永生是最大的诱惑，死亡便是最大的恐惧。”宁缺说道，“酒徒和屠夫便是这样的两个人，所以他们才会向昊天投降，也正是因为这点，他们两个人都不敢踏进长安城一步。”

皇后的眼眸多了些明丽光泽，说道：“那在城外？”“如果两位师兄和师姐都处于巅峰状态，或者可以试一试。”宁缺想起那只在春风里摇摆的酒壶，摇了摇头说道，“现在的问题在于，或者没有人能够找到或者说追到那两个人。”皇后眼眸里的光泽渐渐敛去，说道：“这就等于说，酒徒和屠夫两人便是悬在我大唐子民头顶的两把大刀，随时可能落下。”宁缺说道：“西陵神殿敢提出这些条件，正是凭恃的此点。”皇后看着案上的谈判简报卷宗，沉默片刻后说道：“酒徒和屠夫的存在，必须是个秘密，不能让任何人知道。”宁缺明白皇后的意思。

大唐刚刚走出绝境，民众的信心渐渐恢复，军队士气正盛，镇南军打得如此辛苦，却始终不肯把青峡完全阻断，就是因为所有人都在等待着反击的那一天。如果让唐人知晓酒徒和屠夫的存在，士气必然会受到严重的影响，没有反击可能的战争，对所有人来说都将是绵绵无绝期的折磨。

宁缺看着皇后的眼睛，说道："朝廷和书院怎么解释和西陵神殿签下的这份和约？大唐割让的土地和战争赔款，必然会被人们知晓。"皇后微笑说道："耻辱会带来勇气和愤怒两种情绪，如果有途径能够把愤怒的情绪释放，那么剩下的便是最纯粹的勇气。"宁缺觉得皇后的笑容很美丽，却不知为何觉得有些寒冷，说道："民众或许可以暂时瞒着，但朝堂上的大臣们必须知晓事情的真相，书院不希望因为这件事情，使朝堂再次陷入动乱，既然是民众供养着他们，他们在这种时候，便应该替民众承担精神上的压力。"

皇后想了想后，同意他的看法。没有过多长时间，十余名最重要的大臣，都来到了夜殿之中。连夜入宫，大臣们的精神都有些疲惫，只是想着宫里催得如此之急，怕是北疆战事再起，或是与西陵神殿的谈判出了问题，哪里敢有半点怠慢。纵是他们已经把情况想得很糟糕，却依然没有想到，在皇宫里等待着他们的消息，竟然糟糕到了这种程度，一时间夜殿幽静无声。

"别的任何条件都可以答应……"殿内响起一道疲惫的声音，来自刚刚赶回长安城的舒成大将军。大将军的神情很沉痛，他看着皇后和宁缺，一字一句说道："向晚原，不能让。"大唐征西军自葱岭撤回，大部并入镇北军，由徐迟大将军统辖，准备春深时分与金帐骑兵之间可能再次爆发的战争。舒成大将军回到长安城，以便徐迟统领两军，同时也是长安城军部需要一个有分量的将领坐镇。他反对割让向晚原，不是因为军方无法承受这种羞辱，而是因为向晚原的重要性。

向晚原位于大唐北疆七城寨之南，是大唐战马的主要来源地。大唐铁骑纵横世间，其中一个很重要的原因便是，千年以来向晚原一直在源源不绝提供最神骏的战马。在西陵神殿的议和条件中，最重要的一条便是，代表金帐王廷提出割让向晚原，而这也正是大唐朝野绝对无法接受的条件。

去年秋天金帐王廷骑兵如狼群一般南侵，大唐朝廷内部纷争未歇，随陛下出征荒原的骑兵困守贺兰城，镇北军准备严重不足，七城寨接连被破，然而就是在这样绝对严峻的局势下，徐迟大将军根本就没有想过后撤，镇北军付出了难以想象的惨烈代价，最终把金帐骑兵挡在了七城寨以南百里一线。

殿内响起一位文臣有些不解的声音："和割让东山郡相比，这片草场算不得什么，就算少了些战马，日后再从金帐处抢回来便是。"即便在这等时刻，大唐的官员们依然拥有强悍的乐观精神和信心。舒成寒声说道："西陵神殿要我们赔付战马，再把向晚原让出去，日后的大唐即便盔甲军械优良，却再无坐骑可用，怎么去抢？对方既然提出这等绝户计，怎么可能留下漏洞，他们就是要断我们大唐的根基。"他最担心的便是皇后和书院不了解向晚原的重要性，看着宁缺厉声说道，"如果把向晚原割给金帐王廷，大唐离灭国便不远了！"

皇后看着宁缺说道："若割让向晚原，大唐百年之内都休想恢复元气，西陵神殿必然是清楚这一点，才会提出这样的条件。"宁缺看着案上那些卷宗，很长时间都没有做出决定。

22

宁缺在渭城多年，自然清楚向晚原的重要性。这场人间的战争必然要分成两个层面，书院对付酒徒和屠夫、剑圣柳白以及道门的隐世高人，其余的敌人则需要大唐铁骑去扫平。

大唐铁骑乃世间最强骑兵，只要适应战场的情况，可以直接推死所有五境内的修行者，青峡之前的情况不可能发生第二次，因为这个世界上再也找不出第二个书院，找不出来书院后山的那些人。

如果大唐真的答应西陵神殿的条件，把向晚原割让给金帐王廷，便等于自断双臂，放弃了自己最强大的武器。无论如何，宁缺都不应该答应这个条件，但他清楚西陵神殿此番谈判的重点，甚至酒徒出现在长安城的真实目的，就是向晚原。

夜殿安静无声，包括皇后娘娘在内，所有人都在等着他表明态度，因为在这种时候，书院的态度便等于是大唐的态度。宁缺站起身来，看着群臣说道："先和对方谈着，我再想想。"事涉国祚，没有谁能够在这么短的时间内做出决定。当天夜里，宁缺回了雁鸣湖畔的宅院，却没有去找叶红鱼。清晨来临，有鸡犬之声起于街巷，包子铺开门之前，便有热雾从门缝里溢出，被晨风吹冷落在街面上，湿了青石板。

新的一天来临。朝廷继续与西陵神殿使团谈判，据宫里传来的消息，神殿方面显得异常强硬，和前些天有些不一样，在割让向晚原一事上更是寸步不让。宁缺明白神殿方面的底气从何而来，他挥手让那名天枢处官员离去，起床喝了碗清粥，来到梅园，推开房门走了进去。

叶红鱼喜欢晨时洗浴，因为她喜欢清爽地过每一天。宁缺走进她房间的时候，她刚刚出浴。湿漉的黑发散落在她赤裸的双肩上，发端滴着水，恰遮在胸前。叶红鱼看了他一眼，走到铜镜前开始梳头，问道："决定了？"随着她梳头的动作，黑发从身前被梳到身后，镜中可以看得清清楚楚。

宁缺问道："决定什么？"叶红鱼说道："签字。"宁缺摇了摇头。叶红鱼从镜中看到他摇头的动作，握着梳子的手微僵，起身取过血色的裁决神袍穿到身上，开始对镜画眉。她没有穿那些婢女衣裙，因为她这时候是裁决大神官。"唐国不可能留住向晚原。神殿可以在任何方面让步，向晚原不能让，不然这场伐唐之战便没有任何意义。"她一面画眉，一面说道。

宁缺看着在她眉间轻描的细炭笔，说道："活着不是为了……"没有等他说完，叶红鱼说道："书院里的人活着是为了意思，但更多人活着是为了意义，神殿总需要给世间诸国一个交代。"宁缺说道："我觉得别的条件已经足够交代。"叶红鱼放下眉笔，从妆匣里取出一张殷红的胭脂纸，看着镜中宁缺说道："那神殿怎么向自己交代，向昊天交代呢？"她轻轻抿唇，鲜艳似红梅。然后她转过身来，看着宁缺，将手中的胭脂纸撕成两半。"我们都明白，待唐国和书院恢复元气，任何和约都只是一张废纸，我们不能让唐国继续强大下去，所以向晚原必须是我们的。”

西陵神殿使团，依然强硬，参加谈判的唐国官员，处于极为被动的境地中，不知道是不是某位热血的年轻官员走漏了风声，双方谈判的细节，神殿方面那些带着羞辱意味的条件，渐渐被唐国民众知晓。尤其割让向晚原和东山郡这两个条件，更是让唐人愤怒到了极点，大唐千年何曾受过这等羞辱？从北疆到成京，从葱岭到朱雀大街，大唐军民在这场战争里不知死了多少人，才最终扭转了局势，明明没有打输，怎么却要签这样一个丧权辱国的和约？

不知有多少市民和学生，从前线撤退下来的伤残士兵，自发地来到皇宫前的广场。没有人闹事，甚至没有人喧哗，成千上万人就这样沉默地站在皇宫外，站在微寒的春雨里，一直站到深夜时分，依然没有散去。皇宫外的安静，对于宫里的人们来说，便是难以形容的压力，知道内情的官员们瞬间苍老了很多。

这个夜晚很多人在等待，也有些人在做别的事情，他们不是没有那些普通唐人的愤怒，而是因为他们必须要开始思考以后的事情。

书院后山，木柚背着木筐，在山腰的云雾间行走，隔一阵儿便从筐中取出一面小旗，插在泥土里或是山石缝隙间。云门阵法是夫子传授给她的大阵，是后山的重要屏障。她在青峡时，大阵无人主持，被西陵神殿掌教强行闯破，受了极严重的破坏。如今虽然观主重伤难复，但酒徒和屠夫两个人却像是新生的阴云，笼罩在书院诸弟子的心间，她必须抓紧时间修复，如此方能心安。

溪畔的打铁房依然安静，六师兄枕着铁锤，看着夜里的山林发呆，他身后的房间里不时传出一道温和的声音，“一人无距亦无量，另一人可能近乎不朽，似乎只要不进长安城，便没有人能杀死他们，但我始终记得老师说过的一句话。”大师兄的手指在河山盘的黄沙里轻轻划动，神情温和地说道，“除了昊天，世间没有无所不知、无所不能的人，既然如此，他们便一定能被杀死，所以我们现在就应该开始计算，想来这是件很繁浩的工作。”四师兄说道：“愿与师兄共参详。”

余帘坐在崖畔沉思，手指不时在风中写字，唐小棠在陡峭的山道上拓宽石阶，手里的血色巨刀，越来越像一根大铁棒。小白狼无趣地趴在更上方的石阶上。山崖间忽然起风，直上夜穹把云层吹散，露出那轮明月。小白狼对着那轮明月开始嚎叫，声音却依然清嫩，没有一点气势。君陌站在潭畔，张三和李四在迎接瀑布的冲洗。他在悟剑，大白鹅在他身旁，用潭水洗脚掌。山崖那边传来小白狼的嚎叫。大白鹅抬起头，有些轻蔑地看了那边一眼，曲颈向月而歌："嘎嘎！"

此时宁缺正站在皇城角楼上。他看着夜空里的明月，看着城下黑压压却安静无比的人群，仿佛听到了什么，然后想起了一些事情，笑了起来。

23

夜殿安静无声，烛台如金树招摇，宁缺看着皇后的眼睛说道："耻辱带来勇气和愤怒，如果能够释放愤怒，剩下的便是勇气，这是娘娘您的原话，现在我们需要考虑的便是由谁来承受唐人的愤怒。"皇后娘娘没有回答。

宁缺继续说道："割让向晚原后，战马的问题由书院解决。"皇后摇头说道："书院再强，也不可能无中生有。"宁缺说道："所有从我手中输掉的，将来必然都会拿回来。"皇后娘娘不明白他的信心来自于何处，最终还是被他坚定的语气说服，思忖片刻后神情凝重地说道："既然如此，我签了便是。"宁缺说道："你不能签，因为不能让你和陛下来承受民众的愤怒。"

皇后说道："但你曾经说过，书院不能签字，因为这份和约终将反悔。"宁缺说道："西陵神殿准备充分，肯定会要求我甚至是师兄签字，至于朝廷方面，叶红鱼说得不错，我们还有一条退路。"皇后聪慧至极，顿时明白了他的意思，不赞同地说道："坐在皇位上的是我的儿子，我便要承担相应的责任和义务，李家别的任何人签字和我签字都没有区别。""至少能够形成一定的缓冲。"宁缺说道，"作为李氏皇族的成员，在这样一份丧权辱国的和约上签上自己的名字，便只有一死谢天下，才能稍微缓解民众的愤怒，而在当前这种情况下，皇后你不能死。”“书院已然入世，大先生答应教育小儿，朝堂不再纷争，其实此时仔细想来，有没有我，对大唐来说已经不再重要。”皇后微笑说道，“而且对于如今的我来说，死，真的不可怕。”

宁缺自然不可能把皇后推上前台，他连夜出宫去了亲王府。书房里烛火昏暗，李沛言的容颜依旧俊朗，笑容可亲，只是眼角的皱纹多了很多，曾经如剑的双眉，也变得很柔和。“我这辈子从来没有什么大的野心，我只是想替皇兄拾遗补缺，代表皇族缓和一下与道门之间的关系，最多就想做位青史留名的贤王。”李沛言看着对面的宁缺，自嘲一笑说道，“现在想来，如果我没有生在天子家，外放某郡做个太守，相信都比现在更有用些。”

“这就是殿下的问题之所在。”宁缺说道，“在大时代里，你想的事情太过琐碎细小，而且这些年，你对神殿让得太多，陛下不喜欢，书院不喜欢，百姓也不喜欢。”李沛言说道：“看来我果然是一无是处。”宁缺说道：“这些形象，正符合殿下将要扮演的那个角色，所以我想在离开这个世界之前，你还是可以为大唐做出一些贡献。”李沛言看着桌上的烛台，看着那些淌落的烛泪，感叹地说道：“你杀死夏侯之后便一直没有理会我的存在，我一直以为那是书院看在皇兄面子上对你施加了压力，又或是你杀了足够多的人，当年的怨气已经消退，又或者你就是想让我陷在死而未死的恐惧中，却没想到原来你是在这里等着我。”“没有人能够像昊天一样计算出数年甚至数十年之后的事情，我也不可能想到这么远，只是就像三师姐曾经说过的那句话，有些人活着比死了更有用。”“用处在于……合适的时候死去？”“是的。”“宁缺，你果然是世间最冷血的人。”李沛言感慨地赞道：“如今大唐风雨飘摇，正需要你这样冷血现实的人物来守护。”宁缺说道：“所有人都有资格说我冷血，殿下你没有。”

一夜无眠，不是辗转反侧，而是周游于长安城内。宁缺离开亲王府，便回到了雁鸣湖的宅院里，去见叶红鱼，直接说道：“书院和皇族，都不可能去西陵神殿向昊天谢罪。”叶红鱼说道：“可以，你们可以派个使团。”宁缺说道：“不行。”叶红鱼想了想后说道：“仿南晋旧事，让红袖招去神殿献舞。”宁缺说道：“或许可行，但必须没有官方身份，而且我要先征求她们的意见。”

叶红鱼说道：“继续。”宁缺说道：“其余的所有条件都可以答应，但神殿必须保证大河国的绝对安全，无论是月轮还是南晋，只要越过大河一步，便视同毁约。”叶红鱼说道：“没有问题，作为对等，唐国也要保证清河郡的安全。”宁缺说道：“这本来便在你们神殿的条件里。”叶红鱼摇了摇头，说道：“是清河郡所有人的安全，包括战乱时滞留在长安城里的那些清河人，唐国必须释放他们。”宁缺说道：“看来这是清河诸阀向神殿投诚时就提出的条件。”叶红鱼说道：“如果神殿连这都做不到，如何取信世间亿万信徒？”宁缺沉默片刻后说道：“我答应你，一旦签署和约，只要西陵神殿联军退出清河郡，我就把清河会馆里的那些人送回去。”

清晨时分，春雨再降，尘埃落地。唐国答应了西陵神殿方面提出来的绝大部分要求，亲王李沛言郑重地在和约上签下自己的名字，同时也把自己的名字写在了历史的耻辱柱上。消息传出，朝野哗然，谁也不知道这个漫长的夜晚里发生了什么事情，为什么皇宫里的大人物们，居然敢冒天下之大不韪，真的签了这份和约。聚集在皇城前的唐人们再也无法控制自己的情绪，愤怒地骂着脏话，对着朱红色的宫墙吐着口水，然后有些旧年的传闻在人群中流传开来。那些旧年传闻其实不是传闻，而是所有人都知道的事情，比如燕境的屠村血案，亲王与西陵神殿掌教关系亲密，曾经涉及某桩道门在长安城里掀起的血案，因而才被先帝贬为庶民，直至李珲圆登基才恢复爵位……

宫门缓缓开启，李沛言向人群走去，他穿着件黑红缀金的深色长袍，在清晨时落下的微淡春雨里，显得格外醒目。无数人看着他，目光里充满了鄙夷与愤怒，甚至有人试图冲过来揍他。一名衙门里的下级吏员痛声质问着为什么，为什么朝廷要割让东山郡，要割让向晚原，这名吏员的声音真的极痛，仿佛在流血。无数人在质问在痛斥在骂着，难道朝廷不想收回清河郡？为什么还要把清河会馆里那些叛国贼送回去？皇宫前满是带着血腥味的声音。如果不是羽林军重重保护，李沛言此时大概已经被撕成了碎片。李沛言忽然停下脚步，望向四周愤怒的人海。他脸上的神情很平静，眼眸深处的神情很复杂。人群渐渐安静下来。“为什么？世间没有那么多的道理可讲，大唐需要时间，本王便替你们争取时间，大唐需要和平，本王便替你们争取和平，举世伐唐，大唐如何自处？如果你们认为本王错了，日后你们证明给本王看。”他的神情很漠然，袖中的手却不停颤抖着……

李沛言回到了王府。愤怒的民众抬了无数碎砖和石块包围了王府。羽林军士兵和侍卫严阵以待，但他们的人数太少，根本不足以震慑愤怒的人群，王府四周回响着愤怒的口号声。便在最紧张的时刻，王府墙内忽然响起一片凄凉的哭声。王府门后伸出一杆白幡，大唐亲王李沛言死了。街上变得安静无比，看着那张在春雨里格外凄凉的白幡，人们放下了手里的砖块和石头。宁缺站在远处的巷口，静静看着这幕画面。他的脸上没有任何情绪波动。李沛言代表大唐在和约上签字，对西陵神殿方面来说，并不意味着谈判的结束和最终的胜利，因为神殿还需要书院的签字。如果可以的话，他们当然更愿意以仁闻名的大先生或是守礼不欺的二先生签字，只是书院里只有一个入世之人，那就是宁缺。

此时的雁鸣湖被烟雾般的春雨笼罩着，西陵神殿使团所有人以及唐国诸位大学士都在厅内，没有人说话。西陵神殿方面自不必提，曾静大学士等大唐官员的脸色则是非常沉重。所有人都在等着宁缺回来签字，叶红鱼也在梅园里等着，但宁缺却迟迟没有出现，因为他在回雁鸣湖之前，先去了一个地方。清河郡会馆前是直街，数名侍卫和二十余名鱼龙帮众警惕地注视着会馆四周的动静。如果让他们知道，会馆里的这些家伙马上便要被送回清河郡，不知道会愤怒成什么模样。就是在这样一个时刻，宁缺走进了清河会馆。他接过毛巾擦了擦被春雨打湿的头发，掸掉衣服上的水珠，自然得像是回家。

24

这场举世伐唐的战争，起始于燕国成京城的一场阴谋。但真正的转折则是发生在清河郡，清河郡诸阀掀起的叛乱令大唐水师覆灭，大泽的湖水被染红。其后西陵神殿联军借道北侵，镇南军驰援不及，若不是书院弟子付出重伤乃至断臂的惨烈代价守住青峡，唐国或许真的就要灭国了。这是大唐开国以来境内的第一次叛乱，而且据事后传回的消息，当时的场景极为血腥，惨不忍睹。清河郡诸阀依旧年规矩，尤其是为了取信于李渔，保证叛乱的突然性，在长安城里留下了数百族人为质。当叛乱的消息传回长安城后，这些人自然成为唐国监视的重中之重。会馆里的人们，曾经尝试过逃跑，险些成功，最终却在其貌不扬的长安府尹上官扬羽的狠辣手段下，被捉了回来，从那以后便再无法踏出会馆一步。

如何处置这些清河郡诸阀子弟？唐国朝野有两种不同的意见。一派认为，应该用最快的速度、最残酷的刑罚把这些人全部杀死，如此才能震慑清河郡的叛军，同时告祭大唐水师及数百名殉难官员的在天之灵。另一派则认为，如果想要震慑清河郡叛军，同时牵制诸阀，那么便应该把这些诸阀子弟控制在手中当作筹码。

随着西陵神殿使团的到来，尤其是随着时局的突然变化，双方和约即将完成签署，无论哪一派的意见都不再重要。大唐官员们只能眼睁睁看着仇敌被接出会馆，然后送回清河郡，哪怕再如何不甘心，也只能沉默不语。就在这个时刻，宁缺走进了清河会馆。迎接他的是一位中年官员，穿着大唐官服，仪表堂堂。

“见过十三先生。”那名中年官员平静而礼貌地说道。宁缺说道：“既然不承认自己是唐人，为何还穿着我朝的官服？”这名中年官员姓崔名援，乃是清河郡崔阀老太爷的二子，战前任礼部的一个清贵闲职。崔援的笑容有些苦涩，说道：“我本就是大唐官员，族中长辈们无智昏乱，竟敢生出叛心，实在与我等无关。”

宁缺不关心崔援此时态度的真假，他只知道此人是崔老太爷的二儿子，是诸阀里的重要人物。他说道：“听说老太爷有几个很疼爱的亲孙子，也在会馆里？”崔援看着他的神情，知道在这位十三先生面前做任何掩饰都没有必要，长揖及地叹息说道：“还请先生息怒。”宁缺说道：“唐人一直以为清河郡是自己人，诸阀叛乱便是在我们的背上捅了一刀。难道你以为在这种情况下，生活在这座城市里的人们，还能对你们笑脸相迎？”

崔援脸上的神情有些难看，说道：“诸姓千世诗书传家，比长安城的历史还要久远，如今也只是想回到千年之前，实在不敢称叛。”宁缺说道：“此言有理。虽然我无法息怒，但今日前来不得不很不甘心地告诉你一件事情，西陵神殿要保你们这数百条人命。”说这句话的时候，他始终注意着崔援脸上的神情，只见此人听到这个消息后依然平静，只是眼眸里泛过一丝喜色。

这正是他想要看到的。崔援对着他再次长揖及地，颤声感激地说道：“纵知先生多有愤怒，在下依然感激不尽，待回清河之后，一定与大唐交好和睦。”宁缺说道：“我有些想不明白西陵神殿的用意。”崔援心想你怎么可能不知道，此时发问不过是想听自己说罢了，苦涩地说道：“若保不住清河郡，世间还有谁敢相信神殿？”“有理。”宁缺若有所思地说道，“有理不在于声高，而在于拳头大，神殿的拳头现在比较大，所以他们就比较有道理。”崔援和声说道：“书院只是暂避锋芒，先生何必自谦？”

“我向来不喜欢自谦，所以我决定先讲理。”宁缺看着他说道，“你先前说如果保不住清河郡，世间还有谁敢相信神殿，这句话就很有道理，那你说我为什么不把你们杀了？”听到这句话，崔援神情剧变，声音微沉说道：“先生此言何意？难道西陵神殿没有这个要求？”

“西陵神殿确实想让你们活着，以证明昊天的伟大。”宁缺看着他说道，“问题在于，你清河郡杀了我大唐三百多名官员，水师从主将到辅兵死了一千多人，有一千多人现在还在富春江下游的煤山里做苦役，相对于昊天的伟大，我认为这些更重要一些。”崔援明白了他的意思，身体难以抑制地颤抖起来，愤怒喝道：“十三先生，难道你想破坏和谈？你不想和神殿签署和约？”宁缺说道：“清河郡诸阀在大唐治下，已经有整整一千年没有做狗了，时间太长，你们似乎已经忘了狗是怎么做的，忘了做狗就要有做狗的觉悟。狗命终究是贱的，永远不可能有人命值钱。从清河郡叛变那日起，你们就成了西陵神殿的狗，命也就不值钱了。”

崔援瞪着他厉声喝道：“如果你想杀，尽管来便是。先生何必要说那些话羞辱我等？难道这是唐人的做派？”“我知道你们已经做好了赴死的准备，先前告诉你神殿的要求，不是为了羞辱你，而是希望你们能够重新拥有希望，希望是那样的美好，随后的绝望那该是多么的痛苦，就像死在诸阀手里的那些大唐官兵一样。”宁缺说道，“这确实不是我大唐军民的行事风格，只不过我向来都是个非典型唐人，为了把痛苦回赠给对手，我可以做很多事情，我会非常有耐心，你们将是第一批体会到的人，而必然不会是最后一批。”宁缺说完这句话，便抽出朴刀向前送去。噗的一声轻响，锋利而沉重的刀锋缓慢地捅穿崔援的腹部。崔援捂着流血的腹部，缓慢地坐倒在椅子上，脸色苍白，痛苦万分，却一时无法死去。宁缺提着刀走到清河会馆门口。羽林军和鱼龙帮罚堂的弟子们已经完成了对清河会馆的包围。宁缺吩咐道：“穿着我大唐官服的，收尸的时候不要忘记把官服脱下来，不满十四岁的动手痛快些。”“遵命。”羽林军和鱼龙帮众齐声应道，满身杀意地从他身旁走过。

会馆里，一名清河郡少年从楼上跑了下来，抱着椅中崔援奄奄一息的身躯，泪流满面，哭喊道：“父亲！”一名鱼龙帮汉子，把他砍倒在血泊里。清河会馆的屠杀正式开始，到处都在死人，到处都在流血，宁缺提着朴刀站在清河会馆的门槛外看春雨缠绵。他衣裳上的雨水已经干了，却新染了很多血。他没有擦血，因为怎么擦大概都擦不干净了。

25

宁缺回到雁鸣湖畔的宅院，衣衫上染着的血，被一路春雨淋洒，看上去就像是一幅水彩画。很多人在等待他签下自己的名字，完成这份和约。无论是唐国的大臣，还是西陵神殿的天谕院院长，看到他走进宅院，终于松了口气。

宁缺从婢女手中接过毛巾，擦干脸上的雨滴，走到案前，把和约里的详细条文看了一遍，便提起笔来准备签字。天谕院院长看着他身上的血迹，忽然心里闪过一丝不妙的念头，沉声说道：“且慢，敢问十三先生去了何处？”宁缺还没有回答，便有人冒雨来到雁鸣湖畔，把清河郡会馆里发生的血腥事件告知了房间里的所有人。

厅内骤然安静，西陵神殿使团成员脸色极为难看，唐国官员们的情绪发展和西陵神殿方面则是截然相反，曾静大学士看着宁缺微微点头，意甚赞许，始终沉默坐在角落里的舒成大将军，更是用力一拍桌案，厉声喝道：“好！”

“清河会馆的血案，可是十三先生做的？”天谕院院长盯着宁缺的眼睛，声音极为寒冷。宁缺说道：“我做事需要向你报备？”“那你就是承认了？”天谕院院长脸色极为难看，厉声喝道：“既然如此，难道你还想在这份和约上签字？”宁缺不以为意，把毛笔扔回砚中，让婢女泡了壶热茶，直接去了梅园。

叶红鱼在雨廊下缓缓起身，看着他说道：“为何再生枝节？”宁缺走到她身边，把壶中的热茶倒了两杯，自取一杯握在手中，稍微温暖些被雨水冲凉的掌心，然后在竹椅上躺下。他说道：“大唐向来极重承诺，一旦签字，便不好再动手，所以我当然要趁着还没有签字之前，先把我想杀的那些人杀死。”

叶红鱼盯着他的眼睛说道：“你承诺过我不会动他们。”宁缺把茶杯推到她的手边，说道：“我当时答应你的是把清河会馆里的诸阀子弟送回去，我并没有说一定会送活人回去，他们的尸首现在都在院外，神殿如果有兴趣，随时可以拉回清河，我没有替这些人收尸的兴趣。”叶红鱼说道：“你觉得这样有意思吗？”宁缺说道：“当然有意思，不然我为何要做这件事情？”叶红鱼说道：“难道你不担心会激怒我？”“愤怒不能决定结果，就像你早就已经激怒了我，但我不能杀你，因为我控制不了局势。同样，你也不能决定一切，无论是掌教还是隐藏在幕后的那个人，都需要你拿着一份和约回神殿，所以你的愤怒也不能影响什么。”宁缺喝了口茶，说道，“更何况你们最想要的东西，我们已经给了，那么像清河会馆里的那些人只是附属品，根本不重要。”

檐前的春雨淅淅沥沥下着，天色有些晦暗，叶红鱼身上的裁决神袍仿佛就像是面血旗，然而却掩不住宁缺身上散发出来的血腥味。他已经洗过澡，这时候却依然血腥味十足，真不知道先前在清河会馆里杀了多少人，想来他喝再多的苦茶，也很难把心肠洗净。雨廊下安静了很长时间。叶红鱼说道：“一切都结束了。”宁缺说道：“或者，一切才刚刚开始。”叶红鱼看着他问道：“日后你还会像今天这样杀人？”宁缺想了想，说道：“我确实还有很多人想杀。”叶红鱼微微挑眉，说道：“你似乎没有想过，杀的人多了，神殿也不会遵守约定。”宁缺转身望向她，说道：“能让书院忌惮的人，本来就不在神殿中，在那两个人眼里，世间百姓皆如蝼蚁，怎么会因为死几只蚂蚁就愤怒？当然，我只会杀那些能杀的人，尽量争取不让神殿太愤怒。”叶红鱼看着他说道：“你知道我为什么不在乎清河会馆的血案？”宁缺说道：“自然不是因为你真把那些人当成狗。”“不错。”叶红鱼说道，“那些人已经死了，而且我相信就算你再想杀人，有再多想杀的人，你都没有办法再杀下去。”“为什么？”宁缺平静地问道。“因为你再也无法走出长安城。”她看着宁缺的眼睛，目光里的情绪很淡漠，说道，“你这一生都将被困在长安城里，你就是一个愤怒的囚徒。”宁缺没有说话，因为这是事实。如果他离开长安城，昊天道门肯定会想尽一切办法、不惜一切代价杀死他，因为他在城内便无敌，出城则弱。他就是长安城的阵眼枢。

西陵神殿使团离开了长安城。他们来的时候，其实并没有抱太大希望，离开的时候，却收获了无数的金银财宝，还有从来没有前人获得过的胜利。因为知晓道门拥有了两名境界高深莫测的隐世大修行者，天谕院院长非但没有对这份和约感到满意，反而生出很多的不解，他不明白西陵神殿为什么不借此机会，继续掀起伐唐的高潮，而是选择了休战。叶红鱼看着窗外柳枝在雨中拖出的道道残影，在心里想着：饮酒可以杀人，描簪花小楷也能杀人，读书都能杀人，除了当年的莲生神座，没人愿意看到这样的一个人间，更何况大先生学会了打架，君陌落冠于地都不去捡，三先生是那只蝉，宁缺居然不再怕死，这样的书院，谁敢言必胜？宁缺站在南城门下，看了眼落下的雨丝，说道：“雨小了。”他在送别，送的自然不是西陵神殿的使团，而是莫山山。莫山山说道：“那我便该走了。”宁缺沉默片刻后说道：“其实晚几天走也挺好。”莫山山平静地说道：“再晚，终究也是要走的。”宁缺不知道该说些什么，所以没有接话。莫山山看着他，认真地问道：“将来你会杀很多人？”宁缺想了想，说道：“是的，如果能离开长安，我会杀很多人。”莫山山望向自己探出裙摆的白鞋，很长时间都没有说话，不知道心里在想些什么，然后她抬起头来，嫣然一笑说道：“祝你杀人愉快。”宁缺觉得春雨更柔了几分，说道：“我一定努力争取。”

西陵神殿使团离开，战争正式告一段落。各处战火渐歇，东荒骑兵逃回了燕境，神殿联军大部也撤回了南晋和西陵神国，日子渐渐变得平静起来，只是已经有很多人死去。王府门口的白幡并没有完全宣泄掉唐人的愤怒，朝廷为此做了很多工作，希望能够把这份怒火引向正确的对象，比如昊天道门。

宁缺没有关心这些事情，在和平时期，书院后山依然执行着禁止干涉朝事的律条，最主要是因为他现在根本没有心情去关心这些。他想要出城。他已经很多天没有离开过长安城一步。有很多人想进长安城，但进不来，因为他在城里。他想要出城，却不敢出，因为城外某个小镇上，有人在喝酒吃肉。宁缺发现自己真如叶红鱼所说，成了这座城的囚徒。他的心里还有很多谜团没有解开。是谁找到了酒徒，并且让他来到长安城？那个人为什么要把马车和铁箭还给自己？那人为什么要让酒徒转述那句话？“世间每一次死亡都是久别重逢。”这句话是什么意思？他曾经设想过某种可能，但理智告诉他，那最不可能。所以他，坐困愁城。

26

世间每一次死亡都是久别重逢，这句话有些晦涩。宁缺想了很长时间，都没有想明白这句话到底是什么意思，于是愁城越愁。不得出长安是他现在最忧愁的事情，所以每天都坐在高高的城墙发呆。环佩轻响，皇后娘娘来到此间，走到他身边，轻轻揉了揉他的头，怜惜地说道：“还没有想明白那句话的意思？”宁缺轻轻摇头。知道这句话的除皇后娘娘外还有书院后山的师兄师姐们，也没有人想明白酒徒转述的这句话究竟有何深意。众人分析良久，发现在西陵教典里有过类似的阐述：人间所有生命的死亡并不是终结，而是回归昊天神国的光辉里。问题在于，有资格说出这句话的人，只能是昊天本身。

皇后看着他问道：“你依然认为不是她？”宁缺说道：“桑桑死了。”皇后说道：“为何你始终如此确定。”宁缺看着下方像细线般的街巷，寻找着老笔斋的位置，说道：“她是我的本命，如果她还活着，我不可能不知道。”皇后走到城墙边，缓声说道：“很多人都死了，但问题却依然没有解决。”宁缺虽然没有关心朝野间的那些暗流，但清楚她这句话指的是什么。“虽然现在没有人敢公开说，我这个魔宗圣女掌管大唐国祚，但依然有很多人难以接受，这并不是一件好事。李家统治大唐千载，受万民供养千载，身为皇族子弟，本就应该先民而死。你那日在殿上说得对，李珲圆死了，李渔便只剩下一个弟弟，相信她会明白应该怎样做。”皇后看着自己生活了很多年的这座城市，微笑地说着话。

她每说一句，宁缺的心便会沉一分，不等她把话说完，说道：“娘娘请清醒一些，不要想那些没有道理的事情。”皇后渐渐敛了笑容，目光穿过城墙外的云雾，望向远处若隐若现的皇宫，平静地说道：“我本来就没有打算和十三先生你讲道理。”宁缺盯着她扶在城墙上的双手，说道：“为什么？”“因为我很累，我现在真的很累。”皇后娘娘细眉微蹙，说不出的柔弱可人。只有在这种时刻，大概才会让人想起来，她本就是传说中最会操控人心的魔宗圣女。“很多年前，我只是大明湖畔一个很普通的少女，也不知道门中长辈为何看中我，选我为圣女，命我南下诱惑唐国太子。”她说道，“我当时以为他是个昏庸好色之人，自然心有不甘，所以我决定用计杀死他。”宁缺问道：“陛下就是那时候受的伤？”皇后说道：“不错，但当时没有直接杀死他，所以我以为自己失败了，却没有想到，他没有责怪我，还替我隐瞒了很多真相。”宁缺沉默不语，他虽然知道陛下是个重情重义之人，但依然无法理解，当年他为什么会做这样的选择。“到了这时候，我才发现原来他真的喜欢上了我，于是我开始欲拒还迎，把我天生就会的那些本事，全部用在了他的身上，直到他再也离不开我，甚至决定迎我进宫。”皇后微笑着说道，“当时我以为自己赢了，结果没有想到，最终是我输了。因为我在他的身上放了太多心思，所以不知不觉间，原来我也喜欢上了他，就像他无法离开我一样，我也没有办法离开他。他离开了，因为很多年前我在他身上种下的伤，所以我必须撑着，一直平静着，从荒原回到长安，直到把他的身后事处理好。我想我处理得不错，见到陛下时，相信他会满意，那我还有什么道理留在这里？我不想让他等我等太长时间。”

城墙上一片安静。宁缺的目光依然落在皇后扶在城墙的手上，他此时的心情很复杂，竟找不到合适的词语来形容。他声音微哑地说道："你难道不觉得这样很自私？”皇后微笑着说道："我是世人眼中的魔宗妖女，自私是理所当然的事情。”宁缺说道："皇子年幼，还需要你这个做母亲的抚养成人。”"吾儿有大先生为师，哪里还需要担心？局势艰难但已经稳定，朝事自有成规，我在或不在没有区别。不在对大唐反而有好处，至少那些昊天道的神棍再没办法用我的来历说事了。”她脸上的笑容仿佛在散发光泽，骄傲无比。宁缺说道："我不会允许这件事情发生。”皇后微笑着说道："我记得有人曾经说过，这个世界上只有两件事情不受任何人控制，即便是昊天都不能，那就是生与死。”"桑桑死时，你是什么样的感受，陛下闭上眼睛时，我就是什么样的感受。当时我从贺兰城上跳下去，固然是局势所迫，现在想来，或者当时我的心里早已萌生了死志，只不过贺兰城究竟还是矮了些。”皇后看着城墙下方的云雾，微笑着说道，"长安城我想应该够高。”她在微笑，眉眼间的神情却是淡漠如云烟，仿佛早已不在人间。然后她离开城墙，落入云雾之中。宁缺有无数种方法可以抓住她，但他什么都没有做，因为他看到了她离开时的脸。她闭着双眼，脸上的神情是那样的恬静，令人感到无比安慰与心安。那种平静，没有多少人忍心打破。宁缺站在城墙上，看着流动的云雾沉默了很长时间。

有很多人在他的生命里来了又走，走了便不再回来，而且走得是那样的突然或者说决绝，令他惘然而感伤。生死之间有大恐惧。宁缺两世为人，在岷山荒原上见惯生死，但这种高僧大德都很难真正看透的大恐惧，他其实也一直没有看明白。华山岳想要救李渔出长安的那夜，他曾经对朝小树说过，如此行为，实在是很难理解，那是因为他一直没有看明白情。问世间情为何物，直教人生死相许。宁缺一直记得这句话。就如同那句：世间每一次死亡都是久别重逢。直到此时此刻，他才明白了些许。宁缺走下城墙后，直接去了公主府。他掀开露台上的重重幔纱，看着李渔直接说道："皇后娘娘去了。"李渔正在给小蛮讲故事，听到这句话，她有些没有反应过来，过了很长时间才缓缓抬头，苍白的脸上满是惘然的神情："为什么？""如果我说是殉情，不知道你会不会相信。"宁缺看着她说道，"做好准备进宫，小蛮我会送到书院学习。"

转眼间，长安城春意已深。这一天，庄严雅乐响彻宫廷，朝廷文武百官身着朝服，在太监的指引下鱼贯而入，钟声渐渐响响。大唐新君正式登基，年号正始。

27

清明时节雨纷纷，随着时间的流逝，长安城真的平静下来。那些逝去的人，没有被忘记，只是被放在了内心深处。街巷间，有一股肉眼看不到的力量，正在平静地积蓄，随时准备着爆发出来。朝会上官员们激烈地争论着政事，军方有些将领不耐烦再提，上前提出一个新的方案，于是又引发新的一轮争论。月前由长安府尹升任英华殿大学士的上官扬羽大人，眯着猥琐的三角眼，揪着稀疏的山羊胡，与户部官员再次开始战斗。

一名稚气十足的男孩，坐在皇位上听着大臣们的辩论。很明显，有很多事情他听不明白，但他的神情却很专注沉稳。只有被两只小手攥得有些发皱的明黄衣衫，才显露出他的紧张和惘然。新登基的皇帝陛下，能够有这样沉稳的表现，已经让朝堂上的大臣们非常满意，每每想及此点，他们望向皇位侧方那张轮椅时的目光，便显得更为敬慕。那张轮椅上坐着一位书生。那名书生穿着件旧棉袄，手里拿着卷旧书，并没有听朝堂议事，只是像往常那样安静地看着书。然而殿上很多人的注意力，实际上一直都放在他的身上。小皇帝同样如此，他能够规规矩矩坐在皇位上，忍受着枯燥的政务，自然是因为老师就在他的身旁。那名书生便是他的老师，书院大师兄。朝会散后，相关的奏折和卷宗，没有被送进御书房，而是被送到皇宫深处的一座偏殿，同时到来的还有小皇帝本人。

李渔便居住在这座偏殿里，如今的大唐随着皇后娘娘去世，再也没有什么两派纷争，所有官员都把自己的精力用在了政务和战备上。书院对于处理国事没有兴趣，她身为皇姐，自然是最适合的人选。

书院对她的行动没有任何限制，但基于某些原因，李渔搬进皇宫之后，便极少走出自己的宫殿。春雨洒落在皇宫里，官员们走出大殿后，有些忍不住望向皇宫深处，露出感慨的神情，更多的人则是向着不远处的御书房点头致意，然后才出宫。过了很长时间，御书房的门缓缓开启，宁缺在宫女端着的铜水盆里净了净手，道了声谢，取起门旁的雨伞，走进了春雨中。宁缺现在无法出城，便习惯用双脚踏遍这座城，他去了老笔斋，发现院墙修好了，但那只老猫却不知去了何处，然后他回到了雁鸣湖畔的宅院，看着湖畔的细柳和承着露珠的荷叶，像往日一样沉默不语很长时间。大师兄在皇宫，二师兄守书院，三师姐飘然离去，黄杨大师被观主重伤之后一直没有痊愈，前日离开了长安城，他说想再去悬空寺一趟，只不过这一次不是为了参佛，而是要去解决自己心中的一些疑问。很多人死去或者离开，总有人牵挂或是眷恋，然而就像宁缺曾经想到过的那样，除了老笔斋的猫和雁鸣湖里的荷花，没有多少人还记得桑桑。她太不起眼，无论她是冥王的女儿还是光明的传人或者是昊天的分身，消失了便这样消失了。婢女送来一封信，宁缺撕开信封看了看，发现是书信局的回执，里面夹着一张被打回来的银票。他看着那张银票，闭上眼睛。他越发觉得自己真的很像长安城里的一个囚徒，呼吸都变得困难起来。他想了很长时间，终于走出了院子，看着黑色马车前那名车夫说道：“要你给我当车夫，怎么看都有些委屈。”

那名车夫便是王景略。许世大将军战死后，他星夜兼程赶回长安报信，然后便一直留在军部，不知为何，现在却成了宁缺的车夫。王景略漠然地说道：“只要你能完成承诺，我做什么都行。”宁缺说道：

“一定能。”王景略问道：“去哪儿？”宁缺说道：“南城门。”黑色马车行走在春雨里的街巷上，悄然无声。不多时，便来到了南城门。马车在城门洞里停了很长时间，车壁上的雨水渐渐干了，始终没有动静，不知道车里的人究竟是想进城还是想出城。城门司的士兵和四周的摊贩，现在都认识这辆黑色马车，因为最近这些天，这辆马车经常在城门处停很长时间。

很多人的目光都落在这辆黑色马车上，想看看今天究竟会不会出城。时间渐渐地流逝。王景略说道：“城里其实也有很多可逛的地方。”宁缺在车里没有说话，手里紧紧握着那封信，却仿佛看到皇后娘娘在自己的眼前跳下去，他再一次真切地体会到了那种心情。“走吧。”他说道。王景略提起缰绳，准备让马车掉头，问道：“去哪儿？”宁缺说道：“出城。”王景略握着缰绳的手微微一僵，说道：“你确定？”宁缺说道：“如果连城外十里都不敢去，以后我怎么万里杀人？”

长安城南十里处，有离亭，有大片荒草，有很多墓地。宁缺先去了陛下与皇后的合葬墓，又去了军部的公墓，这里埋葬着很多战死的士兵，然后他拨开荒草，来到了师傅颜瑟和卫光明的墓前。“你们离开的时候，应该已经看到了很多将来，只是为什么人总要到死的时候，才能看到呢？那对我们活着的人又有什么意义？”说完这番话后，他走向左侧，来到那座新砌的坟墓前。这座石墓很小，就像桑桑那么小。因为墓里只有几件婢女衣服、半盒银票以及两匣子陈锦记脂粉。曾静夫妇在墓前搀扶而站，曾静夫人的眼睛很是红肿，想来在墓前已经哭了很长时间，学士府的仆役们正在清理四周的香烛。宁缺上前恭敬地说道：“岳父大人，还是带岳母先回吧。”曾静大学士没有想到会在城外看见他，先是震惊，然后想明白了其中缘由，顿时老泪纵横，欣慰地拍了拍他的肩头。学士府的人回城了。宁缺一个人孤零零地站在桑桑的墓前。他从怀中取出那封信，把那张银票撕成两半，其中半张和回执一道在墓前烧了，另外半张则仔细地放回怀中。然后他离开。

黑色马车进了长安城。他坐在车厢里，听着敲打窗户的春雨，沉默不语。他想起了渭城的土墙。那张银票是寄往渭城的。来到长安的这些年，桑桑每个月都会给渭城寄银票。这张回执上却写着：查无此人。是啊，渭城早就没有人了。桑桑也不在了。宁缺痛哭。他跳下马车，走进雨里。雨水落在他的脸上，浊了泪水。黑色马车在后面跟着他。有匆匆避雨的行人，看着这幕怪异的画面，不解地问道：“为啥不坐车？赏雨也不是这等时候，这多脏啊？”宁缺擦掉脸上的水，指着官道畔纵被泥雨敲打，依然青绿喜人的柳树，说道：“可是，这是春天啊，不是吗？”

28

神国的门毁了，天穹震动，然后出现裂痕，无数非金非玉的白石，从那些裂痕里崩出，划破青天，呼啸着向人间洒落。数万拖着火尾的陨石，落在安静的海洋上，掀起恐怖的巨浪，灼出滔天的热雾，无数飞鸟与游鱼死去，随着波浪起伏不停。

满天陨石里，有一颗与众不同的石头，近乎透明的水晶，在天穹上划出一道明亮的弧线，落向遥远北方的寒域雪海，这里已经近乎永夜，黑夜如幕，黯淡的星光下，可以看到一座雄峻恐怖的雪峰，雪峰非常高，峰顶仿佛要刺到夜穹。那颗像水晶般的透明石头，从远处飞来，在空中擦出一道明亮的线条，把晦暗的夜穹照亮一瞬，然后撞进雪峰里。

轰的一声，厚实的万年积雪受到冲击，簌簌落下，露出一片崖石，隐隐可以看到一个丈许方圆的幽暗洞口，只怕已经深入山峰腹部。雪继续滑落，没过多长时间，便把那个洞口填满，先前撞击的声音，向着高远的夜穹和雪峰两侧的冰海黑海散去，世界重新恢复安静。

除了寒树被冻裂的声音，雪峰周遭的世界绝对的安静，这种状态持续了一段时间后，忽然不知何处响起呼啸的风声，随之便有暴雨来袭。

这里是世界的最北端，是最严寒的地方，也是最黑暗的地方，无数万年以来，从来没有下过雨，然而这场雨一下便是数月，似乎永远不会停歇。

暴雨不停地下着，把热海表面上的积雪击打出无数黑洞，就像是蚁穴的出口，山峰那面的黑海也被暴雨侵袭得撼动不安，墨汁似的海水泛着各种形状的细泡，看上去有些恶心，又像是里面有很多鱼群。与此同时，雪峰上的积雪被不停地冲刷，渐渐露出山峰本体的颜色，那是沉沉的黑色，与残存的冰雪相映，看上去斑驳一片。

这场绵延数月的大雨，在某一个时刻忽然停止，非常突然，就像是天穹开始落雨的那一刻，雪峰周遭的世界再次安静。忽然有飓风自夜穹里来，吹散那些晦暗的流云，露出满天星光，还有那轮新生的明月，幽静的黑海被这场飓风吹得波涛翻滚，热海表面的雪层被吹得直冒白烟，暴雨留下的痕迹瞬间被抹平。

风停后的安静，被一道声音突兀地打破。

仿佛有人在天地间推开了一扇门，那门已经有数万年没有被开启过，早已锈蚀不堪，所以那声吱呀显得那般沉重。

这道声音愈来愈响，在天地间回荡，冰雪的世界显得非常不安，热海表面裂开，有牡丹鱼从海水深处跳出，瞬间被严寒冻僵成透明的玉鱼，又有十余只黑色乌鸦自南方飞来，嘎嘎叫着，栖在了覆霜的寒枝上。

黑色乌鸦望着雪峰，那道声音便来自雪峰里。

这座雪峰是人间最远、最寒冷、最高的山峰，前些天被暴雨洗得斑驳一片，此时看上去就像是立在天地间的一根锈铁棍。雪峰中间出现了一条幽黑的石缝，而且正在以肉眼可见的速度蔓延扩大，沉重的山体岩石变形摩擦撕裂，不停发出刺耳的声音。

那声恐怖的吱呀，不是锈门被推开，而是锈棍将要折断。

随着时间的流逝，山崖断裂声越来越清晰，那道黑色的石缝扩得越来越大，上半截雪峰向后倾倒的速度越来越快。

终于某日，雪峰从中断裂，如一座雄城般的上半截山峰，伴着令人耳聋的恐怖摩擦声撞击声，落入了山后的那片黑色海洋。天地震动，黑色海洋上掀起了数十丈高的巨浪，沉在海底无数万年的贝壳与泥沙，都被震出了海面，抛洒得到处都是，然后被巨浪卷走。

在十余日后，大河国海岸忽然涨潮，渔夫们很是诧异，他们根本想不明白，明明海面上晴空万里，只有清风徐徐，为何会有浪来。

没有人知道这些海浪来自最遥远的黑海，黑海和剩下的半截雪峰，也不知道它们给人间带去了多少震惊和疑惑猜测，此时的雪峰已经再次恢复安静，皎洁的月光和星光静静照着雪峰的断面。雪峰的断面并不光滑，看上去就像是被强行折断的柳树的断茬，锋利的岩石在黑色的断崖上突伸着，像极了危险的石林。

黑色的崖石间，有个白点。

那是一名全身赤裸的女子，肌肤白胜新雪，无论是温暖的月光还是寒冷的星光，洒落在她的身上，都留不下任何颜色，只是纯然的洁白。她闭着眼睛，仿佛在沉睡，细长微翘的睫毛没有颤动一丝，她的容颜普通寻常，或者说没有任何特点，眉眼间有稚意。

和普通寻常的容颜相比，她的身躯则很特别——肌肤光滑如缎，哪怕最细小的疤痕都没有，堪称完美，身体很丰满，被月光与星光照耀着，又泛着玉一般的质感，在黑色崖石间，就像是黑瓷盘上的雪白馒头。

睫毛轻眨，她睁开眼睛醒来，起身望向四周。

她站起身竟是很高，比普通男子仿佛还要高大些，她的眼眸里没有任何杂质，也没有任何情绪，只有最纯净的黑与白。

她注意到断崖间的星光有些明亮，抬头望去，便看到了夜穹里的那轮明月——这是她很多年前在梦里看到过的画面，也是她最厌憎的那幅画面，所以她的眉头微微蹙起，便多了丝灵动，终于有了活着的气息。雪峰是人间最高的地方，纵使断了小半截，崖面依然离夜穹最近，也就意味着离那轮明月最近，她不喜欢那轮明月，所以她决定离开。

断崖面上有很多锋利的岩石，便是人间最强大的修行者，在其间行走也会觉得有些麻烦，她却毫不在意，随意行走着，赤裸玉足踏下时，足底便会生出一朵洁白的莲花，承托着她丰满却仿佛没有任何重量的身体。黑崖雪峰间，朵朵白莲花盛开，排列成行，形成一条笔直的山道，直接通向雪峰下方，她踏莲而下。

十余只黑鸦飞到雪峰下迎接她的归来或者说降临，喙里衔着不知何处觅的异种野花和青草，绕着她飞舞不停。黑鸦把喙里的野花和青草撒落到她赤裸的身躯上，然后嘎嘎飞向数百丈高的天空里，而她便多了件绣着繁花的青色衣裳。她看着身上的衣裳，觉得有些事情难以理解，把衣襟松了松，把腰间的衣带松开一段，发现还是有些紧，不由微微蹙眉。

她走到热海表面的积雪间，看着那数十尾被冻成玉鱼的牡丹鱼，不知想起了些什么事情，沉默片刻后，便往南方走去。

白莲生于足底。

最开始的那瞬间，她便走出了千里。接下来的那个时辰，她走出了三百里地。然后她用了一天时间，才走到雪原边缘。她发现自己的速度越来越慢，身体里的气息越来越浑浊，所以她的眉头蹙得越来越紧，仿佛透明的眼眸里多了几抹冷厉的愠色。

她不习惯这个污秽的人间，不习惯这样缓慢的速度，而她最不习惯，也不明白的是，为什么自己的身躯会这么丰满。

走得虽然慢，但她不会累，所以最终她还是走到了荒原上，看到了雨后的原野，微黄的秋草，还有那几个散发着腐臭味的帐篷。这里是金帐王廷的一个小部落，里面死了很多人，那些尸体身上的腐肉已被草原上的野兽啃食干净，看来已经死了很多天。

她随意看了一眼，便把当时这些帐篷里发生的每一件事情看得清清楚楚，杀人者用的是一把沉重的铁刀，习惯断人咽喉。她的眉再次蹙了起来，因为她记得那把铁刀，也记得那人最喜欢用铁刀把人的咽喉砍断，因为那人说过这样最省力最干脆。她沉默了很短暂的片刻时光，便不再去想那件事情，只要把那人杀了，把人间的这段历史磨灭了，自然便不会再有那些记忆。

她觉得有些饿，在帐篷里找到十几袋马奶酒，便站在白骨之间，把这些酒全部喝光，在她眼里白骨和青草没有区别，那么这些白骨与她身上以青草织成的衣裳也就没有任何区别。

而且她本来就很能喝酒，很喜欢喝酒。

十几囊马奶酒，顷刻便饮尽，她的神情没有丝毫变化，却在望向自己丰满的身体时，再次流露出厌憎的神情。便在这时，帐外响起急促的马蹄声，还能听到唿哨声，显得有些杂乱。她静静听了会儿，便向帐篷外走去。

十余骑金帐王廷骑兵疾驰而至，看装备应该是担任大军前哨的游骑。这些游骑闻到了帐篷里传来的腐臭味，神情骤变，抽出腰间的弯刀，指着她厉声喝问起来，却不知道说的是什么。这是她在人间真正意义上看见的第一群子民，所以她决定原谅对方的不敬，不将神罚的怒火降临在对方的身上，而是直接让他们去死。

她向这些骑兵走去，脸上没有任何情绪。

看着向自己走来的青衣少女，金帐骑兵们的情绪很复杂，有些不解，有些震惊，有些警惕，因为他们想不明白，为什么她不怕自己手中锋利的弯刀，为什么她能如此平静，就像是什么都没有看见一样。一名骑兵大声叫了两声，然后高高举起手中的弯刀，然而看着她神情漠然的容颜，却怎么都无法把刀砍下去，因为他很恐惧。除了有些高大丰满，她是那样普通寻常，手里没有武器，更没有什么强者的气息，但不知道为什么，那名骑兵看着她的脸，就是莫名的恐惧，只想把手里的弯刀远远掷出，然后跪到她的身前，寻求她的原谅。

骑兵小队长厉喝一声，从鞘中抽出弯刀，毫不犹豫向着她的头顶斩落，如果仔细看，能看到他落刀时紧紧闭着眼睛，因为他也没有自信，看到她那张普通寻常的脸，还能不能再鼓起勇气。锋利的弯刀落在她的头顶，没有青丝被斩落，更没有血腥残酷的画面，甚至就连撞击的声音都没有，就像是斩在了浩瀚的大海里，然后刀身上骤然现出无数道光线，瞬间融化成空无！她身上青衣间绣着的繁花开始招展，重重花瓣里有无数道最纯净的光明释出，瞬间扩散开来，把帐篷四周的草甸全部笼罩。

片刻后，她从光明里走了出来，继续向南方走去。

草原上的光线渐渐敛灭，十余骑金帐王廷游骑都已经倒在了地上，没有了呼吸，那些战马也同样如此，但无论是人还是战马的身上，都找不到一点伤痕，也没有一丝血迹，帐篷里的那些腐臭味道也已消失无踪，腐尸上的烂肉尽数被溶蚀，只剩下森然而干净的白骨，这便是净化。

第二天，她又遇到了人类。这一次出现在草原上的人数比较多，由数辆马车和数百骑组成，蹄声密集如雷。但在她的眼中，这些人类和脚畔的青草没有什么区别，所以她依然像是什么都没有看见一样，继续前进。

一名穿着普通草原衣饰的老人坐在马车里，看着窗外的草原风景，沉默不语。他是金帐王廷最受尊崇的国师大人，离开贺兰城后便一直在草原深处缓慢巡游。他不想随雄心壮志的单于去南方，在他看来这场伐唐的战争金帐根本就不应该插手，中原打得越惨烈，草原便越平静，而且贺兰城前那两名唐国的魔宗强者，让他有些警惕。数百名金帐精锐骑兵随侍在国师左右，因为国师在草原人心中的无上地位，这些骑兵都很警惕，尤其是昨日放出去的前哨游骑始终没有消息传回，值此大战时节，难免让他们有些不安。

便在这时，骑兵们看到了那名少女，她是那般的高大，青色的衣衫紧紧裹在丰满的身躯上，是那样的醒目，想看不见都很困难。一声警哨，骑兵迅速列队准备冲锋或者防守，虽然草甸间缓缓走来的只是一名少女，但正因为如此，这个画面便透着分诡异。

就像昨天死去的那些骑兵一样，所有看到她那张普通寻常容颜的人，都莫名生出极大的恐惧，握着刀柄的手都开始颤抖起来。他们是金帐最精锐的骑兵，国师大人更是拥有无上神威，队伍里还有两名大祭司随行，如此实力恐怖的队伍，如果在南方可以直接灭掉那些小国，即便是唐国和西陵神殿都不敢小觑，然而此时看着缓缓走来的少女，他们却感到了恐惧，这种恐惧令他们惘然，然后更加恐惧。

国师看着草甸里那名少女，脸上的皱纹忽然深了几分，眼窝更加深陷几分，他的脸上渐渐露出震惊的神情，就像是看到不属于人间的存在。骑兵们不明白，为什么看到少女那张普通寻常的脸，自己便会莫名生出极大恐惧，那是因为他们是普通人——国师不是普通人。

她的脸确实很普通，平凡到了极点，随意走进人群里，便休想再有人能把她找出来，甚至没有人还能再记住她究竟长什么模样。她的眉便是千万人的眉里最常见的眉，她的眼便是千万人里最常见的眼，她的鼻子便是千万人里最常见的鼻子，她的唇便是随处可见的唇。

这种普通，最不普通。

这般平凡，所以不凡。

人间没有出现过这样的平凡，也不应该出现，所以国师只用了很短的时间，便明白了她究竟来自何处，她是谁。国师在秋草间跪倒，他以额触地，平摊双手掌心向上，显得敬畏虔诚无比，老泪纵流，颤声说道："长生天啊……"

夫子登天，是在泗水之畔。

他先把宁缺扔到了遥远的北方荒原，然后随光明直上青天，其后天降万道流火，然后人间下了好大一场雨。

雨落下的时候，泗水畔已经没有人了，但还有一匹黑马。

大黑马瞪着眼睛看着天上，直到此时此刻，它依然没有想明白先前究竟发生了什么事情，怎么那个小黑丫头忽然变得那么漂亮，怎么那个死老头儿忽然就变成了神仙，还有宁缺这个二货怎么飞了起来？

暴雨不停地下着，渐渐变得寒冷起来，大黑马有些惘然地踢了踢蹄，踢起好多湿泥，然后低着头打了两个有气无力的响鼻。大黑马没有离开，在泗水畔等着，它要等到宁缺回来，它担心如果自己走了，宁缺再也找不到自己，那他该会多着急啊！当然更重要的原因是它想到，宁缺如果不回来，这辆精钢打铸的车厢实在是太重，它可不愿意拖回长安城去。好吧，如果宁缺真的回来了，就算辛苦些，它也愿意把车拖回长安城去，只要那个家伙真的回来……在雨中等雨停，雨一直没有停，大黑马在泗水畔的雨中等了一天一夜，狂野的鬃毛被暴雨淋成烂抹布一般，挂在它的颈上，看上去异常凄惨可怜。

它很不满意泗水畔为什么要种柳树，柳树不够密，根本没有办法遮雨，它很嫉妒车厢，没知没觉不怕冷，被暴雨洗得这样干净。

大黑马接着又等了三天时间，渴的时候喝些雨水，饿的时候在河边找些草随意嚼嚼，有路人想把它牵走，被它一头拱到了泗水里，县衙得了报告，派衙役过来牵它，被它喷了满身的口水，然后踢出去三个凌空翻。但宁缺始终没回来，黑丫头没回来，死老头子也没回来。

鬃毛吸满了雨水，变得又湿又重，把它平时很骄傲的头压得越来越低，仿佛强健的颈背已经快要承受不住这种重量。

第五天凌晨，天边光透过暴雨亮起一小抹，大黑马昂起首来，对着青天和泗水愤怒地嘶鸣数声，拖着沉重的车厢开始了自己的旅程。它不打算回长安，也不准备回书院，因为那些家伙都没回来，而且它已经隐隐察觉到，那些家伙大概是真的回不来了。大黑马决定去荒原，它还记得过泥塘的时候，曾经在那里遇到过一个书院的前辈，那前辈不拉车，只坐车，活得特别潇洒，特别随性，而且手下有成千上万个小弟，所以它决定去投靠那名前辈。

没有宁缺启动符阵，精钢铸成的车厢沉重到难以想象的地步，世间只有大黑马能够拉动，但从泗水到荒原，漫漫旅程不知要吃多少苦头。只要能够找到那位前辈，你就是荒原的二大爷了——在艰难的旅程中，大黑马用美好的将来来安慰自己、激励自己，它咬着牙，低着头，在暴风雨中拼了命地不停走着，居然真的让它从泗水走到了荒原！

大雨终于停了，大黑马浑身泥土，瘦了一大圈，看上去很是憔悴，但看着眼前肥美的草原，它的眼神却是极为明亮精神。夹杂着断草清香味道的风，拂过它的鼻子，它深深地嗅了一口，神情好生陶醉，心想难道这就是所谓自由的味道？忽然间，它回头看着沉重的黑色车厢，觉得自己真的是头憨货，既然是要去投奔自由当二大爷，为什么自己要拖着这个该死的重东西走这几千里的路？万一宁缺还活着，将来找自己要怎么办？大黑马自我安慰道，然后继续向荒原西方的那片沼泽走去，事实上它就是这样想的。

投奔自由的旅程，结束在一个平常无奇的秋日。

那天，草原深处走出来一名少女。少女的容颜寻常无奇，没有任何特点，穿着一身青色的衣服，衣服上绣着繁美的花朵。

大黑马想说服自己不认识她，她哪儿有这么胖这么高？但它知道她就是她，所以它凄啸两声，甩掉车厢转身便逃。大黑马这一生从来没有跑得这样快过，就算是当年在荒原大会上追那头雪白母马的时候，都跑得没有这样快，它跑得比宁缺的箭还要快！

风声呼啸而过，大黑马恐惧异常。然后它重重地摔倒在秋草里，尘土四溅。

大黑马很恐慌，小黑瘦丫头真的变成大白胖姑娘了……

这世界还有天理吗？

大黑马想得没有任何道理。

她既然是天，那么所思所想所做的一切，都是天理。

大黑马再也不敢尝试逃走，垂头丧气地跟在后面。青衣在她腰间绷得很紧，大黑马看着她的背影，眼神恐惧。

她看着那辆满身灰土的黝黑车厢，沉默片刻后走了进去，在车厢角落里看到了那把破旧的大黑伞，还有那个铁匣。她坐到铁匣旁，伸出手指缓缓抚摩匣面，把那些被颠得有些散的积灰重新抹平，她的手指很稳定，灰尘被抹得非常均匀。

然后她望向东南方向隐隐可见的天弃山，依然沉默不语，大黑马知道自己应该怎么做，四蹄踏草便准备前进。汗水从黝黑油滑的肌肤里渗出，瞬间打湿脏脏的鬃毛，它恼火地低嘶，已经使出了浑身的力量，却依然无法把车厢拉动一步。她伸出右手落在车厢壁上，也不知做了些什么，只见极淡的清光闪现，车厢壁上的符阵瞬间启动，车轮碾着秋草开始向前。

一辆马车想要通过天弃山脉，便只能通过贺兰城。此时唐军已经撤往南方，贺兰城只留下了十几名唐军，如同空城一般。虽然只有十几名唐军，看着这辆黑色马车到来，他们依然开始警戒，准备作战。

就在这个时候，她掀开窗帘，向城头上看了一眼。

金帐王廷集合精锐都无法打开的贺兰城城门，就在她的注视下缓缓开启。黑色马车进入贺兰城，通过那道峡谷，向着东方而去。直到黑色马车消失在视野中，那十几名唐军才醒过神来，眼眸里流露出惘然和震惊的情绪，他们清楚地记得先前发生了什么事情，不明白为什么自己这些人会老老实实地把城门打开，到底发生了什么事？

某日黑色马车来到燕国与宋国交界处的一座小镇。小镇很小，只有一条窄街，街畔的民宅老旧而简陋。此地偏僻，没有被战火波及，但生活还是受到影响，粮食之外的生意明显比以前难做了很多。街东头的肉铺是镇上唯一的一家，逢着大集的时候往往会很热闹，今天却是冷清得苍蝇都觉得无趣起来。

黑色马车停在了肉铺前，她从车厢里走了出来，看了看自己紧绷的衣衫，眉头微微蹙起，对饱实丰满的身躯依然难掩厌憎。

生意虽然不好，屠夫的心情却不错，他反正也不指望这个肉铺过活，这时候正在斫去年冬天熏好的腊排骨，准备待会儿煮了下酒。听见脚步声，他抬头望去，看着走进肉铺的青衣少女微微一怔，心想这个胖丫头是哪家娶的新妇，以前怎么没有见过。然后他继续低头斫肉，锋利而沉重的肉刀，每一次斫下，刀面上的油腻都会溅飞起很多星沫，厚实无比的砧板不停摇晃着。

她走到屠夫的身前静静看着，似乎对他斫肉很感兴趣。屠夫最开始没有什么反应，只是自顾自地斫着。然后他的呼吸渐渐变得急促，就像生了重病的老人，壮实胸膛里不停响起拉风箱的声音，握着刀柄的手微微颤抖。他眼中的恐惧越来越浓，斫肉的速度越来越慢，落刀越来越沉重，然后开始流汗，额头上溢出黄豆大小的汗珠，却根本不敢去擦，只好任由那些汗珠落入腊排骨堆里，再被肉刀斫成无数瓣，再难分开。

屠夫的手颤抖得更加厉害，终于偏了偏，砍到了自己的手指上。

一声闷响，砧板下方溅出无数陈年的油脂和木渣。咔嚓一声，近半人高的砧板上出现一道裂缝，被生生砍开。刀势去而无尽，肉案断成两截，紧接着，肉铺满是血水的地面也出现了一道极深的裂缝，这道裂缝幽暗至极，根本看不到有多深，只隐隐能够听到有潺潺的流水声传来，竟似来自地下的河流！这是何其恐怖的一把刀，明明斩在手指上，没有落在砧板上，却竟能断案裂地，直抵幽冥之下的黄泉！更加令人感到震撼的是，如此恐怖的一把刀，重重地砍在屠夫的手指上，竟没有把他的手指砍断，只留下一道浅浅的白印！

这个人的身躯究竟是用什么做的？然而就是这样的一个人，却是看都不敢看她一眼，在她平静的目光注视下，恐慌得仿佛要发疯一般。屠夫看着散落满地的腊排肉，咧开大嘴，露出满口黄牙，仿佛要大哭一场，又像是要好好自嘲地笑上一场，忽然，他把手里那把沉重的肉刀丢到地上，蹲下身子抱着脑袋便痛哭起来，依然不敢抬头去看她。

“腊排骨是不是太荤腥了些，待会儿我去宋国皇宫里弄点鱼腥草来搭，要说那东西去腻增味，真是世间一绝，也就是那些不懂……”

酒徒从肉铺外走了进来，当他看到铺子里的情况，看到那道刀锋，看到像见了鬼的孩子一样抱头大哭的屠夫，声音戛然而止。他张了张嘴想说些什么，却发现自己的咽喉干哑得发不出来声音，只有腰间的酒壶在寒冷的冬风里不停摆荡，呼呼作响。他看着那名青衣少女，脸色瞬间变得无比苍白，眼神里满是震惊，因为他无法理解自己看到的一切，不明白怎么可能发生这种事情。

肉铺里安静无声。

酒徒渐渐平静下来，至少神情变得正常了些，声音沙哑恭敬地问道：“敢请教您是谁？您从何处来？要往何处去？”对她来说，后两个问题不是问题，第一个问题确实是个问题，所以她想了一会儿，负手望着人间某处，想着某些过往。

酒壶不再摆荡，寒冷的冬风则开始肆虐。

瞬息之间，酒徒从肉铺里消失无踪。

酒徒去了宋国风暴海畔的大堤，然后他去了烂柯寺，紧接着他去了大泽中间一个水匪的巢穴，他甚至去了长安城，在书院前停留了一段时间，最终他还是选择去南海深处的某个小岛，因为他相信陈某不会犯错。在那个弥漫着热雾的小岛上，他只停留了很短一段时间，便在那刹那辰光里，却有潮起潮落，日降月升，如此重复三次。

三天的时间，在酒徒一念之间便虚度无踪，为施出此等神通，他心甘情愿付出了很大的代价，要知道为了避开对方，只要不死他什么都愿意。

晨光微熹，酒徒站在黑色的礁石上，望向遥远的北方，尽管他的目力如此辽远，依然看不到大陆，但他没有因此而觉得伤感，反而安心了不少，在这个时候，他觉得自己大概理解了陈某当年的那些感受。即便终生不能踏足陆地一步，那又如何？

在他漫长的生命里，除了上次永夜，便只有某一次那辆老黄牛拉的破车走进小镇时，他才有这种劫后余生的感觉。这次的感受如此强烈，如此惊心动魄，即便是那两次也及不上。酒徒觉得很庆幸，替屠夫哀悼之余，想饮些美酒以为庆贺。

他从腰间取下酒壶，正准备举到面前，忽然有只洁白如玉的手，穿过海风，来到他的身前，把酒壶拿走。那只手的动作非常自然随意，所以无法拒绝。

她拿起酒壶开始饮酒，有些酒水洒在青色的衣襟上，然后便喝完了。

她把酒壶扔回酒徒怀里。

二人回到小镇。

时间确实已经过去了三天，肉铺里却没有什么变化，屠夫不再抱头痛哭，也不敢逃，低着头站在角落里。酒徒无距亦无量，动念便是三日，境界着实高深莫测，甚至可以说，他已经领悟了昊天世界里最高级的时间和空间规则。然而她是昊天，这是她的世界，她就是规则，酒徒和屠夫领悟得再深，依然在规则之内，那么如何能够远离她？

“好酒。”她看着酒徒说道。这是她在人间第一次说话，声音没有任何波动，自然也很难表达情绪，但听上去却并不机械，异常空灵清幽、透明而且空无。她明明说的是两个字，却像同时发出了无数的音节，复杂得就像是一首最华美的乐章，更像是大自然的所有声音。

听到这道声音的人，都会产生敬畏的情绪，境界越高越能体会声音里蕴藏的神圣，越想要臣服膜拜如此伟大的存在。

“腊肉，要用松烟熏足一个月才好吃。”她望着屠夫说出在人间的第二句话。随着这句话，肉铺里变得更加安静，酒徒和屠夫脸上的神情很复杂，有些震惊，有些惘然——先赞好酒再道腊肉，在他们的想象里，这种充满了人间烟火气的话，怎么可能从这位嘴里听到？

她微微蹙眉，大概也没有想到自己会说出这样一句话，更想不明白为什么自己记得那些很没有意义的事情，而且还说了出来。随着这两句话，她身体里发出的充满神圣意味的自然之音，渐渐变得寻常，依然空灵清幽，却不再那般复杂难明。

酒徒问了她三个问题，那是他漫长生命里始终没有想明白的三个问题，人类历史上很多哲人教士临死还在苦苦追索答案，他之所以问她，是希望她也没有想明白这三个因为出现次数太多从而显得有些世俗、实际上依然高妙的问题，让她稍微分些心神，以方便他能够再次逃走。然而就像他在长安城前默自喟叹的那般，昊天已经来到人间，他和屠夫又如何能不被找到？

事实上，她早就已经找到了那三个问题的答案，或者说那三个问题对以前的她来说没有任何意义，只是在此时却有了意义，所以她才会负手远望若有所思。最后她做出了决定，看着酒徒和屠夫，没有任何情绪波动，说道："如果第一个问题指的是关系之间的代称，你们可以叫我桑桑。"她叫桑桑，她就是桑桑，只不过她在做出用这个名字的决定之后，忽然生出极大厌憎，就像厌憎先前说出与酒肉相关的两句话。

听到这个名字，酒徒和屠夫完成了最后的确认，不甘与惊恐渐渐平息，变成脸上数万年的皱纹堆出的苦涩笑容。

酒徒恭敬地说道："听闻您已回到神国，没想到还在人间。"

"有些事情需要做完。"

屠夫看了酒徒一眼，酒徒就像是没有察觉，不肯按照他的意思接话。

"你二人可愿替我行事？"

酒徒声音微涩："替天行事自是莫大的荣耀，只是我二人在您眼下藏匿了数万年时间，早已疲惫不堪。"

她负手看着肉铺的摆设，说道："你们二人算是蝼蚁之中的异类，已经可以飞得很高，却还要住在这种破烂的蚁窟里，实在愚蠢。"

酒徒说道："昊天神国是您的居所，我们不敢去打扰。"

"我赐你们永生。"

酒徒和屠夫沉默不语，如果信仰能够得到永生，早在上次永夜之前，他们便已经投身道门的怀抱，成为最虔诚的昊天信徒。

桑桑看着他们，漠然说道："真正的永生。"

酒徒和屠夫看到了她的眼睛，便再也无法移开。那双眼睛透明而美丽，没有任何杂质，最深处有真正的星辉，而每粒星辉都是一个独立的神国，由令人心醉的世界本源构成，有一种被时间赋予的永恒美感，无论世界如何变化，都是那般肃穆。最令他们震撼的是，他们在那个神国里看到了自我意识的存在，随着自我意识的波动，由规则构成的完美线条，变幻出无数的光影。

酒徒和屠夫双膝渐屈，跪倒在她的身前，他们躲避了昊天数万年时间，最终还是被昊天找到，他们看到了昊天赐予他们的神国，并且确信那是真实的存在，那他们还要求什么？

桑桑走出肉铺，酒徒和屠夫谦卑地跟在她的身后。她挥了挥手，大黑马颈间系着的缰绳就像花瓣一样飘落，与车厢分开。她从车厢里取出大黑伞握在手里，回身望向酒徒，毫无情绪地说道："告诉他，世间每一次死亡都是久别重逢。"说完这句话，她牵着大黑马离开了小镇。酒徒和屠夫站在肉铺门口，看着渐渐远去的一人一马，很长时间都没有说话，他们此时依然处于极度震撼之中，甚至有些怀疑今天所看到的一切是假的。

昊天降临人间，是所有宗教典籍，哪怕是神话传说里都没有记载过的事情。在道门的描述里，昊天乃世间万物之始，无形无状，大若宇宙，小若沙砾，无所不知，无所不能，化作白胖姑娘落凡尘似乎也不是太难以想象的事情，但酒徒和屠夫依然难以接受这个现实，因为无法想象昊天居然能有人的形状，因为无法想象自己真的与昊天进行了一番对话。

不知道过了多长时间，酒徒和屠夫才从震惊中醒过来。屠夫看着那辆沉重的车厢，说道："此去长安路途遥远，这车太重，昊天又不允我助你，便要辛苦你了。"酒徒说道："没有反抗也没有躲避，所以便没有惩罚，我虽然不敢反抗却试过逃避，这便是惩罚，惩罚我曾经最引以为傲的无距。"要带着一辆重若小山的精钢马车行走，谁能无距？

屠夫沉默片刻后说道："你去长安看看书院，看看那个叫宁缺的人，昊天既然看重他，想来必有缘由，若不行便杀了他。"

白胖且高大的少女，牵着有些瘦的黑马，在人间的山林湖河间行走，没有人知道她是谁，没有人知道她来自何方，要去向何处。

路经宋国某个县城时，她忽然觉得有些饿，想要吃碗面。对于她的身体来说，饥饿这种感觉并不陌生，但对她来说，这种感觉依然不熟悉，而且充满了一种低贱的生物性，这让她觉得很厌憎。更重要的是，按照不可能出错的天算，她现在的身躯就算胖一些，需要补充更多的物质，但在荒原上喝了十几袋马奶酒，在小镇上将酒徒那只酒壶里的数千桶酒全部喝完，她至少在半年之内不需要补充物质。那为什么会饿呢？她沉默地思考着这个问题，却没有留意到，自己牵着黑马来到了一家面摊前。

此时已是深冬，县城的街道上覆着薄薄的雪，然后被行人践踏成黑泥，她从断峰里出来后，一直没有穿鞋，赤裸如莲的双足，在黑水里格外醒目。

面摊后搁着两个炉子，锅里的水已经开了，正散发着面食煮熟后令人愉悦的淡淡味道，面摊上的香菜末味道则是更加浓郁。桑桑在面摊前站了一会儿，决定吃碗面。没有人理会她，摊主也没有接待她，就像没有人注意到她那双赤裸的玉足踩在黑色的雪泥里，却没有流露出丝毫怕冷的意思。

面摊这时候很热闹，很嘈杂，不是生意太好，而是有人在闹事。摊主有个十二岁的小姑娘负责拉面，有青皮地痞要她下面，调戏说小姑娘下面最好吃，于是便有了现在这番吵闹争执。那摊主气得浑身发抖，却没有勇气拿起菜刀讲道理，几个地痞的声音越来越大。

“我要吃面。”桑桑看着摊主说道，语调有些别扭，因为她觉得要吃面这件事情，本身就很别扭，而摊主这时候比她还别扭，自然没有理她。

桑桑有些不悦，神情威严地说道：“我要吃面。”

依然没有人理她，那几个地痞嚷嚷着开始掀摊子，场间一片混乱，锅碗瓢盆被扔得到处都是，满满一盆香菜末就这样被倒在了地上。桑桑低头，看着香菜末混进黑雪泥里，觉得有些可惜，然后她又开始厌憎自己的反应，因为可惜这种情绪同样很低贱。

打砸的声音越来越响，摊主头破血流，瘫坐在地上，小女孩蹲在父亲身旁不停地哭泣着，而那几名流氓似乎还没有罢手的意思。桑桑原谅面摊老板的不敬，觉得街对面的烧饼也很香。然而就在她准备离开的时候，听到了摊主痛苦的祈祷声。

“老天爷，如果你有眼睛，怎么不把这些杂碎给收了呢！”

桑桑停下脚步，大黑马看着她，隐约察觉到自己即将目睹宗教历史上最著名的画面，难以自禁地喷着白雾。摊主的咒骂声和祈祷依然在继续，桑桑的脸上没有任何表情，她转身望向那几名地痞。那几名地痞流氓正在砸东西，其中有个人拿着把菜刀挥舞着乱砍，嘴里不停地骂着脏话，神情非常兴奋。

“喊你大爷，今天就算昊天也救不了你！”

因为过于兴奋，那名地痞没有注意脚下，踩到一块冰上，滋溜一声滑倒，手里的菜刀在一名同伴的大腿根上滑过，然后砍在支着面摊篷子的粗毛竹上。可能倒下得太猛，或者是刀太快，那名同伴的大腿根处出现了一个大口子，鲜血狂喷，粗毛竹从中断开，刺进另外一名地痞的胸口。场间一片混乱，待人们清醒过来时，发现那三名地痞都死了。

一名地痞浑身都是自己喷出来的血，一名地痞的胸窝被戳穿，拿着刀的那名地痞则是在混乱中误伤了自己的腹部，肠子流了一地。无论是看热闹的民众，还是面摊父女二人，都脸色苍白至极，无法醒过神来。

“给我煮面。”桑桑看着摊主说道，然后微微皱眉，发现不只香菜末没有，便连辣椒油也已经被打翻，顿时没了吃面的兴趣，牵着大黑马离开了面摊。她走到街对面，便在这时，听到面摊传来的议论声。人们赞美苍天有眼，说要替那对父女作证，这是昊天的神迹；又有人提到了县城外的道观，要父女去道观还愿，说那里的牛道人是真正的仁善好人；然后便有妇人叹息好人没好命，牛道人就快死了。

桑桑牵着大黑马出了县城，找到那间并不破落但明显有些简陋的道观，漠然的目光隔着院墙，看到了那名垂死的老道。老道很干瘦，身上长满了脓疮，准备接掌道观的一名中年道人有些厌恶地站在门外，平日里受过道观救济的人，则是忍着恶臭在旁边侍奉着。

她静静看了一会儿，然后转身离开。就在她离开后不久，简陋的道观里忽然生出一阵异香，紧接着有金花从陈旧的房梁上垂落，撒在了老道的身上。老道脸上的脓疮以肉眼可见的速度缩小，然后消失，满头枯槁的白发竟瞬间变得乌黑无比，他不但病好了，而且年轻了十几岁的样子。那名中年道人惊愕无比。房间里的昊天信徒们，则早已跪到了地面上，对着天空不停地叩拜祷告，用哭一般的声音感谢昊天的恩赐。

老道在人们的搀扶下艰难坐起身，想着这一生虔诚奉道，艰难救济世人，终于有了回报，双手向天老泪纵横道：“神爱世人啊！”

在道观西南数里外，桑桑牵着大黑马行走在林间。大黑马看着她的背影，眼里全是疑惑的神情，它想不明白她为什么要做这两件事情，记得宁缺以前说过，天道无形更无情，人间的子民信徒，在她眼中应如蝼蚁一般，那么她为什么要管这些事？

在某座深山里，桑桑遇到了一户人家。这家人有老有少，一共十四口，以烧炭为生，日子过得有些辛苦，却自有一份平静的幸福。没有谁知道，这家的老太爷当年是魔宗的一名低级执事，在魔宗覆灭之后便逃进了深山，娶了当地的女子开枝散叶，然而他终究没法忘记自己的出身，在子女稍大些之后，便开始传授他们魔宗功法，那些功法自然谈不上高级，而且在深山老林里也没有什么用处，只不过老太爷想求个心安罢了。

在桑桑离开之后，炭窑忽然崩坍，引燃了院子里堆的干柴，凶猛的大火把一家十四口人焚成了雪白的灰烬，是为净化。大黑马跟在她的身后，看着她那双赤裸洁白的脚，默然想着，如果说无鞋就是天真，那么宁缺说得很对，天真就是残忍。

神爱世人，只爱她想爱的世人。

昊天依然无情。

隆冬时节，桑桑牵着大黑马来到宋国都城，穿过繁华的街巷，来到一家不起眼的小酒楼前，她忽然感觉到很饿。那些酒足够她在人间行走更长时间，这种饥饿的感觉与身体无关，而是心理上的感受。她厌憎并且逐渐开始警惕这种感受。但她还是走进了这家小酒楼，走上安静的三层楼，没要菜单便点了十八个菜，同时要了一盆冰镇的甜芋泥。

这家酒楼她来过，那些菜名没有记错，餐前的甜点也没有忘记，所有的一切，都和上次来时一模一样。没有过多长时间，冰镇芋泥便送了上来，然后十八盘冷热荤素搭配得宜的菜，也如流水般送了上来，在她身前满满摆了一桌子。桑桑没有拿筷子。她看着桌上的这些菜肴，看了很长时间，然后想起上次在酒楼上，那人对她说过这样一段话：

“这道菜你得试试，这可怜孩子，跟着宁缺这些年就没过过好日子，要知道人间不知有多少好吃的东西，有多少好玩的东西，这些天你就跟着我享享福吧。”

她缓缓闭上眼睛，想起那人在泗水畔对她说过的另外一些话：

“我带你吃人间最好吃的烤羊腿，带你吃宋国最考究精致的十八碟，我带你吃草原最鲜美的涮羊肉，我带你吃了牡丹鱼、生蚝汤，我带你去看了雪峰，泛舟海上，苔原镜湖，还让你和宁缺成亲入洞房。

“我带你吃遍人间美食，带你赏遍人间美景，我让你体会到作为人最大的快乐，我甚至还顺手让你体会了一下更深的情感。

“在你眼里，人类都是蝼蚁，如今你却与蝼蚁成了亲，并且感受到了其中的美好，你感受到了充分的人间的美好，那么你会不会有那么一丝想要留在人间的念头？这些年来，你想尽一切办法要找到我，邀我上天一战，但你有没有想过，其实我也很想邀你来人间做客？”

她睁开眼睛，眼眸里没有一丝情绪。

天空里忽然落下好大一场暴雪，把宋国都城笼罩其中，街道上传来惊呼声和走避声，酒楼栏上瞬间积上了雪，很是寒冷。

她愤怒，所以天降暴雪。

她在断峰间醒来，走到雪海上时，看了一眼牡丹鱼。

她最初一步便是千里，然后开始变慢。酒徒之所以无法避开她，不是她够快，而是因为她是规则，酒徒无论利用什么手段，那些手段都是她的。

之所以变慢，是因为她的气息随着行走开始变得浊重起来。她在人间行走，便开始融入这个人间。她望向自己丰满的身躯，明白自己的身体里多了些什么。是那人留在她身体里的人间之力，是那人带她体会过的人间的美好，那些……低级但很顽固的气息。

她看着桌上的十八盘菜缓缓拿起筷子，开始进食。她吃的速度很快，比那人还要快。片刻后，十八盘菜全部进入她的腹中，那盆冰镇芋泥也被吃得干干净净。

宋国都城的雪停了。

她走出酒楼，牵着大黑马来到街道上。

街道上重新变得热闹起来，孩子们在堆雪人，有的则是准备打雪仗，有摊贩趁机大声吆喝："冰糖葫芦！"她看到了不远处街边的陈锦记，想起来那人曾经给自己买过一匣脂粉，后来在那座叫长安的城市里又买了一匣。她的神情变得愈发凝重，眼眸里的情绪愈来愈淡。

人来人往，她在街道中央，负手牵缰，高傲而且孤独。

她不看天，因为她就是天。

她看着人间，不能退，却也不能向前。

她不允许自己再向人间踏入一步。这是那人登天之前给她设下的局，或者说向她提出的问题。怎样破局？怎样解题？她即便无所不能，在这样一道大题目前，也需要时间。她的神情变得越来越漠然，眼眸淡得仿佛透明。不远处传来吆喝烧饼的声音。她发现自己又饿了。在那个县城里，她就没有吃到烧饼。

她愤怒于这种情况，决定把这座都城里的人全部杀死。

忽然间，她觉得有什么湿软的事物触到了自己的手背。她回首望去，黑发飘起，一片残雪被发丝击碎成最细微的粒子。大黑马前蹄屈起，似在谦卑地行跪，在严寒的天气里，鬃毛里的汗水不停冒着热雾，明显紧张到了极点。当桑桑的目光落在它身上后，它愈发紧张，犹豫了片刻，小心翼翼在她手背上又舔了一下。

桑桑静静看着它。大黑马拼命地摇着尾巴，露出乞怜讨好的神情。挑着烧饼担子的小贩，个子生得非常矮，从旁边经过，还在不停吆喝着，浑然不知自己刚刚与死亡擦肩而过。桑桑看着大黑马，说道："不怕死？"大黑马恨不得把头埋进雪里去，生出无限悔意。

她转身望向长街，重新看着人间。只不过此时她眉眼间的寒意稍逝。

29

走出宋国都城，桑桑牵着大黑马望向西南方向某处，丰白若月的脸上没有任何情绪，眼眸深处却有无数道细碎的光线生出，然后毁灭。

就像是风雪里出现了无数把刀。

风雪如刀，落在人们的脸上，便会留下极深刻的痕迹。陈皮皮用一块旧布蒙着脸，低着头在风雪里艰难前行，不时回头看一眼身后的板车，确认躺在车厢里的父亲可还安好，盖在他身上的那床棉被有没有被风掀开。离开长安城已经有几天时间，那场暴烈的黑风不知去了何处，又一头闯进风雪之中，因为战争的缘故，这片乡村坚壁清野，找不到一点粮食，至于马车更是不可能找到，他只找到了一架有些破的板车。走到一片山林时，风雪渐小，陈皮皮把板车停在一棵大树下，他没有时间歇息，挖土围灶，开始煮粥熬药。待药好后，他走到车厢旁，把父亲脸上的皮褥子掀开，开始给他喂药。

天下无敌的知守观观主，如今只是一个重伤将死的老人，但他眼眸里的神情依然是那样的平静，脸上没有任何表情。在长安城惊世一战中，他最终不敌宁缺写出来的那个字，身中万刀，最恐怖的是，那些刀意里夹杂着的人间气息，如同污秽的墨汁一般，混进他的伤口，无论怎样清洗都洗不干净，即便是西陵神术都没有办法净化。陈皮皮把最后一颗通天丸让他服下，也只能帮他暂时续命，没办法让伤势好转。

一路行来都很沉默，哪怕是喂药的时候也很沉默，因为陈某伤重虚弱无力说话，也是因为他们多年未见，本就是很奇特的父子关系。替父亲喂完药后，陈皮皮把褥角掖了掖，然后一屁股坐到车轮旁的雪堆里，捧着一大碗热粥，开始呼啦呼啦吃起来。

雪虽然停了，寒风还在肆虐，大树上的积雪不时被风拂落，落在板车上，也落在他的碗里，他看着空中洒落的雪花，忽然有了说话的念头，“你明知道老师是正确的，为什么还要坚持走这条道路？”陈某听见他终于开口说话，微笑着说道：“我走的又是哪条道路？”

陈皮皮用筷子敲了敲碗沿，说道：“你是有大智慧的人，应该很清楚人类和昊天终将势不两立，无论是永夜还是别的，最终人间都会面临灭世，那你为何还要站在昊天的阵营里？信仰并不是合理的解释。”无数年来，修行到陈某这种境界的大修行者只有八人，到了这种境界，自然难言什么虔诚的信仰，而这正是陈皮皮想不明白的地方。

“选择和信仰无关，只与道理有关。夫子和轲浩然以为人与昊天是对立的关系，但在道门看来，人类与昊天是相生的关系。”

“封闭的世界，难道不会觉得无趣吗？”

“道门认为肃穆与衡定是一种永恒的美，佛宗认为循环与轮回是一种因果，有开始便必然有结束，这样的一个过程才是完整的过程。夫子想要打破这种完整，便离永恒越来越远。”

“哪怕那种永恒没有自我的意识？”

陈某说道：“寂灭便是永恒，我们来自何处，便要回到何处，在那个世界里，你我便是昊天，昊天便是你我，为何还要分你我？既然在生之前，这个世界不曾有你我，那么最终自然也不应该有你我。

“这便是我的道理，或者说我的信仰，无关对错。你老师或者不是错的，但在我看来，他是错的，既然如此，自然不能同道。”

便在这时，山林里传来缓散的蹄声。陈皮皮捧着粥碗回首望去，只见林后萧瑟一片，风雪已停却还未晴，有个女子牵着匹黑马穿林打叶而来。他自然认得大黑马，却不认得牵马的那个女子。他望向大黑马，大黑马却不敢与他的目光相对，畏怯地低下头颅，前蹄轻踢。陈皮皮望向那女子，觉得那女子容颜寻常普通，却隐隐散发着一种难以用言语形容的气息，然后他在女子脸上看到了一些熟悉的影子。

他很震惊，看着她有些圆胖的腰身，说道：“你怎么长这么胖了？”

桑桑没有回答他的问题。

他想起桑桑已经不是桑桑，自嘲一笑说道：“我真没有资格说这种话，不是因为你是谁，而是我本就是个胖子。”

他本是最虔诚的昊天信徒，然而随着这些年在书院后山的学习，在夫子身边耳濡目染，生命里又多了很多像宁缺、唐小棠这样不为道门所容的人，对昊天的信仰或者说态度早已发生了很多变化。如果是五年前的他，此时应该是跪在她的身前，但如今的他，却如此随意地站在她的身边，手里的粥碗都没有放下。

昊天对于现在的他来说，并不见得比一碗粥更重要。

他满怀感伤地说道："现在想来，我和二师兄真是犯了大错。"当初在书院后山，大师兄始终对桑桑存有某种警惕，而君陌和陈皮皮在看过桑桑捧灰之后，便成为了她最坚定的支持者。人间有桑桑，夫子才会在泗水畔离去。要说君陌和他的心中没有一丝悔意，自然不可能。

"虽然犯过的错，往往都无法弥补，可能也没有能力弥补，但人生在世，总要尝试一次，如此方能心安。"陈皮皮看着她认真说道，微胖的脸上露出令人心折的微笑。他把筷子搁到粥碗上，遥遥一指点出。以书院不器意驭天下溪神指，山林间骤然叶落，有积雪卷起成一道雪线，自不可测之处而来，捉摸不定而去，刺向她的脸。

桑桑没有动，整片山林却仿佛动了起来，整个世界都动了起来，或者准确来说，是空间动了，于是那道雪线擦着她的身体飞了过去，然后落在绵软的雪地上，却像是落在镜面上，折射而回，没入陈皮皮的身体。

陈皮皮脸色微白，肩头多了一道血洞，那是他自己的天下溪指意，再看向桑桑的眼神里，便多了一抹苦涩和感慨。他有些感伤，他想起数年前的新年第一日，当时桑桑还是个干瘦的黑丫头，抱着厚厚的被褥，沉默而倔强地站在长安府里，显得那样的可怜，而当时他第一次施展天下溪神指，便是为了保护她。

桑桑静静看着陈皮皮，来到人间后，陈皮皮是第一个敢向她出手的人，即便是酒徒也只敢逃，屠夫只敢蹲在角落里哭。奇怪的是，她并没有惩罚陈皮皮对昊天的不敬，而是转身望向长安城的方向，没有任何情绪地说道："在那里你拒绝了我。"她看着长安城，这句话却是对板车里的陈某说的，说的是前几日观主单身入长安，最后用了清静境的事情。

陈某没有解释，很奇异地笑了起来。他的笑容里有很多情绪，有终于得见彼岸的大愉悦，有看穿所有的大解脱，有挥袖看云的大平静，就是没有敬畏。这是他第一次真正看见昊天，她是那样的高傲，那样的冷漠，绝对没有一点属于人类的情绪，但在他眼中却是那样的有趣。

他隐约看明白了她身上发生的变化，他很想赞美已经离开人间的夫子，他知道再也没有人能够看清这个世界究竟会走向何方。

昊天也不能。

虽然西陵神国较唐燕诸国要温暖很多，但刚刚入春，气温也没法太高，在山间吹拂的风还带着些微寒意，满山的青树蒙着冬日积下来的灰，透着股死气沉沉的感觉，举目望去，在山野间看不到一朵野花。

桃山上的气氛紧张而且压抑。伐唐战争极不顺利，即便是天谕大神官和天下行走叶苏这样的道门强者都身受重伤，神殿联军在青峡之前寸步难进，而掌教大人从长安城回来后，便再也没有在人前露面。留在神殿里的人本来就不多，因为这些事情噤若寒蝉，也不敢随意出殿走动。不知道是不是这个原因，当那个高胖的青衣少女和那头早已被神殿登记在册的大黑马来到桃山下时，竟没有人发现。

不知为何，桑桑没有去长安，而是来到了西陵神殿。她牵着大黑马在青山间行走，神情平静而自然，就像是在巡视自己的领地。她牵着大黑马走进了天谕神殿。神殿内部空旷而幽静，大黑马的四蹄踩在如玉般的地板上，发出清脆而悦耳的声音。

天谕大神官躺在神殿最深处的床上，幽暗的光线从殿顶洒下，落在他的脸上，让皱纹显得愈发深刻，苍老得仿佛随时都会死去。在青峡之前，他被书院大师兄一棍击倒，神辇燃烧成灰烬，本就苍老的身躯也快要变成死灰。他是道门最能看见未来的天谕大神官，自然清楚自己的伤势如何，被送回神殿之后，他没有做任何事情，甚至把程立雪等天谕司的执事都赶出了神殿，平静地等待着回归昊天神国的那一天。

这座神殿已经幽暗安静了很长时间，没有任何人敢来打扰神座临终的平静，此时忽然响起马蹄声，天谕大神官有些艰难地睁开眼睛，向那边望去，便看见了那头大黑马和牵着缰绳的那名少女。看了一眼，他便看明白了很多事情，枯槁的目光重新焕发出光泽，苍老的皱纹里多了释然，然后露出最真挚幸福的笑容。

桑桑走到床边静静看着他，确认这个人类已经走到了生命的终点，即便是她也没有办法再让他停留在人间，只能让他多停留一些时间。天谕大神官感觉到了她的想法，谦卑而诚恳地说道：“能够回归您的怀抱，是我此生最大的愿望，请您成全。”

桑桑坐到床边，伸手把枯瘦的老人抱进了怀里，就像抱着一个婴儿。她的脸上依然没有任何情绪，却开始散发一种平静的气息。天谕大神官的头无力地靠着她的肩，喃喃说道：“您回来得晚了些。”当年在长安城的老笔斋中，他曾经见过她，然后他在三年后的桃山上，看到了光明，于是他和她定下了三年之约。那是大唐天启十五年，现在是大唐正始元年，时间已经在不知不觉间过去了四年。

天谕大神官苍老的脸上露出平静的笑容，然后闭上了眼睛。桑桑确认这个人类的灵魂已经回归了神国，把他的身躯放回床上，然后起身，牵着大黑马走出了这座神殿。

她没有离开桃山。

她去了桃山最高的那座白色神殿。

桑桑牵着大黑马走进神殿。神殿深处有万重幔纱，万道光明，映出一个仿佛万丈高的高大身影，那是西陵神殿掌教的身影。

现在的桑桑虽然也很高大，但和那个身影比起来，却是那样的渺小。那个高大身影忽然颤抖起来，穿过幔纱的声音也颤抖起来：“你不是林雾，你是谁？”桑桑面无表情地继续向前，她每走一步，便高大一分。与之相照，幔纱后的那个高大身影变得越来越渺小。她走进幔纱里，走进万道光线里，便不再有光线溢出。

掌教跪在她的脚下，不停亲吻着她赤足前的地面，无比谦卑地说道：“您在世间最忠诚的仆人，恭迎您的降临。”他重伤难愈，眼盲手断，较在书院后山时，更加瘦小凄凉。

她眉头微蹙，黑瞳深处有圣洁的光焰生出。

掌教开始痛苦地嘶嚎，被余帘用蝉翼刺伤的眼睛，也开始有光焰燃烧，片刻之后，光焰熄灭，一抹灰从他的眼中飘落。他看着眼前清晰的世界，痛哭流涕，连连叩首。

桑桑不再看他，牵着黑马走了出去。她看了一眼那座黑色肃杀的神殿，向光明神殿走去。光明神殿里点着万年长灯，不论是前代光明大神官被囚，还是神座空悬无人，那盏灯始终亮着，那便是这座神殿的象征。

西陵大治三千四百五十年，初春微寒某日，天谕大神官回归昊天神国，光明神殿的万年长灯熄灭，因为有人走进了神殿，她就是光明，不需要象征。

西陵神殿四周山野间的野花骤然怒放，引来无数诧异的目光，要知道西陵虽然温暖，但此时离花期还有很长一段时间。更令人震撼的事情也发生了——数十年前夫子登桃山斩遍桃花，从那之后，桃山的桃花便再也没有开过一次。今日却有无数株桃花盛放，满山满野。

初夏的长安还谈不上酷热，有钱人的后宅里却已经摆上了冰盆，穿堂风带着冰块的凉意，在屋里缭绕不去，竟似回到了冬天。褚老爷却依然敞着衣襟，满头大汗，不停挥动着蒲扇，显得非常热——听到那个消息后他无法不紧张，心也开始热起来。

“是真的吗？这事儿是真的吗？”他盯着褚由贤，压低声音问道，显得格外神秘，“如果你不方便说，你可以不说，眨眨眼睛就成。”

褚由贤看着父亲无奈地叹息一声，扶着额头，根本不知道该怎么回答，虽然这两天宅里都开始传这件事情，但他却没法承认。看着他的反应，褚老爷便知道那事儿大概是真的，脸上的皱纹骤然舒展，大笑两声，兴奋地拍着他的肩头，说道：“难怪这些日子很难在家里看见你，在红袖招也没有撞见过你，心想你不可能就这么洗心革面，原来竟是去做官了。不错不错，当年花那么多银子送你去书院，果然没错。”

褚老爷乃是长安城里有名的富翁，这辈子最希望的便是子弟能够在官场上混出模样，按照查到的那消息，褚由贤的职位虽然不高，但位置却极要害，堪称朝廷心腹，确认这件事情是真的，他哪有不老怀欣慰的道理。他看着褚由贤肃容说道：“你在书院里的成绩一塌糊涂，办事能力也不怎么突出，能做到这位置上，你应该心知肚明，那是十三先生念着旧日情谊，你可万万不能辜负，谨行慎言，不要太过得意。”

褚由贤忍了多时，听着这话终于再也没法忍下去，挥着手臂恼火地嚷道：“到底是谁在得意？到底是谁在得意？我做的是暗侍卫，这事儿就不能让人知道！你非得花几千两银子请人来查我，这下好，让你查出来了，那你说我还能不能做下去？你是不是还得再花几万两银子去封大家的嘴？我就不明白了，本来挺好一事儿，怎么就让你给弄得这么麻烦？”

褚老爷被儿子一顿教训，偏生却没法还嘴，因为这事儿确实是他办得有欠考虑，脸色青一阵儿红一阵儿，说道：“以后不管你了还不成？”褚由贤站起身来，气呼呼地准备离开。褚老爷见自己放低身段，这小子居然不领情，不由真的有些恼怒，喝道：“别以为你现在是朝廷心腹，我就不敢揍你！这等时候，还出去野什么野？”

褚由贤说道：“夜里红袖招有聚会，必须要去。”

褚老爷怒道：“我都已经十天没去了，你凭什么去？”

褚由贤恼火地说道：“书院同窗聚会，你要不让我去，我就不去。”褚老爷想说不去又如何，忽然想着十三先生好像也应该算是儿子的同窗，哪里还说得出口，说道：“早去早回。”

初夏的长安城里绿树成荫，即便隔着很远的距离望过去，映入眼帘的也有大片青意，很是令人感觉舒服。只是再美丽的风景，如果看的时间长了，总会有些厌烦，就像世界如此之大，夫子看了千年也看腻了一样，总想着要去别的地方看看，又比如皇后娘娘在这座城市里生活了数十年时间，因为没有人陪她看风景，也生出了厌意。

宁缺站在城墙上，看着城市里的山林湖泊，很自然地想起了这两个人，然后想起了叶红鱼在雁鸣湖畔说的那句话——你一生都将困在长安城中，你会是一个愤怒的囚徒。除了清明时节出城十里祭坟，他很多天都没有离开过长安，已经开始厌倦，距离愤怒还有一段距离，但他明白自己确实变成了一个囚徒。

有和暖的风在城墙上轻拂，初夏和深春一样，都是长安城最温暖、最美好的时节，大师兄却依然没有解下身上那件旧棉袄。宁缺很确定，从天启十三年春天初遇大师兄的那天开始，大师兄的棉袄便没有洗过，无论何时都是满身灰尘，可为什么感觉还是那样干净？

“心净自然身净。”大师兄慢条斯理说道。

宁缺笑了笑，说道：“我只听说过心远地自偏，却没听说过心净身自净的说法，师兄难道你不觉得这很不讲理吗？”

大师兄缓步走到他身旁，望向城墙下的街巷，说道：“心远地自偏……这句话很有意思，可惜你现在还做不到。”如果真能做到心境辽远，那么就算身陷囹圄之中，亦可驰骋天地之间，宁缺明白大师兄的意思，只是在现在的情况下，他实在是做不到。

大师兄看着他怜惜说道：“既然不能静，那便动一动。”

宁缺想了想，说道：“太冒险。”

大师兄说道：“惊神阵还在，我也能走了，就算有危险，相信也能抵挡一阵儿，总不能让你真的在这里虚耗岁月。”

宁缺指着街巷里的行人说道：“他们的生命与将来，都在我的肩上，我有什么资格带着他们一起冒险呢？”

大师兄说道：“现在是你在守护这座城和城里的人，可如果你始终不能走出这座城，那便是这座城和城里的人在守护你。”

宁缺沉默了很长时间，说道：“我懂了。”

大师兄说道：“按照前些日子想好的法子，动一动也无妨，我和君陌并不担心长安，只担心你在路上可能会遇到什么事情。”

宁缺说道：“如果四师兄计算得没有错误，就算遇到事情也能解决，现在需要确定的是西陵神殿方面的消息。”

大师兄问道：“什么时候能够确认？”

宁缺沉默片刻说道：“可能永远也确认不了，我想再拿多些消息，再做定夺，如果真这么做，到时候还是要辛苦师兄你。”

大师兄温和地说道：“那你再看看，我先走了。”

宁缺问道：“师兄你要回宫？”

大师兄说道：“渭水长堤出了些问题，工部和户部的大人们正在殿上吵架，陛下和李渔还等着我回去定夺。”

宁缺很认真地问道：“师兄，你有什么事情是不会的吗？”

大师兄微笑着说道：“我不识符道，不然我就是这座城的囚徒，不过如果真是换作我被长安囚禁，想来我不会有什么意见。”

师兄回宫后，宁缺在城墙上留了一段时间，他看着日头逐渐西沉，晚霞把长安城墙照得金碧辉煌，然后看到城下变成一片花的海洋。数千名唐军，在人们热情的挥手和四处抛撒的鲜花欢迎下走进了长安城。他们隶属于镇北军，在这场战争中最惨最苦，而且因为金帐王廷一直施加的压力，一直延迟到初夏才回长安城授勋嘉奖。

宁缺走下城墙，向红袖招走去。今夜红袖招被包场，举办书院天启十三年同窗会。

宁缺站在窗边，看着楼下那些不停灌着酒的青年将军，还有那些各部堂里的新晋官员，看到了满脸络腮胡子、再没有青稚之感的楚中天，看到了在翰林院里极风光的临川王颖，看到了陈思邈、何应钦，还看到了陈子贤等丙舍的同窗。

司徒依兰看着他在窗畔的背影，问道：“你真的不下去？”宁缺摇了摇头，转身走到桌旁坐下。以他现在的身份，确实不方便下楼，也没必要刻意地做出那些姿态，这个单间里只有他和褚由贤再加上这个熟悉的姑娘。司徒依兰这些年一直在军中，尤其是去年开始，她一直在北疆最前线与金帐王廷的骑兵战斗，今日刚刚回到长安城，这场书院同窗会之所以此时举行，最重要的原因，便是要等着她的归来。

褚由贤陪着喝了几杯酒，看司徒依兰的神情似乎有话要单独和宁缺说，便出了房间去楼下。司徒依兰看着宁缺的眼睛，说道：“都说割让向晚原，是亲王殿下的主意，他死了，便是皇后娘娘也死了，就算是镇北军里的将士，都没办法生出怨气，但我清楚，像这种事情必然要经过书院同意。”她此时已经换了便装，虽然在北疆被风吹日晒，黑了些许，但容颜依旧清丽动人，只是头上裹着的布巾感觉有些怪异。

宁缺看着她说道：“我知道你想问什么。不错，割让向晚原给金帐，包括割让东山郡给燕国，都是书院，更准确来说是我同意的。”司徒依兰问道：“为什么？如果说割让东山郡只是暂时示弱，为什么要割让向晚原？你应该很清楚那片牧场对我大唐的重要性。”

“你大概能猜到，出了些事情，书院不得不暂退。”

“金帐骑兵真的很强，我们在那里死了很多人，一想到他们可能变得更强，我便有些不安。”

“我会把他们全部杀死，不用担心。”

司徒依兰很相信他的话，虽然明知道再强大的修行者，也不可能把金帐王廷全部毁灭，但她不再担心，因为这是书院的承诺。

她注意到宁缺一直盯着自己某处在看，笑着问道：“很好奇？”

宁缺点点头。她扯下布巾，原来当年如瀑般的秀发，已经变成潦草的短发。

“在军营里留长发不方便，主要是染上血之后洗起来不方便，所以干脆就剪了，说起来黑了不少，还多了很多疤，难看死了。”司徒依兰揉着头发，有些无奈，虽说在军营里她改变了很多，但爱美之心人皆有之。宁缺看着她俏皮小男孩的模样，心情很温柔，说道：“在我眼里，你现在最好看，比以前任何时候都好看。”

司徒依兰说道：“何必说这种话哄我开心。”

宁缺笑了笑，也不解释，说道：“接下来你准备做什么？”

司徒依兰说道：“军部准备派我去固山郡。”

此言一出，房间里变得安静了很多。宁缺知道朝廷派她去固山郡的用意，便是想借云麾将军在军中的威望，去分割收服华家在军中的势力，毕竟华山岳死了，李渔对华家诸多感恩，也不得不进行这项工作。司徒依兰自北疆归来，比谁都清楚华山岳死亡的内幕，知道和身前的宁缺脱不开干系，但她没有说什么，而是说道：“我想见殿下。”

“她不见你？”宁缺有些意外，以云麾将军府的地位，再加上司徒依兰与李渔的关系，她要进宫应该是很容易的事情。司徒依兰点了点头。宁缺没有想到李渔竟比想象中还要自闭，沉默片刻后说道：“我给你个腰牌，晚上你自己进宫，多陪她说说话。”

书院同窗聚会，又是现在这种时局，自然没有喊舞女相陪，但场间还是极为热闹，宁缺则来到顶楼去见简大家，她说道：“今日要你过来，是商量光明祭的事情，西陵神殿要求红袖招前去献舞，不知书院是什么看法。”

宁缺说道：“全凭简姨定夺，如果觉得去去无妨那便去，不想去便不去，既然和约已经签了，西陵神殿也没有什么办法。”简大家看着他颇有深意地说道：“光明祭乃是西陵教典里记载的最盛大的节日，传闻里只有昊天降下神迹，才会召开，我不明白的是为何西陵神殿要开光明祭，如果是庆贺这场战争的胜利，他们只会成为天下的笑柄。”

宁缺若有所思，问道：“那您的意思是？”

“去看看也好，或者也能帮你看看。”

“只是担心路途不太平。”

简大家看着他的眼睛问道：“你能不能保证她们的安全？”

宁缺沉默片刻后说道：“就算我不能，想来有人能。”

宁缺乘着黑色马车离开了红袖招。走过街口不远，车帘微动，褚由贤钻进了车厢。他从怀里取出几个大信封，借着车厢里的微光排着顺序，低声说道：“到现在为止，天谕神座依然空悬，谁最有可能接任，也没有丝毫线索。”在这场战争里，神殿安插在昊天道南门里的人以及唐国潜藏在神殿里的人，都起到了非常重要的作用。大唐安插在神殿里的数百名间谍同时发难，以生命为代价暗杀了数名神符师，但在神殿里依然还有很多眼线。

从初春和谈开始，那些隐藏在桃山里的人，便开始陆续不断通过天枢处和暗侍卫回传回各种各样的消息，长安城知道天谕神座死亡的消息，甚至要比当时身在清河郡的叶红鱼还要更早一些。宁缺想着此前情报里提到的满山桃花，沉默不语。

“按照天枢处的分析，程立雪应该是最有可能接任天谕神座的人，但是天谕神座的传承似乎有些特殊的地方，所以他现在的位置反而很尴尬，如果真让别人接任了天谕神座，那么他便极有可能出问题。”

褚由贤继承了他父亲的商人素养，虽然不会修行，似乎也没有什么突出的能力，但却能从天枢处和暗侍卫的报告里，找到那些最值钱的信息。他看着手里的卷宗说道：“光明神殿里的那盏千年灯确实熄了，但想窥探原因的人都莫名死亡，所以没有人知道原因，前次情报里提到的那十几名神官，确认已经疯了，除了这些之外便再也没有新的消息。”

宁缺微微皱眉，显得有些不满意。

褚由贤用手指拈着最后一个大信封，“有件事情比较奇怪，我们在神殿的人曾经有一次在马厩那里看到一盆没吃干净的大糙子粥，想着你曾经提过一次，所以他把盆里剩的粥收集了一部分。”宁缺接过那个信封，把里面的剩粥倒出来，酸臭的味道顿时弥漫整个车厢，褚由贤不由微微皱眉，掩住鼻子。宁缺此时的神情却极为凝重，就像是根本没有闻到难闻的味道，拿着刀尖在臭剩粥里细细地拨着，终于看到了一根黑色的鬃毛。

“憨货，辛苦你了。”他看着那根黑色鬃毛，在心里默默说道。

黑色马车来到雁鸣湖，褚由贤下了马车，借着夜色消失在街巷里。宁缺走下车，站在院门前沉默片刻，对王景略说道：“准备一下，可能要出趟远门。”王景略摘下草帽，把缰绳收好，说道：“你真的做了决定？要知道这一次可就不再是城外十里，而是千里险地。”宁缺说道：“终究是要去看的，让别人去看不如自己去看。”

夜色下的雁鸣湖，反映着宅院里的十余处灯火，就像是如今的夜穹，曾经的满天繁星被那轮明月夺去了太多光彩，很是寂寥。宁缺划着船儿在湖面上随意而行，船舷不时擦过几茎新生的青枝，荷叶渐圆，人却不能团圆，看着这些当年和桑桑亲手种下的荷，他再次想起酒徒留给自己的那句话：世间每一次死亡都是久别重逢。

他始终想不明白昊天如何能在人间找到酒徒和屠夫，为此他始终在查，获得了很多线索，那些线索都隐隐指向他曾经以为最不可能的那人。他的视线从船畔的青荷转向湖对岸的雁鸣山，仿佛看到那个死丫头正撑着黑伞，站在风雪中唱歌给自己听。

如果真的是你，为什么我没有感觉，难道你不再是我的本命？你把马车和铁箭还给我，却带走了大黑马和大黑伞，是真的想分家吗？可问题是，想分家哪有这么容易？你的名字还在我的户籍本上，你的住址还是老笔斋，你的银票还埋在墓里，我给你送去如何？

既然世间每次死亡都是久别重逢，那便让我们重逢吧。

第二天清晨，那辆著名的黑色马车，穿过包子铺的热气，在很多百姓和羽林军的目光相送下驶进了皇宫，然后再也没有出来。这种情形持续了数天，没有人知道宁缺在皇宫里做什么，即便是朝廷大臣也不知道，只知道他没有离开长安城。西陵神殿在长安城里的眼线，开始警惕不安，他们付出极大代价，褚宅里死了两名婢女，终于打听到了一些消息。

皇宫里那幢小楼的地底下，不时传来沉闷的敲击声，御书房入夜后，还能看见灯光，各种珍稀的材料，通过户部安排，源源不断从各郡运进长安城，某天傍晚时分，有人看见一名壮汉扛着铁锤走进了皇宫。当这些情报送回桃山后，西陵神殿得出了一个令他们感到震撼的结论，书院正在试图改造惊神阵，然而实情真的是这样吗？

宁缺进了皇宫便没有再出来，即便是朝小树也不知道他在做什么，所以当他收到来自书院的邀请后，以为可以知道答案。在山道云雾畔，一个模样清俊可爱的小书童在等着，见他们到来，礼貌地行礼，然后说道：“朝先生，这边请。”走进云雾再出来时，便到了书院后山的崖坪之上，朝小树看着如画般的美景，心生感慨，当年如果不是陛下需要他，他肯定会报考书院，说不定有机会成为二层楼的学生，现在便是此间的一人。

第一次来到书院后山的唐人都会有些紧张，朝小树稍好些，随他一同前来的陈七则是很难控制自己的情绪，再也没有平日智珠在握的感觉。听着瀑布入潭的声响，小书童把二人带到小院，君陌正在院中等他们，三人见过礼后，君陌把一封卷宗递给他们，说道：“书院做了份计划，我们自己看不出来什么问题，所以需要你们的眼光。”

朝小树接过卷宗打开。陈七在旁有些不解，心想书院诸位先生都是绝顶聪慧之人，哪里还需要自己这些人来评价。君陌知道他的想法，说道：“书院杀人倒是杀过不少，但往往都是遇着便杀了，没有这方面的经验。”陈七听明白了这句话的意思，顿时感觉肩上的压力有些沉重，难免也有些骄傲，心想难怪朝二哥会带着自己随行。

朝二哥看完卷宗，递给陈七，望向君陌神情凝重：“宁缺现在正在做的事情，也和这个计划有关？”君陌说道：“他要做的事情，没有写在卷宗上面，但却是最关键的一点。”

陈七看着卷宗，呼吸渐渐变得急促起来。作为鱼龙帮的智囊，对阴谋诡计并不陌生，他这辈子也设过很多局，比如当年春风亭雨夜便出自他的谋划，然而他却从来没有想过，自己居然有机会参与到这样一项计划中来，要知道那两个目标对以往的他来说和神仙都没有任何区别。这份卷宗上的计划，初步构思出自书院四师兄范悦和宁缺，然后由大师兄亲自拟定，如果单从理论逻辑上进行推敲，看不出任何问题，但此事干系实在是太过重大，书院又缺乏这方面的经验，所以才会借重鱼龙帮。

陈七紧紧握着卷宗，看了很长时间，强行压抑着兴奋与紧张，大脑快速地运转，不知道过了多长时间，他才抬起头来。“这个局布得非常好，只是需要进行一些细节方面的修饰，给我一夜的时间，我便可以补全，相信那两个人就算真是神仙，也看不出来。”

他看着君陌说道：“只是有个最关键的问题，到哪里去找合适的执行者？敢动手的必然非凡，普通人没有那个胆量。”君陌说道：“听闻观主进长安那天，有千万人热血沸腾，护在小师弟身前，我想要找到这样一个人并不困难。实在不行，便让书院新收的两个弟子去，他们都还没有正式开始修行，正好符合条件。”

“那天我也在朱雀大道上。”陈七摇头说道，“当时的普通人凭的是一时之勇，现在则是谋定而后动，完全是两种概念。”

朝小树一直没怎么说话，忽然开口说道：“还有一种方法。”此言一出，君陌和陈七马上明白了他的意思。陈七毫不犹豫做出了最坚决的反对，君陌则是静静地看着他。朝小树微笑着说道：“此生没有能够进入书院学习，自然是极大的遗憾，但这些年在市井里厮混也还是有些好处，扮人便能像人，扮鬼我便是鬼。”

“你那马现在还爱喝大糙子粥吗？”杨二喜把盛着腊猪蹄的盆子，推到桌子对面，示意宁缺和王景略不要客气，然后又提起酒壶把二人身前的酒碗斟满。宁缺想起前些天看到的那些馊粥，笑着说道：“不知道它现在还爱不爱喝，但那头憨货倒是没有忘记这件事情。”

杨二喜啃了口猪蹄，灌下半碗酒，摸着肚子发出一声满意的叹息，然后看着他提醒道：“现在局势不好，路上还是小心些。”

宁缺说道：“东疆都已经太平了，南边应该也没什么事儿。”

杨二喜嗤笑一声，说道：“东疆的太平是老子们打出来的，南边清河郡里那些混账东西就没挨过揍，哪里可能那么老实？”

宁缺微微挑眉，说道：“记得大前年你说早就退伍了。”

杨二喜拍着油乎乎的胸膛，得意地说道：“没瞧出来吧？我去做了义勇军，刷漆我是县里最好的，打仗可也不赖。”

宁缺看着这个唐国乡间随处可见的农夫，不知道该说些什么。王景略进院之后，一直在埋头吃肉喝酒。他不明白宁缺怎么会认识这样一个农夫，还要在这里停留，直到听到这句话……他抬起头来，双手捧起酒碗送到杨二喜身前，正色说道：“佩服。”

杨二喜端起酒碗，和他随意碰了碰，便把剩的半碗酒干了，说道：“和那些死了的家伙比起来，我有什么好佩服的。”宁缺这才注意到他眉间多了一道伤痕。杨二喜指着那处，笑着说道：“我运气真的极好，被那些蛮子砍过几刀，都没伤着要害，脸上这口子也藏在眉毛里，居然没破相。”宁缺没有多说什么，端起酒碗再敬。

酒足饭饱，便要告别。

杨二喜把他们送到磨坊前，说道：“我不知道你是什么人，但想来不是普通人，也不知道你们要去做什么事，如果要去杀人替我多杀几个。”如果不是喝了太多酒，杨二喜绝对不会说出这句话。宁缺微笑问道：“怎么看出来的？”

杨二喜说道：“咱们就大前年见过一面，如果不是记得你那头喝光我一盆大糙子粥的黑马，我早忘了你这个人，普通人咋养得起那样式的马？”

宁缺问道：“又怎么看出来我们是要去杀人？”

杨二喜说道：“你们是唐人。”

宁缺说道：“然后？”

杨二喜理所当然地说道：“这时候咱唐人去清河，不去杀人难道还能做啥？”

便在这时，一对姐弟从道路那边跑了过来。杨二喜蹲下身子把姐弟抱了起来，看着宁缺炫耀地说道：“我女儿，我崽儿，咋样？不错吧？学堂里前几名。”

宁缺说道：“我没孩子，你在这儿得意什么！”

“你娶了媳妇儿没？”

“娶了，你见过的。”

“就是那个爱喝酒的小姑娘？”

“现在她应该不爱喝了。”

杨二喜怀里的女儿，看着这两个陌生人，好奇地问道：“爹，他们是谁？”“爹的朋友，长安来的。”杨二喜得意地说道，意思是爹确实有长安城的朋友，以前可没骗你。女儿看着宁缺，眼睛骨碌碌转着，问道：“你要去哪儿？”

宁缺说道：“我要去南边。”

女儿好奇地问道：“你去南边做什么呢？”

宁缺笑着说道：“去接媳妇儿。”

女儿高兴地说道：“新娘子漂亮吗？”

宁缺想了想说道：“真谈不上漂亮。”

女儿认真地说道：“就算不漂亮，你也不能不要她啊。”

宁缺看着她认真地说道：“当然。”

30

大唐南方原野的夏天并不酷热，就像同样叫夏天的皇后娘娘一样温婉，给人的感觉非常舒服，一路向南，宁缺很自然地想起当年带着桑桑去烂柯寺的那趟旅程，当时就是在这里，他爱上了这里。他和王景略乘着一辆普通的马车，到青峡时便无法再前进，二人弃车步行，在满山乱石间艰难地寻找着道路。

有很多唐军在陡峭峡谷间加固卫所，朝廷依然没有完全把青峡封死的打算，自然是想着将来总有一天要收复清河。走出青峡，只见原野间荒草乱生，即便是成熟的耕地也已废弃，田野里隐隐还能看到褐色的旧时血渍，仿佛随便一脚踩下去，便能踩出血来。宁缺仿佛看到去年深秋，师兄师姐们站在这里面对数十万大军，仿佛看到二师兄手持铁剑与天下群豪战，觉得肩上的压力更加沉重。

天色已晚，二人在青峡前的原野间露天而歇，夏夜虫鸣渐密，明月出青山，行于夜云间，宁缺望月怀念无语。第二日清晨醒来，他和王景略继续向南，一路所见与往年并无两样，小桥流水依旧，白墙黑檐如昨，富春江畔处处名园，美不胜收。阳州城也看不到战争的痕迹，青石街如水洗过一般干净，哪里有曾经的血迹，摊贩们用轻柔的乡音唤着买卖，酒楼里不时溢出糟鸭的独特香气，如果不是街上那些装备精良的诸阀军队巡逻不断，根本无法想象就在数月之前，这座城市里死了那么多人，发生过那么多血案。

宁缺和王景略走到城守府后园外。他看着那几丛伸出围墙的青竹，沉默不语，那些竹子上面有斑点，像泪痕也像血迹。“当日城守府以集军西陵神殿联军为令，召集阳州数级官员聚会于府中，然后陡然翻脸，要求这些官员投诚，遭到拒绝后，便开始血洗，共计有十三名朝廷官员被杀，其中有三人更是诸阀子弟。”

王景略看着城守府，低声说道：“主持这件事情的人叫钟大俊，当时任城守府司兵，正是阳关城守的儿子。诸阀邀请水师提督于富春江议事，暗中埋伏，一番苦战后，水师提督并各高级军官战死，随后才有大泽上水师的清洗屠杀，傍晚，崔阀武装强行攻入清河郡太守府，太守自尽而亡。”

很简单的几句话，便把清河郡叛乱那日的大事件说得清清楚楚，在那个血腥的日子里，三千名大唐水师官兵或死或伤，更有三百多名忠于大唐的朝廷官员惨被斩首，正如王景略先前所说，这些官员里其实并不乏诸阀子弟，只是他们并不赞同阀中长辈的意见，于是也成了牺牲品。阳州城里的那些青石街就算洗得再干净，洗到看不到一点血迹，闻不到一点血腥味，但那些血终究已经流了出来，渗进青石缝的泥土里，不是看不到闻不到，便没有存在过，而既然存在过，便应该被记住。

宁缺没有说什么，带着王景略离开城守府，没有去客栈，而是直接出城去了富春江畔，用五两银子租了乌篷船，顺流而下。战争结束的时间不长，清河郡暂时的平静，并不能让人们感到真正的放松，至少游客很难放松，所以美丽的富春江上游船并不多。

坐在乌篷船两侧，看着江畔的景致，纵是见多识广的二人，也不得不承认，若要论精致清美，世间再无一处能够胜过此间。乌篷船晃晃悠悠，在江畔那些名园之间行过，船夫不时讲解着哪座名园有何历史来历，卧虎山下哪片青竹又是谁家的私产，对这些事情是如数家珍，王景略没有心情听这些，宁缺却是听得非常认真。

富春江极美，遗憾的却是不长，乌篷船行得缓慢，摇啊摇啊便摇到了下游，上岸穿林，便来到了清河郡的煤山。清河郡诸阀号称诗书传家，却哪里能够缺少军事和经济上的力量支撑，这片绵延百里的煤山，便是昊天赐予诸阀的宝藏。宁缺和王景略站在煤山偏僻处，沉默眺望着此间的动静，只见诸阀的管事挥舞着皮鞭，那些赤裸着身体的矿工，拖着煤车艰难地爬行，身上满是煤灰，煤灰里混着被鞭打出来的血水，看着惨不忍睹。

王景略最开始时的脸色极为难看，观察了一段时间后稍微好了些，说道："应该是从原始森林里抓来的野蛮人，还有西陵发过来的一些罪奴。"宁缺说道："和约既然达成，只要清河郡诸姓没有狂妄愚蠢到白痴那种程度，就应该知道如果还敢把我们的人困在这里做苦工，等待他们的将是什么。"

去年秋天清河郡叛乱，三千名大唐水师官兵死伤惨重，没有死的唐军全部被押到了富春江下游的煤山做苦役。大唐与西陵神殿签署的和约里，要求清河郡交还这些唐军，是最重要的条件，前段时间，那些遭受非人折磨的唐军，便被送回了长安，按照他们的说法，那段日子实在是太过惨痛。

宁缺此行专程来煤山，是因为唐国朝廷觉得清河郡归还的人数有问题，叛乱之后，被押到煤山做苦役的唐军至少有一千人，但此次送回长安的还不到六百。清河郡方面给出的解释是，有很多唐军在战斗中受伤严重，被押往煤山之后，虽然接受诊疗也无法治好，就这样死了。这是很合理的解释，但宁缺不相信。

根据暗侍卫的情报，当西陵神殿的使团离开清河，开始准备和唐国谈判之后，这座煤坑便变得安静下来，再也没有人进去过。宁缺和王景略顺着坑道走进那处废弃的煤坑，随着坑道向里延伸，坑顶变得越来越矮，不得不伛起身子，行动也变得困难很多。

不知道走了多长时间，地底煤坑里黑暗一片，阴寒刺骨，幽幽的风把那股刺鼻的腐息味道凝在一处，无法向外释放。宁缺停下脚步，伸手握住朴刀，确认坑底没有危险后，点亮了洞壁旁的一盏油灯。王景略看着被昏暗灯光照亮的坑底，脸色变得异常苍白。宁缺脸上的神情却没有什么变化，他蹲下身体，用手摸了摸一具腐烂遗骸的腿骨，确认是被重物砸断的，然后他向里面走去，看那些尸首身上的伤势。

煤坑底部堆着至少数百具尸首，这些尸首已经腐烂严重，找不到任何可以表明身份的标识，但他知道这些便是自己要寻找的那些人。这些人不是死于刀伤或是箭伤，而是被饿死、被渴死，或是被活活累死的，这些人生前曾经是英勇的唐军，在折磨之前当然曾经反抗，所以那些鞭子才会带走白骨上的肉，腿骨才会被石头折断。

宁缺和王景略站在这些唐军的尸首前，沉默了很长时间。

对于为国奋战的将士，大唐始终投以最高的敬意，即便是一具遗骸都不会任由流落在外，更何况当时是活着的唐军。从知道大唐水师有千余人被清河郡诸阀送往煤山劳役，大唐朝廷便没有停止过拯救他们的努力，即便是在观主入长安那样的危急关头，朝廷依然没有忘记发文警告清河，并暗中承诺可以给予相应的利益，只要他们能把这些人放回来。

相信清河郡诸姓在此之后，应该很清楚长安城的态度，不敢再对这些唐军诸多折磨，然而在此之前不到一个月的时间里，这些唐军便在煤山死了数百人之多，可以想象当时他们承受了怎样的折磨与苦痛。

王景略以前是亲王府的供奉，过着潇洒如意的日子，后来被陛下送往许世将军麾下，数年打磨早已是真正的军人，看着坑底的数百具遗骸，他说道："得想办法把他们送回去。"宁缺在渭城从军多年，清楚军中惯例，但并不同意王景略的话，说道："葬在此处也没有问题，只是需要修座好些的大墓。"王景略明白了他的意思，将来总有一天，大唐铁骑会冲出青峡，横扫人间的南方，清河郡以前是、将来也必然是大唐的国土。

宁缺说道："我在长安城里血洗清河会馆，有些人总觉得我下手太狠，担心影响清河民心所向，如果让他们看到这幅画面，不知道他们还会不会坚持自己的看法，民心这种事情可以慢慢来，但死去的人会催促我们的脚步更快一些。"

王景略说道："清河郡百姓还有很多依然心向大唐，即便是诸阀子弟也有很多依然以唐人自居，不然叛乱日时，不会有那么多诸阀子弟官员也殉难，只担心如果杀得太多，会不会把他们推向对面。"

"诸阀叛乱时，那些百姓没有站出来表明他们的态度，三百多名大唐官员被斩首时，他们依然沉默旁观，我不知道他们的心究竟向着哪里，我只知道他们曾经沉默，那便是帮凶，那就有死的道理。"宁缺说道，"我手上染了很多血，再怎么洗都洗不干净了，有些人的手上没有染血，但就算他们跳进富春江也别想洗干净。"

阳州城外以富春江风景最美，城内则以瘦湖风光最佳，此时已然入夏，湖面上莲叶田田，湖畔柳树成荫，说不出的清幽怡人。

前往西陵神殿参加光明祭的红袖招歌舞团，如前些年一样，还是住在瘦湖畔的宋阀别院里，气氛也如前些年那次一样压抑低沉。前来发请柬的，还是那年那位崔阀的四管事，这位管事并没有把手收在身后，隐藏自己的断指，而是平静地放在身前，仿佛是要让这些来自长安的姑娘看清楚，自己当年曾经因为她们受过怎样的伤害。

三年前，红袖招前往烂柯寺参加盂兰节祭，恰逢崔老太爷百岁寿诞，崔阀要红袖招献一曲已然失传的霓裳。宁缺写了一封信，这位傲气凌人的四管事便断了数根手指，挨了很多记板子。随着时间流逝，很多事情已经发生了变化，今日崔阀的请柬，是邀请红袖招前往富春江畔崔园，为族长崔湜贺寿，并且依然指明要她们献上一曲霓裳。上次还能静而微傲相迎的小草，现在变得愈发低调，如今的清河郡已经不再是大唐的一属，书院的威名并不足以确保姑娘们的安全。

小草望向身旁那名西陵神殿神官，神官仿佛什么都没有听到，虽然他接到的命令是把红袖招好好带回西陵神国，但这并不代表他不愿意看到这些骄傲的唐女在清河郡受到一些羞辱。看着这位年轻的红袖招主事姑娘收了请柬，崔家四管事满意地笑了笑，轻轻抚摩有些发痒的断指，仰首走出了宋氏别院。

来到阳州城街上，一阵扰攘声进入青帘小轿，四管事微微蹙眉，掀起轿帘一看，沉声说道："堂少爷在那里做什么？"

宁缺和王景略回到了阳州城，他们戴着草帽，看上去就像普通的百姓，没有任何起眼处，也没有引起任何人的怀疑。在街上走着，宁缺忽然停下脚步，抬头望向匾额上写着的"清河邮所"四个字，不由想起当年这里还叫大唐邮所，桑桑在这里给渭城寄了张银票。

还没来得及感慨，他的注意力便被街头的喧闹声吸引了过去。他和王景略走过去一看，只见人群围着数名书生模样打扮的年轻人，其中一人正在大声地说着什么，其余数人则是和维持秩序的诸阀武装怒目相向。站在人群里听了会儿，宁缺才知道那名正在大声说话的年轻人，原来是崔阀某旁支子弟。

那名崔公子挥舞着手臂，看着街上那些面露骄横神色的燕人或南晋人，大声愤怒地说道："我们唐人凭什么要让异国人在自己的土地上嚣张？昨天夜里打伤那小姑娘的神殿执事，为什么今天被送出了阳州城？

"什么亵渎昊天？这都是西陵神殿的一面之词！谁能证明？我崔华生从出生起就是唐人，骄傲了二十余年，现在却要说我不是唐人，要我像那些南晋人、燕人一样去卑贱地做狗，我凭什么要同意！"

宁缺冷眼旁观，发现这个叫崔华生的还有他身旁那几名年轻人居然都是诸阀子弟，确认清河郡里确实还有很多人心向大唐，尤其是那些没有被青苔院墙蒙蔽眼睛的年轻人。

便在这时，人群渐分，一辆青帘小轿走了进来。崔族四管事掀帘下轿，看着崔华生寒声说道：“堂少爷，你的堂兄叔父，还有我清河诸姓数百条人命，就葬送在长安城的会馆里，难道你还要以唐人自居？”崔华生见是此人，先是微怔，然后面色苍白悲怆地说道：“我妻家秋氏去年秋天被你们灭族，一家四十余口死不见尸，便是我那外甥不过四岁，都被你们杀了，我兄乃太守府知书，被你们用棍棒活活打死，按照管事您的意见，我如果还以清河诸姓子弟自居，如何有面目去见他们？”

四管事的脸色愈发阴沉，说道：“堂少爷你应该清楚，此乃我清河千年大愿，事已至此便再也没有回头的可能，你何必如此执念？”崔华生厉声喝道：“我便是如此执念，你又能拿我如何？今日之清河乃无国之地，无律之土，难道你还能治我的罪？”

四管事寒声说道：“没有律法，还有族规，来人啊，把堂少爷给我绑了，送到祠堂去交族里处置！”话音落处，人群里冲出好些人，把那几名年轻人踹倒在地，用麻绳紧紧缚住，绑在木棍上挑起，向着城外的族祠走去。

依然是美丽的富春江畔。

宁缺站在江畔看着水草，听着后方崔阀祠堂处传来的棍棒声和民众的叫好声，脸上的情绪没有任何变化，过了很久才转过身去。祠堂外围着近千名民众。崔华生穿着一身白衣，脸色苍白，浑身是血，挂在祠堂外的杆上奄奄一息，似乎随时都会死去。

王景略走回他身旁，宁缺说道：“叫好并不见得大家都同意崔阀的处置，只是因为崔华生平日里是位高高在上的公子哥，今天却被除了外衣打成这副惨样，围观的人们自然高兴。”王景略怔了怔，说道：“打听到了些消息，崔华生确实是正经崔阀子弟，娶妻秋氏，乃是汝阳知州秋仿吾幼女，叛乱当日秋家被诸姓叛军灭门，其时秋氏正在娘家，也当场死亡。”

宁缺说道：“所谓民心，必须先稳定下来，才能争取，崔阀不惜让自家子弟去死，便是要用血来令清河郡的百姓沉默。”

王景略轻声问道：“既然如此，我们救不救？”

“此人很爱他的妻子，现在活着也是痛苦。”

“至少他活着的时候不应该承受痛苦。”

“富春江畔还有两个知命境，我不会为此人冒险，当然……如果他这次能够活下来，或许以后能够有些用处。”说完这句话，宁缺转身离开祠堂。他看着富春江对岸，感知着那些庄园里隐隐传来的阵意波动，心想果然不愧是比书院历史还要悠久的地方，底蕴不容小觑。

富春江畔有二人知命，这并不会让他感到畏惧，只是如果要动手，必然动静很大，那么所有人都会知道他已经离开了长安。至少在进入西陵神国之前，他不能让人知道自己已经离开长安，不然满天下的修行强者，都会来尝试杀死他。

而且毕竟与西陵神殿签过和约，保证清河郡的安全，如果他在这里杀太多人，神殿不可能一直忍下去。在书院解决酒徒和屠夫——这两把始终悬在大唐头顶的刀之前，他有很多事情不能做。不过也有些事情他可以做，也应该做。正如杨二喜说的那样，唐人现在去清河郡，除了杀人还能做什么？

宁缺这次没有进阳州城。他站在道外的树林里，看着那名骑着白马的官员，沉默不语。那名官员很年轻，神态文雅宁静，身旁有数十名下属和军士护卫，在马上依然不忘向道上的清河郡百姓挥手，惹来阵阵喝彩。在宁缺眼中，这名年轻官员却很可笑，因为此人身上穿着的官服，明明还是大唐制式，只是改了些细节，显得有些滑稽。更是因为，宁缺一直认为此人很滑稽可笑，因为他叫钟大俊。

“叛乱那日，他立下的功劳最大，又是阳州城守的儿子，所以事后得了很多好处，如果清河郡宣布建国，估计会封爵。”王景略看着钟大俊说道。在叛乱时立功越大，自然便是指杀的唐人越多，阳州城诸级官员，都是被此人骗至城守府，然后被埋伏的刀斧手砍死。

宁缺看着钟大俊牵着缰绳的手，说道：“杀死他，我再离开，你在阳州城里把准备做好，最多一个月，我就会回来。”

阳州城外有座破庙，也是唯一的一座庙。

这座破庙里忽然来了两名僧人，其中一名僧人肤色黝黑，气度宁静而不凡，另一名僧人则是双眼已盲，神态颓丧而沉默。宁缺随着暮色一道进入破庙。他看着那名肤色黝黑的僧人微微一笑，说道："师兄，好久不见。"

这僧人正是如今的烂柯寺住持观海僧。

观海僧看着他叹息着说道："世间所有人都在等着你从长安城里出来，如此才能杀死你，谁能想到，你居然真的出来了。"

"师兄这几年都在清修，不也破关出寺？"

"西陵神殿要召开光明祭，瓦山总要去一人。"

"我也想去看看热闹。"

观海僧这才知道，他竟准备去西陵，震惊得不知如何言语。

宁缺看着殿后方向，问道："他最近如何？"

宁缺用符在破庙里设了道结界，不担心殿前的声音传到殿后，但即便如此，他依然很注意说话的声音，不想让那名盲僧听见。观海僧叹息着说道："当年他被逐出长安城，一直在世间颠沛流离，虽然境界仍在，只是双眼不能视物，自然过得有些辛苦。前年时，他流浪到瓦山，被寺中僧人发现，从那之后便一直在烂柯寺里随我清修。"

宁缺看着殿后，心想那名淫僧的生父在西荒被自己杀死，悬空寺早已把他逐出，自然再不会理会他的死活，这些年在人间流浪，想必过得很是惨淡，但他只是想想，却生不出任何同情心。"辛苦师兄了。"他看着观海僧说道，"要你说那些故事真是不好意思。"

观海僧叹息说道："虽说他当年犯下不少罪行，但双眼已瞎，在寺中与世无争，何必还要把他拖进红尘里受折磨？"宁缺说道："如果他真的心无尘埃，又怎会随你离开瓦山？"

观海僧看着他说道："我能明白唐人的感受，只是既然想要做些什么，何必假托他人？真是何苦来哉？"

宁缺说道："不错，辛苦师兄带他过来，确实没有什么意义，只是借口。书院不想给道门发难的借口，而我需要一个借口说服自己做些事情。"

观海僧感慨地说道："当年老师也看不出你将来究竟会走到哪条道

路上，如今看来，我不免有些担忧。”

宁缺说道：“大师入的是歧山，又怎会想不到我会走上歧路？”

趁着夜色，宁缺走进阳州城。他来到城守府外，看着伸出院墙的丛丛青竹，沉默稍许，双膝微屈再起，便跃到了墙头，闪电般伸出右手，握住并不光滑的竹子，像块薄布般轻幽无声地滑落到府内。王景略此时已经离开，大概正在富春江畔做着准备，进入城守府的只有他一个人，他没有施符，也没有握刀，只是凭着不可思议的身体力量和强度，便轻而易举地进入城守府的最深处，没有任何人能够发现他。

以修行境界论，他现在已经是知命境的强者，但他真正的强大之处，最主要的还是修行浩然气之后的入魔之躯以及神符师的身份。在清河郡里，除了那两名世家知命强者，没有任何人能够对他形成威胁，这也就意味着，在阳州城里没有任何人能够阻止他做事情。

没过多长时间，他提着钟大俊从后园里走了出来。钟大俊没有昏迷，却说不出话来，苍白的脸上满是惊恐的神情。宁缺就像提着一袋垃圾，很随意地走到院墙处，振臂把他扔出墙外，只听着啪的一声闷响，然后他才跃了出去。院墙外的街道上洒落了一些血水，钟大俊脸色更加苍白，五官痛苦地抽搐起来，身上大概有些骨头被摔碎，但他依然说不出话来，甚至直到此时，他还不知道究竟是谁悄无声息潜入府内制住了自己。

来到阳州城外那座破庙，宁缺把钟大俊扔到地面上，然后倒了碗凉茶缓缓饮了。钟大俊发现自己的手脚能动，第一时间不是试图逃跑，而是捂着痛苦不堪的胸口，把憋在咽喉半晌的那些血沫咳将出来。因为痛苦和惊恐，他的额头上布满了黄豆大小的汗珠，他手臂颤抖擦着汗，强行平静下来，才敢去看那人长什么模样。

钟大俊是清河大姓子弟，自幼便是含着金钥匙出生，一辈子顺利无比，去年在叛乱里立下大功，更是权高位重，如果说他这一生里有什么遗憾，自然就是那个叫宁缺的人，那个曾经的书院同窗。所以他当然记得宁缺，就算宁缺变成灰他也能认出来，他怎么可能会忘记这个当年带给自己无尽羞辱的人？

钟大俊颤着声音问道：“你要做什么？”

宁缺看着他没有说话，眼神冷静得没有任何情绪。看到宁缺的眼神，钟大俊便知道今天自己肯定会受很多罪，甚至有可能死亡。只是不明白，对方为什么要这样做。

“为什么？”他问道。

宁缺依然没有说话，只是静静地看着他的眼睛。

钟大俊在他的眼睛里看到了杀意，看到了那天城守府里的血，看到了那些死在刀斧之下的唐朝官员不甘的眼睛。他的身体开始剧烈地颤抖，求生的渴望压倒了恐惧，紧紧地握着双拳护在胸前，声音沙哑地喊道：“书院在和约上签了字，你不能杀我！”

宁缺还是不说话。

钟大俊跪倒在他身前，摊开双手，拼命辩解道：“我是奉命行事，而且在清河郡我也只是个小人物，如果你要杀人立威，选我没有任何意义。更何况如果让人知道你离开了长安城，道门强者都会来杀你，你何必为了我这种比鼻涕虫还可怜的小人物冒这种风险？”

宁缺静静看着他，始终不发一语。

钟大俊绝望了，惊恐地叫喊道：“你杀会馆里的人时，还没有签和约，但你现在杀我，就是对神殿的挑衅！神殿要天下归心，怎么会允许这种事情发生？难道你想要战火重起？你究竟想做什么？

破庙里安静异常，只有钟大俊的嘶喊声不停响起，在破佛像和脏脏的旧幔布之间回荡，这种诡异的感觉让他快要发疯。他拼命地拍打着满是灰尘的地面，用嘶哑的声音讲述着宁缺不能杀自己的原因，贬低着自己的身份，做最沉痛的忏悔和最疯癫的辱骂，只想要保住自己的性命。

“你是在吓我对不对？”钟大俊看着宁缺，脸上满是鼻涕和泪水，像疯子一样吃吃笑着，说道，“你不能杀我，所以你想把我吓疯！”他仿佛抓到了这件事情的重点，兴奋得挥舞着手臂，大声道：“我明白了！你就是在吓我！我钟大俊可不是被人吓大的！”

听到这句话，宁缺笑了笑，离开了破庙。

看着紧闭的庙门，钟大俊的脸上满是愕然的神情，他的手臂还停留在空中，完全不明白现在这是怎样的情况，对方怎么就这样走了？

便在这时，殿后传来一道声音："阁下便是钟大俊？"

话音落处，一名僧人拄着竹棍，从殿后走了出来，只见他穿着布制的袈裟，微微偏着头，双眼深陷，里面幽黝如洞。钟大俊看着这名瞎眼僧人，下意识应道："不错。"听到他的回答，瞎眼僧人笑了起来，笑声沙哑而洪亮，撞击着破庙四壁，把那些灰尘都震了下来，却又显得是那般怨毒。

钟大俊感觉到有些古怪，问道："你是何人？"

瞎眼僧人沉默片刻，缓声说道："贫僧悟道。"

钟大俊觉得这个名字有些耳熟，却忘了在哪里听到过。

悟道走到钟大俊身前，眯着瞎了的眼睛，看着自己并不能看见的对方，神情漠然地问道："你在长安城里待过？"钟大俊愈发觉得警惕，谨慎地回答道："只待了两年时间。"

这位瞎眼僧人，乃是悬空寺某位大德的私生子，因为品行不端被逐出荒原，踏足红尘之后，不知惹下多少情债，糟蹋了多少良家妇人，曾经参加过书院二层楼的登山试，也正是那日，他遇到了宁缺，又遇到了桑桑。他对桑桑一见钟情，便想亲近，不料先是被颜瑟大师所逐，其后更是被光明大神官烧瞎了双眼，从此成了一个废人。

他乃红尘里一淫僧，与修行界没有任何来往，不知道修行界发生的那些大事，瞎眼之后，他心如槁灰，在世间流浪，去烂柯寺后闭关不出，渐渐把那些过往都忘了，把观海师兄讲的那些故事都快要忘了，甚至快要忘记那个小姑娘长什么模样，但他始终没有忘记，那人在山道上自报的姓名。

书院，钟大俊。

他没有听到宁缺和钟大俊全部的对话，只听到钟大俊说的最后一句话。他本以为自己已经远离红尘，无爱亦无恨，不料今日在这间破庙里，骤然听到那个名字，才发现原来自己依然在恨。他恨自己瞎了眼，恨自己瞎了眼看中那个小姑娘，恨那小姑娘瞎了眼要跟着那个叫钟大俊的人，恨自己失去了所有，那人却拥有了所有。

"难怪师兄要带我到这里来，想来他是想让我看清楚自己的内心，能够寻觅到真正的平静，然而我只能让师兄失望了，因为只有杀死你，我才能够获得真正的平静，从仇恨的深渊里获得解脱。”悟道看着钟大俊认真地说道。

钟大俊看着这名僧人瞎了的双眼，觉得身体寒冷到了极点。

悟道平静地说道：“请放心，我会用非常端正的态度，认真地杀死你。”

钟大俊想要说些什么，却只能发出一声惨呼。

任何事情要做得认真，必然要专注，专注便会缓慢，想来在这个夜晚，在这个早已没有香火的破庙里，他会死得非常慢。

凄惨不可闻的嘶喊和求饶声，不停从破庙里传出，那两扇有些老旧的门，仿佛都不忍再看庙里的画面，轻轻颤抖着。宁缺站在庙前，听着身后传来的声音，想起当年跟着老猎户第一次打猎时的场景，陷坑底部那只被十几支竹签插穿却一时无法死去的野兽，似乎和此时钟大俊发出的惨呼声很像，他忍不住笑了起来。

观海僧看着他脸上的神情，默宣一声佛号，神情苦涩地说道：“你果然已经入魔，我随你行此恶事，想来此生也难再见佛国。”

宁缺看着他说道：“既然钟大俊该死，此事自然算不得恶。”

观海僧摇头说道：“善恶在心，欺骗便是恶，悟道师弟虽说前半生行恶无数，但在寺中本已忏悔改过，我却骗他来杀人，我之罪恶更甚。”

宁缺说道：“先前便说过，他既然愿意跟着你离开瓦山，说明他对红尘仍有眷念，此时看来，那份眷恋便是仇恨。怎样才能化解仇恨？佛法不行，教典也不行。复仇复仇，不以痛苦复还，如何能够解开痛苦所带来的仇恨？今夜之后，悟道的仇恨便能解开，对红尘再无贪念，日后说不得还能参悟大道，无论怎么看，师兄你行的都是善事，哪里来得恶？”

“我说不过你。”观海僧愧疚地说道，“但我知道我的行为必然不为佛祖所喜。”

宁缺说道：“佛祖也不过是个修行者，岂能以他的是非来定我们的是非，如果你担心此生不能再见佛国，我替你在人间建一真实佛国又如何？”

观海僧不知该如何接话。

便在这时，破庙里的惨呼声终于慢慢低弱，然后再未响起。

悟道推开寺门，踉踉跄跄走出来，摊着满是鲜血的双手，对着四周，带着哭腔喊道：“师兄，你在哪儿？你在哪儿啊？”

宁缺悄然无声走到一旁。

观海僧上前扶住悟道。悟道跌坐在地，抱着他的腿放声痛哭，颤声说道：“师弟对不住师兄教诲。”观海僧也湿了眼眶，情绪复杂地看了一眼站在旁边的宁缺以为告别，然后搀扶着悟道，走进漆黑的夜色中。

宁缺看着昏暗的破庙内血腥的画面，安静地站着，待到远处官道上传来声音，看到那些星星点点的火把，便转身离开。

城守府里的人们，没用多长时间便发现钟大俊被人掳走，开始在阳州城里四处搜查，诸阀的武装显示出很强的控制能力，在很短的时间里，便查到了一些线索，然后举着火把来到城外的这座破庙。在破庙里，他们看到了满地鲜血和血泊中惨不忍睹的钟大俊，确认这位贵人已经没有呼吸后，所有人的脸上都写满了紧张和不安。富春江畔的那些名园，因为钟大俊的离奇死亡，也变得紧张起来，尤其是随着后续的线索被查到，气氛更显压抑。

“半个时辰前，那两名僧人上了南晋的官船，这时候应该已经到了湖上，就算用快艇去追，只怕也要到对岸才能追上。”崔湜看着老父亲脸上的皱纹，沉默片刻后说道：“钟家的反应很强烈，要求马上派人登船去追，暂时被我压了下来。”这位崔阀的阀主，看上去就是一名普通的富翁，然而和他的父亲——清河郡真正的主宰者相比，依然显得不够沉稳。

老太爷曾经做过一任大唐宰相，在清河郡拥有无上的威望，翻手便是云雨，让清河郡重新获得了千年难觅的良机，虽然他是如此强大的老人，看上去和普通的老奴没有任何区别，事实上他便曾经以老奴的身份见过宁缺。

“钟家就这么一个成材的子弟，死得这么惨，反应强烈一些是自然之事，你的处置很得当，不能让他们的愤怒，破坏了清河难得的安宁。”崔老太爷把手伸进铜盆，缓慢地搓揉着被滚水泡烫的毛巾，有些疲惫的声音也渐渐被烫得舒展开来，说道：“但那两名僧人的身份一定要查出来。”

清河郡诸阀对今夜的血案反应如此低调，最重要的原因就是，最大的嫌疑对象是两名僧人。当今世间，佛宗如往年一般低调，然而随着书院和道门拼得两败俱伤，人们渐渐开始警惕那些僧人的力量。

老太爷把滚烫的毛巾覆到脸上，沉默了很长时间。他觉得钟大俊的死应该另有隐情，却没有任何办法，“安静些，再安静些。”他苍老的声音穿过湿毛巾，混着热雾在安静的书房里不停回荡，“在这种时候，清河必须安静。”

崔湜看着父亲脸上的白布，忽然带着恶意想到，这真的很像那些老人死去时的画面，他清楚父亲的担忧或者说恐惧来自何处，只是西陵神殿一日不能把唐国灭了，清河便要恐惧一日，再安静又有什么用处？

崔老太爷把毛巾揉成一团扔进铜盆里，看着他说道：“明天的寿宴你也低调一些，至于红袖招……把她们礼送出境。”崔湜平静应下，便走出了书房。书房里安静无声，老太爷颤颤巍巍地走到案旁，端起温度正好的茶杯，搁至唇边浅浅饮着，满脸的皱纹里写满了忧虑。手里的茶杯在轻轻颤抖，澄黄的茶水漾成波浪，便如他此时的真实心情。

从在族学启蒙开始，他便立下了一个宏大的愿望，要带领清河郡重新恢复千年之前的独立和荣光，和那些野蛮而不知教化的唐人分割开来，然而他一直什么事情都不敢做，只能老老实实地等待着。他调养着身体，严格控制着饮食，活了一百多岁，依然身体健康，甚至还能再活很多年，才终于让他等到那一天。

夫子离开了人间。

崔老太爷开始在青史上留名。但他依然恐惧，尤其是每个夜晚，看着那轮明月照在富春江上时，他甚至恐惧得无法入眠。

观海僧和悟道乘舟破夜而去，他们将会直接去西陵参加神殿召开的光明祭。王景略戴着草帽消失在阳州城里，除了宁缺，没有人知道他曾经来过，更没有人知道他现在藏身何处，在准备做什么。钟大俊死了，清河郡开始不安，富春江畔的那些名园开始恐惧，宁缺做完自己想做的事情，便离开清河，来到了大泽上。

这是一艘很普通的客船，和在大泽上四周巡游的南晋水师船舰相比，小到可怜，甚至稍大些的风浪，便会让船荡得非常厉害。这种客船的速度很慢，横穿大泽需要两天的时间，坐这种船的人，自然都是没有钱的普通百姓。看似茫茫无垠的大泽、迅速枯燥起来的湖景，加上气味难闻却无处躲避的船舱，让这些本就有些神情麻木的人变得愈发麻木，只有时不时响起的呕吐声，才能让人知道这是一群活人。宁缺坐在船的尾部，没有去舱内和那些人挤出一个睡的位置，两天的旅程对他来说谈不上艰苦，如果不是怕引人注意，他甚至不需要进食。

湖上的风很大，里面蕴藏着很多湿意，他坐在船尾，看着湖面上的那些白色泡沫，没有任何诗意，只是在默默想着别的事情。他的念力正在天地之间感受，不想惊动南晋水师里的修行者，被精确地控制在小船后方的湖面上，一部分则落在了湖水里。

那个风雪天，他在雪街上写出了那个字，斩出了千万刀，从那一刻开始，便是酒徒和屠夫，也不敢踏进长安一步。然而他终究不可能永世坐困愁城，他不想成为长安的囚徒，尤其是在桃山上传回那些消息后，他便知道自己要离开了。若让世人知晓他离开了长安城，迎接他的将是无休无止的暗杀，甚至有可能下一刻，他便会在船上看到那个酒壶在湖风里摇摆。

他需要在长安城外，也能写出那个字。然而如今世间的人们，就像这艘客船里的旅客一样神情麻木，面对着无法逃避的事情，便用沉默来承受，有谁能与他同道？无人同道，又如何写得出那个人字？

宁缺看着湖上的沙鸥，右手在铁刀的刀柄上握着，默默思考着这个问题，从白天直到夜深，再到晨光把湖面照成鱼腹。

依然一无所获。

31

对修行者来说，危险往往便是契机，越大的危险，越有可能帮助他们破境，黄杨大师当年在西荒遇着马贼，生死存亡之际开悟，观主在长安城千万把刀前晋入传说中的清静境界，这些都是明证。离开长安城，对宁缺来说，自然是一场冒险，但他不得不来，而且也很想通过这趟旅程，真正地掌握人字符。湖光水色与自然的熏陶，客舱里的人间百态，废寝忘食的思索，让他有些隐约的触动，却始终无法落实在修行之上。

两天一夜之后，客船停泊在南晋的码头上，船舱里的人们带着满身的臭味，扛着行李登岸，穿过南晋小贩尖锐的吆喝声，汇入人流，消失不见。王景略不在身旁，宁缺背着铁刀，提着铁箭的匣子，自然不便入城，他离开官道，爬上罕有人至的山峰，寻到一片山涧洗了个澡，抓了只黄羊烤来吃了，然后在树上安安稳稳地睡了一觉。多年前还是名少年的时候，他就能背着桑桑在岷山里自如地生活，更何况现在浩然气在身，随便扔块石头都能打死一头老虎，对普通人来说很艰难的山野生活，对他来说没有任何难度，可以过得非常舒服。

在南晋的山野间行走，没用多长时间，便看到了远方那座城市的轮廓，虽然不如长安雄伟，但在世间也是能排进前几位的大城。宁缺变得谨慎了很多，对自己的外貌做了些修饰，收敛念力，用浩然气完美地掩住雪山气海，才走上官道。他在官道上等了半天，寻了家王府的车队，悄无声息地把刀箭放进货车里，然后才远远跟着这个车队进了那座城市。

之所以如此谨慎，不是因为这里是南晋都城临康，城内有很多高手，城墙上还附着阵法，而是因为南晋都城不远有座孤傲的山。剑阁便在那座山里——宁缺对自己现在的境界实力很自信，但他不认为自己能在柳白剑下撑住一瞬。

跟着车队走进临康城，待到僻静处，他把铁刀铁箭从那辆货车上取回，整个过程很简单，没有任何人发现。按照原来的计划，他准备在临康城里待两天，感受一下此间的人情风物，看看对自己的修行有没有什么帮助，然后便要离开。

既然是重赴红尘觅机缘，要感受人间的气息和力量，自然要与普通人接触，所以他直接去了东城，和长安相同，临康的东城也住着最穷困的人，而最穷困就是最普通的，因为穷困始终是人间的常态。进入临康东城之前，他做了些思想准备，然而当他穿过那条笔直而富贵的御街，进入那片矮小的坊巷后，却依然发现自己做的思想准备不够充分——他本以为自己在长安东城里住了好些年，早就看惯了穷困，临康又是南晋都城，却没有想到这里的穷困依然超出了自己的想象。

街道本就极为狭窄，又被居民乱搭的篷子占去了大部分的面积，显得极为拥挤，行走在其间需要不停躲闪着突出的铁皮，还要防备着不被篷子里人们泼出来的尿水洒到身上，对任何人来说都是困难的事情。宁缺踩着污水里垫着的旧砖块，在污浊的空气和嘈杂的斥骂声里艰难前行，忽然闻到旁边传来一股有些油腻的味道，转头望去，只见一名衣衫褴褛的妇人手里拿着块肉皮，正在用力地擦拭烧热的铁锅。

几名打着赤膊满身泥的小男孩儿，站在铁锅旁等着，小手紧紧攥着破碗，眼里放着光。旁边一道旧布隔成的厕所里有尿声传出，过了会儿后，旧布被掀起，一个女孩提着裤子走了出来，脸上看不到什么羞涩只有恼怒，对着那些小男孩大声嚷道："这是你们吃的吗？不准馋！"

宁缺看着这幕画面，沉默片刻后，继续向破落的街巷深处走去。他见过要远比眼前更悲伤、更黑暗的画面，只是从到渭城开始，其实他已经很多年没有经历过这样的生活，至少在长安城他永远看不到这些。他走的速度很慢，因为街巷狭窄，也因为他想多看一会儿，他蹲在街角一处水井旁不远处，看着那些妇人洗衣，发现她们基本上没用皂粉，便是连搁在旁边的洗衣槌都很少用，只是用泡白的双手不停地搓着。

叽叽喳喳的吵闹声在他身后响起，他起身相让，先前见过的那名女孩端着一个饭碗走了过来，这个碗相对比较完整，瓷还带着颜色，里面盛着大白米饭，饭上盖着青菜，甚至还能看到两块油渣。那几个应该是她弟弟的小男孩儿，兴奋地跟在她身后，不时抬起手臂擦一擦鼻涕，应该是正在想着待会儿应该能从那个饭碗里抢几口。

宁缺想了想，跟了上去。

在这片破落坊市的最深处，有一间最破落的房子，女孩带着弟弟们来到房前，才发现房前已经围满了像他们一样的孩子，手上都端着饭碗。

弟弟踮起脚尖，看着别家孩子手里端着的饭碗，转身对她喊道："姐，郑丽丽家居然做的红烧肉！做的红烧肉啊！"小男孩的表情异常夸张，手舞足蹈，脸上满是不可思议的震惊神情，完全就像是看到了世界上最荒谬的事情。女孩听着弟弟的汇报，脸色变得异常难看，推开人群挤了进去，看着一名衣着相对稍好些的同龄女孩，大声说道："今天轮到我家做饭！"然后她望向破屋前那些端着饭碗的孩子，瞪圆眼睛说道："轮到我家就是我家，谁要敢和我抢，我夜里就去把他家房子给烧了！"

端着饭碗来送饭的孩子有十几名，有些年龄明显要比她大，听着这话，却是面露惧色，下意识里往后退了退。女孩看着她们冷哼一声，端着青菜饭向破屋走去。走到破屋前，她的神情顿时变得无比恭顺，轻声说道："老师，饭来了。"

只听得吱呀一声响，破屋的破门被人从里面推开，那声音给人一种感觉，门板随时都可能会掉下来。一名男子从破屋里走了出来。男子眉眼清秀至极，穿着件无领的薄布衫，乌黑的头发随意地梳了个道髻，上面插了根筷子，神情宁静而自然。他看着屋外那些端着饭碗的孩子，看着孩子们脸上盼望的神情，忍不住微涩一笑，说道："回去告诉你们的父母，事先便说好一家家轮着吃，如果你们还是要坚持如此，那我只好离开这里。"

听男子说要离开这里，那些孩子像是听到了最可怕的事情，赶紧把先前高高举着的饭碗收回怀中，不知道接下来该怎么办。很自然地，所有孩子都望向了郑丽丽，因为她家送来的饭上面……有红烧肉。那男子微微一笑，从门前女孩手中接过青菜饭，在废砖隔出来的窗边拿起筷子，蹲在门口便开始吃饭。女孩得意地站在他身旁，小手背在身后，模样骄傲极了。

那名男子看着孩子们还不肯回家，苦笑着说道：“还愣着干什么？把自己碗里的饭菜赶紧吃了，再过会儿就要开始上课了。”听着这话，孩子们面面相觑，然后发出一阵欢呼，要知道他们手里的饭要比平时吃的好太多，他们馋了半天。

只有郑丽丽没有吃自己碗里的饭，她走到那男子身前，泪眼婆娑地看着他，说道：“老师，你就吃块肉吧，你就吃块吧。”那男子无奈一笑，伸筷在她碗里夹了块红烧肉。郑丽丽顿时破涕为笑，端着饭碗向家里跑，她家还有一个弟弟，像红烧肉这么好的吃食，她可不敢自己偷偷吃了。男子微笑说道：“还有一会儿就要上课了。”“可不会忘哩。”郑丽丽笑着说道，蹦蹦跳跳地走了，发间扎着的红色发带，一甩一甩地好生可爱。

宁缺站在人群外。他看着那间破屋，看着这些来送饭的孩子，看着从破屋里走出的那个男子，心中生出无比震惊的情绪。他见过这名男子，其时呼兰海寒风呼啸，无数强者云集，即便是大师兄，都不能完全掩去这名男子的光彩。这名男子无论是出现在西陵神殿还是魔宗山门，俗世皇宫还是烂柯古寺，都是那样的骄傲，因为他是道门天下行走叶苏。

然而现在藏身于临康东城破落屋宅里的他，却是那样的平静，那样的普通，仿佛他在这里已经生活了很多个年头。究竟发生了什么事？

便在这时，人群外忽然传来暴戾的喝骂声和鞭声。一名神官在十余名护卫的保护下，走到了旧屋前。神官看着捧着饭碗的叶苏，寒声质问道：“谁准你在这里授课的？”

那名神官肥头大耳，穿着丝绸制成的神袍，说话的时候，手指微翘掩在鼻前，明显很不适应街巷里的污水臭味。

叶苏说道：“临康城里授课需要批准吗？”

神官寒声说道：“你要教这些孩子劳作，没有人会理会你，但据说，你每天授课的最后，都会讲一段昊天教义？”

叶苏说道：“不错。”

神官看着他厉声斥道：“非神官妄解教义，是不可饶恕的罪行。”

叶苏想了想，把手里的饭碗搁到窗台上，说道：“您若要问我的罪，我随您去。”

神官看着他脸上的宁静神情，便觉得受到了极大的羞辱，因为他想要看到的是一个痛哭流涕的悔罪者，他习惯从那种救赎者的角色里获得快感，所以他觉得很愤怒，从护卫手里接过鞭子，便向叶苏的脸上抽了下去。没有人敢阻拦他，即便是那些抱着饭碗的孩子对老师非常敬爱，此时也只敢瑟瑟地站在一旁，因为他是代表昊天意志的神官。

宁缺站在人群外，看着这名低级神官因为这样的原因，便要教训叶苏，自然觉得有些可笑，心想这真是在找死。然而当皮鞭破风抽出，叶苏却依然没有什么反应，他低着头站在破屋前，似乎正在等待皮鞭在自己脸上留下血印。

宁缺这才想起，在青峡之战里，叶苏败在二师兄剑下，雪山气海尽毁，现在只是一个普通人，甚至可以说是废人，再也不是当年那个背着木剑、骄傲行走于世间的道门强者。现在的他，没有办法躲过这记皮鞭，那么自然也无法躲过稍后可能落下的很多记皮鞭，一代道门奇才，或许便要悄无声息地死在那个庸人的手中。

宁缺不准备出手，因为他没有出手的道理。虽然像叶苏这样的人物以这样卑微的方式死去，便是他也觉得有些遗憾，但他不愿意因为对方而暴露自己的行踪。而当他看到人群外那个抱着剑的瞎子，便知道憾事应该不会发生了。

皮鞭在污浊的空气中寸寸断裂，落在破屋前的污水里，那名神官有些惘然地看着自己右手里的鞭柄，不知道发生了什么事情。然后他右手的五根手指也断了，鞭柄落下，鲜血淌流，白森森的骨头截面，就像五个白漆涂成的句号宣告了他的结局。神官脸色苍白，看着自己的右手，看着手间淌下的血，痛得浑身颤抖，却死死咬着嘴唇，不肯发出呼痛的声音。

他不是那种虔心向道、道心坚毅的人，之所以能够忍住断指的痛苦，是因为他像宁缺一样，也看到了人群外那名抱着剑的瞎子。从看到瞎子的那一眼起，神官便知道皮鞭为何会断裂，自己的手指为何会离开身体，也知道如果自己不想脑袋也掉下来，那便必须忍着。

西陵神殿在唐国之外的任何国度，都拥有无比尊崇的地位，一般的王公贵族都不敢得罪低级的神官，然而在南晋这个国家却有一个地方，西陵神殿都必须保持尊重，低级神官在那些人的眼里和猪狗也差不多。

那里是剑阁。

神官不敢在破屋前再做片刻停留，带着十几名护卫，低着头向街巷外走去，当他走过那名抱剑瞎子身前时，更是恨不得把头藏进裤裆里。传闻中，南晋皇帝陛下就是死在这个瞎子的剑下，他不认为自己和这些护卫的命加在一起有陛下的生命贵重。

柳亦青走到破屋前，以晚辈的身份，对着叶苏行礼。他如今已经是知命境的强者，叶苏只是个雪山气海被废的普通人，但他的礼数依然是那样恭谨。“家师再请您入阁静修。”柳亦青温和地说道：“您乃明珠，何必蒙尘？家师以为，世间总有那些愚昧狂妄之辈，想要做些可笑的事情。”叶苏看着身前这名盲剑客微微一笑，这已经是剑阁第三次派人来请自己，他也知道柳白的那句话是什么意思。

道门和书院两败俱伤，局势发生了微妙的变化，隐藏了无数年的知守观，不再是所有人都膜拜敬畏的不可知之地。无论修行界还是西陵神殿内部，都有不少人想要通过杀死或欺凌他，来获得某种精神上的力量或者说自我认可。他看着柳亦青说道：“我只是个普通人，现在还把目光放在我身上的那些人，不可能走得太远，既然如此，便不需要理会。”

柳亦青说道：“先生居陋巷，安全如何保证？”

叶苏说道：“这片街巷里生活着很多普通人，我希望能够像他们一样活着，如果不能，那大概便是昊天的意思，代我感谢令师好意。”

柳亦青知道不可能轻易说服他，无奈地摇了摇头，心想即便境界尽毁，词锋不似往年傲然，但叶苏终究还是叶苏。

柳亦青以剑为杖离开，破屋前恢复清静，那些孩子望向叶苏的眼神变得越发热烈。他们在这片街巷见惯了流血冲突，所以对落在污水里的那五根手指能够做到视而不见，但却明白老师果然不是普通人。

穷人家的孩子早当家，这句话终究是有道理的，不然桑桑怎会成为现在的桑桑，破屋前的孩子们用市井里的智慧，看出了叶苏的不凡，没有被吓走，反而拿出了稚拙的小市民的可爱，缠在他的身旁。对于身旁的热闹，叶苏不以为意，待孩子们吃完饭后，他从破屋里取出一块小黑板，开始给孩子们上课，场间顿时变得安静了很多。

宁缺站在外围，听着叶苏平静而温和的声音，看着他很有耐心地对孩子们讲解问题，忽然觉得在此人的身上看到了大师兄的影子。叶苏授课的内容让他有些意外，和修行没有任何关系，最开始的时候，是在讲一种头花的编织方式，接下来又开始画图，教那些男孩子做木工活，直到上课快要结束的时候，他才讲了一段简单的教义。

宁缺有些想不明白。

暮色渐至，街巷深处传来家长们喊孩子的声音，穷困人家一天只吃两顿饭，晚饭的时间总是会稍早些，如果饿了好直接上床睡觉忍着。叶苏挥挥手，示意今天的授课到此结束，夹着小黑板走进了破屋。孩子们恭敬地向破屋行礼，然后叽叽喳喳吵闹着散去。

宁缺走到破屋前，看着那扇连风都拦不住的木门，沉默不语。按道理来说，他本不应该走进去，然而此番重蹈红尘，觅的便是机缘，在这临康城污水横流的街巷里，忽然见到叶苏，这便是机缘。他本是往西陵赴死而去，在死前见到他，更是大机缘，而且他相信自己现在可以随时杀死对方。他向前走了两步，举手敲了敲门。

“请进。”叶苏在破屋里说道。

宁缺推门走了进去，只见破屋里家徒四壁，只有一张小床，一个水缸，屋顶的毡皮破了很多洞，暮光漏下，倒是很明亮。

叶苏看见是他，有些意外，笑着说道：“你怎么在这里？”

“随意逛逛，却没想到能遇见你。”

叶苏请他在床上坐下，说道：“遇见这种事情，向来都是随意发生的。”

“谁能想到你现在藏身陋巷做教书先生。”

叶苏从缸里盛了一碗水，递给他，说道：“青峡一战后，我先去了宋国，然后来到这里，很多年前我在这里住过一段时间。”

宁缺接过水碗，道了声谢，问道：“传闻中勘破生死关的那次游历？”

叶苏微笑着说道：“生死这种事情，只要你去看，便无法看破，当年的那些骄傲，现在看起来，其实真的有些可笑。”宁缺现在的境界，并不足以完全理解这句话，但他隐约感觉到，叶苏虽然境界尽毁，但在某些方面却似乎已经超越了当年。

叶苏问道：“你来南晋何事？”

宁缺说道：“只是路过，我准备去西陵神殿一趟。”

青峡一战后，叶苏成了废人，不再是修行者，自然也不关心修行界的事情，他不知道西陵神殿要开光明祭，也不怎么关心。

宁缺想着先前见到他授课时的画面，不解地问道：“以您的境界学识，只要愿意，最多花上数年时间，无论想教出南晋科举状元还是修行强者，都不是什么难事，为什么先前却讲的是那些内容？”

叶苏说道：“想要修道，需要天资，临康城里有这种天分的学生并不多，即便有，想必早就进了剑阁，至于我为何会教那些孩子编头花、做木工，那是因为这些技能可以帮助他们在最短的时间里挣到钱，然后可以多吃几碗饭。”

宁缺想了很长时间，最后说了两个字：“佩服。”

叶苏说道：“如果要说佩服，不如佩服你大师兄，他多年前便在市井里教过书，我现在做的事情，并不新鲜。”

“师兄本就是那样的人，您却是半途上路，所以更值得佩服。”

“我在长安城小道观里住过一段时间，很喜欢那种市井之中自有真义的感觉，现在也是在寻求自我的平静，哪里值得佩服？”

听着“市井之中自有真义”这句话，宁缺端着水碗的手微微一僵，他看着叶苏的眼睛，非常认真地问道：“您能教我这些吗？”

破屋内暮色愈浓，叶苏看着他微笑着说道：“我当年在你师兄处学了些，教还给你也是应该，只是要收学费。你想学些什么？”

宁缺看着手里的水碗，看着碗中像酒一样的水，沉默了很长时间，然后开始讲述从去年秋天起发生的那些故事。长安城墙上的薄雪落下如幕，观主入城遇着千万刀，天空里的雪开始燃烧，烧出一片湛湛青天，他在那片青天上写了一个字。

叶苏现在是普通人，不在修行界里行走，不知道很多事情，但观主入长安一事，剑阁方面早就已经通传了他。“既然你能写出那个字，在城内你便无敌，即便是老师也败在你的刀下，可如果来到城外，老师看你一眼，你就死了。”

宁缺承认，说道：“我想知道怎样在长安城外也同样强大。”

叶苏说道：“你是第一个写出那个字的神符师，颜瑟没有做到，无数前辈都没有做到，所以没有任何人能够教你，我更没有资格。”

“怎样能够集合更多人的意志？”

“最常见的手段或者说表现方式，自然是‘信仰’二字。”

“我也是这般想的，但我不想走道门的旧路。”

“所以你冒着极大风险出了长安，重蹈红尘，在人间游历，这依然走的是我当年想勘破生死时的旧路。”

宁缺不是很明白他这句话的意思。

“当日你师兄坐在潭边看书，根本就没看我的剑，我才明白看破仍然需要去看，有个看字便落了下乘。后来我在小道观里静修，看观塌檐破，我才明白破而复立的道理，最终明白生死循环是为自然。”叶苏回想着荒原雪峰上的那一剑，潭畔的那名书生，看着他微笑着说道：“如此我才能在青峡前接下君陌的那一剑。”

宁缺问道：“这些和我现在的困惑有什么关联？”

叶苏说道：“你写的是没有人写出过的字，你走的是没有前行者的路，我说过没有人能够教你，我所能做的，便是把自己修行感悟的历程，摊开来给你看，揉碎了让你触摸，你能从中体悟到什么，不由我决定。”

宁缺沉默片刻，说道：“请继续。”

叶苏说道：“当年周游诸国勘破生死的那场试炼，我依然是以旁观者的心态看人间的百态，然而如今变成废人，重新回到人间，来到临康城的这片破烂街巷里，我才从旁观者变成了参与者。”宁缺想着自己在长安城墙上看街巷如线，百姓如蚁，在大泽客船上看舱内麻木的旅客时的心情，才发现原来自己还是没有摆脱旁观者的立场。

叶苏看着他继续说道：“你不想走道门的旧路，是因为你本能里厌恶宗教这种存在，然而你忘了宗教确实是信仰，但信仰并不见得全部是宗教，至少不会都是像昊天道门这样的宗教。”宁缺想了想，说道：“我认可这种说法。”

“你应该很清楚，除了道门里的那些神术强者，境界越高的修行者，越难保证自己的心意澄静，换句话说，越强大的人越难有信仰。信仰这种事情，并不在天穹之上，只在尘埃卑微处，说得更简单一些，信仰就是普通人最不可动摇的想法和渴望，你如果要用信仰来集合人们的意志，便首先需要弄清楚他们想要什么。”叶苏说道：“我如今雪山气海俱废，变成了真正的普通人，没有能力再去思考高妙的道理，却反而有机会过普通人的生活，了解普通人的想法，比如这片街区里孩子们的信仰，不过便是‘吃饭’二字。”

宁缺想着先前看到的那些画面，点了点头。

叶苏看着他问道：“你还没吃饭吧？”

宁缺先前见着他吃了一大碗青菜饭，说道：“一顿不吃无所谓。”

叶苏说道：“看，这就是你与普通人不一样的地方。”

宁缺明白了他的意思，问道：“家里有面条没有？”

破屋里真正的家徒四壁，虽有旧锅老灶，但想找些米面，却极困难，好在叶苏如今在街巷里很受人尊敬，不多时便有人端了碗素面。宁缺连汤带面全部吃完，把碗筷搁到窗沿上，忽然想起一事，问道：“既然要过普通人的生活，为何你要那些孩子送饭？”

叶苏的回答很简单，很有说服力：“我不会做饭。”宁缺无法反驳这个解释，又问道：“先前在前面那条巷子口，看见那些妇人洗衣服没用皂粉，想来是生活拮据，为何连洗衣槌都不怎么用。”叶苏的解释依然很有说服力：“洗衣槌确实能把衣服洗得更干净些，但她们家里的衣裳用的布料并不好，这般洗几次便有可能坏了。”

宁缺说道：“这里的人们活得果然很艰难，难道非要在这样艰难的环境里，才能体会到你想要体会的那些感受？会不会太自虐了些？”

“我在这方面的感悟学习，也是刚刚开始，无法给你直接的答案或者明确的指向，只能说出自己的一些隐约判断，供你参详。”叶苏说道，“我们先前说过，信仰可以用来凝聚人群的意志，这句话其实反过来说也没有问题，人类最强烈、最统一的意志，必然会变成信仰，那么我们其实只需要知道人们究竟最想要什么。

“人类很擅于隐藏自己的真实情感，因为袒露有时候就像卸甲一般，意味着危险。在寻常的日子里，温暖而舒适的环境中，你很难发现他们真实的渴望与想法，你问他们想要什么，很难得到答案。只有在绝望的生命时间段里，在极致的事情背景前，那些答案才会自己跳出来，显得无比清晰，无论此前他们是麻木还是市侩，他们的行为总是那样的诚实。”

宁缺想着长安城里民众在那个风雪天里的勇敢，若有所思。

“你先前那句话错了，不是非要在艰难的环境里才能感悟到这些，而是艰难本就是人间的常态。我不去长安却来到临康，便是因为唐人活得太过自由美好，这并不是所有人都能享有的待遇。”叶苏继续说道，“在临康城里，我看到过最豪奢的贵族，见过最贫贱的市民，见过最嚣张的神官，也见过最卑苦的奴隶。富贵与贫穷仿佛与生俱来，无法改变，这让我开始思考一个问题，为什么这些事情无法改变？”

暮光顺着破屋篷顶的洞洒进屋内，仿佛在叶苏身上镀上了一层红暖的光泽，没有神圣的感觉，却是那样地令人亲近。他静静地看着宁缺说道：“昊天教义里说每个人都有罪，需要忏悔，才能得到昊天的拯救，死后进入光明的神国。可在进入神国之前的数十年漫漫人生路里，难道信徒就要承受无望的贫穷折磨？

“我没有去过昊天神国，不知道那里是不是如教典中描述的那样美好，但我知道神国之下的人间并不美好。那么如果昊天悲悯的目光暂时没有落在人间的时候，或者说它在考验人间的时候，昊天信徒应该做些什么？像过去无数年间那样，对着西陵神殿叩拜敬奉，然后麻木悲苦地等待最后的拯救？每个人都有罪，信徒们的罪究竟是什么？对物欲的贪婪？对财富的渴望？对自由的向往？因为这些而无法获得安宁的心？

“这些都是人类难以摆脱的欲望，如果这些都是罪，那么便是无法彻底抹灭的原罪。对于这些罪，佛宗要求静心冥想，走的是遏止欲望的道路，道门则是以信徒对昊天的信仰为根基，要求信徒把这些欲望转换成奉献，中间的桥梁便是信仰，只有书院对这些罪从来不予束缚。”

叶苏说道：“这些都有道理，又都有缺憾。佛宗不看现世，只把希望寄托于来世，道门不看现实，只把希望寄托于神国，书院定下唐律，却依然是引领者的角色，对个人自身的素养要求太高。我这些天始终在想，除此之外，还有没有别的方法能让这个充满原罪的人间变得更好一些。”

宁缺看着他，问道：“什么方法？”

叶苏说道：“昊天将拯救我们于生命结束的时刻，那在生命延续的阶段，谁来拯救我们？我们必须自己拯救自己。”

宁缺沉默了很长时间，说道：“所以你教那些孩子。”

叶苏说道：“这只是开始。”

宁缺看着他的眼睛，说道：“按照教义，只有昊天才有资格拯救世人，你现在的想法和行为，已经可以被昊天认为是亵渎。”

叶苏说道：“昊天爱世人，怎能不允许世人自救？”

宁缺看着暮光里的他，不知道该说些什么。

随着时间流逝，如果此人真的传道成功，或许这片充满污水垃圾的街区，将来会成为昊天道教里的一处圣地，因为他必将成为圣人。当然更大的可能是，这位曾经的道门行走，被西陵神殿里的那些红衣神官绑上木架，然后烧成一具焦尸。

在市井里传道，这是叶苏自我的救赎，也将带领世人展开自我的救赎，对于这个世界已经维系无数万年的昊天教义来说，这个改变看似微小，实际上却是一次革命性的变化，对昊天的崇拜将会被新的教义所取代，对神国的向往将被对现世的爱所取代，这便是宁缺感到震撼的原因。

叶苏看着宁缺说道：“传道其实就是凝聚民心、统一信仰的过程，具体怎样做，我也是在尝试当中，道门典籍里有更多的先例，如果你对这方面感兴趣，不妨去西陵神殿的书殿，那里有很多书。”

宁缺在临康城里住了下来，和叶苏互相探讨、彼此研习，接触得越多，他对叶苏越佩服，他发现这个住在破屋里的男人，就像是磨了无数把刀的磨刀石，表面是那样的温润，内在是那样的坚定，有很多肉眼看不到的粗粝，将教典里的那些经文磨成细粉，变成属于他自己的理念。在这些日子的讨论里，叶苏始终没有对宁缺如何能写出那个字发表意见，如最开始那样，只是平静地讲述自己此生的学习所得和这些年游历诸国的感悟。叶苏博览群书，自幼便研习教典经论，宁缺等于系统地学习了一次道门理论。

在讨论中，叶苏提出了一个很有意思的假设，如果昊天如夫子所言是这个世界的规则，那么客观冰冷的规则是通过什么方法拥有了生命以及力量？他认为最大的可能性是来自于民众的信仰，宁缺觉得这种假设很有道理，但想到隔上数万年便会出现一次的永夜，又觉得有说不通的地方。除了讨论，叶苏每天照常给街巷里的孩子们上课，教木工活、编织活和酿酒方法，也会简单地讲些教典里的故事。

渐至盛夏，临康城大雨频繁，堆满了临时建筑和年久失修老房子的这片街区，在暴雨的袭击下，显得那样不堪一击，每天都有房子垮塌。叶苏带着孩子们到处救人，帮着修理被雨水打坏的屋檐，甚至开始规划入冬后全面整修这片街区的排水系统。因为剑阁弟子偶尔会来的缘故，宁缺很少走出破屋，自然也没有帮着做这些事情，他只是安静地观察整个过程。

最后这场暴雨持续了三天时间，就在所有人都已经筋疲力尽，快要绝望的时候，雨忽然停下，天空骤然放晴。雨水浸泡的街巷里响起无数欢呼声，叶苏背着药匣子，在各家之间来回，雨后蚊虫太多，疫病这种事情很令他警惕。

宁缺把床前承接雨水的三个破碗抽空，抬头看着篷顶破洞里的那轮太阳，默然想着你怎么忽然间就不哭了呢？

叶苏回到破屋的时候，已经很疲惫，把手里的那碗青菜饭递给宁缺，说道：“我今天有些不舒服，你先吃吧。”宁缺看着他苍白而瘦削的脸庞，心想他现在的身体连普通人都不如，再这样坚持下去，只怕还没有成为圣人，便先变成了死人。

“不吃了。”他看着破屋顶上那片瓷蓝的天空，说道：“我得走了。”

“我没有什么可以再教你，你确实应该离开了。”

宁缺回头望向他，微微皱眉。

叶苏微微一笑，说道："不用纠结，怜悯这种情绪对于现在的你来说，就是美味的毒药，我也不会因为你要杀我，就对你生出什么恨意。"

宁缺想了会儿，说道："我还是觉得杀了你太可惜。"

"如果你离开长安城的消息，让我传出去，那么无论你再如何聪慧好学，最终也只能写出一个死字。"

"我希望你能活着，而且我认为你也应该希望我活着。"

"为何？"

"你在做的事情以及将要做的事情，非常有意思，当然你以后会面临很困难的境遇，所以你应该需要我。"

叶苏没有说话，只是笑了笑。

宁缺看着他的眼睛，认真地说道："你需要大唐和书院。"

叶苏依然没有接他的话，说道："既然你不杀我，那么走之前把学费结了吧。"

宁缺没有把这句话当成玩笑，从怀里取出银票，数了一张递了过去。

叶苏接过来一看，是张一百两银子面额的银票，笑着说道："传闻中你和那位嗜财如命，现在看来果然是真的。"

"那些学生交的学费就是几碗青菜饭，我给了一百两还不够？"

"一碗加了油渣的青菜饭，对于那些孩子来说，要比一百两银子对你来说重要得多，别忘了那可是白米饭。"

宁缺想了想，确实是这个道理，说道："那我再补点。"

盛夏的临康城，大雨刚停，便有酷热来袭，空气里的湿度太高，地面的污水一时半会儿无法被蒸发，散发着难闻的臭味。

叶苏送宁缺离开，来到街巷外的僻静处，宁缺转身看着他说道："我和她很熟。"

叶苏说道："她是谁？"

宁缺说道："你妹。"

叶苏觉得好像在哪里听到过这两个字，然后想起来，多年前在长安雪城上他问大先生宁缺是从哪里学的大河剑，也听到了这两个字。“书院里的人，有时候真的很讨厌。”他看着宁缺说道，“所以我还是不明白，你为什么不肯杀我。”

“以前的你也挺讨厌的，不过现在挺好。虽然我从来都是一个不惮于杀人的人，只不过我杀人需要理由或者说情绪。”宁缺把自己在清河郡做的事情告诉了他，然后说道：“让悟道杀死钟大俊，是想帮观海解决些问题，同时震慑清河，稍宣我心中之气，最重要的则是想把佛宗……至少是烂柯寺绑在书院这边。而在临康城里遇见你，则让我想到另外一种可能，或者昊天道门的将来便在你的身上，那么我为什么要杀你？”

宁缺没有走多远，听到街巷里响起孩童们的读书声，更准确来说，那不是在读书，而是在背诵编织头花的方法。他转身向这片街巷望去，只见暮色中有水雾起，稚声阵阵，隔得远些，便闻不到臭味，只能看到画面，有些不一样的美丽。

现在的叶苏，融合了佛宗和书院的某些理念，加上他曾经在小道观里的经历，拥有了自己对这个世界的看法，而这便背叛了昊天。在青峡之前，他便已经背叛了昊天，在长安城里，观主也背叛了昊天，真正强大的人，哪怕曾经是最虔诚的昊天信徒，只要他们真的愿意思考，那么总有一天他们会找到自己的道路。

“所有人都会离你而去。”宁缺看着临康城的天空，对她说着话。

这些天他并没有在叶苏处得到什么直接的智慧，但他至少明白了一个道理——想要在人间成圣，便不能求诸圣贤。

离开临康城后，宁缺便再也没有进过城市，只在山野里行走，一路平静，没有任何异常，直到快要接近西陵神国。他用布带在坚实的树枝间缠了张床，入夜后，在吊床上侧着身子休息，伴着夏夜清风轻荡，很快便进入了香甜的梦乡。

忽然间，远处传来噼里啪啦的鞭炮声。他被惊醒，揉着眼睛向山脚下望去，只见那个小村庄里到处都在放鞭炮。他有些不解，现在不是新年，也不是什么节庆，光明祭还要很多天，为什么村庄里的人们都在放鞭炮？难道说有人死了？即便死了人，也不可能家家户户都放。

当山梁那边的远方，也传来隐隐约约的鞭炮声时，宁缺知道，肯定发生了什么事情，他的神情渐渐变得凝重起来。他忽然注意到，林间的月色有些淡，或者和往常的月色比起来，只是淡了一点，寻常人大概不会注意到，但对于时常看着月亮骂老师的他和书院诸人来说，这点淡却非常刺眼。宁缺抬头向夜穹望去，然后便再也无法移开眼睛。

夜空里的那轮明月，不知何时缺了一道。

32

去年夫子在泗水畔登天，其后下了一场绵延数十日的大雨，雨歇云散后的那个夜晚，出现一轮明月照耀人间。没有人见过月亮。只有天书明字卷曾经对此做出过晦涩的预言，佛祖看过明字卷后在笔记里做出了明确的宣告。夜临月现，指的便是在这一次永夜到来之前，人间将会出现一个叫月亮的事物，有那些银辉照耀着，永夜如何能称为夜？

对于未知的事物，人类自然难免恐慌。然而人类还具有一种很强悍或者说很可悲的特质——当他们发现有些事情无法改变的时候，便会在最短的时间内接受，沉默地承受，并且很快便习以为常。当人们发现夜空里的那轮明月似乎不会消失，很快便接受了它的存在，天钦监开始观察月亮的运行轨迹，试图从中推断祸福，诗人们开始写出很多新的诗篇，赞美这轮美丽的明月，甚至民间有人开始祭奉月神。既然月亮和昊天世界里的其余事物一样，都显得那般稳定，充满着肃穆的美感，那么就让它继续存在于夜空里，自己又需要担心什么呢？

一切从今天夜里开始变得不一样。明月会变暗，仿佛天空有晴也有阴，圆月会变小，仿佛缺了一块，月亮的脸悄悄地在改变，而且被地面的所有人看到。

鞭炮声在此后的十余个夜晚里响彻人间。无数城镇村庄里火星四溅，人们惊恐地看着夜空，不停地敲锣打鼓，生怕那轮月亮从天上掉下来，却不知这些响亮的声音究竟是在给月亮加油还是在给自己壮胆。人们向昊天祈祷，向月神拜祭，只有行走在山林里的宁缺什么都没有做，他每天夜里看着月亮沉默不语，脸上写满了担忧。他曾经见过无数次月亮的阴晴圆缺，所以并不像别的人那般惊慌，只是他不明白为什么这轮月亮也会有阴晴圆缺，他很担心是不是在天上战斗的老师出了什么问题——您有没有受伤？您还撑得住吗？

宁缺来到了西陵神国。这是他第二次来到这里，上次只是随老师乘马车随意行走，没有留下什么印象，所以心情还是有些异样。一路行来，除了那些在山道上虔诚叩首拜山的信徒之外，他没有看到这里有任何值得称道的地方，即便是吃食都比长安城和宋国要差很多。直到来到离西陵神殿不远的地方，他看着那座高耸的青山、山间不似人力能够切削出的三道崖坪，还有坐落在崖间的数座巍峨神殿，才真正感觉到这片以神圣著称的国度所特有的庄严肃穆气息。在昊天的世界里，道门拥有难以想象的权威和资源，知守观地位超然，不问世事，西陵神殿便是这个世界的政治和权力中心，哪怕这一千年里出现了唐国，长安城南多了座书院，依然不能改变这个事实。

离光明祭还有很长时间，西陵神殿的戒备已经变得极为森严，因为这场战争的缘故，对于拿着唐国和大河国路契的信徒，更是搜检得异常仔细，只有通过三道关卡的检查，才能走到西陵神殿的山脚下。宁缺自然没有拿唐国路契，他用的是宋国身份——书院后山有四师兄和六师兄，伪造各类文书世间最强——真正让他有些警惕的是第三道关卡，更准确地说是靠在竹椅上闭着眼睛养神的老神官。

那名老神官穿着褐色的神袍，在神殿里的地位应该不高，但即便是主持检查的红衣神官，对他也表现得极为尊重。这名老神官负责寻找试图潜入神殿的修行者，如果他没有某种特别的道法，想要把所有的修行者都查出来，则必然是已晋入知命境。

宁缺实在很难想象，道门在这场战争中损失如此惨重，居然还能随随便便就找了个知命境的强者来负责如此普通的事务。他看着远处的巍峨神殿，心想果然不愧是统治世界无数万年的道门，谁也不知道这座山里究竟还隐藏着多少了不起的人物。一面这样想着，他就这样走了过去，躺在椅上的那名褐衣老神官没有任何反应，依然闭着眼睛，似乎还睡得更香了些。

在长安城与观主一战，惊神阵把无数天地元气灌注到宁缺的体内，当时他自身的境界在极短时间内提至知命巅峰。战后那些天地元气从他身躯内流出，归于城中街巷，他的境界再次回到知命中境，但现在的真实战斗力却已经不仅于此，已经逼近知命巅峰的真正强者。最关键的是，长安城的天地元气没有全部离开他的身体，终究还是在他体内留下了一丝半缕，对于那座千年雄城来说，丝缕不足为道，对于一名修行者来说，那些元气则丰沛得难以想象。

当年在书院后山绝壁闭关时，宁缺便完全掌握着养蓄浩然气的方法，经过三师姐余帘点拨，更是娴熟至极，那些残存在他体内的天地元气，正在随着时间流逝，缓慢地转变成他自己的浩然气。如今宁缺小腹内浩然气凝成的水滴，早已变成了池塘，在战斗中仿佛可以取之不尽，用之不竭，用来覆盖雪山气海，伪装不会修行的普通人，更是轻松至极。不要说那名椅子上的老神官，就算西陵神殿掌教亲至，都不见得能看出问题，他敢单身重蹈红尘，直闯西陵神国，便是此故。

大唐朝廷和书院为宁缺的西陵之行做了很充足的准备，身份上不可能出现任何问题，他怀里的那封信更真的是宋国白云观观主亲笔写的。天谕院管理后勤的神官，看完那封信后，再望向宁缺时的眼神便变得柔和了几分，说道："既然是师兄推荐，自然不便拒绝，你在书殿里好生做事，尤其是最近这段时间，一定要老实些，不要随意外出。"宁缺道了声谢，又把准备好的带有宋国特色的贵重礼物搁到房间角落里，再对那名神官行了一礼，便拿着批文去书殿报道。

他现在的身份是天谕院杂役，负责打扫书殿。书殿里的执事扔给他一大串钥匙，说了几句注意事项后，便不再理会。杂役身份很难引起任何人的注意，书院同门开始商议的时候，他便选择了这个，而且他想在书殿待着，因为这是老师当年曾经待过的地方。

很多年前，道门书殿在桃山上的地位还极为重要，如今却早已不是当年，甚至已经由光明神殿直属，交给了天谕院负责管理。宁缺看着冷清的道殿，看着那些书架上密密麻麻的典籍，想着书殿的变化，不由有些感慨，感慨于道门的衰败。藏书殿如此冷清，对书院弟子来说是非常难以想象的事情，不思学习自然便会退步，一个没有人愿意读书的地方，又怎么可能不衰败？这座书殿曾经出过无数了不起的大人物，千年之前，夫子和开创魔宗的那位光明大神官都曾经在这里洒扫分拣，然而如今呢？

替道门感慨，就像替古人担忧，没有太大意义。他收拾心绪，拿起扫帚和抹布，简单地做了些清扫，便开始看书。叶苏说过这里藏着很多道门典籍，可以用些时间看，他喜欢看书，而且从现在的情况看，估计也不会有人来打扰他。因为伐唐之战和光明祭的缘故，天谕院的学生有的在清河，有的在南晋，更多的人则是在桃山上忙碌，宁缺藏在书殿里看了好几天的书，竟连一个人都没有碰到，他不停地翻阅着自己需要的书籍。

时间缓慢地流逝。有时候，他甚至觉得自己好像变成了读书人。但事实并非如此，当他的眼光偶尔离开纸面望向山上那座神殿时，很是复杂。

光明神殿之前，站着两名女童。两名女童的年龄都还很小。她们穿着白衣，容颜普通，然而看到她们的便很难移开目光，因为她们很白，她们身体上的每寸肌肤都异常白皙，找不到一点瑕疵，如雪一般，神情异常纯净，如水一般。崖坪远处，正在忙碌的神殿执事和神官们，看着这两名白衣女童，眼神里写满了好奇和敬畏。

这两名白衣女童是从西陵神国十余万女童里挑选出来的，据掌教大人颁下的谕令，她们拥有圣女一样的地位，所以无论神殿里的人们对她们如何好奇，对光明神殿里如何好奇，没有人敢发问。神殿里的人们很少能够看见这两名女童，因为她们一直都在光明神殿里，很少会踏出神殿一步，显得极为神秘。今天她们却站在神殿外，她们在等什么？

桃山下方的山道上，忽然有烟尘扬起，数辆马车正在以难以想象的速度，高速向着神殿驶来，竟仿佛冲锋一般。神殿里的人们很是震惊，心想发生了什么大事？

难道战争又要开始了？

西陵神殿并不是知守观或悬空寺那样的不可知之地，却也难言在红尘中，因为在普通信徒看来，这里便是人间的神国。今日数骑自桃山下高速驶来，似要从红尘里带些信息来到神国，自然无人发笑。神殿的神官和执事们开始检查，不意外地看到级别极高的腰牌，待他们发现这些骑士和数辆马车是从长安城归来，心情愈发沉重，看着对方的眼神里写满了惊疑：难道真的是战争要再次开始了？那数辆马车在神殿骑兵的护卫下，继续向桃山上驶去，一路烟尘滚滚，直到来到崖坪的光明神殿前才停下。

两名白衣女童轻轻拍手。光明神殿侧方走出数十名执事搬出如小山般的一堆青布，然后向着殿前拉开。这些青布幔帷约有三人高，而且非常长，竟把神殿前的广场全部围了起来。即便有人从桃山最高处的那座白色神殿向这边望来，都很难看到这片青布幔帷里的画面。现在青布幔帷里只有自长安归来的骑兵和车队，那些风尘仆仆的人们顾不得向两名白衣女童行礼，把一辆马车打开，从里面扶出一个人来。

一名白衣女童看着负责此项使命的神官，稚声问道："确认没有错？"

那名神官表情肃然地说道："必然不会出错，我们动用了南门观里的旧人，确定此人这些年一直是在临四十七巷。"

白衣女童看着车旁那位中年男人，满意地点了点头。

那个中年男人身上满是油污的衣裳还有那双满是劳动痕迹的手，表露了他普通平凡的身份，他此时的神情非常紧张——一个没有见过任何大世面的普通长安百姓，遭人骗至城外被掳，然后昼夜不歇赶路，再出马车时便发现自己已经来到昊天信徒心中的神国：西陵神殿，谁能不心生震撼——事实上，他此时还能够扶着车厢勉力撑住身体，已是极不容易。

他也是昊天信徒，按道理来说，发现忽然来到西陵神殿，除了恐惧和茫然之后，也应该有几分激动兴奋才是，然而西陵神殿与唐国之间的战争刚刚结束，他身为唐人怎样都觉得迎接自己的不可能是好事情。

另一名白衣女童问那名神官：“另外那样事物可曾带回来了？”

这名神官是光明神殿最忠诚的下属，直到此时，他依然不知道自己执行的是什么任务，但隐约能猜到必然事涉神殿最大的那桩隐秘。他极为谨慎地上前几步，从怀里掏出一块布裹着的整个物，低声说道：“那墓离书院太近，实在不敢轻举妄动，老笔斋那里也有看守，那院墙数月前也被拆了，幸运的是那事物被乱砖压在最下面，没有被人发现，属下们付出了些代价，终究取了回来。”西陵神殿的人潜入长安城，还要从老笔斋里取回某样事物，他说得轻描淡写，实际上谁都知道，那些代价必然极为惨重。

白衣女童接过布裹着的整个物，手臂向下微顿，那事物似乎有些沉重，和同伴没有再问什么，示意这名神官带着所有的下属退出青布幔帷，然后走到那名神思不属的男人面前，说道：“开始吧。”

那名中年男人茫然地问道：“开始做什么？”

一名白衣女童说道：“你最擅长做什么，就做那件事情，不要说做不好，你需要的材料都在车里，便是锅灶都搬来了。”

中年男人这才知晓对方要自己做什么事情，却是更加震惊不解，心想千里迢迢把自己掳来神殿，难道就是为了这个？这件事情透着太多的诡异，然而正所谓人在屋檐下，不得不低头，如今他在神殿前，看着这般浩大的阵势，哪里还敢有二话。他老老实实从车厢里搬出锅碗瓢盆灶以及各式材料，开始做事。

西陵神殿的人做事没有任何遗漏，无论那些锅碗瓢盆灶，还是面粉大葱辣油老醋，甚至就连烧的柴火，都是过往十几年里他用的那些。柴火点燃，老炉生烟，清水入盆，面粉变稀然后渐稠然后再稀，如果用来做馒头明显不妥，如果做面条更是不妥，菜刀落在并不怎么干净的砧板上，把葱花与香菜切得极碎，然后开始在碗里放酱油醋等调料。

白衣女童说道：“不能有半点差错，无论分量还是顺序。”中年男人心想老子这十几年每天清晨都要做上百碗，难道还会犯错？然而想是这般想的，哪里敢真这么说。

这时锅里的清水终于沸了，盆里的面团，被他用手撕扯成不规则的形状一一扔进沸水中，迅速成形，然后开始起浮不停。柄已被熏黑的大勺伸进锅中搅了搅，拿出来时里面便盛满了煮好的面片，白弹轻颤，就像是鱼脂，锅里没有剩下一片，勺里还恰好沉着三分之一的汤水，如此手艺自然是十几年不停重复的结果。汤水面片倾入海碗里，一股异常浓郁却又不失清新的酸辣香味，出现在光明神殿前的广场上，紧接着便是香菜末和葱花的味道随之扑鼻。两名白衣女童没有露出任何表情，眼观鼻，鼻观心，一人双手捧着海碗，一人双手抱着那样被布裹住的事物，回身向神殿里走去。

中年男人下意识地说道："你们两个人，一碗只怕不够吧？以前老笔斋那丫头长那么瘦，可都是吃一碗带两碗回的。"两名白衣女童没有理他，走进了神殿。中年男人看着锅里的沸水，举着手里的大勺，就这样愣然地站在空旷的广场上，在庄严的神殿前，好生不安紧张。

没过多长时间，一名白衣女童从光明神殿里走了出来。她把数样东西交给那名中年男人，说道："有人送你回长安城。"说完这句话，她便再次回到光明神殿里，再也没有出来。

中年男人愣了半天，才想起去看手里的东西，发现竟是一颗完美至极的夜明珠，还有一颗散发着淡淡异香的丹药！他虽然是个普通人，也能感觉这两样事物的不凡，愈发惶恐起来，心想自己虽说一向在手艺方面很骄傲，但怎么也不值这些啊？西陵神殿的贵人，千里迢迢把自己从长安城掳来桃山，还给了自己一颗夜明珠和一颗丹药，就为了吃那么一碗不值钱的东西？世上有这么好吃的酸辣面片汤吗？

青布幔帷撤去，马车驶下桃山，再次掀起烟尘，重新驶入红尘之中。

宁缺手里提着一袋米，看着这辆马车微微皱眉，他不知道这辆马车来自长安，但还是生出很多疑惑。他转身从侧门里走回天谕院，没有向山上那数座神殿望上一眼，不是因为谨慎，而是他不想因为看的次数太多，再难压抑心中的渴望。那里有他想找的她还有那头憨货，然而更多的则是危险，在做好充分准备之前，在那个时间点之前，他不想离神殿更近一步。他离开长安来到此间，带着赴死的决心，却没有送死的打算。

天谕院里很安静，他走回自己的房间，准备做饭，看着米袋却忽然想吃一碗面，一碗香喷喷的煎蛋面。站在锅灶前，他沉默了很长时间，开始切葱，又从米袋里摸出在山下镇上买的鸡蛋，烧热菜油，煎了一个鸡蛋，煮了碗面条。一碗清水煎蛋面，里面有四颗花椒，三十粒葱花。他端着面碗，走到书殿深处，背对桃山后方峡谷的地方，看着那里的云雾与绝壁，想着渭城和老笔斋，开始吃面。

他吃得很快，最后是连碗底的面汤都喝得一干二净。已经有很多年没有做饭了，手艺没有落下，煎蛋面还是那么好吃，但其实他吃得并不香，因为这面不是她煮的。他站了很长时间，直到夜至月现。夜穹里那轮美丽的明月，已经恢复最初的盈满，但他还是很担心，因为他不知道明天夜里的月亮，会不会继续这个盈缺的过程。

他还担心别的事情，那种情绪更应该说是恐惧……你不是无所不知、无所不能吗？为什么你不知道我在这里？为什么……我感受不到你在哪里？难道你真的已经不再是我的本命？还是说我要找的那个你真的已经死了，现在的你并不是你？

他看着峰顶那座没有任何光线漏出的神殿，默默想着。

光明神殿后是山后的绝壁，绝壁下方便是传说中的幽阁，入夜之后云雾更深，仿佛有寒冷的阴煞气息正在溢出。她负手站在石柱之间，绝壁之前，神情漠然地看着夜穹里那轮明月，被青布紧紧裹住的丰腴高大身躯，在地上映出一个孤高的身影。那轮明月缺了十余日，又开始恢复圆满，她的脸色随之变得越来越白，不是圣洁庄严的洁白，而是虚弱的苍白。

在她身后整齐地摆着数百个酒坛，还有碗只吃了一口的酸辣面片汤，碗旁有个方方的事物，上面的布被掀开一角，露出里面的金砖，还有些砖屑。酒是九江双蒸烈酿，酸辣面片汤来自长安，那块金砖这些年一直藏在老笔斋的墙里，这些都是她最厌憎的无用回忆。

所以必须取回来。

桑桑看着夜空里的月亮——月缺时，她如以往无数年里那般强大。

月圆时，她感受到前所未有的虚弱，或者说她感受到神国里自己的虚弱，那人曾经说过，月有阴晴圆缺，人有旦夕祸福，那么她有什么？从落进极北那座雪峰里的瞬间开始，她就想要离开人间，回到自己的国度，因为她感觉到了危险。无论是神国里的她还是在人间的她，都很危险。然而哪天神国的门便已经毁了，她如何回去？

今夜桃山上，不同的人看着相同的月亮，想着不同的心事，有的想要离开，有的人想要留下，却不知是否想要相见。

她在光明神殿后的露台上站了很长时间，直到明月消失，群山东面的天空泛起鱼肚白，晨光洒在身上，依然没有离开。朝云泛着异彩，被不知何处来的风吹散，露出红暖的太阳，她沐浴在阳光里，缓缓眯起眼睛，神情宁静而美好。她是这个世界的规则，也是这个世界的主宰，落入人间渐为凡人，也不需要修行，只需要晒晒太阳便好。虽说那轮红日不知真假，但那些光线与热量却是真实的，是她的力量来源，至于那些酒水和菜肴，对她来说只是肉身所需要的养分，或者更多的是虚弱意识的需要。

如今她很白很高大，和过往十九年时间里的模样截然不同，但眼睛却没有发生改变，依然细长有如柳叶，眸子清亮无比。她眯着眼睛，于是变得更细，像极了长安城雁鸣湖畔的那些柳叶，这不代表真的闭上了眼睛，她依然看着眼前的所有景物。

跃出朝霞的红日，流风里的丝状云雾，崖间的细细瀑布，在她明亮的眼眸里一一呈现，她看见飞鸟在绝壁间来回，看见远处山野里的幼兽，看见极远处海水落下有礁石显现，看见阳光的热度让海水变成蒸汽。所有这些画面，都代表规则在发挥作用，这个世界的规则无法撼动，显得那样稳定，于是这个世界也显得那样稳定，天地元气和所有物质的分布显得那样均匀，她就是规则，所以她感觉很满意。

她的脸上依然没有什么表情，眼眸最深处却仿佛能够看到近似于人类陶醉时的神情，她陶醉在世界与自己的和谐之中。她继续站在光明神殿后方的露台上，看着不停改变却实际上一成不变的景物，始终没有离开，直到黑夜再次来临，月光再次洒落。

今夜的月亮与昨夜相比又有变化，她不喜欢这种变化。月有阴晴圆缺，她没有旦夕祸福，却感到了生老病死的气息，这是她非常厌憎的气息，因为那是只有人类才会感受的气息。

因为这抹厌憎的情绪，光明神殿后的风景忽然间变得不那么稳定起来，她愈发厌憎，那些风拂林梢的声音，在她耳中如惊雷万钧，瀑布落入云雾看似悄无声息，在她耳中却像是有人在不停地敲打着战鼓，她所喜欢的清静再也无法清静，就像她就算把身后那些酒坛全部扔到绝壁下，也已经无法改变那些坛子里的烈酒已经被她喝完了这个事实。

“我打算出去走走。”她看着夜空里那轮明月说道。两名白衣女童跪在她的身后，震惊得无法言喻，她们来到桃山后，便没有看见过圣女离开光明神殿，西陵神殿里的人们，也从来没有见过圣女的真面目，为什么她忽然要离开，她要去哪里？

第二日清晨，一辆极为普通的马车，停在了光明神殿前。

大黑马从殿里探出头，望向车前那两匹西陵的战马，眼神里释放出无数杀意，想要让那两匹战马知其难而退，从而让自己营造出某种机会。她从神殿深处走了过来，看了它一眼。大黑马赶紧退后数步，屈起前蹄，跪在冰冻的神殿地面上，咧嘴傻乐，显得格外恭顺。

她坐进马车开始闭目养神，一名白衣女童在车厢里伺候，一名白衣女童挥舞马鞭，赶车离开光明神殿，向桃山下驶去。越普通的马车，在庄严肃穆的神殿里越显眼，然而神奇的是，仿佛没有任何神官和执事看到这辆马车的存在，也没有任何人听到蹄声以及白衣女童挥鞭的声音，马车就像鬼魅一般悄无声息地下了桃山。马车没有在山脚下停留，而是继续前行，行过十余里山道，碾过小河上的石桥，来到一座小镇上，然后停在小镇道殿对面的一家铺子前。

宁缺清晨醒来得很早，他先练了套刀法热身，然后在晨雾里盘膝坐下，冥想片刻后开始呼吸吐纳，将桃山里丰沛的天地元气丝丝缕缕吸入身体里，变成自己的浩然气，整个过程进行得非常小心。收功时晨雾依然未散，他顺着书殿后的小路向上走去，雾中有淡淡花香袭来，不由神清气爽。便在此时红日完全跃出朝霞，山间雾气骤消，他才发现身畔是千树万树桃花正在盛开，不由有些厌憎地皱了皱眉。

当年夫子饮酒登山，斩尽满山桃花，从那之后这里的桃花便再也没有开过，然而今年春天，光明神殿里的万年长灯忽然熄灭，满山桃花无由怒放，便再也没有谢过，哪怕现在已经是深夏时节也是如此。他爱书院前的桃花，因为那是夫子从桃山带回来的树种，他不爱西陵神殿的桃花，因为那代表着夫子的离去，还有那件事情。

桃花深处隐约有路，不知通向何处，宁缺向那处走去，忽觉山风骤然寒冷，花瓣在枝头不停颤抖，仿佛瞬间来到了寒冬。万树桃花里隐藏着极了不起的阵法，难怪当年老师登山时会对这些桃花下辣手，宁缺想明白了这件事情，决定立刻退出。以他现在的境界和符道上的造诣，此时入阵不深，退出应该不难，继续前行破阵而出却是想也休想。

然而就在这时，他忽然在满山桃花里感应到一股很熟悉的气息，甚至隐隐约约能够明白这些桃花的心意，他对阵法没有任何研究，却也明白这便是破阵的关键之所在，这片桃花对他来说是开放的。如果换成别的人，肯定会因为这种突然的变化而震撼惘然，继而生出暂时退避的念头，但他却没有，因为他很快便想明白了其中的原因。

满山桃花因为她而盛放，又怎会拦他？

衣袂与桃花相擦，落英阵阵，粉香片片，不需要寻找方向，也不用理会桃花里强大的阵法，只是凭借桃花传予他的感受信步而行，没有过多长时间，他便走过了这片对修行者来说异常凶险的桃花。桃花外便是绝壁。

他站在崖畔，看着上方那数座巍峨的神殿，才发现自己已经来到了山腰，然后他的目光落在了对面，发现那里还是一道绝壁。他所站着的崖壁是桃山里的一部分，对面的那道绝壁也是桃山的一部分，明明便在数座神殿之下，却不知为何独立于桃山。

两道绝壁间隔着数十丈的距离，中间除了山风没有任何事物，其下云雾缭绕，隐有幽冷气息传来，不知有多深。数十丈的距离对修行者来说并不遥远，尤其是对于魔宗修行者来说，然而看崖畔的地面和对面绝壁上的青苔，大概从来没有人来过这里，也从来没有人在对面的绝壁上出现过，两道绝壁从未相通。两道绝壁就这般沉默相看无数万年，不知可曾相厌。有阴风自绝壁下方拂来，云雾微散，对面那道绝壁上隐隐出现了一些什么，宁缺的眼力极好，看到仿佛是数排石窗。他有些不确定，继续看着，待下一阵山风来时，云雾再散，发现绝壁上果然有石窗。难道那里就是传说中西陵神殿用来关押叛教重犯的幽阁？

他看着对面的绝壁，微微皱眉。他又看了段时间，忽然闭上眼睛，有泪水从眼角流出，不是同情千万年来死在幽阁里的那些魔宗前人，不是想起了曾经在幽阁里被囚十余年的光明大神官从而想起先师颜瑟，也不是因为那道绝壁石窗里隐隐散发出来的血腥味道和阴森气息令人心生悲悯。

而是因为他的眼睛很痛。

明明眼前除了绝壁山风什么都没有，但在先前那刻，却仿佛有根无形的手指，轻轻地在他的眼睛里摸了摸。那道力量很轻柔，但眼睛是人最娇嫩的部位，他虽然浩然气已近大成，也觉得刺痛无比，难以抑制地流下眼泪。过了片刻，他睁开眼睛再次向绝壁望去，然后闭上眼睛，再次开始流泪，这一次流的泪更多，因为这次落在眼睛里的力量更强了些。

他确认摸自己眼睛的那道气息，正是来自绝壁。他知道如果自己坚持看下去，那么那道绝壁的反击力度便会越来越强。

绝壁之间有大阵，可以防止任何人对幽阁的窥探，无论像宁缺一样站在数十丈外，还是站在数千里之外。没有人能避开，因为当你看时，不是你的目光落在绝壁上，而是绝壁的画面进入你的眼眸里，这道阵法的力量便会随之一道来临。

此阵名触目。

那片绝壁不让宁缺看，宁缺偏要看。他盯着绝壁间的云雾，看着聚散间若隐若现的那些石窗，眼睛越来越酸痛，最后仿佛中了万剑，再难支撑，闭着眼睛开始流泪，显得极为伤心，睁开眼时已经红肿如桃。他不知道绝壁间阵法的名字，但真切地体会到了这道阵法的神奇，心想道门果然不愧是当世第一门派，底蕴深厚至极，虽说这些年来略有衰败之迹，但至少在西陵神殿周遭看不到分毫。

绝壁间的阵法，是防止被人窥视幽阁重地，只要保持足够的距离，或者不坚持看穿那片云雾，便不会产生太可怕的杀伤力。宁缺并不畏惧，只是想着西陵神殿的阵法便如此强大，知守观里的阵法想来更为惊人。去年深秋大师兄去知守观，如果不是陈皮皮事先在知守观里做了手脚，只怕他想进观也难，更不用说以知守观里的天书，把观主牵绊了那么长时间。

不知道陈皮皮现在怎么样，他看着桃山崖间的流云艳阳，有些想念自己在世间最好的朋友。然后他想起陈皮皮的父亲，被他用千万刀砍出长安城的观主，如今观主生死不知，无论是唐国还是西陵神殿，都没有他的消息，他不知道那个了不起的人物是回了知守观，还是已经死在回家的旅程中，成了草席里的冰冷尸体。宁缺没有见过小师叔，观主是他在老师之后所见的最强大的人类，此时回想起长安雪街上的那场战斗，仍然心存敬畏，若这般强大的人类就这样悄无声息地消失在历史的长河里，他欢迎这样的结局，也会遗憾。

离开崖畔，穿过万树桃花回到天谕院书殿，他到处翻拣旧年的神殿维修卷宗，想要找到一些关于那片绝壁上的阵法的线索，却没有什么收获。待他从书海里醒过神来时，天时尚早，腹中却传来饥饿之意，他这才想起今天没有吃早饭，走到厨房里看着米菜却有些不想动手。

自从桑桑长大后，他便很少亲自下厨，尤其是现在身在西陵神殿，每每站在灶台前，看着窗外的煌煌神殿，他便觉得很恼火。然而人总是要吃饭的，即便以他现在的境界，十余日粒米不进，也算不得什么大事，但心理和精神上的需求总得被满足。便在此时他想起去年夏天，夫子带他和桑桑游经西陵时，曾经带自己去吃过一样好东西。

小镇外有流水石桥，风景清美，抬头便能看见二十余里外的桃山，只是这里并非正道，所以前来拜山的信徒并不多。道殿对面的铺子里有一位满脸皱纹的老人，铺子门口摆着几个用黄泥封好的铁皮桶，有些残破的桶沿里向外散发着丝丝甜腻的香味。老人在喝酒，满是黄茧的手指不时捏一撮花生米送入唇中咀嚼，脸上的皱纹里满是黑灰，铁皮桶里飘出来的灰在其间积了几十年，早已洗不干净了。

一辆普通的马车停在铺前。白衣女童盯着那些铁皮桶，有些好奇，心想里面烤的究竟是什么红薯，怎么能这么甜这么香，大热的夏天居然也有人吃，便连圣女也要专程离开桃山来买？她们来得晚了些，前面烤熟了的红薯被两名天谕神殿的执事买走了，所以只好在铺外等着，这等待的过程着实有些无聊。桑桑坐在车厢里，她没有觉得无聊，在她看来无聊这种情绪是只有人类才会拥有的，时间对于她来说只是事物发生的顺序，并不涉及意义，而且她的时间向来都是有用的。比如她隔着窗帘看着烤红薯桶里冒出的热气和香味，其实是在感受那些热学方面的规则，也就是说，在感受她自己。如果让某人知道她此时在做的事情，一定会认为她非常自恋，可事实上，现在的她连自恋这种情绪也没有。

十余名西陵神殿护教骑兵护送着一名神官，从小镇外走过，看他们的方向，应该是要越过小溪，直接回桃山。那名神官是何明池。他师从大唐国师李青山，是西陵神殿在唐国最重要的人，长安血火一夜便是他的手段，最关键的是，他破坏了长安城里的惊神阵，按照事后掌教赏赐时的说法，他一个人便比西陵神殿骑兵加起来都更加重要。西陵神殿知道何明池必然是唐国和书院最想杀死的对象，便是神殿和唐国谈判时，都很自觉地没有把他的安全列入条件里，因为他们明白，唐国尤其是书院根本不可能接受这个条件，所以战后为了安全起见，神殿把何明池送到南方暂避了一段时间的风头，直到现在才让他回到桃山。

桑桑隔着车帘望向远处的何明池，脸上没有情绪，身体里却不知为何涌出一股极为厌憎的情绪，她知道这个人对自己无比忠诚，而且是掌教那条忠犬的亲信，回到神殿后必将被予以重任，但她就是很厌憎此人。其实没有不知为何，她清楚自己为什么厌憎那个身披红袍的蚂蚁，只是她不接受这种理由，所以她认为自己不知道，那么便不知道。

红薯终于烤好了，老人眯着眼睛徒手从里面取出三根滚烫的红薯，似乎根本感觉不到手指传来的烫意，用纸包好后递给站在铺前的白衣女童。白衣女童从腰间取出钱放下，捧着滚烫的红薯回到马车旁，掀起车帘递了一个进去，然后把剩下的两个递给同伴。

鞭声清脆，轮声渐响，然后又忽然停止。白衣女童停下马车，因为感受到了车厢里传来的不容抗拒的意旨，她和同伴静静地坐在车前，等待着可能将要发生的事情。片刻后，一名穿着神殿杂役服饰的年轻男人，走到了铺子前，看着老人问道：“您这家店真开了一千年？”

宁缺看到了铺子外的这辆普通马车，却并不如何在意，只是在看到那两名如雪砌成的女童时，不免想起自己曾经的小黑侍女，默然想着，既然是给主人家做活儿的，黑要比白好，无论怎么打扫卫生也不会显脏不是？

老人眯着眼睛，说道：“我爷爷的爷爷的爷爷的……”宁缺不准备听他把祖谱背完，掏出铜板说道：“给我来三个。”老人说道：“我家红薯个头大，你一个人吃不完三个。”宁缺买三根红薯，纯粹是下意识里的行为——老师一个，自己一个，还有桑桑一个，听着这话才明白过来，说道：“那两个便好。”

老人徒手取出两根红薯递给他，把铜板收好，又开始喝酒。

夫子曾经说过，大热的夏天吃红薯，更必须趁热吃，就像冬天吃冰一般，寻求的便是极致中的极致，刺激中的刺激。宁缺不是一个纯孝的徒儿，老师说的很多话他都忘记了，但老师说过的所有关于吃食的话，他一句都没有忘记，因为他坚持认为，与世间最伟大的人这个称呼相比，世间最伟大的美食家这个称呼更适合老师。

他捧着红薯坐到门槛上，手指微捏撕开薯皮，红黄的绵软薯肉冒着热气，便露在了深夏的空气中，香甜的气息向四周弥漫开来。他忍着烫意，开始吃薯肉，烫得不停伸舌头。车厢里，桑桑隔着车帘看着门槛上的男人，她的脸上没有任何情绪，绝对的冷漠，然而她自己都没有注意到，她手里的红薯被捏烂了。她有些厌憎地皱了皱眉，看着冒着热气的薯肉，举手吃了一口，然后开始不停地吃着，似乎根本没有感觉到任何热度。

深夏的小镇，闷热却又幽静，房宅后的树上，忽然响起蝉鸣，午睡完毕的蝉儿们开始庆祝与同伴分别半个时辰后的相遇。

他坐在门槛上吃红薯。

她坐在车厢里吃红薯。

中间就隔着一道薄薄的布帘。

红薯铺前很安静，老人饮了数杯酒，嚼了三撮花生米，正是微醺之时，用满是灰的手指敲打着桶沿，开始哼唱起来。宁缺坐在门槛上，听着那曲子虽然简单，却有些动听，尤其是那词虽然寻常，但细细品来却有几分意思，渐渐入神。

“拾柴刀行，又恐惊着动人的山鬼。雨打蕉叶，鞋上落了只去年的蝉蜕。结藤而上，云端上的嘲笑声来自猴儿的嘴。经闲多年，腐叶下的陶范积着旧旧的灰。鸿落冬原，白雪把爪印视作累赘。望天一眼，云烟消散如云烟。”

宁缺捧着红薯，怔怔说道：“有些意思。”

得客人赞赏声，老人愈发得意，唱的声音渐渐大了起来，但音调却是陡然变得更加平静，仿佛乡野间的人在对话一般：“砍柴为篱，种三株桃树。撷禾为米，再酿两瓮清酒淡如水。摘花捻汁，把新妇的眉心染醉。爆竹声声，旧屋新啼不曾觉累。小鹿呦呦，唤小丫剪几枝梅热两壶酒。记当年青梅竹马，谁人能忍弃杯？”

宁缺想起去年夏天，便在这座小镇这家铺子前，老师和她还在身旁，如今却只剩下自己形单影只，不由好生感伤。

平淡的曲词，说的是村舍男女寻常情事，没有什么摧心裂肺的悲剧成分，但不知为何，那些清美画面旧时来往，在最后竟让人有些惘然。宁缺一直以为感伤是很奢侈的情绪，尤其现在身在西陵神殿，随时可能被人发现身份，所以他没有让自己在这种情绪中沉浸太长时间，揉了揉被绝壁阵法刺痛的眼睛，从门槛上站起身来向小镇外走去，

桑桑静静地坐在车厢里，听着老人唱的曲词，没有任何触动，意识里却掀起万丈狂澜，仿佛海洋掀起巨浪将要扑向大地！那片狂澜里的每一滴海水都代表着极端的厌憎——她很厌憎马车外那个年轻男人，甚至要比对何明池的厌憎强烈无数倍！

她蹙眉抿唇，柳叶眼明亮得像是锋利的细刀，这是她来到人间后，

真正意义上的第一次情绪起伏，于是她愈发厌憎。厌憎会带来愤怒，她的愤怒便是天怒，一怒便沧海桑田，大河泛滥，万民流离失所，根本没有任何人能够抵抗。基于某种原因，她不想杀死这个年轻男人，更准确地说，她不想现在就杀死这个年轻男人，所以这些天的夜晚，看着那轮明月时，她一直在用难以想象的意志力，压抑着心头的厌憎与愤怒。

只有天心才能控制天怒。

她厌憎他，她厌憎他的她，所以她一直不想见他，她很清楚，一朝相见必然生厌，到那时她再也无法压制自己毁灭他的意志。然而即便是她也没有推算出，今日自己离开光明神殿来到这座小镇，居然会遇见他、听到他的声音，在这间红薯铺前隔帘相见。

看着他的脸，听着他的声音，她再也无法压抑自己对他的厌憎与愤怒，恐怖的气息从丰腴高大的身躯里喷涌而出，直冲天穹。深夏的天空本来极为晴朗，忽然间有无数万朵黑云自万里之外飘来，瞬间笼罩整片西陵神国，天光顿时变得黯淡无比。寒冷的狂风在山林间和田野里刮起，吹拂得牌幌摇动，街道上杂物四处翻滚，宅屋里不停传来关窗的喊声。

西陵神殿的画面更是令人震撼，无数道闪电，像金线般在黑云间生成，然后落下，绽出无数道沉闷的雷鸣。轰的一声，一道闷雷自黑云深处劈落，二十余里外的桃山上隐隐可以看到一道火光，甚至传来了桃花燃烧时噼噼啪啪的声音。好在随后便有一场暴雨降落，燃烧的桃花被浇熄。西陵神殿三道崖坪上，无数神官和执事跪在雨水里惊恐看着苍穹，不停地祈祷。

她隔帘看着宁缺，毫无情绪以至于冷酷无比的眼眸深处，有星辰毁灭，有世界重生，有根本无法想象的磅礴力量。从宁缺来到小镇开始，她始终没有真正地看他，直到此时毁灭的意志将要降临小镇的时候，她决定最后看一眼他。

于是她看到了他的眼。

那双红肿如桃花、仿佛刚刚哭泣过的眼。

在夏天里显得格外诡异的寒风渐渐停止，磅礴的暴雨也渐渐变小，然后消失无踪，笼罩着西陵神国的万里黑云向世界的角落散去。刚刚落雨的时候，宁缺便跑回了红薯铺子。夏天的雷暴雨总是这样突如其来，对此他没有产生任何怀疑。他根本没有察觉到，那辆马车里曾经有道气息直冲天穹——夫子离开人间之后，再也没有人能够感受到这种层级的气息。

“脆弱而无能的人类。”桑桑隔着布帘，看着他红着的眼圈，毫无情绪地说道，然后继续吃手里的红薯，再也没有向他看上一眼，仿佛不曾相识。

宁缺看着最后那抹飘雨里渐行渐远的马车，不知为何觉得心情有些低落。他看着被雨淋湿的车厢后壁，隐隐约约看到一个高胖女子的背影，蹙眉厌恶地说道：“车里的姑娘怎么胖得跟头猪似的？”

老人说道：“背后道人是非，也不知道你老师是怎么教的你。”

宁缺没有接话，直到马车消失在视野里，才说道：“这样都没反应，看来是真没听到，应该是普通人。”

老人放下酒杯，感慨地说道：“原来竟是存的这个心思，书院出来的人什么时候变得如此奸诈狡猾了？”

宁缺走进铺子，取出自己进神殿前放在这里的铁刀铁箭，对老人笑着说道：“我可没老师和师叔那种本事，当然得小心些。”

老人说道：“那是自然，当年夫子上桃山的时候，家父和我在这里给他烤红薯，还没烤熟他老人家就回来了，你怎么比？”

西陵神国是昊天眷顾之地，四季分明而偏于温暖，从来没有什么自然灾害。神殿所在的桃山更是如此，即便没有那几座神殿里的避雷道阵，千万年来也没有雷电会落下，所以今日的雷雨着实震骇了不少人的心神。除了隐约猜到事情真相的神殿掌教，其余的神官和执事都跪在了湿漉的崖坪上，对着天空不停地祷告，请求昊天宽恕自己的罪孽。

三道崖坪上跪满了人，却依然没有人能够看到那辆缓缓驶上桃山的普通马车，更没有人能够看到桑桑和那两名白衣女童走进了光明神殿。她站在神殿后方的崖壁前，面无表情地看着脚下已经变成雾气的那些最细碎的雨滴，想着先前在小镇上看到的他，默然无语。

昊天神国的门毁了，她暂时无法回去，只能停留在人间，厌憎人类尤其是那个人是理所当然的事情。然而只有她自己清楚，昊天与人类之间不应该有任何情绪上的关联，喜爱或者厌憎都不应该存在，一旦开始厌憎，便意味着她开始有了人类的情绪，就像在宋国都城对着满桌饭菜，看着那对不般配的夫妇。她厌憎这种厌憎。

她能算世间一切事，却算不明白自己的将来，就如今日的小镇，她不知道自己会遇见他，可如果她不想见，又怎会遇见？

从某种意义上来说，宁缺的眼睛被绝壁阵法刺伤，在小镇红薯铺前救了他一命，只是他自己并不知道这一点。

从小镇回到天谕院后，他开始继续查找资料，试图找到破解绝壁阵法的可能性。他现在已经基本确定，绝壁云雾之间时隐时现的石窗，便是传说中的幽阁重地，是西陵神殿用来关押重犯和叛徒的地方，无数年来，除了桑桑的老师卫光明，便再也没有人能够从那里逃出来。

他关心的那道绝壁和幽阁没有关系，幽阁里没有谁值得他冒险去救，他要去的地方在绝壁上方。他要去桃山峰顶的裁决神殿，当然这只是他最后的备用计划，他首先要去的地方是西陵神殿的马厩，那里在第三道崖坪上。想要上桃山，便需要经山道过三道崖坪，宁缺不认为以现在自己的境界，能够直闯西陵神殿，毕竟他不是小师叔也不是老师，如果他真的敢这样做，相信用不了两炷香的时间，他便会死得很透彻。

所以他不能走寻常路，只能走绝路。

深夜时分，宁缺走进了那片桃花，纵使在漆黑的夜里，山间的万千桃树还在绽着粉白，很是美丽。前些天被雷电劈燃的桃树，早已被神殿执事们移走，他行走在桃花之间，心情有些异样。满山的桃花也是一道极恐怖的阵法，甚至比绝壁上的那些阵法更强大，哪怕是破五境的真正强者，想要通过这片桃花也非常困难，所以神殿在这里，根本不需要布置任何防御力量。但对他来说，想要走过去却是如此的轻松，因为这片桃花是她种的，每每想到这一点，他便觉得命运这种事情真的是很难形容。

来到崖畔，他没有看绝壁一眼，毫不犹豫地向对面跳去。两道崖壁间隔着数十丈距离，但对于魔宗强者和武道巅峰修行者来说，这只是一道浅浅的水沟。宁缺的浩然气已近大成，除了三师姐余帘和唐，或者没有受伤前的观主，再也找不到谁比他的身体更强，力量更大。

根本不需要助跑，也不见如何发力，他双膝微屈，腹内如塘般的浩然气猛然送至身体四处，便向对面的绝壁疾掠而去。夜风呼啸拍打着他的身体，就像拍打着一块石头，眨眼间，他便来到了对面的绝壁间，双手骤然柔软，便像棉花般贴到了绝壁上。他的脚下是万丈深渊，云雾缭绕，显得愈发幽暗恐怖。

绝壁上的触目阵，不只可以隔绝窥视的目光，还能感知到修行者最细微的念力波动，对于魔宗藏于身躯内的天地元气，更是敏锐到了极点。宁缺在落到绝壁前的片刻时间里，便把大部分的浩然气收回腹内的那片池塘，同时把剩下的那部分浩然气用来遮蔽自己的雪山气海。为避免触动绝壁上的阵法，他也不敢用符，等于说，现在他在绝壁上攀爬，完全靠的是身体本身的力量。他现在就是一个普通人。然而就算是这样，依然还是不够，他虽然闭着眼睛，但绝壁似乎依然认为他在看。他的双眼一阵剧痛，抠着崖石的双手顿时松了。

多年前，夫子结束游历回到长安城后，把宁缺关进了后山绝壁的崖洞里。在那段漫长的囚禁生涯中，为破关宁缺领悟了很多东西，其中便包括敛没浩然气。所以他本以为这道绝壁对自己来说算不得什么。但他忘记了绝壁上的触目阵，除了感知修行者念力波动和天地元气变化，还能感受到窥视的目光，只要有人去看绝壁，绝壁便会进入那人的眼眸，更为神奇的是，即便你闭着眼睛不去看，但只要你想着去看，没有在意识里完全敛没去看绝壁的想法，这道绝壁依然会认为你在看它，便会像座垮塌的山峰一般，直接撞进眼睛里，然后再撞进脑海，掀起无数巨浪。

宁缺的眼睛瞬间被数万柄锋利的道剑刺中，脸色变得极为苍白，紧接着意识的海洋被绝壁拍中，掀起惊涛骇浪，痛苦不堪。这种痛苦实在是太过剧烈，即便意志坚强如他，也完全承受不住，眼前一黑便松开了手指，向绝壁下方坠落。

绝壁下方有夜雾缭绕，云雾之下是万丈深渊，终年不见天光的阴森地面谁也不知道有什么，最关键的是这里实在是太高了。魔宗修行者的身体再如何强大，也不可能完全无视大地的威力，皇后娘娘从长安城头跳了下去，便离开了人世，即便余帘身为魔宗宗主二十三年蝉，从青天落下后也腿骨尽碎，宁缺此时所在的绝壁高度，与天空并没有太多差异，如果他就这样落进深渊之中，也必然会被大地生生震死。

他的身体与崖壁摩擦，发出沙沙的声响，微凉的夜风在耳畔呼啸而过，坠落的速度越来越快，局势危险至极，死亡便在身下。在下落的过程里，宁缺想起了很多事情——不是那些或甜或酸的回忆，而是学过的那些修行本领——他想找到办法远离死亡。然而书院和魔宗的功法都需要动心动念，一旦动念而为，绝壁上的触目阵便会继续对他进行攻击，他根本不可能忍受着那种痛苦攀住崖石。怎样才能不动心不动念，却又能做出相应的行为？无论怎么看，这似乎都是不可能的事情，没有思想又如何去控制身体？

反正闭着眼睛，眼睛依然是痛，他干脆睁开了眼睛，如果真的要死，也要看着这个世界去死才是。他盯着眼前快速上掠的绝壁崖面，心里没有生出什么绝望的情绪，反而因为死亡的到来有些自嘲。绝壁的崖面谈不上光滑，却也没有太多石缝，在他的眼前高速掠过，那些线条渐渐变成了模糊的色块，竟似要在夜风里飘拂起来。

宁缺觉得自己仿佛在哪里看见过这样的画面，那些在微风中摇摆的衣袂，那些柔润的线条，也是刻在石头上的。他想起来，那是长安城万雁塔下佛堂里的那些石尊者像。还有烂柯寺偏殿里的那几尊石尊者像。他的眼睛微微明亮，一直贴着崖壁的双手，骤然间变得更加温柔，不是先前如绵般的温柔，而是近似于虚无的温柔。

在坠落之中，在呼啸的夜风里，他忽然合起双手，右手食指在空中微屈，左手食指落在右掌背面，结了一个手印。如此温柔的一双手，看手形根本无法抓住崖壁的手印，却生出极为神奇的效果。他的下坠之势骤止，忽然停在了绝壁之间。时间仿佛过去了很久，其实只是瞬间，他顺着绝壁滑落了十余丈，双脚仿佛踩在那些覆盖石窗的云雾之上。

当年在烂柯古寺，他在秋雨中观石尊者像一夜，参悟了佛门“无畏”“禅定”“降魔”“去念”四大真手印。其后与佛宗强者们对战时用过数次，他便再也没有用过，因为和浩然气还有元十三箭相比，佛门真手印显得并不是那般强大。直到今夜绝壁之上面临着生死存亡的危险，他才想了起来。

他的身体悬停在绝壁之间，感觉到身下的云雾中，有些很诡异的气息正在缓慢游动，他的识海里依然不停掀动着狂暴的巨浪。他没有任何犹豫，再次闭上了眼睛，同时散开了合十的双手，敛神静意，左手结“禅定”，右手结“去念”，轻轻落在绝壁之上，不再看世间万物，不去想世间万物，完全忘我忘天地，只凭最初时映入脑中的那个念头，开始向上攀爬。他进入了绝对的空明，连自己和绝壁的存在都已经忘记，自然更不知道自己正在绝壁上攀行，便如一片无知无识的树叶般，缓慢向上挪动。

不知道过了多长时间，他终于爬到了绝壁上方。结着手印的双手落在变平的地面上，自行涣散，他睁开眼睛醒了过来，发现自己已经站到了崖坪之上，回头望向幽暗的绝壁深渊，本来澄静的面容渐渐变得苍白起来，衣衫顿时被冷汗打湿。

他这一生遇到过无数次危险和生死的考验，但今天桃山绝壁间的遭遇，依然令他感到极为恐惧，攀上绝壁的过程看似简单，甚至他的意识里没有任何记忆，然而如果不是他学贯佛魔两宗，只怕早就摔死了，甚至可以说，如果换成别的知命境强者，肯定会摔死在这片绝壁之下。他对西陵神殿足够重视，自以为做了足够充分的准备，直到真正进入桃山，才知道自己依然低估了道门的万年底蕴。

这里是桃山最低的一道崖坪，居住着普通神官和执事还有西陵神殿骑兵，战马的马厩也在这里。宁缺借着夜色的遮掩，来到马厩旁，像当年镇压大黑马那样，毫不掩饰用杀死无数马匹的血腥气息，直接让那些战马不敢发出任何声音。他站在马厩东面，因为朝廷在西陵神殿的眼线，就是在这里发现了那小半盆吃剩的大糙子粥。

大黑马闻到了一股熟悉的气味，警惕地望过去，眼睛顿时瞪得极大，僵硬地仿佛忘了该先迈哪个蹄。宁缺走过去，抱着它的脖颈，摸着鬃毛，用力地拍了拍。大黑马咧开嘴，翻着厚厚的唇皮儿，撞了撞他的头。宁缺松开手，把它背上的那些稻草拂下来，说道："从哪儿学得这些腌臜习惯，你又不是小师叔那头驴。"

大黑马心想，自己的理想就是成为驴大爷那样统治荒原的存在，自己本来就想去当二大爷，谁想到变成了西陵神殿的囚马。想着这些日子的悲惨经历，它想要嘶叫两声，却不敢，只能睁着水汪汪的大眼睛，看着宁缺，显得委屈极了。

宁缺叹了口气，摸着它的脑袋，说道："我知道她已经变了，不是原先的她了，再忍忍，我看能不能把她再变回来。"听着这话，大黑马的情绪稍好了些，然后不知想起什么，拼命地眨着眼睛，仿佛是要宁缺到时候下手更狠一些。

宁缺凑到它耳边，把自己的计划说了出来。大黑马听得眼睛明亮，连连点头，心想果然不愧是自己的真正主人，居然能想出如此无耻下贱的方法，虽然女主人现在实在是太强大，宁缺你就算再无耻，最终也只能失败，但在脑子里这样想想，也是很爽的事情。商量完毕，宁缺和大黑马约好下次相见的时间，便暂时分别。

他走回崖畔，顺着绝壁向下行去，现如今他佛宗真手印已然大成，攀行在绝壁之上，禅定之余可以稍微分心，随意向桃山峰顶看了一眼。这一眼带着去念的禅意，所以他不担心会引发绝壁阵法。然而他忘了去念里的去字，还能做第二种解释——不是除去的那种解释。

所以当他的目光落在峰顶漆黑的光明神殿上时，他再难以抑制对某人的想念，明明那里什么都没有，但他觉得看到了她。

同时，他觉得有一道目光落在了自己的身上。

夜深人静，大黑马跑回光明神殿，不敢嘶鸣，却是不停地摇头晃脑，蹄声显得格外轻快，被露水打湿的鬃毛舞动不停。忽然间，它感觉到有人正在看自己，愕然回首望去，便看到了神殿深处那个高胖的身影，瞬时间汗出如浆，把身上的露水冲得干干净净。

桑桑没有惩罚它的不忠，负手走到殿后露台的栏旁，看着在绝壁间像片树叶般缓缓飘落的年轻男人，沉默不语。这几夜都有云遮月，西陵神国里莽莽群山的颜色都变得有些深，而且非常安静，只有神殿下方的绝壁间，偶尔会有些极微小的声音。除了她没有人能够听到那些声响。她站在栏边静静地看着，她看着他从桃花里跃至绝壁，看着他危险下坠，看着他艰难向上攀爬。她没有做任何事情，只是这样沉默地看着，直到今夜此时，她看到绝壁上那个男人抬起头来，望向自己所在的神殿。

她知道他在看自己，她知道他看不到自己，她能看到他眼神里的东西。那个男人眼中的东西名为去念。不是去除一切意念，而是把自己的思念送往彼处去，换句话来说，他正把他的思念送到光明神殿的露台上。她便是被思念的对象，她是昊天，像蝼蚁一般的人类没有任何资格思念她，所以她认为这是对自己的大不恭，甚至应该称之为亵渎。

她意识里的厌憎与愤怒再次难以抑制地爆发出来。

正如那个男人眼神里的思念难以抑制地爆发出来。

狂风起于千里之外的宋国海上，经高远夜穹呼啸而至，吹得神国上空的夜云震撼不安，如绳下的棉花一般弹动，似随时可能被扯开。山野间的桃花瑟瑟发抖，不知多少万片花瓣被风刮落，桃山上数座神殿金玉制成的殿顶，开始发出鬼哭狼嚎的呜咽哭泣声。

光明神殿远在峰顶，宁缺的视力再好也看不清楚。他看着那处笑了笑，把那些思念与对未知命运的惘然尽数收回识海深处，敛神静意，顺着绝壁继续向下方行去。

便在这时，一阵极为狂暴的山风从高空呼啸而至，带着海水的腥味重重地落在他的身上，他的脸上感受到了一股浓郁的湿冷寒意，与先前隐隐约约感受到的那道目光融在一起，顿时击溃了他保持的禅定境界！禅定境界不复，宁缺结的手印自然散开，更恐怖的是，无论他在危险时刻怎样的冷静，甚至重新晋入禅定境界，双手却无法再次结出手印。

这场夜风实在是太过寒冷，太过猛烈，围着他的身体四周狂暴地呼啸刮着，每当他要结出手印的时候，便会把他的手印吹散！佛宗真手印再无法发挥作用，宁缺与绝壁之间再无任何联系，被强风吹拂着向深渊里坠去，此时不像片落叶，更像是块石头。这一次的坠落之势要比第一夜的滑落更加恐怖，只是呼吸之间，他便在绝壁间坠落了数百丈距离，速度变得越来越快！他落进了深沉的夜雾中，昊天不再眷顾他，下一刻他便可能会被绝壁震出去，再无任何着手处，直接破雾而出，生生被摔死。

在绝境之前，宁缺做出了最强硬和最迅速的反应，闷哼一声，体内的浩然气毫不吝惜地狂暴释出，双手猛然前探，就像两把锋利的刀，狠狠地刺进坚硬的崖壁里！只听得两声碎响，坚硬如铁的手臂在崖壁里割破约两丈长的破口，终于停住了下坠之势，让他在绝壁上停了下来。他并没有摆脱绝境，虽然现在紧紧地抓着绝壁，但再也无法保持佛宗禅定心境，绝壁上的触目阵，开始对他的眼睛与识海进行攻击，他只能忍着眼睛里的剧痛和识海里的巨浪，拼命紧贴着冰冷的崖壁。

更诡异的事情发生了，绝壁山腰云雾中那些他曾经察知到的道道力量，像蛇一样地游了过来，在极短的时间内，布满了他的身体表面。宁缺忍着识海里的痛苦，释出念力去感知，却无法确认是什么力量，用肉眼望去时，发现那些只是丝丝缕缕的雾气。

缭绕在桃山绝壁间，负责封锁幽阁的雾气，自然不可能是简单的雾气，那些丝丝缕缕的雾气，奇异地渗进他的衣服，然后继续向他的身体内渗去，没有鲜血流出，他却感觉到了清晰的痛苦和清楚的切割感觉，随着雾丝的侵入，他觉得自己仿佛正在被无数万把锋利的小刀不停地割着。

在这个时刻，宁缺对长安一战里的观主敬畏到了极点，因为他终于明白被千万刀临身是怎样的感觉，那是怎样的痛苦。紧接着发生了更不可思议的事情，随着他的双手深入绝壁，这片无数万年来都不曾动过的绝壁，忽然间动了起来。没有人能够看到绝壁的震动，便是近在咫尺的宁缺也看不到，没有人能够听到绝壁震动的声音，宁缺的耳朵也听不到，但他的心能听到。绝壁以一种舒缓的节奏震动着，这种震动顺着他插在壁间的双手，传到他的身体，传到他的识海里，最后传到他的心脏处。

宁缺的身体开始难以控制地震动起来，身上的衣袂被震出道道残影，他的识海深处仿佛发生了一场地震，海上的波涛变得更加凶猛，最恐怖的是，他的心脏跳动得非常强劲有力，似乎随时可能破裂成无数瓣。桃山绝壁变成了一面巨大的战鼓，在天地间无声无息地震动着，鼓面上的宁缺，无论是落叶还是石头，都将被这面战鼓震得身心俱碎！

幽阁所在的绝壁上有两道大阵，一道名为“触目”，另一道名为“惊心”，合起来便是触目惊心，能让所有来犯之敌都死得触目惊心。宁缺这时候感觉，仿佛有一万把剑正在不停地触刺着自己的眼睛，正有一万面鼓在自己的体内敲响，心脏随时可能被惊破！如果不是他的身体内外皆修得如铁石一般坚硬，只怕早就吐血而亡！

饶是如此，他的脸色也变得异常苍白，痛苦得难以形容，而真正令他感到难以承受的，则是那些缭绕在他身体内外的丝丝夜雾。那些夜雾竟不是由天地元气凝成，而是道门以通天手段，把无数万年来冤死在幽阁里的囚徒的怨念，生生炼成了看守幽阁的阵法！

有资格被关押在幽阁里的囚徒，很多都是拥有大神通的强者，他们生前的念力何其强大，怨恨何其可怕，死后二者相融又被道门阵法修炼，每一缕雾气都是充满人世间各种苦厄不甘怨毒等负面情绪的利刃，强大无比，不然怎么可能把卫光明这等人物关了十几年时间？宁缺的意志力再强，能在触目惊心的痛楚下苦苦支撑，却也没有办法忍住这些千万戾气之刃的切割，他毕竟不是强大无敌的观主。

他的心脏跳得越来越快，他眼前的崖壁变得越来越模糊，他唇角淌出的血水越来越多，他的意识越来越涣散，痛苦却还是那样的清楚。

他再也撑不住了。

就在他准备从绝壁里抽出双手，情愿以堕崖死亡为代价，也要逃离这片恐怖绝壁和云雾的时候，忽然间有片光明在他的眼前出现。他以为自己出现了幻觉，然而下一刻，却发现这并不是幻觉，眼前阴冷幽黑的绝壁，真的变得明亮起来！

桃山上空的夜云，被来自千里外风暴海的飓风吹散，露出那轮恰是圆满状态的月亮，银色的月光洒落山野，落在绝壁以及他的身上。

光明神殿的露台畔，桑桑负着双手，看着夜穹里那轮明月，寻常无奇的脸显得有些苍白，不知道是虚弱还是别的原因造成的。

月光没有热度，洒落在宁缺身上时，他却觉得有温暖从体表渗入体内，便是那颗狂暴跳动的心也变得安静了很多。绝壁间缭绕着的云雾，被月光驱散开来，他趁着这个稍纵即逝的时机，静气凝神，重新晋入禅定境界，右手结出去念手印，便准备离开。

就在这个时候，他忽然看到身旁绝壁上的那道石窗。那日他在对面的崖畔看到过这道石窗，只是绝壁上不时有云雾缭绕，又有阵法掩蔽，所以他没有进行仔细的观察。此时云雾被月光驱散，他重新晋入禅定境界，便看到了石窗，以及石窗里的人。在现在这种时刻，宁缺本应该抓紧时间离开这片恐怖的绝壁，然而看着那道石窗，他便知道自己不可能离开了。

因为石窗里那个人是个年轻的胖子。那人本来变得清瘦些了的脸颊，不知道是不是因为幽阁里的饭菜不错的缘故，重新变得圆了起来。他看着石窗外的宁缺，吃惊得说不出话来。他的眼睛还是那样的干净，神情还是那般的可亲，吃惊的时候还是像当年那样，嘴巴大得可以把唐小棠的拳头吞下去。

33

宁缺怎么都想不到，居然会在绝壁间看到陈皮皮这张欠抽的脸。他和书院里的师兄师姐们都以为陈皮皮带着观主回了知守观，哪里能想到他居然被关押在绝壁之内，成为了西陵神殿幽阁里的一名囚犯。

陈皮皮也想不到，在景色永远不变的石窗外，居然能够借着灯光的映照，看着宁缺这张可恶的脸。他看似木讷，实则聪慧到了极点，早已推算出宁缺必然会变成长安城的囚徒，哪里能想到这个家伙居然胆子如此之大，竟敢来西陵神殿，而且出现在自己眼前。

这是谁都没有预料到的久别重逢，师兄弟二人隔着石窗瞪着彼此，愣了很长时间，然后傻傻地笑了起来。

囚室陈设很简单，只有一张床和一些用具，宁缺透过石窗看着里面，发现还算干燥也没有血迹，小桌上摆着吃食和清水，心情微松。紧接着他开始观察石窗。虽然这次相遇太过突然，书院完全不知道陈皮皮被关在幽阁里，自然也没有做什么计划，但既然看见了，还有什么好犹豫的，他想都不想，便准备把陈皮皮从幽阁里救出来。随着观察，他的神情变得凝重起来。不是被月光驱散的云雾重新开始切割他的身体，而是他发现这果然是很困难的事情。

石窗很小，只能看到天空，便是大些的鸟都飞进不去，想要把陈皮皮从囚室里救出来，便一定要把石窗撬大，然而当他伸手却被挡回后，有些震撼地发现，这片绝壁竟是浑然一片整体。石窗是被人在绝壁上生生开出的小洞，他如果想要把石窗撬破，便等于要把整片桃山绝壁撬开，而山体里隐藏着道极厉害的阵法，极有可能是樊笼，这怎么可能做到？

西陵神殿的法门如此强大，除了像夫子那样的人物，谁能把这座不知附着多少阵符的桃山撬动？要知道无数年来第一个成功逃离幽阁的卫光明，也不敢奢想撬开石窗，而是选择推倒身前的那些木棍。

宁缺说道：“看来你得多在里面待两天，我要想想办法。”

陈皮皮站在石窗边，有些迷惘，没有反应。

宁缺这才想起，先前两个人相视而笑的时候，他没有听到陈皮皮的笑声，想到一种可能，放慢速度问道：“听不到？”陈皮皮看着他的嘴形，点了点头，然后说了句什么。宁缺通过他的嘴形看懂了那句话：“除了光，没有任何事物能进这扇窗。”

宁缺想了想，正准备说什么，陈皮皮的脸上忽然露出焦虑的神情，双唇微翕不停说着什么，他看懂了桑桑和唐小棠的名字。他明白陈皮皮想说什么，点点头示意自己已经知道了桑桑身上发生的事情，然后告诉他唐小棠在书院后山，不用担心。

月光从夜穹洒落，落在绝壁间，落在宁缺的身上，有些光线穿过狭小的石窗，落在陈皮皮的脸上，二人无声地说着话。

“等我救你出来。”宁缺看着陈皮皮的眼睛说道，他说得非常缓慢，发音非常标准，确保陈皮皮能够看懂自己说的每一个字，感受到自己的决心。

陈皮皮静静地看着他，忽然笑了起来，摇了摇头。

宁缺看着他脸上的笑容，缓缓伸出一根中指，说道：“你丫现在就是一囚犯，除了被动地等着我来救，没有任何选择权。”说完这句话，他望向自己沐浴着月光的中指，有些不解地想到，只剩下左手的禅定真手印，怎么自己还能在绝壁上如此安好？

在月光绝壁间，宁缺向石窗里尝试着伸手，便已经触动了幽阁的禁制，西陵神殿知道有人曾经靠近幽阁，开始警惕起来，桃山三道崖坪上到处都是裁决司黑衣执事的身影，只是暂时还没有人查到山下的天谕院。宁缺不担心会查到自己，山腰间那片桃花是他的最好屏障，只要神殿想不到有人能够通过那片桃花，便不会把怀疑的目光投往山下。

除了思考怎样把陈皮皮从戒备森严的幽阁里救出来，真正令他感到有些莫名凛然的还是那天夜里峰顶落下的那道冷漠的目光。他确认那时候峰顶的数座神殿里都没有人，但不知为何总觉得有人一直在观察着自己，那道冷漠的目光究竟是谁的？

他承认在战斗中勇气是很重要的东西，但绝对不可能在根本上决定胜负，所以他离开长安城自然不可能单纯依靠勇气，书院事先就做了详尽的计划安排，他隐身神殿便是计划里的重要一环，如果那道冷漠的目光真如猜测的那样，那么对书院的计划不会有任何影响。

真正的影响还是在于陈皮皮。

昊天的世界如此稳定，仿佛永远不会变化，但在由无数琐碎细节构成的人间，变化才是常态，书院的计划，随着他在绝壁间看到陈皮皮的脸，不得不做出相应的调整，甚至可能需要全部推倒重来。宁缺想不明白为什么西陵神殿会把陈皮皮关在幽阁里，就算观主死了，知守观无法继续在幕后控制西陵神殿，就算陈皮皮书院弟子的身份，让道门无法接受，然而把陈皮皮这样身份的人暗中囚禁，还是显得那样不可思议，难道神殿里的大人物就不怕道门因此分裂？

深夜时分，宁缺再次顺着桃花丛中的小径来到崖壁前，然而今夜云层厚实，月光无法洒落人间，绝壁下方的云雾缭绕不散，想着昨夜承受的千万刀割切的痛苦和雾丝里的怨毒意味，他根本不敢下去。随后的几个夜晚同样如此，他没有办法见到陈皮皮。

此后的时间，宁缺用浩然气修复在绝壁上受的内伤，翻出无数旧年典籍阅读，试图找到可行的方法，然后开始夜夜观月。那道狭小的石窗既然光能进，那么画面也能进，他不想像个傻子一样和陈皮皮在绝壁间不停上演哑剧，于是他开始写信。蘸墨细毫在雪白的纸上留下清楚而漂亮的笔迹，宁缺坐在案后不停写着，把书院的计划和自己的想法不漏丝毫地写了上去，在信的最后还说了些后山闲事，并且问他幽阁里的饭菜难道真的如此好吃？

天谕院前方的园林中，隆庆和花痴陆晨迦也在看月亮。

陆晨迦还是那样的美丽，如一朵清丽的花，只是花瓣上不知何时染了些水渍，显得有些清冷，不复往年的娇美。隆庆的脸上戴着银色的面具，如今再也没有人能够看到面具下那张脸，曾经令世间无数少女痴迷的绝美容颜，早已只剩下回忆。

“盛夏时节开始吃红薯，不知道是从什么时候形成的习惯，听说这种习惯在神殿已经维系了千年时间，习惯果然很强大。”隆庆看着手里的半根红薯，露在银色面具下的唇角微微扬起，平静地说道：“只是我没有想到，形成新的习惯原来也这般简单。”

陆晨迦看着他唇下的那道伤痕，神色微黯地想着，习惯失败并不可怕，忘了曾经的习惯更令人神伤，当年在花前星下你我可曾如此生疏？

伐唐之战结束，隆庆回到了西陵神殿，却发现一切都变了。他本是裁决神殿的司座大人，但如今坐在墨玉神座上的人是叶红鱼，怎么可能让他重回裁决神殿？而且他曾经被判罚过叛教大罪，虽然凭借观主一句话便洗去了罪名，然而随着观主在长安城的惨败，神殿里很多人望向他的眼光变得重新复杂起来。

西陵神殿在这场战争中受损严重，他身为知命上境的强者，本应该受到更多尊重，以他在道门里的辈分资历和境界，就算有叶红鱼和那些过往罪名，也无法影响到他的地位，甚至他直接接任天谕大神官，相信都没有谁能提出反对意见。然而所有人都知道他在长安城南遇到了那场黑风，他的傲然境界被风中的那些刀意砍得零碎惨淡，回到神殿依然重伤难愈。

谁都不相信他还能像上次被宁缺射废后那样，从绝望的深渊里再次爬起，重回巅峰。正如陆晨迦想的那样，失败并不可怕，然而屡战屡败，甚至败成了习惯，道心再坚毅，又如何能够承受如此沉重的打击？如果不是燕国新任皇帝崇明向神殿输送了大量利益，并且坚定地表明支持他的态度，如果不是他还遥控着东荒上的数万精锐骑兵，不要说天谕大神官，他甚至有可能连天谕院供奉这个闲职都无法保住。

“我说的新习惯不是习惯败给宁缺，是说包括神殿在内的所有人，只用了半年的时间，便习惯了头顶的这轮月亮。”隆庆望向夜穹里那轮挣出厚云的月亮，说道：“数十年都没有开过的桃花，今年忽然重新开放，盛放至今仍不凋谢，这样神奇的事情居然也被人们习惯了，从来没有人看着满山桃花问一句为什么。”

他的目光落在峰顶的光明神殿上，说道：“我想问一问。”

光明神殿里的灯熄了，满山桃花开了，掌教大人从书院回来后的那段时间虽然一直没有见人，但所有人都知道他受了难以复原的重伤，然而桃花开后那日，掌教神辇重新出现，人们看着幔纱后那道光芒万丈的身影，才发现他的伤竟然全部都好了，威势更胜从前。

从春天开始，西陵神殿发生了很多变化，却仿佛没有任何人看到，有些人是感知不到这种层级的变化，有些人则是不敢感知。

“这些事情只能猜测，却不能猜测，所以过程便变得有趣起来，神殿里的人们都很聪明，是真正的聪明，所以他们不会死在聪明上。”隆庆看着陆晨迦说道，“有些事情可以猜一猜，而且我想证实，我需要进幽阁一趟。现如今裁决神殿始终盯着我，叶红鱼把我的人全部清除，我没有任何机会，但你不一样，我想请你帮我这个忙。”

他现在的神情语气要比当年温和得多，不复那般骄傲冷漠，然而落在陆晨迦的耳中却是那样的冰冷，因为其中有客气。

“我有什么不一样？”她问道。

隆庆看着峰顶的光明神殿：“据说天谕神座临死，她在旁边，她去见过掌教，于是掌教瞎了的眼睛便好了，然而满山桃花已经开了这么长时间，她一直没有进过裁决神殿，没有见过叶红鱼那个女人。”

“你究竟想说什么？”

“如果我猜得不错，现在光明神殿里的人真是她，那么你曾经和宁缺关系恶劣，现在反而是优势，只要神殿里那两个白衣女童说句话，你便可以帮我，即便是叶红鱼也不敢稍做阻拦。”

陆晨迦低头说道：“为什么？”

“因为她知道帮你就是帮我，只要能够让书院和宁缺不痛快的事情，她肯定愿意做，因为这可能便是她最大的厌憎。”

“你为什么不直接去光明神殿？所有人都知道，如果要在人间找个最恨宁缺的人，那个人肯定就是你。”

隆庆沉默片刻后说道：“我不敢冒险，因为她曾经也很厌憎我。”

陆晨迦看着他的眼睛，说道：“你先前才说聪明人容易死在聪明上，凡人妄自猜忖天意，这同样是冒险。”

“有些事情，即便是死也要去做的。”

陆晨迦看着身前的花丛，问道：“什么时候？”

“越快越好，因为我的时间并不多。”

“我很喜欢你对我这般坦诚，所以我会去做，只是我还是不明白，你为什么要进幽阁。”

“我要去见一个人。”

“为什么？”

“我去过知守观，门关了。”

陆晨迦望向他的脸，声音微颤地说道：“你还是没有放弃？”

隆庆平静地说道：“如果就这样轻易放弃，我怎么对得起自己这些年受过的那些苦，还有那无数次在绝境里面的不放弃？”陆晨迦感受到他身上传来的气息，明白他已经获得了真正的平静，愈发不明白已然如此平静的男人，为何还会如此执念。

“心静不代表心死。”隆庆望向自己的胸口，在黑色的神袍下方，那里有一个洞，里面没有心脏，只有一朵黑色的桃花。当满山桃花开遍的时候，他胸口里那朵在长安城南险些凋零的黑桃花神奇地复原，他觉得这便是昊天的谕示。

他看着光明神殿的方向，平静地说道：“我以往想得太多，道心坚定却有些斑驳，那些斑驳都是阴影的痕迹，就如同在书院登山时进入的那些梦，我看到光明也看到了黑暗，却始终看不明白自己应该站在哪里，而现在我只想把伤治好，然后与宁缺真正公平地战上一场，看一看昊天究竟选择的是谁，就算昊天选择的不是我，但我不能不选择自己。”

明月照着天谕院的花树，也照着满山的桃花，宁缺站在花前崖畔，看着夜穹里那轮圆月，确认今夜不会有云遮蔽，便跳向对面的绝壁。双手以佛宗真手印落在绝壁之上，禅定去念不理绝壁上传来的阵意，然后他缓缓松开右手，握住从绝壁上方垂下的那根绳索。

绳索很长很结实，一头在绝壁上方的那道崖坪上，系在大黑马的颈间，另一头垂落绝壁，被宁缺紧紧地系在自己的腰间。他轻轻扯动绳索，向高处的崖坪上发去信号。大黑马感觉到颈间绳索传来的震动，缓缓向崖畔走去，宁缺向绝壁下落去。有月光照拂，笼罩绝壁幽阁的云雾低了很多，露出了那些像蚁穴般的石窗，宁缺来到陈皮皮所在的囚室前，又扯了扯绳索。大黑马不再继续向前行走。

宁缺担心被云雾吞噬，攀不住绝壁直接摔死，现在被大黑马用绳索系着，应该放心，但看着脚下不远的云雾，依然心有悸意。他不敢再看脚下，直接望向石窗里。

陈皮皮在石窗里笑眯眯地看着他。

只有光线能够穿过石窗，就算有人在绝壁上用那把血色巨刀凿石，声音都无法传入囚室，陈皮皮能在第一时间发现宁缺来到石窗外，不是他和宁缺有什么心灵感应，也不是他能掐会算，而是他一直看着窗外。他知道宁缺肯定会来，却不知道什么时候来，那么便只好一直看着石窗外，确认不会错过。

宁缺从怀里取出写好的那封信，在石窗前摊开放平。陈皮皮借着囚室里的油灯光线，看着纸上的蝇头小字微微蹙眉。不愧是书院唯一六科甲上的天才，随意看了两眼，便把信纸上写的内容记得清清楚楚，如果有人这时候要他倒背一遍，想来也不是什么难事。

陈皮皮这才知道书院的计划竟是如此，不由觉得好生荒唐，细细想来，却又觉得很有道理，但最后他还是摇了摇头。和书院的计划无关，他只是不同意宁缺补充的救他出幽阁的内容，书院的计划越有道理，他越不能接受自己会打乱那个计划。

便在这时，他忽然听到了身后传来开门的声音，然后有人走进了囚室，他脸上的笑容骤敛，对窗外的宁缺挑了挑眉。宁缺会意，迅速在绝壁上向侧方移了些距离，确保光线角度的关系，囚室里的人无法看到石窗外的自己后，重新望向囚室，当他看到走进囚室的那个人，不由有些吃惊，不明白此人为什么会出现。

陈皮皮没有见过走进囚室的这个男人——如果他自己没有记错的话——但他认得那张银色面具，所以也有些吃惊和不解，“如果我没有推算错误，你如今在西陵神殿里应该非常低调才是，怎么会想着犯忌讳来看我？而且你怎么知道我被关在这里？不要说什么你在裁决司里还有亲信，我知道那个女人多冷血强大。”

隆庆看着窗边的胖子，说道：“不愧是道门天才，被关在幽阁里却像能看到外面发生的所有事情，可惜……现在的你只不过是个废物。”

陈皮皮说道：“虽然我的脾气一向挺好，但不是完全没有脾气，而且哪怕瞎子也能看出来，你没有资格说我是废物。”

隆庆微笑着说道：“你的雪山气海已毁，不是废物能是什么？”

陈皮皮神情不变，笑眯眯地说道：“连你这个真废物，被宁缺一箭射穿，都能重新练回来，难道本天才还做不到？”

隆庆说道：“即便练回来，你依然是个废物。”

陈皮皮叹息着说道：“看来你真被宁缺欺负成幼稚病了。”

隆庆说道：“如此幼稚的谈话，确实没有继续的必要，你马上就要在光明祭上被圣火烧死，我何必再来羞辱你。”

“我还是想听听你为什么说我是废物。”陈皮皮神情微变，站到隆庆身前说道。他想挡住此人，不让窗外的宁缺看到他在说什么，然而他的动作晚了。

宁缺把隆庆说的那句话看得清清楚楚。

光明祭是西陵神殿最盛大的祭天仪式，必然需要最高级别的祭品，到今天为止，依然没有人知道光明祭的祭品是什么。今夜宁缺才知道，原来陈皮皮就是光明祭的祭品，迎接他的将是最圣洁的昊天神辉无休无止的燃烧，以及最彻底的死亡。

“这个祭品还真够贵……重的。”

看着囚室里陈皮皮宽厚的背影，宁缺想道。

“为什么说你是废物？”

隆庆不知道陈皮皮是为了挡住宁缺视线随意问出的这句话，说道：“当年我被世人视作西陵神子，看似备受器重，事实上我一直很清楚，在西陵神殿里的老人们眼中，昊天道门的将来始终在你的身上。和你比起来，我什么都算不上，而我相信在你的眼里，从来就没有过我的存在。”

这句话很真实，在西陵神殿裁决司的那些下属执事和神官的眼中，在世间普通信徒的眼中，隆庆必然是最光彩夺目的那个人，无数座道观里有那么多昊天信徒，相信没有几个人听说过陈皮皮的名字。但在真正了解道门的秘辛的那些修行者上层人物眼中，有资格代表道门将来的只能是陈皮皮，因为他来自知守观，继承了观主的道法或是血脉，自幼便被认为是千年难遇的天才，他用来做比较的对象，只可能是书院或悬空寺的嫡系传人，随着他被夫子收为弟子，便是连这一点也不再需要。

和陈皮皮这样抱着昊天恩宠降生的人相比，隆庆再如何天才也显得太过普通，隆庆的家世血脉再如何尊贵也显得低贱。数年前，隆庆进长安意图考入书院二层楼，宁缺曾经问过陈皮皮关于他的事情。当时隆庆在世间名声极盛，陈皮皮却没有丝毫关心，二人之间相差得太远，他的眼里确实很难有此人的存在。

“你不是叶红鱼，我没觉得有必要关注你。”陈皮皮看着隆庆说道。

隆庆说道：“你是道门绝世天才，我只是红尘里一个皇子，你自然没有必要关注我，而且你确实是修行界最年轻晋入知命境的那个人，然而令我感到有些不解或者是可笑的是，从那之后你便停滞不前，不要说叶红鱼已经远远超过你，单论境界你现在甚至连我都不如。拥有不可思议的血脉和遭遇，拥有道门公认的天赋，结果最终却变成如此一个庸人，岂能用‘小时了了，大未必佳’这八个字来解释？这只能证明你的心性有问题，拥有再多天赋的废物，终究还是个废物。”

陈皮皮笑了笑，没有说话。

隆庆有些苍白的脸颊上生出两抹红晕，盯着他的眼睛说道：“我很不理解，连我都能看出你的心性有问题，为什么当年那些道门前辈看不出来？为什么观主看不出来？为什么夫子看不出来？为什么你现在已经变成了真的废物，却还有资格被如此郑重其事地关在幽阁里？为什么像你这样无能的人，居然还有资格成为光明祭的祭品，成为昊天想要的牺牲？”

陈皮皮有些好笑地说道：“光明祭的祭品要被烧死，我可不认为这是什么荣耀，如果你觉得我没这种资格，麻烦你赶紧找掌教去说说。”隆庆忽然醒悟到先前的情绪有些失控，看着此人可亲的眉眼，不知为何便说出了内心真实的感受，神情不由微凛。

“就算我是废物好了，但我也不想听太多废话。”陈皮皮看着他摊手说道：“你进幽阁想必也费了很大工夫，难道就是想发泄一下怨恨和嫉妒？我不记得小时候有遇见过你，如果你有什么童年心理阴影，我可不能负责，你看那女人就从来没有对我负责过。”

隆庆这时候已经冷静下来，看着他说道：“我承认对你确实有些嫉妒，因为你的修行生涯太过顺利，像我这样的人要为之付出很多努力甚至要经受很多折磨，才能走到现在的境界，而你只是投了个好胎，遇见了一个好老师，便轻轻松松同样走到这里，我没有办法不嫉妒。”

陈皮皮安慰他说道：“想开一些，这种事情我也不想的。”

隆庆看着他脸上的笑容微微挑眉，继续说道：“除了嫉妒其实更多的是愤怒，我愤怒于老师居然有你这样不孝的后人。”陈皮皮此时才想起他是父亲的弟子，沉默片刻后说道：“在长安城我为书院尽心，出城我为父亲尽孝，我没有亏欠过谁。”

隆庆盯着他的眼睛说道：“老师现在的情况很不好，便是连普通人都不如，需要有人照顾，如果你不能尽孝，那么希望你能帮助我。”

陈皮皮不解地说道：“你要我怎么帮助你？”

隆庆说道：“我回过知守观，但进不去。”

陈皮皮无奈地说道：“这个世界有时候还是要讲道理的，总不能你骂了我这么多声废物，我就真成了废物，然后白痴到相信你说的话。”

“老师现在需要人照顾。”

“他是知守观观主，受人间无数国度奉养，哪里还需要人照顾。”

“你知道我说的照顾是什么意思。”

陈皮皮的眼帘微垂，说道：“昊天不语，道门没有人敢对知守观不敬。”

隆庆发现陈皮皮果然极为聪慧，虽然少经世事，却很清楚自己要说的是什么，仿佛能够看到自己内心的最深处，不由有些警惕。

“任何秩序都依凭于实力，知守观能够在幕后控制西陵神殿，影响世界的走向无数年头，便来自于此。青山蚁窟被夫子一脚踩塌，观里最强的力量消散如云烟，老师身受重伤，如今的知守观不要说控制神殿，便是想对道门产生一些影响都极为困难。遍布人间的千万座道观和无数昊天信徒，只知道西陵神殿，哪里知道知守观的存在？在这种情况下，就算昊天不语，你以为被压制了无数年的西陵神殿不会产生一些想法？你以为掌教大人还愿意想起给老师当狗的那段岁月？如果没有人照顾，湖畔的那几座草庐可还能禁得起风雨？”

隆庆看着陈皮皮坦诚地说道：“我知道自己现在的境界实力，并不足以让知守观恢复从前的荣光，但无论燕国的崇明皇兄还是荒原上的骑兵，都能给我以力量，不然我早就要被迫离开桃山，我想这应该算是某种证明。”

陈皮皮静静地看着他的眼睛，说道：“他在长安城里受了重伤，境界修为全散，就算是昊天垂怜，也无法救赎他。”隆庆明白陈皮皮说这句话是在提醒自己，如果自己去知守观是想要用灰眸功法攫取观主的一身功力，注定只是徒劳而已。淡淡寒意生出，他觉得陈皮皮看似单纯的目光忽然间变得极为复杂，然后仿佛落在了自己灵魂的最深处。他只能保持沉默。

“七进十三出。”陈皮皮忽然说道。

隆庆微怔，问道：“什么意思？”

陈皮皮看着他微笑着说道：“是进观的方法，如果你不能参透这句话，只能说明你永远赶不上我这个废物。”隆庆得到了自己想要的答案，离开了囚室。

陈皮皮转过身来，望向石窗外。

宁缺的脸出现在窗外，看着陈皮皮无声问了几句话。

陈皮皮笑了笑，摇了摇头。

宁缺在绝壁上，沉默了很长时间，扯了扯绳索。上方崖坪处的大黑马，感觉到了绳索传来的动静，向后退去，宁缺在绝壁间随之而上，和石窗渐分渐远。

光明祭是昊天道门最盛大，也是规格最高的祭祀仪式，只有当昊天向人间降下神迹的时候才能举行。人间已经有很多年没有见过昊天神迹，于是光明祭也已经有很多年没有举行过，到如今就连西陵神殿最博闻的天谕司神官，都不是很清楚祭祀仪式的要求和流程，宁缺更是没有这方面的知识。离开绝壁幽阁回到天谕院后，他便一直留在书殿里查阅典籍，最终他在一本极厚的教典礼记里，才查到一些相关的内容，确认光明祭确实需要祭品。那些祭品可以是剑，可以是羊，可以是一株草，但这些祭品都必须蕴有最纯净的信仰，甚至有时候就是昊天神迹的本物，所以极为珍稀。

宁缺通过各种渠道搜集了很多信息，最终确认光明祭的祭品确实姓陈名皮皮，在那些隐秘流传的传闻里，西陵神殿之所以用他来当祭品，不仅因为他是道门公认的天才，书院二层楼的弟子，最关键的地方在于，他的父亲是知守观观主，他的母系竟承自六百年前离开桃山远赴南海失踪的那位光明大神官！

书院传人的身份意味着对昊天的背叛，身上却流淌着世间道门最尊贵的血液，还有比这样一个血统纯正的叛教者更合适的祭品吗？而且在西陵神殿想来，当桃山燃起熊熊圣火，陈皮皮将要在火中化作飞灰的时候，书院难道能够视若无睹？宁缺还能继续安坐长安城？

想象着那个胖子被烧成油渣的画面，宁缺便觉得一阵恶寒，看着峰顶的光明神殿，心想你就这么想他死？你就这么想我死？

身在桃山中的宁缺，都能打听到光明祭的祭品是什么，拥有无数情报系统的大唐帝国自然也能知道，甚至说不定还在他之前，但现在他只能自己思考怎样应对光明祭这件事情。

他已经基本确定，这个消息是西陵神殿故意放出来的。神殿要把书院里的人，尤其是他逼出长安，因为神殿始终认为他还在长安城里，而这正是神殿无法解决的问题——之所以对着峰顶的光明神殿愤怒不已，是因为他很确定，选择陈皮皮肯定是光明神殿里那个女人的决定——光明祭祭祀昊天，既然如今昊天在人间，那便只能由昊天自己决定祭品。

宁缺的情绪很复杂。多年前他杀死颜肃卿后在朱雀大道上遭到朱雀神符殛杀，得大黑伞的庇护才没有当场死亡，可如果不是逃进书院旧书楼后得到陈皮皮的帮助，吃了一颗珍贵至极的通天丸，他依然不可能活下来，而且极为幸运地雪山气海重筑成功，不能修行的废柴终于踏上了修行的道路。换句话说，陈皮皮真正改变了他的命运，在随后的相处中，他虽然没有表示过什么，但从来没有忘记这一点。

他专门对桑桑说过，要她帮忙记住自己欠陈皮皮一条命，之所以如此，是因为他非常看重这件事情，怕自己忘记，所以让从来不会忘记重要事情的桑桑帮忙记着，然而如今看来，她早就已经不记得那些了。

当天夜里宁缺再次潜入绝壁下，拿出白天重新修改的计划，对着石窗不停地讲解，只是没有讲多长时间便无奈停下。因为陈皮皮不肯听，他甚至没有转身，只肯背对着石窗外宁缺被月光映白的脸，既然看不到宁缺的嘴和信上的字，自然便听不到。

宁缺可以用跟随岐山大师学习的佛宗功法还有老师洒下的月光

应对绝壁上的阵法，但以他现在的境界修为，根本没有可能破开绝壁，把陈皮皮从幽阁里救出来，当陈皮皮转身，他甚至连让对方听自己说话都做不到，所以如果他不想看着陈皮皮去死，便必须选择别的方法。

无论在天涯还是海角，书院弟子们一旦遇到无法解决的问题时，总是习惯性地会向师门求援，因为书院对他们来说，就像昊天之于信徒，仿佛无所不知，无所不能，虽然夫子登天后宁缺等人自己已经变成书院的信心来源，但在这种时候，他依然习惯性地想要得到师兄们的意见。宁缺离开天谕院，走过溪上的石桥，再次来到小镇上，把怀里那封写给书院的信递给卖红薯的老人，希望能够尽快得到回音。

“我不知道你们要做什么事情，反正小心些。”卖红薯的老人说道。

宁缺说道：“既然来了桃山，我便没有想过能活着回去，或者说，我就没有想过一个人回去，而且我不相信自己会出事。”

办完事情后，他捧着两根红薯向镇外走去，红薯刚刚出炉，滚烫至极，他虽然不怕烫，为避免引人注目，不停地换着手，看上去有些滑稽。

一辆马车驶来，他看着车前白衣女童，想起雷暴雨那天，曾经遇到过这辆马车，擦身而过后，下意识里回头望去，只见车厢里那个女子的背影还是那般高胖，不由生出些恶意的猜测，心情莫名喜悦了起来。

深夜时分他又潜到绝壁下方，大黑马依然在崖坪上做着苦力，他吊在石窗前对着囚室里的陈皮皮不停劝说，只是任由他把唾沫喷干，陈皮皮依然没有转身，反正听不到声音，陈皮皮完全可以当他不存在。

“做人嘛，最重要的就是要有信心。我知道你担心什么，可那有什么好担心的？老师正在天上看着我们，你连尝试都不敢？

“难道你就不怕把他老人家气出个好歹来？万一他生气的时候正在和昊天干架，一分神被昊天打成猪头了怎么办？

“老师说你乐天所以能够轻松知命，可你现在的乐天到哪儿去了呢？难道就因为又长回胖子了所以自卑？所以不想见人？

“你这就太没出息了，我这些天看见一个富家小姐，人还没结婚哩，长得比你都胖！比二师兄还高！看上去就跟未婚先孕似的！可人哪里有半点自卑？成天带着婢女满世界乱逛，烤红薯这样高热量的食物一买就是一堆！那可是一堆啊！你知道那得多少根？

“就算是当年河北郡的饥民都能被喂成一头猪！可人家偏就是一点都不在乎！瞧瞧那叫什么做派？那才叫自信！”

绝壁间万年都没有人类的痕迹，西陵神殿在这里没有任何监视，所以他可以随意说话，声音即便随风而上，待传到峰顶的数座神殿时，比树叶摩擦的声音都还要小些，哪怕是五境之上的大强者都不可能听得到，所以宁缺非常放心。

桑桑站在光明神殿后方的露台上，看着下方深渊里这幅可笑的画面，听着那个可笑的男人说着那些可笑的话，微微蹙眉。在她身后光滑如玉的地板上，一小堆红薯被整整齐齐地码着，不远处则是吃剩的红薯皮，她的手里还握着根冰冷的红薯。神圣庄严的光明神殿，现在堆满了酒瓮吃食和红薯，虽然那些事物甚至包括垃圾都被整理得清清楚楚，充满冰冷的规则线条，然而这些事物是食物，它们的特性决定了再冰冷的整齐，都有一种人间特有的味道。

这也正是她听到绝壁上宁缺话语后，变得极度愤怒的原因。她的眼眸里有无数颗星辰毁灭，无数片大海被烧沸，强大至极的意志以怒火的形式席卷整个世界，似乎将要焚烧一切。和前两次不同的是，今夜她的愤怒没有令天地变色，引来雷霆万道，那是因为她已经学会了怎样控制情绪这种事物。对于修行者或者人类来说，学会控制情绪毫无疑问是非常好的事情，但对于她来说这却不见得是件好事，因为换个角度来看，这说明她现在已经开始习惯意识里的情绪，而她本不应该习惯才是。只有人类才需要情绪这种无用的衍生物，她是这个世界的规则，客观所以冰冷，绝不因外物喜，自没有己之悲，当她开始不停地产生厌憎或愤怒或者别的情绪，甚至开始习惯这种情绪之后，会有怎样的变化呢？

她手中的红薯已经变冷，就像她曾经很习惯的那个世界和那种生活，她举起手中的红薯咬了一口，发现从唇舌处传来的感觉很不舒服，她知道这就叫做不好吃，红薯终究是要热的才好吃。她望向夜穹里那轮明月，像往常那样沉默不语，细长的双眼微微眯起，就像柳叶被雁鸣湖畔的风吹得折了起来。

她是遗落人间的昊天，气息渐趋浑浊，她想回到自己熟悉的世界，过自己熟悉的生活，然而神国的门已经被毁了，被那轮明月死死地堵住，堵住了她回去的路，而现在的她单靠自己没有能力打开那条通道。西陵神殿召开光明祭，便是要尝试替她重新打通回到昊天神国的路，之所以选择陈皮皮，那是因为他的血最为纯正，里面蕴藏了无数代对她最虔诚的信仰，而且他是那轮明月最疼爱的学生。她看着明月，想象着回到神国后要做的事情，觉得比较满意，只是忽然想起神国里没有红薯，无论冷的热的红薯都没有。

她忽然清醒过来，心中的警惕愈来愈浓，看了一眼手中下意识被神辉重新烘热的红薯，厌憎地皱起了眉头，扔出了露台。光明神殿在峰顶，下方是三道崖坪，三道崖坪之下便是绝壁幽阁，那根红薯没有落入深渊，而是落在了第三道崖坪上。

绝壁上的宁缺幸运地逃脱了成为史上第一个被红薯砸死的人的命运，大黑马则被落到身前的红薯吓了一跳，它看着皮肉绽开的红薯，看着上面渗出的热气，嗅着薯肉的香味，想着这些天里夜夜给宁缺当苦力，连宵夜都没得吃的悲惨命运，不由感激涕零，不停感谢昊天的恩赐。

34

世间没有任何事情能够做到永远保密，反而往往因为加上秘密二字，流传得更加迅速。正如宁缺所料想的那样，长安城甚至在他之前便收到了光明祭的相关情报，知道了陈皮皮将要被烧死的消息。光明祭太多年没有举行过，书院后山藏书洞里有瀚海般多的书籍，能够找到的相关记载还是很少，所以人们无法理解为什么西陵神殿要把陈皮皮当作祭品，但他们很清楚这件事情里隐藏着的凶险用心——道门这是在用陈皮皮的性命逼迫书院诸人离开长安，最大的目标当然是宁缺。来自大唐诸郡的珍稀材料，依然源源不断被送入皇宫，那辆沉重的黑色马车也始终停在宫内，各方面的消息都证明，宁缺还在宫中，在和大师兄一起主持修复惊神阵的工作，他能眼睁睁看着陈皮皮去死吗？

书院后山的人们当然知道宁缺去了哪里，只是两地相隔遥远，他们不知道宁缺会做出怎样的决定，也不可能一直等着，在宁缺的信抵达长安之前，后山里便有人做出了自己的决定，甚至没有思考过。大师兄看着殿前那名依然清稚可爱的少女，看着她脚上那双很旧的小皮靴，看着她手里那把更像铁棍的血色巨刀，想了想后说道："你老师不在长安，我无法约束你，但我想你要明白这个决定意味着什么。"余帘悄然离开了书院，没有多少人知道她去了哪里，唐小棠知道。她明白自己不可能等到老师或是兄长前来，恭谨而坚定地说道："大师伯，我明白您的意思，只是如果不去看看，很难安心。"

她的皮靴里有很多小石粒，她的衣裳上有很多灰土，这半年来，她一直在书院后山绝壁上凿宽石阶，无论老师在或不在，她一直蹲在陡峭的石阶上，挥洒着汗水，不知疲倦地用手中的铁棍和坚硬的岩石战斗。想当年在荒原雪崖间，她与叶红鱼的实力相仿佛，如今叶红鱼已经是知命巅峰的大修行者，而她却似乎还停留在当年的水准，之所以如此不是因为她缺少天赋，而是因为魔宗的修行和道门修行本来就有很大的差别。余帘让她不停地跳瀑布，不停地吃苦，这是老师给学生布置的功课，也是魔宗宗主对晚辈的打磨，积年累月勤奋的学习和堪称残酷的打磨，让这名魔宗少女的精魄被夯实到一个难以想象的程度，但她的境界依然没有发生质的变化，因为她还需要一个把积累释放出来的契机。

唐小棠认为现在就是自己境界提升的契机——她要去桃山，她要见陈皮皮，她必将面临无数场险恶的战斗——对于魔宗修行来说，战斗是提升实力的唯一途径，只有真正惨烈的战斗才能培养出真正强大的强者。她是要成为天下最强大女人的女孩，所以她从来不会畏惧战斗。只是她向书院辞行的时候，似乎没有想过，就算她现在变得像叶红鱼一样强大，也不可能直闯桃山救出陈皮皮，就算她能够在战斗中寻找到强者的真谛，紧接着迎接她的也不可能是修行界的震撼目光，而只能是冰冷的死亡。

那些都无所谓，正如她先前说的那样，她寻求的是心安，追求的是战斗，如果不敢战斗，那又如何心安？大师兄看着她，仿佛看到很多年前那个跟着老师来到书院的爱穿绿裙子的拥有一对冷静到可怕的成熟眼神的三师妹……

“如果遇到事情，全部听你小师叔的。”他嘱咐道。

“如果小师叔有道理，我会听他的。”唐小棠说道。

她把那根铁棍收好，掸掉身上的尘土，蹬掉靴上的石砾，就这样离开了长安城，向着遥远的西陵神国和那个愚蠢的胖子而去。

海上有风起，然后有浪起。碧蓝的海水不停地搅动，显得极为不安，于是映着海水颜色的碧空上便多了很多不安的云。一艘通体黑色的木船，从大海深处破浪而出。岸边的渔家和码头上的苦力们，竟没有一个人能够看清楚，先前这艘黑船在哪里，不由产生一种异常强烈的感觉，仿佛这艘黑船是从冥界忽然跃出海面一般。

黑船缓缓靠岸，那些兜售清水和食物的妇人不停地喊着——诡异的感觉终究没有生存重要——然而船上没有回应，片刻后，有十余人从黑船上走了下来，他们的手里都提着清水还有粮食，开始给岸上的穷人们分发。

这些人有男有女，有老有少，共同的特点是脸上的肤色格外黝黑，戴着常见的宽檐笠帽，和南海上的渔民没有任何区别，然而格外醒目或者说刺眼的是，他们的身上都穿着红色的神袍！岸上的人们没有看错，那些神袍的式样有些旧，布料看着也有些旧，但那些没有任何人敢伪造的徽记却是绝对真实的，和普通西陵神殿的神袍相比，唯一的区别大概就是这些人腰间缠着的那根黑色丝带。

西陵神殿内神官执事的阶层差距非常森严，红衣神官是非常重要的人物，尤其在世俗国度里，地位极其尊贵，往往一个小国才会有一名红衣神官坐镇，小镇所属的大河国，也只有三位红衣神官。而船上走来的这十几个渔夫模样的男女，竟都穿着真正的红色神袍，难道说他们都是红衣神官？偏僻的南海上怎么会有这么多大人物？小镇上的人们很难相信，更令他们难以相信的是，这些红衣神官居然屈尊降贵，亲手给穷人们分发粮食！

神殿里的神官什么时候做过这样的事情？

十余名红衣神官出现在南海小镇的消息，很快便传遍了大河国上下。当大河国君和墨池苑的代表日夜兼程赶到海边时，却发现这些红衣神官早已离开，而且没有任何人知道他们去了哪里。这些像渔民一样的红衣神官，登岸后便开始沉默地向北行走。他们专门挑选偏僻的小路行走，有时候直接穿山越林，似是担心骚扰普通的百姓。他们在溪畔留宿，用身边带着的小咸鱼下饭，即便是要找百姓拿米也会付钱，哪怕路上遇到最虔诚的昊天信徒，也不接受对方奉献的金银。他们虽然穿着神袍，但和西陵神殿那些骄奢的神官没有任何相似之处，反而更像月轮国里的那些苦修僧，在沉默的行走里固守着骄傲。

某日，这些人来到了离墨池苑不远的绍明湖畔稍作歇息。一名少女抬起头来，望向秀丽的莫干山，说道："这就是传说中的墨池苑？"大概是因为常年在南海打鱼、被风吹日晒的缘故，这些穿着红衣神袍的人，肤色都非常黝黑，而且有些粗糙。这名少女很年轻，肤色相对浅些，也要光滑些，双眉粗直如刀，透着健康而强悍的味道。

一名瘦高的中年男子说道："不错。"

少女看着莫干山间隐隐若现的楼阁，说道："小时候听姨夫说过，这里有名很了不起的神符师，前些天听说他的女弟子也成了神符师，如此看来还算是个不错的门派，我们要不要顺便把墨池苑给灭了？"

神符师是修行界里异常强大的存在，即便在西陵神殿的地位也极高，想要战胜一名神符师谈何容易，更何况墨池苑有书圣，现在还有莫山山，那少女看着只不过十七八岁，居然说要顺便灭了墨池苑！如果让别的修行者听到渔家少女的这番话，或者震撼得说不出话来，更大的可能性是会发出不齿的嘲笑，然而湖畔的人们却没有流露出任何异样的神情，似乎他们要灭了墨池苑是理所当然、轻而易举的事情，有几人更是看着少女露出宠溺的神情，仿佛只要她愿意，那么便会马上去墨池苑。

那名瘦高的中年男子，看着渔家少女摇了摇头，说道：“小渔不要胡闹，现如今正事要紧，先回桃山再说。”听到“回桃山”三字，年轻人黝黑面容上的神情变得喜悦而且骄傲，便是最沉默的老人都露出了微笑。

光明祭是西陵神殿最隆重的祭祀仪式，是昊天世界最盛大的节庆，上一次光明祭已经遥远到离开了人们的记忆，如今的光明祭毫无疑问吸引了所有信徒的注意力，也将迎来人间最尊贵的那些客人。来自诸国的祭品被源源不断地送进西陵神国，那些珍稀的宝物虽然没有资格成为光明祭的主祭品，但却足够用来让神殿满意。

一封来自长安城的信被送进了园林，又进入小镇里的红薯铺，被宁缺带回天谕院书殿。他看完这封大师兄的亲笔信后，再没有做任何事情，也不再去绝壁看陈皮皮，就像世间所有人一样安静等待着光明祭的到来。

为了参加光明祭这场盛事，无数昊天信徒从各地涌入西陵神国，各国的使团也陆续抵达，被神殿安排在桃山四周的园林道殿里居住，其中地位尊贵的那些人，被安排住在天谕院里。

南晋剑阁的代表是柳亦青，宁缺站在山崖间，看着被莫离神官接进天谕院的盲剑客，想起当年在书院侧门外的那一战，不免有些感慨。柳亦青的修行生涯前半段一直寂寂无名，直到被召回剑阁才声名渐盛，柳白非常看重他，要他赴长安城寻书院入世之人挑战，以此磨砺心性，不惜以败求益，却不想西陵神殿裁决司在其间做了手脚，那场挑战变成了生死之争，破关而出的宁缺一刀砍瞎了他的双眼。一般修行者遭遇如此惨重的挫败，只怕会一蹶不振，然而柳亦青眼盲后于剑阁静修数年，修为境界以至心性突飞猛进，如剑破竹般直入知命中境。

青峡一战，柳白斩落二师兄右臂，自己也受了不轻的伤，回剑阁潜修疗伤，剑阁如今的事务，皆由柳亦青负责打理，传闻中，剑阁动怒斩杀南晋皇帝一事，便是由此人单身入宫执行。宁缺在烂柯寺里曾经遇见过一位剑阁知命强者程子清，今日却没有在剑阁队伍里看到此人的身影，看来柳亦青在剑阁里的地位已经稳定。

他依然有些不解，因为剑圣柳白没有来，虽然传闻他伤势未愈，但光明祭是何等大事，柳白身为神殿客卿，怎样都应该亲自到场才是。

紧接着，宁缺看到了来自金帐王廷的使团。金帐王廷的使团竟然只有一辆车，车厢里坐着位满脸皱纹、身着布衫的老人，拉车的也不是马，而是位浑身肌肉坚硬如石的草原壮汉，看上去显得异常寒酸。然而在知晓这两人的身份后，再没有人觉得这个规模很寒酸，因为车里那位布衫老人便是金帐王廷地位最尊崇的国师宝鼎大师，而那位拉车的草原壮汉正是金帐王廷武道第一高手勒布大将！如此尊贵身份的人物，哪怕只来两个，便足以代表金帐王廷对西陵神殿的尊重，对光明祭的重视。最令神殿方面感到震撼的是，金帐国师和勒布竟是直接通过唐境来到的西陵，而没有绕行月轮。宁缺在荒原上见过金帐王廷的国师，知道这个看上去很寻常的布衫老人境界是多么深不可测，他甚至不敢向这名老人多看两眼。

燕国的使团也到了，年初才继位的崇明皇帝，竟是扔下了繁重的国事政务，带着数百名亲随，跋山涉水而至。随后佛宗的代表们也到了，烂柯寺住持观海僧单身而至，悟道和尚却不知去了何处，白塔寺的铁杖苦修僧也到了不少，最令宁缺感到警惕的是，遥远西荒上的悬空寺竟也派出了代表，正是佛宗天下行走七念！

人世间最尊贵的皇族，最强大的修行者，都来到了西陵神国，准备参加光明祭盛会，场面之浩大，规制之宏伟，远远超过了当年烂柯寺的盂兰节祭，只有唐国没有派出正式使团，红袖招聊为意思，书院也没有来人。战争刚歇，唐国和书院不派人参加光明祭，是很多人都能理解的事情，但人们无法理解，就连佛宗不可知之地悬空寺都派出了代表，为什么始终没有听到知守观的动静？要知道那座神秘的道观可是道门的不可知之地。

很多人来到了西陵神殿，有人在西陵神殿里等待，也有人选择了离开，因为这里没有他想要的东西，那个人便是隆庆皇子。隆庆离开桃山，要去的地方是知守观。作为神秘的不可知之地，即便是西陵神殿里，也没有多少人知道那座道观在何方深山里，但他曾经在那座道观里住过很长一段时间，自然知道回去的道路。

知守观就在西陵神国境内，距离神殿所在的桃山不远，中间隔着数座险峻的山峰，天气晴好时，甚至在观里就能看到在阳光下的神殿。隆庆收回望向神殿方向的目光，看向身前这座普通甚至有些简陋的道门。和上次来时一样，道观的木门依然紧闭着，里面听不到任何声音。知守观是道门的不可知之地，自然不可能像外表这般普通简陋，观中布置着一道极强大的道门神阵，当阵法启动后，不能逾墙，不能翻窗，只能由观门进出，而当观门都关闭时，便再也没有人能够进出，道观便会变成一座囚牢，以天为盖，以地为铺，任何人都休想逃离。

知守观在人间出现之后，除了夫子便再也没有人能够潇洒破门而入，去年秋天书院大师兄和观主无距相战时，曾经来到这里，然后瞬间离开，没有被知守观里的大阵囚禁，但那并不代表大师兄的境界已经能够无视这座大阵，而是因为有个非常了解阵法的人提前便在观中做了手脚。那个人便是自幼生活在知守观里的陈皮皮。隆庆知道这件事情，所以他才会冒险进幽阁见陈皮皮，想知道进入知守观的方法。

陈皮皮告诉他，进知守观的方法是“七进十三出”。

隆庆不知道这五个字是什么意思，经过这些天的思考，他猜测七进应该便是指观里湖畔那七间摆放天书的草屋，这代表着阵法的七处通道，而所谓十三出，应该指的是阵法的十三道生死循环之门。他对阵法没有太多研究，但有勇气和决心，看着观门前布满了青苔的石阶，他深吸一口气走了上去，伸手推向观门。

他的手掌还没有落到观门上，一道威严无比的气息瞬间占据他的身心，数道黑色的鲜血，从他的鼻眼里流淌出来，竟是悄无声息间便受了极重的伤，甚至如果不是他是个无心之人，只怕这时候已经死了！隆庆退回石阶下方，看着那扇平常木门，脸色变得异常苍白，他没有指望一下便能进知守观，只是没想到这道阵法如此恐怖。

他沉默片刻后离开了观门，绕到道观后方，看着那些并不高的灰色石墙，却没有任何攀爬的想法，然后他看到了观后那座青山。隆庆对这座青山很熟悉，他曾经无数次往返于道观和青山之间，山崖里那些像蚁穴般的洞窟他走了无数次，他知道里面住着很多可怕的人。

如今的青山已经垮塌，变成一个十余丈高的土丘，生着茵茵的绿草，看上去就像是一座多年无人打理的旧坟墓。隆庆看着这座青丘，留意到最上面很平，给人感觉就像是巨人从天空伸出一只脚，直接把原先的青山踩成了现在这副模样。青山里那些蚁穴般的洞窟早已不见，曾经生活在那些洞窟里的道门绝世强者们，也尽数变成了大墓里的灰烬。

回忆着曾经在那些洞窟里受的折磨，感受过的那些威势，半截道人那样强大到难以形容的强者，隆庆无法相信自己看到的一切，震撼得无法言语，他再痛恨那些老道，但那些老道始终代表着道门的强大，那段经历一直是他骄傲自信的来源，然而在这幅宛若神迹的画面前，他的骄傲和自信何其可笑？

回到知守观前，隆庆盘膝而坐，用了很长时间才消除心头的震撼，让有些颓然的心重新恢复宁静，开始继续思考陈皮皮的那句话。七进十三出，究竟是什么意思？他苦苦思考了一夜时间，待晨光降临才重新睁开眼睛，布满青苔的石阶重新映入他的眼帘。

他忽然注意到，观前的石阶一共是六级。

十三减七正是六！

隆庆沉默片刻后站起身来，走到石阶前，转身倒退而上六级石阶，再下六级石阶，又重新倒退再上七级石阶。观前的石阶只有六级，倒退七步后，他的后背应该撞到木门上，然而他却是什么都没有撞到，因为他已经进了知守观。

进是退进。

知其雄，守其雌，便是知守观。

知其进，守其退，以退为进，才能进知守观。

七进十三出，或者便是这个意思。

走进知守观，顺着熟悉的湖行走，来到熟悉的屋前，还未叩门，门便开了，一名中年道人看着隆庆说道：“你比我想的来得更快些。”

隆庆对着中年道人行礼，说道：“见过师叔。”

中年道人摆摆手，说道：“你进吧。”

隆庆依言走进屋内，便闻到一股若有若无的腥臭味道，这股难闻的味道正是来自榻上的那个人。他曾经闻过这种味道，在长安城南的那场黑风里。

看着榻上那人，他的心情有些复杂，脸上的神情却没有任何变化，走到榻畔，双膝跪下以额触地，说道：“徒儿无能，请师父责罚。”

榻上的人是观主。

他曾经天下无敌，如今却百恶缠身，看上去就像是将要死亡的普通老人，但他的目光还是那般宁静，仿佛能够看穿一切。

隆庆跪在榻前不敢抬头，却觉得自己所有的心思都无从遁形。

“我不如夫子，你不如宁缺，这是自然之事。”观主看着他说道，声音显得很虚弱，只是几个字便有很多次停顿。

隆庆抬起头来，不敢直视他的眼睛，也不敢去看他脸上那些或深或浅的刀痕，目光便落到静室里的布置上。这是很简单的一间静室，和桃山幽阁里的囚房都差不多，令他感到有些意外的是，他在知守观里没有感受到任何禁制。

观主看着他脸上的神情，知道他在想什么，微笑着说道：“在长安城我悟了‘清静’二字，在那一瞬婉拒了昊天的意志，这自然是极大不敬的，所以昊天没有让我死，而是让我用生命来体会这种痛楚，你感受得不错，观里没有什么禁制，只有昊天的意志，我现在等若是自囚，如果我无法反省到自己的错误，那么我可能会出去，但我并不清楚出去后会有怎样的结局。”

知守观里的大阵，能够拒绝外人的进出，却不可能拒绝陈某的进出，昊天没有对他做任何限制，他的限制来源于内心对昊天的敬畏，对自己曾经犯下的过错的悔意，这种没有限制便是最大的折磨。

隆庆忍着榻上散发的恶臭，谦恭地说道：“徒儿会随师叔一道服侍您老人家，待您养好伤后，至少可以去湖畔走走。”

观主说道：“我本以为你进房间后，眼睛马上就会变灰，没有想到你现在的耐心比当初要强了很多。”世间只有一种功法，能让修行者的眼睛变成灰色，那就是天书沙字卷上记载的、源自于魔宗饕餮大法的灰眸道法。

隆庆再次拜倒，颤声说道：“徒弟怎敢有此大逆不道的念头？”

观主看着他微笑着说道：“当初半截道人也算是你半个师父，你不一样把他吸得干干净净？‘大逆不道’这四个字用来形容你再合适不过。”

隆庆明明知道观主现在已经是个废人，自己只要伸根手指头就能杀死他，然而他依然恐惧得不敢抬头。当年在南海畔，他已经决意做一个普通的商人，过普通人的生活，却在海面上看到了那艘木船，看清楚自己的不甘。

那艘木船的船舷上生出一朵黑色的桃花，在微腥的海风里轻轻颤抖，他随着观主学习，又被送回知守观，连逢奇遇，最终恢复了功力，他胸口终于也生出一朵黑色的桃花，遮住了被宁缺射穿的那个洞。对于他来说，在南海畔遇见观主是此生最大的机缘，然而也就是从那一天开始，他胸口那朵黑色桃花，便只能在南海的风里轻颤。

他确实想过用灰眸直接吞噬观主的境界修为，哪怕被陈皮皮看穿点破，今日进入知守观后依然想试一试，然而跪在榻前，他才发现那些想法都是妄想，他有勇气把半截道人吸成枯尸，却没有勇气看观主一眼。

“你令我有些失望。”观主看着他叹息道。

隆庆把头压得更低，战栗不敢应话。

“你可知道当年我为什么要收你为徒？不是因为你的天赋，虽然在俗世里，你以修道天赋著称，但现如今你应该很清楚，一观一寺一门二层楼里，比你天赋更好的人有很多。也不是因为你的意志和决心，被宁缺一箭射成废人，你便自暴自弃，可曾想过宁缺当年不能修行时又是怎样的心境？”

观主看着他苍白的脸颊，惋惜地说道：“我选择你是因为我以为自己看到了你骨子里的毁灭与疯狂，我以为你为了达到目的可以做任何事情，无论残忍还是大逆不道，因为你没有心所以没有爱，无爱故能无畏，亦能无敬，才能最终做到无视任何规则，从而得以窥见无矩境界的门槛。

“当你用灰眸吸了半截老道，四处杀戮，在荒原上无恶不作时，我其实很欣慰，因为那时候的你看上去依然拥有无数可能性，然而今日你却不敢抬头看我。我对你的失望不是因为你曾经想过要欺师灭祖杀死我，而是失望于你已然无心却依然有畏，遇着如此良机却是没有把握。”

听完这番话，隆庆浑身被冷汗打湿，然后声音微哑说道：“那是因为我还想向老师您学习，我以为这样也能变得足够强大。”

观主面无表情地说道：“我现在已经是个废人，你还能跟我学什么？”

隆庆艰难地抬起头来，说道：“您还拥有浩瀚如沧海的智慧。”

观主想起长安里的千万把刀，淡然地说道：“智慧并不像人们想象的那般玄妙，只是做事的方法，和绝对的力量比起来，有时候会显得非常弱小。”

隆庆说道：“我现在还有力量，而且……我会拥有越来越多的力量，所以我想获得您的智慧，学会使用这些力量的方法。”

观主静静地看着他，说道：“学会这些力量之后，去做什么呢？”

隆庆看着观主脸上的刀痕，说道：“我要挑战宁缺。”

“就为了这样一个无趣的理由？”

观主被宁缺在长安城里砍成废人，按道理来说，他应该很痛恨宁缺才是，然而听着隆庆说的话，他却是情绪冷漠，甚至认为很无趣。

隆庆不是很能理解观主的心思，想了想后说道：“这是我最想做的事情，或许有些可悲，但我现在似乎就是因为那个人而活着。”

“这确实很可悲。”观主说道。

“生命总需要一些理由。”

“人类拼命为自己的行为寻找理由的时候，会让昊天发笑，她既然认为我不敬，又怎会让你跟着我学习？”

隆庆沉默片刻后说道：“她知道我的忠诚和怯懦，而且或许……她需要我的这个理由，所以她就算会笑，也不会阻拦我。”

观主说道：“如果她不再需要杀死宁缺的理由，你怎么办？”

隆庆的脸色变得更加苍白，不知该如何应答。

观主静静地看着他，忽然说道："让我来告诉你怎么办。为自己的行为寻找的理由，只能是自己的理由。你已经背弃过昊天，何妨再背弃一次，你要忠诚的对象只能是自己，你怯懦的来源也只能是自己的私心，所谓大逆不道，连天都不敢逆如何能称得上是大逆？连道门都放不下又如何能称不道？"

隆庆眼中流露出恐惧的神情，下意识里往窗外望去，仿佛觉得有人在偷听。在荒原上被宁缺射成废人后，他痛苦而怨毒地决定放弃自己的信仰，当他用灰眸吞噬半截道人跳下悬崖后，也决定站到黑夜的那面，不再追随光明的脚步，然而最终他发现，他选择的黑夜依然是昊天的黑夜，在那个时刻他感觉到前所未有的轻松，同时对昊天的敬畏变得更加不可撼动。

"不要担心她能听到我们的谈话。"观主说道，"昊天无所不知，无所不能，那是因为站在人间之上足够高远的地方，她来到人间后，只不过比我们高一些而已。"

隆庆若有所明，但依然惧色难掩。

观主缓慢伸出左手，伸到隆庆的身前，说道："回自己房间吧。"

隆庆听到这句话，确认观主是肯让自己在知守观里修行，大喜过望，赶紧从怀中取出自己偷走的那本天书沙字卷。

观主没有接过那卷天书，说道："七卷天书是昊天赐予道门的武器。所谓武器便是知识与智慧，你既然要学习我的智慧，这卷天书便放你手中，其余六卷也尽可自行取阅，我要的是别的东西。"隆庆隐约明白观主要的是什么，却不明白为什么要，从怀里取出那朵漆黑的桃花，恭恭敬敬地放在观主的手中。

观主拈着黑桃花的叶柄轻轻转动，问道："这是什么？"

隆庆不解，却老老实实地回答道："这是徒儿的本命桃花。"

"如果你死了，这朵本命桃花会如何？"

只要是修行者必然明白本命物的意义，这是修道之初便必须掌握的知识，所以隆庆依然不解，不明白观主为什么会问如此简单的问题，说道："我死后这朵本命桃花便会枯萎，再不会复生。"

观主看着指间的黑色桃花，问道："若是别的本命物呢？"

"若是本命剑，还可以重炼，但那也等于是死过一次。"

观主示意他离开静室，其后，静室内再次恢复安静，有风自窗外来，却吹不散从榻上弥漫开来的恶臭味道。艰难起身，把隆庆的本命桃花插进窗前的沙盘中，观主他看着风中轻颤的黑色桃花，想着桃山上的满山桃花，露出微笑。

昊天来到人间，知守观成了废弃的囚牢，人间最强大的修行者已经变成废人，然而真正的故事，才刚刚开始。

中年道人走进静室，看见观主坐在窗畔对着黑色桃花微笑，很是吃惊，赶紧上前扶住，把他扶回榻上平卧。他看着观主神情凝重地说道："师兄，难道你真要放弃自己的信仰？"

观主微笑着说道："我自幼在道观里长大，看的第一本书便是道经，对昊天的信仰早已融进我的血液，成为了我的呼吸，我生命的意义就在于执行昊天的意志，放弃便等于背叛自己，自然不可能。"

中年道人不解地问道："既然如此，你为何要让隆庆留在知守观，为何传书南海，为何对光明神殿里那位……"

不待他说完，观主说道："我信的是昊天，而不是光明神殿里的那个她。"

中年道人愈发不解，心想光明神殿里的她就是昊天，这绝对不会有错。

观主看着他说道："她如果是昊天，如今在神国里与夫子相抗的那位又是谁？就算她曾经是昊天，来到人间的昊天还是我们所信仰的昊天吗？"

中年道人声音微颤着说道："信仰不允许任何怀疑。"

观主说道："何为虔诚？虔诚便是忠于信仰。何为忠于信仰？不仅仅是忠于我们信仰的对象，因为信仰发自你我，落在彼处，有昊天也有你我，谁都不能缺少，那么只有我们信仰的昊天才是真正的昊天。"这段话很玄妙，中年道人有所悟，便被冰冷的汗水打湿了衣裳，说道：

"但昊天不会这样认为。"

"先前我对隆庆说过，她既然来到人间，便不再无所不知，无所不能，如今想来，夫子果然才是真正了不起的人物。"观主看着窗外的天空，感慨地说道。

中年道人说道："然而再伟大的人也无法战胜昊天。"

"死亡真的很可怕吗？人类修行的目的就是有自我意识的永恒吗？酒徒和屠夫以为拥有自己的神国，便能真正地不朽，在我看来，这并不正确。"观主说道，"昊天不是生命所以拥有永恒的属性，而每个开始都应该有结束，每个生命都应该回到那个非生命的永恒里。如果生命想要获得永恒，那它只能变成另一种完全不同形式的存在，而那和死亡又有什么区别？"

中年道人说道："那修道究竟为什么？"观主想着长安城里的千万刀，想着那些充满人间味道的事物，想着自己落在城南湖边，鱼儿在脸旁的水洼里挣扎，说道："修道是为了感悟，为了解脱，如此才能获得生命结束时的平静喜乐。"

中年道人微微皱眉，不解地问道："世间修行诸宗，难道都应该走到这条路上？"

观主说道："书院中人狂肆随意而活，最终都会走上逆天的道路，他们可以平静地面对死亡，因为他们自认没有辜负自己活着的辰光，但只有真正的强者，才能像他们那样过活，世间的普通人如同猪狗，如何能像他们那般自恋地面对终结？无论夫子还是轲浩然，从来都没有考虑过这些问题，但道门一直在考虑这些，因为我们清楚地知道，在昊天之下我们都是猪狗，所以我们必须寻找到普通人也能平静面对终结的方法。"

中年道人听懂了这段话，说道："那便是对昊天的信仰，对神国的希望。"

"不错，从来都不是昊天要我们去信她，而是我们需要去信她，我也需要信她，但我只信神国里的她，不信那里的她。"观主静静地看着远处西陵神殿的方向。

中年道人沉默片刻后问道："隆庆如何处理？"

观主收回目光，看着窗前沙盘里那朵黑色的桃花，说道：“我对他真的有些失望，经历了如此多的挫折与惨事，竟依然无法生出挑战各种规则的勇气或者说欲望，这样的他就算阅遍七卷天书，再如何刻苦勤勉，福缘深厚，数百年后顶多也就变成第二个酒徒或者是屠夫，那有什么意义？”酒徒和屠夫是世间唯一经历过上次永夜的大修行者，在修行界辈分最高，境界最深不可测，只是在长安城前现一现身，便压制得书院和唐国不得不和西陵神殿签下耻辱的和约，然而听观主的这番话，隆庆就算成为这样的两个人，依然不能令他感到满意。

中年道人沉默不语，他很清楚师兄的眼里从来没有什么酒徒和屠夫。观主进长安城之前，便身具道佛魔三宗绝世境界，待悟了清静境之后，更是觉得酒徒屠夫二人如今的心境腐朽得不堪一提，他的眼中只有夫子，他这一生所追求或者说奋斗的目标，便是想要触摸到夫子的无矩境界。不是无距，是无矩。因为信仰的缘故，观主永远不可能领悟“无矩”二字，所以他才会收隆庆为徒，因为隆庆有破而后立的希望，因为隆庆曾经背离过信仰，他希望隆庆能够有机会走上那条道路，遗憾的是没有成功。

“这是很俗套的故事，不过任何故事都是如此。”观主说道：“便是如今人间发生的这些故事，昊天在无数年前便已经预知，所以她才会赐给人间七卷天书，我说的不是明字卷上的预言，而是七卷天书的名字。”

中年道人一直在知守观里负责看管七卷天书，自然知晓七卷天书的名字，颤声说道：“日落沙明……天倒开？”

观主看着窗外的天空，面无表情地说道：“不错，她要重新开天。”

中年道人如遭重击，脸色苍白地说道：“那人间该如何自处？”

观主没有理会他的震惊与不安，缓缓闭上眼睛，继续讲述道：“她想要回到昊天神国，所以神殿召开光明祭，想用我陈氏数万年纯正的血液为祭，打开那条通天的道路，然而这必然会失败，因为书院会去桃山，甚至书院里的人已经到了桃山，然而书院也会失败，因为她什么都知道，她一直在桃山等着书院的人。但她也将失败，因为她以为自己能做到那件事情，但事实上她做不到，所以到最后所有的人都失败，没有任何人能够获得胜利。”

这段话像是在讲述一个已经发生的故事，但这个故事事实上还没有发生，于是便充满了一种预言的不可言喻的感觉。

中年道人震惊地说道：“昊天也有做不到的事情？”

观主睁开眼睛，看着榻旁的师弟，说道：“即便日落沙明天倒开，她要回到神国，还需要斩断在人间的尘缘。然而她哪里明白，无论是夫子留在她体内的人间气息还是她的那段尘缘，又哪里是这般好斩的？”

中年道人汗水涔涔，想着师兄今日所言乃是对昊天的极大不敬，惊惧地说道：“昊天能知世间一切事，自也能知晓师兄你想做些什么。”

观主淡然地说道：“如今我自己都不知道我会做些什么，她即便无所不知，又如何能知道不存在的事物？”

宁缺在绝壁上闭上眼睛，绝壁依然认为他在看自己，因为这便是心意，即便他用了佛宗的法门，也只是让心意宁静，而无法让心意不存在，事实上，根本没有任何人能够做到让自己的心意不存在，从而逃离天心之算。

观主却这样说了，而且他真的能够做到。因为他现在虽然是废人，但依然是清静境的废人，人类的历史上，从来没有出现过像他这样强大的废人。

中年道人问道：“师兄，我们究竟应该怎样做？”

观主说道：“尘归尘，土归土，神国的归神国，人间的归人间。”

中年道人颤声说道：“这是赌博。”

观主看着他说道：“你可知道为何知守观七进十三出才能进来？”

中年道人摇了摇头。

观主说道：“那是因为无数次永夜之前，知守观的第一任观主，在修道之前乃是个赌棍，一直被七进十三出的利钱所困扰。”

中年道人第一次听说道门祖师的身世，不由愕然无语。

“他修道大成后创建道门，自悟清静，本可解脱而去，却依然怜惜世人，所以他代替人类选择昊天成为我们的信仰，从那一刻起，我们所在的人间便成为了昊天的世界，受昊天的庇护，存活了无数万年。”观主说道，“这是人间最放肆的一场赌博，道门已经代表人类赌了无数个世代，我凭什么不继续赌下去？”

中年道人沉默了很长时间，说道：“所以道门才需要警惕她。”

观主说道：“不错，如果她不能斩断尘缘，我们便要替她去斩，如果连道门都无法做到，那便只好想办法把她也一同斩去。”

中年道人说道：“那……皮皮？”

观主说道：“他也是道门弟子，若真能助她重归神国，复位昊天，其死便有意义，若光明祭最终变成笑话，他自然不会死，若不死便自有极大机缘，他的身上流着我的血，他是夫子的学生，无论生死都不会碌碌。”

35

因为光明祭的缘故，像金帐王廷国师和悬空寺七念这样的强者，都来到了西陵神殿，随便一人出手，宁缺便抵挡不住，所以最近这些天他特别低调，绝大多数时间都留在天谕院中，便是那片绝壁都不再去了。

以他的行事风格，按道理来说，不应该让自己陷入如此危险的局面，事实上在原先的计划里，他潜入西陵神殿，最多也只会停留一个月时间，在光明祭正式举行之前，便要开始动手，只是没有想到，陈皮皮被西陵神殿囚禁在了幽阁里，让他只能再继续等待下去。

离开清河郡之前，他曾经和王景略说过最多一个月自己便会回来，现在已然入秋，他却无法离开，只好向清河郡再次发出消息，让王景略再等一段时间，至于那边的安排可能会出问题，他也只好暂时不理。

天色已夜，他回到天谕院里取出箭匣和铁刀，顺着院后的小道绕到桃山前坪。桃山前坪与峰顶的数座神殿排成一道直线，而且极为宽阔，可以容纳数万名信徒同时参拜，正是举办光明祭的场所，神殿里的执事们正在整理着场地，不远处还有几名境界高深的阵师，正在对前坪周遭进行加固。

宁缺穿着天谕院杂役的衣裳，看上去就像个青衣小厮，丝毫不引人注意，桃山前坪的看守虽然森严，但他的速度和反应早已超出普通人类，悄无声息地便潜至左侧方向的树林里，挖开坪侧的泥土把箭匣和铁刀埋了进去。他拍掉身上的泥屑，看着夜色里的无数火把，看着那些脸上带着紧张神情的神殿执事，想象着数日后光明祭召开时的盛大画面，即便是他也开始紧张起来，然后他望向峰顶的那四座神殿，微微皱眉。

今夜他没有看光明神殿，而是看着崖坪边缘那座黑色的裁决神殿，裁决神殿和其余三座神殿隔得有些远，肃杀而孤单。他最后的手段便在裁决神殿那张墨玉神座之上，只是以墨玉神座上那个女人的性情，这实在是太过冒险，所以始终没有办法下决心，然而随着时间的流逝，陈皮皮马上便要被烧死，他只能试一试。听闻叶红鱼从长安回到桃山之后，便一直在殿中静修不出，他来到西陵神殿之后，一直没有看见过她，既然无法偶遇，那便只好去看看。

清河郡也已经来到了秋天。

王景略收到经由长安城转来的密信，沉默了很长时间，重新戴上那顶笠帽，顶着马车离开住处，来到阳州城一间普通的房宅前。宅里不停响起咳嗽的声音，他在门外站了片刻，确认没有什么埋伏，才走进屋内，把买的药材搁到桌上，然后问道："你想得怎么样了？"

一位青年男子躺在床上，瘦削的脸颊很是苍白，神情异常憔悴，屋子里弥漫的药味，也无法完全掩住床后散发出来的血腥味道。床后堆着一堆纱布，上面染着血。这名男子叫崔华生，乃是崔阀子弟，其妻秋氏乃是前大唐汝阳知州秋仿吾的幼女，叛乱当日秋家被诸姓叛军灭门，他的妻子也当场死去。崔华生因恸而怒，在阳州城里激愤陈词，最终被崔族动用家法，在族祠里痛打一顿，并且悬柱示众三日，才把他放走。

清河诸姓的家法向来峻厉，如果崔华生不是族长崔湜极近的侄子，只怕会被活活打死，即便如此，他也受了极重的伤，虽然侥幸活了下来，身上的伤口却是始终未好，只能在病榻上这般缠绵煎熬着。崔华生看着这个戴着笠帽的男人，声音微哑说道："我如果要去富春江进崔园，确实不是什么难事，但需要时间。”

王景略把笠帽摘了下来，说道：“为什么需要时间？”看见他摘下笠帽，露出真实容颜，崔华生对他多了些信任，说道：“要扮演悔恨认错，总需要一些时间，不然没有人会相信。”

王景略点点头，说道：“说得有道理，我原先确实也担心会不会显得太生硬了些，好在现在我们又多了些时间出来。”

崔华生说道：“崔湜的寿宴已经过了，下一次崔园宴客还有些日子。”

王景略算了算时间，刚好和光明祭的日期重叠，说道：“如此正好。”

崔华生不知想起什么，再次咳嗽起来，半晌才恢复平静，看着他认真问道：“难道你们就不担心杀人太多，会逼神殿出手？”王景略心想，只要宁缺在光明祭上出手，这场刚刚停歇半年多时间的战争便必然要重新开始，那还有什么好担心的？

大唐刚刚从战争中恢复过来，并没有做好再次与整个世界对抗的准备，无论心理上还是资源上，这种准备都还需要一段时间。但书院已经做好了这种准备，而且坚信只要宁缺能够完美执行计划，那么西陵神殿便不敢轻易再启战衅。真正令书院感到忧虑的，还是酒徒和屠夫这两把始终悬在长安城外的大刀，不过也正因为如此，所以书院异常坚定地必须执行这项计划，唯有此才能让这两人不敢动手，哪怕只是暂时的。

大师兄不在书院后山，应该还在皇宫里主持惊神阵的修复，四师兄和六师兄现在也在那里做助手，三师姐余帘在大战后已然飘然远去，其余的人还处于漫长的疗伤过程中，现如今书院后山便由二师兄坐镇。

君陌是用剑之人，他想要护住书院后山，便必须把自己的剑磨得更加锋利一些，所以这些天，他一直坐在小院后的瀑布下磨剑。他不停地磨剑，日夜不歇，如今已经磨穿了十余块坚硬的石头，他的心依然静不下来，就像臂上在风中轻摆的袖管。

木柚拎着食盒走到潭畔，看着他空荡荡的袖管和被梳得一丝不苟的灰白头发，心头微黯，然后温柔地说道：“老师曾经说过，皮皮乐天所以知命，此生必然福缘深厚，小师弟在桃山，一定能把他救出来。”

君陌的心不静，不是因为满头灰发和断臂，不是因为此生无望以剑修至老师或小师叔的境界，而是因为陈皮皮要死了。书院后山里，他教训陈皮皮的次数最多，用院规打他的次数最多，说的话也是最多，他和陈皮皮的关系最为亲厚。光明祭将要召开，陈皮皮便要死了，而他却只能坐在潭畔，不知所谓地磨着这把似乎永远也磨不断的铁剑，如何能够平静？

“西陵神殿强者众多，听闻掌教境界已然恢复，又有金帐的神棍和悬空寺的秃驴，师兄的计划虽然看似没有任何漏洞，小师弟的执行能力也是世间一流，但我们事先并不知道皮皮在桃山，所以我不放心。”

木柚知道无论自己说什么，都不能让他的心情好起来，把食盒放到潭边的石上，说道：“先吃饭吧，晚上记得回家睡，外面夜凉。”听着“回家”二字，君陌有些不习惯，但还是明白自己应该怎样做，起身说道：“这些天辛苦师妹了，晚上我会……回家。”

在潭边吃完饭后，君陌继续磨剑，坚硬的青石表面被铁剑磨成了极细的粉末，落在水面上不时起伏，这大概便是坚强的泡沫。两名少年来到潭边，替他送水，同时把食盒提回小院。看着君陌寂寥的背影，二人犹豫不前，最终还是李光地壮起胆子说道：“老师，那天听大师伯说您如果多看些佛经……”

李光地和张念祖被宁缺送进书院后，一直没有正式开始修行，现在还没有初识，只是普通人，但在后山里与师叔们接触多了，也隐约明白了一些修行的道理，或者说只是模糊懂了些词，见着师父在潭畔磨剑苦恼，他们也大感焦虑，浑不论的劲儿发作，居然想给君陌出些主意。李光地的声音越来越小，因为他自己都觉得自己是在胡说，而且他们从五师叔处知道，老师最厌恶佛法和那些和尚，据说当年压垮烂柯寺的瓦山佛祖石像，便是被老师用剑斩落的，自己居然要老师修佛，这真是找死。

君陌没有回头，也没有动怒，说道：“去小镇后，听朝小树的话，虽然你们还没有开始修行，但既然是书院弟子，便不能给书院丢脸。”多年前宁缺带着书院前院学生去荒原实修时，他说的也就是这样一句话，这句话里的要求很简单，却也有很大的压力。

两名少年想着马上便要启程，想着要做的那些事情，又有些微惧，看着老师的背影，又有些不舍。张念祖犹豫着说道：“老师，这次我们可能不能活着回来了……您放心，我们不害怕，也不会给书院丢脸，只是……”君陌没有让弟子把话说完，转过身来看着他们说道：“只要想活便一定能活，哪怕是昊天来问我，我也只有这个答案。”

当天夜里，君陌不再磨剑，回到了小院。

木柚给他做了宵夜，第二天清晨又送好早饭，送张念祖和李光地出了云门大阵，一直送到书院前院，不停地嘱咐着。两名少年跪下给她叩首。李光地说道：“师娘，你还是早些回去吧，我还是担心老师。”木柚笑着摸了摸他的脑袋，却没有走，直到那辆马车驶下草甸，才转身离开，既然是师娘，总得有些师娘的模样。

待她回到后山小院，才发现正如李光地所说，自己应该早些回来。她看着满地灰白的发丝，吃惊无比，当君陌从井旁抬起头来后，身体更是摇摇欲坠，险些就这样昏了过去。

君陌是很讲究仪容姿态的人，他的头发永远梳得那样整齐，无论乌黑还是花白，那顶古冠永远正而笔直。现在他的头发再也不可能梳得像从前那样一丝不苟，他再也不可能戴上那顶标志性的古冠，因为他剪掉了他的头发。

木柚看着君陌的头，右手紧紧攥着衣裳，用力地咬了咬嘴唇才清醒过来，颤声说道：“你这是要做什么？难道你真的要修佛？”君陌在井畔刚洗完头，清澈的井水在头顶淌落，打湿了衣裳。听着身后传来的声音，他没有转身，说道：“读读佛经亦无妨。”

木柚颤声说道：“你如此尊重师兄，可便是师兄要你多读佛经，你也不予理会，那只不过是两个不懂修行的孩子，你却要听他们的？”君陌看着井旁地上水里的那些发渣，沉默片刻后说道：“我此生最厌佛宗，然而如今想来，或者因此错过了些什么。”

木柚伤心地说道：“就因为你要从佛法里找方法，所以你就要出家？”

君陌转身望向她，看着她脸上的泪水，微怔：“我何时说过要出家为僧？我厌恶佛宗便是因为那些秃驴不事生产，不奉父母，怎会出家？我说的修佛只是读读佛经，想看看能不能助我静心罢了。”木柚听他解释，更觉伤心，流着泪说道：“你把头发都剃了，还来骗我。”

君陌有些笨拙地解释道：“我只是觉得头发灰白有些难看，而且现在你每天清晨打理有些麻烦，所以剃了。”木柚怔住，不可置信地问道：“就因为这个原因？”君陌点了点头，走到她身边说道：“多看两天便习惯，你不要难过。”

“剃了也好，说不定以后新长出来的头发便能变回黑的。”

木柚破涕为笑，下意识伸手去摸君陌的头。

君陌极重礼数，平日里根本不会让师弟师妹们接触自己的身体，更不要说让他们摸自己的头，此时他却没有避开。只是很明显，他忍得有些辛苦，神情很僵硬。

木柚轻轻摸着他光溜溜的头顶，忽然想到一件事情，看着他认真说道：“我知道你厌恶佛宗，但今后可不能随便骂僧人是秃驴了。”

君陌蹙眉说道：“修佛不代表要敬佛，就算佛祖复生，我依然要骂他几句。”

木柚笑着说道：“即便要骂，你现在也不能再骂那两个字。”

剑阁建在如剑般的山崖间。

崖后的山体中空，里面隐着幽潭，只有最上方的洞口能够洒落天光，潭畔修了座草屋，剑圣柳白便住在这间草屋之中。朝小树走进崖洞时，柳白不在草屋里，而是在潭畔钓鱼，寒冷的潭水里隐约能够看到游鱼的身影，钓线下方却看不到鱼钩。

朝小树走到柳白身后，施礼相见。柳白没有回头，说道：“听闻大先生钓鱼时，从来不用鱼钩，所以我也想跟着他学学，只是钓了这么多天始终没有鱼上来，你却来了。”

朝小树说道：“剑圣何须向旁人学？”

柳白把竹竿放到一旁，摇头说道：“任何人都应该向旁人学习，便是夫子当年也曾经问道于老农，更何况我们这些人。”

朝小树说道：“此言有理，所以我今日前来向剑圣大人请教。”

柳白冷漠地说道：“数年前，你才在长安皇宫观湖知命，其后路经南晋，邀我出剑，我看在唐帝的面子上，赐了你一剑，于是你瞎了数月。就算如今你又有进益，又如何能是我的对手？若当年你直接入了书院二层楼，或许还有希望，现如今这‘请教’二字何其狂妄愚蠢，实在不像你会说得出来的话。”

“您在剑道之上有若大河，我只是山野间的溪流，如何能较以宏伟？只是流水终向低处去，其间道理还是相通的。”朝小树微笑着说道，“我很明白自己确实没有资格向您发起挑战，只是我将要去做一件事情，可能会失去一些很重要的东西，想在那之前弥补掉人生的缺憾，然而回首望去，我有朋友有兄弟，有妻有子有女，家父虽已年老，每顿还能吃两碗米饭，在长安街头还有力气痛斥观主，我没有碌碌无为，做出了一些事业，虽然那些事业不大，却是我愿意做的。错过了一些机缘，但我不觉得后悔。我不曾缺少勇气，面对强大的敌人也敢于拔剑。我也从来没有失去过冷静，确认数十年来的人生过得很有价值，真的没有虚度。”

他平静而温和的声音，回荡在幽静的崖洞里，与那些坚硬如剑身的石壁撞击，变得异常肯定，就像是金属在撞击。柳白的眼睛越来越明亮，越来越觉得这个人真的很有意思，问道：“我想我大概知道你想来做什么了。”

朝小树有些惭愧地笑了笑，说道：“我此生最大的遗憾，便是当年连您一剑都接不住，所以想请您再赐我一剑。只是因为还有些比我人生更重要的事情要去做，所以请您留我一条性命，我知道这个要求确实有些可笑，还请您满足。”

柳白拍腿大笑，说道：“如此可笑的要求，我怎能不满足你！”

时近正午，天光终于从剑庐崖洞上方洒落，落在那方寒潭之上，隐藏在水草里的鱼儿，欢快地游了出来，贪图这为时不久的温暖。片刻后，这些鱼儿惊恐地躲回水草深处，因为崖洞里的天光，被数道惊艳的剑光所压制，凌厉的剑意仿佛要把潭水切成无数细块。

四声极为清脆的声音响起，然后一切归于安静。

柳白坐在潭边，仿佛没有动过。他身旁的古剑，已经归鞘，仿佛也没有动过。

朝小树的手里只剩下了半截残剑，身前散落着四道剑片，先前他一剑化五，其中四道挡了柳白四剑，最终还是输了。朝小树脸色微白，胸前鲜血斑斑，但他的眼睛却很明亮，神情非常满足，因为他接下了四剑，最重要的是他的人生再没有什么遗憾。

柳白看着他，忽然眯眼问道："唐人对自己都这么狠？"

柳白是世间第一强者，过去这些年里，甚至有无数次机会可以跨过那道门槛，进入五境之上，但他一直以这方崖洞压制着自己的心境气势，直至青峡一战，他被君陌激出了最强的剑意，即便不想踏过那道门槛，终究还是逾过了半步，到了这种境界，对于世间诸事自有不可言说的神奇感应。当他的剑意侵袭进朝小树身体的那瞬间，他便知道了唐人的想法。

朝小树看着他微笑着说道："像我这样狠的唐人还有很多，若南晋与大唐联手，剑阁与书院并肩，或许会狠得连天都感到害怕。"

柳白沉默不语。

朝小树起身施礼，然后走出剑阁，秋风掀起被剑风割破的青衫，露出胸腹间那道长长的剑伤，鲜血淋漓的一笔仿佛要贯穿天地。他的雪山气海尽数被柳白强大的剑意所毁，从此再也不能修行，只能做一个普通人，然而秋风徐来，他却觉得神清气爽。

朝小树离开南晋，来到宋国与燕国交界处的一座小镇。他在镇上买了个院子，在临街处租了个房子，做起了书画生意。随后两名来自远乡的少年也来到了镇上，被他请作帮工，书画铺的生意迅速走上正轨。没有过多长时间，就连县城里的贤达名流，都知道小镇上出现了一位雅商。人们只知道那商人来自长安，行事潇洒，有古风而无傲气，长袖善舞却不舞金风，来往迎客却不欺穷贱，如清风般令人心旷神怡。

虽说不欺穷贱，即便是乞丐上门，朝小树也会施舍银两，甚至亲手斟茶，然而这等雅事生意终究是挑客人的，再不讲道理的乞丐，也感动于他的温厚善良，哪里敢天天捧着瓷碗喝茶，而镇上唯一那间肉铺里的满身是油的屠夫，也没有兴趣去赏画看字，屠夫更愿意做的事情还是吃肉。书画雅事总与茶酒相关，屠夫不乐意待在那里，爱喝酒的人却不一样，当那名酒徒发现朝小树在这些方面确实极有鉴赏能力之后，便再也不肯离开书画铺，每天都在那里以茶酒论书画，只有吃饭的时候才会回肉铺。

当朝小树走进那座小镇的时候，柳白也离开了剑阁，走进了临康城。

柳白的剑，是南晋多年来最大的骄傲与荣光，在临康城里，他便像是神明一样，然而当他走进临康城，却没有任何人注意到。因为没有人相信那个寻常至极的人会是剑圣，更没有人相信，剑圣大人会行走在东城满是污水的那片街巷中。

柳白走到那间破屋之前，望向正在给孩子们上课的叶苏。叶苏抬头看见是他，无奈摇头，对孩子们说道："今天就到这里了。"

"你应该感谢君陌。"在破屋里，叶苏对柳白说了第一句话，然后他感慨地说道："虽然我无法再履剑道，但能在人间见到你这把剑，也满足了。"

柳白这时候站在窗边，正在看窗台上的饭盒，听着叶苏的话，转身望向他微笑着说道："我也很满足。"他身上穿着舒适的绸衫，没有刻意让衫子上绣金钱以为俗，脚上套着舒适的布鞋，没有刻意穿布衫旧鞋以为脱俗，他没有佩剑，身上也没有散发凌厉的剑意，负着双手，就像是临康城里的寻常人，从内到外给人一种舒适的感觉。

叶苏雪山气海皆毁，眼光犹在，只是看柳白一眼，便知道这位世间第一强者，竟又有提升，而且完全无法看出来他走到了哪一步。世间最高的孤峰，很难再长高一寸，柳白却做到了，叶苏知道这肯定与青峡一战有关系，所以才会说柳白应该感谢君陌。青峡一战，是人间剑道的巅峰，剑圣柳白、书院君陌、道门叶苏，便是这场巅峰之战的主角，他们便是人间剑道最强的三人。在这场巅峰之战里，叶苏变成了废人，君陌断臂亦断了修道路，柳白亦是受了不轻的伤，但他不愧是举世公认的最强者，最早恢复境界，甚至还有所突破。

柳白说道："朝小树去剑阁见过我。他这一生没能踏进书院，道缘中断，只在草莽里混迹，终究走的不是正途，在剑道上永远无法攀至巅峰，比起十余年前的你也颇有不如，但此人气度洒脱不凡，在生死前无惧，在失去前无悔，一生随意守心而行，我观其言行有所得，所以离开了剑阁。"叶苏这才知道，原来除了君陌之外，还有这个缘故。

柳白继续说道："数年前，我把朝小树的剑留在了剑阁里，其后被前任裁决借给了亦青，亦青被宁缺所伤，于是我借了把剑给叶红鱼，让她杀了裁决，这是我最快意的一次借剑。去年夫子在荒原上把我的那把剑借去，屠龙杀神，这则是我最光荣的一次借剑，此番书院让朝小树向我借剑时，我没有拒绝，因为我喜欢这个人，也因为夫子曾赐我荣光，这是我最心甘情愿的一次借剑。"叶苏走到窗前，给他倒了碗水。

"我借出的第一剑杀了裁决，第二剑斩天，第三剑斩的必然也是名动八方之辈。"柳白微笑着说道："借把剑便能杀人，我自己这把剑又该去杀谁？我此次出关，环顾四野，不见轲浩然，亦不见莲生，夫子已然登天，观主成了废人，君陌尚未解脱，你于陋巷传道，还有谁值得我去杀？"

叶苏猜到他要说什么，说道："你会死的。"

"剑者，孤且直也，宁肯折断，也不应在墓中生锈。"

叶苏拿着水碗，沉默片刻后说道："为何要对我说这些？"

"长安太远，除了君陌，我这些话便只愿说给你听。"

这番话只有君陌和叶苏才有资格听，所以他离开剑阁后来到临康城，而且还有一件事情："你做的这些事情，你对黎民传的道，不为昊天所容，不为道门所容，即便观主也不会容你，我此番离去，大概便不会再回，没有我的庇护，你只能变成这片街巷污水里的腐尸，所以我来劝你去书院。"

"某人曾经说过相同意思的话。"

"看来宁缺真的已经离开了长安，想来数日后的桃山，想必会非常热闹，如此热闹，怎能不去看看？"

叶苏沉默片刻后说道："或者真的很热闹。"

“你师弟就要死了。”

“若得方便，请帮我带封信。”

“方便。”

“希望不会影响你问道。”

“不会。”

叶苏把一张写好的信纸递过去，真诚地说道：“祝你得见大道。”

“我要见大道，大道必然要见我。”说完这句话，柳白才从叶苏手里接过水碗，没有饮，随意洒到地面上，然后大笑三声出铁屋，负手而行，不知将去何处。

叶苏看着地面慢慢散开的水渍，知道这便是提前的凭吊。世间已经没有谁值得柳白去杀了，那么当他决意做某件事情的时候，也没有人能改变他的心意，叶苏没有在这件事情上耗费太多精神，他只想皮皮能够活着，然而如今的他没有能力做任何事，除了写一封信。

一封信经由秘密渠道送进了裁决神殿。之所以说是秘密渠道，那是甚至就连裁决神殿里的人，都不知道这条通道是谁的，通道的那一头通向哪里，当裁决司的黑衣执事以最快的速度做出反应，循着线索开始倒查时，西陵神殿崖坪上死了三个人，裁决司的刑罚再如何恐怖，也不可能让死人说话。

这封信的封皮上画着一柄剑，写明要由裁决大神官亲自拆阅，裁决司的执事们早已对墨玉神座上那个女人敬畏到了骨子里，哪里敢自行其事，更不敢让别的神殿知道，悄无声息把这封信送到了神殿里。叶红鱼看着信的封皮，便知道这封信来自何处，数年前也曾经有一封信通过这个秘密渠道送给她，只不过当时的她住在崖坪偏僻的石屋里，正处于人生最艰难的那段时期，那封信对于当时的她来说很重要。她不知道柳白为什么在这个时候给自己写信，当她拆开封皮，看见信纸上那些熟悉却又陌生的字迹时，手指不由微僵。

把信看完后，她沉默了很长时间。在青峡前，她安排了十余名黑衣执事和数名西陵神卫保护叶苏，其后不到数月，便陆续传来了这些人的死亡，她很清楚那是道门里有些人想要通过杀死叶苏来获得某种精神上的自我认可，真正令她担心的是她不知道叶苏去了哪里，现在可还安好。直到接到这封信，她才知道原来兄长一直在南晋临康城。有剑阁的人暗中保护，安全应该没有问题，她的心情略微轻松了些，然而想着兄长在信中写的那些事情，她的眉头再次紧蹙起来。

淡淡的昊天神辉从掌间溢出，信纸连带画着柄小剑的封皮，都被烧成虚无的灰烟，她缓缓松手，望向光明神殿的方向。当年在燕北湖畔，叶苏奉昊天谕令阻止她杀隆庆，从那一刻开始，她就开始对昊天产生怀疑，对自己的兄长感到失望。

然而泗水畔所发生的故事，让所有的怀疑烟消云散。叶苏在青峡前便提醒过她，他也曾经怀疑过，然而便迎来了惨痛的失败，或者这便是昊天对他的惩罚。

今夜无月，因为云深雾重。

宁缺在幽暗的桃山后麓绝壁间，缓慢地向上攀行。戒备森严的西陵神殿，对这片绝壁没有任何注意，因为自古以来，除了夫子之外没有任何人能够通过山坳间的那片桃花，也没有人能够无视绝壁上的阵法。他没有在第三道崖坪处停留，而是继续向陡峭的绝壁上方爬去，直到过了很长时间，终于爬到了桃山峰顶最高的崖坪上。

他看着眼前这座黑色肃杀的神殿，沉默无语。毫无疑问这是一场赌博，在书院原先的计划里，这是最后的手段，只有实在不行的时候，才能选择。然而他已经沉默思考了很多天，依然无法确保陈皮皮活着，所以他不得不冒险。

裁决神殿里很幽静，尤其是对着绝壁的这一面，看不到任何巡逻的神殿骑兵，就连黑衣执事和红衣神官都看不到一人。神殿里的空间极大，异常宏伟，又异常单调，没有丝毫温暖的感觉，只是冷酷肃杀。他看着墨玉神座上撑颌闭目的美丽女子，说道："帮帮我。"

墨玉神座很大，仿佛一片血海，她穿着血色的裁决神袍，坐在极大的神座里，就像是血海里那滴最浓最冷的血。她睁开眼睛，血海开始起伏不定。

她看着神座前的黑色地面，说道："这便是生死相许吗？"

宁缺在桃山的消息如果被神殿知晓，必然是死路一条。

叶红鱼说这便是生死相许，便是因为他如此勇敢或者说愚蠢地来到了墨玉神座前，那么他的生死便在她的一念间。她的语气有些嘲讽，因为“生死相许”这四个字除了形容宁缺现在面临的局面，也点破了宁缺来到桃山的原因。

问世间情为何物，直教人生死相许——能让人不顾生死的原因，往往都是前面那个“情”字——宁缺来到桃山，不可能是为了她，想来最开始也不是为了囚禁在幽阁里的陈皮皮，自然是为了光明神殿里的那个人。为了“情”字昏了头脑，自寻死路，这是何等样愚蠢的选择。

叶红鱼一直以为宁缺是世间为数不多像自己一样冷静而真正明智的人。

宁缺和她确实是同类人，听着这句话，便明白她隐藏着的那层意思，沉默片刻后说道：“我此番请求你的帮助，不是因为她，而是因为皮皮，你和他曾经有过童年的共同记忆，难道真能看着他被烧成灰烬？”

叶红鱼面无表情地说道：“我的童年记忆，就像光明神殿那位与你的回忆一样，都是最想忘记最厌憎的画面。”说话的时候，她依然撑颌倚着墨玉神座，看着座前黑色的地面，没有回头，没有转身，没有向神座下方的宁缺望上一眼。

宁缺看着神座上方她的侧脸，忽然说道：“我在临康城里见过叶苏。”

如果在接到那封信之前，听到宁缺的这句话，叶红鱼接下来说的话可能会有些不同，那么谁也不知道这场交谈最后的结局是什么。此时她只是淡然地说道：“昊天能知世间一切事，你来到桃山可以瞒过掌教，瞒过我，但不可能瞒过她。我不知昊天在想些什么，我自不会妄加干涉，你注定要死在这座山上，不见得要死在我的手中。”说完这句话后，她闭上眼睛，再也没有说话，仿佛再次入睡，空旷的裁决神殿里听不到任何声音，安静得令人心悸。

宁缺沉默了很长时间，然后向后退去。当裁决神殿上方那盏巨大而冷清的水晶灯，再也照不到他的脸时，他对她说道：“多谢。”从进入裁决神殿的那一刻开始，他便把自己的性命交给了叶红鱼。只要她睁开眼睛后向他看上一眼，或者说一句话，便会有无数神殿强者出现，但她什么都没有做，他感谢她的提醒，也感谢她的不杀之恩。

黑暗里不再传出声音，连呼吸声也没有，宁缺悄无声息地离开。杀死宁缺能够让这场战争马上画下句号，按道理来说，身为裁决大神官的她不应该有任何犹豫，但她最终选择了沉默。因为她想让陈皮皮活着，既然她不能为兄长做些什么，便只有希望宁缺去做。

最关键的问题在于，她不知道光明神殿那位是不是正在看着这里，她不知道那位究竟对宁缺做了怎样的安排。本应在天穹之上的存在，来到了人间，于是如今的人间便变得纷乱复杂起来，即便天谕大神官、李青山和歧山大师同时重生，观主恢复巅峰境界，只怕也算不明白这盘棋局最后的走向在哪里，因为天不可测。

大治三千四百五十年秋，光明祭在桃山正式召开。

桃山前的数座小镇，已经戒备森严，两千余名护教骑兵穿着带着符线的盔甲，骑着神骏的坐骑，面带警惕之色四处巡视。桃山前坪的戒备更是令人震撼，百余名身负神刀的西陵神卫，像鹰一般盯着四处的通道。

清晨时分，来自各国的使团和信徒们陆续进山，山道上却是安静无声，没有任何人敢大声喧哗，不是因为前坪隐隐传来的教典礼乐有静心之效，而是因为笼罩住整座桃山的严肃神圣气氛。

十余名符师和阵师站在桃山前坪中央，开始启动事先已经布置好的大阵，阵意大作，桃山间秋风渐肃，风中隐隐有桃花碎絮，山麓间的天地元气应召而至，数十面昊天教旗呼啸而振，桃山里的四十七道瀑布，迎风而碎，变成无数细碎如粉的水滴，被风刮拂至桃山前坪，然后缓缓落下。细雨洒落山前，尘埃骤敛，秋燥皆无，平整的石坪地面被洗得干干净净，中间那座由白石筑成的祭坛更是洁净如玉。

刚刚落下的瀑布细雨，被秋阳微晒便成了水雾，渐渐升腾而起，变成三道云雾凝成的大罩，当云雾散去之后，便成了三道清光凝成的光圈，把桃山重重罩住，清光渐敛无踪，但三座大阵已然布成。数万名信徒也被细雨洒落一身，衣裳没有被打湿，反而觉得精神为之一振，当三道云罩变成三道光圈最终变成三座大阵之后，那些首次得见这般阵势的信徒更是激动得跪拜在地，不停赞美昊天。

燕国新君崇明到了，宋齐梁陈诸小国的国君也到了，清河郡诸姓代表宋阀阀主到了，烂柯寺住持观海僧到了，佛宗天下行走悬空寺七念到了，金帐王廷国师和王廷第一武道高手勒布大将到了，来自各地的隐世散修到了，天谕院的师生们到了，四座神殿的神官和执事到了，就连杂役都来了。这些人站在距离山麓更近处，与那数万信徒中间隔着很远一段距离，看着那些信徒跪地祷告，各自有各自的心思。西陵神殿的神官执事们自然觉得骄傲得意，佛宗诸子保持着沉默，王廷国师微笑不语，勒布大将却皱起了眉头。

两座神辇从桃山上缓缓而下，停在前坪上方。中间那座神辇无比巨大，万重幔纱里有万丈光芒，光芒中有一个高大的身影，正是西陵神殿掌教大人。侧方那座神辇相对较小，然则红纱如血，说不出的肃杀冷冽，辇内美丽的女子撑颌而坐，神冕下黑发如瀑，正是裁决大神官叶红鱼。山前的数万名信徒绝大多数是第一次看见神殿掌教和裁决大神官，看见两座神辇之后，更是激动得无以复加，就连祷告的声音都颤抖起来。

前坪上那些大人物的心情则是愈发复杂，西陵神殿一直统治着昊天的世界，掌教大人和三位西陵大神官，便是这个世界最强大的存在，然而如今天谕大神官已死，却迟迟没有继位之人，光明神殿近二十年来更是风波不断，到如今便是连殿里的万年长灯都熄了，今日光明祭的开端如此盛大，那两座神辇却显得那般孤单，愈发显得西陵神殿如今的气势有些黯淡。

与西陵神殿相比，前来观礼的宾客阵容反而显得格外强大，除了书院和荒人魔宗，基本上人间诸势力的修行强者都已经到场，其中尤以王廷国师和悬空寺七念的身份最为尊贵，于是愈发衬得南晋剑阁有些显眼。南晋剑阁的代表是柳亦青，这位知命境的盲剑客因为在传闻中杀死了南晋皇帝而声名大振，但和光明祭场间其余人的资历境界比较起来，依然显得有些不足，这令西陵神殿方面感到很不满。掌教的神辇里释出威压，所有人都感到了他的不悦。

便在这时，桃山上空的湛湛青天上忽然出现了一道白线，那道白线非常细，仿佛有人用一根针在瓷蓝的天空上画了一道。紧接着，桃山前坪上出现了一柄剑。

那柄剑很普通，柄上裹着绵软而密实的松江布，剑身应该是由青钢打造，并不觉得如何锋利，也没有刻着任何符文。但所有人的眼光，都被这柄剑吸引。因为这柄剑没有被握在谁的手中，而是悬停在桃山前坪的空中，剑身微微颤动，振动空气发出令人舒适的鸣响。没有人知道这柄剑是怎样来到的场间。即便是掌教大人和王廷国师还有七念这等境界的人，也只是刚看见青天上出现一道细细的白线，然后这剑便到了众人眼前。而且笼罩桃山最外围的那道隐形大阵，竟根本无法拦住这柄剑，甚至没有生出任何反应，这才是真正令人震撼的事情。

飞剑静静悬停在空中，就像被一只无形的手握着。若有人在剑后，便能看见这柄剑的剑首微微仰起，正对着桃山之上的那座光明神殿，没有任何不敬之意，仿佛只是静静地看着那处。

或许是隐形大阵被这柄剑遁入的关系，宁静的桃山前坪忽然起了一阵秋风，风势极柔，卷起几片枯黄的落叶。一片黄叶飘落在这柄剑的剑身上，没有碎裂，因为剑上没有任何剑意，只是寻常，于是黄叶很舒服地弹了弹，重新落回地面。这种寻常，太不寻常。

前坪上所有人都已经猜到这柄剑是谁的剑——只有柳白的剑，才能于无瞬间来到众人眼前，才敢以这种傲然姿态飞临桃山。

神辇上的万丈光芒中，掌教高大的身影微微前倾，他有些愤怒，因为柳白的剑对着光明神殿，虽无不敬之意，却没有表现出臣服，更因为这把剑在他的神辇之后才出现在桃山前坪。这说明柳白把自己的位置放在他之上。他是西陵神殿掌教，在他之上那便是在人间之上。

看着这柄自万里外破云而来的剑，掌教丝毫不掩饰自己的愤怒，然而那柄剑却没有什么反应，依然保持着平静寻常的姿态。西陵神殿客卿有五，夏侯已死，书圣隐居，柳白却始终是客卿里地位最尊崇的那人，他的剑到了桃山便意味着人到了桃山，对光明祭表示了足够的尊重，在这种情况下，掌教也不可能随意做出什么事情。站在神辇旁的天谕院院长，今日负责光明祭仪式流程安排，见掌教没有降下什么谕示，便示意仪式正式开始。

充满神圣意味的道门典乐，在桃山四处响起，渐渐在前坪汇集，进入所有人的耳中，天地之间的气息随乐声而起舞，便又有风起，只是此时起的风不再是微寒的肃杀秋风，而是温暖得仿佛到了春天。山坳间的满山桃花随风轻颤，花瓣变得更加粉嫩，在秋天怒放，然后随风而起，飘下桃山，在前坪上的空中不停飞舞。飞舞的数万片桃花瓣，向地面洒落阵阵异香，这种香气并不是桃花的本香，要比人间任何花卉的香味都要浓，比芙蓉记的糖霜还要甜，然而进入人们的鼻端后，却没有任何腻的感觉，反而清新得像是雨后的风。

数万名信徒仰首望着空中飞舞的桃花，看着这般美丽炫目的画面，闻着这般沁人心脾的异香，迷醉得无以复加。能够通过各国道殿审核，又愿意千里迢迢来到桃山参加光明祭的信徒，自然是人间最虔诚的信徒，而基于某种简单清晰的逻辑，但凡虔诚总是来源于苦难，所以数万信徒中穷苦人占了大多数，还有很多信徒身患重病，甚至是奄奄一息，是被家人或背或抬才来到西陵神国。当花香袭来，那些患病甚至是残障的信徒，忽然觉得自己内心深处的那些负面情绪奇妙地消失了，对苦难的生活再也生不出什么埋怨的想法，甚至觉得精神都好了很多，因为他们仿佛在香气中看到了昊天神国。瘸腿的信徒扔掉了拐杖，跪到地上用双手撑着颤抖的身体，对着桃山叩拜不停。担架上重病难愈的信徒不顾家人的劝阻，无力起身也要自行翻身成俯拜的姿势，撑着虚弱的身体，用额头不停触着地面。

秋天里的桃山前坪，拂着和煦的春风，数万桃花便在风中飘舞，散发着令人迷醉的香气，忽然间风停了，于是桃花便落了下来。桃花纷纷扬扬落下，变成一场盛大的花雨。数万信徒沐浴在花雨之中，所有人都已经跪了下来。那些桃花瓣落在他们的身上，渐渐变成极柔软的光絮，然后渗进他们的衣裳，钻过他们的肌肤，最终进入他们的身体血肉，然后才渐渐消失不见。瘸腿的信徒虽然没有生出新肢，却再也感受不到断腿处传来的痛苦，满是脓水的伤口变得异常洁净，红嫩的新肉上出现了健康的皮肤。重病的信徒渐渐获得了生机，苍白的脸色以肉眼可见的速度红起来，折磨了他们无数年的病痛，就这样被桃花雨一洗而净。

没有病痛的信徒，因为他们的虔诚，也获得了极大的神眷，白发苍苍的老者忽然发现生出了黑发，年轻的男子觉得自己浑身充满了力量，这辈子都没有这般健康强壮过，妇人脸上的肌肤变得紧绷光滑，如果有人仔细观察场间，甚至能看到几名生得有些黝黑的少女信徒，她们的脸似乎变得白皙了不少，就像擦了好几匣子昂贵的陈锦记脂粉。

桃山前坪上不停响起惊喜的呼喊声，感动的哭泣声，数万信徒对着桃山不停叩首，痛哭流涕，感谢上苍赐予自己的神眷。

光明祭是道门最盛大的祭祀仪式，因为那代表着昊天向人间降下了神迹，桃山前坪上的数万名信徒未曾怀疑过，但不代表各国使团里的人没有怀疑过，因为毕竟神迹只出现在教典的传说里，从来没有人亲眼见过，然而随着眼前幕幕真实画面的上演，再也没有人敢有丝毫怀疑，所有人都跪倒在地。桃花缤纷，病者祛病，无病者消灾，如果这都不是神迹，那什么才是神迹？西陵神殿里的神官和执事们早已跪下，王廷国师和勒布大将则是紧随其后最快跪下的修行者，紧接着各国使团和诸散修也都跪下。悬空寺七念和烂柯寺观海还有白塔寺的僧人还站着，因为他们拜的是佛祖，然而面对着昊天降下的神迹，僧人们脸上的神情也变得异常凝重，双手合十礼拜，七念看着峰顶深深鞠躬，感动于上苍垂怜世人。

空中那柄对着光明神殿的剑，剑首亦微微下沉，致意行礼。

桃山前坪上的哭泣声、感谢声、祈祷声渐渐停止，经过一系列繁复的程序，光明祭的仪式终于来到了最重要的部分。

祭天。

人间无数座道观，每天都在祭祀上苍，更何况是西陵神殿这种地方，一应流程进行得非常熟练，但既然是最盛大的光明祭，自然与平时的普通祭祀有所不同，桃山前坪那座白石祭坛便是明证。更重要的是，光明祭所选用的祭品，必然非同寻常。白石祭坛附近的随祭坛上，已经摆满了人间各国各宗派还有那些散修敬献的奇珍异宝，其中甚至有两味炼制通天丸需要的药草，可以想见为了这次光明祭，昊天信徒们做出了怎样的努力，然而和光明祭的正式祭品相比，这些奇珍异宝和那两味药草，依然显得太过寒酸，因为今天的祭品是一个人。

那个人自然不可能是普通人，他刚刚出世便被称为道门千年难遇的绝世天才，他的身上流淌着最纯正的道门血统，无论父系还是母系都是道门最尊贵的传承，他自幼便在道门不可知之地学习生活，后来又去了长安书院跟随夫子学习，他是修行界最年轻的知命境，炼制通天丸需要的药草？他连通天丸都吃过，他就是世上唯一身兼书院道门的陈皮皮。

秋日和暖，把白石祭坛照得暖洋洋的，而当祭坛开启后，从地底渗出的阴寒气息，却险些把整座祭坛都冻住，因为祭坛底部直通幽阁。白石祭坛开而复闭，两名西陵神卫押着陈皮皮出现在人们的眼前。陈皮皮身上依然穿着书院的院服，不知道神殿方面是有意如此安排，还是他自己被擒回桃山之后一直懒得换衣服。他的身上没有禁制的符具，也没有囚犯身上常见的镣铐，就连双手都没有用绳索捆住。西陵神殿方面根本不担心他能逃走，因为他身上虽然没有禁制，体内的雪山气海则有昊天亲自布下的禁制，谁都无法解开。

祭坛附近都是来自各国的使团以及修行者，有些人不认识陈皮皮，只有寥寥数人见过他，但经过神殿事先的刻意宣传，所有人都知道他便是书院的十二先生，也知道他与知守观观主的父子关系。没有人说话，场间一片安静，有些人是不知道说什么，更多的人则是不敢说什么，西陵神殿选择陈皮皮作为光明祭的祭品，这意味着千万年来，昊天道门内部结构终于发生了变化，而这必然代表着上苍对道门的不满，尤其是对知守观的不满，另一方面这自然代表了对书院的残酷惩罚。场间如此安静，人们脸上的神情很是凝重。这场盛大的光明祭，是对昊天的祭祀，又何尝不是道门为书院设下的局？书院没有派人参加光明祭，但今天书院的人绝对会在桃山出现，因为明知是局，依然只能来赴局，不然书院何以被称为书院？

桃花缤纷，昊天赐下神眷，场间气氛神圣而喜乐，但所有人都知道，这种气氛不可能一直持续下去，当书院来人在桃山出现的那一刻起，光明祭的现场便会成为最惨烈的战场，不知道将有多少强者陨落。

36

白石祭坛近处的人们知道书院一定会来，却不知道什么时候来，这种等待毫无疑问是一种精神上的折磨，所以他们神情凝重，沉默不语，这种沉默在某种意义上也代表了人间对书院的尊重甚至是敬畏，只不过当事件发展到现在这种阶段，虽然敬畏，已经没有人会相信书院还能胜利。桃山前坪有柳白的剑，有掌教和裁决，有金帐国师和王廷大将，有佛宗七念，这些都是至强者，虽然没有像观主那样的绝代人物，但这里也不是青峡或长安，这里是西陵神殿的主场，有道门无数年积累下来的阵法和人力，无论书院大先生还是二先生，哪怕那位传闻是二十三年蝉的三先生全部到场，也不见得能够在桃山讨得半点便宜，更何况像七念和国师已经隐隐猜到光明神殿里的秘密，神殿内部的人更是知道酒徒和屠夫的存在，这根本不是书院所能抗衡的。

和这些祭坛近处的大人物不同，数万名从桃花雨中醒来的虔诚信徒，根本不知道今天光明祭隐藏着怎样的凶险，他们也不知道祭坛上那个胖子是谁，只知道此人既然是光明祭的祭品，必然是大逆不道的邪恶之徒。信徒们踮着脚尖，试图把这个胖子看得更清楚些，厌恶甚至凶恶地盯着他，如果眼光能够杀人的话，陈皮皮只怕早就千疮百孔而死。

陈皮皮很胖，而且脸皮很厚，他站在白石祭坛上，迎着数万双充满敌意的目光，仿佛无所察觉，然后他做了一个谁都没有想到的动作。这是光明祭，这是神圣的祭坛，所有人都等着看他被烧死，但他却没有一点身为祭品的自觉，或痛哭流涕忏悔，或紧张到脸色苍白，或像史上所有大魔头那样怒斥苍天然后被雷劈死。他坐到了祭坛上。陈皮皮觉得站着太累，而且刚才从幽阁里被押出来时，被阴寒气息冻得有些难受，祭坛被秋日烘得暖洋洋的，所以坐着应该舒服些，所以他选择坐下，哪里会理会那些杀人的眼光、神圣的仪式？你们要搞搞清楚，被烧死的人是我好不好？难道这时候还要我注意仪容？你以为我是二师兄咩？

祭坛确实很暖和，甚至有些烫屁股，陈皮皮歪了歪身子，把左边屁股露给后面的掌教看，然后敞开衣襟开始扇风。“这见鬼的秋老虎。”他用袖子擦了擦额头上的汗，看着祭坛下方的一名西陵神卫嚷道：“看样子你们还在等人，能不能给我整点儿水喝？”

那名西陵神卫脸上的神情很僵硬，他从来没有见过这样的死囚，明明马上便要死了，却看不到任何惧意，还想着要喝水。前来参加光明祭的重要宾客们，离白石祭坛很近，都听到了陈皮皮的这句话，观海僧单掌合十，默宣佛号，心想这位仁兄果然不愧是宁缺的师兄，便是行事风格都是同样的……难以形容。七念默然想着，果然不愧是书院门徒，临死之际依然如此悍猛。燕皇崇明蹙眉想着，此人明明不是唐人，为何说话行事看上去和唐人并无两样？神辇里的叶红鱼想着，这个家伙果然脸皮还是这么厚。

金帐国师望向天谕院院长，微笑着说道：“给他喝些水，想来也无妨。”

在荒原里势力最强大的金帐王廷，改变信仰，成为长生天的信徒，和中原一样沐浴在昊天的光辉之中，这是道门无数年来最大的成功，去年秋天开始的战争，能够险些把唐国逼入绝境，最重要的原因也在于此。西陵神殿依循唐国南门观先例，正式册封金帐国师为宝鼎大神官，便是因为金帐王廷的重要性对于道门来说，不次于唐国，而国师大人更是在金帐王廷改变信仰的过程里，起到了最重要的作用，如果不是依靠此人在草原上的无上威望，昊天道怎么可能顺利地在草原上传道？对于西陵神殿来说，当年远赴荒原的传道神官为什么能够说服这位深不可测的国师，直到现在依然是个谜题，如果此人像今天这般亲眼看到昊天的神迹也罢，只不过随着战争开始，金帐王廷全力配合道门的计划，神殿没有任何理由怀疑，只能把这一切都归功于昊天的伟大意志。这样一位人物发话，天谕院院长望向掌教所在的神辇，没有听到任何反对意见，便挥手示意西陵神卫端来一碗清水。

陈皮皮端着水碗，坐在白石祭坛上，环顾四周，微微蹙眉。光明祭的仪式越庄严神圣，他这个做祭品的便越恼火。陈皮皮怕死，但他确实是在求死，而且是求速死，因为他不想书院同门冒险来救自己。

那日他拖着板车在风雪里前行时，见到了她，从那一刻开始，他就知道书院不可能赢，就算老师还在人间，都不可能赢，更何况老师已经变成了月亮。

知道自己成为光明祭的祭品后，他便开始尝试去死，撞墙，绝食，咬舌，割腕，吞瓷片，自毁雪山气海，不知试了多少种方法。然而裁决司在这方面拥有无比丰富的经验，执掌裁决司的那个女人更是清楚他的性格，他根本没有任何机会成功，至于看上去最可行的自毁雪山气海……他的雪山气海已经被毁了，还能怎么毁第二遍？

陈皮皮蹙眉，是因为他没有找到宁缺的身影，然后喜悦于没有看到君陌和叶苏，他最敬爱的两位师兄和唐小棠没有出现。蹙眉和喜悦，这两种不同的情绪，表明了宁缺和其余人之间隐约的差别，这种情绪很难形容，如果勉强为之，大概就是下面这段话。你我是师兄弟，也是兄弟，我救过你的命，你也得来救我的命啊！虽然在石窗处我说过不要你救，但你怎么可以真的不来救呢？陈皮皮当然不想宁缺来，但找不到宁缺，他又觉得有些失望和委屈，而且桃山前坪数万人，却没有熟人，这样死去会太孤单了些吧？

然后他看到了那座血一般的神辇，看到了坐在神辇里的叶红鱼，发现原来还是有个熟人的。虽然他马上便要死了，却还是下意识里害怕起来，然后说出了一句从小时候到现在为止一直想说的话。“叶红鱼，你这个没良心的！”他提着裤腰带，悲愤喊道，“小时候师兄买五块糖饼，我让你吃仨！你现在居然好意思看着我被烧死！不就是偷看了一次你洗澡吗？大不了今天我让你看回来！”神辇里的叶红鱼想要撕烂他的嘴。祭坛旁的天谕院院长后悔先前没有堵住他的嘴。神圣庄严的光明祭，终究被祭品自己弄得荒唐起来。

夫子当年说过，陈皮皮心思纯净，乐天所以知命，这同样也是书院理所当然的道理，于是他便成了最年轻的知命境。他就是这么乐天，哪怕马上就要死了，也还是如此。

只是不知道昊天会不会觉得这真的挺乐。

她站在光明神殿里，负手看着脚下的桃山前坪，看着陈皮皮插科打诨、撒泼耍赖，看着他作势要解裤腰带，并不觉得好笑，只觉得有些可笑。她记得陈皮皮是谁，当年在长安城里见过不少次，还给他煮过面条，他的身上流着道门最纯净的血，虽然在书院这种不敬之地生活了很多年，在内心深处依然保有着对自己的信仰，自然也有怀疑。

桃山前坪林畔站着天谕院的师生，还有数十名不起眼的杂役，宁缺站在人群里看着祭坛处上演的闹剧，不禁觉得有些焦虑。那夜叶红鱼放他离开裁决神殿，说明某种可能是存在的，再加上叶苏的关系，她今天至少应该会保持中立，然而她是高高在上的裁决神座，被你这个死胖子当着数万人的面说小时候就被你看光了，难道还能忍？

像宁缺这样担心的人还有很多，其中便包括主持光明祭仪式的天谕院正副院长，神殿里的人都清楚裁决神座是怎样恐怖肃杀的存在，如果她真的被陈皮皮激怒，不等祭祀仪式开始便把他杀了怎么办？天谕院院长不敢向裁决神辇望一眼，直接命令西陵神卫把陈皮皮押到祭坛上，经由掌教同意，用最快的速度开始了祭祀仪式。

祭祀仪式上，神殿没有颁布陈皮皮的罪行，而是直接开始，天谕院院长捧着黄金制成的帛卷，朗读西陵教典里的奉天篇，这篇奉天篇主要讲述的是昊天泽被人间的诸大功德，向来被认为是神圣三篇里最重要的一篇。教典奉天篇便是今天光明祭的正式祭文。院长以虔诚的姿态，平静而真恳地读着祭文，每读一句，天谕院诸师生便会重复一句，声音非常整齐而和谐。不知道是有神官在旁指挥，还是纯粹发于自觉，数万名信徒也开始像天谕院诸师生那样，开始随天谕院院长的诵祭而重复。诵祭声越来越整齐响亮，就像是大海上的波涛，一浪高过一浪，浪层间却保持着完美的间距，逐渐响彻桃山，仿佛要让高远的天穹听见。

陈皮皮坐在白石祭坛上，手里端起先前搁到地面上的那碗清水，遗憾于没能激怒叶红鱼杀死自己，想要喝口水润润嗓子，忽然间听着如浪般的诵祭声从桃山四野传来，端着碗的右手不由微僵。他出身道门，童年时便对西陵教典倒背如流，知道这篇奉天祭文很长，现在神殿诸人只不过刚刚读完最开始的前两段，里面充满了信徒对昊天的敬畏与爱，下一段便会转到描写昊天对人间的功德。

他从如浪般的诵祭声里，感受到了一道难以形容的威压，这道威压是绝对纯粹的力量，绝对高远的境界，完全不应该属于人间所有。这道威压并不是来自数万信徒虔诚而整齐的诵祭声，而是被信徒们的诵祭声，从天穹里召唤下来，换句话来说，这道威压来自天空。

陈皮皮抬头望向天空，只见那轮本有些清淡的秋日，变得更加灿烂夺目，无数道光线洒落在白石祭坛上，落在他的身上，光线里蕴藏着绝对纯粹的力量和绝对高远的境界，这便是他所感受到的威压。那道威压仿佛要把他压进白石祭坛里，他本就坐在祭坛上，这时候甚至觉得自己的臀部仿佛要和那些微烫的白石连在一起。他的脸色变得有些苍白，眉头微蹙，手里捧着的碗在光线的照耀下，啪的一声粉碎成末，碗里的清水洒了他一身。

面对着来自苍穹的威压，人类下意识里会臣服或者躲避，陈皮皮不想臣服，他想躲避，然而他发现自己已经无法再动，就连保持着仰首望天的姿势，竟也是如此困难，脖颈处酸痛得难以忍受。他感觉到自己身体内雪山气海的封禁忽然出现了松动，却没有什么喜色，因为这不是复原的前兆而是雪山融化气海泛滥的开端。陈皮皮保持着望天的姿势，看着秋空里越来越盛的光明，看着落在自己身上的光线越来越密集。他虽然不知道光明祭最后的环节是什么，但隐约有种直觉，自己最终将会融化在这片天空里，从而告别人间。

宁缺一直在人群里看着，他的目光穿过那些杂役的肩头，落在白石祭坛上，黑眸里反射着圣洁的光线，变幻不停。他很熟悉昊天神辉，知道当祭文诵读结束的那一刻，落在白石祭坛上的万道光线便会变成最纯净的昊天神辉，也就是信徒们所说的圣火，陈皮皮便会成为神辉里的一道青烟。从在绝壁间看到石窗里的画面开始，他就一直在思考怎样救出陈皮皮，他不可能看着那个家伙真的被她烧死，只是他想不出什么好方法，他必须等待三师姐所说的变化，然而现在陈皮皮已经快要死了，那个变化依然没有出现，他不可能再继续等下去，所以他深深地吸了一口气，准备动手。呼吸是有声音的，尤其是像宁缺这样的魔道高手，全力施为之前的这次呼吸，更是如秋风过林一般呼啸作响。他身前的杂役还有稍远处的天谕院副院长莫离神官，隐隐约约觉得听到了些什么声音，然而还没有等他们反应过来，便被另一道声音吸引了注意力。宁缺也听到了那道声音，所以他用最快的速度敛没了气息，微微佝腰，变回人群中极不起眼的那个青衣小厮。

那道声音来自桃山前坪外围，有人同样在诵读教典奉天篇，和西陵神殿诸神官及数万信徒诵读的内容几乎完全一样，便是其间的音调起伏也没有任何区别，只在某些段落里有些很微小的词句差异。然而就是那些微小的词句差别，却让这道诵祭的声音非常刺耳，就像是一首完美和谐的乐章里，忽然响起了清脆的敲竹声。

那道声音继续平静地诵读祭文，距离桃山越来越近，数万人整齐虔诚的诵祭声顿时被打乱了节奏，跪在地上的信徒们愕然回首望去。庄严肃穆的诵祭声变得小了很多，只剩下天谕院师生及诸殿神官还在坚持，还在与桃山下传来的那道诵祭声对抗。山下走来了一群人，有老有少，有男有女，头戴笠帽，肤色黝黑，看上去就像海边的渔民，身上却穿着极尊贵的红衣神袍。这十几名像渔夫般的红衣神官，列队缓慢而行，脚下节奏极为统一，如果从正面望过去，便只能看见最前方那名老人。与众不同的诵祭声便是来自这些人，明明有十几个人，但却只有一道声音，和神殿的诵祭声相比，这才是真正的完美和谐。

这十几人来到桃山前坪外，清光渐现，桃山第一道大阵显现出身影，然而为首的那名老人没有停下脚步，面无表情继续向前，便是诵祭的声音都没有停止，教典奉天篇里的词句不停响起。清光渐现然后渐敛，根本没有显现任何威力，那十几名渔夫模样的红衣神官便走上了桃山前坪，追着他们来到此间的数十骑护教骑兵，还有那些紧急赶至的西陵神卫，看着这幕画面，根本不知道该怎么办。这些人的红衣神袍是真的，神殿出品无法伪造，更重要的是，就连拱卫桃山的清光大阵，都认同了这些人的身份，只有对昊天真正虔诚，并且拥有道门纯正血统的神官，才能如此轻松地通过清光大阵。

桃山前坪上的数万名信徒纷纷起身，然后像潮水一般散开，给这十余人让开了一条道路，这些人依然笔直地行走，对着桃山行走，神态虔诚而坚毅，他们敬拜的同样是昊天，只是和神殿走的道路并不相同。

天谕院院长看着缓缓走来的那十几人，脸色变得有些苍白。这些人单凭一道声音，便压制住数万信徒和无数西陵神官的诵祭声，自然靠的不是境界修为，而是对祭文的理解，以此观之，这些人对西陵教典的理解还在自己之上，甚至就连掌教对教典的理解，都不见得有这些人深厚，只是自己一生苦研教典，非常清楚奉天篇的沿袭改动，为什么从来没有听说过奉天篇原来的文字是这样的？这些人到底是谁？他们为什么对教典如此熟悉？

前来参加光明祭的各路宾客也很吃惊，他们看着这些奇怪的人，看着他们身上的红衣神袍，猜测着他们的来路和来意。七念乃是佛宗行走，曾在悬空寺里见过很多修行界旧事秘辛，此时看着这些渔夫模样的红衣神官，蹙眉想到某种可能性，“难道南海大神官还有传人？”

这些人缓步走到白石祭坛前，依然排列成一道笔直的线，对着祭坛上的陈皮皮，继续平静而虔诚地诵读着教典奉天篇。西陵神殿方面的诵祭声渐趋寥落，直至最终不可闻，落在白石祭坛上的万道光线，由威压转为怜悯，然后变成怜爱。

西陵神殿方面的诵祭声停了，这些奇异来人的诵祭声还在持续，看着这些人戴的笠帽和身上淡淡的鱼腥味，天谕院院长终于猜到了这些人是何来历，脸色骤然间变得更为苍白，再没有任何犹豫，唇角渗血，厉声喝道：“言之命从！断！”

这声断喝是西陵教典降世篇里的段首第一句，融入了他知命境的修为和数十年诵读经典所得，自然非同寻常。祭坛前的诵祭声终于完全停止，只不过令院长感到有些心悸的是，这些人的诵祭声并不是在自己那声断喝之后便戛然而止，而是像一首渔曲般，拉出一道柔滑神圣的长音，才袅袅而终。“六百年了。”天谕院院长看着祭坛前的这十几个人，脸色苍白地说道：“已经过了六百年，你们为什么还要回来？”

站在那些人最前面的是位老人，面容黝黑，上面有极深的皱纹，就像被重物压久了的皮革，生着短而疏的胡须，眼神宁静，看上去就像是位阅尽人间悲欢离合的老农，因为淡淡海腥味，则更像位老渔夫。

老人说道：“我们本就是道门一属，为何不能回西陵神殿？”

天谕院院长沉默片刻，问道：“请教道号。”

“赵南海，来自南海。”老人看着他说道：“桃山召开光明祭，理所应当由光明神殿主祭，何时轮到天谕神殿的人？我南海一脉乃是光明正宗嫡系，既然如今光明神座空悬，我不得不回来主持此事。”

今日参加光明祭的宾客，或是修行界里的强者，或是世俗里的贵人，对于道门的那些隐秘历史或多或少都有些了解，听到此时，已经有很多人猜到了老人的来历，震撼地想着，难道真是南海大神官的后代？西陵神殿是道门统治世界的中心，以掌教为首，铺设光明、天谕、裁决三位神座。掌教统管一切事务，天谕大神官负责感知昊天谕令，以及培养神官，裁决大神官负责维持道门秩序，执行教典刑罚，诛杀叛教者及魔宗修行者，都拥有极大的权柄。唯独光明大神官没有具体事务，然而却是地位最超然的存在。

光明大神官都被视为距离昊天最近的凡人，在三大神座里隐隐排在首位，甚至拥有不下于掌教的威望，甚至有种说法，在三千多年前的大治元年之前，西陵神殿根本没有掌教，掌教的出现，就是道门内部试图压制光明一系的产物。千年以降，西陵神殿最了不起的三个人，全部出自光明神殿，第一位便是带着天书明字卷远赴荒原传道，却最终开创明宗的那位光明大神官。最近的那位，便是被囚禁在幽阁十余年最后与颜瑟一同死去的卫光明。

剩下的那位，便是六百年前光明神殿的主人。那位光明大神官，自幼精研西陵教典，备受尊崇，得赴知守观阅三卷天书，道门本以为此人将会成为知守观下一任观主，然而谁能想到，此人偶有机缘，看过佛祖笔记后，有所感悟，开始尝试对流传了无数年的西陵教典进行批释和修订。这是一项浩繁的工程，也很令道门感到不安，教典乃是信徒得昊天所授，岂能随意修订？当时的裁决、天谕两位神座和掌教都反对他的做法，认为他走上了歧路，最终学术上的分歧渐渐演变成了权力的争斗。那位光明大神官的境界高深莫测，无论修道境界还是辩难，以一敌三竟也不落下风，神殿内部也随之发生了极为激烈的斗争。

卫光明逃离幽阁，桃山死伤无数，在这之前，六百年前那场因为修订教典而引发的内乱，便是西陵神殿历史上最惨烈的一段历史。那场神殿内乱太过恐怖，以至于影响到道门对人间的控制，隐于世外的知守观迫不得已出手，然而即便是观主和那些隐世长老，也无法辨清谁对谁错，在这种时刻，只好做出他们所以为最正确的判断。道门不允许光明大神官再对西陵教典进行修订，并且将他和效忠于他的十余名红衣神官请出桃山，但承认他一脉的正统地位。那位光明大神官就此飘然离开桃山，远赴南海传道，发下大愿，除非昊天降下神迹或是道门认错，否则他终生不踏陆地一步！

在那之后，南海上偶尔传来消息，有人乘舟浮于海，在各小岛之间来回，给那些尚未开化的野人传道。消息不断地传回陆地，那位传道者经年累月不觉疲惫艰辛，被尊称为南海大神官，直到数十年后，传来了他的死讯。西陵神殿方面一直知道南海大神官便是离开桃山的光明大神官，闻知死讯默然之余，不免也有些感伤，在神殿里为他留下了正式的牌位。

这便是南海大神官的由来。南海大神官死后，便很少还能听到有人在海上传道的消息，到后来甚至再没有任何消息传回陆地，西陵神殿方面以为追随他的那些神官早已散去或是消失，如今已经过去了六百余年，更是以为南海光明一脉早已断了传承。

谁能想到南海大神官还有传人，而且重新回到了桃山！

祭坛四周的人们神情极度震撼，尤其是神殿里知晓这段往事的神官和执事们，脸上的表情更是复杂至极，时隔六百年，这些人居然真的回来了！不是所有人都不知道南海大神官一脉并未断了传承，比如叶红鱼就很清楚，陈皮皮的母亲便是那位大神官的嫡传后代，掌教也很清楚这件事情。

神辇上幔纱微拂，万丈光芒里掌教高大的身影微微前倾，他没有说话，也没有去看那些远道归来的南海客人，而是静静地看着陈皮皮。陈皮皮的身上流着一半南海一脉的血，那么今日这些南海来人在桃山出现，究竟是想做什么？他们想救他走吗？

诵祭暂停，西陵教典奉天篇没有读完，先前落在白石祭坛上的光线，渐渐变得疏淡，陈皮皮觉得威压渐释，体内将要消融的雪山气海乃至脏腑重新恢复稳定，才明白自己被从死亡边缘拉了回来。他看着祭坛前的南海来人，发现并不眼熟。他离开南海的时候还很小，对于当年的那些事情和那些人，已经没有任何印象。

但他知道这些人是母亲的亲人，换句话说，这些人都是他的亲族，按道理来说，南海来人救了他的性命，而且又是他的亲人，他这时候应该表现得更激动些，至少也应该流露出些感激的神情。陈皮皮没有，他只是静静地看着这些南海来人，因为他哪怕什么都不记得，也依然记得这些在海上艰难传道的人，除了传道之外什么都不在乎，对待自己和对待别人都像海水那样冷漠。他已经忘了母亲临死说的话，但如今想来，南海一脉如果不是想重归桃山，又怎么会把母亲送给父亲？

陈皮皮很清楚，南海大神官一脉重回桃山，肯定不是为了救自己，就算有这个原因，也只是顺带，这件事情必然与父亲有关。南海大神官一脉，重归桃山，看上去确实可以为知守观重新赢回道门的控制权，然而，父亲应该很清楚，她这时候正在光明神殿里。只要她在人间，任何胆敢挑战西陵神殿的人，都只能去死，不要说这些南海传人，即便是六百年前那位光明大神官复活也是如此。父亲究竟想做什么？

知守观的小湖畔摆着一张竹榻。观主躺在竹榻上，手里不知握着什么东西，静静地看着观墙外桃山方向。中年道人在榻旁煮茶，隆庆在湖对岸草屋里看天书。中年道人把茶分好，轻轻搁到榻旁，观主用新生的手指缓缓取过茶盏，浅浅饮了口。

中年道人看着桃山方向，沉默很长时间后说道：“可惜了。”

观主知道师弟说的可惜有两层意思。

夫子在泗水畔登天那日，自天上落下一脚，踩塌了观后的青山蚁窟，道门隐世高手皆死，从那一刻起，道门的重心便已经从知守观转移到了西陵神殿，因为权力这种事情永远与信仰无关，只与力量有关。其时他还在，道门依然以知守观为首，然而如今他已经废了，中年道人虽然境界高妙，却不足以震慑道门，所以知守观便废了。

中年道人说的可惜，第一层意思便是，可惜知守观真正的力量，被夫子一脚踩碎，第二层意思则是可惜此时在桃山的那些南海神官。因为她在人间，她此时就在桃山之上。

“我并不觉得可惜。”观主将手里的东西扔到榻旁地面上，发出几声脆响，应是某种硬物。然后他看着地面说道：“她赢不了，至少今日。”

中年道人望去，只见两片古旧的牛骨一正一反落在地面上。

这便是算。

中年道人说道：“人算岂能如天算？”

“天算能算一切事，但不见得能算出她自己。”观主端着茶盏，看着墙外桃山方向淡然说道。为了不让光明神殿那位知晓自己的安排，他便是自己也不清楚想要些什么。如果那位能够回到昊天神国，他让南海诸人回到桃山，可以说是让光明神殿正宗传人主持光明祭。而如果那位回不去，这场光明祭便没有任何意义，道门必须考虑日后的状况，南海诸人便是他的力量，而陈皮皮自然也不需要再被牺牲。

中年道人说道：“她怎么可能败？”

观主说道：“她被夫子留在人间，斩不断尘缘，自然便败。”

中年道人说道：“就算她斩不断尘缘，但能斩了道门诸人的性命。”

观主说道：“虽然她已经来到人间，不再是我所信仰的昊天，但就像昊天那样，她必然是绝对客观公正的，我替昊天道门做了这么多事，她为什么要杀我？我的生存是用我的信仰换来，无人能破。”

中年道人说道：“那南海诸人？”

观主说道：“若能活着，便是日后的道门，若死去便请安息。”

西陵神殿，桃山前坪。天谕院院长盯着赵南海说道：“你们究竟想做什么？”时隔六百年，南海大神官一脉重回世间，自然不可能就是为了参加光明祭。赵南海抬头望向桃山巅的光明神殿，神情复杂地说道：“我们要重归光明神殿，点燃万年长灯。”

南海一脉传承自那位光明大神官，受道门承认正统地位，如今既然光明神座无主，他们要求继承这个位置，并不算过分的要求。最关键的是，通过先前的诵祭，人们隐约感觉到，这些自南海归来的神官，可能真的拥有重新入主光明神殿的实力。

听着南海来人的要求，神辇里掌教大人的身影不再前倾，而是带着漠然的感觉重新坐直，显得根本毫不关心。如果换作以前，哪怕是他面对突然归来的南海一脉，也会觉得有些棘手，因为无论从道统还是从传承来看，对方都有重执光明神殿的资格和理由，然而现在他对这件事情却是毫不关心。因为光明神殿里的万年长灯虽然熄了，但不代表光明神殿里真的没有人，而只要那位在光明神殿，无论是谁想要重新回到光明神殿，都是人世间最可笑的笑话。

天谕院院长看着南海诸人说道：“道门继统之事何其慎重，待光明祭结束之后，再做认真讨论，现在请诸位暂且退到一旁。”除了掌教没有人知道这场光明祭的真正用意，院长也不知道，但光明祭是道门最盛大的祭祀仪式，他不可能看着被南海诸人捣乱。

南海诸人里有位少女，正是路过莫干山时，放言要把墨池苑扫平的那位小渔姑娘。她看着院长嘲讽道：“天谕神殿的人不学无术，连奉天篇都读不好，有什么资格主持光明祭？退到一旁的应该是你才对。”天谕院院长听着这句话，神情变得极为难看，然而先前的事实已经证明，在对西陵教典的理解和掌握上，他确实不如这些南海来人。

赵南海看着巨辇里的掌教，面无表情地说道：“光明神殿无主近二十年，道门奉天伐唐，最终却毫无收获，反而损失惨重，天谕神座归神国已有数月，依然没有定下传承，掌教大人堪称昏庸。”场间一片大哗，谁也没有想到，这些南海大神官的传人，除了想要重新执掌光明神殿，居然似乎还想把掌教从桃山之主的位置上拉下来。

南海一脉只有十余人，又哪里来的这些底气？要知道今日桃山前坪强者云集，西陵神殿再如何衰败，也不可能连这些人都镇压不了。

西陵神殿的神官和执事们看此人敢对掌教不敬，怒意大作，有些人更是厉声呵斥起来，然而辇里的掌教依然没有说话，没有任何反应，这令人们觉得有些异常——无人知晓那是因为他根本不屑回答的缘故。见巨辇里的那道身影依然平静，赵南海微微蹙眉，似也没有想到西陵掌教并不如传说中那般易怒自大。他的目光在祭坛旁的宾客里缓缓扫过，忽然落在了金帐国师和那位勒布大将的身上，不悦斥道：“如今居然连草原上的蛮子都能进桃山观礼，神殿真的是越来越不像话了。”说的是金帐王廷的人，指责的依然是西陵神殿，锋芒对准的还是辇内的掌教，未等神殿方面做出反应，勒布的双眉便挑了起来。

国师看着赵南海却没有说话，抚着木鼎微微一笑。赵南海乃是如今南海一脉里辈分最高之人，西陵神术已然修至知命巅峰，南海一脉要重执光明神殿，他便是光明大神官不二的人选。然而看着金帐国师似有若无的笑容，这位南海最强者的眉头微微蹙起，黝黑脸上的皱纹显得愈发深刻，神情凝重至极。桃山前坪上没有起风，天地元气没有任何变化，赵南海和国师只是对视一眼，彼此的识海里便掀起无比险恶的狂澜。

这种纯然念力的搏杀，不动外物，不扰秋叶，外人感觉不到任何波动，对于局内的二人来说却是极其凶险。金帐国师此生只修念力，以草原祭祀为术，经历数十年静修，深厚无比。即便是念力雄浑如海的宁缺，去年在荒原上遇见这位国师时，都险些吃了大亏。赵南海境界虽然深不可测，但修的是西陵神术，此时被国师强行拖入念力的凶险搏杀，自然有些吃亏。赵南海轻哼一声，眼中仿佛有神辉散出，飘离面颊数寸，便消散不见，凭借着神术对念力的切割，强行从这场战局里退了出来。

国师不再看他，轻抚木鼎无语，脸上依然带着微笑。

金帐国师和南海传人至强者的比拼，就这样悄无声息地开始，然后陡然结束，赵南海隐隐吃了些亏，但他见势不对，便从这场念力战斗里轻身而出，不得不说此人在西陵神术上的造诣高得有些难以想象。

战斗瞬间发生结束，祭坛四周很多人甚至不知道发生了什么，勒布大将很清楚，想着先前对方的羞辱，向前踏上一步，遥遥一拳击出。勒布乃是金帐王廷武道第一强者，一身筋骨被锤炼得有若铜铁，举手投足间便地动山摇，此时遥遥一拳击出，前坪上的天地元气竟被带动着呼啸而去，仿佛有座小山被他砸了出去，直向南海诸人！

赵南海此时看着金帐国师，根本没有理会这霸道的一拳。南海诸人里一名精瘦的汉子，向侧方踏出一步，也是毫无花哨的一拳击出。先前那场念力的战斗隔空而发，此时勒布和南海精瘦汉子的拳头，也是隔着数丈而发，祭坛前顿时风声大作，隐有雷霆之声。轰的一声巨响，两道拳意在空中相遇，光明祭前落在地面上的桃花，被震得飘摇而起有若粉蝶，紧接着便被撕扯成无数碎絮。祭坛前的地面上，仿佛经历了一场长达数年的旱灾，上面出现了无数道深刻的痕迹，龟裂的地面看上去就像是随时会崩塌成渊。

那名精瘦汉子闷哼一声，向后退了一步，头上的笠帽就像地面一般裂开，然后簌簌落下，碎屑洒得他满头满脸都是。勒布大将没有退，只是身形微微摇了摇，然后他缓缓收拳，看着南海诸人漠然地说道："南海大神官传人……不过如此。"

赵南海看着金帐国师说道："难怪能与唐国对峙多年，果然了得。"

金帐国师和大将展露了强大的境界修为，能够与唐国争锋多年，这并不出乎场间众人的意料，真正令人们感到震撼的还是南海一脉。这两场比拼都是南海输了，但人们瞧得清楚，赵南海的境界果然高深莫测，真要放手施为，想必金帐国师也会觉得棘手。而那名稍逊于勒布大将的精瘦汉子，更是只是站在南海诸人里的第六位，如果南海诸人是以实力排序，岂不是说明这些人都有接近甚至战胜勒布的实力？要知道勒布可是金帐王廷武道第一强者！

如果南海诸人都是这般境界实力，今天的西陵神殿还真是遇到了大麻烦，南海诸人锋芒所指的掌教大人该如何自处？掌教依然没有说话，因为西陵神殿处理这件事情的自有其人，那就是负责维持道门秩序的裁决神殿。就在这个时候，南海少女小渔看着裁决神辇，发现如血般的幔纱里坐着位美丽的女人，问道："你就是叶红鱼？"叶红鱼没有理她，有裁决司执事冷声说道："这便是我家裁决大人，你有何事禀报，如有下情速速道来。"

"原来你就是当代裁决。"南海少女打量着那座神辇，觉得颜色有些不好看，说道："下来吧，你的位置我要了。"桃山前坪一片哗然，谁都没有想到，赵南海刚刚针对掌教，接下来这个少女居然如此大胆地要叶红鱼让出裁决神座的位置！

叶红鱼想着先前的那两场战斗，细眉微蹙。

如今西陵神殿，她是对神术研修最深的人，却发现南海诸人不愧是六百年前光明的传人，赵南海在神术方面的造诣，竟似乎还要强于自己。而勒布和那名南海精瘦汉子的对拳，也已经隐隐然有了些当年唐和夏侯对拳时的感觉，勒布不愧是王廷第一武道强者，那名精瘦汉子又是从哪里练得这身本事？

她在神辇里想着这些事情，裁决司的下属们在神辇外看着她，等待着她的命令，此时桃山前坪上的阵法已经准备妥当，两千名护教骑兵已然集结，准备开始冲锋，数百名黑衣执事，已经开始准备替南海来人收尸。便在这个时候，祭坛前响起那名南海少女的声音，她的语气很理所当然，因为平静所以骄傲，于是叶红鱼的细眉愈蹙。神辇四周的裁决司神官和黑衣执事们的脸色更加难看，只等神座一声令下，便要启动大阵，把这些骄横的南海来人尽数诛杀。叶红鱼静静地看着辇外那个小姑娘，仿佛看到很多年前那个骄傲的自己，她没有下令裁决司出手，而于眉山渐平之际起了杀意。

陈皮皮一直坐在祭坛上。因为南海众人的归来，他这个光明祭的祭品竟似快要被人遗忘，他很满意现在的处境，既然猜不出父亲把南海光明一脉调回桃山的真实原因，那只要保证自己暂时还活着就很好。他让祭坛看守自己的西陵神卫去弄些茶水和瓜子来，自然没有人理会，但他依然津津有味地看着戏，直到听到那名南海少女说的那句话。看着那名南海少女健康的肤色和清秀的眉眼，他啧啧感叹两声，心想生得还挺好看的，怎么就要去惹那个女人，这般死了岂不可惜？

南海少女没有注意到他的神情，看着裁决神辇里的叶红鱼说道：“我自幼修道，十七岁神术大成，是除了表哥之外，世间最年轻的知命境，听闻你修的也是神术，却近二十年华方知命，那有何资格在我面前坐着？”

场间的人们先前见她敢对裁决神辇如此说话，震撼难言，此时听她自道十七知命更是震骇，然而再望向这名南海少女的目光里便多了些怜悯和嘲弄，只是不知道她所说的表哥又是何方天才人物。修行者能够十七岁知命，这当然是极罕见的事情，除了书院和知守观，再难找到这样的例子，那名南海少女如此骄傲，自有她的理由。

然而修行界皆知如今的裁决神座、当年的道痴并不是不能十七岁知命，她只是以极大毅心把境界始终压制在洞玄境，等待着最完美的破境契机。这需要何等样恐怖的心境？何等样强大的意志？正因为如此，道痴叶红鱼才真正超越了修行者年轻天才的范畴，于数年之间直至知命巅峰，成为众人仰望的裁决大神官，世间的修道天才有很多，但真正能够走到叶红鱼这个位置的又能有谁？如此人物又岂是普通年轻天才所能抗衡？

南海少女感受到场间众人的眼光，有些不解，心想自己十七知命为何没能迎来赞叹和惊呼，反而迎来的只是怜悯和嘲弄？她料想定然是中原修行界畏惧于叶红鱼的地位，刻意影响自己的心境，不由有些愤怒，便向裁决神辇走了过去。

最开始的时候，赵南海没有阻止她出言嘲讽叶红鱼，因为他知道自己的女儿确实是修道天才，而且他也认为叶红鱼如此年轻便成了裁决大神官，并不代表她本人多强大，只能说明西陵神殿现在的衰败。南海一脉偏居南海，只知中原修行界的大概情形，并不了解具体的情况，直到看到场间众人的神情，赵南海才发觉似乎有些问题。

赵南海伸手唤住自己的女儿，看着裁决神辇里的叶红鱼说道："小女狂妄不知天高地厚，还请神座见谅。"众人没有想到他会这样说，更没有想到此人紧接着说道："如果神殿的规矩没有变的话，我记得可以随时挑战裁决神座。"叶红鱼在神辇里撑颌静坐，听着赵南海这话，眼眸微亮说道："如果你能杀死我，墨玉神座就由你来坐。"

裁决神殿里墨玉神座的传承，向来与死亡相伴，每一任裁决大神官的交替，都是一段血腥惨烈的历史。叶红鱼能够成为裁决大神官，便是因为她杀死了前任裁决大神官。当然，她完全可以不理会赵南海的挑战，但她是谁？她是叶红鱼，她最喜欢的事情就是与强者战斗，先前既然已经看出赵南海在神术方面的造诣极其深厚，岂有不应战的道理。

然而出战的并不是赵南海，而是一个中年渔夫模样的男人，这一次场间众人注意到，此人排在南海诸人队列里的第四位。南海众人里排第四，就想坐上墨玉神座？众人看着那名又黑又瘦又矮的中年男子，皱眉想着这真是不自量力。然而那中年男人行出队列后，枯瘦的右手缓缓伸出红衣神袍，只闻一声清冷若水的剑啸，一柄道剑不知自何处来，飘然于空。道剑现世，瘦矮黝黑的中年渔夫身上，自然流露出一道肃杀气息，桃山秋风拂得袍袖微飘，好一派宗师气度！场间众人再不会认为此人不自量力，柳亦青腰间鞘中的剑隐隐嗡鸣，他闭着眼睛感受着空中传来的剑意，确认自己都不是此人的对手！

叶红鱼坐在神辇里，见出战的并不是赵南海，不由微微蹙眉，然而既然那中年人已经出剑，她也懒得让对方再换人。她向来说打就打，不肯讲半句废话，随意挥了挥衣袖，一道剑光破辇而出，直刺那名中年人。这柄道剑来得极其突然，南海少女小渔斥道“偷袭无耻”，那名中年人则是神情凝重，开始在祭坛之前跳起舞来！

叶红鱼的剑一如既往地凌厉，霸道直刺中年人的脸，桃山前坪上的空中，响起一道令人耳聋的嗡鸣声。中年人在跳舞。他很瘦很黑很矮，所以手舞足蹈的时候，显得特别滑稽，但身上的宗师风范却未稍损，空中那道极细的道剑，更是随着他的舞蹈，骤然间在空中消失不见，沿着怪异的曲线来到了裁决神辇之前！此人道剑运行轨迹太过诡秘，走的不是直线，也不是曲线，更像是海水深处的那些游鱼，倏乎在前，然后陡然后转，根本无法猜测其去路。这大概便是南海一脉常年与海水相伴，从而悟出的剑意。

叶红鱼也没有想到此人的剑竟是如此诡异，蹙眉念力疾出，剑光应念而回，于神辇之前险之又险地挡住对方的剑。只听得一声极轻的声音，神辇最前方那道血色的幔纱被撕开了一道小口，这道裂口很不起眼，却说明叶红鱼输了半招。

道剑掠回中年男子头顶的空中，蓄势待击。裁决神辇里，叶红鱼缓缓坐直。她是裁决大神官，起手便输了半招，实在是很难想象的事情，血色幔纱上的那道小裂口，在人们眼中看着便显得有些狼狈。叶红鱼看着辇外那个中年男子，脸上的神情渐凝，不是得见大敌的凝重，而是情绪寒冷如霜，杀意如风雪渐凝。

南海少女小渔看着神辇说道：“裁决大神官，不过如此。”先前她父亲赵南海与王廷国师一战没有占得便宜，六师兄还输给了勒布大将，勒布大将说了句“南海传人不过如此”，此时看着四师兄胜了叶红鱼半招，她便把这句话原封不动地还给了西陵神殿方面。

叶红鱼没有理她，重新撑颌闭上了眼睛，她的剑重新飞回她的膝前静伏。她不再看神辇前那名剑道惊人的中年男子，她的剑也不再巡游于空中，准备抵抗中年男子那道剑迹诡异的剑。

桃山前坪所有人，都不知道她想做什么。

中年男子微微蹙眉。

便在这时，桃山前坪忽然风雨大作。并不是真的风雨，因为没有雨水落下，事实上只有狂暴的风声和磅礴的雨声。狂风声是剑起，暴雨声是剑出。叶红鱼依然闭着眼睛，道剑依然在膝。却有数千道白色的湍流，自血色神辇而出，直刺祭坛前的那名中年男子。

每一道白色湍流，都是一道虚剑。

她闭着眼睛，但她眼中有神之星辉，她已看透桃山前坪里的天地气息分野。她没有动剑，却有数千剑出。数千道剑出，笼罩桃山的第二层大阵隐隐散发着淡淡的清光，连大阵都自行感应现身，可以想见这些剑雨的威力。

中年男子沉声断喝一声，召道剑护身，只见那柄道剑极细，状若游鱼，瞬间散发出无限光明，将身遭密密护住。只听得无数清脆声音响起，数千道虚剑如雨丝般不停落下，把中年男子裹入其间，然而中年男子身前那柄细细的光剑，却始终没有黯淡。

以西陵神术入剑道！众人再度震撼，心想果然不愧是南海光明的正宗传人，面对裁决神座如此狂暴的剑势，竟然看不到任何败落的迹象！

少女小渔看着神辇里的叶红鱼说道："都说你厉害，你到底厉害在何处？"

叶红鱼在辇内撑颌闭目，没有看她，也没有看那名剑放光明的中年男子，因为她知道那个中年男子死定了。剑道大成以来，她只用过两次这种手段，上次是在青峡之前，她用了数万道剑，只困住了君陌一瞬，而今日她只出了数千剑。

只是世间哪里去找第二个君陌？

桃山前坪，数千剑意纵横，南海光明细剑于风雨中飘摇，却固若顽石，很多人都认为中年男子可以撑下去，直至最后发起反击。唯有赵南海的神情变得异常凝重，看着满天剑雨蹙眉道："以剑为樊笼？"不愧是南海一脉的最强者，此人竟看破了叶红鱼数千虚剑的真实手段。当初在青峡之前，便是书院君陌也被叶红鱼的万剑樊笼囚禁，更何况那名中年男子，南海众人里排第二位的是位瘦高老人，他也瞧出了剑雨里隐着的厉害手段，自赵南海身后闪出，右手向着空中伸去，一道圣洁的昊天神辉自掌心喷薄而出，想撑住剑雨，救出中年男子。

中年男子也感觉到了剑雨里的恐怖意味，厉喝一声，把全身修为尽数逼入那柄如游鱼般的细光剑里，细剑直刺裁决神辇，自己则是借着那名瘦高老人的神辉庇护，疾速向后方退去，想要保住自己的性命。

嗤的一声轻响，那道细光剑破血纱布入，直刺叶红鱼眉心。在那名排在南海第二位的瘦高老人掌出神辉之际，叶红鱼便已经睁开了眼睛，她的眼眸深处有星辉灿烂，有难以压抑的怒意，因为她要杀死那名中年男子，现在却有人试图阻止，这令她很不高兴。当中年男子的细光剑刺入神辇后，她的眼眸因为反射剑光，变得更加明亮，她没有举起膝上的本命道剑，而是抬起了自己的左手。

那道细细的光剑有如游鱼，飞行轨迹极其诡异，倏忽在左，倏忽在右，然而当叶红鱼伸出手后，这道光剑顿时被捉住！那道光剑在她的指间不停颤抖挣扎，就像是落在地面上的鱼，不停地摆着尾巴，她细长的指上附着一层淡淡的神辉，仿佛就像是钳子。只听得嗤的一声，细光剑上冒出一道青烟，便被叶红鱼的神辉炼成废铁，再也没有挣扎，被她随意扔到了辇内的地面上，就像是一条死鱼。神辇外正在疾速后退的中年男子，感应到识海里失去本命剑的痕迹，不由大恸大怒大惧，哇的一声吐出血来。

他以西陵神术入剑，又观海鱼悟新奇剑意，确实厉害，所以最开始的时候能避开叶红鱼的道剑撕裂裁决神辇的幔纱，然而当叶红鱼知晓他的剑势剑意为何后，他还能如何？西陵神术本就是她的本修，剑意如游鱼？她的名字里本就有个鱼字，想数年前在荒原大明湖畔，她化道剑为水鱼，杀得宁缺和莫山山苦不堪言，如今她已是裁决大神官，岂能被人以此等剑意所伤？最关键的是中年男子的剑飞进辇内，便到了她的身前，当年收到柳白的那封信后，世上还有谁的剑能够在她身前一尺里畅通无阻？

纵使南海一脉高手相援，叶红鱼依然伸手便夺了中年男子的本命剑，令其吐血重伤，在所有人看来，她已经获得了胜利，而且是骄傲的胜利。但她不准备罢手，因为挑战裁决神座的人，败便是死，不可能有第二种结局，她布下剑雨樊笼，就是要杀死那个中年男子。就算那名境界高深莫测的高瘦老人，此时正以纯正圣洁的昊天神辉撑着满天剑雨，她依然要杀死那个中年男子。她想杀的人，都必须死。

满天剑雨依然在不停落下，高瘦老人高举右掌，用昊天神辉支撑，樊笼之势尚未大成，只要中年男子再退出数丈，便能逃过杀身之祸。

赵南海不再担心，那位高瘦老人也终于松了口气。就在那口气的呼吸之间，裁决神辇外围的血色幔纱无风而动，先前那面被中年男子道剑切裂的幔纱缓缓落下，一道身影如仙如魅般疾掠出辇，瞬息间越过数十丈的距离，掠过高瘦老人身旁，来到中年男子身前。来人自然是叶红鱼，她握着本命道剑，直接刺了过去。

桃山前坪响起一阵惊呼。没有人能想到叶红鱼会离开裁决神辇，以神座之尊以身犯险，在修行界的战斗里，除了武道修行者和魔宗强者，从来没有人会选择近身的战斗，即便是讲究身前一尺的南晋剑阁，也断没有往别人身前去的道理。

叶红鱼自有她的道理。从很小的时候她便习惯近身战，因为道剑飞行再疾，依然不及向前递剑来得直接，而且只有看着敌人在眼前死去，才能保证对方真的不能复起。其后和宁缺连番苦战，她更是从那个家伙身上学习了很多战斗的方法，虽然她不像修行浩然气的宁缺，拥有魔宗强者的无畏身躯，但她学会了柳白的那一剑。那一剑禀的是理所当然的道理，要刺你便能刺中你，只要敌人在自己身前一尺之内便再无逃逸的可能，便是天地也避不开！相隔数十丈，敌人不在身前怎么办？

青山不来就我，我就青山，我来你身前，你便进了我的身前一尺，你便要死。

中年男子离她的剑最近，他清晰地感受到那道剑上传来的理所当然的杀意，他感到了恐惧和死亡的味道。他此时本命剑已毁，根本无法避开这道剑，疾运西陵神术把神辉运至双掌之间，化作一团炽热的光团，想要挡住这把恐怖的剑。

瘦高老人正举着右掌以神辉支撑剑雨樊笼，见师弟陷入绝境，脸色变得异常凝重，垂在身侧的左手遥遥一指点向那处。这一指很不简单，指尖神辉尽吐，如鲜花绽花，花蕊之间一道极细的神辉如刺而出，明明隔着数丈距离，指尖却仿佛要摁到叶红鱼后背。

叶红鱼感觉到身后传来的变化，脸上的神情却没有任何变化，握着本命道剑继续刺向中年男子。道剑刺入那团神辉凝成的光团之后，发出嗤嗤的燃烧声，却没有任何凝滞，因为她的剑上也燃烧着神辉。她不理会身后袭来的那一指，是因为她要去应对瘦高老人的偷袭，中年男子便会趁势而遁。最麻烦的是，只要耽搁哪怕再短的时间，场边的赵南海便能反应过来，她虽不惧，却再没可能杀死中年男子。她一定要杀死那名中年男子，哪怕受伤也在所不惜，因为所有胆敢挑战她的人，都要受到死亡的裁决。

叶红鱼的剑刺进了中年男子的胸口，刺破了他的心脏，桃山前坪上甚至能够听到那个充满力量跳动的肉团破裂时的声音。鲜血狂飙，中年男子凄厉地喊叫着，倒在了地上。场边的赵南海发出一声悲愤的怒吼，那名高瘦老人更是脸色铁青，竟撤去了右掌，不再理会自天而降的剑雨樊笼，全力向她攻去。高瘦老人的指尖，此时已经越过数丈的距离，落在了叶红鱼的背上，随着他的全力攻击，无数昊天神辉顺着指意磅礴而至！

叶红鱼要杀人便来不及转身，也来不及做出任何应对，就在所有人都以为她将要受到重创的时候，一朵金花忽然在她背上盛放开来！恰好迎住那道蕴着神辉的指意！

这朵金花圣洁纯净，是她用西陵神术凝结的昊天神辉，也唯有神辉才能抵抗神辉，指意与花瓣相触，同源同种的昊天神辉四处喷洒，桃山前坪之间，仿佛正在放着烟花，美丽炫目至极，根本无法逼视。瘦高老人在南海神官里的辈分境界极高，仅在赵南海之下，单论西陵神术要比叶红鱼更强，修为也更加深厚。二人昊天神辉冲撞产生的夺目烟花，没有维系太长时间便变得黯淡起来，这意味着他获得了胜利。

西陵神殿众人发出震惊的呼喊，有人焦虑地望向最高处那座神辇，盼望着掌教大人能在危急关头把叶红鱼救出来。然而接下来的变化，依然出乎了所有人的意料。

瘦高老人的指尖，隔着数丈距离，碾破了叶红鱼背上的金花，落在血色的裁决神袍之上，瞬间再破，直入她的血肉。而就在这时，她被指意刺破的血肉里，忽然弹出了一根金线！那根金线很细，速度却是奇快，就像是闪电一般，顺着瘦高老人点出的神辉来到他身前！

因为速度太快，这根细细的金线竟然有了爆裂的感觉！

瘦高老人怪叫一声，用最快的速度收回昊天神辉，想要避开。然而那根金线不知是何材料，非但不惧昊天神辉的净化能力，甚至就连速度也慢不了多少，顺着他的指头缭绕而上，来到指根处然后骤然收紧！没有任何声音，一根手指落在了地面！那根断指的伤口处没有任何血，因为被神辉封住，事实上，如果不是瘦高老人反应奇快，这根金线甚至可能把他的整只手掌都割下来。

桃山前坪天地气息微动，叶红鱼如一片红红的枫叶飘回神辇。飘过赵南海身前时，她看了此人一眼，眼眸里没有任何情绪。指落无声，此时桃山前坪更是鸦雀无声。

瘦高老人看着自己的断指，沉默不语。

赵南海低头看着脚下的桃花瓣，沉默不语。

其余南海众人围在那名死去的中年男子身旁，沉默不语。

南海少女小渔脸色苍白，根本不敢相信自己看到的一切。

打破场间死寂气氛的是两声轻咳。然后是裁决之剑归鞘的声音。血色神辇里，叶红鱼以手撑颌，再次闭上眼睛，似乎有些疲惫。

本极红艳的唇，此时有些白，她显得有些疲惫，然而却没有人认为她虚弱，就像她的剑静静搁在身旁，却已经说了千言万语。先前那场转瞬即逝的战斗，带给人们太多震撼，人们看着血色的裁决神辇，很长时间都没有说话，桃山前坪一片安静。

叶红鱼的剑道与人们以为的道门瑰丽神圣剑意截然不同，是那样的冷厉肃杀，最令人震撼的是，她在这场战斗里所展现出来的风格。

瘦高老人在南海诸神官里仅次于赵南海，展现出来的西陵神术亦是深厚精妙，即便不如当年的卫光明，却肯定要在叶红鱼之上。她手中的道剑刺进中年男子心脏之前，瘦高老人便已出指。其时她若不理，或刺伤中年男子便轻身而回，断不至于让自己被瘦高老人逼入绝境，换作任何人在那种危险时刻，大概都会做出这样的选择。叶红鱼却是理都未理，暴杀身前的中年男子，用身体硬扛了瘦高老人的一指，最后竟是用谁都想不到的诡异方法，把瘦高老人的手指切断！这种选择里所展现出来的强悍意志及绝对自信，令观战的诸人心生寒意，堂堂裁决神座竟然用这等行险的方法搏杀！

直到此时，人们才想起来，她在成为墨玉神座上的主宰前，本就是以善战闻名的道痴，是那个万法皆通、杀人无数的道痴。这场战斗的结局超出了很多人的意料。

人们清楚道痴叶红鱼的修道天赋，知道她的强大，但修行这种事情总是要依靠岁月的洗礼，她毕竟太年轻。所以在她成为裁决大神官后，修行界里一直都有怀疑，认为前任裁决大神官如果不是在卫光明逃离幽阁一役中受伤，断不至于被如此年轻的她杀死，从而把墨玉神座交出来。正因为这个缘故，南海神官里排第四的中年男子展露宗师风范后，在桃山前坪观战的人们便不再看好她。她凝千剑为樊笼破辇而出，人们的看法有了些改变，而当瘦高老人伸出那指时，人们还是认为她会失败。她没有败，即便是南海一脉两名强者联手，她依然胜得干净利落，在战斗里展现出了当代裁决的强大和肃杀意，相信今日这一战后，世间再没有人敢质疑她坐上墨玉神座的资格，再没有人敢对裁决不敬。

南海少女小渔看着裁决神辇，脸色有些苍白，心惊难安。先前她注意到叶红鱼掠回神辇时望过来的那一眼，那毫无情绪的一眼。叶红鱼看的是她的父亲，不是她，因为她的眼里根本没有骄傲的南海少女。如果是片刻之前，南海少女会觉得这是轻蔑，这是羞辱，她绝对会因此而愤怒，然而现在她却不得不承认这是实情。

她也是修道的天才，十七便能知命，放在修行史上也极罕见，只是生活在偏僻荒芜的南海上，在修行界里毫无名声，每每想着中原修行界的所谓三痴，她便有些轻蔑，又有些不平，觉得不过是些侥幸之辈罢了。在南海小镇登陆来到中原，她最想做的事情，便是击败修行界名声最盛的三痴，告诉所有人，只有她和表哥才是真正的修道天才。

所以路过莫干山时，她想去墨池苑会一会传说中的书痴，来到桃山之后她向叶红鱼发起挑战，也是这个原因。然而对方根本没有和她动手，叶红鱼就在她的眼前杀了她的四师叔，然后把连她都觉得敬畏的师伯的手指斩了一根。道痴如此厉害，书痴又能弱到哪里去？南海少女脸色微白地看着神辇，心想中原修行界果真是个可怕的地方，谁也不是侥幸得享大名。

裁决之剑的威严必杀，出乎了桃山前坪所有人的意料，只有两个人早就猜到了这场战斗的结局，因为他们和叶红鱼很熟。说来很有意思，叶红鱼是西陵神殿的裁决大神官，此时场间真正熟悉她、把她懂到骨子里的，却是两个书院门徒。

陈皮皮在战前就感慨过，南海诸人居然敢撩拨那个疯女人，纯粹是在找死。而藏身在人群里的宁缺，也是一直微笑不语。陈皮皮只是知道叶红鱼很狠很疯很强大，宁缺更是知道她强大在何处，正如当年叶红鱼说的那样，讲究境界修为和风度的修行界里，只有他和她才是真正懂得战斗的人，他们彼此间曾经舍生忘死斗过数次，她知道他的无耻与狠辣，他也知道她身体里埋着冷酷的金线，他们是真正的同路人。

观看着这场战斗的，除了人，还有一柄剑。那柄剑一直静静悬浮在祭坛之前的空中，这把剑属于柳白，是人间最强的剑，但既然柳白没有亲至桃山，在众人眼中这把剑便是死物，自不会持续留意，在激烈的战斗中，人们甚至已经忘记了这把剑的存在，所以没有人看到，当叶红鱼飘掠出神辇，让中年男子进入自己身前一尺然后刺出那一剑时，这把剑在秋风里微微点头，意甚赞许。因为那一剑是绝杀的大河剑意，因为身前一尺是南晋剑阁的秘学。

“裁决神座果然不愧是道门千年以降最年轻的西陵大神官。”赵南海看着血色的神辇，缓缓平摊双手，神情肃穆地说道：“光明传人赵南海，向您挑战。”赵南海乃是南海一脉的最强者，先前虽然在与金帐王廷国师的念力战里没有占得上风，但他真正强大的是西陵神术，能够在金帐国师的雄浑念力之前稳如桃山，可以想见此人全力施为该是多么的恐怖。

如果以辈分论，他是与掌教同辈，乃是叶红鱼的师叔，所以先前他对着裁决神辇说话并不客气，然而此时他再次发声，却是对叶红鱼用上了尊称，这说明他认可了叶红鱼裁决神座的资格，与她平辈相论。这代表了他对裁决神殿的尊重，也代表了他要击败叶红鱼的坚定意愿。时隔六百年，南海一脉回归西陵神殿，带着很大的决心，抱有很大的期望，在赵南海看来，不问世事苦修多年的己方，在修道境界上绝对能够震撼桃山，而且西陵神殿经过与书院的战争，损失惨重，神符师基本凋灭，天谕神座亦死，掌教重伤，能够支撑神殿的便只剩下一个徒有虚名的道痴叶红鱼。

谁能想到，当他们来到桃山，却发现传闻里重伤将死的掌教竟然完全复原，看威势甚至更胜当年，而他们所以为徒有虚名的年轻的裁决大神官……竟只靠自己一人，便完全压制住了南海一脉的气势！赵南海不能允许这种局面继续发展下去，不然莫要说推翻掌教控制桃山，便是想要回到西陵神殿拿回曾经属于自己的光明神殿，都会变成奢望，所以他没有任何犹豫，再次向神辇里的叶红鱼发出挑战。年轻的裁决神座确实很强，但他依然有信心能够战胜她。

神辇里，叶红鱼撑颌闭眼，似乎根本没有听到赵南海说了些什么。先前她确实想和赵南海战上一场，因为她对南海一脉的西陵神术修炼很感兴趣，但这时候不想了，因为她觉得有些疲惫，而且今日光明祭肯定还会发生很多事情，书院的人还没有到，她已经用裁决之剑立威，便不想再费精神力气。

裁决大神官的传承，靠的就是杀戮和鲜血，但这并不意味着坐在墨玉神座上的那个人便要接受源源不绝的挑战，如果那个人不想接受挑战，那么想要夺取裁决大神官位置的人，首先必须杀出一条血路，走到墨玉神座之前。

她举起右手，神辇外的裁决神殿诸神官和黑衣执事，开始严阵以待，前坪下方传来急促的蹄声，两千余名精锐的护教骑兵开始集结，准备冲锋，便是桃山里的那道大阵都开始展露雄浑的威力。她是当代裁决，那么她便有资格想打便打，不想打便不打，赵南海如果不乐意，先把裁决神殿的人全部杀光好了，她从来不会在乎战场上的尊严，也不会尊重任何勇气，正如先前所说，她和宁缺本就是修行界里的异类，在需要的时候，从来不惮于用一群下属去单挑一个敌人。裁决神殿准备碾压南海一脉，先前南海一脉能够走进桃山前坪，那是因为双方皆是道门正统，此时既然裁决神座举起了手，哪里还管得了什么道统？

听着远处响起的密集铁蹄声，叶红鱼闭眼想着，单凭两千护教骑兵便能把你们这些人给冲死，你以为自己是君陌吗？南海诸人看着前坪下方现出身影的两千铁骑，感受着桃山间那道阵法的隐然巨威，脸上的神情变得极其难看。他们在南海漂流数百年，日夜苦修传道，境界固然高深，但思维不免有些固化甚至木讷，哪里想到叶红鱼在神座之位面临挑战的情况之下，竟不顾西陵神殿的尊严，毫不犹豫选择了这种最霸道的应对方法。

“时隔六百年，难道道门要再次自相残杀？”赵南海盯着血色神辇里的叶红鱼，沉声说道。西陵神殿今日召开光明祭，只有掌教一人知晓隐在其后的那个秘密，其余的人都以为这场光明祭是一场针对书院的伏杀。谁都没有想到，南海光明一脉的传人会忽然回到桃山，而且闹出如此大的风波。裁决神座叶红鱼虽然在先前一战里展现出极强悍的能力，但依然没有人敢小窥这些在南海苦修多年的同道，心道即便西陵神殿能够把这些人碾压致死，肯定也要付出极惨重的代价，肯定会严重影响神殿对书院的安排。

虽然直到此时，哪怕先前光明祭已经开始诵读祭文，祭坛上的陈皮皮险些被自天而降的神辉净化，书院众人始终没有出现，但场间所有人都坚信，书院的人肯定会出现，只是不知道什么时候出现。因为这个原因，西陵神殿方面并不想这时候便与南海一脉爆发全面战争，天谕院院长看着赵南海寒声说道：“南海大神官的牌位还在光明神殿侧殿中，西陵神殿从来没有否认过你们亦是道门正统，你们先前能进桃山，证明昊天也认可你们的虔诚，然而你们若想扰乱神圣的光明祭，便不要怪神殿治你们不敬之罪！”

“天谕神座已归神国，至今无传承，谁敢妄言天意！”赵南海没有理此人，转首盯着巨辇里掌教高大的身影，厉声喝道：“凡人不知，但西陵神殿有谁不知，知守观乃是我道门天枢，祭坛上此人便是观主唯一的骨肉，你们居然用他来祭祀昊天，难道不怕昊天降怒！”

祭坛四周很安静，很多人都已知道陈皮皮的身世，只是没有人敢说，因为在他们看来，这代表道门内部的倾轧已经到了你死我活的地步，却不料在此时被南海来人直接点破，十余名老神官脸上的神情变得复杂起来。天谕院院长看着场间气氛的变化，知道不能任由此人继续说下去，不然谁也不知道神殿里那些依然敬畏知守观的人会做些什么。

他厉声喝道：“此人确实是观主之子，但却拜入夫子门下，做了书院二层楼的学生，单凭这一点便罪同叛教，有何资格不死！”南海少女小渔听着这话，才知道西陵神殿真的要杀陈皮皮，并不全然是伏杀书院的圈套，不由脸色骤白，喝道：“谁敢杀我男人！”

陈皮皮对母亲一族的南海诸人没有什么亲近感，对叶红鱼更没有什么好感，所以他一直在津津有味地看戏。看守他的西陵神卫耐不住他的磨，虽然不可能真的拿瓜子过来给他吃，但倒了碗清水给他。他这时候正端着碗喝水，乐滋滋地看着西陵神殿和南海诸人唇枪舌剑，心想临死还能看这样一出大戏，真是不枉此生。没想紧接着，他便听到了南海少女高声喊出来的那句话……男人？谁的男人？我是你的男人？

噗的一声，陈皮皮把嘴里的水全部喷了出来，院服前襟上湿漉一片。他看着祭坛前的少女，哀怨想着认亲戚也就罢了，咋能这么乱来？

看戏看到最后自己成了戏里的男主角，这又算是哪一出？

37

祭坛四周再次变得安静起来，今天桃山前坪安静的次数太多，自然是因为出现了太多令人震撼无语的事情。小渔望向陈皮皮，说道：“表哥，你再坚持坚持。”

掌教知道陈皮皮与南海一脉的关系，别的人并不知道，听到南海少女喊出“我的男人”，不免诧异，此时听到她喊陈皮皮表哥，再想起先前她曾经说过的那段话，便明白那句话里提到的年轻知命者，便是陈皮皮本人。陈皮皮也很诧异，听着少女的话，端着水碗下意识里点了点头，然后才发现不该点头，难道父亲居然也玩过指腹为婚这一套？

西陵神殿和南海一脉的战争即将开始，事实上双方都不想开始，因为他们都属于道门，他们的对手都应该是书院才对。局势发展到此时，能够解决问题的，便只剩下了掌教大人。知守观失去昊天的恩宠后，掌教便是昊天道门的共主。掌教大人今日的表现很奇怪，因为从始至终他都没有怎么说话，一直保持着沉默，和传闻中暴躁易怒的形象截然不同。

没有人知道那是因为他自认为已经不再是曾经的自己。很多年前，熊初墨还不是西陵掌教，只是一名普通神官的时候，曾经随先师远赴荒原传道，在那里他遇到了自己一生的敌人魔宗宗主林雾，正是在这次相遇中，他的小腹被林雾重伤，从此再也无法入道。身为西陵掌教，他见到过像自己一样的修行界巅峰人物，那些人无论是三位大神官还是柳白或谁，都自有宗师静雅气度，他也很想那样但做不到，因为他的小腹里始终有团火发泄不出来，烧得他实在难耐。直到最近昊天降临人间，赐他福缘，他背靠湛湛青天，举世无敌，心念畅通，便认为自己应该有些云淡风轻的做派。

南海大神官传人突然来到桃山，他根本毫不在意，哪怕明明知道这些人肯定与观主有关，这些人依然没有资格进入他的视野。若南海诸人真的敢对抗昊天的意志，破坏光明祭，他自然能强力镇压。所以他平静沉默，显得那样的深不可测、高不可攀。

光明祭的使命是打开昊天神国的通道，但对于他来说即便失败也无所谓，他虔诚地希望自己能够永远亲吻昊天脚前的土地。他更在意的是在光明祭上灭掉书院，他最想看到的画面是，当二十三年蝉现身时，他挥手胜之，然后以潇洒之姿震慑人间。很遗憾啊，书院始终没有来人，那个该死的林雾不肯出现，你既然是我的一生之敌，为什么在这种时刻不出来配合我？掌教隔着辇畔的万重纱幔，望向远处的莽莽群山，见山间秋叶红黄凄美，只觉好生寂寞，心情失落得无法言喻。他今日说了第一句话。如雷般的声音带着毫不掩饰的轻蔑与遗憾，还有几分寂寥，穿过辇畔的万重纱幔，在桃山的山野间回荡不停。

“书院无人矣。”

这句话的意思非常清楚。

整个人间都知道，光明祭是西陵神殿为书院设下的一个局，而夫子在泗水畔登天后，书院与道门在青峡、在长安、在人间各地相争相杀，看似强大，实则付出了极惨重的代价，明知光明祭是局，如何破之？然而如果夫子还活着，轲浩然还活着，即便他们没有那身难以想象的绝世境界，难道他们就能眼睁睁看着书院的弟子死去吗？掌教说书院无人，说的不是书院现在的实力受到重创，而是说在夫子和轲浩然之后，书院再无人有直闯桃山的勇气。

血色神辇里，叶红鱼一直在闭目养神。赵南海与天谕院院长的激烈争论，没能让她神情有丝毫变化，南海少女小渔说陈皮皮是她男人时，她唇角微扬，露出一丝讥讽的笑容，当掌教说书院无人时，她笑容里的嘲讽意味则是越来越浓。她知道宁缺就在桃山，只是不知道他这时候在哪里，她知道他最终肯定会出手，只是不知道他暴起时会最先向谁出手。忽然间她睁开眼睛，美丽的眼眸深处星辉微闪。

叶红鱼在神辇里睁开双眼的同时，桃山外的山道上传来了一阵急促的脚步声，似乎有人在奔跑，紧接着传来金属沉重的撞击声。前坪上数万昊天信徒愕然回首望去，只见先前集结完毕的神殿骑兵阵势有些微乱，隐隐可以看到一道烟尘快速前行。

紧接着那处传来的声音变得更清晰了些，确实是有人在奔跑，在密集如林的骑兵里高速前奔，而那些金属撞击声则是来自兵器。

神殿执事的警声自远处响起：“有人闯山！”

祭坛四周的修行强者和尊贵的宾客们微微皱眉，看着那处渐渐腾起的烟尘，觉得有些不可思议，难道真的有人闯山？西陵神殿便在桃山之上，不知隐藏着多少强者，只是神殿骑兵和西陵神卫便足以杀死几乎所有的入侵者，千万年来除了夫子曾经做到过，谁能闯上桃山？南海诸神官能够来到前坪，那是因为他们本就是道门正统、桃山归客，得到了昊天的允许，此时在闯桃山的人又是谁？

片刻后山下烟尘愈大，金属撞击之声不停响起，越来越急促，而闯山之人的脚步声则消失无踪，看来已经陷入了苦战。

听闻有人闯山，祭坛四周的人不免震惊，因为这山不是别的山，而是桃山，但片刻后他们的情绪便平静了下来。烟尘渐盛，交战之声渐骤，战况看似激烈，反而说明闯山之人已经陷入苦战，那里还只是桃山戒备最松懈的外围，由此可见，来人的实力如何。尤其像金帐国师或佛宗七念这样的强者只是向烟尘起处望了一眼，便已经确认，那人最多洞玄巅峰的水准。

先前叶红鱼准备命令裁决神殿直接碾压南海诸人，两千护教骑兵已然集结成阵，即便因为地形的缘故无法冲锋，依然不是如此境界的人能够闯破，所以众人虽然有些好奇闯山者的身份，却不再担心，有些西陵神官更是不免嘲弄想着，也不知道是哪里来的疯子野修，连最外围的那些骑兵都打不过，居然还想闯进桃山一举成名，真真是痴心妄想至极。

既然闯山者不用担心，场间关注的重点依然还是落在白石祭坛上的陈皮皮处，所有人都想知道，面对南海大神官传人们的质问，掌教大人会做出怎样的回应，是继续保持先前的平和态度还是暴怒镇压？便在这时，桃山前坪外那处战场上忽然响起了一道歌声，那里距离祭坛还极远，歌声传至场间便已经无法听清楚具体的词汇，只能听出那道歌声清亮悦耳，又令人心神阔朗，仿佛歌中有万里青草长。祭坛四周的人下意识里回头望去，桃山前坪上的数万信徒也望向烟尘起处，听着这道稚美却又疏旷的歌声，想象着唱歌少女的模样。

闯山者此时正在苦战，为何还有心情唱歌？

人们重新望向前坪下方的山道之前，场间有几人一直没有收回目光。神辇里，叶红鱼静静地看着那处，脸上没有什么表情；人群中，宁缺怔怔地望着那处，开始缓慢地深呼吸；祭坛上，陈皮皮痴痴地望着那处，端着水碗的右手微微颤抖起来。他们知道闯山的人是谁，也知道为什么要唱歌，因为荒人都喜欢唱歌，尤其是在绝死战斗之前，总喜欢以歌壮志。

还有人望着烟尘起处。桑桑站在光明神殿前，负手看着山下，此时山上空无一人，那两名侍女在偏殿内，她的身影显得有些孤单。她看着那处，眼里没有任何情绪。

人们看着山下的烟尘起处，听着清美却又充满铁血意味的歌声，仿佛看到无数铁骑，正在万里荒原间奔驰冲锋。忽然间，歌声里出现了一个不和谐的声音，那是沉闷剧烈的撞击声，只见一匹神骏的战马被震至半空之中，然后骤然间被撕裂成十余块血肉，无数鲜血从空中洒落，像雨水一般落在地面上，啪啪的声音传至很远。

祭坛四周的人们听到了那声沉闷的撞击，听到了那匹战马在空中的惨嘶，听到了血水落下的声音，甚至听到了战马强健的身躯被撕裂时的声音。沉闷的撞击声越来越密集，渐要连在一起，这一次再没有人认为那名闯山者是陷入苦战，因为人们听得很清楚，这些撞击声有些闷，有些破，说明每次撞击都是闯山者手中的兵器砸破了一名神殿骑兵的盔甲。

那些撞击声很沉闷，可以想见来人手中的兵器应该很钝重，只是人们依然很难理解，神殿骑兵身上的盔甲都刻有增幅防御力的符文，怎么就如此轻而易举地被砸破，那人手里就算拿着神兵，又如何有这般神力？十余名神殿骑兵被震飞至空中，更多的神殿骑兵则是直接倒在血泊里，无法被前坪上的人们看见，那道烟尘缓慢而不可阻挡地向桃山而来。

祭坛四周忽然安静下来，再没有人说话，直到过了很长时间，一名神殿裁决司执事匆匆来到场间，报道："有人闯桃山！"最开始时示警的便是这位黑衣执事，当时他的声音很大，但很平静，说的是有人闯山，此时他说有人闯桃山时，声音却有些急惶。有人闯山是陈述事实及敌人的意愿，有人闯桃山只多了一个字，却有完全不同的意味，因为这代表着那个人已经来到了桃山之前。

两百名西陵神卫手握神刀拥了过去。这些西陵神卫乃是掌教大人的直属力量，当年在罗克敌的带领下，不敢说横扫世间，却也是极为强横，便是宁缺在月轮国朝阳城里，遇见这些西陵神卫都觉得有些吃力。沉闷的撞击声和激烈的厮杀声响遍桃山之前，然后渐渐平静，很明显，西陵神卫已经获得了绝对的优势，天谕院院长脸上的神情稍微好转了些，西陵神殿的神官和执事们也觉得轻松了很多，纷纷想着这下应该没事了。

就在这时，闯山者的歌声再次响了起来，这道像荒原一样有青嫩水草、有血腥屠戮的歌声，仿佛具有某种魔力，祭坛四周再次安静，山前的战斗再次变得激烈起来。前坪最外围的信徒们忽然向两边散去，惊呼连连里有呼啸破风声响起，数名西陵神卫浑身是血被震飞，贴着地面撞到远处的大青树上，只听得啪啪数声响，青树自岿然不动，那些西陵神卫则成了血肉模糊的尸首。西陵神殿的人还有那些参加光明祭的宾客，看到这幕画面却未动容，因为他们确认那人只是初入知命境的水准，不知因为什么原因爆发出超出自身境界的实力，然而桃山前坪有无数高手，哪里会害怕这样一个人？

陈皮皮坐在祭坛上，盯着前坪外的战场，看着那道烟尘里若隐若现的身影，脸色变得有些苍白，手颤抖得愈发厉害。

神辇里的叶红鱼和人群里的宁缺，也一直看着那处。

光明神殿前，桑桑不再看山下，也没有看天，而是负手望向北方，看长安，看当年，听着山下传来的歌声，想起在人间数年之前，在那片雪湖畔的崖上，她也曾经唱歌给某人听，虽然那首歌无词无曲。如今想来，那真是很可笑的事情。她忽然微微蹙眉，因为发现先前看陈皮皮想扯开裤腰带的时候，她也曾经觉得可笑，然而可笑这种情绪难道不可笑吗？

西陵神卫被击溃了。桃山前坪上的第一道大阵显出了身形，那是一道柔润的清光。那层柔润圆滑的清光，仿佛被某种力量顶住，在地面上三尺处生出一个突起，就像是有人用树枝在戳水面上的气泡。那个突起越来越明显，直至最后啪的一声变成一个洞。

能捅破桃山大阵的是什么东西？是一根很粗的铁棍。铁棍上面残留着烧熔后的铁浆痕迹，看上去很丑陋，却给人一种异常坚硬、无法摧毁的感觉。问题在于如此坚硬的铁棍，是被什么力量烧蚀成了这副模样？那根铁棍生生地撬开了清光大阵，前坪外战场上的烟尘，便从铁棍捅破的洞里涌了进来，画面看上去异常神奇。

一个身影出现在烟尘中。忽然间，一道飞剑自山下袭来。这剑来自一位苍老的神官。宁缺初入西陵神殿的时候，见过这名老神官，此人负责检查有没有修行者，拥有知命境的修为，然而此时却是在偷袭。烟尘里那人没有转身，随意挥出手里的铁棍，不知为何，却正好击中那道悄无声息的道剑，只听得一声脆响，那道飞剑从中折断！前坪下方那名知命境的老神官，吐血跌坐于地。先前那名黑衣执事跪在裁决神辇之前，颤声禀报道："那人闯进来了。"

人们望着那道渐渐敛没的烟尘，神情极为凝重，心情极为震撼。这里的人都是修行强者，来人境界再高也不会令他们动容，更何况那人用的明显是魔宗功法，魔宗已然凋敝，只要不是二十三年蝉亲至，谁都不会畏惧，而如果来人是二十三年蝉，又怎会连场血战，如此辛苦？

但他们依然难以平静，依然震撼，甚至感到敬畏。

不是因为此人直闯桃山能够连破两道防线以及清光大阵，而是因为最开始此人所展现出来的境界修为虽然不错，但面对西陵神殿这样的庞然大物依然远远不够，所以在山下便陷入苦战，然而谁都想不到，此人竟是在连番血战里不停领悟，境界不断提升，直到最后来到桃山前坪时，竟拥有了如此威势！

佛宗讲究顿悟，魔宗讲究以战养战，然而从开始到结束，这数场战斗的时间如此短暂，此人究竟是怎么做到的？除了书院大师兄朝闻道而暮知命的传说，修行界何时出现过如此令人震骇的事情？那个人究竟是谁？

陈皮皮看着烟尘里的那个身影，颤抖得愈发厉害，碗里的清水都洒了出来，把刚刚干的衣襟再次打湿。他知道她是谁，知道她为什么要唱歌，那歌声不仅要为她提供勇气，也是在给自己提供信心。她用歌声告诉他，我已经来了，你再坚持一会儿。

人群中，宁缺低头望向自己脚下的泥土，沉默不语。神辇里，叶红鱼静思片刻，伸出右手，握住身旁的本命道剑。

烟尘渐敛，一个娇小的身影显露出来。

她有一头乌黑亮丽的长发，被编成一条长长的辫子，在身后轻轻地摆荡。

她穿着兽皮制成的衣服，已经被无数道剑锋割破，绽着破烂的边角。

她身上有很多道伤口，不停地向地面淌着血。

她叫唐小棠。

她从长安城不远千里、风尘仆仆而来。

她狼狈不堪，却威风凛凛。

她看着巨辇里的西陵掌教，问道："谁敢说我书院无人？"

她望向祭坛前的南海少女，问道："谁敢抢我的男人？"

陈皮皮几乎用尽全身的气力，才控制住颤抖的右手，没让碗里的清水全部洒光，他看着满身风尘的唐小棠，说道："你来了。"不是疑问句而是陈述句，因为不需要确认，他听到了她清美的歌声，看到了她的身影，他虽然不想她来，但她已经来了。

"是啊。"唐小棠隔着前坪上的人群，看着祭坛上的陈皮皮，说道："那你跟我走吗？"陈皮皮很认真地想了想，说道："如果你能带我走，我当然跟你走。"唐小棠说了声好，向白石祭坛走去，随着脚步前行，她身上的血水滴答落下，人群渐分，无论是西陵神官还是黑衣执事，竟无人敢拦。

她走到祭坛前。陈皮皮把手里的水碗递到她身前，说道："渴了不？先喝口水。"

碗里还剩着小半碗清水，唐小棠接过来一饮而尽，如饮烈酒。

南海少女小渔也站在祭坛前，看着这番递水饮水的画面，脸色变得有些苍白，因为她确认了表哥和这个女人之间的关系。这个女人是为了自己的男人来的，她觉得很愤怒，很生气，也很伤心，然而她却不知道自己应该做些什么。她觉得自己在祭坛前是多余的那个人，无论陈皮皮还是唐小棠都没有看自己一眼，仿佛她根本不存在。

她是个很骄傲的人，一直认为自己才是真正的修道天才，除了自幼指腹为婚的表哥，没有别的同龄人可以和自己相提并论，无论是传说中的三痴还是书院里的那些家伙，所以她想要击败书痴来为自己正名，先前又向叶红鱼发出挑战。她才发现自己想得太简单了，不要说叶红鱼，就连这个女人先前闯山时所展现出来的意志与精神，都令她自愧不如。

此时站在祭坛前，她所有的骄傲都被击得粉碎，不仅仅是因为面对那个拿着铁棍的少女时产生的自卑，更因为表哥接过了她递过来的水，表哥和她说话的语气是那样的寻常，就像已经在一起了数十年。

小渔的感受没有出错。

此时在陈皮皮和唐小棠的眼里，确实没有别人存在的空间，甚至连身外的世界都已经消失，眼眸里只有彼此的身影，或者说，还有小半碗清水。

直到一道雷般的声音在桃山前坪响起。

巨辇间光芒万丈，西陵掌教大人的身影是那般的高大，他看着祭坛前的唐小棠身体微微前倾，便如重山将倾。“你是何人？与林雾那孽贼有何关系？”

“我是唐小棠，顺着读倒着读都是唐小棠的唐小棠。”唐小棠把水碗递回陈皮皮，看着辇内的掌教说道：“余帘是我的师父，我来桃山接我男人离开，你不要拦我。”

听着此言，掌教大笑说道：“真是可笑。”

唐小棠没有笑，手里握着铁棍看着巨辇。她连破三关闯入桃山前坪，受了不轻的伤，浑身血土，但她的神情以及说话时的语气，却依然是那般骄傲而肯定。那是一种令人愉悦的、可爱的执着感。桃山前坪大多数人都没有笑，除了天谕院副院长莫离神官，为了替掌教大人凑趣，有些干巴巴地赔笑了两声。

之所以无人发笑，是因为唐小棠在闯山时展露出来的战斗意志与匪夷所思的进步速度，非但不可笑，而且很可怕。人们依然震撼于，这个身材娇小的姑娘家究竟用了什么方法，竟能在如此短的时间内，于连场血战之间连破提升。只有祭坛上的陈皮皮、神辇里的叶红鱼还有隐藏在人群中的宁缺，对于唐小棠所展露出来的实力境界以及提升不觉得意外。

他们知道唐小棠的目标，是成为天底下最强大的那个女人，拥有如此恢宏的志向，那么能够做出任何事情都不值得震惊。自轲浩然单剑闯魔宗山门后，魔宗已然凋敝，本宗更是只剩下了唐与唐小棠这对兄妹二人，换句话说，唐小棠便是这一代的魔宗圣女。不知道是荒人血脉还是唐氏遗传的原因，唐小棠的修魔天赋非常高，当年在天弃山雪崖间，只有十四岁的她便能和叶红鱼战个旗鼓相当，如果不是只有宁缺才能适应叶红鱼极端现实的战斗风格，或者她还能表现得更好些。

数年时间过去，叶红鱼已然是知命巅峰的大修行者，坐上了裁决神殿的墨玉神座，而唐小棠却仿佛还是当年那个魔宗少女。魔宗功法与正常的修道不同，没有不惑、洞玄、知命这样明确的境界分野，但也有相应的修行阶段，她这些年等于一直停留在洞玄巅峰。洞玄巅峰的魔宗少女，看似已经足够强大，但和叶红鱼、宁缺等人的进步比较起来，如今的她便显得有些停滞不前。

如果说宁缺是因为有书院教育，然后连逢奇遇的关系，叶红鱼进步神速是因为道心坚毅，又得到柳白那封信的缘故，那么唐小棠呢？她同样在书院里学习了很多年，她的老师是修行界最神秘的魔宗宗主，是境界不逊于柳白的二十三年蝉，为什么她始终没有进步？她在书院跳瀑布无数次，她在书院推巨石无数颗，她在书院用手里的铁棍硬生生凿宽了无数石阶，她从来没有停止过修行。这些便是余帘给她布置的修行功课。她在书院后山像最虔诚的苦修僧一样修行，不停地磨砺着自己的身心，她早已做好了准备，只是需要一个契机。

佛宗的修行讲究个悟字。魔宗的修行讲究的却是两个字：战斗。

荒人的血脉以及魔宗的传承，都要求她战斗，在战斗里寻求突破，然而奇怪的是，她始终没有机会战斗，无论是青峡之役还是书院后山之役，她都没有参与，余帘一直有意识地让她远离真正的战斗。余帘是魔宗宗主，一身境界惊世骇俗，她亦是一代宗师，很擅长培养传人，她曾经想过收宁缺为徒，既然没有机会，便把所有的心力都放在了唐小棠身上，她的这些做法自然有她的道理。

叶红鱼当年明明可以破境入知命，却以极强悍的意志把自己的境界始终压制在洞玄境内，因为她一直在等待完美的破境时刻。唐小棠的意志并不弱于叶红鱼，但魔宗功法和道门功法相比却有个弱点，因为战斗中提升实力，无法被自主的意识所控制。

数年前，唐小棠便能与叶红鱼并肩齐驱，余帘既然收她为徒，自然不可能让自己的弟子在数年后反而不如叶红鱼，她必须也给唐小棠一个完美的破境时刻，既然唐小棠无法像叶红鱼那样自我压制，那么便由她来压制。

她把唐小棠压制了数年时间，就是为了等待那个时刻的到来。

今天桃山前坪光明祭，陈皮皮将要被昊天神辉烧死，唐小棠必须千里兼程来救他，她必须闯桃山，必须战斗，必须在战斗里破境。因为需要，所以去做，这便是书院最讲究的因为所以，理所当然，这便是余帘一直在等的那个时刻，所以唐小棠理所当然地爆发了。

西陵神殿召开光明祭，等的便是书院，然而谁能想到，等了这么长时间，做了这么多准备，最终等来的却是位名声不显的二代弟子。唐小棠展露出来的境界水平确实极为强悍，但她毕竟年轻，今日桃山前坪强者云集，至少不下十人在境界上稳胜于她。所以当人们心中的震撼情绪渐渐平静后，不禁感觉有些复杂，甚至有些隐隐失落。

最失落的人当然是西陵掌教大人，他先前望着莽莽群山，以高处不胜雪的寂寥神情说道书院无人，便是这种情绪的体现。“区区一个书院二代弟子，居然也敢妄言从桃山接人走？”掌教大人感慨地说道，“我等的是林雾，不料他胆怯不敢赴约，只敢让你这样一个小娃娃来送死，书院果然无人矣。”

唐小棠看着他说道：“去年在书院后山，老师刺瞎了你的眼，斩了你的手，毁了你的雪山气海，如果不是看在当年有旧的分上，饶了你一条狗命，你早已死了。区区手下败将，有什么资格向老师她再度挑战？先胜过我这个做弟子的再说。”

此言一出，满场哗然。虽然西陵掌教大人在书院后山被重伤的消息，并不是什么秘密，然而这里毕竟是桃山，谁敢当着掌教的面说出来？

就在所有人都以为掌教大人会大怒出手，亲自出手镇压时，金帐王廷勒布大将从人群里走了出来，看着唐小棠问道：“荒人？”

唐小棠看着他说道：“不错，蛮人。”

“不错，我来自草原。”

“不叫草原，叫荒原。”

“荒人在时便是荒原，所以如今叫草原。”

唐小棠挑眉说道：“既然你想先战，那便战。”

桃山前坪上的人们听着这段对话，发现明明很简单，却有些听不懂。唐小棠最后说道你想先战那便战，勒布何时邀的战？这是因为他们没有在荒原上生活过，不了解生活在那里的人们的思维习惯，也不习惯数千年来荒原的历史。

荒原之所以被称为荒原，那是因为大陆北方那片疆域辽阔的草原，曾经属于荒人，在千年之前，荒人帝国是人间最强大的帝国，如今统治荒原的草原蛮人都是荒人驱使的奴隶，过着猪狗不如的日子。荒人被唐人击败之后，被迫北迁，曾经的蛮人奴隶们和极西处迁回的族人联手建立了三大王廷，终于翻身当了主人。随着永夜将至，荒人南迁故土，与东荒上的左帐王廷爆发连场血战，两个部族间相隔千年的仇恨终于再次苏醒，双方之间的仇怨再也无法解开，勒布大将和唐小棠关于草原荒原称呼的谈话，实际上便是表明彼此的立场。

你是荒人，我是蛮人，那么这一场战斗便不可避免。

“此时祭坛四周强者众多，却没有人对你出手，不是因为他们不想以大欺小，谁都知道书院辈分高，你虽是二代弟子，也不是他们的晚辈，而是因为他们不敢对你出手，因为他们畏惧你的书院身份。”勒布看着唐小棠说道，“我金帐王廷与唐国及书院之间的仇怨，就像与你们荒人之间的仇怨一样，早已无法解开，我不在乎你的书院身份，我很欣赏你先前的歌声以及你的战斗，所以我一定会杀死你。”

唐小棠此时从陈皮皮处知道，此人是金帐王廷的第一武道高手，但她清稚的容颜上看不到丝毫惧意，只是平静。她没有像勒布那样，在战斗之前还说了这样长的话，她握着铁棍向勒布冲了过去，皮靴落在地面，踩碎一地桃花。

铁棍呼啸而落，直击勒布的面门，简洁而直接。勒布铮的一声，抽出腰畔的弯刀迎了上去，同样简洁而直接。同样是生活在荒原上的人，战斗的方式也很相似，没有任何花哨，也没有任何阴谋，就是看谁的力量更大，谁的修为更深。

刀棍相遇，绽出一声如雷般的轰鸣！祭坛近处修为较低的神官执事，被这道轰鸣声震得脸色苍白，前坪上那些普通的信徒，更是被震得双耳剧痛，捂着耳朵便坐了下来。

勒布眼瞳骤缩，因为他手里的刀断了！他那把锋利如雪的弯刀，竟没能斩断唐小棠手里那根粗陋的铁棍，反而被震得寸寸断裂！这根难看的铁棍，究竟是什么兵器？先前能够捅穿桃山的清光大阵，这时候又如此轻而易举把自己的百炼精刀砸成碎片？

桃山前坪上的人们，望向唐小棠手中铁棍时的眼神，也变得有些不同，他们哪里知道，这根看上去很难看的铁棍，乃是魔宗的圣物，它的形体本应是一把巨大的血色弯刀，在长安一战里，观主结七道天启架彩虹于天地之间意图遁走，余帘跳上青天，便是用这把血色巨刀斩断了彩虹。血色巨刀斩断了彩虹，也被彩虹里蕴藏着的昊天威能烧蚀成了现在这副丑陋的模样，本质却没有变化，不要看唐小棠在绝壁石阶上拿着它当撬棍用，但毕竟曾经连彩虹都能斩断，人间还有什么兵器能挡得住它？

刀棍相遇一刹那便分出了胜负，但人还没有分出胜负，勒布脸色骤变，厉啸一声，以草原祭祀为源的原力，自身躯里源源不断涌出，右手握拳，如一座小山般，狠狠砸向已经砍到他眼前的那根铁棍！拳棍相遇，又是一声巨响！祭坛四周那些修为较低的神官执事，痛苦得纷纷捂住了耳朵，有些人甚至哇的一声吐出血来，竟被震成了内伤！

勒布乃是金帐王廷第一武道高手，单以力量修为论，当今世间难觅敌手。他曾经在北疆上与唐国大将军徐迟交战，竟能平分秋色，除非夏侯复生，唐亲至，很难找到人镇伏他，唐小棠自然不行。如山般的拳头砸在了铁棍上，魔宗圣物自然不容易被摧毁，没有任何变形，但那道磅礴的力量，便全部从铁棍传到了唐小棠的身上。她被震退而回，唇角淌出鲜艳的血水，握着铁棍的手微微颤抖，但她紧紧抿着双唇，没有发出一丝声音。

相伴多年的佩刀被毁，勒布被激起了凶性，一拳震退唐小棠，毫不停顿，厉喝声中，握拳便向前冲去。他只走了两步，便被迫停下。因为唐小棠又到了，她竟然没有作任何调息，连唇角的鲜血都没有擦，握着手里的铁棍，带出道道残影，再次冲了过来！

祭坛前零落的桃花，已经被她的皮靴全部碾落成了粉尘。

唐小棠和勒布再次相遇，再次相接，二人用的都是短兵：棍与拳。仿佛两座小山直接相撞，桃山前坪上再次响起巨大的轰鸣声，空气被震得不停流动，带来呼啸刺耳的风声。唐小棠再次被震退，被震得更远了些，鲜血滴落，很是惨烈，但伴着一声清喝，她再次冲回场间，清稚的容颜上满是倔强的狠劲。铁棍再次落下，如山的拳再次击出，强悍的力量再次相遇，然后再次分开，清喝声中，唐小棠不知道冲了多少次。虽然没有一次能够把勒布冲倒，但她始终没有停下脚步，没有片刻歇息，而勒布除了最开始外，也没能再向前踏一步！

恐怖的撞击声在祭坛四周不停响起，就像是春初连绵不断的惊雷，很多神官和执事再也无法支撑，跌坐到了地面上，距离祭坛近些的数十名普通信徒，更是直接被这空气里传来的震动直接震得昏了过去。观战的所有强者都感到极大的震撼，明明唐小棠不是勒布的对手，她却不停地发动着攻击，这等强大的战斗意志实在可怕。

陈皮皮站在祭坛上，看着场间的战斗沉默不语，粗黑的眉毛早已蹙在了一起，厚厚的嘴唇微微颤抖。他想起唐小棠曾经告诉自己的那件事情，那是荒人南迁的时候，为了保护部落里的老弱妇孺，她和兄长唐到处驱赶凶猛的野兽，曾经在某个关隘处遇着一群恐怖的雪原巨狼，她说自己当时很害怕，但没有想太多事情，拿着血刀便不停地向着狼群冲锋，一直不停地冲，到最后连她自己都忘了到底冲了多少次。他说你不是害怕吗，她说只要开始战斗，她便会忘记了害怕。

桃山前坪间，两名修身强者的冲撞一直在持续，桃花早就尽碎，便是风都成了碎絮，似乎永远不会停止。就在所有人都觉得自己的心脏快要承荷不住、将要碎裂的时候，撞击声忽然停了，人们愕然望向场间，才发现不知何时战斗已经结束。

战斗结束，不是因为唐小棠停下了冲锋的脚步。

而是因为勒布退了一步。

这位骄傲的金帐王廷武道第一高手，沉默退回了人群中。

唐小棠浑身是血，唇角淌着血，握着铁棍的手里滴着血。她不知道断了多少根骨头，但依然站得很直，仿佛随时可以再次发起冲锋。勒布的身上看不到什么伤势，只是脸色有些微白，身侧的右手有些微微颤抖，看来短时间内不想再握成拳头。战斗的结束是因为他选择退了一步，这说明战局始终在他的控制之中，只有如此，他才能轻而易举地让这场战斗结束。

他看上去依然强大。唐小棠的辫子散了，看上去极其狼狈。

她不是勒布的对手，她浑身是伤，但终究是勒布先向后退了一步。

这场战斗看似没有分出胜负，实际上已经分出了胜负。

论实力当然是勒布胜，但他宁肯选择认输。

“我认输。”勒布看着唐小棠说道，“我见过不怕死的，但没见过像你这样不怕死的，我本有些想不明白为什么你会如此疯狂，后来想到你的来历便明白了，所以我认输，因为我想杀你，但不想和你拼命，我不是疯子。”唐小棠是荒人，是魔宗后人，是书院弟子，这便是她的来历。在很多人眼中，战场上的荒人都是疯子，魔宗也喜欢出疯子，而书院则出了修行史上最著名的一个疯子：轲疯子。那么她战斗时，理所当然很疯。

战斗结束，唐小棠恢复了平静，她看着祭坛四周这么多修行强者，感觉到握着铁棍的手微微颤抖，忽然笑了笑。然后她看着陈皮皮说道：“我好像带不走你了。”

38

桃山前坪上真正的强者们还没有出手。金帐王廷国师和赵南海，都是境界深不可测的高人，叶红鱼已经证明了自己的恐怖，沉默不语快要被遗忘的佛宗七念，是和她兄长以及叶苏相同层次的天下行走，更不要说还有西陵掌教，一个勒布大将便让她身受重伤，唐小棠想来想去，觉得自己再怎么拼命，好像都没有办法把自己的男人带走。

按道理来说，等待被拯救的陈皮皮，这时候应该要比她更低落一些，但他却似乎并不这么想，圆乎乎的脸上还带着笑容，“为什么呢？”他问唐小棠。

唐小棠看着他很认真地解释道：“因为我不行了。”

“如果只有你，当然不行。”

“大不了就一起死。”

陈皮皮委屈地说道：“我不想死。”

“死有什么好怕的。”

“反正不想一起死。”

唐小棠有些不高兴，低着头不说话。

陈皮皮伸手揉了揉她的头发，笑着说道：“既然你来了，便是我老陈家的人，所以要听我的话，可不能一起死。”

唐小棠低着头说道：“我不会走的。”

陈皮皮说道：“放心，我也不会死，我们都不能死，虽然人固有一死，但在我看来，我至少不会今天就死。”

唐小棠抬起头来，看着他满怀希望地问道：“你行？”

“我也不行，但既然大师兄同意你来桃山，总不能看着我们不行。”陈皮皮笑着摇头说道。他知道宁缺已经来到桃山，这时候肯定就在光明祭的现场，书院的同门肯定有所安排，唐小棠也知道，只是没有想起来。

祭坛四周的人们，其实也是这样认为的，书院既然已经派了位二代弟子来到桃山，便已经表明了他们的态度，那么一定还会有人出现。谁会在桃山出现？大先生二先生还是三先生？七念想着那年在烂柯寺，君陌于秋雨里飞剑斩断佛祖石像的画面，沉默不语，别的人也同样沉默，甚至有些隐惧。

大先生李慢慢在葱岭之前，步步杀人，月轮国从国主到普通士兵，纷纷死去，悬空寺七枚大师根本毫无还手之力，便身受重伤，其后又与强大无敌的观主在人间千里纵横，周游数日，最终在长安城上演了那幕决战。

二先生君陌守青峡，万骑莫过，力败叶苏，虽然最终被剑圣柳白斩了一臂，却也重伤了那位世间第一强者。三先生余帘便是传说中的二十三年蝉，在书院后山，把掌教大人伤得不成人形，即便西陵神殿试图隐瞒，奈何唐国不停地宣传，此事早已传遍天下，更不要说在稍后的长安一战里，她竟是跳上青天，一刀斩断彩虹，生生把观主留在了长安城中。

书院后山的三位先生，在这场伐唐之战里展现出了惊世骇俗的境界实力，虽然据说这三人伤势都尚未痊愈，西陵神殿必然也有准备，然而如果这三个人今天真的来到桃山，西陵神殿的准备能够起作用吗？道门真的能胜吗？

大师兄不在桃山，他在燕国和宋国交界处的一座小镇上。

时值清秋，他便已经穿上了棉袄，腰间系了很多年的那只水瓢碎在了葱岭前，现在换了根寻常无奇的木棍。或许是因为他做事情的速度很慢，说话也很慢，所以他叫李慢慢。今天他走得特别慢，甚至比以往那些年走得还要慢一些。

与观主在人间纵横七日，在长安城里连番血战，大师兄受了很重的伤，身上的骨头不知道断了多少根，现在虽然伤好了些，不用再坐在轮椅上，但依然没有办法走得太快，除了这个原因，他走得如此慢，还有一个原因，那就是他现在很紧张，甚至有着弱下于面对观主时的紧张。用了很长时间，他才走进小镇深处，走到那间书画铺子前，然后缓慢地掀起前襟，缓慢地迈过门槛，对着里面那人缓慢地施了一礼。

那人坐在铺子里的椅间，手里拎着只酒壶，脸上有些皱纹，发里有些雪意，看上去四十余岁，又像是活了四千多岁。

“见过前辈。”大师兄看着椅中那人说道。

书画铺老板从后厢里走了出来，看着李慢慢，似乎根本不认识，问道：“先生喝茶还是饮酒？茶酒都有好物。”

大师兄说道：“我喝水便好。”

椅中那人对老板说道：“你先进去，无事不要出来。”

那人手里拿着酒壶，便是酒徒，那老板来自长安，名叫朝小树，二人相识时间不长，却已经十分熟稔，酒徒不想他枉死，便让他进去。

前铺只剩下酒徒和大师兄二人。

“你走得太慢了，看来伤还没有好。”

“总有一天会好的。”

“既便好了，也没有我快，更何况现在你还没有好。”

“走得慢些，或许更稳些。”

酒徒沉默片刻后说道：“不错，你确实比我走得更稳，我没有想到，人间居然真有比我走得更稳的人，但你依然不是我的对手。”

“晚生修道不过数十年，自然不是前辈的对手。”

“那你为何敢离开长安？敢来见我？”

“因为书院要做些事情，想请前辈留在小镇旁观。”

酒徒的眼睛眯了起来，声音也渐渐变得低沉沧桑起来，又开始散发一股青铜锈面磨擦的味道：“你就不怕我出手杀了你？”

大师兄慢条斯理地说道：“前辈不会出手。”

酒徒的声音愈发寒冷，说道：“我为何不会出手？”

大师兄平静而肯定地说道：“因为您没有把握能够杀死我。”

酒徒笑了起来，嘲讽道：“你只有一成的机会。”

大师兄微笑着说道：“不要说晚辈还有一成机会，哪怕只有百一的胜机，前辈便不敢对晚辈出手。”

酒徒神情渐凝，问道：“为何如此笃定？”

大师兄说道：“我不会打架，但不管在书院还是在世间，君陌、三师妹还有小师弟，是最会打架的三个人，既然他们都说前辈不敢向晚辈出手，那么前辈自然便不敢出手，我相信他们的判断。”

“哪怕他们的判断会让你死？”

“我觉得他们三人说得有道理，所以我愿意。”

“那三人是怎么说的？”

“他们说前辈活得实在是太久，所以太过怕死。”

酒徒听完这句话后，沉默了很长时间。然后他问道：“为何你来看我，却不去看屠夫。”

大师兄说道：“三师妹说，屠夫前辈走得太慢，也就比我和讲经首座快些，那么至少在今天暂时不用理会他。”

“她呢？”酒徒忽然问道：“难道你们真的不怕她？”

大师兄知道他说的是谁，微笑着说道：“她曾经在书院后山生活过很长一段时间，所以我们不怕她，我们都很喜欢她。”

莽莽青山间的峡谷，正在不停地进行整修，已经被辟出一条可供简易马车行走的道路，但大多数贪图方便的旅客，依然会选择步行。

有人从青峡里走了出来。其中那名男子戴着笠帽，穿着布衣，单手执杖，看上去就像是村野偶见的苦修僧，然而他身边的那位女子，手里拿着绣布，身上穿着红衣，看上去千娇百媚，仿似刚嫁人的新娘。如此不协调的搭配，自然是斩落青丝决意修佛的书院二师兄君陌和他的娘子七师姐木柚。

君陌看着青峡前黑沃的原野，想着半年前这里发生的幕幕画面，想着自己在这里断掉的右臂，沉默不语，木柚也没有说话。二人继续南行，只是他们不是大师兄能够无距，以时间看想要赶去桃山是来不及了，他们这是要去哪里，要做什么？

来到富春江畔，登虎山之亭，君陌望向东南方向，忽然间蹙起了眉头，因为他感觉到柳白的剑离开了剑阁，正向桃山而去。他沉默片刻，临风无言。

青峡之前，曾经君不见黄河之水天上来，而如今柳白伤势尽复，境界再升，竟于不可能间走到了传说中的那一步，而他却是重伤未愈，断臂阻道，不知还要走多远走多少年才能走到相同的地方，自然不免感慨。他静静地看着西陵神国方向，仿佛看到柳白的剑已经飞临桃山，仿佛看到了桃山上光明神殿前的那个女子，又仿佛看到了数年前长安城北无名山上，跪在地面不停往瓮里捧着灰的黑瘦小姑娘，竟不知哪个她才是她，只知道她无比强大。

“她如果出手怎么办？”木柚想着桃山上的两位小师弟，担心地说道。

“我们就是想让她出手。”

木柚微微一怔，问道：“那如果她不出手怎么办？”

君陌说道："老师登天，观主成了废人，柳白终于走到了那一步，他不需要破五境，便已经是人间最强的那个人，比酒徒强，比屠夫也强，既然他的剑到了桃山，她没有道理不出手，余帘说的变化，便在这把剑上。"

"她不会算不到这些。"

"小师弟在桃山出现，想必会让她很愤怒，而愤怒的人往往不擅长思考，愤怒的昊天则不愿意思考。"

荒原深处的秋天更冷些，站在山峦间的那个男子却像是不觉得冷，皮衣到处漏着风，露出精壮的身体。他的身躯里似乎蕴藏着无穷力量，随意挥手投足，便能摧山破城，但他此时如石像般不敢动弹，却不是因为这个原因，而是因为他的背上有座很小的坐辇，辇上坐着位娇小的少女，他怕她被颠得不舒服。

他是魔宗行走唐，坐辇里的少女看着只有十二三岁，撑着下巴很是无聊，是他多年不见的老师，当代魔宗宗主二十三年蝉。当然她同时也是书院后山的三师姐，叫做余帘。

长安城与观主一战，余帘跳上青天然后落入雪街，纵使一身魔功已臻化境，亦是受了极重的伤，坚若金刚的脚踝尽数碎成齑粉，如今能够复原离开轮椅已是极为不易，只是行走依然不便，所以来到荒原后，她便坐在小辇里让唐背着四处行走。

她看着雄壮天弃山前的宽阔荒原，看着那道若隐若现的峡口，说道："如此简单的事情，你都做不好，真是令我有些失望。"寒风吹拂，她身后的双马尾轻轻摆荡，显得很可爱，她的眉眼清稚，显得很可爱，但她没有表情，自有宗师气度，显得很可怕。

唐说道："深冬时金帐王廷要打贺兰城，这消息已经传遍荒原，部落就算想去支援，但东荒上还有数万左帐精骑，很难过去。"

余帘说道："把那些蛮子的骑兵杀光，自然便能过去。"

唐很不理解，问道："怎么杀得光？"

余帘用很寻常的语气说道："你身上的伤已经好了，以你现在的境界修为，一天杀两百名蛮骑，算不算难事？"

唐想了想，说道："应该不算难事。"

余帘说道："一天杀两百骑，那么只需要一百天，你便能杀两万骑，就算左帐王廷现在还有四万精骑，也就被你杀废了。"唐默然无语，心想对方怎么可能就停在那里让你杀？而且怎么会每天安排两百骑给你杀，如果万骑齐出怎么办？战斗终究不是简单的算术题，老师多年不见，现如今的思维方式，真的很难令人理解。

"没有什么难理解的。"余帘说道，"隆庆那个废物不在东荒，左帐王廷便没有了主心骨，你依我的意思随意杀上数天，便知道那些蛮骑连废物都不如。"

唐觉得没必要继续和老师讨论这个问题，说道："我想去桃山。"

余帘说道："你这时候去也来不及了。"

唐沉默片刻后问道："那老师为何来荒原，而不去桃山？"

余帘似有些畏寒，在辇上抱起双膝，说道："我伤还没好，去桃山又有什么意义？其实在现在这种局面下，谁去桃山都没有意义。"

"不知现在的桃山到底是什么情况。"

"肯定会很热闹便是。"

"会有谁去呢？"

"观主是何等样的人物？只要他没有死，便会有想法，他的想法便是道门的不甘，想来南海一脉应该已经到了。"

"南海大神官的传人？"

"不错，而我想柳白也应该已经到了。"

"他为什么要去参加光明祭？"

"因为她要在光明祭上离开，他舍不得她离开？"

"柳白有如此勇气？"

"举世无敌，谁不寂寞，寂寞得厉害了，难免会想些不该想的事情。"

"为何柳白能举世无敌？"

"因为他借了道剑给朝小树，而师兄在朝小树的识海里留了些信息，那些信息来自长安城，来自书院对人间的看法。"

"其实，我一直不明白柳白为什么同意借剑。"在荒原上，唐是何等样威猛的人物，此时背着余帘，却异常沉默安静老实，秉持着弟子的本分，做着提问的角色。

“因为他欣赏朝小树，上次他没有杀，这次也不会杀。”

“也许不是因为欣赏。”

“不要忘记，他修的是剑。”

唐明白了这句话的意思，剑者直也，如果因为唐国势盛或书院之名，柳白便不敢杀朝小树，那他如何能够成为世间最强的剑圣？

唐说道：“柳白能胜过酒徒吗？”

余帘说道：“柳的眼里已经没有酒徒，当然酒徒一定会死，即便这一次不死，但他终究会死在书院的手中。”

唐沉默片刻后问道：“这就是您希望看到的变化吗？”

余帘挥着嫩嫩的手，打着秋风，随意地说道：“其实我也不知道会发生什么变化。”

像山般沉稳的唐，听着这句话忽然微微颤了颤。余帘知道他在担心什么，说道：“虽然我让大家等着我说的变化，但我真的没有做任何安排，因为人算怎么可能比得过天算？”

唐的神情变得凝重起来。他最疼爱的妹妹，此时应该正在桃山为了那个该死的胖子而战斗，如果一切尽在天算中，那她如何能够成功，然后离开？

“您的意思是柳白可能不会出手？”

“我和君陌都认为他会出剑，却不知道他何时出剑，当然只要他出剑，光明神殿里的那位便会有麻烦，也可以说，这就是变化。”

“夫子都不能胜过她，何况柳白？”

“柳白自己也应该很清楚胜不了她，但他的剑依然去了，说明他觉得书院的想法很有趣，他想参与到这样有趣的事情中来。”

“何处有趣？”

余帘说道：“我们告诉他，只要他出剑，她便会有麻烦。能让昊天觉得麻烦，对柳白这样的人来说，大概是不多的趣味了。”

唐皱眉问道：“什么样的麻烦？”

余帘说道：“即便她是昊天，想要镇压人间的最强者，依然要付出些代价，这意味着她应该会虚弱，可能会多愁，然后善感。”

唐不解，说道："弟子不明白。"

"只要她开始多愁，开始善感，宁缺便有可能胜过她。"余帘微笑着说道，"先前我说，今日谁去桃山都没有意义，这句话里并不包括小师弟，他是有意义的，而且他现在正在桃山之上。"

唐依然想不明白，夫子都胜不了她，宁缺凭什么？

桃山前坪一直没有人来。

书院的那三位先生一直没有来。

陈皮皮站在祭坛上，看着山道来时的方向，忽然笑了笑，对唐小棠说道："看来师兄师姐们有事耽搁了，要不然你先走吧。"

"走不了了。"唐小棠也笑了起来，然后转身望向血色的裁决神辇，脸上的笑容渐渐敛去，变得异常凝重，说道："你还在等什么？"

没有人明白，为什么她会选择向裁决大神官发起挑战，只有叶红鱼自己和她，还有始终隐藏在人群里的宁缺明白，这是数年前在荒原上的约定。那时候，宁缺、莫山山还有叶红鱼沿着索道，从魔宗山门里出来，却在吊篮里发现了一只雪白的狗，接着他们遇到了来找狗的唐小棠。其后在那条魔宗先人开辟的石峡里，四人一路前行，不知说了多少狠话，最终都败给了宁缺这个书院之耻。

宁缺看着手握铁棍浑身是血的唐小棠，忽然想到当年和她相遇时，未见其人便先听到山雾里传来了一声大喊：谁敢动我的狗！今日桃山光明祭，她说的是谁敢动我的男人，如此看来，陈皮皮在她心中的地位和那只小白狼差相仿佛。想着这事，他忍不住笑了起来，身旁的那些杂役小厮不由觉得好生古怪，心想这都什么时候了，你的心情居然还这么好？

叶红鱼看着辇外的唐小棠，忽然笑了笑。

她没有说什么废话，本命道剑嗡鸣而响，似将飞出剑鞘。几乎同时，神辇畔裁决神殿的执事腰间的佩剑，应声而出。数十道飞剑，瞬间把唐小棠围住。

唐小棠手中的铁棍如狂风大作，以肉眼都看不清楚的速度，把那数十道飞剑一一击落，乱剑纷纷落地。祭坛前响起极清脆的连绵撞击声，就像是一首欢快的乐曲。

叶红鱼的本命道剑最后才来到祭坛前，直刺唐小棠的脸。

唐小棠轻喝一声，铁棍快速收回，于身前极险地挡住这一剑。这不是棍砸剑，是剑斩棍，道剑没有破损，铁棍却剧烈地颤抖起来。唐小棠面色微白，唇角淌血，她先前已经受了极重的伤，此时被叶红鱼的本命道剑临身，伤势已经快要爆发。但她无畏，看着于空中周游的那柄道剑，重新握紧铁棍。不料那柄道剑，却迟迟没有落下。

神辇里响起叶红鱼冷淡的声音："若你能破了我的樊笼，再来与我打过。"

唐小棠这才发现，先前那些被自己击落在地的数十柄道剑，竟都是剑锋向下，插在坚硬的青石板中，看上去就像是一道乱篱。一道极其强大的阵意，正从这些剑枝中弥漫而出。正是西陵裁决神殿的绝上阵法：樊笼。被困樊笼，如何能出？唐小棠没有想到，叶红鱼的道法现在已经到了这种境界，但她更清楚，对方布樊笼困己，实际上等于是让着自己。

但她不高兴。

她隔着那道剑篱，看着神辇里的叶红鱼，大声喊道："我要的是真正打一场！"

叶红鱼没有理她。

看着这幕画面，不满意的人还有很多，比如西陵神殿里的某些老神官，觉得裁决神座太过心慈手软，还有个人比唐小棠更不高兴，先前叶红鱼才杀了她的师叔，伤了她的师伯，结果此时面对魔宗妖女居然手下留情！南海少女小渔看着裁决神殿，愤怒斥道："没想到堂堂裁决神座，居然和魔宗妖女有旧，你若舍不得杀，我来杀！"话音落处，只见一道极纤细的道剑，自她身后犀利而起，于桃山前坪周游半周，然后穿剑篱而过，直刺唐小棠！

叶红鱼神情微凛，没有想到此人居然能够识破樊笼，看来南海大神官离开桃山的时候，不只带走了光明神殿的某些典籍，便连裁决神殿也没有漏过。

唐小棠此时的精神意志，全部在神辇里的叶红鱼身上，没有想到近处的那个南海少女会忽然暴起伤人，遇险之际，仓促横棍相迎。只听得一声脆响，她的铁棍脱手而去，吐出一口鲜血。南海少女小渔疾捏剑诀，飞剑绕行半周，再次刺向唐小棠。

此时看上去，似乎谁都再也无法救下她。

陈皮皮脸色苍白，胖胖的身躯颤抖得非常厉害，仿佛将要倒下。

只见一道剑光闪过。

南海少女小渔闷哼一声，唇角渗血，极困难地收回本命剑。场间诸人根本来不及反应，便见那道明亮的剑光，自空中落下，擦着南海少女的脸颊掠过，她勉强举剑相迎，却哪里能够完全挡住。南海少女的脸上，出现了一道很血腥的剑疮。那道明亮的剑光飞回神辇。神辇里再次响起叶红鱼冷漠的声音，“这是本座和她的战斗，你算是什么东西，也敢插手。”

看着唐小棠浑身是血，却应该没有生命危险，陈皮皮终于松了口气，然后他整个人都松了，一屁股坐到白石祭坛上。他看着裁决神辇，揉着心窝说道：“你就不能早点儿出手？非要把我吓成这样。”

神辇里，叶红鱼微微蹙眉，心想果然还是那个死胖子。陈皮皮明明感谢，出口却是埋怨，叶红鱼明明想杀陈皮皮想了很多年，但事到临头，却是连他的女人都要救——童年的仇怨，青春的记恨，在成长之后，大概都会变成一些美好有趣的东西吧。

宁缺没有像西陵神殿一样等待着三位师兄师姐的到来，因为在书院的计划里，本就没有他们的事情，他在等的是变化。大师兄在审看他和四师兄制定的计划的时候，对其中最关键的那个环节提出过疑问，宁缺也没有办法做出解答，因为他不知道如何才能够等来那个机会，当时余帘说道，机会无法创造，一切尽在变化中。

当柳白的剑破清光而至，于祭坛前隐指光明神殿时，他以为这便是师姐说的变化，当南海大神官的传人来到桃山前坪，开始与西陵神殿争锋时，他以为这就是变化，当唐小棠连破三关，闯到祭坛前时，他以为这可能就是变化，然而事实上什么都没有改变，他等的机会始终没有到来。

他已经等不下去了，陈皮皮快被昊天神辉烧死的时候，他已经准备出手，南海少女偷袭唐小棠的时候，他也在准备出手，他知道陈皮皮那句话其实不是说给叶红鱼听的，而是说给自己听的。然而她还在高高的桃山上，她在光明神殿里，他如果等不到余帘说的变化便出手，那么便永远没有可能胜过她，只是那个变化到底是什么？

桑桑站在光明神殿前，面无表情，她已经没有看长安看当年，她现在看的是自己的疆土，看的是现在。无数万年来，除了像夫子那样的寥寥数人做出的行为，在昊天的眼中，人间所有的大事都是琐碎的无意义的小事，无论战争还是灾难，更不要说那些生老病死寻常事，正如同在人类的眼中从来没有蝼蚁的悲欢离合。

南海一脉出现在桃山，她无所谓，因为那些人类也是她最虔诚的信徒，信徒之间为了权力而发动的战争，她在神国里已经看了无数万次，早已没有什么新鲜，她也没有理会柳白的那柄剑，因为她是昊天，能算世间一切事，她想看看书院的计划有没有超出自己的计算，这比较重要。等了这么长时间，书院的安排依然没有超出她的计算，她觉得有些无趣，看着祭坛上的陈皮皮，她开始觉得有些不耐。

今日光明祭即便不能重开神国之门，她也要斩断自己在人间的那束尘缘，那束尘缘里最结实的那根暂时斩不断，也要斩断些旁的。陈皮皮的死亡对她来说，意味着那束尘缘里能够断掉一丝，而他到现在还没有死，代表另一丝尘缘的唐小棠更是被另一丝尘缘救了下来，这令她觉得有些烦躁。她不想承认这些烦躁来自于这几丝尘缘本身，不想承认几根尘缘里的另一头便系在自己身上，所以她想快些让陈皮皮去死。

她认为自己没有愤怒，却不知道自己的眼眸深处，有一场风暴正在缓缓酝酿，她回到神殿露台上，看绝壁流云，不再看前坪那些无趣的俗事。

昊天有所感，人间便有所应。

桃山前坪那些最虔诚的信徒、西陵神殿的神官执事，还有自南海归来的诸人，最先感受到了天穹上传来的怒意。

昊天有所思，天地便有所觉。

桃山间的秋风开始肆虐，残落在地的桃花，被风刮拂起来，在空中纷纷扬扬地飞舞着，看上去有些美丽，又因为花色显得有些血腥。

一股莫名的威严，从桃山巅峰落下，笼罩了整个前坪。

人们感觉到了不属于人间的力量。

神辇里，掌教大人毫不迟疑地双膝跪下。叶红鱼想了想，缓缓从坐姿变成跪拜的姿势。赵南海先前正准备斥责叶红鱼，忽然感觉到这道天地之威，神情剧变，哪里还敢多言，满脸敬畏地跪拜于地。西陵神殿里所有人都跪下了，南海诸人跪下了，金帐国师万里迢迢来桃山参加光明祭，就是为了能够再次得见天颜，早已满脸虔诚地跪下。

桃山前坪所有人都跪了下来，包括佛宗僧人在内，都没有例外。

陈皮皮坐在白石祭坛上，心想自己反正是要死的人了，那还跪个屁。

唐小棠知道谁在桃山之上，所以她不想跪，如果你是昊天，我是明宗弟子，怎能跪你？如果你是桑桑，我是你的朋友，凭什么跪你？她倔强地站着，承受着无穷无尽的压力，血水被压出伤口，汩汩流淌，看着极是凄惨，双膝发着吱吱的声音，缓缓弯曲，似乎将要折断。

她再如何倔强，终究只是凡人，如何能承受得住这般恐怖的天地之威，然而就在她快要被压至跪下时，她看到了祭坛上的陈皮皮，学着他的模样，一屁股便坐到了地上，带着笑望向桃山，心想你还能拿我怎么办？

陈皮皮笑眯眯地看着她，伸出大拇指赞美她的急智，以及自己的智慧，然而他没有想到，身为光明祭的祭品，他承受的天地之威最为集中，只不过片刻时间，便发现自己再也无法安坐于祭坛之上。满天桃花，呼啸秋风里，陈皮皮大骂一声，四仰八叉地躺在了祭坛上，姿势虽然极为不雅，却在与昊天的战斗里再次获得了胜利。

宁缺跪得很快，甚至比身旁那些杂役小厮跪得更快一些，一面跪一面安慰自己，这些年让你跪着替我洗脚很多次，今天还你一次又如何？

天地之间有风声，然后有颂祭之声响。

依然是西陵教典奉天篇，却来自南海诸神官之口。包括赵南海在内，南海诸人都不知道自己为什么要开始诵祭，仿佛冥冥中有个声音对他们发出了指引。

他们脸色苍白，眼眸里充满了敬畏的神情。西陵神殿的神官、天谕院的师生，还有瑟瑟发抖跪在前坪上的数万信徒，都开始跟随南海诸神官诵祭，神圣庄严的吟诵声，渐渐响彻天地。南海诸神官传承的奉天篇果然更为精妙，比起最开始的那次祭祀仪式，这次诵祭明显要顺利很多，昊天听得更加清楚。

无数道光线自秋日中来，落在白石祭坛上。

陈皮皮变得明亮起来，他很是不安，想要辗转反侧，却发现动不了。

当祭文结束的那一刻，这些光线便会变成纯净的昊天神辉，他会被烧成青烟，而其后还会发生什么事情，便再也没有人知道。

他看到湛蓝的天空里，好像多出了一条缝。

他好奇地说道："你们快看，天要开了！"

没有人听到他的声音，因为桃山前坪绝大多数人的心神，都集中在诵祭上。

南海少女小渔看着他，泫然欲泣，满脸悲伤，然而这是昊天的意志，即便她是他的未婚妻，也不敢逆天行事。

唐小棠看着陈皮皮说道："我再试试。"在她看来，既然他是自己的男人，那么自己便应该做些什么，不知从哪里来的力量，进入她的身体，竟让她在这股天地之威里站了起来！她不知道自己怎样才能战胜昊天，但既然是战斗，肯定是需要兵器的，而她手里的铁棍，先前已经被震到了远处。

唐小棠困难地站着，四处找寻着兵器。

忽然她看到了一把剑。她不知道这是柳白的剑，但她觉得这把剑很好。

因为这把剑悬在祭坛前的空中，纹丝不动。

在桃山传来的天地之威前，所有人都已经跪下，即便是樊笼剑篱里的那些剑，都向着桃山方向弯着腰身，似在叩首。唯有这把剑始终沉默无语，不肯稍折。

唐小棠伸手握住了这把剑，却发现自己拔不动。她有些不甘心，把身体里所有的力量都用了出来，那把剑却依然纹丝不动，仿佛这把剑根本不在这个世界里。她越发觉得这把剑极为不凡，于是越不肯放手，随着力量的涌出，身上的鲜血流得更快了些，顺着手腕，流到了剑上。她从长安狂奔千里而来，她一直在不停地战斗，她的血一直都是热的，甚至是滚烫的，落在那道看似普通的剑上，发出嗤嗤的声音。

那把剑忽然动了。剑首微微颤动，然后缓缓上仰，对准了桃山巅峰的光明神殿。唐小棠眼睛睁得极圆，好奇地看着它，不知道发生了什么事情。

陈皮皮忽然大笑起来，说道："剑圣大人，快把我救上一救。"

宁缺看着微微仰首的那把剑，沉默不语。余帘说没有变化，因为人算不如天算，大概是真的，所以她什么都没有算，只是顺着天意而行，那么便有变化发生。

他一直在等的变化，终于发生了。

桃山千里之外是南晋，南晋有剑阁。

剑阁弟子们跪在那把像极了剑的山峰前，黑压压的一片。

朝小树来访剑阁后，剑圣柳白去了趟临康城，回到剑阁后，他便开始闭关。修行者经常需要闭关，柳白这一生痴于剑道，闭关的次数更是不知凡几，然而这一次的闭关却有些不一样，因为他把所有弟子都赶出了剑阁。

幽深的山腹里，潭水还是那样的寒冷。

柳白坐在潭畔闭目静思，潭水上悬着一柄古意盎然的剑。

他用了数十年时间把这柄古剑修至完美，去年秋天被夫子借走，屠金龙，斩神将，从那之后，这把剑便再也没有谁有资格用了。他也没有资格。

他与此剑相对坐，一坐便是很多日夜。

剑影落在他的身上，变得极深极深，仿佛人与剑要融为一体。

古剑忽然微微颤抖起来。

柳白有所感应，睁开双眼看着剑与自己微笑着说道：“少女的热血，果然最美好，最能激发人类的勇气。”那柄古剑呼啸而起，穿过山巅的石洞，破空而飞。

寒潭凄冷，潭畔已然没有柳白的身影。

西陵教典奉天篇神圣的语句，回荡在桃山前，所有人都跪着，虔诚地诵祭祷告，只有祭坛前空中的那把剑缓缓仰起了头。那把剑没有低头，反而抬头，便代表了那个人的态度，对剑首所向的桃山，对山顶那座光明神殿，对光明神殿里的她的态度。

掌教大人是场间最早注意到这幕画面的人，他很愤怒，然后有些不解，他想不明白，剑阁与书院之间有深仇未解，柳亦青的双眼便是被宁缺斩瞎的，不知多少剑阁弟子死在唐人的手中，柳白最多在这场道门与书院的战争里保持中立，怎么可能像现在这样，居然敢用自己的剑挑衅桃山上那位？

唐小棠的热血淌在那把剑上，蒸成血雾，然后散入满天飞舞的碎桃花瓣里，血雾之中隐隐散发着一股极骄傲的剑意，正在虔诚叩首诵祭的信徒和神官们，被这道剑意刺得意识森寒，下意识里觉得咽喉剧痛，发声变得困难起来。像赵南海这样道心坚定、境界深厚的神官们依然在坚定地诵读着奉天篇，然而那数万名信徒和普通的执事杂役却再也无法发出声音，桃山前的声音变得越来越微弱，越来越不整齐，越来越凌乱。

自秋日里落下的万道光线，也变得黯淡了些许，白石祭坛上的陈皮皮不知道发生了什么事情，疑惑不解地望向天空。笼罩桃山前坪的那道天地之威，感到了场间的变化，漠然之中隐有神怒，掌教大人心颤不已，起身愤怒地望向那柄剑。他已经猜到柳白要做什么，虽然震惊于对方的选择，愤怒于对方敢令昊天感到不悦，但他其实也很欢迎这种情况。

既然二十三年蝉始终不敢出现，那么便让我毁掉你的剑，杀掉你这个世间第一强者，替西陵神殿重筑无上威望吧！

西陵掌教大人乃是逾五境的至强者，被昊天治愈好，威势更胜从前，然而即便如此，如果还是当年，面对剑圣柳白时，他也不会像现在这样自信，因为柳白虽然没有破五境，但那不是因为他不能破，而是因为他不想破，他的剑，可以纵横万里，怎会跨不过那道普通修行者眼中极高的门槛？但现在掌教很有信心能够击败柳白，要知道他本准备在光明祭上灭掉书院，又怎会害怕柳白一个人？只是他的信心从何而来？

他的信心来自于桃山上的光明神殿，来自于殿里的那个人。掌教越五境的大神通，乃是道门绝学天启。天启乃是修道者以最大的虔诚与信仰，请求昊天赐予自己力量，如今昊天便在人间，他与昊天之间只是山上山下的距离，天启再不需要跨越青天，再不会有任何损耗，那么一朝天启，他将会拥有多么不可思议的力量，还有谁能是他的敌手？

掌教伸出双手，掌心隔着巨辇，迎着湛湛青天。

一道磅礴的力量，自桃山光明神殿降落，来到桃山前坪。这道力量是那般的恐怖，比先前的天地之威强上无数倍！掌教看着自己新生的嫩嫩的手掌，微笑想着，自己才是昊天之下最强的那个人，无论柳白还是林雾，哪怕夫子复生，也不是我的对手！

便在这时，柳白的剑由极静转为极动，呼啸破空而出！

剑柄擦破了唐小棠的手。

剑身上的少女热血被震成无数血滴，洒向天空。

明亮却普通的剑锋，直刺巨辇里的掌教面门。掌教的断喝声如雷响起，便要用天启境碾压此剑。然而……他忽然发现自己没有发生任何改变！他瘦小的身躯里，没有感受到一丝恢宏神力的味道！天启呢？自己不是动用了天启神通，为什么自己感受不到体内有神力的存在？究竟发生了什么事情！

柳白的剑根本没有进入巨辇，也没有在掌教身前停留，只是依照书院的请求，以剑意凌之，便向桃山上飞去。这把剑没有刺向错愕中的掌教，因为这把剑来自人间，却已经在人间之上，人间已经没有谁有资格令它染血。而且执剑的人需要专注，任何试图挑战昊天的人，哪怕只有丝毫不专注，那都是对昊天和自己的不敬，无法饶恕。

剑意起自万里之外，横亘天地之间。

剑向桃山之上飞去。

桃山之间布置着两道清光大阵，一道比一道更强大，即便是知命巅峰的强者，也很难在短时间之内破开。但柳白的剑太快，他的剑快若闪电，视世间一切屏障如无物。

桃山上传来两道清脆的声音。

那是悬空寺里的琉璃灯碎了。

那是知守观里的砚台破了。

那是魔宗山门里的白骨裂了。

那是书院后山里炉上的铁块崩了。

两道清光大阵刚刚闪现，便告破裂！柳白的剑化作一道凌厉的线，没入光明神殿之中！

祭坛之前，诵祭之声渐止，那把剑消失无踪。

巨辇里，掌教的身影在万丈光芒中依然高大无比，然而他平伸着双掌的模样，却显得那般滑稽，那般羞辱。那把剑直上桃山，根本理都没有理他。掌教还是那个掌教，没有变身成为绝世强者，因为他的天启失败了。怎么会失败？所有人先前都感觉到，当掌教施出天启时，桃山光明神殿里降下了一道磅礴而令人震撼的神力。

昊天已经降下神力，为何却没有进入掌教的身体。那道磅礴的神力，落在了何处？

人们看着桃山前坪某处，脸色苍白，即便像金帐国师和七念这样的人，都无法掩饰脸上的震撼神情。那里离祭坛有些远，位置很偏，站着神殿的普通执事，还有天谕院那些不起眼的杂役，黑压压的一片。来自光明神殿的磅礴神力，便落在那处的人群中。

落在人群里一名青衣小厮的身上。昊天的神力不停灌进他的身体里，始终未曾断绝。

看上去就像是一座桥。这座桥的那头在山上，这头在山下。

那头在她的身上，这头在他的身上。

这是相遇，更是重逢。那么就别想着再分开了。

这座桥一直没有断，磅礴的神力从桃山之巅的光明神殿来到前坪，向那名青衣小厮的身体里不停灌注，在极短暂的时间里，他的气息便发生了极为惊人的变化，从普通人变成了极强大的修行者，而且境界修为不断提升，瞬息间便来到了知命巅峰，甚至继续前行直至来到五境之上！那名青衣小厮低着头，身上神辉缭绕，看不见容颜，祭坛前的人们不知道他是谁，不明白明明是掌教施展天启神通，为何昊天赐下的绝世力量竟会进入他的身体，而且竟是源源而至，似乎没有断绝之时！

那道不属于人间的力量，进入一个普通的人类，引发天地产生了极强烈的感应，一道肉眼看不见的波动，从青衣小厮的身体散发，向着人间各处传去，传到长安，传到岷山，直至传到最遥远的北海。毫无疑问，这是修行史上最盛大的一次天启！

天启境乃是五境之上的大神通，往往只出现在西陵教典的传说和口口相传的那些故事里，普通人不要说见过，甚至听都没有听说过。今日前来桃山参加光明祭的宾客们，或是强大的修行者，或是红尘里的贵人，对这等秘辛有所了解，有些人甚至亲眼见过天启，但他们却从来没有想象过，天启能够维持这么长时间，昊天为何对那人如此慷慨？

桑桑站在光明神殿的露台上，看着绝壁流云，愤怒无比，因为那道力量正不断从她高大的身躯里离开，落入桃山前坪那个人的身体。

她在人间，这场天启自然盛大，至于为什么会出现这样的画面，世间没有人懂，她懂，因为这种情况以前便出现过。多年前的那个深冬，在长安城里，她还没有醒来，还是那个人的婢女，当那个人与夏侯决战的时候，她撑着大黑伞站在雪湖畔的雪崖上。那夜他想唱歌给她听，她便对他敞开了自己所有的灵魂，然后她开始唱歌给雪湖听，给他听。

今天她不想唱歌给他听，但他要听，便能听。她的力量进入那个人的身体，她和他之间重新架起一道桥梁，这令她感到极度愤怒，虽然这并没有超出她的计算，但她依然愤怒。

来到人间之后，她便想要斩断那道尘缘，断绝与那个人类之间的一切联系，所以她不去长安，她不去看他，然而此时发生的事情证明，就算她看上去已经斩断了与他之间的所有，彼此不再感应，然而只要她真正开始唱歌，那么他便是唯一的听众，因为从很久以前开始，她就是他的本命。就在天启的那一瞬间，她与他再次相遇，再难分离，她知道他在想什么，他也能知道她在想什么，他和她仿佛再次变成了一个单独的世界。

雪湖上的桑桑把自己的生命和灵魂交付给那个人，心甘情愿，光明神殿里的她，却是愤怒无比，觉得异常恶心。她的眼眸里雷电暴生，她挥手如刀斩断了那座桥，身体里的力量不再向桃山下继续输送，然而却已经无法斩断那道尘缘。

她感受着那些只有她和他才明白的过往，感受着他的气息，脸色变得苍白起来，不知道是因为力量的流逝，还是因为愤怒。

基于某些原因，她暂时不想杀他，所以这些天在桃山间几次相遇相见，她愤怒而厌憎，于是天地变色，有风暴自万里外来，西陵神殿摇撼不安，却最终自行镇压住了这些情绪，然而此时她再也无法控制，她只想在最短的时间内杀死他，不管其后是洪水滔滔还是万劫不复，她只想他去死。但在杀死他之前，她还要先做一件事情。

她要把自己身后的那把剑揉成废铜烂铁。

那把剑自山下来。这是柳白的剑。人间最强的一把剑。

她一直愤怒地看着山下，没有理会这把剑。因为这把剑根本无法近她的身。

柳白的剑，现在正静静地停在她身后丈外的空中。正午的秋光，从露台外洒落，把光明神殿照得亮了些，光线穿过剑与她之间的空间时，有些细微的弯折，这才能看到，剑锋前的空间微微凹陷。再仔细望去，才能发现，柳白的剑并不是静止的，而是正在以难以想象的速度高速前进，只是却始终无法刺进身前的空间！运动与静止诡异地融为一体，这画面异常诡异。

有道无形透明的屏障，如球一般护住她的身体，把她和这个世界隔绝开来，除了那道尘缘，没有谁能够进入她的世界。这是她用规则凝成的空间，比人间修行者所开辟的领域不知道强大多少万倍，因为在昊天的世界里不允许别的独立世界存在，而这个空间却与昊天的世界来自同源，虽不相连却隐隐相通，便可源源不尽复生新力，与之相比，长安之战里余帘用蝉翼凝成的独立空间，显得那样的弱小。她的小世界便是空间本身，柳白的剑让她身后的空间都开始变形，可以想象这把剑是多么的恐怖，只是即便如此，依然无法进入！

她转身望向那把看似安静，实则高速颤抖飞行的剑，伸出手去。

如果她愿意，便是夜穹里的星星，只要伸手也能摘下，更何况这只是人间的一把剑。

就在此时，一场秋风吹进光明神殿。今日桃山光明祭，光明神殿里幽静无人，她不是人。

随着这场秋风，一个人来到了神殿里。

柳白。

在她的手指触到剑锋之前，他的手握住了剑柄。

他静静看着她，右手向前轻送。

她没有想到他能够出现在桃山上，所以她的脸上露出重归人间后，真正意义上的第一道凝重神情，眉头微微蹙起。前一刻柳白还在南晋剑阁，下一刻他便在光明神殿出现，他虽然是世间最强的剑圣，但他不能无距，那么他是怎么来的？

她看了柳白一眼，看到了那把古意盎然的剑，于是明白了。

啪的一声清脆响声，在幽静的神殿里回荡不停。

悬空寺里的琉璃灯之所以碎，知守观里的砚台之所以破，魔宗山门里的白骨之所以裂，书院后山炉上的铁块之所以崩，那是因为这些人间的不可知之地，目睹了柳白这一剑的风采。他的剑能够刺破天人之隔，于是人间清音相和。

她身前的小世界上出现了一道小豁口。

由最基本的空间规则构成的无形屏障，被柳白的剑刺破了。雪亮的剑锋，向前推进了一寸，距离她的身体便近了一寸。然后那寸许剑锋，开始以肉眼可见的速度锈蚀。

她静静看着他，缓缓伸出手指。

柳白不明无距，为什么能够瞬间来到桃山？因为他的剑可以纵横万里。

而现在的他，便是他自己的剑。

当他的手握住剑柄，便能刺破她的小世界。

因为他不是用手中的剑在刺，而是用的心头剑。他的心头有柄古意盎然的剑，那剑曾经在荒原上屠金龙，斩神使，今日与他合而为一，来到了她的身前。

她确认柳白如今是人间最强大的那个人。

但她依然面无表情，伸指便要去毁他心上的那把剑。

因为她是这个世界的规则，即便柳白的剑能够刺破天人之隔，能够刺破空间，但她还有时间，那永恒而冷酷的时间。便在这时，一支铁箭射向她的后背，没有呼啸声，因为这道铁箭的速度太快，甚至已经快到可以无视空间的距离。

那座桥被她斩断了。

那道从光明神殿落至桃山前坪的磅礴神力，终于不再继续落下。

这场修行史上最盛大的天启，告一段落。

青衣小厮抬起头来，此时他的身体里完全被最纯净神圣的神力所充斥，每次呼吸甚至每个毛孔里都在外溢着淡白色的光絮。人们依然看不清楚他的脸，却能清楚地感觉到他散发出来的恐怖气息，他身旁的那些杂役小厮惊恐地纷纷散避。

青衣小厮抬起右脚，然后落下。脚底的青石板片片碎裂，龟裂有若久旱的田野，桃山前坪微微摇晃，仿佛发生了一场地震，离他近些的人全部被震翻在地。泥土掀翻，一把铁弓出现在他的手中。这把铁弓从来没有像今天这样圆满过，强劲的弓弦被他两只手臂拉至极处，甚至让人觉得仿佛随时可能会断开。

弦弯如满月。

他默然想着，如今终于可以用满月来形容了。

满月般的弓弦上，是一支黝黑的铁箭。

寒冷的箭镞，瞄向的是桃山前坪上方那座高高在上的神辇。那座神辇有万道幔纱，有万丈光芒，显得神辇里的那道身影无比高大。

弦声响起。

铁箭猛然前行，箭杆与弓绘处镶着的金刚石剧烈摩擦。

铁箭上的那道符文便告完成。

铁箭离弓而出，箭尾带出一团恐怖的湍流。

然后消失不见。

就在弦声响起的同时，祭坛四周响起无数声震惊的喊声。

“宁缺！”

“元十三箭！”

祭坛四周的人们依然没能看清青衣小厮的脸，但他们看到了那把铁弓，于是他们便知道了他是谁，因为世间只有一把这样的铁弓。

这把铁弓属于宁缺。

书院宁缺。

39

桃山前坪一片哗然，没有人敢相信自己的眼睛，所有人都在等着书院来人，谁能想到，书院的人一直便在自己当中？当宁缺挽弓搭箭，指向巨辇里的那个高大身影时，人们的惊呼骤然更加惶然，因为谁都知道，他的箭是多么的恐怖。当年在荒原上，正在破境入知命的隆庆皇子便是被宁缺的铁箭射成了废人，当时的他不过刚悟洞玄，如今他早已知命，此时强夺修行史上最盛大的一次天启后更是逾过了五境的门槛，铁箭又该有怎样的威力？

事实上在众人震惊呼喊之前，巨辇里的掌教大人便感觉到危险，他迅速从先前愕然的情绪里苏醒过来，暴喝一声，新生的双掌在身前高速挥舞，辇前顿时多出十道鲜明的气息。这些气息拥有着无法抗拒的威严，仿佛就像天空之下的那些规则一般，可以用来指引世间的任何事物，这便是天理！掌教当年在荒原上被余帘重伤小腹，成了阉人，从那日起，他便灭了自己的人欲，最终以天理入道，而这才是他的本命道法！

即便动用天理道术，掌教却不敢尝试去控制宁缺手里的铁弓与铁箭，因为此时宁缺的身躯里尽是磅礴的昊天神力，已然跨过五境之上那道高高的门槛，甚至可以说不在世间，天理能制世间一切物，如何能制世外物？掌教大人选择的对象，是巨辇下方的西陵神殿神官和执事们，十道天理道法落在人群中，只见他脸色骤白，包括天谕院正副院长和十余名红衣神官，根本无法控制自己的身体，来到了巨辇之前。

此时宁缺的铁箭刚刚离开弓弦。

铁箭离弦之后没有任何声音，直到来到巨辇前，接触到第一名红衣神官之时，才爆出一道恐怖的巨响，这名红衣神官直接被铁箭轰成了血尘！铁箭继续前行，刺入第二名红衣神官的胸膛，这名红衣神官同样被轰成了血尘！在巨辇与宁缺之间的空中，飘浮着十余名红衣神官和天谕院的正副院长，只见一道黑光闪过，空中便多了十余团血雾！挡在辇前的所有人全部都死了，无论是天谕院副院长莫离，还是有知命境的正院长，根本来不及做出任何反应，便被铁箭轰成了碎末！

铁箭入巨辇。

万重幔纱震飞如乱絮，万丈光芒敛灭如狂风里的油灯，巨辇喀喇声中散成碎砾，露出掌教猥琐而瘦小的身体。掌教动用天理道法之后，毫不犹豫往地上趴去，只要能够避开这道恐怖的铁箭，他什么都愿意做，哪里还管得了道门至尊的威严。但铁箭来得太快，虽然把那十几名神官射成血雾，又破巨辇后速度有所减缓，依然快得超了所有人的想象。

铁箭来到他身前时，他的膝盖只弯曲了数寸，身体只来得及偏了数分，手掌刚刚抬到身前，并不能完全避开。他满脸惊恐，他眼瞳紧缩如豆。啪啪两声轻响，他挡在身前的右手变成了一团血雾，紧接着，他的右肩变成了一团血雾，铁箭所过之处，一切都化作血雾。

他的手掌在峭山冲里被许世斩落了一只，在书院后山又被余帘切断了一只，得昊天的恩宠才能够新生，然而今日他的手又不见了。不止如此，他的右肩也不见了，只剩下一道恐怖的血豁口。掌教凄嚎长啸，浑身是血，如疯癫一般。

铁箭射散巨辇，并没有就此停下，而是嗖的一声消失无踪，下一刻便出现在桃山巅峰之上，射向光明神殿深处！

那道黝黑的铁箭，看上去是那样的寻常无奇，然而箭锋所向，当者辟易，无论洞玄境还是知命境的修行者，即便是掌教大人也被射得重伤将瘫，一箭之威竟至于此！

只是震惊，不是意外，没有人觉得意外。元十三箭是集合了书院后山集体智慧的结晶，是唐国集强大国力打造而成，越境杀人的无上利器，在过往的那些战斗里，早已证明了自己的恐怖。此时的宁缺已然天启，身体里拥有无限神力，即便是全盛时期的观主，只怕都不敢硬接他一箭，更何况是桃山前的这些人？

先前那刻，前坪上的人们甚至有种错觉，如果宁缺那道铁箭射的不是巨辇里的掌教，而是桃山，或者桃山都可能被这一箭射垮！这就是天上地下，独一无二的元十三箭！人们甚至没有想到，他在这样状态下射出的铁箭，居然让掌教避了过去。掌教此时虽然身受重伤，但终究还是活着，像这样境界的强者，只要还能呼吸，便是谁都不敢忽视的强大力量。

宁缺自己并不意外，元十三箭并不像普通弓箭那般越近威力越大，相反，隔得越远，越难防范越发恐怖。如果能够确定箭镞所指的目标，隔千山万水射出的铁箭才真正强大，因为没有谁能够在无准备的情况下，避开他的箭，但对手可以通过观察他的动作，提前做出反应，他和叶红鱼苦战数场里，始终没能用铁箭把她射死，便是这个道理，即便他现在前所未有的强大，道理依然不会改变。他站得与巨辇距离太近，掌教能够看到他的动作，以对方高深莫测的境界实力，自然能够做出最准确的反应。事实上如果不是在荒原上射掌教一箭射空，从中得到了些经验，先前刻意往掌教身影下方射，说不定这箭根本无法伤到对方。

没能直接射死掌教，他不觉得遗憾，因为在书院的计划里，掌教的死活本来就不重要，柳白的剑也只是道引子，最重要的事情，便是这场盛大的天启，便是他强行夺取昊天的神力，然后重新建立起联系。他知道自己做到了这一点，所以很满意，不再理会辇上披头散发浑身污血的掌教，转身望向祭坛前的诸位强者，欲取箭再射。

直到现在为止，依然没有人能想明白，宁缺是何时来的桃山，更没有人能够想明白，为什么明明是掌教施出天启，那道磅礴的昊天神力却进入了他的身体，这一切究竟是为什么？世间怎么可能有如此年轻便破五境的修行者？但那些强大的修行者很清楚，不能再让宁缺有机会射出元十三箭，如果那道恐怖的铁箭再次射出，桃山前的人们没有谁能活下来。

反应最快的是金帐王廷国师：宝鼎大神官，首先是这位老人的境界最为深厚，更因为他做的是祭司，修的是意念。世间心神最稳定的人，便是祭司，世间最快的武器，便是意念，意念比任何动作都快，比宁缺挽弓的速度快，甚至可以比柳白的剑更快，金帐国师望向宁缺，脸上的皱纹骤然深刻数分，他的意念便进入了宁缺的识海，变作惊涛骇浪，不停地拍打轰击。就像去年在荒原上的那次相遇，宁缺脸色微白，只觉识海一阵不安，正准备从匣中取箭的右臂微微一僵。但此时他的身心都被磅礴的昊天神力熏染，岂能像当日般轻易落败，只是眨了眨眼睛，识海里的烦恶便尽数被烧成青烟，只剩清明。

便在这时，一道浩瀚的力量自天而降，拍向宁缺的头顶。宁缺对这道力量很熟悉，抬头望去，只见身前出现了一尊法像，僧衣飘飘，佛光湛湛，慈悲之中自有肃杀。佛光最深处，悬空寺七念盘膝而坐，双唇微翕。这尊法像便是七念的不动明王法身，他念的便是正宗佛门真言。二者相合，便是最强大的佛门真言手印！当年在烂柯寺里，宁缺便是被七念的佛门真言手印，镇压得苦不堪言，他的真言手印亦已大成，却没有修过法身，自然不敌。

然而当年是当年，今日是今日。宁缺的右手正在取箭，见势不及，翻手便向天空迎去！明王法身满脸怒容，眉挑如剑，眼中雷霆，巨掌向地面按落！前坪侧方的秋林，被这道佛印威压震得簌簌颤抖，红黄树叶飘离枝头！和小山般的不动明王法身手掌相比，宁缺的手掌显得那样的渺小。双掌相遇，桃山前坪上的天地元气四处逸散！不动明王法身轰然碎裂，变成无数碎片！宁缺竟生生用昊天神力，把这尊看似坚不可摧的不动明王法身击碎了！

一道昊天神辉自侧方袭来。宁缺没有转身，也知道必然是赵南海出手偷袭。他理都没有理那人，刚刚震碎法身手印的右掌，在秋风里虚握，拳内中空，似能容刀柄，便握住了铁刀的刀柄。他挥动铁刀，斩向远处的七念。只闻一道厉啸，铁刀骤然通红，生出恐怖的火焰。七念虽未修至肉身成佛，身体亦是坚若金刚，然而却挡不住宁缺这简单的一刀，只见僧衣破碎，他的身前出现了一道极为凄惨的刀口。宁缺手里的铁刀未停，刀上的厉啸声也未停下。火焰熊熊燃烧，其间隐约有朱雀的身影出现。铁刀隔空砍至金帐国师身前，国师眼帘微垂，举起手中那个看似极普通的木鼎。朱雀再啸，木鼎被烧灼得焦黑一片，出现了裂口。只是瞬间，国师仿佛苍老了数十岁，噗的一声吐出鲜血。

便在此时，赵南海的昊天神辉，落在了宁缺的身上。宁缺仿佛无所察觉，转身望向这位知命巅峰的南海大神官传人，铁刀破势而出，挟山而至，将此人砍飞到数十丈外，然后说道："愚蠢。"他的身体此时正被昊天神力净化，哪里可能被昊天神辉所伤？

桃山前坪一片死寂。宁缺的身体此时仿佛在燃烧，他手中的铁刀在燃烧。既然没有机会射出元十三箭，他便用铁刀。他出了三刀，场间便有三人重伤。

佛宗行走七念，金帐国师宝鼎大神官，以及愚蠢的赵南海。

没有人敢相信自己看到的画面。

但这是真实的。

桃山前坪地面剧震，金帐王廷第一武道高手勒布终于出手，他的反应并不比国师和七念等人更慢，只不过因为修的是武道，如虎般扑至宁缺身前时，终究需要些时间，所以到得稍晚了些。来得早晚并不重要，因为终究还是要退回去，宁缺听着身后传来的破空厉啸声，手腕一翻，黝黑的刀身自肩头横回，砸中勒布的拳头。先前勒布的拳头与唐小棠手里的铁棍相撞无数次，要知道那根看似粗陋的铁棒可是魔宗的圣物，他徒手相迎，拳上竟没有出现一道破口，可以想见其人的武道修为多么恐怖，然而此时和铁刀相遇，只听得喀喇一声，勒布如受伤的老虎般痛嚎起来，腕骨尽碎，强悍如山的身躯被震得惨然后飞，重重地摔到地面上。

此时南海众人和西陵神殿神官们的攻击，也终于来到，桃山前坪上只闻剑啸凄厉，数百道剑光高速飞行，如暴雨般斩向宁缺的身体。场间所有人都知道，必须在最短的时间内把宁缺杀死，不让他射出第二箭，所以真的是舍生忘死相搏，前仆后继而至，只是因为修行境界的差距，出手顺序便分出了先后。这并不代表最后到来的这轮攻击要弱于先前，因为参与的人数实在是太多，除了柳亦青和烂柯寺观海僧之外，竟是集合了所有人的力量。

如此密集的剑雨，纵使身法再好，也无法避开，但宁缺的刀法乃是在岷山荒原上练出来的，纯熟至极，再加上从叶红鱼处学过南晋剑阁身前一尺的道理，一旦施展开来，真正的雨水无法打湿他的衣裳，更何况是如雨的飞剑。令人震惊的是，宁缺没有选择闪避，也没有舞出刀光护住自己的全身，除了斩落南海一位老神官的道剑，他对其余袭来的飞剑看都没有看一眼。数百道飞剑刺中宁缺的身体，从外围看上去他似是变成了一只刺猬，然而瞬间后，那数百道飞剑便寸寸断裂，像烂稻草般落在了宁缺的脚边！绝大多数来袭的道剑，连弥漫在他身周的那些神辉都无法刺破，即便是西陵神殿和南海诸人里几道知命境的道剑，也最多只能刺破他的衣裳，触着他的肌肤，便失去了所有的威能，瞬间便被震断！宁缺修行浩然气后，本就身坚如铁，此时身体内充盈着磅礴的昊天神力，再以浩然气之道而行，以内贯外将这股神力布满全身，更是如金如玉，甚至快要接近魔宗不朽的境界，哪里是普通飞剑能伤？

断剑簌簌落下，在地面堆至半尺高，看上去就像是桃山前坪那些红黄落叶，在微寒的地面堆起了小丘，宁缺便站在其间。看着祭坛前的这幕画面，所有的人都觉得心寒意冷，绝望到了极点。今日西陵神殿召开光明祭，桃山前坪上至少有二十个知命境修行者，更不乏像西陵掌教、佛宗七念、金帐国师这样的绝世高人，可以说人间超过半数的顶尖战力，都在场间，然而这样的阵势，竟被宁缺一刀破之！在诸强者的围攻下，他来不及再次动用元十三箭，传闻中那道异常恐怖的神符也没有，他只凭着一把铁刀便败尽天下诸强！

宁缺曾经被修行界认为是史上最弱的天下行走，然而今时今日，谁还敢说他弱？谁还有资格说他弱？谁能比他更强？为什么？因为他承受了天启？为什么他能接受昊天的神力？就算他真的修到五境之上，但他不是昊天信徒，为什么没有被磅礴的昊天神力撑死？众人震惊无语，无数个问号在心里不停回荡。

便在这时，宁缺将铁刀深深插入地面，再执铁弓。桃山前坪上响起几声暴喝与惊呼，宁缺一把铁刀便如此威猛，如果让他动用元十三箭，那该是多么恐怖？人们不可能允许这样的画面发生。无论有没有受伤，所有人都再次向宁缺发起悍不畏死的攻击，桃山前坪上天地元气大乱！如先前一样，境界最深厚的强者们，是最先做出反应的人。

金帐国师宝鼎大神官神情凝重，手里那只木鼎的颜色骤然间变深，不知何时，上面覆了一层浅浅的雪霜。国师深若大海的雄浑念力，经由木鼎加持放大，变成一道冰寒至极而且夹杂着无数草原祭物牺牲怨恨的念力，隔空袭向宁缺！他坚信就算宁缺有昊天神力加持，也必然要陷入麻烦之中，然而他没有想到，这道念力刚刚释出便告消失，有若泥牛入海，再也找不到去了何处！这道念力攻击竟被一道无形力量斩断！什么样的力量，可以斩断念力！

几乎同时，七念也动用了自己最强大的佛宗手段。七念乃是悬空寺高僧，与叶苏、唐齐名的佛宗天下行走，自二十年前荒原天降异兆之后，他便嚼舌入腹，以慈悲坚忍修闭口禅。这一修便是十余年，再也没有人听过他说话，便是在长安雪湖畔，面对隐于林中的魔宗宗主二十三年蝉，他也没有开口。

直至数年前烂柯寺那场秋雨，宁缺和桑桑将入佛祖棋盘，书院二先生君陌破寺而入，他才终于破了闭口禅，说了一个“疾”字！便是这一个“疾”字，便令烂柯寺古钟破裂，君陌被迫把后背留给叶苏，铁剑离手而掷，可以想见，这位佛门高僧的闭口禅强大到了什么程度。

如今数年时间一晃即逝，七念的闭口禅愈发强大，只见他微微启唇，秋风轻拂间，便有一朵洁净的白莲花于唇齿之间生出！此人竟是把佛念修成了实体！这比他修的不动明王法像更加不可思议！洁净的白莲花飘然离唇，向宁缺而去。

没有人知道，这朵白莲花袭向宁缺，会引发怎样的威力。

宁缺不知道，他也不想知道。桃山前坪上的人们想知道，但他们无法知道。

这朵蕴藏着无穷佛念的白莲花，并没能飘到宁缺身前，而是在离开七念唇齿后不远，便在他脸前的空中裂成了无数残瓣！什么样的力量，可以如此悄无声息地将佛念莲花斩成碎片！

赵南海的昊天神辉，袭向宁缺，神辉凝成的圣洁光柱，离开他的食指不到三尺，便被切断；勒布暴喝声中，似受伤的老虎，再次扑向宁缺，他只往前走了三步，身上便多了十余道深刻的伤口……意念被斩！白莲花被斩！昊天神辉被斩！最强悍的身躯亦轻松斩之！

祭坛四周的空气间，仿佛隐藏着无数道力量。那些力量无比锋利，可以斩尽世间一切物。究竟是什么力量，能够如此恐怖？断掉的神辉凄惨地四处喷洒，碎掉的白莲花释放的佛念扭曲着光线，勒布身上的血像瀑布般喷舞，在神辉光线血水间，有线条若隐若现。

那些力量，便来自这些线条。这些线条看似凌乱，实际上每两根为一组，正是乂字！祭坛前的空气里，数十道乂字符缓缓显现出来。这便是宁缺最强大的神符！这便是在长安城里把观主斩得骨肉分离的神符！没有人看到他是如何施符的，没有人知道，他先前铁刀斩落的时候，不仅仅是为了退敌，也是在写符。每记刀痕便是一条线，两刀便是一道符。

乂字符！

祭坛之前，飘着乂字符。再没有人敢向宁缺发起攻击，再骄傲强大的修行者们，面对这些最简单的文字，都不敢放肆，观主的前车之鉴不远。乂字符飘拂在桃山前，无数树叶飘落然后碎裂，无数惨呼声响起，七念等人神情凝重，不敢上前。

铁箭已上弦，铁弓正弯。

宁缺看着眼前这幕画面，觉得自己回到去年冬天长安城的那场风雪中，天启所受的昊天神力，就像是长安城给予自己的无穷力量。有了这种力量，他可以做到很多人做不到的事情，可以写出很多道神符，便是面对观主，他都满怀信心，这种感觉非常好。

这种感觉，便叫无敌。

一山秋叶落，满坪惊心，数十道神符，在祭坛四周若隐若现，诸强者脸色苍白，重创咳血，纷纷走避。唐小棠身前那圈由道剑组成的剑篱樊笼，也被空气里凌厉的切割符意，割裂成了更细的铁片，画面看上去极其恐怖。

浑身是血的掌教大人从残辇里站起，哪里顾得身上的伤势，左掌拍出，随之便有数道肃然的气息，遥遥袭向宁缺的身体。书院讲究理所当然，因为只要占着道理，心境便能足够强大。掌教用的是天理道法，人间依然是昊天的世界，他的天理是昊天的道理，自然强大。肃然气息之下，宁缺顿觉挥刀之势开始变得凝滞起来。

宁缺此时已然无敌于人间，自然不可能被掌教的天理道法困住，意念狂暴而出便强硬破之，但终究还是耗去了些时间。掌教厉声喝道："布阵！"在这极短暂的片刻空隙里，桃山前坪上逾千名神官，无论受了何等样的重伤，都盘膝坐到了地面上，开始不停向昊天祈祷。随着掌教的厉喝，一道清光自山前山后升起，触天穹而回，神殿阵法猛然启动，快速缩小，变成一道数十丈方圆的光圈。白石祭坛和宁缺便被罩在这道清光圈中。

在神官们的领引和指挥下，数万信徒的祈祷声，回荡在桃山里，直冲天穹，清光大阵缩小了数百倍，威力也增加了数百倍，压向地面的宁缺。面对集合了数万人意志的这道阵法，宁缺甚至觉得自己仿佛在和整个世界对抗，但当年背着桑桑万里逃亡时，他便与整个世界战斗过，他有这方面的经验，他足够冷漠，而且他现在足够自信，意念微动，以浩然气之道将体内昊天神力尽数转换成念力，控制着数十道神符向那道清光大阵迎了过去！

桃山前坪的空中骤然出现了数十道白色创痕，响起令人牙酸的剧烈摩擦声！数十道乂字神符无法在短时间内切破清光大阵，而清光大阵却也没有办法穿过乂字神符落到宁缺的身上。在这一刻，清光大阵和神符之间，形成了暂时的宁静与平衡，同时清光上的那些切痕，也终让那数十道神符完全现出了痕迹。桃山前坪上的人们，看着笼住祭坛四周，包括空中的那数十道神符，不由身心俱寒，因为他们没有看到任何漏洞。只有祭坛前方没有神符飘浮，但宁缺却已经拉弯了铁弓，弦上的铁箭正瞄着那处！西陵神殿坐南朝北，上山必经的前坪，便在桃山之北，宁缺站在祭坛前，手执铁弓瞄准的便是北方，铁箭指北，意欲何为？

描述这场战斗需要很长时间，实际上，从光明神殿降下昊天神力进入宁缺身体，到他箭射掌教，刀破举世强敌，再到神符惊桃山，清光掩之，只不过是瞬间的事情，甚至很多人还没有明白究竟发生了什么事，便已经死去。数万信徒和逾千神官执事的祈祷声还在桃山前坪不停回荡，祭坛四周却是死寂一片，除了乂字符切割清光的声音，再听不到任何动静。修行界诸强者避至远处，看着站在祭坛前的宁缺，再没有人尝试去阻止他，只是等待。

符道毫无疑问是修行界最强大的群攻武器，对境界深厚的神符师而言，和一名敌人战斗还是和十名敌人战斗，没有太大区别。但符道也有缺陷，再强大的神符依然要受到距离限制，而且符意不可能永久持续下去，随着时间流逝，终究要消散在自然中。虽然被宁缺的刀箭斩得苦不堪言，但金帐国师和七念等人都是修行界最顶尖的人物，他们很快便想明白，这时候最需要做的事情是什么。他们退至远处，便是要避开乂字符的攻击范围，然后等待祭坛前的这些神符，以及宁缺承接的昊天神力消散。至于元十三箭……他们只能祈祷宁缺带的铁箭不多，或者祈祷宁缺至少不要选择自己成为他下一箭的目标，除此之外，别无他法。

短暂的安静，场间响起一道苍老而愤怒的声音。

南海传人排第二位的那位苍老神官，用满是鲜血的手指着裁决神辇，厉喝道："叶红鱼，你竟敢和书院勾结！"先前南海一脉挑战西陵神殿，被叶红鱼暴杀一人，便是这位境界深厚至极的苍老神官，也被她用难以置信的手段断了一指。

他此时指责叶红鱼，并不是因为先前的仇怨，但也与仇怨有关，在这等时刻，也只有他才会注意叶红鱼在做什么。他才发现，先前场间所有强者舍生忘死攻击宁缺的时候，裁决神辇竟没有任何动静，叶红鱼始终没有出手，而此时宁缺的乂字符飘拂于祭坛四周，所有强者都被迫远避，裁决神辇依然没有动静，叶红鱼如先前那般静静地坐在神辇里，却没有受到乂字符的攻击，宁缺看都没有看她一眼！除了她与书院相勾结，还能有什么解释？

能够解释这一切的，其实只有宁缺和叶红鱼自己，宁缺不攻击她，除了不想之外，也因为这本就是书院计划里的一部分。他自然不会对西陵神殿解释。叶红鱼也没有做任何解释，只是情绪复杂地看着某处，先前诸强者攻击宁缺的时候，她看着那处，宁缺施出数十道恐怖的神符时，她依然看着那处，她没有战斗，没有闪避，只是眼睛眨都不眨地看着那处。

她望着祭坛后的石阶上方，望着先前巨辇所在的位置，此时巨辇已然破碎，神秘的掌教大人终于在万人之前显出了真身。那是一个猥琐的、干瘦的、黑矮的老道士。西陵掌教的真身，居然是这副模样，如果放在平时，这绝对是能震惊修行界的一件事情，然而今日桃山光明祭，生死便是一瞬间，谁会去注意这一点？就算注意到这一点，谁会在生死危机前一直看着？叶红鱼一直看着掌教，仿佛在她看来，这件事情已经高于生死。

宁缺并不知道她一直在看着自己的身后，因为书院计划里的这一环是由三师姐拟定的，他甚至不知道其中的缘由。他这时候在想的是别的事情——在他身上发生的很多事情，令前坪诸强者震惊不解，比如他何时逾过了五境的门槛，为何他能天启，为何他承受了如此多的昊天神力却没有死去，其实只是因为他是他。

他并没有破五境，但他可以使用五境之上的一门神通，而且也只能用那一种神通，那便是道门神术天启，这是基于他和昊天之间特殊的关系。至于他既然没有破五境，而且不是虔诚的昊天信徒，为何没有被那道磅礴的昊天神力撑死，则依赖于他的身体和经验。去年在雪街上与观主一战，惊神阵通过阵眼杵，把整座长安城的天地元气都灌注到他的体内，当时他所承受甚至比今天还要多。当日他便能撑下来，更何况今天。

宁缺知道，就像长安一战时的情形那样，得自昊天的神力便如得自大自然的天地元气，能维系一段时间。而且匣里的铁箭确实已经不多，如果他拥有源源不尽的铁箭，站在长安城头，便能镇压整个世界，何必要来桃山冒险？祭坛四周飘浮着的乂字神符，终究在某个时刻将会消失，他的无敌，只能维持一段时间。他要做的事情，便是在这段时间内完成自己的任务，他回头望向桃山，看了一眼光明神殿。随着他的动作，前坪上的诸位强者才想起来，柳白的剑已经进入了光明神殿，如果那里有战斗，必然是最恐怖的战斗。

因为那是人间与昊天的战斗。

光明神殿里。

桑桑举起右手，把那道黝黑的铁箭从空中摘了下来，仿佛这道铁箭一直静静地悬在她的手边，等着她去摘。她的手能摘星掩月，何况一支箭？铁箭在她嫩白的手指间变得黯淡无光。她将铁箭随意扔到地上，然后望向柳白。柳白握着剑柄，一直在看着她。一朝对视，天人便不再相隔，有无数信息在她和柳白之间传递。

她知道这个人类被称为世间第一强者，如果给他足够长的岁月，或者他真的可以变得像那个疯子一样强大，然而现在还不是那个时刻，在天机算里，至少他现在不应该能走到这一步，他身上究竟发生了什么事情？而且即便他提前走到了这一步，为什么不继续等待数百年时间，等到他最强的那一刻？她向柳白提出了自己的问题。

柳白很认真地做出了解答。

“青峡之前，观君陌叶苏弈剑，君不见，吾之黄河便不见，有所悟。李慢慢托人给我带了一道气息，那是书院对人间的看法，有所悟，入临康城，见叶苏于陋巷传道，有所悟。最终少女热血淋剑，如醍醐灌顶，终悟之。”

“蚍蜉撼树谈何易？”

“我之剑不越五境，若五境之上有门槛，尽斩之，便是无量亦能斩。”

“剑落时，斩的终究是自己。”

“放眼世间，观主废，李慢慢不擅战，酒徒屠夫，徒有境界却无心，不过烂肉两块，我剑道大成，于人间全无敌，遂生大恨。”

“何恨？”

“恨不能与轲浩然对剑，恨不能与莲生对饮，恨不能生于千年之前，与光明战于荒原，与夫子同时代，前贤已逝，后者未至，便欲拔剑问天，奈何神国之门已毁，再无登天之道，如此之我，何其寂寞？”柳白看着剑前的她，感慨地说道，“我不想‘念天地之悠悠，独怆然而涕下’，便在这时，你来到了人间，我怎能不来见？”

蚍蜉撼树谈何易，你为何敢来桃山？此乃天问。

我于人间全无敌，不与天战，还能与谁战？这便是人间之剑的回答。

人类修行的目的究竟是什么？用道门的话来说，这是昊天赐予自己的礼物，但对于书院和像柳白这样的人来说，修行与昊天无关，只是让人类强大起来的手段，修行到最后，终究会抬头望天，举剑向天。轲浩然当年是这样做的，夫子这一千年来都在这样做，书院现在还在这样做，如今终于轮到了人间最强的这把剑。

柳白的人就是一把剑。以前他手里的剑，便是人间最强的剑，现在他的人变成了一把剑，和夫子曾经用过的那把人间之剑合二为一，那该有多强？这是修行史上从来没有出现过的事情。如他所言，他确实没有破五境，以前是不敢破，后来是不屑破，现在是已经不在乎破不破，因为他既然是剑，若有门槛在前，斩断便是。

至于最后这把剑会不会如她所言斩落在自己身上，他不在乎。

因为这对于他来说，已经是唯一有意思的事情。

千里之外的南晋剑阁前，数百名弟子跪拜不起，那道黑色若剑的山峰，陡然间离地而起，向着天穹直刺而去。众弟子震骇莫名，待抬头望时，却发现剑峰依然还在原处。

光明神殿震动不安，剑意凛然，坚硬的青石墙壁上出现了无数道剑痕，那盏熄灭了数月时间的灯盏，忽然断成了三截。从绝壁下方拂起的秋风，到了露台上便断成碎絮，如春风般令人心痒，那种痒便是难耐，不是见猎心喜的难耐，而是将见大道的渴望。

桑桑在露台上，静静地看着对面的柳白。

柳白右手握剑向前再送，满心欢喜。

剑锋再进一寸。

柳白的剑已经进入桑桑的世界两寸。昊天之前，咫尺便是天涯。

这等于他的剑已经纵横了数万里的距离。

柳白不是人间第一个向昊天发起挑战的人，但他却是距离昊天最近的那个人，不是因为他比轲浩然和夫子更强，而是因为昊天在人间。天人应永隔，其间自有大障碍，具体到光明神殿里的这场战斗，让天人相隔的便是那道无形的屏障，那是桑桑的小世界。

柳白的剑为什么能够刺进她的小世界？那是因为他的剑里有南晋剑阁的那座山峰，有临康城里的陋巷窄街。有荒原上夫子斩龙屠神的回忆，有书院送来的人间气息，有数十年的苦修思索，有千万年间所有逆天者的勇气，有大千世界。

他以大千世界破天。

听到山下传来的祈祷声，桑桑轻拂青袖，便有一阵清风往桃山下去，对眼前这柄离自己越来越近的剑，视若无睹。柳白的剑以肉眼可见的速度锈蚀，明亮的剑锋变得黯淡，像生茧一般生出一层青红色的锈斑，锈斑不断蔓延并向剑里去。她是这个世界的规则，虽然不能倒转因果，但在自己的小世界里，却可以完美地控制那些最基本也是最强大的规则。

这些便是她的武器，她用时间来面对柳白剑间的大千世界，任人间再如何繁华，终有永夜到来的那一刻，任青山如何葱郁，也有秋风落叶的时节，那些伟大的、勇敢的、高逸的、世俗的，在时间的面前，都是弱小的。

柳白的剑再进一寸。进入桑桑小世界的这寸剑锋，瞬间生出锈痕。

他的剑正在逐渐靠近她，他的剑正在被时间侵蚀。

这是她来到人间后，距离人间最近的一次。

天人之间，不足三尺。

却不知是柳白的人间剑先到她身前一尺。

还是她把这把人间剑看成河底的锈铁棍。

一阵清风出于峰顶的光明神殿，然后落在桃山前坪。

掌教肩头重创正在汩汩流着鲜血，被清风一拂，血便止住，然后以肉眼可见的速度缓慢复原。被宁缺重伤的世间强者们，被清风一拂，顿生新力，尤其是那些虔诚的昊天信徒，更是发现自己的伤势正在好转中。倒在血泊里的死者无法复生，但只要还活着的人，都感到了昊天的慈悲和怜爱，感到了神迹般的力量，于是数万人祈祷的声音变得更加虔诚，更加整齐，充满了对上苍的敬畏和对光明的信心。

西陵神殿清光大阵看似寻常，先被柳白的剑破，再被唐小棠的铁棍捅破，此时缩至数十丈方圆，于祈祷声中显出真正的威力。因为这道清光大阵，宁缺没有办法把前坪上的这些修行强者全部杀光，因为他没有那么多铁箭，他也没有办法写出更多的神符。

祭坛四周空空如也，只有他和陈皮皮、唐小棠三人，还有侧方那座孤零零的裁决神殿。更没有人敢站在他的铁箭之前，从祭坛向北方望去，明显出现了一片空荡荡的通道。按道理来说，宁缺应该走了，趁着现在昊天神力加持举世无敌的时刻，根本没有人能够拦住他。但他冒险离开长安城来到西陵神殿，不是为了杀伤几名强者、替书院立威这般简单，他要做的事情刚刚开始，远没有结束。而且现在祭坛前还有陈皮皮和唐小棠。

宁缺感觉到体内的昊天神力正在缓慢流逝，虽然速度不快，但这样持续下去，总有神力耗尽的那一刻，飘浮在祭坛四周包括天空上的乂字神符，于清风之中飘摇，也不知道还能撑多长时间。他没有转身，对陈皮皮说道："走。"

陈皮皮没有任何犹豫，走下祭坛搀住浑身是血的唐小棠，便向桃山外走去。他甚至没有回头望宁缺一眼，唐小棠有些不解，说道："小师叔怎么办？"陈皮皮依然没有回头，喘息着说道："这里是西陵神殿，他的死活不由人，只能由天。"他现在雪山气海被锁，加上肥胖的原因，身体素质甚至还不如普通人，扶着唐小棠走得有些快，所以喘得比较厉害。

唐小棠没有听懂他的解释，但知道陈皮皮和宁缺的关系，自怀中取出一颗丹药服下，然后把陈皮皮背了起来。她修是的魔宗功法，恢复能力极强，加上服了十一师叔王持炼制的秘药，虽依然虚弱但比陈皮皮强了很多。她知道此时的时间都是宁缺冒着极大的风险争取到的，所以背着陈皮皮，低着头毫不犹豫向前坪外冲去，速度极快。和她娇小的身躯相比，陈皮皮的身体看着就像是一头入冬前的胖熊，从后面看上去，竟完全看不到她，不免有些滑稽。

宁缺站在祭坛前，看着这幕画面忍不住笑了起来，手里的铁弓却依然是那样的稳定，弦上的铁箭依然纹丝不动。箭在弦上没有射出，箭前无人敢立。宁缺的铁箭之前，是一条无人敢进的空白通道，这条通道对于敌人来说是最凶险的，对于自己人来说却是最安全的。

没有一名修行强者试图拦阻唐小棠和陈皮皮，即便是最虔诚的南海诸人都不敢，这便是元十三箭的威慑力。但前坪外的西陵神殿骑兵并不这样想，他们虔诚护教，把自己的生死看得极轻，而且他们的人数很多，足足有两千精骑，即便元十三箭再厉害，又能射死几个人？清风轻拂，远处山道上烟尘微起。

宁缺猜到了可能会发生什么事情，喝道："柳亦青！"

柳亦青和随侍的数名剑阁弟子，今日始终没有参与这场惊天之战，一方面是因为他虽然已经是知命境的大剑师，但和掌教大人或七念这种人物比较起来，依然远远不如，另一方面则因为他们不知道该怎么办。剑圣柳白乃是西陵神殿客卿，南晋剑阁也一直把自己当作道门一属，虽然骄傲地不肯完全臣服于西陵神殿，却从未想过背叛。南晋与唐国乃是世仇，剑阁与书院之间也没有恩情只有仇怨，按道理来说，他们应该站在道门这边，然而……柳白的剑已经进了光明神殿。所有人都清楚，这意味着什么。

柳亦青沉声说道："何事？"宁缺说道："和我书院一起走。"

剑阁弟子们不知该如何办，如果此时不走，稍后西陵神殿方面肯定要追究剑阁的罪责，可如果这时真的和书院中人一道走了，岂不是等于向全世界宣告，剑阁就此叛出道门，和唐人走到了一路？他们望向柳亦青，此时剑圣正在光明神殿，他们只能等着柳亦青做出这个最重要的决定。此时情势紧张，没有太多时间思考，柳亦青闭着眼睛，感受着峰顶神殿里传来的那道若有若无的剑意，猛一跺脚，喝道："走！"

剑阁弟子们脸上神情变幻不定，终究也是下定了决心。众人对着峰顶的光明神殿跪下磕了三个头，便向桃山前坪外冲去，很快便与背着陈皮皮的唐小棠相会。

既然同一条道路离开，那便是同道。

西陵神殿的骑兵已经在山道上布好阵形。剑阁弟子们手按剑柄，神情肃穆，有些弟子的眼睛已然微红。“护住书院前辈。”柳亦青被师弟扶着，手握剑柄，侧头听着前方传来的蹄声，想着正在身后光明神殿里战斗的兄长，悲壮喝道：“挡者皆死！”

西陵神殿的人以及参加光明祭的宾客们，到此时还不相信自己看到的画面，书院和剑阁之间仇深似海，君陌的右臂被柳白斩断，柳亦青的眼睛便是被宁缺斩瞎的，为何宁缺只说了两句话，剑阁和书院便联手起来？那是因为他们想不明白，对书院和剑阁来说，一眼一臂都是寻常事，战斗既然是公平的，那么结局自然也是公平的，至于书院和剑阁联手……其实起于朝小树拜访剑阁，然后确定于柳白的剑飞上桃山的那一刻。

此时桃山前坪便只剩下了宁缺一个人，他再没有什么需要担心、需要分心的事情，他可以肆意妄为，他可以开始做他想做的那些事情，于是他举起了铁箭。天启后，他的力量已经远远超出了人间的范畴，弓弦被拉至满月，箭镞一丝不颤，冷漠而恐怖地指向北方。

修行界最著名也是最恐怖的兵器是什么？不是夫子的棍棒、轲浩然的剑，也不是讲经首座的铁杖、观主的意念，而是一把弓箭。在后世人的眼中，元十三箭毫无疑问是一种里程碑式的武器，威力大得令人瞠目结舌，令人遗憾的是只有书院和唐国才能打造出这种武器，也只有宁缺这种道符兼修的怪胎，才能用这种武器。

元十三箭无视空间，甚至隐隐然快要摆脱时间的束缚，铁箭由世间最坚韧的材质打造而成，全力释放时的威力究竟有多大？看着宁缺手里的铁弓，看着那根黝黑的铁箭，桃山前坪上的人们身心俱寒，有些人甚至觉得腿都有些发软，他们无法想象，如果这一箭瞄准的是自己，甚至真的射向自己，那么自己该怎么办。人们从来没有想过，会在如此近的距离内，面对这道恐怖铁箭的威胁，但事实上这也是一种幸运，因为元十三箭的真正威力有很大一部分来自于它的悄无声息、无法防范，因为能够借符意破空而飞，根本没有什么射程的说法，所以并不需要在意距离，甚至离目标越远越好。

任何事情都是相对的，这个世界不可能有完美的武器出现，元十三箭也有缺陷，或者说那个缺陷在于执弓的宁缺。距离越远，元十三箭威力越大，但问题是，如果距离太远，超出人类视力的极限之后，他没有办法瞄准想要射的目标。夏侯那般魁梧高大的身躯，在数千里之外也会变成最细微的小点，任何人类都无法用肉眼看到，便是夫子也不能。当年在天弃山他能够隔着十余里地一箭射穿隆庆，是靠念力感知瞄准，隆庆的不幸便在于，他那时候刚刚看破木柴构成的樊笼，正要破境而知命，在宁缺的识海里亮得就像个太阳。

以宁缺现在的修为境界，如果想要瞄准极远处的目标，至少需要对方是知命巅峰，而且正在完全释放自己的境界，如果能在破境时刻，那是最好不过。谁会在他挽弓的时候，刚好释放自己的全部境界？目标凭什么要配合他的瞄准？谁会在宁缺射箭的时候刚好破境？修行界不是每天都会有人破境，更何况是他射箭的那一刹那，不是谁都会像隆庆那般倒霉。

铁箭将射向何方？宁缺举着铁弓，静静地看着北方。

他没有用眼睛看，而是用识海里的念力在看，他在用念力感知世界，世界的投影在他的意识里变成了一片海洋。这片海洋便是整个人间。海洋里有几个光点，极西处有个厚实明亮的光点，东北方向的那个光点更大更亮，只有仔细观察才能发现那处竟然有三个光点。在他的四周也有光点，尤其是身后有片深不可测的光海。

宁缺现在是天启境，排除某些可能正在破境的修行者，这些能够被他感受到的光点都是真正的强者，越亮的光点说明那人的境界越高深！他身后那片深不可测的光海，自然是她。她是如此的明亮，竟把柳白的气息都完全淹没。极西北处那个厚实明亮的光点，自然是悬空寺讲经首座。东北方向那三个相距极近的光点，便是大师兄和酒徒、屠夫。所有的至强者，都在他的眼中。他这时候仿佛变成了天书日字卷的高端版本。这很没有道理，因为他不是天书，他是人。人间没有道理成为他意识里的这片海洋。

在很多年前，从渭城回长安的旅途上，宁缺修行的领路人吕清臣，曾经与他有过一番对话，在那番对话里，宁缺说自己在梦里冥想的时候，曾经感觉到了一片海，当时吕清臣认为那个梦便是梦，他没有修行的潜质。因为初识的时候，能感知天地的范围，便是一名修行者的潜力大小，在有记载的历史里，初识感知最强的人是柳白。柳白初识的时候，看到了一条壮阔的黄色大河。宁缺怎么可能看到一片海？但他这时站在桃山下，真的看到了一片海。

“我想我是海。”宁缺对自己说道。

在能够修行后的这些年里，他曾经很多次回忆起与吕清臣老人的那番对话，直到今年他才明白，这都是因为桑桑的缘故。他在梦中冥想时，都抱着桑桑。昊天在怀，能够感觉到整个人间，又算什么？今日他来到桃山，承受天启，昊天神力进入他的身躯，他与桑桑重新建立起了联系，便等于再次把她抱进怀中。难道他要射的，便是这片海里的那些光点？悬空寺讲经首座，还是酒徒或者屠夫？没有人知道。

桃山前的宁缺，感知到了整个人间。

而在此之前，整个人间便已经感知到了他。因为那场盛大的天启。

宋燕交界处的小镇上，书画铺里酒香微溢，大师兄身前的案上，只放着一碗清水，但他的神情，却如饮美酒般喜悦。因为他知道小师弟还活着。

酒徒的声音异常沙哑：“昊天的神力，怎么能进入凡人的身躯？”

大师兄说道：“我家小师弟，不能以常理论。”

酒徒的双眉忽然挑起，腰间系着的酒壶无风而动，甚至飘到了与地面平行的位置，他的衣袂骤然虚化，仿佛下一刻随时可能消失。

他不知道此时宁缺正在桃山前瞄准他，但他感觉到了危险。

大师兄说道：“你太快，所以你不会是他的目标。”

酒徒想着先前的对话，神情渐凛，说道：“你刚才说过……屠夫很慢。”

案板上摆着四根猪蹄，猪蹄已经去了毛、过了水，白生生的看上去就像是刚从塘泥里拔出来的嫩藕。一把厚实的油刀在案板上滑过，土黄色的草纸像莲叶般展开，四根猪蹄落在纸中，然后卷起。屠夫把包好的猪蹄递给等着的少年，没有说话。李光地从怀里掏出铜钱，放在肉铺外的桌子上，便转身向铺外走去。

忽然间，屠夫感觉到了些什么，抬头望去，目光穿过被烟熏黑的墙，望向南方西陵神国的方向，脸色忽然变得有些苍白。肉铺后面吊在铁钩上的半扇大白猪忽然动了起来，屠夫手里的杀猪刀也颤抖起来，明明没有风，却有呼啸的风声响起。屠夫握着刀，明白了一些事情。于是他用最快的速度提起厚实油腻的刀，两手握住，把自己的脸护得严严实实，无论风还是什么都不可能渗进去。吊在铁钩上的半扇大白猪还在轻轻晃动，猪腹腔里的血水被晃了出来，向地面滴落，发出啪啪的声音，就像是一口座钟。时间缓慢地流逝，什么都没有发生，屠夫蹲在墙角，佝偻着身子，双手举着厚实的铁刀遮着脸，像极了躲在壳里的乌龟。

肉铺外，李光地和张念祖向书画铺走去，如果凑得近些，便能听到其中一人正在喃喃念着什么，像是在背什么东西。“不要说话。”李光地脸上的神情很紧张，盯着他说道：“也不要想着拿纸和笔记，用脑子记住便好。”张念祖紧紧地闭上了嘴。李光地在心里默默回忆先前看到的那幕画面，隐约猜到屠夫的弱点应该便是在脸上。

被黄草纸包住的四根猪蹄，被两个少年提在手中，不停摆荡，看上去和那些被屠夫斩断的人类胳膊其实并没有什么区别。

千里之外的桃山前坪。宁缺的铁箭已经没有瞄准宋燕交界处的那座小镇，而是指向了西北方向。那座小镇里有酒徒和屠夫，这两个人是书院最忌惮的对手，也是长安城最大的威胁，他确实很想试试能不能杀死对方。但这两个人毕竟是经历过永夜的大修行者，能够成功躲避昊天数万年，可以想见境界何其高深，隐匿的手段何其强大。

知命境的修行者，对于命途前方可能出现的转折，都会产生某种近乎直觉的感应，更何况是像酒徒和屠夫这样层次的人。当宁缺举起铁弓瞄准小镇时，酒徒和屠夫第一时间便感知到了，并且做出了自己的应对，酒徒准备走，屠夫举起了自己的屠刀。观主变成废人之后，酒徒便是这个世界上最快的人，他比大师兄还要快，他有无距境界，亦有无量手段，除非被人困住，很难被杀死。屠夫则一直是这个世界上最强大的人，无论力量还是身体的强度，除了悬空寺讲经首座，没有人能够与他相提并论，余帘都不行。

酒徒已经准备好了离开，屠夫举起了屠刀，宁缺的元十三箭，便无法做到必杀，既然不能必杀，那便不能射。不是因为他现在的铁箭数量太少，太珍贵——对书院来说，如果能收割酒徒、屠夫二人的性命，什么代价都愿意付出。宁缺不射的原因很简单，既然不能射死，便不要射，没有绝对把握却要冒极大风险的事情，他向来很少做。所谓风险，自然是射不死对方却激怒对方，对此他难免有些遗憾，却也不是太甚，而且书院对酒徒和屠夫早有安排。

宁缺手中的铁箭，此时瞄准了西北方向，那里应该是清河郡。

铁箭缓移，桃山前坪的气氛变得愈发紧张。

到此时，依然没有人知道他要射谁。宁缺其实自己都不知道，因为在他的感知里，清河郡那处，只是人间这片沧海里极不起眼的区域，里面没有任何明亮的光点。

忽然间，他的眼睛里出现了一个光点。

于是他松弦。

君陌和木柚站在富春江畔，看着江对面的那些华美庭园，沉默了很长时间，然后他问道：“看明白了吗？”木柚从绣布里抽出那根绣花针，说道：“有些麻烦，但不难。”

君陌说道：“那便走吧。”

木柚听着江对面传来的诵祭声，细眉微蹙，说道：“小师弟的计划里，没有我们两个人的事情。”

君陌说道：“他低估了诸阀，王景略做不到这件事情。”

在书院原本的计划中，宁缺赴西陵，大师兄去小镇，在青峡前受伤极重的二师兄，应该坐镇长安，确保后方的安危。此时他却出现在清河郡，书院便等于是空虚无人。

此时王景略正在富春江畔的崔园里，今日清河郡诸姓的大人物们相聚，正是因为西陵神殿召开光明祭，郡内局势紧张，很多人不能去桃山祭拜，于是选择在崔园进行相关仪式。他通过崔华生才进入崔园，看着流溪畔那些神情虔诚的诸阀大人物，眉头皱得有些厉害，因为直到这个时候，他也没有看出来究竟谁才是自己的目标。

清河郡便是诸姓，诸姓的统治靠的是历史与族规，但真正让清河郡胆敢背叛长安的，则是富春江畔的两大知命。没有多少人知道清河郡诸姓的两大知命高手是谁，王景略也不知道，即便他知道，也很难完成宁缺交给他的任务。

便在这时，有风自南而来，风中没有大泽的湿意，庭园里为数不多的修行者们，感觉到了神圣庄严。溪畔秋花，蒙上了一层淡淡的光泽，显得格外圣洁。

雨廊下有一名老者，那是宋阀旁系不知名的某人，此人已然垂垂老矣，一直半低着头打瞌睡，此时却霍然睁开双眼。神符动桃山，天启惊人间，所有修行者都知道桃山上发生了一件大事，因为他们感觉到天地元气发生了剧烈的变化。这种感知的精确程度，依赖于修行者自身的境界，像酒徒屠夫这种境界的大修行者，自然能感知得更为清楚，像王景略这样的洞玄巅峰，却只能猜到大概。

猜到大概，对他来说就足够了，在他和宁缺的约定当中，只要感知到这件事情，那么便是发动时刻。王景略一直注视着场间所有动静，看着这幕画面，心里咯噔一声，知道自己终于找到了一个，只是稍后怎样才能逼对方释出全部境界？他号称知命以下无敌，但终究也只是知命以下无敌，知命境强者在面对他的时候，完全不必释放全部的境界。

便在这时，一名头戴笠帽持杖的男子和一名穿着红衣的女子出现在溪畔，竟没有人看清楚他们是如何出现的。崔园里响起急促示警声，四处响起刀鞘碰撞声，庭园池塘间，隐隐有一道极古老的阵意缓缓释出。宋阀老者缓缓抬起头来，望向这对男女。君陌没有看宋阀老者，他清楚对方是小师弟寻找的知命之一，但不是他要找的人，他要找的那个人更加强大。

汝阳崔氏乃是清河郡七姓之首，崔园便是他们的产业，族长崔湜自然是地位最高的那个人，然而今天在崔园里，他始终只能站着。因为崔老太爷坐着，他这个做儿子的便只能站着。崔老太爷当年在长安城做过大学士，还做过一任宰相，荣休时被赐太师，所以他坐的是太师椅，喝的是学士茶。看着溪畔那对男女，崔老太爷缓缓放下手中的茶，脸上流露出很复杂的情绪，有些惘然，有些害怕，又有些嘲讽。

看到那个男子空荡荡的袖管，他便知道了对方的身份。崔老太爷没有想到，书院竟然真的会不顾与西陵神殿之间的和约，派人来了清河郡，更没有想到来的竟然是这个人。

极短暂的时间，他便从惘然的情绪里醒了过来，想起来他最敬畏害怕的夫子已然登天，书院早已不是当初的书院。“如果是从前，我想来是没有勇气与二先生战的。”崔老太爷看着君陌，神情渐趋宁静，说道，“但你现在断了一臂，重伤未愈，如何是我的对手？”

随着这句话，崔园里阵意大作，不愧是传承悠久的千世之家，富春江畔的阵法果然厉害，天地气息肃杀而至。君陌知道此人对局势的判断是正确的，如果是以前，他单人执铁剑，便要将园中的敌人尽数杀死，而现在，他甚至不见得是此人的对手。

但他没有说话，也没有做什么。

木柚拈起绣花针，刺中在溪里的一朵秋莲。她的动作很自然，就像是无意中做的那般。

崔老太爷却是神情骤变。

富春江畔恐怖的阵法，迎风而解！清河郡诸姓确实拥有极厚重的历史，甚至比书院出现的时间还要长，然而不是时间长便一定强大，不然乌龟早就已经统治这个世界了。

木柚是新娘，是爱嗑瓜子、爱闲唠、爱打牌的七师姐，她也是世界上最天才的阵师，先前在富春江畔观阵半日，早已把此阵看破。

君陌静静地看着崔老太爷。

崔老太爷看着他漠然地说道：“当年做宰相的时候，去过书院很多次，也见过还是小孩子时的你，没想到今日却要杀你。”清河郡在长安城里依然有很多眼线，老太爷很确定君陌重伤未愈，更关键的是，没有人知道他不仅是知命境，而且是位知命巅峰的强者！虽然富春江畔的大阵被那名书院女子随手破去，老太爷依然有信心把君陌斩于溪畔！

王景略在人群里脸色变得异常苍白。

他看到二先生出现，不由震惊，紧接着发现崔老太爷便是自己一直苦苦寻找的那名知命境强者，更是惊愕莫名。按照宁缺的计划，这时候他应该出手了，只是要让一名知命境强者释出全部境界，需要一个足够强大的人，施出强大的手段，但他听崔老太爷的语气，对战胜书院二先生亦有无穷信心，那他如何能够做到？

君陌也没有出手，他只是向前走了一步。

崔老太爷神情骤凝，雨廊下的宋阀老者抱剑起身。

虽然世人皆知君陌断臂重伤，境界不复当年，但他毕竟叫君陌。

清河郡距离青峡很近，去年底那场青峡之战，君陌单剑敌万的画面，就像场恶梦般烙印在人们的灵魂里。没有人敢在面对君陌的时候轻敌，就算是柳白这时候再与君陌战上一场，也必然要把他当成最强大的敌人。

崔老太爷的气息猛然提升，直至知命巅峰！他看着君陌微笑着说道：“是不是有些意外？”君陌看着他说道：“我意外于你的愚蠢。”

狂风乍起，富春江水乱，崔园小溪翻滚如沸，秋莲如死鱼而覆。

一箭自南方来。

崔老太爷脸色骤然苍白，然后崩裂而散。

他的人变成了数百块血肉，在崔园里洒得遍地都是。

因为书院的缘故，崔老太爷一生隐忍低调，把自己的修行境界当成秘密保守到了百岁之后，直到今日君陌来到崔园，他觉得那个机会终于到了。他想给书院一个意外，想一展自己隐忍多年的锋芒，想一吐压抑多年的怨气。于是他没有意外地死了。

从始至终，他都没有与君陌交手的机会。因为君陌没有出手，只是向前走了一步。

他只需要走一步，对手便要展露全部的境界。

因为他是君陌。

宋阀老者看到崔老太爷变成无数团血肉，脸上的神情变得异常惊恐。他这些年一直停留在知命境下层，放在人间亦是有数的强者，然而眼睁睁看着君陌只向前走了一步，知命巅峰的崔老太爷便当场惨死，他哪里还有勇气？君陌转身望向他。宋阀老者厉啸一声，于绝望中逼出全部境界，怀中抱着的剑破空而起。他只不过是知命下境，即便逼出全部境界，在某人的意识海洋里依然不够亮，所以南方并没有第二道铁箭袭来。

君陌伸出左手，于秋风中微握。

那道飞剑在空中骤然转折，噗的一声深深刺入宋阀老者的胸膛。

40

宋阀老者感到胸膛一片冰冷，看着自己的飞剑插在那处，看着鲜血顺着剑身不停下淌，心脏也渐渐冰冷起来。直到此时他才明白，即便重伤未愈，自己也不是君陌的对手——君陌只是伸手在秋风里一握，便夺了他的本命剑，取了他的命。崔园溪畔一片死寂，富春江上的水花声也已停息，宋阀老者缓缓倒下，君陌持杖带着木柚离开，场间竟是无人敢动。

王景略一直站在人群里，根本没有出手的机会，看着那张充满历史意味的太师椅四周洒满血肉，想着已经化作一缕怨魂的崔老太爷，才知道原来宁缺的箭是这样的，看着血泊里的宋阀老者，看着老者胸口那道飞剑，才知道原来二先生的剑是这样的。

直到君陌和木柚离开崔园很长时间，园内的人们才从极度的恐惧和震撼中醒过神来。对于清河郡而言，诸阀便是所有，汝阳崔氏更是人们的精神之所系，崔老太爷在此间的地位就像是夫子之于书院。如今被所有人视为依靠的崔老太爷，竟什么事情都没有做，便变成了满地血肉，如何不令他们恐惧不安？崔老太爷的死亡很快便传遍了阳州城，自然长安方面也收到风声，朝廷的反应极为迅速，就在当天夜里，工部在中南三郡紧急调拨的工匠以及相邻诸州的厢兵，便以最快的速度抵达青峡北方。

青峡在去年秋天那场战争里埋葬了无数敌军，那条艰难开通的官道被巨石堵得极难行走，朝廷清理了大半年，也只清理出一条小道，然而随着数万工匠士兵的到来，清理速度陡然加快了无数倍。最多只需要数月，便可以完成初步的清理修复工作，这也就意味着大唐的铁骑只需要数月时间，便可以通过青峡挥鞭南下，像一道铁流般，直接把清河郡淹没。

清河郡里的贵人和百姓们，并不知道青峡北方正在发生什么事情，但他们很清楚崔老太爷的死对他们来说意味着什么事情——唐国与西陵神殿的和约，从这一刻起便成了一纸废文，唐国的军队随时可能出现在清河郡里。来自北方的恐怖压力，就像是一道低层的阴云，压得清河郡的人们有些喘不过气来，人们无法理解，明明刚刚经历一场极为惨烈的卫国战争，为什么唐国竟似不需要喘息，这么快便要撕毁和约。

清河郡乱象已现，而且再没有可能平静下去。王景略没有离开阳州城，因为他要在这里等宁缺，最重要的是，他要负责接应此时正从唐国不断潜入清河郡的天枢处修行者和军方的密谍，然后用这些力量帮助崔华生在这场清河之乱里占据更好的位置。

桃山前坪的空中出现了一条圆柱形的通道，如丝如絮的湍流残像，在这条通道里流连不去，让通道变得更加清楚。这是铁箭行走过的痕迹，也就是箭道。

宁缺站在祭坛前，左手持弓，右手以揽虎尾之势后提，还保持着先前一刻松弦后那瞬间的姿势，稳定得像座木雕。祈祷声不知何时已经停了，前坪间的数万人，神情紧张地看着他。没有人知道宁缺的铁箭射向了何方，但他们知道肯定有人死了——没有看到真实结局，却已经知道结局——这令人们异常恐惧。

宁缺收回铁弓背到肩上，回首望向桃山峰顶的光明神殿，沉默不语。如果他体内的昊天神力消散，祭坛四周的乂字神符也归于天地，那么他必然会在那些强者的围攻之下死去，但他没有想这些。此时他已经完成了书院计划的前半段，注意力便来到光明神殿，他已经隐隐感觉到神殿里那场战斗的结局，知道有人肯定要死。

就像前坪上的人们看见他射箭，便知道一定有人死去一样，既然有人进了光明神殿，那么必然也会死去，这令他的心情有些低落。

这场天人交战，既然死的是人，活着的自然便是天。

桑桑看着剑上的大千世界，眼中有星辰幻灭，有日出日落，有潮起潮敛，有无数春秋，以时间蹉跎着人间。柳白的剑离她已经只有两尺，剑上的锈痕越来越重，表面显出不祥的灰白色，这表明剑身已经完全锈蚀，开始风化。事物离她的身体越近，所在的区域里时间流速便越快，所受到的伤害自然也越严重，便是能禁受无数年风雨的剑也承受不住。

柳白的剑能够进入她的小世界，能够离她如此之近，已经是非常难以想象的事情，普通的修行理论甚至无法解释。他的剑是人间之剑，带着剑阁的意与人间的红尘，但毕竟不是人间自身，到了最后终究还是敌不过时间的流逝。

锈痕如覆着白霜，忽然间裂开，然后化作青烟消失不见。

剑毁了，人还在，他的人才是真正的剑。

柳白的双眼前所未有的明亮，甚至比当年他初识时感知到那条滔滔黄河时更明亮，比他在河畔崖上悟得大河剑意时更明亮。出剑的那一瞬间，他便知道自己不可能胜，但他没有放弃，正如他所言，这已经是他在人间最后的趣味，他想看看自己究竟能离天多近，想看看自己有没有能力触到天空，甚至用剑在天空上划上一道只属于自己的痕迹。

柳白的手伸进了桑桑的小世界里。

他的手很修长，手指细长，是人间最适合握剑的一只手，每当他握住剑柄时，剑便仿佛与他的手连在了一处，再也不能分开。此时他的手中没有握剑，他的手便是最锋利的剑锋。他的手伸向桑桑的脸，似想穿过她颊畔的黑发。他的手距离她的脸越来越近，指甲渐渐变灰，皮肤渐渐失去弹性，变得干枯，生出更多的皱纹，衣袖悄然无声便成了飞灰。

柳白继续向前，时间的痕迹沿着他的小臂向上，手臂上的皮肤开始松弛，就像垂死的老人那般，快要没有生命的光泽。他继续向前行走，以傲视人间的境界，与无情的时间做着最安静也是最恐怖的战斗，仿佛走了数万年，或者真的走了数万年。

不知道过了多长时间，柳白终于走到了桑桑的身前，走进了她的小世界，于是她便来到了他的身前一尺。遗憾的是，此时他已经虚弱得无力举起自己的手，无法刺出最后的那一剑，披散在肩头的白发，枯槁有如覆着霜的乱草，脸上的皱纹深刻得就像临康城东城街巷里的那些青石板，他已经变成垂垂将死的老人。

桑桑说道："你输了。"

柳白用苍老而疲惫的声音说道："你输了。"

桑桑微微蹙眉，不解此言何意。

"我在人间还留了一道剑，希望那道剑不会令人间失望。"柳白看着她微笑着说道："但和这场战斗的输赢无关。"

桑桑说道："你现在还能如何赢我？"

柳白喘息数声，艰难地缓慢举起已经老瘦若枯柴的手臂，用指尖轻点她的眉心，没有任何杀伤力，更像是在触摸。世间没有人定胜天这种事情，在能够看到的历史里，甚至从来没有发生过，但无数年来却有很多人前仆后继地为之而奋斗。他们想要胜利，想要让昊天看看人间的力量，但更多的时候，他们只是想证明给自己和人间看，只要你愿意为之而努力，那么你便可以做到自己想要做到的事情。

柳白于人间无敌，便来到桃山，进入光明神殿，邀天一战，他也没有想过能够取得最终的胜利，但他想证明一些什么。在临死的这一刻，他终于触到了这片高远而冷漠的天空，完成了自己的心愿，于是他便看到了自己的大道。

桑桑看着眼前这只无力垂落的枯瘦手臂，沉默不语。

柳白的身体像是干涸后的河床，变成无数块带着燥意的土块，分崩瓦解，哗哗声音中落在地面上，变成一堆尘土。没有人能够真正地永垂不朽，没有人能够真正千秋万载，再结实的城墙也会被风化成沙，再雄壮的大河也有干枯断流的那一天。但同样没有人能否认，即便是上天也不能否认，那道城墙曾经在人间屹立不倒，那条黄河曾经万里滔滔。

桑桑身前的空中，忽然出现了一道剑，这道剑古意盎然，只是已经没有任何鲜活的气息，落在地面发出一声清脆的撞击声。柳白手里的剑已经化作飞灰，他的人也已化作飞灰，但这把剑却还在，光泽如新，未损分毫，便如劫乱之后的人间，仿佛在预示着些什么。

桑桑看着脚前的那堆灰和那把古剑，沉默不语。

这是她在人间真正意义上的第一次出手，看似轻描淡写，便让人间最强大的修行者变成了飞灰，但她的脸有些微白，不知是受了伤，还是因为别的什么。

光明神殿里起了一阵风，风很温柔，像双无形的手，把地面上的那堆灰捧起，慢慢地向神殿外行去。桑桑随着风中的灰而行，离开露台，缓步来到神殿外的崖坪上，目光随着空中缓缓撒落如雪的灰，落向山下。此时的桃山前坪一片混乱，光明祭的祭品已经消失无影，数十道神符在清光阵上显得那般清晰，宁缺已经做了很多事。

她看着祭坛前那个身影，再难控制自己的怒意，于是山间的清风骤然变得狂暴起来，从神殿向人间的四面八方呼啸而去。

南晋都城临康的秋天，并不如何天高云淡，尤其是东城那些贫民居住的街巷，因为秋雨而显得更加污烂。漫过碎砖的污水散发着难闻的臭味，比布帘里马桶的味道还要糟糕。

忽然有清风自南而来，呼啸穿巷而过，将那些难闻的味道一扫而净。叶苏正带着十几名学生沿街清查已经废弃的水道，为入冬后的改造维修做准备。他于清风里回首望向西陵神国的方向，有所感应。他看着在街巷间萦绕的清风，感慨地说道："你真的看到了。"

这句话是对离开人间的那位故人说的。在柳白离开临康之前，叶苏曾经祝柳白能够得见大道，柳白看到了，所以他很欣慰。

富春江的秋是那般的迷人，岸旁的秋树变幻着各种色彩，倒映在渐静的清澈河水里，仿佛要把水都染得炫目起来。君陌和木柚走出崔园，忽觉河风渐疾。他走到河畔看着那些被摇碎了的倒影，沉默了很长时间，然后说道：“我要出趟远门。”他感觉到柳白已经离开了人间，木柚也感觉到了，只是她不明白，柳白的离去为何会让君陌做出远行的安排。

“你要去哪里？”她问道，神色有些不安。

“我要去悬空寺，既然要学佛法，那里自然是要去的。”君陌说道，看着她脸上的神情，继续说道：“只修佛，不出家。”

“为何忽然做这个决定。”

“她太强大，小师弟不见得能制得住她。”

木柚看着他，问道：“其实你只是羡慕柳白。”君陌说道：“是的，我羡慕他。但他今日向昊天刺出的那一剑里，有叶苏，也有我，所以我也很感谢他。”

秋天的荒原早已寒冷，荒凉的原野上吹拂着的风，仿佛都被冰雪滤过一般，沾体生寒，如针刺骨。唐露着胸膛，却没有什么感觉，还在和肩头坐在辇里的老师继续着先前那场未完的谈话，“柳白的剑就算能让她多愁善感，但多愁善感又有什么意义？”

“她若多愁善感，小师弟便有机会。”余帘坐在辇内，就像坐在小山上。她看着南方缓缓挑起细眉，因为有清风疾来，其间蕴藏着很多信息。唐也感知到了那些信息，忽然觉得吹着胸膛的风有些寒冷。余帘说道：“柳白死了……她果然无敌，我们去桃山没有任何意义，除了宁缺，谁也没有办法对付她。”

唐说道：“我只是有些担心。”

余帘说道：“唐小棠、皮皮还有宁缺，此时都在桃山，神殿还把红袖招喊去了桃山，你知道这意味着什么？”

“不知道。”

“红袖招里有个叫小草的姑娘，是她以前在长安城最好的朋友，唐小棠是她在书院后山最好的朋友，皮皮和她很亲近，宁缺更不用说，这意味着，她曾经最亲近的几个人，此时全部在桃山。”

“然后？”

“她赠老师以天意，老师便还她以尘缘，她请老师去了昊天神国，老师便把她留在了人间，如果她想回去，便必须斩断尘缘。”

“如何斩尘缘？首先要做的事情，便是斩断在人间的羁绊。”

“她要杀死小棠他们？”

“不错。”

“那我们岂不是更应该担心？”

“尘缘哪是这般好斩的？”

余帘说道：“我想她现在也应该很苦恼才是。”

唐问道：“书院的计划究竟是什么？”

余帘说道：“书院根本没有计划。”

唐有些吃惊，不解地问道：“没有计划？”

“不错，我先前便说过，人算不如天算，那何必再算？”

“什么都不用做？”

余帘说道：“书院让宁缺去了桃山。”

“这样就够了吗？”

“既然我们怎样算都算不过她，那么便让她自己去算，反正无论她怎样算，都只能让局面变成小师弟想要的那种。”

“为什么会这样？”

“因为她是小师弟的本命。”

唐很是震惊，不知该说些什么。

余帘望向高远的天空，感慨地说道：“老师当年收小师弟为关门弟子，如今想来，原来竟是落在此处。”唐皱眉说道：“但她应该也能算到这一点。”

“即便是天算，也不能算自己的本命。”余帘其实并不清楚，她之所以不能把宁缺纳入自己的天算之中，除了因为宁缺是她的本命之外，还因为宁缺本就不是这个世界的人。

唐感慨地说道：“原来不算也是一种算。”

“我明宗最擅长阴谋，从莲生师叔开始，便算尽世间所有，但连老师都没有算过她，我自然也算不过她。”荒原的风拂着颊畔的发，余帘收回目光，望向南方西陵神国方向，说道：“所以我等着她把自己算死。”

魔宗擅谋算，当年莲生如果不是与轲浩然发生了那样一段故事，只怕在他的谋算之下，如今的魔宗正在人间称雄。余帘身为魔宗当代宗主，自然在这方面异常强大，正如唐所感慨的那样，她不算昊天，其实便是最不可思议的一种算。除了昊天，别的事情都在她的算中。去年在书院后山放走熊初墨，对南海来人的漠视，都是她谋算里的一部分，至于最终会结出怎样的果实，她现在还不清楚，但她非常肯定，道门必然会进一步走向衰落。

道门的衰弱，便意味着书院的强大。

唐忽然说道："其实有时候我一直在想，如果没有当年那个故事，莲生大师活到现在，那么人间该是什么模样。"

余帘说道："莫说莲生，即便是我如果不是进了书院，如今这人间，至少有一半会是我大明宗的疆域。"

唐回头望向她问道："老师你可曾觉得遗憾？"

"有何遗憾？只要小师弟能赢，那么整个人间都将是书院的。"

余帘张开双臂，仿佛要把整个天下拥入怀中。

清风徐来，然后渐骤，桃山前坪上那些刚刚落下的桃花瓣再次舞动起来，清光大阵摇撼不安，数十道神符渐显黯淡。

宁缺知道柳白死了。这场天人交战的结局，并没有令他觉得意外，历史上向昊天发起挑战的人类，最终都走上了这条不归路。老师现在虽然还在夜穹里，但同样也已经回不来了。书院确实没有计划，但一直等待着变化，那个变化不是柳白代表人间刺出的这一剑，而是需要这一剑所带来的后续变化。

所有过程，都只是为了一个目的——重建宁缺和她之间的本命联系，唯如此人间才能保留最后的胜机。柳白剑上桃山，掌教天启，书院等待的变化终于到来。来自她的昊天神力进入了他的身体，这并不意味着胜利，但他能够确认那道联系已经重新建立，所以他很平静。

她则很愤怒。昊天神国的门被毁，她遗落人间，无路可回，从醒来的第一刻开始，她最先做的事情，便是完全隔绝与宁缺之间的联系。这便是为什么宁缺在长安城里感受不到她的存在。然而她没有想到，今天的桃山就像是数年前的雁鸣湖，她和他之间再次建立了那种联系。

她站在光明神殿前，却能感受到遥远山下他的一切。

他因为柳白的离去而伤感，于是她也伤感起来，他因为感知到了她而快乐，于是她也快乐起来，她悲伤着他的悲伤，快乐着他的快乐，幸福着他的幸福，愤怒着他的愤怒，她变得越来越愤怒。她是伟大的昊天，他是卑微的人类，她怎么能成为他的本命，此时体会到他的每一种情绪，对她来说都是最污秽的亵渎。然而愤怒不应该是昊天应该拥有的情绪，那代表着她越来越有人类的那一面，代表着她正在被他影响，于是她变得越来越愤怒。

直到此时，她才明白陈皮皮之所以能够逃离桃山，没有被自己的神辉烧死，不是因为别的任何事情，而是因为她自己。多年前，宁缺曾经对她说过一段话："我和你提过那个叫陈皮皮的书院学生……你帮我记一下，我欠这家伙一条命，以后合适的时间合适的地点……提醒我想办法还给他。"原来她一直都记得这段话，所以她想要杀死陈皮皮，先斩一束尘缘，但无论她怎么算，算到最后的结果，依然是陈皮皮会活着。原来无论怎样隔绝与宁缺之间的联系，那个联系其实一直都在，她始终都是他的本命，这个事实从来没有改变过。

她要斩尘缘，却斩不断，反而越来越乱。

她如何能够不愤怒？

尘缘难以斩断，神国的门很难开启，光明祭会失败，这些事情其实依然在天算之中，但当这些事情真的发生，她依然愤怒。看着山下祭坛前的那个身影，想着这些事情全部被他破坏，想着他竟敢用自己的神力杀伤自己的信徒，她负在身后的双手微微颤抖起来。世间所有的事情都在她的计算之中，他是唯一的例外，所以她没有算到他不但破坏了光明祭，还让自己变成了一个笑话。

她越来越愤怒，于是人间的清风变得越来越暴烈，卷起地面的灰土，遮蔽了清爽的秋空，更有无数乌云自远方的东海上飘浮而至，桃山里的光线变得黯淡了很多，紧接着便是一场暴雨落下。这场暴雨极为猛烈，秋林和山道瞬间被打湿，地面上残碎的桃花瓣被击成茸碎，未凝的鲜血被迅速冲淡然后消失，前坪上的积水以肉眼可见的速度上升，积水里漂着枯叶，隐约可见断肢在其间沉浮。暴雨遮蔽了人们的视线，整个世界除了冰冷湿凉的雨水，仿佛再也没有任何其余的存在，轰隆的落雨声竟像是打雷一般。

天地的威力附着在暴雨里，不停地冲刷着桃山，冲刷着人们的身体与灵魂，前坪上的数万名信徒脸色苍白、惊恐不安地跪在雨水中。暴雨不停落下，祭坛上方的那道清光被洗得斑驳一片，然后渐渐消失无踪，与清光对抗的数十道乂字神符也渐渐变淡，直至不见。

掌教、七念等所有人间强者，都被暴雨镇压于地，他们较诸普通信徒境界更大，感知更敏，于是愈发清晰地感受到暴雨中昊天的愤怒，所以他们更加惊恐，脸色苍白地跪在地面，连头都不敢抬起。数万信徒们身上的鲜血刚刚溢出伤口便被雨水冲走，他们被雨水淋得浑身寒冷、嘴唇乌青，却没有人敢躲避，因为雷霆雨露，皆是神恩。

如果说这场恐怖的暴风雨有中心，那么宁缺便站在那处，他感知到的昊天神威最强大，付出的代价也最惨重，数十道乂字神符已然涣散，最恐怖的是在暴雨的冲洗下，他体内昊天神力的消失速度变得越来越快。雨水在他苍白的脸颊上不停淌落，感受着体内神力的消失，他寒冷得不停发抖，看上去虚弱不堪，似乎随时可能倒下。

但无论暴风雨如何猛烈，他始终没有倒，更没有跪下，默然于风雨之中看着桃山上，眯着眼睛穿透风雨，看着应该在那里的她。离桃山万里之外的宋国苍茫的大海上，狂风卷集着乌云，在乌云和大海之间，海燕像黑色的闪电，在高傲地飞翔。

——让暴风雨来得更猛烈些吧。

他不是勇敢而高傲的海燕，为了活下去他从来不在乎尊严之类的东西，便是先前他也跪过，但这时他不想跪。他已经与她重新建立了联系，既然你是我的本命，那你就是我的桑桑，你就是我的妻子，可以举案齐眉，怎能下跪？

——有本事你就杀了我，我操。

今天这场雨和夫子离开人间后的那场大雨并不相同，既然代表着昊天的愤怒，当然要狂暴很多。这场雨也没有像夫子登天后的那场大雨般持续很多个日夜，但至少比夏日常见的暴雨时间要长很多，半日才渐渐变小。

数万信徒醒来，发现肆虐的暴雨不再，桃山周遭终于恢复了宁静，有很多人被暴雨侵袭至昏迷，甚至有人已经没有了呼吸，湿透了的衣衫向人们的身体里传达着刺骨的寒意，人们依然惊恐不敢言语。那些修行强者更是凄惨，这场暴雨太过恐怖，甚至把山野间的天地气息都冲洗得干干净净，他们的感知越强，念力受到的伤害越大。

宁缺体内的昊天神力已经消失无踪，他识海里的念力严重损耗，散在肩头的黑发向下滴着水，苍白的脸颊上写满了憔悴，眼神不再明亮，黯淡得仿佛将要失去所有光泽。

风停雨消天放晴，忽然间有道彩虹，从桃山峰顶的光明神殿生出，向着远方落下，看方向，这道彩虹的那头应该落在南晋某处。看着这幕美丽的画面，桃山前坪上的人们仿佛忘记了身上的寒冷，依然泡着双脚的冰冷雨水，回想着先前的天地之威，敬畏崇拜再生。

日已入暮，天空的下缘隐隐已经可以看到黑夜的前驱阴影，有人把目光从必将消失的彩虹收回，望向祭坛前的宁缺。一场持续半日的暴雨，洗去了人间的怨怒与尘埃，洗去了宁缺体内的昊天神力，洗去了清光大阵与神符，却无法洗掉前事。

掌教看着宁缺，缓缓举起右手，向神殿诸人发出进攻的命令。

没有人能明白，为什么暴雨变小的那段时间里，宁缺没有趁机逃走，他的体内已经没有昊天神力，除了逃走还能做什么？

宁缺看着四周绝世强者脸上的神情，把铁弓背到肩上，然后握紧了铁刀的刀柄。先前因为那场最盛大的天启，他在昊天神力的加持下于人间无敌，这些人根本不是他的一合之敌，然而此时场间的局势已经发生了决定性的转变，在这些强者的围攻下，他甚至没有办法撑过数息时间。如果他这时候挽弓待射，或许能够震慑住这些人，至少可以尝试替自己杀开一条道路，然而问题在于，他从来没有想过要离开桃山。

环顾皆强敌，宁缺的脸上却没有一丝惧意，他看着崇明太子还有那些小国的国君说道：“今日我不杀你们，不是因为修行者不得滥杀普通人的规矩，而是我觉得你们更应该死在我大唐军人的手中。”没有人明白，为什么他已经身处绝境，却还能如此平静自信，他在想什么？掌教厉声喝道：“难道你以为自己还能逃离桃山？”

宁缺看着他肩上那道恐怖的伤口，微讽说道：“至少你拦不住我。”

掌教神情渐敛，冷漠地说道：“你的面前是一条死路。”

“没有退路才是死路。”

“你的退路在哪里？”

此时金帐国师等人，已经将前坪所有的去路堵住，其中无论是谁，都不是宁缺正常状态下能够战胜的强敌。

按道理来说，他已经没有去路，自然也没有退路。然而包括掌教在内的所有人都忘了，他只需要后退便能踏上一条道路，上桃山的道路。昊天在桃山之上，掌教和所有人都认为，宁缺不可能选择上山，因为那是自寻死路，然而他却做了出乎所有人意料的选择。

他转身，向桃山上狂奔。

事发突然，西陵神殿方面的反应稍慢了片刻，掌教厉声长啸，无数道凌厉的飞剑破空而至，向着石阶上的宁缺射去。金帐国师举起手中微裂的木鼎，赵南海的手掌大放光明，七念盘膝坐于雨水间，轻道佛偈，便有一道手印现于空中，然后落下。

宁缺知道自己挡不住，他没有选择回身抵挡，也没有选择闪避，他的双脚将石阶踏碎，把速度骤然提升到恐怖的程度，继续向峰顶冲刺。数声沉闷的巨响连绵响起！金帐国师的念力不停轰击他的识海，赵南海掌间的昊天神辉击中他的后背，七念的不动明王印重重地砸到他的身上，数十道凌厉的飞剑将他身上的衣衫切得破烂不堪。宁缺吐出一口鲜血，脸色变得更加苍白，险些摔倒在石阶上。如果他不是浩然气已近大成，身体强度近乎不可思议，这第一波攻势，便足以把他击成齑粉，即便他撑了下来，依然瞬间便受了重伤。

宁缺以强悍的意志力收敛因为痛苦险些涣散的识海，右脚重重一踏，踩碎数道石阶，化作一道残影继续前掠。他非但没有倒下，速度反而变得更快！只是数息的时间，他便已经踏碎了数百道石阶，远离了桃山前坪那些强者攻击的范围，变成了山道上一道极淡的身影。西陵神殿的神官执事，还有赵南海等人正准备举步登山继续追杀之时，掌教忽然神情复杂地伸出手掌，示意众人停下。

因为光明祭的缘故，西陵神殿所有人都在前坪祭坛四周，此时的桃山上没有一个人，除了石阶旁流水的声音，安静得令人心悸。安静骤然被脚步声打破，宁缺在石阶上化作残影，以难以想象的速度向着峰顶狂奔，留下碎裂的石阶和一道血迹。先前那一瞬间，他便受了极重的伤，识海震荡不安，每踏一步便会痛苦一分，他的肋骨被七念的大手印震出了裂纹，每走一步裂纹仿佛都会深刻一分，谁也不知道什么时候可能断掉。

如果大黑伞在就好了，谁能伤到自己？宁缺忽然间生出很多怀念，想着马上便能看到大黑伞，又高兴起来。安静的桃山空无一人，石阶下方也没有追击者，他不停地奔跑，一个人不停地奔跑，不觉得孤单，也没有什么紧张。他是去见她的，那么怎么会孤单，怎么会紧张？他甚至越奔跑，越高兴，脸上露出愉快的笑容，即便雨后的秋风寒厉如刀，也无法割掉。两道清光大阵被他用铁刀和神符硬生生撕开。他来到了神殿下方，站到了崖坪上。

雨后的秋空是那样的干净，高山上的视野更是一片开阔，他能看着白日依着西方的远山渐落，甚至能看到极南方黄河流入大海的画面。然后他望向峰顶仿佛伸手可及的那座神殿和身前笔直的石阶，心想我便要再上层楼，你可还会躲到千里之外？

漆黑的夜穹就像一张墨纸，悬停在平坦的地面之上，其间有数十座山峰，给人一种感觉，如果不是这些山峰，夜穹便会落向大地。西陵神殿上的这片夜空今天显得有些特殊，满天繁星，却看不到月亮的痕迹，银色的星光洒落山麓，令桃山变了颜色。

宁缺的目光越过银色山道落在光明神殿上，然后他开始整理湿透的衣衫，把湿发束紧，负弓收刀，擦掉脸上的雨水。他的动作很慢，神情很认真，直到确认衣着和仪态都没有任何问题，方才拾级而上，既是赴约而来，自然应当表现出尊重。

夜色已深，那枚细月不知隐在哪道夜云之后，完全不知踪迹，繁多的星辰在漆黑的幕布上显得很是明亮。夜空里有七颗最明亮的星星，号为指引之星，是渔民在大海上航行最可靠的指路明灯，更是亮得令人有些眼晕。

从崖坪到峰顶的光明神殿之间，山道石阶共计七百级，宁缺看似走得缓慢，实际一步便是百级石阶，仿佛御风而上。他的脚离开崖坪，落到第一个落脚处时，便是走出了一步，七颗指引星中，最北方的离天星骤然黯淡。宁缺继续走出第二步，于是第二颗也随之而黯淡，他每迈一步，夜空里那七颗指引星便有一颗黯淡无光，仿佛那些永恒不变的星光，都被他的脚步吸纳进了自己的身体。

前坪上的数万人不是谁都能看到他在山道上的行走，但所有人都看到了夜空里那七颗指引星的先后黯淡，震惊的呼喊声和惶恐的祈祷声骤然响起，掌教等人看着星象的奇异变化，神情凝重至极。

满天繁星，桃山上有数座神殿，宁缺的眼里只有一座。

光明神殿使用的建筑材料很不寻常，非金非玉亦非石，此时被星光笼罩，更添了几分圣洁的感觉。宁缺站在光明神殿之前，就像一只不起眼的蚂蚁。

他看着眼前的神殿，沉默不语，心里生出极为复杂的情绪，有些畏惧，有些兴奋，有些向往，却又想要逃避。他冒险离开长安，来到西陵神国，潜入桃山，便是为了来到光明神殿，去见神殿里的她。他一直表现得淡定，然而当他真正来到光明神殿之前，将要与她相见时，便再难控制自己的情绪。

不管他怎样说服自己神殿里的她是桑桑，是自己养大的黑瘦丫头，是血浓于水的亲人，但事实上她就是昊天。他是凡人，她是昊天，他和她之间的距离便是天与地的距离，他与她之间隔着一道贯通天地的高墙，天人相隔，其实便是永隔。

宁缺的情绪从未像今天这般复杂过，他从未像此时这般恐惧过，如果要在过往人生里找类似经验，其实也与她有关。那次是桑桑离家出走，他坐在老笔斋里沉默等待，然后在长安城里四处找寻，在学士府里默然不语，于雁鸣湖畔呵天骂地。似乎什么事情都没有变化，依然是她离家出走，依然是他要找到她，然后把她带回家，他担心带不回去，所以害怕。

宁缺忽然间变得极为愤怒，不知道因为恐惧而生气，还是因为她像上次那般不听话而恼火，愤怒得声音都颤抖起来，“离家出走这种事情很有趣吗？”他看着光明神殿幽静的深处，“第一次我就当你年纪小，不懂事，现在呢？你都已经过了二十岁了，还不懂事？

“你知道老笔斋里现在有多脏吗？桌子上积的灰比灶里的灰还要多！这些事儿不都应该是你做的，结果你在干什么？嫁了人，就应该老老实实地在家洗碗扫地抹桌子，结果还收不了心，非要到处玩，整天不着家！

“哪有这么多好玩的呢？你看看这座破神殿，冷清得像座石墓似的，哪有临四十七巷热闹？我就不信这里的陈锦记能比长安城的好！”光明神殿里始终没有声音传出，宁缺越发恼火，“说话呀！说话呀你！怎么连话都不敢说了？是不是心虚了？

“难道你真拿定主意要和我分家？把箭和马车给我，把黑伞和那头憨货留下，你倒是把这些家当分得清清楚楚，但你有没有经过我同意？

“好，不说我有没有同意的问题。就说分家这种事情，既然要分就得分得彻底一些，老笔斋里的银票，我把你的一半埋进了坟里，雁鸣湖庄园的地契，我填上了你的名字，赌坊的股子我给了学士府……”他的情绪忽然有些黯淡，低声说道，“其实我没有想过和你分家，那些财产的处置是按遗产算的，既然你还活着，那些处置自然失效，你把拿走的那些东西还回来，就当这些事情没发生过怎么样？”

光明神殿里依然没有声音。

“把大黑还给我，把大黑伞还给我，把……你自己还给我。”宁缺说道，“我相信就算你忘了很多事情，但至少这些事情没有忘记，不然你不会想着让酒徒把箭和车送到长安。”

神殿依然幽静，无人回答。

“我现在才想明白，你为什么要在西陵神殿召开这场光明祭，因为你要杀皮皮，但你没办法杀死他，因为我对你说过，我们欠他命。”宁缺变得平静起来，举步向神殿里走去，“就算没有这场天启，我们之间的关系也一直都在。”

“你屏蔽了我的感知，一样存在，就像你脸上涂上三层脂粉，你的脸也依然是黑的，因为这是天生的，这是冥冥中注定的。”幽静的光明神殿里回荡着他的脚步声和平静坚定的语声，“你是昊天，也是冥王，那么你我之间的关系，便是你自己决定的事情，既然如此，你又怎么可能单方面做出切割？”

宁缺走到神殿深处，才看到露台上的那个身影。

他有些震惊，因为那个身影很高大。她穿着一件很薄的繁花青衣，崖下有秋风轻拂，却拂不动丝毫，因为衣料被她丰满的身体绷得极紧，紧紧地贴在身上。宁缺想象过很多次和桑桑重逢时的画面，却从来没有想到再次相见时，那个黑瘦的小丫头已经消失不见了。

他想起来那日在小镇上买红薯时看到的那辆马车，看到那辆马车里的那个高胖的少女，想起自己曾经说她好像一头肥猪，才明白原来两人早已相遇。当时的他相遇而未相识，她却必然一切了然于心，一念及此，他觉得自己的信心正在逐渐消散，书院的计划似乎也将要变得可笑起来。他看着她的背影，沉默了很长时间，这个女子看上去和桑桑没有任何相像的地方，和他记忆里的桑桑完全是两个人，但他知道她就是桑桑，不是因为玄渺的感觉，而是因为肯定的感知，他和她之间的屏障已经消失，他自然能知道她就是她。

露台上的女子明明就是桑桑，看着却不是桑桑，不是那个瘦瘦黑黑的桑桑，而变成了白白胖胖的桑桑，宁缺忽然间伤感起来，因为他明白自己大概再也见不到那个瘦瘦黑黑的桑桑了。桑桑站在露台上，临绝壁以观秋夜，双手负在身后，青袖垂落有如沧海，身姿挺拔仿佛高峰，然而给他的感觉却是那样的寂寞。

“跟我回家。”

宁缺看着她的背影说道，语气很自然，不再像先前在神殿外那般激昂。

桑桑没有转身，依然负着双手，沉默不语，夜穹上的星光洒落在露台上，洒在她宽圆的肩头，然后如水墨一般洇开。

神殿里幽静无声，夜风自露台处拂入，绕过断成数截的万年长灯，掀起一块旧布，露出一块金砖，还有一把大黑伞。宁缺看着那处，沉默片刻后向露台走去。他走到她身后，把手伸向她的肩，似想要把那抹星光从她的身上拂去。夜风轻柔，他的指尖向她的肩头落下，然后落下。他手指前端被削掉了一块，鲜血渐溢，凝成一个极规整的圆，看上去就是一个殷红的小点，像美人身上的朱砂痣般好看。

露台上有无数道肉眼看不到的线条，把空间分割成两个部分，分成两个决然不相通的世界，桑桑的世界和人间。桑桑的世界由最基本的规则构成，只要她不允许，便没有任何人能够进入她的世界。她的世界和人间相距无比遥远，即便她来到人间，依然如此，她明明就站在宁缺的眼前，却像是远在天边。宁缺和她站得这么近，却隔得那么远。

宁缺看着手指前端殷红的血，沉默了很长时间，然后笑了起来，笑容有些清淡和嘲讽，说道："果然是天人相隔。"他抬起头看着她高大的背影，"你变胖了很多，也变高了很多，人都变了，想来有很多事情你也已经忘了。"

桑桑依然没有说话，也没有转身，负着双手静观夜穹下的群山。

"那些事情我没有办法忘记。那年在河北道，饥民自相残杀，父母易子而食，我虽然活了下来，但已经变成了他们的一分子，如果不是在尸堆里刨出了你，我不知道我一个人会活成什么样子，所以不仅仅是我救了你，从某种意义上来说，你也救了我，你让我活得比较像个人样，让我在岷山在荒原上无恶不作的时候，都能找到一个比较光明的理由，是的，对于那时候的我来说，背上的你就是唯一的光明，你甚至曾经是我活在这个世界上唯一的理由。"

宁缺看着她的背影，看着她负在身后的手，忽然想要去把她的手握住，就像很多年前，她在岷山里被狼群吓得哇哇大哭时，他把她抱在怀里，紧紧地握着她的小手，和她说了整整一夜故事。如今她的手不那么小了，但他依然想握着，这种渴望是如此的强烈，以至于他的声音都有些微微颤抖起来。

"我不知道你有没有思考过生命的意义是什么。你是永恒的客观存在，人类则只是时间旅途上的匆匆过客，我们的生命很短暂，而且必然有终结的那一天，很容易陷入虚无的路数，最终能够让我们坚定地走完每一天的理由，不外乎是情感之类在精神上显得比较强大的东西，而如果仔细去分析这些东西，往往会发现，所有的这一切都是建立在回忆的基础上。拥有的回忆越多，情感便越浓烈长久。我这时候不想和你回忆当年的那些事情，但你很清楚，我们两个人拥有谁都难以比拟的回忆，所以你不能离开我，我也不能离开你。正如我以前曾经说过的那样，你是我的本命，你是我的命，所以我来找你，我要带你走。”

说完这段话，他再次把手伸向她的肩头，想拂去那抹寂寞的星光，想把她从那个孤单的世界里拉回人间，拉回身边。

露台上响起无数道极脆的碎裂声，他的衣袖瞬间裂成无数块，覆在手臂上的精纯浩然气只支撑了极短暂的时间，便被空间里的那些线条切成碎絮，无数道细密的血线在他手臂上出现，眼看着便要被切断。

忽然间，那些把世界分成两端的空间规则消失不见了，他手臂上那些恐怖的血线，不再继续深入，因为……桑桑放开了自己的世界。桑桑缓缓转身，静静地看着他，眼眸里没有任何情绪，只是平静。宁缺此时还没有从她放开世界的震撼中醒来，看着她的眼神，愈发震撼无语，因为他从来没有看过她这样的眼神。

桑桑伸手握住他僵在身前的手。他觉得她的手很柔软，很温暖，就像是湖水一般，能包容一切，不，那不是手，而是温柔的宇宙，让他有些着魔。

她是他的本命，所以她能感受到他的所思所想，而当他们的手握在一起时，他也看到了她的意识，看到了她的想法。昊天的意识是那样的宏大，浩瀚若星辰大海，根本不是普通人类所能承受的，即便桑桑此时进行了控制，宁缺的识海依然掀起了惊天的巨浪。

他的眼角开始渗血，但他的眼神依然明亮，因为他在那片惊涛骇浪里看到了很多回忆，很多她的回忆。他看到了河北道被剥光树皮的桑树，看到了岷山里咩咩待哺的小羊，看到了渭城里的烧鸡与酒，看到了长安城里的老笔斋，看到了陈锦记的脂粉，看到了那场夏雨还有床下的银票，也看到了雪海畔的那一夜。

——原来她什么都没有忘记，这些事情她都记得，甚至比他记得更加清晰。

忽然间，宁缺的眼神不再明亮，变得有些黯淡，然后开始愤怒起来，因为他想明白了一个寒冷的事实，她是昊天，这些回忆里的幕幕画面，本就是她自己安排的，这些回忆只不过是她请夫子登天的衍生品！她和夫子相看千年，谁都奈何不得彼此，她以天算构织了一个自然之局，降临人间，顺势而行，最终在泗水畔成功迫使夫子登天。她和宁缺的那些回忆是这个天算之局里的一部分，但不是原因，也不是目的，甚至可以说，这些只是手段。

宁缺盯着她的眼睛，看着那绝对不属于人类的永恒平静，缓缓地握紧了左拳，因为身体用力，右臂上的那些血线再次崩开。其实他一直都明白，自己所珍视的那些回忆，只不过是她的算计，老师离开人间，最关键的两点，自然是收他为徒，以及桑桑被揭穿是冥王之女，他背着桑桑满世界逃亡，所有的，都是天算罢了……

但他不愿意去想这些事情，因为他不甘心，他总觉得她还是桑桑，直到此时此刻，双手相握，意识相通，所有的都被揭穿，于是他很痛苦。“所有的都是天算，那么回忆自然也是假的。”宁缺默然想着，然后在意识里看明白了所有的一切，那些回忆可以算真的，因为那时候的桑桑还没有醒来，还是他的桑桑。只不过当桑桑醒来后，那些回忆便成了手段。

“我没有算到所有的事情，因为你不是这个世界的人，所以我留在了人间，与你之间的这段尘缘，始终无法斩断。”桑桑说道，“所以你要臣服于我。”宁缺对她从来没有任何隐瞒，包括他最大的那个秘密，去年随着夫子在海上漫游的那段岁月里，师徒的谈话也没有避着她。她知道他不是昊天世界的人，所以她决定展现自己的宽仁与慈爱。

宁缺盯着她的眼睛，问道：“我不是你的子民，为何要臣服于你？”

桑桑说道：“我赐你以永恒。”

宁缺问道：“永恒这东西是什么？能当饭吃？还是能替我铺床叠被？”

41

“世间每一次死亡都是久别重逢。”在长安城外，酒徒曾经对宁缺说过这样一句话，他始终没有想明白其中的意思，直到此时此刻，他才明白这句话的意思是邀请。这句话是桑桑让酒徒转述给他的。在昊天教义中，信徒死亡便是回到光明神国，回到昊天的怀抱，他如果愿意臣服于她，那么死后自然也能永远和她在一起。

什么叫做臣服？自然便是宁缺解除与桑桑之间的本命联系。她虽然是昊天，也要服从于昊天世界的规则，当她发现自己无法斩断这段尘缘时，便只能希望宁缺自己来做这件事情。昊天不会欺骗世人——当初举世追杀冥王之女，也不是她在欺骗世人，而是被尘埃蒙蔽双眼的世人犯的错——她说要赐宁缺以永恒，那么必然有永恒，哪怕宁缺的回答是那样的无礼，她依然不准备改变主意。

“神不与世人谈判，你为什么要和我谈判？喜欢我？还是害怕我？”

“你不是我的子民，所以我可以宽恕你犯下的罪，我厌憎那些回忆，但在其中，你对我足够敬爱，所以我予你神赐。”桑桑的脸上没有任何情绪，平静得令人心悸。

“那年在长安城得胜居，你躲在我的身后喝九江双蒸，你喝得很高兴，把隆庆都忘了，隆庆要我把你转赠给他，我说他生得很美。”宁缺看着她普通的脸，“你现在变白变胖了很多，但怎么看都算不上美，可我这时候真的很想对你也说一遍那句话。

“既然你生得这么美，那么就不要想得这么美了，在过往的人生里，我对你并不是敬爱，而是疼爱，我凭什么要臣服于你？”

“在我的记忆里，你是一个很怕死的人。”

“那你应该也记得，我怕有些事情胜过生死。”

“什么事情？”

宁缺回答道：“比如你，比如我与你的关系。”

“所以哪怕会被我杀死，你也不愿意臣服于我？”

“事实上，我不认为你会杀死我，所以我才有勇气站在这里。”

桑桑微微蹙眉，说道：“我为什么不会杀你？”

“因为你是我的本命。”

“所以？”

“如果我死，你也会死。”

“昊天永远不死。”

“新生的昊天还是原先的昊天吗？你离开昊天神国，你已经存在，你有在人间的回忆，你的身上有那些尘埃与气息，你已经有自我的意识，你便是生命，但凡生命便不愿死去，不愿失去现在的自我。”宁缺看着她的眼睛，“我们只能同生，或者共死，所以你不敢去长安，不敢杀我，甚至不敢见我。”

“与我一道永恒，有何不可？”

“这算什么？我要的在一起，不是这种在一起，我要的是两个彼此独立地存在在一起，我们可以合为一体，但不能合为一体，因为那样便没有你和我，便感受不到你和我，这便没有意义。”

“书院向来信奉的是有意思。”

“如果能寻找到一些意义，岂不更好？”

“我给酒徒和屠夫的，也可以给予你，那必然是客观的独立的神国之永恒，你不需要担心自我意识的泯灭。”

“但还是需要臣服于你。”

“所有的生命，都必须臣服于我。”

“我不接受。”

“为什么？”

“因为你是我的女人。”

桑桑没有明白这句话的意思。

宁缺看着她说道：“既然你是我的女人，那么就只能你臣服于我，无论在床上还是在饭桌上，都应该是你听我的话。”

桑桑的细眉微蹙，说道：“你如何能够做到这一点？”

宁缺看着她平静地说道：“就像在热海旁那夜一样，你不服我就操到你服。”

桑桑的神情没有变化，明亮的柳叶眼深处，却有亿万颗星辰正在毁灭。

她的手不再是温柔的宇宙，而是愤怒的宇宙。

宁缺感觉到一股强大的神威降临到自己的身上，无数座山峰压在肩头，膝盖开始吱吱作响，似乎随时可能折断。他清晰地感觉到，自己握着的她的手是那样的寒冷而威严。他的眼睛与耳朵开始向外不停淌血，滴滴答答落在脚前的露台上。

他的脸上涂满了血水，却依然遮不住有些快意的笑容：“这些年，有件事情我一直想不明白。为什么你这么好，这么勤快能干，却有很多人始终不喜欢你，他们喜欢山山，喜欢依兰，甚至喜欢李渔那个白痴，就是不喜欢你……直到现在我才明白，那是因为人们在你的身上感受不到属于人类的感情与热度，因为你确实不是人类。”

他盯着桑桑的眼睛，“你让老师登天，老师让你落地，你是高高在上的神，我却要把你变成一个人，如果说这是一场战争，那么便是我们师徒二人和你之间的战争。我现在清晰地感受到你身体里的愤怒与厌憎，那些都是只有人类才有的情绪，我想这就是胜利的曙光。”话音方落，他踏前一步，便要把她搂进怀里，左手施出一道乂字神符，笼住自己的身体，同时在意识里开始召唤自己的本命。

他开始召唤桑桑。

在那年雪湖畔的山崖上，他唱了首曲给桑桑听，桑桑听懂了这首曲子，明白了他在曲子里发出的召唤与邀请。和她通过酒徒转述的邀请不同，那个邀请是那样的紧密，意味着绝对的服从，即便是死亡的阴影和冥王的恐吓都无法撕裂开来。任何有自主意识的生命，面对这样绝对单方面的联系，都会本能里抵触，就算最终接受，也需要很长时间去挣扎。但当时站在崖上的桑桑没有任何犹豫，更没有挣扎，便同意了这个邀请。本命联系一旦建立，便坚不可摧，即便是昊天也无法自行斩断，所以桑桑的脸色瞬间微白，细眉蹙得更紧。

这便是书院计划里最关键的一环，准确来说，这是夫子去年带着桑桑游历人间的延续，也是宁缺敢于离开长安来到西陵神殿的原因。没有本命物能够拒绝修行者的命令。然而接下来的发展，超出了宁缺的意料，因为桑桑除了脸色变得白了些，青袖微微颤抖了数瞬，没有任何别的变化。她没有如他要求的那样昏迷，倒下，他也未能把她揽入怀中。

因为她是昊天，她不是普通的本命物，不是剑或符，也不是念珠，她是客观的规则，虽然要服从于本命的规则，但因为自身是近乎无限的存在，所以与她相关的规则，想要实现，需要更大的力量，正比如可以让山崖上的巨石落下，也是服从规则，但最开始推动巨石时，需要难以想象的力量。宁缺现在是人间有数的强者，他的念力很雄浑，但当他想要直接用意识控制昊天时，依然显得有些渺小而可笑。

桑桑没有笑，面无表情地看着宁缺。

宁缺发现体内的雪山气海被自己无法理解的规则瞬间锁死，然后逐渐崩溃，浩然气随夜风而散，他失去了所有的力量。

桑桑缓缓松开手。

宁缺的身体忽然变轻，双脚渐渐离开地面，身体被夜风吹拂着，不受控制地向后方飘掠。他像蒲公英的花絮般飘到光明神殿的上方，便被数十道无形的力量缚住，看上去就像是蛛网中央可怜的小爬虫。无论如何挣扎，终究摆脱不了那些丝线，因为那些丝线都是规则，宁缺没有挣扎，看着身上缓缓淌落的血水，沉默不语。

桑桑负手走到下方，静静地看着他，脸上和眼眸里没有任何情绪，明明是仰首在看，感觉却像是在俯瞰整个人间。她只是看了他一眼，他便败了，因为她是昊天。但宁缺知道自己还没有完全失败，因为他还没有死，她依然还是他的本命。

宁缺开始思考怎样继续这场战斗，这场战斗没有任何先例，无论是与小师叔还是夫子或是柳白的战斗都不一样，他没有可以学习的对象。他的思考被迫中断，因为一场突如其来的剧痛。他脚上的鞋片片碎裂，然后肌肤片片碎裂，鲜血带着血块，不停地剥落，就像是淋了无数天雨又被曝晒后的墙皮。瞬息之间，他的脚便被无数细微的空间所割裂，无数血肉被切割成细小而规整的形状，不停向数十丈下方的神殿地面落去，他的脚只剩下了白骨，上面涂抹着血水与肉屑，画面看着极其恐怖。

应该是做了刻意的延缓，空间切削的速度虽然快，但依然能够让宁缺清晰地看到这个恐怖的过程，最关键的是，他有足够的时间体会这种痛楚。宁缺这辈子受过很多伤，在荒原上也曾经领受过马贼的刑罚，但他从来没有感觉过如此清晰而恐怖的痛苦。他的嘴唇青白一片，黄豆般大小的汗珠渗出，向脚下的神殿地面落去，啪啪轻响声里，将那些血肉冲淡了些。

一道充满着威严的声音，在他的识海里不停回响，就像是数万面大鼓在不停敲击，这道声音有他无法理解的繁复音节，却也有异常清晰的意志体现：那就是臣服！

宁缺的眉皱得极紧，脸甚至比站在下面的桑桑还要白，但他始终没有发出任何声音，因为他不想臣服于她。桑桑站在神殿地面上，静静地看着上方。

宁缺腿上的裤子变成碎布，然后他的腿上出现无数道细细的红线。无形的刀不停地切割着，血肉如蝴蝶般离开他的身体，片刻后白骨渐现。宁缺的脸色异常苍白，眉眼因为痛苦而不停地抽搐，像是在哭，又像是在笑，他的嘴唇微微动了动，仿佛要说些什么。

桑桑有些满意。

血肉片在空中飘舞，双腿已成白骨，宁缺的目光掠过，落在桑桑身上，问道："你不觉得挺像牡丹鱼？要不要去打碗酱油来蘸着吃？"

桑桑不满意，于是他的咽喉处多了一道血线，声带被直接割断，他再也无法发出声音，说不出这样的话。

光明神殿里的无形力量继续肆虐，他身上的血肉片继续剥落，雪花般簌簌落下，森然的白骨渐现，血水都渐渐少了。人间最恐怖的刑罚，无疑便是凌迟，今夜的宁缺，就像那些罪大恶极的犯人一般，承受着千刀万剐，最痛苦的折磨。肉已然被剔尽，血已经流净，无尽的痛苦之下，他的意识就像身体那样血肉模糊，如果他能发出声音，神殿里必然回荡着令人耳酸的惨呼，但此时他连声音都发不出来，神殿里死寂得令人极度不安。

宁缺的眼睛黯淡到了极点，就像是风中随时可能熄灭的烛火，又像是覆着青苔的旧墓夜间飘着的萤火，幽幽得很是瘆人。如果换成普通人，此时早已死了，即便是修行过浩然气的他，也断然支撑不到这个时候，但桑桑不让他死，他便死不了。

活着，才能感受这种痛苦。但他依然没有投降。

桑桑负着双手看着他，白皙的脸上没有丝毫情绪，细细的眉却不知何时蹙了起来，她没有想到他能撑到这个时候。在她的人间记忆里，宁缺从来不是慷慨激昂之辈，更做不到平静赴死，他贪生怕死、好逸恶劳，从来没有什么道德的底线。为何他直到此时依然不肯臣服于我？桑桑有些惘然，发现原来自己从来没有真正认识这个男人，或者说在自己离开的这些日子里，他的身上发生了一些什么变化。

光明神殿里夜风轻拂。风很轻柔，比最温柔的情人的手还要温柔，落在宁缺身上，却给他带来了极度的痛苦，紧接着，他感到了难以抵御的寒意，冷得浑身轻轻颤抖起来，即便是唇间吐出的气息都夹了一些霜花。他此时身上已经没有一寸完好的肌肤，肉都已经快要被切削干净，夜风拂体，直接吹到他的骨头上，吹到薄膜包裹的腑脏上，如何不痛？如何不冷？都说寒意彻骨，谁能比此时的他更能体会这种感受？

宁缺忽然觉得身体奇痒无比，从发端到指尖再到腹部，每一处仿佛都有无数蚁虫在咬噬，他勉力睁开眼睛向身体望去，发现并不是桑桑寻找到新的有趣的刑罚方式，而是森森白骨上正在重新生出新肉。那些痒便是白骨生肉时的感觉。他的身体以肉眼可见的速度复原，白骨被血肉和肌肤重新包裹，甚至再也看不到一处伤口，光滑有若新生的婴儿。这便是昊天展示的神迹？宁缺没有感到任何喜悦的情绪，因为他知道这不代表桑桑对自己生出了怜悯心，而意味着下一轮折磨的开始。

果不其然，温柔的夜风再次变得凌厉起来。

宁缺不再觉得痒和冷，他只剩下了一种感觉，那就是痛，新生的血肉再次被割离，恐怖的雨再次向神殿地面落下。凌迟再次开始，他再一次被千刀万剐。他的识海里不停回荡着那道威严的声音，那个声音要求他臣服。他用卑微的沉默表示反抗，骄傲的嘲讽表示不屑。

时间缓慢地流逝，这毫无疑问是宁缺此生最漫长的一个夜。

他不断被凌迟，不断被治愈，极致的痛苦，让他无比地渴求死亡，他这才明白，原来死亡真的不是最可怕的事情，但此时他已无法死去。他的意识都因为痛苦而扭曲碎裂，渐渐模糊不清，隐约间想起那个削肉剔骨还父的孩子，那个一脚踩进沙漠便被削成鸡爪的英俊太监，想起魔宗山门里坐在尸骨山上的莲生，又想起另一个因为凌迟而出名的老太监。他记不清楚这些人是真实的还是虚假的，这些记忆是真实的还是虚假的，很多画面不停地掠过，却无法带给他安慰，反而让他愈发痛苦。但不知道为什么，他始终保持着最后的那点清明，那点倔强，没有回应识海里那道充满神威的命令声。

他的额头已经被切开，稀清得像水般的血不停地淌落，他半眯着眼睛，透过血色的帘幕，看着地面上那个高胖的女子。看着这个女子，他这辈子第一次生出如此强烈的恐惧，也正因为如此，他这辈子第一次生出如此强烈的愤怒。

他像濒死的野兽般盯着桑桑，痛苦地喘息，眼眸血红。

他无法说话，却能在意识里对她说话。

“我操。”

桑桑的脸上没有任何情绪，静静地看着他。

他看着她说道：“我操你。”

桑桑依然没有什么反应。

他说道：“有本事你就杀死我，不然总有一天，你还是会被我压在身下，到时候我会像你今天这样，不停地操你。”

桑桑说道：“愚蠢的人类。”

她的声音在幽静的光明神殿里回荡，这是宁缺第一次听到她开口说话，不是在意识里开口说话，而是直接听到她的声音。

宁缺无声地笑了起来，嘶哑像是破了洞的风箱。

“你是昊天，却被我这样一个蝼蚁般的人类操过……昊天也不能跳出因果，你不能改变已经发生过的事情，不能改变我操过你的事实，所以你生气了。”

他看着她说道：“你让我痛苦，我自然也要让你不爽，只要你不敢杀我，那么你终究将因为这件事情而不断愤怒。”他满是血水的脸上，露出真挚的笑容，黯淡如冥火的眼眸里，满是坚定平静的情绪，看上去极为诡异，令人心悸。

桑桑说道：“你确实成功地激起了我的愤怒。”

宁缺忽然觉得自己的大腿间传来一阵凉意。按道理来说，他此时的身体已然因为痛苦而麻木，应该感觉不到什么凉意才是，那么说明这道凉意不仅来自生理上，也来自于心理上。宁缺艰难地低头望去，只见自己的双腿间血肉模糊一片，有个很重要的物事已经消失不见，然后他才感觉到难以承受的痛苦袭来。这道痛苦太过猛烈，以至于他险些晕厥过去，小腹和大腿更是不停地抽搐，上面残留着的那些血肉片不停地摆荡，画面看着好生血腥。

隔了很长一段时间，宁缺才从痛苦里醒来，他看着自己血肉模糊的大腿间，才明白原来自己被阉了。历史上被妻子割掉阳具的男人很多，大部分都是因为男人不忠，宁缺认为自己对桑桑的忠诚度很够，所以他不能接受这个事实。而且意志力再如何强大的男人，忽然发现自己变成了太监，也会想要说服自己这一切都是幻觉，所以他沉默了很长时间。

在桑桑眼中，宁缺和那些愚蠢而卑贱的人类没有任何区别，尤其是当他试图用那些亵渎的说辞来激怒她时，更是如此。“我应该早就明白，你的承受极限是什么，我很高兴能够让你不高兴，我也很想知道，你不高兴还能做什么。”

宁缺说道：“我重复过很多次，我会操你。”

“操，是低级生命为了繁衍后代而进行的性行为，既然你试图让我始终记得曾经发生过的那次性行为，并且想要以后可能会发生性行为而威胁我，那么我便毁掉你的性器，没有性器，自然无法发生性行为。”桑桑看着他面无表情地说道。

宁缺静静地看着她，说道：“你有没有听说过意淫这个词？”

话音落处，桑桑神情骤变。她感觉到有一双手正在抚摸自己的身体。那双手并不是真的手，而是一道意念。她知道这是为什么，却无法切断这种联系，因为这是本命的联系，宁缺的所思所想，都能具体呈现在她的意识里。

他和她的悲欢可以相通，欲望也可以相通。她先前凌虐宁缺时，其实自己也在承受那种极端的痛苦，只不过她是无所不能的昊天，她能够承受人类无法承受的痛。而当痛苦变成欲望时，她还能承受吗？很多年前，宁缺从不能修行的废柴，正式踏上了修行的道路，在他寻找本命物的过程里，老笔斋小院里经常会响起桑桑银铃般清脆的笑声，有时候还会哎哟叫唤两声，因为她总觉得少爷在挠自己的痒痒。

她是他的本命物，他的想法便会落在她的身上。

哪怕她现在是昊天，他无法完全控制她，但至少能够像当年那样摸她。

他想摸她，便能摸着她。

桑桑的身躯是神体，可以免疫人间几乎所有物理伤害，她的意识浩瀚如宇宙，可以无视绝大多数精神伤害，所以柳白的剑伤不了她，宁缺的本命念也无法控制她，但这不代表她的身体和意识没有感觉。坚不可摧的身体不代表无觉无识，这是很简单的道理，像余帘和唐这样的魔宗强者都是如此，宁缺的意识无法伤害她，却可以触动她，轻柔的风虽然吹不散湖面上结成的冰，却可以把莲花摇撼成柔美的画面。

意识有些不清的宁缺，完全凭借着本能，不停地用意念亲近着她，抚摸着她，随着目光轻移，似风一般钻进她的衣襟，涌进她的领口，做着最温柔的接触。光明神殿里连一丝风都没有，桑桑的繁花青衣上连一丝皱纹都没有，但她清晰地感觉到，那道细微的恼人的秋风正在青衣里游走，那双无形的手正在不停地抚摸着自己的身体，显得那样放肆而可恶。

桑桑对于发生在自己身上的事情愤怒到了极点，但即便她用规则把光明神殿里的天地气息全部驱散，让宁缺无法用意念触摸她的身体，她依然无法阻止自己清晰地感受到那只手的抚摸，因为他只要还能思想，她便能感知到他的想象，那些画面和感受是那样的真实。

她与他感同，所以便要身受。

宁缺的意淫没有随春梦醒来了无痕，也不像春风过后全无踪，而是真真切切地落在了实处，落在了他意淫的对象身上。

对桑桑来说，这种感觉很怪异，有些陌生，但不是从未遇见过。

在她的人间记忆里，以往被宁缺把小脚抱在怀里摸着睡觉时偶尔有过，最近的记忆则是发生在雪海畔那个木屋中，那夜虽然有些痛，但确实有。她知道这是什么感觉，人类往往喜欢把这种感觉赋予很多意义，披上很多件美丽的衣裳，比如爱情，比如生命的渴望，事实上就是低级生物才会拥有的生理快感，像人类这样的低级生物之所以无法摆脱这种生理快感的诱惑，那是因为他们需要这种生理快感来帮助不断繁衍后代。

她是昊天，她不需要繁衍后代，她是高级的规则生命，她就算拥有近乎人类的身体，也不应该产生这种低级的生物快感。但此时她身体的感觉却是这样的清晰，这样的强烈，这说明夫子留在她体内的那段人间之力，在这些日子里依然在不停地改造着她的身体，她在人间的这些尘缘，依然在不停地纠缠，她变得越来越像普通的人类，无论情绪还是生理都是如此。

在西陵教典里，最严重的罪孽便是亵渎昊天，那些罪行无外乎祭祀时衣着不洁、口吐秽言。和这些相比，宁缺此时正在做的事情，才是真正的亵渎，昊天正在被人类亵玩，正在被当成人类亵玩，昊天如何能够不愤怒？

她暴怒挥拂衣袖，光明神殿里微寒的秋风狂暴地肆虐而起，像无数根细锐的钢刺般，刺穿宁缺的骨头，刺进他的内脏。血水四溅，宁缺奄奄一息，他睁着眼睛，意识模糊地看着桑桑默道："如果你不想认输，那就杀了我，你不是说过，每次死亡都是久别重逢？那么就让我们一起死吧，不过就算去了神国，我也不会放过你。"不知道是不是因为濒临死亡的缘故，还是看到了在神国里可能发生的那些故事，他凄惨的脸上露出一丝诡异的笑容。

"够了！"桑桑的声音像真正的雷鸣，回荡在光明神殿里。

从露台处漾进神殿的星光，被她这声断喝碎成无数碎絮，布幔下的金砖断成两截，神殿坚硬的石壁上出现了无数深刻的痕迹。西陵神殿夜空里的几抹流云被震得烟消云散，千里之外的宋国海面上卷起一道恐怖的风暴，海岸长堤上奇形怪状的柱石瞬间被淹没。

天子一怒便有万里流血，昊天一怒则是人间毁灭，但她不能让人间毁灭，她甚至不能把激怒她的那个人类杀死，于是她更加愤怒。

宁缺悬在神殿空中，不停滴着血，看上去就像是刚刚屠宰完的生猪，桑桑盯着他，眼眸里除了厌憎没有别的任何情绪。她的人间记忆里有这个人很多的画面，她知道他是个怎样无耻的人，知道他有书院之耻的绰号，而且她身为昊天，俯瞰人间无数轮回，不知见过多少杀妻卖母的无耻之徒，知道人类无耻到了极限是怎样的令人恶心，但她依然没有想到，宁缺能够无耻到这种程度，哪怕已经被阉了，居然还有精神意淫自己！

宁缺清晰地感知到她意识里的厌恶情绪，自嘲地笑了笑，然后看着她严肃地解释道："这是一场战争，我会不择手段。"他的声带已经被割断，声音等于是用肺叶强行挤压出来的，再加上痛苦导致的喘息声，非常沙哑难听，而且模糊不清，就像是两块粗糙的石头在磨擦，每说一个字都要带出一蓬血沫，真可谓是字字皆是血。他坚持做这个解释，是因为他要告诉她，这是他的态度，无论是凌迟还是更恐怖的惩罚，都不可能让他在这场战争中投降。

桑桑看着他的眼睛，在意识里开始对话，"提出你的条件。"

"跟我走。"

"去哪里？"

"只要不在西陵神殿便好。"

"为何？"

"因为除了这里，世间便是人间，老师没有做完的事情，我这个当学生的自然要帮着做完，你本来就是我的女人，我当然想把你变成真正的人，跟我走吧，不要忘了成亲之后，我们还没有度过蜜月。"

"你以为这样就能威胁我？"

"如何？难道你还能一直跳着走？"宁缺的回答有些莫名其妙，桑桑却能听懂，很多年前在渭城的时候，宁缺说起过他的那个世界有种叫电影的东西。

她负手向露台走去。

宁缺知道今夜的这场战斗，自己总算撑了下来，"你先把我的伤治好，血流多了总是要死的，我死了你连寡妇都当不成，必然是要给我陪葬的，可不能不小心。”他看着她有些孤单的背影，默默地说道。

此时晨光渐至，露台上可以看到远山峻岭。她站在露台上，沉默了很长时间，忽然说道：“你以为你赢了？”在宁缺看来，既然她不敢杀自己，那么这场战争，自己便永远处于不败之地，只要能够不死，那么便不会有真正的失败，这不是书院的哲学，而是他和她在岷山在荒原上学到的道理。晨光落在桑桑的脸上，雪白与红晕是那样的清晰，像极了山腰间的桃花，普通的眉眼竟显得那样的美丽与迷人。

这一夜对于宁缺来说很漫长，对于她来说也很漫长，她同样承受了很多痛苦，为了不让宁缺死去还消耗了很多神力。她的眉眼有些疲惫，她挥了挥手，便有一块青石自侧方的山峰间飞来，飞入光明神殿之中，直接砸到宁缺的身上。宁缺被砸昏过去。

她虽然暂时还不能杀他，但她可以打昏他，昏迷中的人类，哪怕再如何大胆放肆无耻，想来都没有办法进行意淫，当然，她虽然是昊天，也没有办法让一个昏迷中的人类体会绝望与痛苦，这便是平手。没有失败者，也没有胜利者，这场战争必然还要持续下去，谁也不知道要持续多长时间，有可能天长地久，直至海枯石烂，或者白头偕老。

宁缺醒来时，发现自己躺在一张冰冷而坚硬的石床上，他觉得这个房间的布置有些眼熟，看到那道极小的石窗后才想起来，这里应该就是桃山绝壁里的幽阁，自己曾经在石窗那头向里面看过，现在陈皮皮已经逃走，囚徒却换成了自己。通过感知，他确认自己的雪山气海已经被桑桑用无法理解的手段锁死，此时的自己比普通人都不如，根本没有可能越狱逃走，于是他不再去看那道看似单薄的木栅栏，看着石窗外的狭小天空长时间沉默。

他这时候很疲惫，身心处于崩溃的边缘，最需要的便是休息，但他却没有办法入睡，因为身体虽然看上去是完好的，但在光明神殿里遭受过的那些凌迟的痛苦，却依然清晰地停留在他的身体里。他的双臂搁在石床上，不敢有任何动作，饶是如此，依然痛得微微颤抖，与石床接触的背更是如火灼般痛苦。痛苦让他无法休息，那么时间只好用来思考，遗憾的是，思考的结果也无法令他感到丝毫安慰。

在书院的计划里，他首先应该战胜桑桑或者说控制桑桑，然后把她带离西陵神殿，回到长安城，因为只有她才能真正地修复惊神阵。来桃山之前，他便知道这场与昊天的战争非常难打，却没有想到会困难到这种程度，痛苦到这种程度，竟连第一步都没有办法完成。

这不代表书院的计划有问题，桃山前坪那场盛大的天启，已经证明在人间只有宁缺有机会战胜昊天。问题在于，对于这场天人之间的战争，没有任何人有经验，宁缺和师兄师姐们在书院布置筹划数月时间，推算出了各种细节，却没有算到昊天和人类之间的层级相差太大，大到本命联系都无法进行完全的控制。好在书院也没有失败，宁缺只要还活着，便有绝路里求胜利的机会，这场天人之战进入了战略相持期，便要看谁能先找到破局的方法。

宁缺不知道自己昏迷了多长时间，在这段时间里外界发生了什么事情，确定没有人会来审问自己后，他闭上眼睛，开始回忆在光明神殿那漫长一夜里发生的故事，那些血腥而残忍的画面，没有放过任何细节。那个夜晚他遭受了非人的折磨，即便想一想也会觉得身心俱寒，但他依然坚持回忆，不是因为他有受虐的倾向，而是因为他想学习。桑桑落在他身上的那些无形利刃，都是最基本的空间规则运用，她对他的每次伤害，其实都是一次珍贵的教育。

宁缺掌握的神符，无论是二字符还是乂字符，都是空间范畴，能够亲自从昊天处学习空间规则的机会，他不想错过。他的身上还残留着那些切割的余痛，他的意识还有些恍惚，但他闭着眼睛，开始不断地回忆，不断地学习——从不放过任何学习的机会，能够从失败和痛苦里找到提升自己的可能，这便是他真正强大的地方。他闭着眼睛不断地回忆着当时的感受，回忆着自己用血肉和痛苦记忆下来的那些空间切割规律，手指在石床上轻轻颤抖，像是无意识的抖动，实际上却是在不停地模写着符文。

宁缺在石床上躺了很长时间，石窗外的天色都黯淡了下来，中途有人送来清水和简单的食物，除此之外，没有任何事情发生。腹中响起的辘辘声，把他从沉思中唤醒，他看着幽静的囚室，再次在意识里构建了一番，确认二字符和乂字符的威力都有所增强，眼眸微微明亮，唇角微扬，露出满意的笑容，心想受苦受难也不是全无好处。

他艰难地坐起身来，扶着石床站起，只是这么一个简单的动作，都觉得身上的肉仿佛要再次裂开，痛得腿都有些打晃。他走到石桌前，沉默地开始吃饭，他不知道这场战争要持续多长时间，那么首先必须得保证自己活下去，而且必须活得有力气。

哪怕是意淫这种事情，也是需要力气的。

碗里的饭是白米饭，上面铺着青菜与豆腐，看不到什么油花，他却细嚼慢咽，仿佛是老师当年带自己吃的最好吃的饭菜。满满一碗饭菜，尽数进入他的腹内，饥饿不再之余，精力复生，他甚至觉得就连身上的那些痛楚残留都变得轻了很多。

饭后自然要饮些清水，宁缺端起那碗清水，举至唇边，正待喝时，忽然想到一件事情，脸色骤然间变得苍白起来。痛楚再次袭来，甚至比先前更加强烈。他用微微颤抖的手，缓慢地把水碗放回石桌上，艰难地扶着桌面站起身，挪到囚室角落里的马桶前。他什么都没有做，就这样怔怔站了很久后，挪着艰难的步伐，退回到石床边，缓缓坐下。

当他的臀与冰冷的石床接触的那一瞬间，他的脸骤然变得有些扭曲，双腿间涌出的极端痛楚，甚至让他险些昏厥过去。他痛苦地喘息着，直到过了很长时间，才终于适应了这种痛苦，变得稍平静了些，胸膛却还在不停地起伏，因为恐惧，也因为愤怒。自己的身体，不用解开裤腰带，也能清楚发生了什么变化，他低头看着双腿间，有些惘然，“能重新长出来吧？”稍一停顿后，他加重语气说道：“必须重新长出来。”

覆水难收，断发难续，破镜难圆，终究只是难，不是不可能，只是现在决定这件事情的不是他，而是光明神殿里的她。光明神殿里的她没有人类的情绪，对他没有任何怜悯，因为她是昊天，而不是桑桑，唯有此时双腿间的痛，让他相信自己还能有一丝胜机。既然已经付出了如此惨重的代价，那么总要收得一些回报。宁缺望向石窗外的夜，回想着当时的那些痛苦，识海里渐渐有灵光浮现，想象中的符意竟有了几分难以言喻的神圣美感。

对他的修行来说，此时是关键，如果能够领悟昊天对空间基本规则的运用，他便能在写出人字符的道路上向前迈一大步。昊天既然断了他的人道，他便只能自己把这个字写出来。

就在此时，石窗处忽然有雾涌入。宁缺眼瞳微缩。他曾经夜探幽阁，知道绝壁间的云雾里有西陵神殿无数年来无数强者不甘的怨念，即便是全盛时期的他也无法抵抗，必须依靠月光，更何况此时他的雪山气海被锁，已经变成了废人。这些夜雾所带来的伤害是其次，关键是这时他正在静思符道，如果错过这次机会，谁也不知道下次契机会出现在何时。

他当然清楚，这必然是她感知到幽阁里的变化，然后施出的手段，不然那些夜雾也没有可能进入到囚室里。“你已经把我整成这样了，你还要哪样！”宁缺看着峰顶光明神殿的方向，愤怒地大声喊道：“你要再敢动我一根手指头，我就死给你看！我拖着你一起死！”怒喝的同时，他对着峰顶比出了一根中指。

他知道桑桑明白这根中指代表什么，他现在也只剩下中指了。

但他忘了，桑桑对他的了解并不局限于此，她更明白，不到最后关头，他是决然不会去死的，至少一根手指头不足以让他自杀。

于是风起于囚室，夜雾微散，宁缺的中指断落。紧接着，他的身体上出现了无数道细细的红线，残忍而血腥的凌迟画面，再一次上演，宁缺对此只能以惨淡的笑容表示无奈。难以言喻的痛楚，不停地折磨着他，直至夜深，他的意识渐渐涣散，便是最后的那点清明都蒙上了雾霭，变得模糊起来。

昊天的意志是那样的强大而不容拒绝，他正在向着臣服的深渊坠去，不知道是不是本能里的躲避，还是太过痛苦的原因，他做了一个梦。在梦里，他抱着桑桑在睡觉，抚摸着她白莲花般的小脚。在囚室里，他躺在石床上辗转反侧，痛苦得无法入睡，又无法从这个梦里醒来，垂在床边的手指间全部是血。在幽阁千丈之上的桃山峰顶，光明神殿里的桑桑也做了一个梦，一个春光烂漫美好却恼人的梦，在梦里她很愤怒。

梦里的宁缺依然痛苦，他觉得自己快要撑不住了。他从她的身下爬起，看到了她的脸，不是那张漠然的脸，而是那张青涩的脸，有些微黑，很是熟悉。她睁着明亮的柳叶眼，好奇地看着他。他的心情忽然变得非常宁静，忘了身上的痛苦，缓缓低头，亲在她的唇上——吻下来，于是活出去。

42

这是一个很诡异的梦，宁缺沉醉在男欢女爱所带来的愉悦里，同时却感受着剐肉剔骨的恐怖痛苦，两种截然不同、完全相反的感觉，让他的身心似要撕裂成两半，险些便在那道神威之前选择了臣服。幸运的是在这个关键时刻，他看见了桑桑的脸，那张旧时面容、青稚容颜让他获得了真正的宁静，他吻下去于是便活出来，从那个香艳又恐怖的恶梦里活了出来，发现自己还躺在冰冷的石床上，浑身是汗。

他明白这场梦是自己的意识与桑桑的意识交锋的结果，想到险些被降服，不由心生余悸。他握紧拳头，手臂上的肌肉拉伸，顿时生出一股强烈的痛楚和不适应感，确认梦里发生的事情，果然是真的，自己又被凌迟了一遍。

幽静的囚室外忽然响起脚步声，宁缺向栅栏外望去，发现此次来送食水的人不是前次那个装聋作哑的裁决司执事，而是位熟人。那人年纪不大，神态宁柔，容颜清俊，穿着身寻常的道衣，腋下夹着把黄油纸伞，正是大唐前任国师李青山之徒何明池。

何明池在李青山死后，接掌了大唐天枢处，却没有人知道他是西陵神殿藏在长安城里最重要的那个人，他直接领受观主和掌教的命令，做成了道门整整千年都没有做到的事情——利用昊天在长安城里留下的影子，成功地破坏了惊神阵，而让长安城陷入血火的那夜动乱，更是此人的直接手笔。这场举世伐唐之战，真正对唐国带来最大伤害的便是何明池，在唐国必杀的报复名单中，他毫无疑问也排在首位。正是因为这个原因，在战后掌教把他遣往了南方，直到光明祭才让他回到桃山。

宁缺看着栅栏外的他，眼神平静，看不出一丝怒意，但这种绝对的平静，才真正表明了他的态度，因为只有看死人时才会这样平静。从南门观的道系来论，何明池应该算是他的师兄，但在他的眼里，何明池已经是个死人，在所有唐人的眼里，何明池都只能是死人。

何明池推开栅栏，走进囚室，将食盒里的饭菜清水摆到石桌上，然后轻轻掀起道衣前襟，在石椅上坐下，望向石床上的宁缺。和宁缺平静无情绪的眼神不同，他眼眸里的情绪很复杂，有些羡慕，有些嫉妒，有些畏惧，有些同情，有些佩服。

何明池在长安城里，腋下总是夹着把黄油纸伞，微躬着身子行走在皇城和南门观之间，和宁缺比起来是那样的低调，丝毫不引人注意。现在宁缺自然清楚，这只不过是他刻意扮演出来的表象，他在昊天道门里的地位，只怕要远远超出人们的想象，不然观主和掌教不可能把那么重要的任务交付给他，他也不可能有资格进入幽阁来看自己。如果说隆庆是西陵神殿阳光下的煌煌美神子，何明池便是隐藏在西陵神殿阴影里的那个相对者。

此人城府极深，修行境界只怕早已超越洞玄上境，哪怕经历长安之乱，唐国依然没有人知道此人究竟有没有知天命，当然，现在宁缺已经变成一个废人，何明池的真实境界和他没有任何关系。宁缺只是觉得有些遗憾，当日在桃山前坪承受天启，箭指四方，举世无敌之时，他曾经寻找过何明池的踪影，但不知道此人是对危险有超乎想象的预判能力，还是幸运到了极点，竟提前离开了掌教的神辇，不知躲去了何处。

何明池没有说话，宁缺自然也不会说话，他没有和这个人说话的兴趣，于是囚室里的安静一直持续，直到一声极轻的声音响起。

一滴水从黄油纸伞前端落在了地面上。

宁缺望向石窗，发现只能看到灰蒙蒙的天空，看不到落雨。

“外面下雨了，可惜你在这里却看不到。”

“不能被雨淋，怎么看也不能算是坏事。”

“如果永远都淋不到雨，怎么看也不能算是好事。”

“你不可能是来问我事情，因为那些事情就算是观主和熊初墨都没有资格问，你更没有资格，那你来能做什么？看看我被囚禁的模样从而获得某种快感？看不到落雨算是其中一环？可为什么我总觉得你在嫉妒我？”宁缺看着石窗说道，声音里没有任何情绪。

“不错，我确实很嫉妒你，因为我想不明白，昊天为什么让你活着。”

宁缺看到他恬静眼眸深处的那抹惘然与虔诚，便明白了其中那些微妙的缘由，说道：“你的层次和这些事情相差太远。”

“在长安城里，我追随着昊天的影子行走，在她的意志召唤下，破坏了惊神阵，我是这个世界上离她最近的凡人。”

“没有人能比我离她更近。”

“是的，所以我嫉妒你。”

“你可以尝试杀死我。”

何明池沉默片刻后说道：“没有人能违背昊天的意志。”

“我老师做过，小师叔做过，我也做了很多次。”

“所以夫子和轲先生都死了。”

“但我还活着。”

“是的。”

“我活着，便能证明昊天不能无所不能。”

“是的。”

“所以你很想杀死我。”

谈话最终还是被他带回了那个关键的点。

何明池沉默不语，站起身来。

宁缺提醒道：“如果你想杀我，就不要对我有杀意，不然很难成功。”

何明池有些不解，问道：“为什么我觉得你似乎真的很想被我杀死？”

宁缺沉默片刻，说道：“这依然是你不能了解的事。”

如果他死了，桑桑便会死去，书院和唐国便能获得这场战争的胜利，老师在天上的胜机便会大很多，人间便有希望，而连续被凌迟的痛苦折磨，他早已经濒临崩溃，他有很多去死的理由。但他不想自杀，不想桑桑死，因为害怕，因为不舍，于是他希望被人杀死，那样他便能和桑桑一起去死，至少，那不是他所能控制的事。

何明池不理解他的意思，却感受到了强烈的羞辱，反嘲道：“现在你再没有杀死我的可能，会不会觉得有些遗憾？”

宁缺说道："曾经遗憾过，但现在不会。因为我忽然发现，现在虽然已经是个废人，依然有无数种方法能够杀死你，用更准确的语言来描述，如果我要离开桃山或者人间，首先会杀死你，也就是说，你已经活不了几天了。"

何明池依然听不懂他的话，但不知道为什么，却觉得内心深处有一道寒意涌起，他问道："你怎么能杀死我？"

宁缺看着他说道："如果昊天要你死，你还能活几时？"

何明池把幽阁里的对话复述了一遍，一个字都没有漏。

"虽然你在长安城里替道门立下大功，但像今天这样的事情，如果再次发生，那么我只能将你锉骨扬灰。"掌教看着跪在石阶下的何明池说道。

他在幔纱里的身影很高大，虽然光明祭后，所有人都知道他只是个瘦矮的道人，在神殿他依然光芒万丈，没有任何人敢质疑。此时他是在训斥何明池，但他的声音却是那样的谦卑，因为他知道如果光明神殿那位愿意听，便能听见自己的声音。

何明池说道："我不明白昊天为什么不处死宁缺。"

他知道昊天便在桃山之上，他知道昊天无所不知，但他依然提出了自己的质疑，这不代表他失去了敬畏，而是因为他认为自己是在为道门着想，自己的虔诚一定能够得到昊天的理解。包括他在内，西陵神殿有很多人都不理解，为什么宁缺始终没有被处死，要知道此人一死，惊神阵便失去了主人，再请动那两位前辈出手杀死书院里的几位先生，长安立破，唐国和书院必将毁灭。

掌教微微蹙眉，不悦斥道："昊天的意志，岂是我们这些庸碌的凡人所能理解？你没有资格思考这些事情。"

何明池低头沉默了很长时间，他忽然觉得，就像宁缺想要被人杀死那样，昊天或许此时也需要自己的帮助，然而这种想法实在是太过不敬，稍一动念，他便心生极大惶恐，汗出如浆不能自已。为了驱散这种恐慌，他想起一件重要的事情，禀报道："听闻裁决神座这些天的心情有些不好，偶有远望光明神殿之举。"

帷幕后，掌教沉默不语。他的断手已经被昊天治好，宁缺用元十三箭射伤的肩头不知为何却没有得到医治，就像他对何明池说的那样，如今的西陵神殿有很多难以理解的事，也包括裁决神殿最近的沉寂。在光明祭上，裁决神座叶红鱼的表现受到了很多人的质疑，尤其是那些自南海归来的光明大神官传人，但她的身份地位尊贵，即便他是神殿掌教，也不可能在没有任何证据的情况下对她做出惩罚。

但何明池此时说的话，让他变得更加警惕起来，因为很多年前的一些旧事，也因为何明池说她偶有远望光明神殿之举。光明神殿便在桃山之上，随意便能望到，叶红鱼是裁决大神官，若是往常，莫要说远望，即便走到光明神殿前仔细打量又如何？

然而光明神殿，早已不是当初。

自春时满山桃花复苏，万年长灯熄灭以后，光明神殿便成为了桃山上的禁地，仿佛与世隔绝一般，没有任何人敢于窥视。随着昊天在光明祭上数次显露神迹，曾经藏诸信徒心底的猜测变成了事实，自然更没有人敢对光明神殿有丝毫不敬，不要说窥视，根本没有人敢谈论神殿里住着何人，就连猜想都变成了禁忌。

南海一脉的神官，被暂时安排居住在天谕神殿里，赵南海等人回到桃山，本是想与掌教争夺道门大权，但现在他们什么都不敢做，每天对着光明神殿遥拜，虔诚地祈祷，只希望能够有得见天颜的那一刻。在这等情况下，叶红鱼远望光明神殿，自然会让人有些不解与警惕——她究竟在望什么，难道她还敢窥探神殿里的那位？

裁决神殿深处，叶红鱼坐在墨玉神座上沉默不语，脸上没有任何情绪，冷漠而令人心悸，这些天她绝大多数时间都坐在神座之上，对于裁决司下属们的禀报没有任何回应，甚至仿佛失去了思想的能力。之所以如此，是因为她一直在思考某个画面——光明祭时，宁缺一箭射毁了掌教所在的神辇，那个矮瘦的老道人看着是那般的可笑。因为那个画面，她这些天辗转反侧，难以安睡，思绪万千，无法宁静，正如何明池所言，她的心情自然不可能好起来，至于她偶尔会望向光明神殿，是因为宁缺被关在幽阁的消息，自然无法瞒过她这个裁决大神官，她很想知道神殿那位究竟会怎样处理宁缺，而这将会影响到她对某件事情的想法。

与桃山相同，整个西陵神国的气氛都显得非常肃杀紧张。因为书院的关系，光明祭进行得非常不顺利，祭品逃离，西陵神殿死伤惨重，因为柳白身死的缘故，剑阁正式与道门决裂，最后只能草草结束，甚至可以说是惨淡收场，很多预备好的庆典仪式都没有举行。但很多人都没有离开西陵神国，来自诸国的君王因为政务，在桃山前坪虔诚叩首，然后不舍离去，使团却留了下来，同时留下来的还有原本预备参加庆典的舞团乐师，还有数万名信徒。

昊天在人间，现在可能正在西陵神殿里，在这样的情况下，那些虔诚的信徒怎么可能离开西陵，哪怕是刀斧加身，也不可能让他们挪动位置，于是桃山前坪以及周遭的村镇里依然住满了人，只是没有任何人敢于喧闹。

唐国没有派遣使团参加光明祭，来到西陵神国的是没有官方身份的红袖招舞团，事实上如果不是西陵神殿坚持把这一条写进和约，唐国朝廷便是连红袖招都不会派来，因为谁都知道，唐人在这里的待遇不可能太好。红袖招原定在光明祭结束后表演歌舞，陈皮皮被书院救走，庆祝的歌舞自然无法进行，事后她们准备离开桃山，却被西陵神殿强行留了下来。

这是唐国与西陵之间的战争，书院破坏了光明祭，她们却被强行留下，这件事情怎么看都透着份压抑和凶险。红袖招的姑娘们住在山前某座小镇里，宅院普通，外面有不少神殿骑兵把守，姑娘们自然害怕，不知何时厄运便会降临。

现在红袖招歌舞团的主事是小草，当年曾经幼稚可爱的小姑娘，如今早已成熟起来，年龄依然不大，处事却已然颇有大将之风。在神殿方面流露出不允许她们返回长安的意图后，她在第一时间内便通过相关渠道把这个消息传回了长安城，就在前日，唐国朝廷方面的交涉文书已然抵达，也正因为如此，西陵神殿才没有对红袖招做出更过分的举动。

但小草知道，朝廷的文书只能暂时缓解当前的局面，并不能真的把红袖招的姑娘们带回长安，而如果再在这样充满敌意和危险的环境中待下去，她很担心已经快要精神崩溃的姑娘们还能再撑几天。等待自己和那些姑娘的结局必然极为凄惨，即便朝廷愿意为了自己这些普通的女子与西陵神殿再启战端，也无法改变自己等人必死的结局。红袖招的姑娘们也明白这个道理，但平时从来无人说起这些事情，大家心里总抱着万一的侥幸。

院门忽然被人推开，看守的西陵神官转身望向那几名西陵神卫，问道："何事？"

一名西陵神卫说道："有大人要召见红袖招诸女。"

那名神官有些不悦地蹙起眉来，寒声说道："哪座殿里的大人？我奉掌教大人之命亲自看管这些唐女，谁都不能见。"

那名西陵神卫厉声斥道："你什么身份，居然想打探这等事情！"

小草在旁听着这话，不免觉得有些解气，却更是好奇警惕，究竟是谁居然敢不理会掌教的命令，莫非真是与宁缺有旧的裁决神座？

那名神官被气得浑身发抖，看着众人怒骂道："好大的胆子，居然连掌教大人都不放在眼里，你们想死吗？"

"光明神殿要见的人，谁敢拦着？"

一道极稚嫩的声音响起，西陵神卫分开，露出一名白衣女童。

神官忽然想起了一些事情，顿时觉得身体里所有的气力全部被抽空，瘫软到地上。

白衣女童看都没有看此人一眼，走到庭间，看着那些纷纷从房舍里走出来的盛装女子，微微蹙眉，然后问道："谁是小草？"

小草深深吸了一口气，向前走了一步，恭谨地说道："我就是。"

光明祭前，红袖招诸人便被软禁在这间简陋的宅院里，她并不知道这些天发生了什么事情，不知道光明神殿现在对于昊天道门来说意味着什么，不知道这名白衣女童的来历，但通过那名神官的反应，她知道这名白衣女童在西陵神殿的地位必然非同小可，那么无论接下来会发生什么事情，她都必须把握住。

小草随白衣女童走进马车，离开了小镇。红袖招的姑娘们拥到门畔，看着渐渐消失的马车，眉眼间满是担忧的神情，不知道小草会在光明神殿遇见什么。

春天之后，便再没有人进过光明神殿，包括掌教大人在内，所以当崖坪间那些神态恭谨的神官执事，看见小草被白衣女童带入神殿后，不由流露出震惊的神情，他们无法理解看到的这幕画面。小草自己也不理解发生在身上的这些遭遇，她知道光明神殿已经有很多年都没有主人，那么是谁要见自己？白衣女童把她带进神殿后，便悄然退去，她看着空旷而宏伟的神殿，觉得自己好生渺小，下意识地跪在了那张软垫之上。

神殿的深处有帷幕，帷后看不到人的影子，也听不到任何声音，安静得令人心悸，她低着头，不安地等待着自己的结局。时间缓慢地流逝，她不知道跪等了多长时间，膝头早已酸痛不堪，但她却不敢站起来，心情变得越来越紧张。

她忽然看到了一匹大黑马。小草的眼中流露出欣喜的神情，因为她认得大黑马，知道是宁缺的坐骑，她正准备与黑马打个招呼，却想起了另外一件事情。她在长安城里曾经有个好朋友，那个朋友和她的年龄差不多大，黑黑的，瘦瘦小小的，她们曾经互送过好些不值钱的小礼物，她教那个朋友怎样涂脂抹粉，怎样勾引她家那个好色的男主人。后来她的那个好朋友遇到了很多事情，变成了大学士家的小姐，甚至听说成了光明大神官的传人，但偶尔相遇时，她还是那个她。小草震惊无比，情绪有些惘然无措，不敢相信自己的推论，然而她却知道，除此之外不可能有别的解释。

光明神殿里有风渐起，掀起帷幕一角，却没有她熟悉的故人，她隐约看到在露台上站着位极高大的姑娘。是桑桑吗？小草站起身来，看着那个身影想要喊，却不敢喊，不管她现在是光明神殿的主人，还是西陵神殿别的什么大人物，都已经不再是当年那个不起眼的朋友了。

“我赐你以永生。”一道极为威严的声音在光明神殿里回荡不停。

小草不知道这道声音是不是来自露台畔那道身影，她怔怔地看着那道把世界分成两半的帷幕，先前消失的白衣女童再次出现，把她带出了光明神殿。走进光明神殿，小草什么事情都没有做，她没有遇到折磨刑罚，没有见到故人，没有叩拜昊天，就这样离开。

所有的一切，仿佛只是为了让她听到那句话——我赐你以永生。

回到小镇，红袖招的姑娘们不安地打听究竟发生了什么事情，小草什么都没来得及说，神殿派了数十名骑兵，把红袖招的歌舞团礼送出了西陵神国，甚至一直把她们送到了青峡南方。回到长安城后，小草依然觉得这趟西陵之行像是在做梦，尤其是在光明神殿里等待的那段时间，没有任何真实的成分，直到很多年后她才知道，自己得到的神赐意味着什么。

在桃山上，掌教所在的昊天神殿向来位置最高，但如今在人们的眼中，那座幽静的光明神殿，才是真正的高不可攀。没有人敢违背光明神殿的意志，掌教也不敢，只是自开春以来，光明神殿始终沉默，直到最近才颁布了几道诰令。光明神殿的第一道诰令便是礼送红袖招回长安，这令神殿众人有些不解，在掌教等知道内情的人眼中，原因却很简单，昊天当年于红尘静养之时，曾经受过凡人某些恩惠，这只是还情罢了。

但光明神殿颁下的第二道诰令，则令掌教都感到震惊不解，那位白衣女童面无表情地要求神殿立即停止对陈皮皮和唐小棠的追缉。光明祭上，唐小棠硬闯桃山带着陈皮皮逃走，对于西陵神殿来说，这是莫大的羞辱，自然要让他们付出极大的代价才是。当日后，神殿强者尽出四处搜捕，清河郡通往长安的路上更是布下了重重陷阱，掌教坚信，既然在酒徒和屠夫的压力下，书院后山那些真正的强者不敢出手，那么陈皮皮和唐小棠迟早会被神殿抓住，然后被凌迟处死。在这种时候，那名白衣女童要求神殿立即停止搜捕……昊天究竟为什么要这样做？掌教有些茫然，却不敢对此有任何质疑。

对西陵神殿来说，红袖招毫发无伤地离开，终究只是一件小事，停止追杀陈皮皮和唐小棠，则是真正的大事。对桑桑来说，这些都是小事，因为对于昊天而言，人间的事情都是小事，她做这些决定无关任何人类的情感，而是基于天算。光明祭的目的是重新打开昊天神国的大门，同时替她斩断遗落在人间的段段尘缘，所以她让陈皮皮做祭品，同时要求唐国把红袖招送来西陵神国。在她原先的安排中，只待一场熊熊圣火过后，陈皮皮和唐小棠便会死亡，小草也会死亡，那么她留在人间的尘缘，便能斩断大部分。遗憾的是宁缺出现了，他用那场盛大的天启向她证明，尘缘是斩不断的，于是她经过思考之后，决定换一种解决的方法。如果尘缘是情，那么她以命还情，她赐小草以永生，她让陈皮皮和唐小棠多出一次生命，她以为这样便能断开自己与人间之间的羁绊。

宁缺并不知道这些事情，正如何明池那日所说，他现在只能看到石窗外的落叶和雨云，却没有办法淋雨。他现在是幽阁最重要的囚徒，但他并不在意，如果没有来到桃山，他也只是个长安城的囚徒，反正都是被囚禁，囚在何处并不重要。他在意的还是这场与桑桑之间的战争，他躺在石床上继续做梦，香艳的梦，恐怖的梦，享受着生命最极致的痛苦与欢愉，他时常吻她，感知着千刀万剐。

她在峰顶的光明神殿，他在绝壁里的冷石陋室，隔着千丈的距离相亲相爱相恨相杀，他让她感受人间最美妙的感觉，她让他感觉人间最痛苦的感觉，她不停地杀他，他不停地爱她，其实都是折磨。这是天人之间的战争，也是男人与女人之间的战争，这两种战争在历史上都曾经出现过无数次，只是如今融在了一处。

但这场战争很不普通，因为最终决定的不是老笔斋谁做主的问题，而是关系到昊天与人类的胜负，关系到这个世界的最终走向。靠夫妻生活决定世界的走向，有时候想起这件事情，宁缺难免会觉得极为荒谬，又有些难以掩饰的骄傲与得意。梦里的战争不断持续，囚室里的他不知时日，石窗外飘落的秋叶越来越少，直至开始飘落雪花，他才知道原来冬天到了。

没有人投降，没有胜负。

宁缺看着石窗外飘落的雪片，想着最近这些天受折磨的频率渐渐变低，眉头微微蹙起，猜测究竟发生了什么事情。他不知道现在外界正在发生什么事情，但确认崔老太爷已经被自己射死，他知道酒徒和屠夫所在的小镇上有人，只是不知道是自己的故人，他知道唐国和书院已经做好了准备，清河郡不久后便会迎来复仇的怒火。

但一切的前提是他能战胜桑桑。天若有情天亦老，能老自然能伤，如果桑桑有情，他便能胜，但现在他看不到任何可能性，也找不到打破僵局的方法。最令他困惑或者说警惕的是，桑桑现在也应该找不到任何方法斩断尘缘，但为什么梦里的她显得那样平静而充满信心？

光明神殿又发生了一件小事。

两名白衣女童跪在桑桑的身后，显得极为紧张难过，尤其是左手方那位眉眼渐开的白衣女童，更是惊恐地不停哭泣。在不远处的木盘上有一条白色的亵裤，上面染着点点血渍。原来是那名白衣女童来了初潮。她们是神殿从西陵神国十余万女童里挑选出来的，要求的便是白皙干净，不沾惹世间一点污秽，她们自己很清楚这一点。

这半年在光明神殿里面的经历，让她们知道自己侍奉的圣女是怎样高高在上的伟大存在，她们因此而骄傲，越发虔诚。然而初潮终于还是来了，她们知道迎接自己的是什么，想要隐瞒却不敢，于是跪在桑桑的身后，流着眼泪等待着昊天的惩罚。

桑桑没有惩罚她们。她看着夜空里若隐若现的那轮明月，说道："人间开始把此事称做月事，不知道你会觉得有趣，还是觉得恼火。"

露台上飘着薄薄的夜雪。

她微微蹙眉，望向风雪中的绝壁某处，右手缓缓地落在小腹上。

千里之堤，是由一筐筐泥土组成，千年之城，是由一块块青砖砌成，再大的事件其实都是由极不起眼的小事组成。

她的世界里发生了三件小事。

这三件小事带来了一个结果：她决定把某人放出来。

宁缺的目光穿过石窗，落在对面山崖间的积雪上，神思有些惘然，不是因为被囚石室不知春秋的伤感，而是因为他现在居然有心情去看雪景。他已经有两天时间没有做梦，也就是说，有两天时间没有被摧残，这场诡异而惨烈的战斗，忽然间鸣金收兵，让他不免觉得有些错愕，然后便是警惕。幽阁的山道里响起沉稳的脚步声，两名裁决司的黑衣执事，面无表情地来到栅栏前，掏出两把钥匙，打开复杂的双子锁。

宁缺看着被推开的栅栏，看着身前的道路，眉头微挑，看着那两名黑衣执事问道：“这是要杀我，还是要放我？”黑衣执事明显受了严令，就像没有听到他的说话，自然也不会回答他的问题，一左一右扶着他的手臂，把他押了出去。

宁缺被囚禁进幽阁时是昏迷的，此时才是他第一次看清楚幽阁内部的模样。幽静的山道两侧点着火把，看上去和世间普通的大狱没有什么区别，令他不禁感到有些失望，旋即他才反应过来，这是因为自己的雪山气海被锁，无法感应到周遭的天地元气变化，不然应该能够找到那些传闻中恐怖的阵法才是。

时值深冬，桃山间风雪大作，崖坪上铺着层厚厚的雪，数座巍峨壮观的神殿在风雪中显得更加庄严神圣。宁缺看着自己踩在雪地上的脚印，发现崖坪间一片安静，他一个人都没有看到。来到光明神殿之前，两名黑衣执事跪下叩首，便悄无声息地离开。

这是宁缺第二次来到光明神殿，前次在光明神殿里度过的那一夜，是他此生最漫长的夜，给他留下了最难忘的痛苦。但此时再次来到被风雪笼罩的神殿前，他显得非常平静。他非常肯定，既然她让自己再入光明神殿，那便证明她也没有找到破局的方法，他和她的战争终于从相持阶段进入到了下一个阶段——他希望在这个阶段能够做出自己最强有力的反击。

按道理来说，哪怕他不是囚犯而是光明神殿邀请的客人，此时也应该等着神殿里面的人出来接自己，但他现在的心态非常有意思。既然这座光明神殿甚至整个西陵神殿都是桑桑的私产，按照唐律婚姻疏议条例来论，也便等若是自己的私产，光明神殿便是我的家，回自己的家还需要经过别人同意吗？宁缺轻轻拍掉身上的雪片，就像回家一般，很自然地走进了光明神殿。崖坪上其余三座神殿里，响起意味不同的叹息声，有的人震惊，有的人感慨，有的人惘然，裁决神殿里的叹息自然是在嘲笑他。

光明神殿还是那么大，那么幽静，他往神殿深处走了很长时间，在那根百丈高的圆柱后，看到了大黑马的身影。他走了过去，抱住大黑马的脖颈轻轻拍了拍，感慨地说道：“看来这里的伙食不错，竟比在长安城里还要胖了。”大黑马心想女主人毕竟是整个世界的主人，跟着她难道还会少了肉吃？看着宁缺，它的眼睛里露出不安和同情的神情，因为很明显，宁缺这些日子没有吃什么肉，瘦削憔悴得仿佛风一吹便要飘走。

宁缺说道：“不用担心，夫妻吵架这种事情，不是很常见吗？”

大黑马看着他的小腹下方，怜悯地摇了摇头。宁缺觉得自尊受到了极严重的伤害，恼怒地说道：“等我把你们带回长安城，第一件事情就是把你给骟了。”

大黑马微微昂首，不屑想着只要自己把女主人巴结好了，你又算什么？

寒风微作，有雪片飘入神殿里，落在如温玉般的地面上，瞬间融化，宁缺顺着雪来处望去，只见帷幕掀起，她还在露台上。他向那边走去，在露台后方约三丈的距离处停下脚步。

她站在露台畔，双手负在身后，看着人间，看着风雪中的群山。

宁缺望向她，发现比前次相遇时，她的身影要显得更加清晰，虽然有风雪笼罩，她身体的线条就像是在石上刻出来的那般，显得非常稳定而深刻，轻易无法抹去。这代表着她在人间的烙印越来越深，她与人间的联系越来越紧密，对昊天来说，这便意味着越来越虚弱。

宁缺很满意发生在她身上的这些变化。

桑桑没有说话，但二人既然心意相通，所以只要她微微动念，宁缺便听到了她的声音，那是真正的心声。

“尘缘确实是斩不断的，老师把人间之力留在了你的体内，又毁了昊天神国的大门让你无法归去，自然没给你留什么机会。”他看着她的背影说道，“我也不知道你现在用的这种方法是不是能够有效，赐小草永生算是以命换情，问题在于她不知道，难道你愿意在人间等到她活几百岁？而且她不见得愿意用永生来换取与你的那段过往。至于陈皮皮和小棠，他们更不会认为自己能够活着是来自于你的恩赐。”

桑桑神情漠然，显得非常自信。

宁缺略一沉默后继续说道：“就算你的方法是对的，也还远远不够，因为还有二师兄，还有李渔，他们曾经对你的好，也是人间对你的羁绊，隔壁吴婶经常请你吃饭，你又该怎样补偿她？更不要忘了渭城里的那些人，他们对我们有恩，却因为你而死，你该如何偿还这些已死的人？”

桑桑微微皱眉，远处被笼罩在风雪里的群山，忽然间发生了数次雪崩，露出积雪下的黄枯树枝和野草的颜色。光明神殿临崖一面的风雪却依然如前，露台上积着的雪越来越厚，风变得越来越寒冷，就像她此时脸上的神情和心情。

“我没有办法放弃。”宁缺听着识海里她的回答，说道，“就像老师说的那样，人类先天拥有探索未知的本能，也可以称之为对自由的渴望，而你是这个世界的规则，你的存在、你的生命来自于这个世界的形态本身，你不会允许这个世界被打破，所以你和这个世界的人类之间有着无法调和的矛盾。”

桑桑转身望向他，说出了今天相见的第一句话：“你不是这个世界的人类，为何也要与我为敌？”

宁缺说道：“可我毕竟是人类，来到这个世界，便是这个世界的人类，很多年前在长安城，我进旧书楼看书，每夜都会晕眩呕吐，当时你在身边照顾时，曾经问过我一句话，你说如果昊天就是不让我修行，我该怎么办，我当时的回答是，如果那样的话，我就只好逆天了。”

桑桑在自己的人间记忆里找到了那个片段，当时讨论问题的主仆二人，并不知道话题中的昊天就是她，现在想来不免有些怪异。

“所以你一定要反抗我的意志？”她看着宁缺问道。宁缺看着她脸上唯一熟悉的那双柳叶眼，沉默片刻后说道：“这大概就是所谓的命运，你也无法反抗。”

桑桑说道：“我是昊天，我至少能改变你的命运。”

“你是我的本命，我的命运就是你的命运，你如何能够改？逆天才能改命，现在想来，从在河北道旁拣到你的那一天开始，我其实都是在不停地与你战斗，虽然永远都是失败，但我确实是在逆天。”宁缺看着她说道，“但你不行，因为你不可能对抗自己，就像人不可能提着自己的头发，让自己的双脚离开大地。”

桑桑看了他一眼。

宁缺的手不受控制地来到头顶，抓住头发，然后双脚离开了地面，就这样悬在了空中，模样看着很是滑稽。

他感慨道："这样有意思吗？"

"你们书院追求的不就是有意思？"

"但我们得讲道理。"

"书院何时讲过道理？"

宁缺落了下来，摔得有些狼狈。

桑桑不再说话，离开露台向神殿里走去。宁缺看了看山崖前越来越狂暴的风雪，不敢在露台上继续待着，跟着她走回殿内。

殿侧有巨榻，榻上铺着寻常软被，桑桑坐到榻上，神情漠然。

宁缺站在榻前，觉得有些不自在。

便在这时，两名白衣女童走了过来，手里端着铜盆，还有毛巾。宁缺心想现在天时尚早，难道就要洗漱歇息？铜盆里有清水，温度正好。两名白衣女童站在榻旁，没有蹲下服侍桑桑，而是看了他一眼。宁缺这才明白过来，他想了想，蹲了下来，把桑桑的脚放进铜盆，开始仔细地清洗。"这样有意思吗？"他低着头说道。

桑桑说道："我与人间有诸多尘缘，有很多人我需要补偿，我正在做，而你我之间的尘缘，则是你需要补偿我，所以你也要做。"

当桑桑是人类的时候，感觉有些憨拙，不怎么爱说话，其实那些都只是表象，最根本的原因是她的性子很清冷，如果往最深处去探究，之所以如此，那是因为她对自己生活的世间，从来都没有什么真正的感情。

无论渭城军民，还是书院里的二师兄、陈皮皮，都曾给过她不少关心，小草曾经送给她很多礼物，她却很少给予对方回报。这些过往便是她遗落在人间的尘缘，既然无法斩断，又想要了断，便必须对那些曾经的情意做出补偿，但宁缺是个例外。

她在人间已经对宁缺付出了足够多的情感，她把自己所有的心思甚至生命都奉献给了他，所以她不需要补偿宁缺，如果要了断与宁缺之间的尘缘，她反而需要索回自己曾经奉献给他的全部，比如洗脚，铺床，叠被，做家务，跟随。

在她看来，这件事情与有没有意思无关，只是应该做的。

宁缺并不认为这些事情都是自己应该做的，但与身遭凌迟之苦相比，替她洗脚实在只是一件小事，所以他毫不犹豫地蹲了下去。他也不觉得这件事情有什么屈辱，就像光明祭时他对着峰顶的光明神殿跪拜时想的那样，这些年让你跪着替我洗脚很多次，今天还你一次又如何？铜盆里的清水温度对脚来说正好，对手来说则有些烫，宁缺捧起水淋到她的脚上，仔细地搓揉着，她的脚还是那样白，只是比以前更软更嫩，而且她现在的脚踝上面的肌肤也是白的，宁缺看着盆里的脚，想着这些事情，然后发现自己的手被烫红了，又想起以前她替自己洗脚时，那双小手也经常被烫红。

从在极北断峰间醒来后，桑桑便一直没有穿鞋，在宋国那座城市里，那个妇人曾经送过她一双鞋，被她直接扔掉。她赤着双足走过荒原，走过乡间，走过城市，一直走到西陵神殿，走过红尘，她的脚依然是那样的干净，在上面找不到任何污垢，浑圆光滑如琉璃的趾甲间连一丝灰尘都没有，看上去是那样的美丽动人。宁缺洗了很长时间，铜盆里的清水还是那样的清澈，甚至给人一种感觉，鱼儿肯定很喜欢在里面游动，就算饮下也能沁人心脾。但他还是老老实实地洗着，洗得非常认真用心，因为他明白，桑桑让自己洗脚不是因为她的脚脏了，而是她需要自己给她洗脚。

宁缺把她的双脚从盆中抱起来，搁到自己的膝上，接过雪白的毛巾，把她脚上沾着的水擦干，把她的脚送回榻上，把毛巾搭在肩上，端起铜盆，走到神殿露台上，把洗脚水倒进了绝壁悬崖间的风雪里。风雪如画，绝壁山崖亦如画，那盆洗脚水就像是顽童手里拿着的墨笔，极不讲道理地在这幅美丽的画中涂了一笔。宁缺想起多年前自己被老师关进书院后山绝壁的崖洞里，桑桑在身旁服侍自己，做菜做饭倒马桶，那些洗菜水和马桶里的黄白秽物，最终都被她倒进了美丽的绝壁下，惊了洁白的流云和银线般的瀑布。

“好像有些意思。”他笑着想。通过这段时间的战斗，还有今天这场有如仪式般的洗脚，他对如今的桑桑——也就是落在人间的昊天——有了更多的了解。

她是这个世界规则的集合，就像老师去年在宋国酒楼上说的那样，她是客观的，她绝对冷静，绝对按照逻辑思考。哪怕她拥有自我延续导致的生命性，拥有主观的自我意识，但她生存的方式便是这种。这种高级的生命表现形式，确实容易令人感到恐惧，但在宁缺看来，桑桑可怕之余也有些可爱，就像以前那个还是小侍女的桑桑那样，显得有些拙。

她从来都不笨，只是有些拙，有些令人着急。

她想要斩断在人间的尘缘，斩不断便想了断，她按照冰冷客观的数学方法，来判断自己与人间的那些牵扯，却没有想到那些牵扯并不是冰冷的，像情感生命这种事物，本来就是无法计算的。她以为自己寻找到了正确的方法，只要还清曾经亏欠的，索回自己曾经奉献给宁缺的，便能与人间就此一刀两断，重新回到昊天神国。

但她不明白，对人类来说，有时候爱并不是单方面的奉献，被爱也不见得就是单方面的收获，总之，这些都是很复杂的事情，哪怕她能天算，也不可能算清楚其中的所有细节，相反，她越在其间思考计算，越容易沉入其间，再难自拔。当她开始用人类的思考方式思考，开始看重人类的情感，她便将会逐渐失去自己的客观性，变得越来越像人类。

宁缺开始觉得这件事情渐渐变得有意思起来。

西陵神殿统治着这个世界，西陵神殿供奉着昊天，当昊天想要吃饭的时候，可以想象有多少珍稀的食材被送到了桃山上。一名白衣女童把宁缺带进了灶房。他从来没有想到过，有灶房能够修得比皇宫还要金碧辉煌，他也从来没有看到过如此多的珍稀食材，看着墙边像白菜一般垒成小山的熊掌，看着池中像腌菜一般胡乱泡着的待发干翅，忍不住摇了摇头，说道："神殿准备改行开餐馆？"

那名白衣女童认真解释道："熊掌是用来吊汤的，鱼翅是用来煨汁的，今天的主食材在后面，您……自己去看看？"

"奢侈，太奢侈了。"宁缺在那些珍稀食材间走过，很是感慨，书院里会集了一堆吃货，老师更是古往今来第一大吃货，只怕也没见过这等阵势。来到灶前，看着铁锅大铲明油和各式调料，他满意地点点头，然后问道："她最近最爱吃什么菜？"

白衣女童想了想，说道：“主人对食物并不挑剔，不过有次我们专门从长安城找了个厨子做了碗酸辣面片汤，主人好像很高兴。”

宁缺明白了。

今天光明神殿的晚餐很简单，非常简单，简单到负责摆碟布席的两名白衣女童的脸色有些苍白，非常担心桑桑会不高兴。宁缺做了一碟醋泡青菜头，烧了钵萝卜炖腊猪蹄，炒了一盘空心菜，做了碗蛋黄豆腐，用的都是最普通的食材，白衣女童建议他至少要把蛋黄换成蟹黄，也被他毫不犹豫地拒绝。

光明神殿的餐桌也很大，比寻常人家的四进宅院还要大，那几盘简单的菜摆在桌面上，显得愈发寒酸。桑桑在餐桌旁坐下，宁缺站在她身旁，给她盛了碗猪蹄汤，又给她盛了碗白米饭，两名白衣女童低着头，紧张得说不出话来。看着桌上那几盘寒酸的菜，桑桑沉默了一会儿，没有说话，也没有动怒，接过宁缺递过来的饭碗开始进食。

她吃饭的速度很快，就像当年那样快。当年之所以快，是因为她吃完饭后，还要抹桌子洗碗，现在她之所以快，是因为进食对于她来说只是一种习惯，和吸收能量无关，更不是什么人类的享受。没用过多时间，那几盘菜便被吃得差不多，她吃了三碗白米饭，然后起身离开，虽然没有说话，但感觉应该还是比较满意。

宁缺看着两名白衣女童笑了笑，坐到餐桌旁，拉过饭桶，把盘子里的残汤剩炙倒了进去，香甜地吃了起来。以前她经常吃剩菜剩饭，现在轮到他了。以前吃完饭都是她洗碗，现在轮到他了。宁缺洗完碗后，有些腰酸背痛，他捶着背走回神殿，发现天色已黑，想要把石壁上的灯点亮，却发现某人已经准备安寝。

先铺床叠被，再打来热水，重复白天的洗脚过程。桑桑收回双脚，伸入被褥里，缓缓闭上眼睛。宁缺就着剩下的洗脚水，把自己的脚洗干净，再顶着风雪把洗脚水倒进绝壁，搓着双手跑回床边，坐了上去。

桑桑睁开双眼，神情漠然而可怕。

宁缺很认真地解释道：“按道理，我这时候应该替你暖床。”

桑桑微微蹙眉，有些厌憎不悦。

宁缺像是没有看到她的反应，说道：“你以前身子冷，从来没有替我暖床成功过，但我可拥有火热的身躯。”

宁缺说得很自然，尤其是最后那句火热的身躯，更是有些像年轻的诗人写下的拙劣诗句，有一种直楞的喜感。

桑桑不觉得欢喜，神情漠然地说道：“不用。”

宁缺觉得她是在客气，或者说假装客气，或者说他要说服自己她是在客气，于是他很不客气地往榻上挪了挪，手落在了被褥上。

桑桑看着他，明亮的柳叶眼里没有任何情绪，连厌憎也没有了。

宁缺的脸瞬间变白，开始咳嗽。咳嗽一旦开始，便再难停止，他咳得撕心裂肺，痛苦地佝偻着身子，直至咳出心血，落在地面上，如殷红的梅。他的胸口像被一把烧火的刀刃捅穿般痛苦，他很担心再这样咳下去，可能会把心肝都咳出来，或者咳到死。

桑桑的脸上没有任何表情。

宁缺站起身来，离开榻畔，揉着生疼的胸口，抱起应该属于他的被褥，走到阴暗的角落，铺好，躺在上面发出一声叹息。这声叹息有些委屈。想当年在岷山里，他和桑桑向来是一起睡的，在渭城里虽然有一床一炕，但睡着睡着两个人最终也会睡到一张床上。去到长安城后更是如此，无论老笔斋还是雁鸣湖畔，终究只有一张床是暖的。如今身份地位倒转，他竟连上床的资格都没有了。

夜色里的光明神殿变得格外安静，风雪从露台处飘入殿内，却没有让殿内的温度下降丝毫。宁缺没有睡着，在这样的情形下，确实很难睡着。他看着露台方向越来越大的风雪，沉默不语。西陵神国号称昊天眷顾之地，四季分明却从不严酷，无论盛夏还是深冬，都没有人类难以承受的寒暑，比长安城要好很多，然而今年冬天的西陵比往年要冷很多，很早就开始下雪，而且始终没有停止。宁缺没有在西陵生活的经验，也明白这种情况有些罕见，心想老师把桑桑这个昊天留在了人间，难道永夜还会降临吗？

他起身走到榻旁望向桑桑。桑桑闭着眼睛，睫毛轻轻搭着，每根睫毛的长度以及距离都是那样的精确，看上去就像是画出来的一般，透着股不真实的感觉。宁缺静静看着她，看了很长时间。他看着她的眉眼，眉眼间的漠然；看着她的睫毛，睫毛里的宁静；看着她的双唇，双唇间的红润；看着她的耳，耳畔轻飘的发丝。

他不知道她睡着没有，也不知道昊天需要不需要睡觉，但他知道就算她已经睡着了，周遭的变化也无法逃开她的感知。但她没有醒来，依然安静地闭着眼睛，仿佛正在做最香甜的美梦，她的容颜是那样的普通，却像极了最尊贵的公主。对宁缺来说，她现在的脸很陌生，但越看他便觉得这张脸很熟悉，好像已经看了很多年，好像那些年她就长得这样。他不明白这是为什么，因为她是昊天，还是因为她是自己的妻子？

西陵神殿上空的夜穹被雪云覆盖，看不到月亮的身影，光明神殿内漆黑一片，幽静无比，所以能听到雪落有声。他的声音像雪那般洁净，那般松软脆弱，“如果说你要了断与我之间的缘分，所以要我偿还曾经亏欠你的这些东西，那你呢？你是不是应该把属于我的东西还给我？”

桑桑睁开眼睛，细长的柳叶眼透亮无比，看不到任何残留的睡意，也没有一丝慵懒的感觉，因为她一直都没有睡着。她看着宁缺，面无表情地问道：“比如？”

宁缺想了想，没有继续说下去，因为在他看来，那些事情都是自己应该做的，他身为骄傲的人类，怎么能像昊天一样无趣？他望向自己的双腿间，微涩一笑，说道：“比如这个？有些东西没有了确实很不方便，尤其是方便的时候非常不方便。”

桑桑重新闭上眼睛，再没有说一句话。

宁缺也没有理会她不理自己，站在榻旁静静地看着她，站到有些累了，他去搬了个玉凳，坐在榻旁继续看。一直看到风雪渐微，晨光渐生。

西陵大治三千四百五十年，西陵神国下了好大一场雪，桃山披银带霜，分外美丽，依旧聚集在各村镇里的信徒们，则是被冻得有些可怜。向来温暖的西陵，迎来这样寒冷的冬天，掌教等人像宁缺一样，隐约猜测可能与永夜有关，望向光明神殿的目光显得愈发敬畏。没有人知道光明神殿里的情形，宁缺被从幽阁押进神殿后，便再也没有出来，也没有任何信息从殿内传出来。光明神殿里正在发生的这个故事，其实有些荒谬可笑，透着股孩子气般的可爱，当然天真往往也是最残酷的事情。

如果这是一场扮家家酒，宁缺扮演的当然是仆人，他每天清晨醒来，便开始洒扫庭院，光明神殿实在太大，要打扫一遍他都会累到半死。然后他要准备早餐，接着洗碗洗衣裳，再做中餐，再洗碗拖地，再准备晚餐，接着再洗碗，给桑桑洗脚，最后拖着疲惫的身体沉沉睡去。除了这些每天都必须做的家务活，他还要服侍桑桑的衣食起居，包括烹茶弈棋，烹茶这种事情好说，弈棋……陈皮皮都从来没有赢过桑桑，更何况宁缺，所以弈棋反而成为了他最痛苦、最羞辱的事情。

日子就这样简单枯燥地重复着，他疲惫地做着各种事情，夜里脑袋沾着枕头便睡着，再没有精神站在榻畔看她一夜。桑桑看上去没有任何变化，还是那般漠然。宁缺对光明神殿的生活本来抱有极大希望，想通过朝夕相处，让她变得越来越像人类，如今看着她没有任何情绪的眉眼，希望早成了失望。

某天，他拿着竹扫帚在露台上扫雪，天气极为严寒，就像他现在的心情，他现在的脸上也没有笑容，就像寒冷的群山。竹扫帚在积雪上簌簌划过，像是毛笔在微糙的芽纸上写字，露台上被扫出无数道潦乱的痕迹，看上去就像是一幅草书——提笔写草书的那人，情绪有些不宁。偏此时，风雪骤怒，不停地向山崖洒落，刚刚清扫一半的露台，瞬间便重新覆了一层雪，那幅草书就这样被毁了。宁缺停下扫雪的动作，握着竹扫帚，站在风雪中看着灰暗的天空问道，“究竟要到什么时候？你究竟想做什么？”

神殿里传来桑桑的声音，“我替你洗过很多次脚，做过很多次饭，拖过很多次地，刷过很多次碗，你现在做的，不及我做的百分之一。”

宁缺沉默片刻后说道：“你知道这是没有用的，我确实欠你不少，但你也欠我很多，我们之间永远都没有办法算清楚。”他转身望向殿内，“在岷山里，我背过你很多次，我给你洗过很多次尿布，喂你吃过很多次饭，我为你杀过很多人。”

桑桑缓步走来，平静地说道：“这是人类的普遍情感，怜幼之心。”

风雪中，宁缺的心情就像风雪那般冷，像风雪那般怒，“你长大后呢？”

“你病的时候，我把你搂在怀里，用体温暖你，你怎么还我？从书院到烂柯寺再到朝阳城，你的脚一直都是我洗的，你怎么还我？

“我背着你杀出朝阳城，杀进荒原，当整个世界都想要杀你的时候，我一直把你背在背上，这些你又怎么还我？”

桑桑走到栏畔，在风雪中负手看着人间，绝壁外的纷扬雪片里，出现了很多画面，这些画面有些模糊，却又是那样的清晰。那是河北道大旱后的那场雨，那是在岷山陷阱里挣扎的幼兽，那是在梳碧湖畔兴高采烈割着马贼头颅的少年，那是提着酒壶与烧鸡摇摇晃晃行走的小侍女，那是老笔斋里的煎蛋面，那是朝阳城里的朝阳——朝阳下，他背着她不停地奔跑，不停地挥舞着刀，她虚弱却幸福地靠在他的肩上，手里紧紧握着大黑伞。

43

露台外风雪里的画面，都是她在人间的画面，所有的画面里都有他。

她是昊天，在人间的故事是事先算好的，唯有他不请自来，然后便再也没有离开过，无论有没有那根绳子，他们始终都在一起。她可以对人间完全冷漠无情，对他却不能。桑桑看着风雪中的人间，柳叶眼变得越来越明亮，左眼中生出无限回忆与情思，右眼里生出无限厌憎与愤怒。这两种截然不同的情绪，互为因果。宁缺问她怎么还，那怎么还呢？

“我准备宽恕你的大不敬，赐你永生。”她看着宁缺，面无情绪地说道，“但你不接受，那么只好永世沉沦。”悬崖外的风雪骤然加疾，那些风雪里的人间画面被撕碎成无数雪片，被寒风裹着呼啸吹向露台，有很多雪花落进她的双眼。桑桑眼底的温度迅速降低，无论回忆情思还是厌憎愤怒，尽数被冻成晶莹透亮的冰块，就此消失，再也找不到任何踪迹。

宁缺看着这幕画面，觉得心变得越来越寒冷，说道："我们曾经同生共死，而且必将继续同生共死，我不想你离开，人间也同样不希望你离开，为此我可以做很多事情，就像现在做的这样。"

"你做的远远不够。"桑桑说道，"我曾臣服于你，你便要臣服于我。"

宁缺明白她说的臣服是什么，是曾经不停在他识海里震荡的神威意志，臣服意味着要解除二人之间的本命联系。他沉默地拿起竹扫帚，继续扫雪，山崖外的风雪是那样的大，他把露台扫净一片角落，便有雪重新覆盖，只是徒劳罢了。

风雪扫不尽，就像这场战争，但宁缺没有放弃，拿着竹扫帚沉默地不停扫着，从清晨到日暮，直到入夜依然在扫。桑桑也没有离开，她看着宁缺不停地扫雪，站立的位置都没有变过，雪霜把她的睫毛涂染成银色，看上去很是美丽。

夜深时，雪终于停了，宁缺继续挥舞着竹扫帚，把雪全部扫落到绝壁下，直到露台上片雪不留，才缓缓停止动作。他现在只是个普通人，扫了整整一天雪，早已腰酸背痛，一个简单的直身动作，便让他痛得眉头紧紧皱了起来。

"你看，只要不停地扫，总是能扫干净的，因为雪不可能一直下。"他看着桑桑继续说道，"永世沉沦我也不怕，因为我从来不相信永远，只要你在人间，便不可能一直赢。"

桑桑没有说话，夜色下的露台幽静而且漆黑。忽然间有淡光拂落，光明神殿的露台以至于整座桃山，都变得生动起来，虽然依旧清冷，却多了几分美感。宁缺抬头望向夜空，只见阴晦的雪云间出现了道缝隙，那轮明月正在其间穿行，把月光洒落人间，他微笑以致问候。

桑桑看了一眼明月，依然没有说话。

夜云渐分，然后变得稀薄，那轮明月变得越来越亮，洒落群山田野的月光也越来越充裕，整个人间都被镀上了层银晕。尤其是西陵神殿周遭的莽莽群山，在月光照耀下更是美丽至极，被山林地势分割成各种形状的积雪，仿佛变成了某样宁缺和桑桑最喜欢的事物，既然是他们最喜欢的，那么自然也是他们眼中最美丽的。宁缺把竹扫帚搁到墙角，走到栏畔望向月色下的群山，说道：“今晚的月光亮得像十万两白银，真美。”

桑桑走到他身旁，说道：“是啊。”

她说得很自然，纯粹是随意而发，没有经过任何思考。

宁缺的手微微颤抖起来，很缓慢地落在栏上，沉默了很长时间，转首望向她的眼睛，说道：“你是桑桑。”这句话里的桑桑，是他的小侍女桑桑，不是叫桑桑的昊天。

桑桑没有说话，也没有看他，只是眉头微微皱起。

宁缺看着她，继续说道：“就算你不承认，你也是桑桑。”

桑桑转身向神殿里走去。

宁缺看着她的背影喊道：“十万两白银的月光打赌，你就是桑桑！”

片刻后，神殿里响起桑桑冷漠的声音：“去打洗脚水。”

光明神殿里的日子很家常，很寻常，在宁缺看来，桑桑必然会被自己的手段所削弱，却没有想到这对他来说也是一种折磨。他想让她回到自己的身边，而不是孤独于这个世界之外，却始终看不到一丝希望，她没有任何改变，仿佛一切都是徒劳，他已经快要撑不住了，直到今夜风消雪散，他终于扫净了露台，月色洒遍人间，他听到了桑桑的那句话。

昊天不会对人间的任何事情发表感慨，因为她不在意人间，她今夜会对月唏嘘，也与夫子无关，而是因为他说今夜的月光亮得像十万两白银，她真正在意的是银子，那种在意如此强烈，那她当然便是桑桑。宁缺的心情很复杂，有些喜悦，因为他终于确认桑桑就是桑桑，也有些激动，因为他已经看到了胜利的希望，但还有些焦虑，因为看到希望后，便会生出强烈的冲动与渴望，他想要把希望落到实处。

今夜他替桑桑洗脚洗了很长时间，直到铜盆里的温水变得冰冷，他依然还在不停地洗着。因为心情的改变，他甚至很想一直这样洗下去。所谓爱不释手，便是如此。

宁缺的咽喉变得越来越紧，桑桑脸上的情绪则是变得越来越漠然。她知道他此时心里在想些什么，但她没有动怒，因为那些都是人类低贱的生理反应，连让她动怒的资格也没有。借着月光，宁缺低头看着铜盆里那双如白莲花的脚，看了很长时间，忽然抬起头来，沉默不语地看着她。她默默看着他，也没有说话。二人对视良久，宁缺的眼神里除了渴望和欲望，什么都没有。桑桑的眼眸最深处，除了浓郁的厌憎之外，却多了丝惘然，她发现在这一刻，自己的天算变得有些紊乱起来。

宁缺盯着她的眼睛，声音微哑说道："我想操你。"之所以声音有些嘶哑，那是因为他很紧张，而且很兴奋。桑桑面无表情地眨了眨眼，把眼眸最深处的那抹惘然碾碎。宁缺的咽喉上多了道血痕，以肉眼可见的速度拓宽，并且不停向喉管里深入，已经触着声带，他再也无法说话。鲜血从他的颈间淌落，滴落进铜盆里，清水骤然变红，他的手和她的脚，都浸泡在里面，仿佛他正想要采撷血池里的一朵白莲。宁缺的眼睛有些微红，就像是某些特定时间段的凶猛野兽，根本不理会咽喉上的血口，缓缓站起身，向桑桑逼去。

桑桑的脸上依然没有什么情绪。一道若隐若现的空间裂缝，出现在榻前，出现在她与宁缺之间，那便代表着她的世界的边界，只要宁缺继续向前，便会死去。她的世界不允许任何人类进入，哪怕宁缺是特殊的那一个。

宁缺看到了她的世界的边界，他没有办法打破她的世界，于是他选择闭上眼睛，向前倒下，他要借助最基本的规则，万物之间的引力。无论他会不会后悔，都已经无法改变这个事实，哪怕稍后便身首异处，他也无法再改变。他向她倒下。那道空间裂缝没有落在他的咽喉上，而是落在他的颊畔，他的脸颊上多了道极细的血口，那里原本是个小酒窝。

他倒在了她的身上。

他把她扑倒在了榻上。

他的血流到了她的身上。他伸开双臂，将她紧紧地抱住，既然你放开世界让我来到你的身边，那么便再也不要想着从我的身边逃走。宁缺与桑桑对视，近在咫尺。在梦里，这样的画面发生了很多次，在梦里，他们曾经无数次亲密，但在真实的世界中，这却是第一次。

他觉得自己躺在一艘船上，在海洋上随浪起伏。

桑桑的脸上没有任何表情，眼睛异常明亮，盯着他一言不发。

光明神殿里一片静寂，他轻轻吻上她的唇瓣。

在梦里，他曾经吻过她。在真实里，他也要吻她。

昊天，被一个男人亲吻。

于是，整个人间都开始战栗起来。

宁缺和桑桑都没有闭眼，眼里的彼此变得越来越近，直至融在一处。桑桑的眼眸深处有星辰毁灭然后新生，变成惘然的星尘。一切都在天算之中，但事到临头她还是觉得有些惘然，因为她发现自己竟然不怎么厌憎与宁缺的接触。这个事实令她感到无比的愤怒，她紧紧地握着双拳，看着眼前的宁缺，神躯绷紧如山石，开始剧烈地颤抖。

宁缺从先前那种奇异的精神状态里醒过来，一朝清醒，才明白自己做了什么，自己居然在亲吻她。他认为她是桑桑，但依然难以抑制地恐惧起来，那些恐惧让他的身体变得极为僵硬，然后开始微微颤抖。他们在榻上相拥，相吻，因为身体的颤抖，双唇不停摩擦，有些微麻微痒，甚至连牙齿都轻轻相互撞击，发出清脆的声音。

这便是战栗。

宁缺抱着桑桑，战栗得越来越厉害，身体里的骨骼关节都开始发出噼噼啪啪的响声，她也在不停地战栗，身上的繁花青衣发出微弱的破裂声，仿佛哪里正在崩裂，他们战栗得越来越厉害，只听得轰的一声……他们身下的榻，塌了，相拥着落下，落在坚硬的神殿地面上，地面震荡不安，生出波浪般的起伏，撑着神殿的圆柱表面，生出数道极深刻的痕迹。

神殿坚硬的墙壁仿佛瞬间被几万年的烈风吹过，无数墙皮石屑簌簌剥落，落在地面上。这道战栗以难以想象的速度离开光明神殿，向世界的四面八方开始传播，山崖间覆着的积雪纷纷剥落，形成无数道细小的雪瀑，被雪凝住的桃花崩开了冰霜的表面，于寒风里招展娇艳的容颜。

宋国海畔的千里长堤里那些奇形怪状的石鼓，开始不停地跳起落下，砸碎无数礁石，溅起无数黑色的海泥，发出嗡嗡的声音，仿佛战鼓，随着这些声调激昂的战鼓声，大海深处生出无数场风暴，近乎黑色的海水如沸腾般翻滚，天穹之上的阴云如天神手中的湿衣般拧动，声势浩大。大河国莫干山的墨池里摇溅出无数水花，莫山山坐在池畔，看着摇撼不安的湖水，不知发生了何事，却觉得有些失落和茫然，回头望向山麓间张灯结彩的山庐，莫名悲伤，缓缓流下两行清泪。大泽同样摇撼不安，风雪中的白色芦苇显得那般的可怜，湖水倒灌入河道，然后在临康城里倒灌而出。叶苏正带着数百名穷苦汉子趁着冬日整修水道，看着漫过脚面的污水，回头望向遥远的西陵神国，若有所思。在叶苏的那间破屋里，唐小棠坐在床畔，用调羹把温度刚好的鸡汤送进陈皮皮的唇里，调羹里的汤水忽然荡起了涟漪。

整个人间都在战栗，昊天的世界里发生了无数场地震，没有震塌多少房屋，也没有多少人死去，但所有人都感受到了。西陵神殿处于这场战栗的中心，桃山上的人们自然感觉得最为清晰，数千名神官执事披着衣裳，跑出各自的居所，望向光明神殿，脸上写满了惶恐。山下村镇里的数万信徒，也被大地的战栗惊醒，揉着眼睛，互相搀扶着来到屋外的风雪中，望着西陵神殿的方向，不知如何言语。掌教、叶红鱼，还有赵南海等人来到了光明神殿外，他们脸上的神情变得异常凝重，却没有人敢踏进神殿一步。

世界的战栗渐渐停止，光明神殿檐角崩落，殿柱将裂，摇摇欲坠，但终于没有坍塌，在月光下看上去就像是风暴后的现场。光明神殿里也恢复了安静。宁缺抱着桑桑躺在床榻碎砾里，温柔的清风，缭绕在彼此之间。如拥清风，徐而不疾，宁缺的心神渐渐变得平静，桑桑的眼神则变得越来越茫然，他觉得自己沉浸在最美妙的温暖之中，就像是漂在盛夏的海水里，她觉得自己正拥抱着最真实的温暖，就像拥抱太阳的海洋。

他初识的时候，曾经看见过一片海，直到此时他才想起来，当初冥想感知到那片海时，怀里正抱着还是女童的她。如今他终于再次回到那片温暖的海水中，他再也不想离开，他抱着她，轻轻地吻着她的唇，除此之外什么都没有做。二人轻轻相拥，紧紧相依，微寒的冬风从她的唇进入他的唇，这便是呼吸着彼此的呼吸，温暖的生命度量从她的身体传到他的身体，这便是心跳着彼此的心跳，他的世界里只有她，她的世界里也只有他。

光明神殿前殿垮塌，烟尘涌向夜空，遮住了月亮的眼睛。轰隆巨响里，崖坪上的西陵神殿神官和执事们，脸色变得异常苍白，数千人下意识里向光明神殿拥了过去，然后不安地停下脚步，掌教大人的神情变得极为严肃，但他也什么都不敢做。

清晨时分，宁缺才从奇妙的精神状态中醒来，才明白昨夜究竟发生了什么事情，看着近在咫尺的桑桑的脸，沉默不语。忽然间，他身体内发出了一些极美妙的声音，那是雪水流过石砾的声音，是云海飘过山麓的声音，他听到了自然里最美妙的声音，才明白在这一夜之后，他被锁死的雪山气海，竟然重新获得了自由！和昊天睡一觉，便能有这样的回报？他看着桑桑的脸笑了起来，心想自己娶了这样一个老婆，真是世间最划算的买卖。

桑桑闭着眼睛，仿佛还在酣睡，真正的如人类般的酣睡，她的呼吸非常悠长细微，如果不仔细注意，甚至会以为她已经没有了呼吸。悠长平缓的呼吸忽然间变得急促起来。她睁开眼睛，看着宁缺，眼眸深处由亿万星辰组成的星海，开始掀起狂暴的巨澜，其间隐藏着无穷无尽的神威。

“我会对你……”宁缺毕竟是人类，对昊天做出这种事情，难免有些不安，下意识里想要辩解数句，却连“负责”两个字都来不及说出口。一道极为愤怒的啸鸣声，从桑桑的双唇间迸发而出，听上去就像是荒原上最恐怖的风穿过干涸河床上野牛的头骨。

宁缺的臂骨瞬间碎成了二十段，每段代表他与她在一起的一年，她把这二十年尽数遗忘，于是他便再也不能抱着她。一道恐怖的威力，如飓风般在神殿的地面上肆虐而生，他根本来不及做任何反应，便被震飞数十丈，重重地撞到神殿的墙壁上。那片墙壁上原本绘着西陵教典里远古神话的壁画，昨夜那场战栗之后，壁画受损严重，早已失去了往日的色彩，此时被宁缺一撞，表面残留的墙皮剥落得更加厉害，接着被血水染红，神话变得血腥起来。

宁缺张开双腿坐在墙下，不停地咳着血，看着极为凄惨。桑桑飘到他的身前，脸上没有任何情绪，脸色极为苍白。宁缺看着她咧嘴一笑，齿间尽是鲜血，眼睛里却尽是落寞失望的神情。光明神殿里寒风凛冽，他清晰地感觉到规则的力量，正随着那些寒风渗进自己的身体，将要重新锁死自己的雪山气海。终究什么都没有改变吗？

宁缺终于体会到了皇后娘娘在生命最后那刻的感受，看着脸色苍白的桑桑，眼睛里的落寞失望情绪一扫而净，变得极为平静狠厉，“你虽曾是我的侍女，但不曾受过我的奴役。”他站起身来，看着她微笑说道，“所以我也不想继续做你的奴隶。”

寒风再起，他的浩然气骤然爆发，身形化作一道残影，向着神殿对着悬崖的露台狂奔而去，身后留下一道清楚的血线。他的脚落在露台上，把清晨刚刚重新铺了一层的新雪踩烂，他冲到栏边，没有任何犹豫，手掌一拍栏杆，纵身跃起。

把栏杆拍遍，望断天涯路。把栏杆拍遍，我来断你我的路。

他跃出栏杆，向崖下跳去。

同时，桑桑来到栏畔。她没有来得及阻止他跳崖——她没有算到他会跳崖——天算也算不到他，因为他不是她的子民，更不是她的奴隶。她站在栏畔看着云雾里下落的他，他飘在雾里看着栏畔的她，隔着生死，二人沉默互视，时间仿佛在这一刻停止了。

“你就这么想我死吗？”桑桑看着向深渊落下的宁缺，觉得胸口有些痛。

她以为这是昨夜受的伤，其实不是。

看着在绝壁间不停坠落的宁缺，桑桑忽然想起多年前在渭城的时候，宁缺经常给自己讲述那个世界里的某些故事，在那些故事中，愤怒到极点的反派人物往往会说这样一句话：想死？没那么容易。这个世界最基本的规则尽在她的手中，自然的模样完全随她的心意。她已经来到人间，那么你想死又岂能那么容易？桑桑轻拂衣袖，青色衣袖上的繁花仿佛活了过来，身后的光明神殿继续崩塌，发出轰隆的声音，渐成废墟。

无数道天地元气应召而来，化作寒风，崖外风雪骤乱，绝壁下方的云雾更是切割成无数碎缕，又密密织起，变成棉被般的事物。宁缺在绝壁间坠落，忽然间，他觉得身周的空间变得黏稠起来，无数道云缕缭绕不去，柔柔相承，下落的速度瞬间变慢了很多。在这片紧密的云雾里，他感知到了规则的力量，更清晰地感觉到了她的意志，她不允许他就这样死去，那么他便很难死去。生死被他人操之于手，是宁缺绝对不能接受的事情，哪怕那个他人是她，他既然向深渊跳落，便不想再屈服于她的意志之下。

对着身下的无数层云雾，他伸手在风中写了一个字。他的手颤抖得非常厉害，因为山崖间的风太剧烈，也因为他的臂骨断成了二十截，想要移动分毫，都会给他带来极大的痛苦。但他的那个字写得非常清晰，一笔一画如刻在崖石上般，任凭风吹云湮也不会消磨掉，一道凌厉的符意骤然在绝壁间释出。

被囚禁在幽阁里的那段日子，除了在梦中与她相爱相杀相斗，其余所有的时间，宁缺都用来学习她所展现的规则力量。放眼望去，人间的无数轮回里，他最了解昊天，而现在的他，对这个世界规则力量的掌握，也已经远远超出了所有前人。他在绝壁间写出了一道乂字符。这道神符不是他所写过的威力最大的神符，和当初在长安城青天上写出的那道人字符相比，更是不值一提，但这道乂字符却已经隐隐触到了空间基本规则的门槛。

无声无息间，绝壁间的无数层云雾，被撕出了两道极大的口子，在中间交汇，变成四片，然后向崖壁卷去。宁缺破云而落，下坠之势愈急，山崖间残着的风雪，触着他翻飞的衣袖，便被击碎成最细微的粉末。他很快便落到三道崖坪下方，幽阁在绝壁间开凿出来的石窗一闪而过，绝壁崖石，在视野里变成了高速变化的单色画面，偶有突起的岩石，被拉成一条极为笔直的线条，可以想见速度有多快。呼啸凄厉的风声在耳畔响起，冰冷的寒风像刀子般割着他的脸，他看着雾底幽暗的深渊，看着死亡，神情却是那样的平静，毫无恐惧。

“你曾经是那样怕死的一个人，现在宁愿自杀，也要我死吗？”桑桑站在栏畔，看着绝壁间已经变成小黑点的宁缺，脸色微显苍白，他若坠落深渊则必死无疑，而他若死了她又如何能够活下去？刚刚降临人间的那一刻，她一步便能迈出千里，要把宁缺从绝壁间救回来是很轻而易举的事情，问题在于，在人间的第二步她便慢了下来，因为夫子把红尘灌进了她的身躯，她的气息变得有些浑浊，她已经无法离开大地。

桑桑的手轻轻落在栏杆上。她没有拍栏，栏杆便断了。

栏杆尽碎，露台处的山崖垮塌，向着绝壁间崩落。

她向崖外的云雾里走去。桃山后麓的绝壁间，响起了无数道轰隆巨响，仿佛雷声。其实那是破空之声。一抹青衣现于绝壁之间，雪云惊惧而散，千万年来的幽阁罪人们怨念化作的雾气，哪里敢相侵，瑟瑟向着崖壁间躲去。

她自天而降，来到他的身旁。山风拂动着她颊畔的发丝，却拂不动她漠然的神情。

她与宁缺在风中并肩，向着深渊坠落。

她没有看他，意志却落在他的身上，“你就这么想我死？”宁缺静静地看着她，在心里说道，“不，我只是不想一个人活着，与此相比，我宁愿两个人一起去死。”

绝壁间散开的云雾重新聚拢，再也看不到宁缺的身影，也看不到桑桑的青衣，雾底的深渊安静无比，就如过去的千万年那样。掌教及赵南海等人，来到崖畔，神情凝重向崖下望去，什么都没有感知到，片刻后，绝壁下方的深渊里忽然传来了极剧烈的震动。

应该有事物重重地坠落到了深渊的地面上。

雾底传来的恐怖撞击力量，升腾而上，把山崖间的云雾再次撕碎，甚至就连附着各种道门阵法的绝壁，都崩裂出很多裂口。掌教等人的脸色变得极为难看，如此恐怖的撞击，还能有人活下来吗？当然昊天应无恙，然而她怎么从深渊里回来？

半成废墟的光明神殿某个角落里，忽然响起一道急促焦虑的马嘶，蹄声如暴雨般响起，大黑马撞翻几名黑衣执事，向山下狂奔而去。

深渊里满是雾瘴，再炽烈的阳光，也很难落到地面上。宁缺睁开眼睛，看着灰蒙蒙的天空，觉得自己仿佛回到了天启九年的渭城，那一年渭城迎来了最暴烈的一场沙尘。他的脑袋有些晕眩，用了很长时间才清醒过来，明白了自己这时候应该是在桃山后麓的深渊里，然后发现自己是在一个坑中。从峰顶跳落，自然会在地面砸出一个深坑，他不能理解的是，为什么自己还没有死，如果说是桑桑让自己活着，那么她在哪里？

深渊底部的树木与外界的树木不同，很明显根系要比枝叶发达很多，能够看到的大多数都是藤木，树叶细小而稀疏，只是这里大概从来没有人来过，无数年的落叶积在一起腐烂，依然垫上了厚厚的一层。宁缺没有完全从撞击带来的晕眩感里清醒，觉得躺在绵软的腐叶上很是舒服，完全不想站起来，甚至想永远地这样躺下去。

便在这时，桑桑的声音在雾里响起，“你准备这样躺到什么时候去？”

她的声音依然那样冷漠，那样无情，那样庄严，说的内容，却已经渐渐有了人间的味道，宁缺听着她的声音在雾中响起，却又像是在自己的耳边响起，不免有些感慨，远在天涯却近在耳边，果然不愧是昊天。

“起来。”桑桑的声音再次响起，情绪愈发冷淡。

宁缺神情微变，因为这一次他终于听清楚，她的声音确实是在耳边响起，他忍着痛转身望去，才发现原来她就在自己的身下。雾林里的地面上出现了个非常大的坑，坑底满是腐叶。桑桑躺在腐叶之间，宁缺被她抱在怀里。宁缺从她怀里艰难滚到一旁，想要曲肘坐起，却发现痛苦难当，身上不知断了多少根骨头，一口污黑的血水喷了出来。

桑桑起身，她的身体是完美的神躯，从那般高的地方砸中地面，依然没有受到任何伤害，只是沾着几片叶子。她伸手将散开的黑发拨至肩后，看着身旁痛苦地佝着身子、不停咳血的宁缺，神情漠然地说道：“你别想逃出我的手掌心。”

宁缺的口鼻里不停溢着血，看着很是凄惨，听着她的话觉得有些好笑，又有些心酸，说道：“我不是那猴子，真要去死，谁也别想拦我。”

桑桑的眼睛微眯，说道：“在我面前，即便想死，也没那么容易。”

说完这句话，她伸出右手落在他的身上，手指间的清光把雾瘴照明，也把宁缺的脸颊照得清楚起来。清光渐盛，桑桑的脸色微微变白，他身上的伤势以肉眼可见的速度复原，断掉的骨头重组，破裂的内脏被修复。做完这一切，她站起身来，负起双手向雾深处走去。宁缺看着她的背影沉默了很长时间，然后站起身来，随她而去。

他要死，她不能让他死，或者说她不想让他死，于是她便随他一道离开西陵神殿，跳落云雾，坠落深渊。现在他们没有那根绳子，他没有把她捆在身上，但那根无形的绳子却一直都在，他们依然被命运紧紧地捆在一起。

深渊底，雾气深重，腐叶绵软，二人前后隔着数丈的距离，沉默前行，脚踩在地面上，悄无声息，安静得令人心悸。就这样走着，周遭的风景始终没有什么变化，不过是枯藤老树，雾里偶尔有几只昏鸦，鞋上的青苔渐浓难化。

宁缺看着她的背影问道：“去哪儿？”

桑桑停下脚步，漠然地说道：“以前不都是你决定的吗？”

桑桑说的没有错，以前两个人在路上时，怎么走都是由宁缺决定的，她从来不会提出任何意见，也没有反对过——用宁缺的话来说，她不是笨，只是懒得想这种小事情，她习惯让他来想。宁缺沉默不语，越过她的身边，来到前面。只是数步的距离，他的呼吸便变得急促起来，脸色变得有些苍白。

这些天他遭受无数次酷刑，凌迟断臂，鲜血流之不尽，如果不是桑桑在身旁，只怕早已死了无数次。现在他虽然活着，身体表面甚至看不到任何伤痕，但新生的血肉与心神并没有完全融合，先前自高空坠落到地面上，那些无形的伤尽数发作，他每行走一步便觉得灵魂震荡一番，痛苦得难以复加。桑桑感知到了他的痛苦，神情却还是那般漠然。

宁缺站在腐叶间休息了片刻，不知从哪里找到一根略韧的树枝，撑着疲惫的身体，忍着疼痛向雾深处走去。桃山后麓绝壁下方的深渊，常年被云雾遮掩，根本没有通往外界的道路，就如同书院后山下方的那道深渊一般，与世隔绝无数年，谁也不知道其间生活着怎样的生命，隐藏着怎样的凶险。此时在雾瘴里前行的二人，根本没有任何担心的情绪，因为再恐怖的凶险，都不可能伤害到昊天，能够伤害他们的依然只是彼此。

桑桑看着宁缺的后背，面无表情，沉默不语。她可以很轻松地把他制住，重新封死他的雪山气海，然后把他带回桃山之巅的西陵神殿，让他继续做奴为仆，永世沉沦而不得解脱。但宁缺通过跳崖的举动，向她表明了自己赴死的决心，那么再把他带回西陵神殿便没有什么意义，而且她也有自己的想法。心意即定自然无碍，桑桑把双手负在身后，跟着宁缺在浓重的湿雾里随意行走，看着那些奇异的藤树，显得颇有兴致。

宁缺走得有些累了，坐到一块石头上稍作歇息，他看着在雾中无比轻松自在的桑桑，说道："我知道你瞧不起我的手段，但我没有办法，和你相比我太弱小，不用一哭二闹三上吊的方法，没办法把你带离桃山。"桑桑没有理他，走到黑藤深处，睁大眼睛向头顶望去，显得很是好奇。宁缺看到她的神情，有些意外，然后生出希冀。

过了会儿，宁缺恢复了些体力，撑着树枝站起身来，走到雾中那片黑藤旁，向里面喊道："该走了。"桑桑从藤蔓里走了出来，脸上没有表情，看来是没有什么有趣的发现。但宁缺注意到她的唇角有些淡红色的水渍，然后他看到她负在身后的双手里，抓着七八颗鲜红的果子，想来这果子的味道应该不错。离开光明神殿来到深渊里的桑桑，明显有了不同，她想要探究周遭的环境，她想要尝尝那些果子的味道，她开始像人类一样，对未知的事物本能里产生好奇，当然她绝对不会像人类那样对未知感到恐惧。因为愈来愈盛的好奇心，也因为没有任何恐惧，满是雾瘴的深渊底，对桑桑来说无疑是很有趣的环境，她不时从宁缺身后离开，消失在雾里，不知去了何处，看了怎样的风景，又悄无声息地回到宁缺身旁。

宁缺最开始的时候，甚至不知道她曾经离开过，当他发现她在玩这种失踪游戏后，他本能里开始担心，然后发现自己担心得有些莫名其妙——在昊天的世界里，谁能伤害昊天？他也不担心她会走丢，无论身周的雾瘴再如何浓郁，光线再如何阴晦，只要他想一想，便能知道她去了哪里，知道她一定会回来，只要她在，他也不需要担心自己。

深渊底终年不见天日，雾瘴里有绝壁幽阁里无数囚徒的怨念，也有自然蕴积的毒素，二者混在一起异常恐怖。宁缺修行浩然气后，身体对毒素有天然的抵抗力，在雾瘴里行走的时间稍长些后，依然有些晕眩，便在这时，桑桑回到了他的身后，清风拂过，他的精神顿时为之一振，有了百毒不侵的感觉。

深渊里真正的危险，并不是这些带毒的雾瘴，而是生活在其间的生物。在如此险恶的环境里繁衍至今，这些生物拥有极其强悍的生命力，也拥有难以想象的致命手段，宁缺向雾里释出念力，发现无论是那些老藤湿树上，还是隐在其间的蛇与异兽，甚至在地面的腐叶里，都隐藏着生命，不禁心里有些发麻。在雾中行来，他和桑桑已经遇到好几种怪异的生物，大部分都是蛇类，有一种蛇，浑身沾满了黏液，眼睛已经明显退化，完全凭借翠绿的蛇芯探明方向，更多的蛇则是色彩斑斓，即便在浓雾里依然那般夺人眼目。最恐怖的是四周的枯藤与树林传来的摆荡声，和有若鬼哭的嚎叫声，宁缺知道有动物正在林间跳跃，但以他的眼力都没有办法看清楚对方的真实容颜，只能凭借声音判断出这种动物的速度奇快。那么腐叶下密密麻麻藏着的是什么？为什么会让他生出极为强烈的警惕甚至是畏惧？

桑桑没有畏惧的情绪，听着雾里传来的难听的凄嚎声，听着脚下腐叶里传来的沙沙声，觉得有些厌烦，挥了挥衣袖。青袖挥出，繁花盛放，花瓣间飞出无数的萤火虫，那些萤火虫向雾瘴深处飞去，纷纷燃烧，变成无数光点，最终汇聚成一片光明。

光明现于深渊，再浓重的雾气都无法掩住，伴着嗤嗤燃烧声，二人身周的雾瘴以肉眼可见的速度散开，景物顿时变得清晰起来。地表上覆着不知多少层腐叶，树根处生满了青苔和奇怪的菌菇，那些悬在树枝上的藤蔓歪斜无形，像极了雁鸣湖畔宅院的缚梅。林深处传来异兽惊恐的嚎叫，腐叶覆盖的地面传出的沙沙声变得越来越密集，色彩斑斓的蛇愤怒地昂起首来，宁缺的神情变得异常凝重。但没等他做任何事情，惊恐的嚎叫便戛然而止，腐叶下的沙沙声消失无踪，那些蛇更是用最快的速度趴在了湿漉的地面上。

因为桑桑没有等宁缺带路，便向雾瘴深处走去，随着她的行走，光明迅速向四周扩散，迅速清空数里范围内的所有雾气，无数年不曾见过阳光的深渊，忽然间变得清明一片，如果继续这样发展下去，用不了多长时间，桑桑的光明便会驱散所有的雾气，让这片深渊就此暴露在青天之下。湛蓝的青天对于深渊外的生命来说很熟悉，对于世代生活在深渊里的生命们来说，则是那样的陌生，它们看着那片瓷蓝的天空，不停发出惊恐的凄啸。

光明继续弥漫，无数青色的蚂蚁从腐叶下方爬出来，对着桑桑的脚印不停地搓动着前肢，表示畏惧与臣服，色彩斑斓的毒蛇爬满了山涧，拼命地扭动着布满黏液的身躯，恨不得低贱到沼泽的最深处，先前隐藏在雾林里的异兽，也终于露出了真面容，数百只鬼面猴离开藤树，跪在湿漉的地面上，不停地叩首。看着这幕画面，宁缺微微皱眉，有些不适应，桑桑却没有任何反应，就像是什么都没有看到，负着双手从这些畏惧惊恐的生灵间走过，并不像是巡视自己领地的君主，因为她根本不把这些低贱的生命当作自己的下属。

这道充满雾瘴与毒物的深渊，对于人类来说如天堑一般，即便是知命境的大强者，想要从深渊里走出来也会非常困难。但对桑桑来说，这道深渊连小土沟都算不上，她闲庭信步一般便走出了雾瘴，见到群山。宁缺看着群山，不知该如何言语，乌云悄然重新覆盖青天，群山被风雪笼罩，雪中隐隐可以见到一座简朴的道观。

那座道观或许便是传说中的知守观？如果换作以前，宁缺对那座简朴的道观，绝对会非常感兴趣，不是因为那里是不可知之地，而是因为那里藏着七卷天书中的六卷，然而写七卷天书的桑桑，如今就在身旁，他对那座道观的兴趣，自然淡了很多。

以前也有人走出过这道深渊。

风雪中的道观并不显得破落，反而清静得令人沉醉。

隆庆盘膝坐在湖盘，静静地看着手中的天书开字卷，他不知道在雪中坐了多长时间，睫毛上承着的雪末，都已经凝成了霜。忽然间，他听到了山崖下传来的声音，想起当年在深渊里的痛苦往日，脸色瞬间变得极为苍白，睫毛上的雪霜化灰不见。

中年道人推着轮椅来到湖畔，观主坐在轮椅里看着风雪里的天空，看着深渊里的某人，发出一声低沉的叹息声。

隆庆当年能够从深渊里活着出来，因为灰眸还有那粒通天丸，事后每每想起那段艰难的历程，他都会生出余悸，也会生出些骄傲，因为毕竟他活了下来，并且可能是第一个活着走出深渊的人。谁能想到今日又有人走出了深渊，而且那人显得这般轻松随意，直似闲庭信步。

他猜到对方的身份，震撼难言，手里的天书都仿佛失去了吸引力。观主的情绪也有些复杂，抬头望着自天落下的风雪，沉默片刻后感慨地说道："既然她真的离开了桃山，那么便轮到我们回去了。"风雪渐盛，笼罩道观以及四周的群山，吱呀声中，观门被推开，隆庆和中年道人推着轮椅走出来。观主坐在轮椅里，膝上盖着块寻常的毯子，他伸出枯瘦的手把毯上的雪屑掸掉，然后缓缓闭上眼睛。

桃山亦在风雪中，崖坪上已经聚集了数千名神官执事，却是鸦雀无声，人们看着半成废墟的光明神殿，想起先前绝壁下方深渊里传出的巨响，隐约猜到发生了什么事情，却根本不敢相信，神情震惊异常。没有人敢走进光明神殿一探究竟，神官和执事们脸色苍白站在光明神殿前，根本不知道接下来应该怎么做，他们已经在风雪中站了整整一夜。

情况紧急，掌教昨夜来到光明神殿前时，来不及乘坐神辇，枯瘦矮小的身躯就这样袒露在人前，雪屑挂在他稀疏的眉上，显得有些可笑，但他的神情却是那样的严肃，根本不在意自己曾经最在意的事情。等到暮色降临，掌教终于没办法继续等下去，他走进神殿，过了很长时间后走出来，脸上神情凝重得就像是山，寒冷得就像是雪。西陵神殿众人看着掌教大人，知道猜测与真实相差应该不大，脸上的神情变得极其惊恐，有些老年神官更是绝望得直接昏了过去——昊天真的离开了西陵神殿？难道她要抛弃自己这些最虔诚的信徒？

便在此时，神殿下方的山道上隐隐传来一阵吵嚷，紧接着，匆忙的脚步声响起，数名神官忽然走进昊天神殿，颤声禀报道：有人来了。有三个人从知守观来到了西陵神殿，隆庆走在最前方，是为开路的先锋，中年道人推着轮椅随后而行，观主坐在轮椅里，神情恬静自然，身上的青衣在渐微的薄雪里是那样的清晰，颜色纯得就像是天空一般。

崖坪上的数千名神官执事，看着自山下缓缓行来的三人，想着西陵神殿的清光大阵居然没有任何反应，震惊失色，待他们认出走在最前方的是隆庆，又隐约猜到轮椅里那人的身份，根本没有人敢上前拦阻。黑压压的人群像潮水一般分开，观主坐在轮椅里，看着已经有很多年没有在近处看过的那数座神殿，脸上的情绪说不出是怀念还是漠然，只是当他看到已经半成废墟的光明神殿里，眉头缓缓蹙了起来。

数十名老神官急步走来，然后以最谦卑的姿态跪倒在轮椅前，以道门至礼参拜，他们活的年岁够久，曾经见过青衣道人的真面目。崖坪上的神官执事，先前只是猜测青衣道人的身份，此时看到这幕画面，哪还有不明白的道理，不由面面相觑，有些辈分稍低些的神官和执事，被光明神殿前的气氛所感染，也纷纷跪了下来。赵南海和叶红鱼，还有天谕神殿里的南海一脉诸人，这些桃山最尊贵的大人物，对着轮椅里的青衣道人问安见礼。南海一脉重归西陵神殿，本就是观主的安排，此时观主来到桃山，他们自然要表明自己的态度，而叶红鱼幼时曾经在知守观里生活过，她最敬爱的兄长便是观主的弟子，她又如何能够不跪？

看着轮椅里的观主，掌教的身体微微颤抖起来。他有些想不明白，此人已经被宁缺用惊神阵斩成了废人，就连昊天都已经遗弃了他，而且他已经有很多年没有来过西陵神殿，可为什么他什么都不用做，只是在桃山出现，自己便迎来了众叛亲离的结局？直到此时他才明白，自己显然低估了知守观在道门里的地位和影响力。

殿内一片死寂，帷幕后的万丈光芒不知何时已经敛去，就像是燃尽后的蜡烛，透着股凄凉的绝望感。掌教知道自己只要稍一动念，轮椅里的观主便会死去，然而他却什么都不敢做，因为他很恐惧，最令他感到恐惧的是，他不明白为什么自己会如此恐惧对方，为什么一个废人能给自己带来如此大的压迫感，最终他还是在轮椅前跪了下来：“见过师叔。”

观主说道：“你当上掌教之后，可曾唤过我师叔？”

掌教低着头，说道：“师叔远游南海多年，难以相见。”

观主说道："在你看来，最好不相见。"

掌教沉默不语，他知道在观主的身前，任何解释、任何言语，都是没有意义的事情，他只是不明白对方要做些什么。

44

观主看着掌教淡然地说道："你想知道我为何回来？……你大概不会相信，我回来，是因为昊天需要我的帮助。"

掌教沉默不语，心想你在长安城中晋入清静境，切断了与昊天的联系，才会得到昊天的降罪，直至今日依然是个废人，莫说昊天无所不知、无所不能，根本不需要凡人的帮助，就算需要，那个人也不应该是你。

观主知道他在想些什么，微笑说道："昊天不要我帮，所以我自囚知守观，如今她离开桃山，说明有些事情她也无法解决，所以我便要回来，看看能不能帮到她，至少可以做些她不方便做的事情。"

掌教还是没有听明白。

观主的神情平静得仿佛是道观里的湖，说道："信仰是很简单的事情，即便信仰抛弃了你，你依然不动摇不离去，这才是真正的信仰。"

宁缺和桑桑走出深渊，在群山间行走，湛蓝的青天早已被厚云覆盖，渐趋狂暴的风雪让地面生出无数缕烟尘，遮掩了视线。二人继续前行，待风雪渐静时，终于来到了山间一条崎岖的山道上，然后听着前方传来一道欢快的嘶鸣声。

密集如暴雨的蹄声响起，嘶鸣声连绵不绝，大黑马自山道远方闪电般驰来，一面奔跑一面摇头摆尾，显得快活至极。当大黑马奔至宁缺身前，愕然地发现桑桑居然也在，顿时敛了声息，谦卑地低着头走到桑桑身旁，轻轻摆尾以示讨好。

"没出息的东西。"宁缺笑着说道，接着发现大黑伞和箭匣铁刀都在它的背上，不免有些意外，想不明白它是怎么做到的。他拍了拍大黑马的脖颈，感慨地说道：“这下终于齐了。”宁缺和桑桑，再加上归来的大黑马还有那些行李，除了车厢还在长安城，这便是那年在世间逃亡时，最标准的搭配。桑桑没有理会身旁摆出无耻模样的大黑马，也没有在意宁缺的感慨，负着双手顺着微雪中的山道向前行走。

走了数个时辰，他们终于走出了脚下的这座荒山，来到分岔路口前，宁缺看着被雪层覆盖的群山，问道：“接下来去哪儿？”桑桑面无表情地说道：“你不惜求死也要让我离开桃山，为的不过是让我来到人间，既然如此，去哪里又有什么区别？”宁缺看着她脸畔轻飘的青丝，说道：“既然你肯跟着我离开桃山，说明你也想重蹈红尘，那么你总有想去的地方。”

“我说过，你带路。”

宁缺想了想后说道：“这里距离宋国不远，我们去那里？”

“你想像夫子那样，带我重走一遍世间路，吃遍世间美食，看遍世间风景？这对我没用。”

宁缺的神情有些尴尬，“我只是记得那家酒楼里的饭菜不错。”

“那间酒楼，我已经去过了，所以换个地方。”

“或者去临康城？有个人在那里传道，他的想法和西陵教典有些不一样的地方，或者你会感兴趣。”

“我从不关心人类用什么方法解释我的意志。”

“这话听着有些深奥。”

“我本就是天道。”

宁缺明白了，然后说道：“要不然我们回渭城看看？”

桑桑沉默了一段时间，说道：“你应该最想让我去长安城才对。”

“我不知道你愿不愿意去。”

“现在还不愿意。”

宁缺又说了几个地方，都被桑桑冷漠地否决。他想着在深渊雾瘴里的那番对话，无奈地说道：“你让我带路，结果我说的地方你都不同意，那最终还不是你决定？”

桑桑说道：“东方西方北方你都提到了，为何不提南方？”宁缺不知该如何接这句话，西陵神国这片群山之南，便应该是那条著名的大河，大河之南便是大河国……

桑桑看着他，面无表情地说道："为何不去大河国？"

宁缺说道："那里远离繁华，真可以说是穷乡僻壤，没有什么特殊的风景，也很难看到新鲜的人事，我自然没有想到。"

桑桑说道："你究竟在怕什么？"

宁缺没有说话。

桑桑静静地看着他的眼睛，说道："你怕我杀死她？"

宁缺说道："你为什么要杀死她？"

桑桑说道："昊天要人去死，不需要理由。"

宁缺看着她的眼睛，沉默片刻后说道："或者你是在吃醋？"

桑桑的神情没有任何变化，说道："你怕我杀死她，那是因为潜意识里，你希望我吃醋，不代表我真的有这种低级的情绪。"

宁缺依然静静地看着她的眼睛，问道："但你在吃醋。"

桑桑没有说话。

"不然你不会问我为什么不选择大河国。"宁缺笑了起来，像极了老笔斋那只猫每次逮到老鼠后的得意模样。

桑桑微微一笑，说道："那我们要去大河吗？"

"我能反对吗？"

"可以，但我不会接受。"

"那便走吧。"

桑桑重新来到人间，如果真的越来越像人类，自然是宁缺最想看到的事情，然而她毕竟是无所不能的昊天，再加上人类复杂的情绪后，谁也不知道她会做出什么事情来。

一路向南，顺着山道不断前行，风雪渐渐没了踪影，太阳照耀着丘陵和田地，深冬时节的南方依然温暖得不像话。

来到丘陵地带后，桑桑便离开了山道，沿着笔直的线条，向着南方行走，无论怎样的艰险地势，对于她来说自然有如坦途，但对宁缺和大黑马来说则很辛苦，他不禁有些抱怨，现在究竟是谁在带路？

某日丘陵前方忽然传来雷般的轰鸣声，空气中的湿意隐隐也增加了不少，宁缺很自然地想起书院后山的那道瀑布，想起二师兄的小院，不禁有些好奇，前面那条瀑布究竟有多雄壮，声音竟能传出这般远。待来到断崖前，宁缺才发现原来这并不是一道瀑布，而是一条雄壮的河流。黄浪滔滔，水势丰沛至极，在黑色山石与黄色的土原之间肆意奔涌，在这段落差极大的河谷里，黄浊的河水奔流跌落，形成了数道极宽的瀑布，水头相撞发出雷般的轰鸣，震得水中的礁石仿佛随时可能碎掉，正是传说中的大河。

看着身前黄色的大河，感受着脚下崖石处传来的微微颤抖，体会着河水里蕴藏着的无穷力量，他的身心受到了极大的震撼，明白了为何这条大河能够帮助大河国挡住南晋的精兵，也明白了柳白当年为何能够在此悟道。他很自然地回想起秋天时，那把从剑阁飞临桃山的剑——在光明神殿里洒扫的时候，他曾在角落里，看到柳白死后留下的那把古剑。

夫子曾经用那把剑斩金龙、杀神将，柳白把自己的灵魂投注到那把剑中，傲然赴桃山，只身挑战昊天，那把古剑就是人间之剑。如今剑还在，用剑的人都已经不在了。睹黄河滔滔，思及前贤，宁缺百感交集，看着站在身旁的桑桑，更是心情复杂得不知如何言语。

桑桑看着河畔某块黑色的礁石，说道："柳白便是在此地悟剑。"

一路向南，便来到柳白悟剑之地，宁缺明白，这必然是桑桑的意志，他看着那块黑色礁石间隐隐若现的剑痕，若有所思。沉默片刻后，他右手伸向微湿的空中，于雷般的河水奔流声中，握住铁刀开始冥想，他想在前贤悟剑处，悟些刀意。

桑桑说道："你是符师。"

宁缺明白她的意思，说道："我用刀也能写出符来。"

"你的精神比前些天昂扬了不少。"

"见遗迹，思前贤，总能受些激励。"

"人类总是容易沉浸在这种无用的情绪之中。"

"不然你为何带我来此地？"

"我带你来此地，是想要你明白，就算强大如夫子，气盛如柳白，依然不是我的对手，你更应该死心。"听着这句话，宁缺沉默了很长时间。

他带她重蹈红尘，是继续老师的那场战斗，想让她变得越来越像人类，但在这个过程里，她想要做的事情，则是让他真正地臣服。

“柳白入道时，看见了我们眼前的这条黄河。”

宁缺说道：“我入道时，看见了一片海洋，从这个角度来说，只要我勤勉修行，将来总有一天，我能超过柳白，我能做到他没有做到的事情。”

桑桑说道：“你初识时能感应一片海，是因为当夜我在你身旁，并不代表你的修行天赋真的就有这么高，你想多了。”

宁缺有些恼火，说道：“你管我怎么想。”

黄河在这里变成无数道瀑布，水烟弥漫，水声如雷，浊浪滚滚，滔滔不绝，气势恢宏，画面非常令人震撼。宁缺站在岸边沉默不语，桑桑向河边那块黑色的礁石走去，随着她的赤足落下，石上那些剑痕渐渐淡化，直至不见。那些剑痕是剑圣柳白留下的，代表着人间的意志和决断力，她既然来到这里，自然要抹杀这些。看着这幕画面，想着前贤的遗迹再不复存，宁缺收刀归鞘，神情有些黯然。

大河国在滔滔黄河的南面，他们既然要去大河国，便必须过河。这里的河水湍急恐怖，断落处形成的很多道悬瀑，普通人根本无法过河，要向两头行出数十里，才能借由羊皮阀子渡河。桑桑背着双手向河里走去，随着她的赤足落下，自上游奔涌而来的河水骤然静止。不是真正的静止，而是河水无法靠近她的身边，浑浊的黄色河水，不停拍打着她脚边那道无形的屏障，泛出无数细小的泡沫。

桑桑向河水里继续行走，浊浪骤分，露出下面的淤泥，那些淤泥瞬间凝固，变成光滑的岩石，她的赤足落在上面，就像是朵朵白莲花盛开。浑浊的河水自上游不停袭来，但无论来势如何凶猛，没有一滴水能够落在她的青衣之上，她的脚都没有被打湿。

宁缺不禁想起那个世界里摩西分开红海的传说，牵着大黑马赶紧跟了上去。二人一马走进了滔滔大河，河水分开，河泥成石，自然形成一条干燥的通道，自上游涌来的河水无法通过，渐渐积得越来越高，到他们走到河床中央时，在无形屏障的那边，河水已经高至数丈。宁缺看着身旁那道河水凝成的半透明水墙，看着里面高速旋转的水流，和不停沉浮的细沙，很想伸出手指去触摸，甚至想把手指插进去，感受里面的沙流与水流，但他根本不敢做任何动作。他现在已经是知命境强者，却依然不敢与大河正面对抗，因为河水里的力量来自于大自然，根本不是普通人类能够匹敌的。

桑桑神情平静，看不到任何凝重警惕，负着双手在水墙之前缓步前行。

唯昊天，能胜自然。

黄色的水墙变得越来越高，直至遮住了空中的太阳，河底的石道变得幽暗无比，大黑马的眼睛里，渐渐流露出悸意。宁缺也很担心水墙会垮，更担心水墙如果继续升高，而且始终不崩落，上游必然会出现洪水，两岸的人类便会遭遇灭顶之灾。

黄色的水墙终于崩落了，滔滔河水中间生出一道笔直的白色浪花，瞬间淹没了河底的通道和里面的两人一马。宁缺没有被河水吞噬，甚至身上都没有被打湿，黄色的水墙塌落，却没有落下，而是在上空漫流而过。通道变成了河水里的一条洞，洞壁皆是由河水凝成，他们便行走在这条洞里，光线昏暗，却能看清楚水里的每处细节。光线穿透浑浊的河水，洒在他们的身上，斑驳如画，河水从他们的头顶漫过，里面的沙粒流转如画，一切都像是画。大黑马发出惊叹的嘶鸣，宁缺睁着眼睛，看着美丽如画的河中景，唯有桑桑平静如常。

继续向南，人烟渐盛，他们来到一座小镇上。小镇正是集市日，嘈杂热闹非常，沿街摆着各式小摊，有卖鞋垫的，有卖竹篓的，有卖鸡蛋的，当然最多的还是卖吃食的。宁缺看着这些画面，渐从沿途所见奇景的震撼里平静下来，牵着缰绳，带着桑桑随意行走，这里便是他的主场。街角有个摊子，一个系着白头巾的黝黑汉子，坐在一个铁皮打制的炉子旁，用脚踩着某处，锅里有东西正在不停地转着。

桑桑微微低头，依然背着双手，神情平静，像极了在古董市场上挑货物的老人家，又像极了在粮库里检查存粮的老大人。闻着淡淡的甜香味和那一丝隐约难捕捉的焦香味，便知道锅里翻炒的是糖，她只是不明白，为什么那个汉子用脚踩着，锅里那事物便会不停地转，为什么转到最后，便能抽出一丝丝云絮般的事物，看着很好看。

汉子虽然有些好奇这姑娘生得如此高大，却也并不怎么在意，不多时便裹好一团蓬松的云团，递给锅边兴高采烈的一个孩子。

“棉花糖，小时候我带你买过。”宁缺说道。

桑桑依然不说话，只是静静地看着，神情显得格外专注，不多时，锅里的棉花糖便好了，那汉子用木棍插好，递到她面前。她微微蹙眉，有些犹豫。

宁缺从怀里取出两个铜板，递给那汉子，接过棉花糖，塞进她的手里。

那汉子接过铜板一看，发现竟然是唐币，有些意外，又很是高兴，要知道在大河国境内，唐币要比官方货币更好使。

走出集市，桑桑举着棉花糖，并没有吃，她向宁缺解释道：“我见过棉花糖，只是忘记了它是怎么做出来的。”宁缺心想你是昊天，只要经历过的事情，怎么可能忘记。

桑桑又说道：“我懂了它的原理，你还买下做什么？”

宁缺说道：“买下来自然是吃的。”

桑桑看了一眼手里的棉花糖，说道：“我确实有些忘了它的味道。”

一个白白胖胖的高大姑娘，手里拿着白白胖胖的棉花糖，这画面有些可笑，也有些可爱，尤其是她低头去咬，唇角却沾了几缕糖丝的时候。

宁缺看着她笑着说道：“如果还记不住，我们可以多吃几次。”他脸上的笑容很奇怪，有些像长辈看着小孩子的慈爱怜惜，又有些得逞后的得意，总之落在桑桑眼中，非常可恶。

桑桑微微蹙眉，神辉微溢，唇角的糖丝瞬间被净化。

她看了看手里的棉花糖，犹豫了一会儿，递到大黑马身前。大黑马有些吃惊，然后迅速兴奋起来。能够吃到昊天亲自赏赐的食物，更准确地说，能够吃到昊天吃剩下的食物，只要不是宁缺这种身在福中不知福的蠢货，谁不觉得这是最大的荣幸？它伸舌一卷，棉花糖便被卷进唇中，它吧嗒吧嗒嘴，棉花糖便进了肚子。

看见桑桑没有把棉花糖吃完，宁缺不免有些失望，看着大黑马意犹未尽的样子，更是怒从心起，骂道："几辈子没吃过东西了？就馋成这样？我难道克扣过你的伙食？这棉花糖是给你买的吗？你也好意思张嘴！"大黑马心想这是她给我吃的，只要她乐意，你管得着吗？它转头正准备向桑桑邀功，不料却发现桑桑的脸色也有些难看，它痛苦万分想道，既然您爱吃干吗给我？你们夫妻俩干仗能不能不要让我躺枪？

集市外有玩耍的孩童，其中有两个孩子手里拿着棉花糖，不时小心翼翼地舔一舔，显得很是珍惜，大概到回家时，都应该还有剩的。

桑桑看着孩子们手里的棉花糖，情绪有些黯然。宁缺冷笑说道："继续装啊，别后悔啊。"桑桑背着双手向镇外走去，就像是没有听到他说的话。

虽然现在是深冬，地处南方的大河国却依然温暖，天空里那轮太阳明晃晃的很是刺眼，落在人们的身上有些热。

走到小镇南方的山后，宁缺依然在说着棉花糖的事情。

桑桑忽然间停下脚步，从山道旁的树上折下一段树枝。

宁缺不知道她要做什么，有些好奇。

桑桑举起树枝，伸向天空。

晴空万里无云。

遥远的宋国风暴海上，骤然阴云密布，其中一朵，随风登陆，飘摇万里，来到了南方的大河国某座小山里。那朵云落在了她手中的树枝上。阳光被云朵挡住，山道顿时变得清幽起来。桑桑神情平静，一手背在身后，一手举着树枝，继续向南。

树枝上的那朵云，比山还要大。

好大一朵棉花糖。

看着这幕极其震撼的画面，宁缺完全无语。

他怎么也想不到，就因为赌气，她便从天边摘一朵云来冒充棉花糖。

她果然就是昊天。

拥有人类情绪的昊天，真的是猜不透。

看着树枝上的那朵云，他便觉得好生骄傲，又好生自卑。

大河国与唐国相距遥远，却世代交好，生活在这里的人们对唐国文化极为仰慕，无数年来，不知派遣了多少使节学生进入长安，无论是朝廷官制，还是建筑、人文甚至是生活细节里，都能看到长安城的影子。京都是大河国的都城，城外有雪山，城内屋宅多为黑檐，河畔园角种着无数花树，掩映之中能够看到皇城，风景非常美丽。

走进京都，宁缺看着陌生却又熟悉的景致人物，自然生出亲近的感觉，待他发现崇文门旁竟然开着一家陈锦记分号，更是喜悦。

“要不要去看看。”他转身望着桑桑问道。

桑桑看了眼陈锦记的牌匾，说道：“我现在这般白，难道还要用脂粉？”

宁缺说道：“看看无所谓，再说你可以买些胭脂。”

桑桑想了想，走进了陈锦记。宁缺和大黑马对视一眼，看着彼此的喜悦。

大河京都的陈锦记分号，是长安陈锦记在世间最大的一家，由此可以想见大河国少女们对唐货的追捧，平日里的陈锦记必然极为热闹，货架上摆着的脂粉妆匣也是琳琅满目，但今天的陈锦记却有些冷清。宁缺和桑桑走进门里，看着栏上空空荡荡的货架，不由很是意外，桑桑的柳叶眼微微眯起，更是出现了动怒的前兆。

让昊天动怒，谁知道会不会有一场洪水直接把京都的花树全部淹没？宁缺赶紧劝慰了几句，通过询问面色惭愧的老板，才知道，原来陈锦记今秋的新款货品，竟在前些天全部被皇宫征订，要等长安城重新送货过来，至少还需要一个月的时间。

“皇宫要这么多脂粉做什么？有这么多宫女？”宁缺想起一篇文章里的某句话，摇头感慨说道：“渭流涨腻，弃脂水也。”

桑桑忽然说道：“六宫粉黛无颜色。”这句诗她自然也是小时候从宁缺处听来的。

宁缺很是不安，心想你若真的不高兴闯进皇宫，自然无人敢有颜色，无奈道：“这都哪儿跟哪儿啊？都不是一人写的。”

像桑桑这样不满的姑娘还有很多，两名大河国少女看着空空荡荡的货架，想着春日祭上的妆容，忍不住抱怨起来：“也不知道国君在想些什么，为了大婚的庆典，弄得脂粉都没处买去。”

她的同伴说道：“国君真敢娶吗？”

那名少女说道：“除了国君，还有谁有资格娶她？”

同伴担心说道：“世间都知道她喜欢书院的十三先生，就算她敢嫁，难道国君真的敢娶，就不怕唐人不高兴？”

宁缺和桑桑准备出门，听着这番议论，自然停下脚步。

他什么都没有做，也没有转身询问，只是静静站在槛内听着，知道最近京都便要迎来一场大喜事——莫山山即将入宫为后。宁缺望着店铺对面的那些美丽的花树，沉默片刻后，迈过那道门槛，牵起大黑马颈间的缰绳，向京都城外走去。

京都城外依然花树处处，树间隐着小溪，溪对面是挺拔的青色杨树，宁缺让大黑马自去奔跑散心，然后再背靠着杨树坐下。他的神情很平静。桑桑很清楚他骨子里非常冷漠，但依然有些意外。她走到树前的溪畔，负着双手看溪水里的流云，说道：“你为何不动怒？”先前在陈锦记里，那两名大河国少女提起国君迎娶莫山山一事，都还在担心唐人会不会因此动怒，更何况是当事人的宁缺。

宁缺说道：“刚听到的时候确实有些愤怒，但走在花树间，却忽然想明白了，我没有愤怒的资格，那花树本就生在那里，并不是我的。”

桑桑转身看着他说道：“人类果然很擅长虚伪。”

宁缺看着她寻常普通的容颜，不知为何觉得情绪有些烦躁，说道：“你早就知道这件事情，所以让我来这里？”

她是昊天，自然无所不知，除了没有想到陈锦记的脂粉都卖光了。

宁缺看着她的眼睛，问道：“这件事情是你做的？”

桑桑平静说道：“你觉得我会理会这种小事？”

宁缺承认她说的是对的，说道：“抱歉，我不该恶意揣测你。”

“你的想法对我来说并不重要。”

宁缺从树下站起身前，走到她面前，看着她的眼睛说道：“但你知道这件事情，你要我来看着这件事情发生，你究竟想做什么？”

桑桑说道：“无数轮回以来，我在神国俯瞰人间，看你们悲欢离合，看你们勾心斗角，却始终有些事情没有看明白。”

“什么事情？”宁缺问道。

“比如你们很珍视但有时候却弃若敝屣的情感。”桑桑负着双手，目光穿越山林花树溪流城墙，落在京都城内的男男女女身上，淡然说道，“你说你爱我，那么爱是什么呢？”

宁缺沉默片刻后说道：“有些事情，是无法用语言解释的。”

桑桑说道：“但应该能看到，所以我想来看一看。”

宁缺微微皱眉，说道：“看什么？”

桑桑收回目光，看着他的眼睛说道：“看看什么是爱。”

“这和京都里的喜事有关系吗？”

“当然有，因为我想看看你爱不爱她。”

宁缺不知该如何接话，说道：“这有意义吗？”

桑桑说道：“人类典籍上记载的爱情，都是那样的愚痴而执着，拒绝旁人的介入，那么你既然爱我，又怎么能爱她？”

宁缺更加不知该如何回答，只好沉默。

桑桑在深渊的雾里开始产生好奇的情绪，这种情绪一直延续到现在，她很想知道那些她所不能了解的事情的答案。她看着他，却又像是在看着京都城里在花树下携手同游的男男女女，神情认真地问道：“爱，可以同时爱两个人吗？”

对此，宁缺只能沉默。

桑桑继续问道：“爱情怎么衡量程度？你爱我，或者爱她，你或者更爱我，既然文字都无法形容，又怎么可能有多少，怎么会有更爱？”

宁缺除了沉默，不可能有更多的表示，因为她的问题，谁都回答不了。

“我能感觉到你内心非常不平静，甚至愤怒，所以我不懂。我知道你不想莫山山嫁给那个男人，但在我看来，这和我理解的爱情并不像是一回事，因为你不准备娶她。既然你不准备娶她，为什么不让她嫁给别人？为什么她嫁给别人会让你这样的失望，让你产生破坏的冲动？”桑桑有些不解，“在我的理解里，这是雄性生物对雌性生物的占有欲，这是对自己血脉繁衍的强大本能渴望。如果是这样的话，那么你们人类所说的爱情和性交的区别究竟在哪里？”她说话的时候神情很平静，没有表现出吃醋的情绪，真的很像书院前院那些苦心求学的学生，只是想找到一个答案。

宁缺被她的平静弄得有些不安，无奈问道：“你究竟想说什么？”

“我想说的是，既然没有爱情，那么你爱我自然就是假的。”

桑桑平静说道，话其实没有说完：或者，我爱你也是假的。

宁缺说道：“这种无趣的推论有意义吗？”

桑桑笑了起来。自离开桃山之后，她脸上出现笑容的次数越来越多。

“或者没有意义，但很有意思。”

宁缺看着她说道：“我觉得你现在比我更像书院的学生。”

莫山山与宁缺的那些过往，早已传遍世间，也曾经是修行界期望看到的一段佳话，在人们看来书院十三先生和书痴毫无疑问是天生良缘，谁能想到这段情事最后竟是无疾而终。

墨池临山崖一面的草庐里，莫山山坐在窗畔，神情平静地描着小楷。她依然穿着那身白裙，如瀑布般的黑发梳着一个简单而清爽的髻，不着脂粉自然白皙，未涂胭脂薄唇红丽，美丽如昨，但怎么看也不像是个准备嫁人的新娘子。伴着吱呀一声轻响，木门被推开，一位穿着黑色长衫的男子缓步走了进来，这男子满头银发，因为年岁的缘故，眼角皱纹颇深，目光却依然湛湛有神，身姿挺拔的仿佛还很年轻，正是传说中的书圣王大人。

能在世间称圣，必然极为不凡，比如剑圣柳白。王书圣是世间最著名的书法大家，同时也是最著名的神符大师，对大河国来说就像柳白对南晋一样，是最强大的守护者，地位极其尊崇，即便是国君在他身前也要持弟子之礼。

听到声音，莫山山自案畔起身，对着老师平静施礼，然后重新坐回案后，提笔在砚里蘸了些墨，借着窗外的天光继续专注运腕。王书圣走到她身后，看着纸面上那些清丽却又极为大气的字，发现她的心情竟然真的能够保持平静，眉头不由微皱，有些担心。

“难道你还不明白？你是我最疼爱的学生，是无人敢轻侮的神符师，我死之后，你就是大河国的守护者，我不会舍得剥夺你的幸福，国君也没有资格得到你的幸福，但你需要嫁人，国君便是最好的选择。”王书圣看着她神情肃穆地说道。

莫山山握着笔的右手微微一顿，说道：“我明白。”

说完这句话，她继续执笔写字，神情恬静，笔法自然。

然而她表现得越是平静从容，王书圣便越是担忧，脸上的神情越来越严肃，“我必须再一次提醒你，如果你不想京都被洪水吞噬，不想看到数万大河国民凄惨死去，那么你就必须死，或者赶紧嫁人！”

王书圣强自压制下那份怜惜和不舍，厉声说道：“人，是不能与天斗的！

“西陵传来消息，宁缺已经进入光明神殿，始终没有出来，谁都不知道神殿里正在发生什么事情。但就算昊天最终会杀死宁缺，她也不会喜欢看到你还是一个人，而她的愤怒，整个人间都无法承受。”说完这句话，王书圣转身离开。半开的庐门被墨池湖面上拂来的风轻轻刮着，时而关闭，时而开启，莫山山看着那处，沉默了很长时间，然后坐回案旁。

酌之华和天猫女来到庐内。天猫女坐到莫山山身旁，牵着她衣袖，可怜兮兮地看着她，说道：“山主，究竟该怎么办？”莫山山忽然想起多年前在荒原上，自己问宁缺怎么办时，宁缺所做的回答，她不怎么明白那个笑话，但当时依然笑得很开心，“怎么办？凉拌。”

天猫女问道：“就这样嫁了？”

莫山山微笑着说道：“当然不。”

天猫女有些高兴，又有些难过，说道：“十三先生是个没良心的家伙，山主如果你不嫁给国君大人，那还能嫁给谁？”

“为什么一定要嫁人？”莫山山宠溺地摸了摸天猫女的头，说道，“想要逼一个神符师嫁人，这是笑话，所以如果你不想嫁人，记得好生修行。”

天猫女心想有道理，如果定亲的那个男子不好，到时候自己断然也是不肯嫁的，听说他家出了很多将军，自己确实应该赶紧提升境界才是。

酌之华看着莫山山没有说话，眉眼间满是忧虑。莫山山知道她担心的是什么，平静说道：“世人敬仰昊天而畏惧之，我也并不例外，但想着我已经与她争过，那么再怕她又有什么意义？如果昊天因为我而动怒，那不是我的责任，而是她的罪恶。”

大河京都落蒙山的冬枫，在整个世间都是极出名的风景，如果不是因为国君大婚在即、皇城戒备森严的缘故，此地必然游客云集。皇城前的御道上，铺着薄薄一层红叶，桑桑走在道上，鞋底把被风吹枯的红叶踩碎，发出极清脆的声音，听着有些令人心悸。

和刚刚离开西陵神殿时相比，她已经发生了很多变化，比如在宁缺的强烈要求下，她穿上了鞋，而且此时她的双手也没有负在身后。桑桑的左手捧着一碗带汤鱼丸，右手拿着根竹签，正在不停地吃着，虽然脸上的神情还是那般冷漠，但通过鱼丸消失的速度，可以看出她很满意。御道红叶对她来说，明显没有鱼丸的吸引力大，对于鞋底碾碎的红叶，她更没有像那些怀春少女一般生出什么惋惜的情绪。

走到皇城正门前，她刚好把碗里的鱼丸吃完，随手递到身后。宁缺牵着大黑马一直跟在她身后，赶紧把碗接过来，动作显得特别熟练，这一路行来，他早已习惯了自己小厮的身份。

“你准备如何选择？”桑桑的唇因为鱼丸有些烫而微微红亮，显得有些可爱。是选择破坏大河国君和莫山山的联姻，从而证明他是爱她的，继而证明没有真正的爱情，最终证明他是不爱桑桑的？还是选择什么都不做，看着山山嫁给那个劳什子国君，从而证明他是不爱她的，继而证明爱情是存在的，他和桑桑就该这么厮混下去？

“为什么一定要我做这么困难的选择题？”宁缺说道，“你知道书院追求的就是自由，不选择也是一种自由。”

“正如在城外所说，人类果然都很虚伪。”

桑桑看着他说道："你应该很清楚，她为什么要嫁人。"

宁缺确实很清楚，山山为什么忽然要嫁给国君，那是因为自己与她的那段故事，因为他身边的女人是昊天。

"我应该承担她被迫嫁人的责任吗？"

宁缺摇摇头，说道："我不会做出这么白痴的判断。"

"那谁该承担这种责任？"

宁缺指着自己的鼻子说道："我，但我不知道该怎么做。"

"我给你出个主意，只要把那个国君杀了，她自然没法嫁。"

宁缺看着皇城门，沉默片刻后说道："听上去确实是个不错的主意。"

"那你还犹豫什么？"

宁缺看着她说道："我担心自己进去后，你就会离开我。"

听着这句话，桑桑变得安静起来。

宁缺又说道："你的逻辑太生硬，所以我什么都不能做。"

桑桑低头看着自己青衣前襟露出的鞋尖。

宁缺说道："或者，你嘛帮帮忙？"

她抬起头，看着他认真说道："男人，真的很贱。"

"你就让我贱到死吧。"

"我暂时不能杀你，那我就只能看着你一直贱下去？"

宁缺发誓说道："从今以后，我只贱给你一个人看。"

"我为什么要帮你解决？"

宁缺理直气壮说道："题目是你出的，我解不了，你总得给我答案。"

桑桑说道："人类都是你这样的吗？"

宁缺惊讶道："你和我在一张床上睡了这么多年，还不知道我是一朵奇葩？"

桑桑的天心有些紊乱，她觉得这件事儿有些乱。

宁缺最后说道："陈锦记的脂粉现在都在皇宫里。"

桑桑想了想，发现这确实是个问题。她向皇城走去，双手重新背到了身后。

宁缺牵着大黑马，低眉顺眼地跟了上去。

然后他开始偷偷眉开眼笑。

45

让自己的女人带着去破坏某个女子的婚事，而那个女子是喜欢你的，宁缺总觉得这件事情的节奏有些不对，但他不准备反对。

桑桑走到皇宫前，背着双手随意观望，就像是名普通的游客，在皇宫侍卫们的眼中，这自然显得对国君大为不敬。侍卫呵斥数句，上前便准备把她和牵着大黑马的宁缺赶走，如果不是想着宫中喜事将近，或者这些侍卫早已经拔剑相向。桑桑就像是没有看到这些侍卫，抬头看着皇城角上的一株花树，觉着有些新奇，继续向前行走，眼看着便进了皇宫的大门。

在皇宫侍卫们眼前施施然向皇宫里走去，这样的人如果不是白痴，那必然便是对皇宫意图不轨的真正强者。场间的局势骤然间变得紧张起来，伴着铿铿的摩擦声，侍卫们纷纷抽出鞘中的佩剑，带着明显大河特色的秀剑，反耀着冬日天空洒下的清光，像极了雪树，同时皇城上方的弩手也瞄准了下方。

京都的风向来极其温柔，所以才会有花树万千盛放，所以御道上的红叶才会覆而不去，但忽然间，这些风变得凝重起来。风近乎无形，即便凝重又能重几何？桑桑背着手平静前行，身周缭绕的风就像她脸上的神情一般平静下来，重如桃山。长剑破风而落，来到她的身前，仿佛陷入无底的泥沼，又像是被卷进狂暴的海洋，根本无法继续下行，斜斜飘飞而去。

同样的事情发生在所有侍卫的身上，他们手中的剑被清风缭绕，便成了水中的无根浮萍，被风吹浪打便不知去了何处。大河国皇宫之前一片惊呼之声，城墙上的弩箭终于发射，然而却又哪里能够触到桑桑的一片衣袂，于风中消失无踪。

桑桑神情平静，继续负手前行，来到皇城前时，宫门自然开启。

桑桑就是规则，她不能改变规则，但她对规则的运用，是人类根本无法触碰的境界，这便是运用之妙存乎一心。京都城里的风，皇城角里的花树，她先前手里捧着的鱼丸汤，一路走过的溪水或者大河，她若动念，一切都将成为她的武器。皇城开启，桑桑就这样平静地走了进去，大河国的侍卫和御军们震撼无语，却根本无法阻止，眼神里写满了绝望和茫然。

宁缺牵着大黑马跟在她的身后，有一种很美妙的感觉。这种感觉，他曾经在荒原雪崖附近感受过，那是小师叔环顾宇内无敌手的寂寞，他也曾经在老师的身上感受过，那是万世之师的底气。当初在桃山光明祭时，他曾经有过这种感觉，那是因为她的力量在他的身躯里，现在则是因为他走在她的身后。这种感觉叫做无敌，他的无敌都来源于她，但他没有因此而觉得惭愧，因为他们是夫妻，她的就是他的，她的无敌也就是他的无敌，谁敢说不是呢？

大河国的皇宫很美丽，黑檐木殿之间，如京都街巷一般，种着无数株花树，殿前的青石板上满是风雨的痕迹，沧桑之中自有一份清新的美感。宁缺牵着大黑马走到正殿前，看着宫殿群正自沉默感慨，忽然发现桑桑不见了，无论他怎么寻找，都看不到她的身影。

控制风的走向形成无数细小的镜面，便能改变无数光线的轨迹，那么风中的身影自然无人再能够看见，这听上去或许很简单，但事实上除了桑桑，谁也无法做到，只是其中的计算便可能会让四师兄一夜白头。

宁缺知道桑桑没有离开，他动念便知她正在某处偏宫里随意行走，不知在看什么风景，只是看不到她让他有些心慌。数不清的侍卫和军士，正从皇城的各个角落向他涌来，黑压压的显得极为恐怖，他一个人站在殿前，必须要独自面对。

宁缺沉默，明白了桑桑的意思。他不想看着山山嫁人，但更怕桑桑失望，所以他就像世间很多男人那样无耻地沉默，他不肯解答桑桑提出的问题，把责任推到了她的身上。她带他走进大河皇宫，然后消失无踪，现在站在殿前的是他，走进皇宫的还是他，那么这最终还是他自己做出的选择。他抬起头看着身前这座幽静庄严的宫殿，从鞘中抽出沉重的铁刀，牵起缰绳，缓慢而坚定地向那处走了过去。

“陛下，有刺客闯宫！”

大河国向来太平，京都更是多年没有过兵灾乱事，如今大婚之期将至，却忽然有刺客闯宫，其间想来必有联系。一念及此，王书圣的神情变得有些难看，释出念力向殿外探去。

身为神符大家，可以想见他的念力何等样雄浑，然而令王书圣感到震惊的是，他竟什么都没有感知到。就算来闯宫的是柳白，也不可能把气息敛得如此完美、避开他的念力感知，今日闯宫的人究竟是谁？他伸手推开殿门，走到槛外，看着殿前那名牵着大黑马的年轻男子，脸上神情骤变，除了震惊更多的是不解，“宁缺！你不应该在光明神殿里吗？”

宁缺看着白发如银的老者，猜到对方的身份，微笑回答道：“总不能一辈子在西陵住着，出来游历经过大河，顺便来给书圣大人请安。”

王书圣微微挑眉，神情极其冷漠，说道：“我想你今日闯宫，不可能是请安这般简单。”

“前面那句自然是假话，我不是昊天，自然算不到书圣大人您也在宫中，我来皇宫自然是要面见大河国君。”

“你要见我大河国君何事？”

宁缺微笑说道：“我来告诉国君大人，他和山山的婚期，可能要无限期推后了。”

王书圣看着他似笑非笑地说道：“哪怕昊天会动怒？”

宁缺叹息一声，说道：“看您这令人厌憎的神情，便知道您可能从谁家墙脚下听了些传言，遗憾的是，您大概不知道，我家的大事向来由我说了算。”

王书圣皱眉说道：“你既然对我女徒无心，凭何干涉她的婚事。”

宁缺说道：“因为我知道她是断然不肯嫁给贵国国君的。”

王书圣不想做这等无趣的言谈之争，拂袖漠然地说道：“我不知道你如何能够逃出西陵神殿，但既然你来到我的身前，便不要想着再离开。”

宁缺先前便看到王书圣的意外神情，此时听着他这样说，知晓西陵神殿对于自己逃离桃山的事情瞒得极紧，只怕现在连书院都不知道他在何处，更没有人知道桑桑被他带在身边，不过今日之后想来整个人间都应该知道了，真正令他感到不解和警惕的是，书圣这句话里竟毫不掩饰地流露出了杀意，“书圣大人此言何意？”

王书圣没有回答他的问题，眼眸里的情绪则是变得越来越淡，杀意之后便是绝对的漠然，他认为杀死宁缺，是替昊天解决问题。他不是观主，不知道宁缺与昊天之间复杂的关系，但他是知命巅峰的大强者，对世间诸事自有直觉，而且他的感觉很准确。

看着殿前这位银发老者的神情，宁缺很快便想明白了其中的缘由，身体骤然变得寒冷起来，不是因为恐惧，而是因为他必须让自己冷静。宁缺很尊重殿前的这名老者，不是因为他是山山的老师，而是因为他姓王，被世人尊为书圣，乃是与他师父颜瑟齐名的符道大家。王书圣是前辈，是符道这个领域里的至强者，他当然要给予尊重，但任何在符道里浸淫年久的符师，都有自己的骄傲，他也不例外。

宁缺不想死，他对自己的符道很骄傲，所以今日大河国皇宫这一战，必然不可避免，就算他最后会输，他也绝对不会退让半步，“家师颜瑟，曾经提及书圣大人一身符道境界惊天动地，他吩咐小子，若有机会与书圣切磋书道符艺，断然不能错过。”

“还请先生赐教。”宁缺看着殿前的书圣，向前迈出了一步。

此时他与书圣之间隔着数十丈的距离，遥遥相对，虽然只是向前迈了小小一步，但这却意味着战斗即将开始。

侍卫和军卒们撤离广场，涌入正殿，把国君护在人群之后，再复杂的情绪在这一刻，都变成了紧张，皇宫里变得鸦雀无声。在修行界里一直有种说法，同等境界的战斗中，符师天然无敌，由此可以想见符道的精深恐怖，那么两名神符师的战斗会是怎样的？

要知道，人间已经很多年没有出现过神符师的战斗了。

京都的冬风并不寒冷，只有些微的凉意，自皇城内外的花树间缭绕而过，来到殿前的广场上，来到宁缺的身前。宁缺神情凝重抬起右臂，开始在风中写字。他写的那个字很简单，只有两笔，一笔在上，一笔在下，平直相应，仿佛永远不会接触，却也永远不会分开。正是他掌握的第一道神符：二字符。这道神符脱胎于颜瑟大师的井字符，虽然在宁缺的指前，不像井字符那般可以切割世间一切，甚至在最后与光明一战中连空间都直接切开，但却完美地契合了他或者说书院的气质，充满了一种强横的意味。

两道凌厉的符意，召唤着天地元气，在大河国皇宫里肆虐。

御花园里的花树瓣瓣飘落，被园丁捆紧的扭曲树骤然间得到自收，树皮上出现两道若隐若现的痕迹，殿前的铜鹤表面的刻痕却是那样的深，深得可以看到刻痕里的新铜颜色，明亮得就像是黄金。符意落在殿前，骤然紧束，溢出凌厉恐怖的气息，数茎白发在风中飘落，王书圣的容颜依然平静，自袖中取出一支笔在风中随意画了道。笔在风中不停地颤抖，书圣的神情变得极其肃穆，京都上空本是晴空万里，忽然间却有狂风呼啸而起，卷来无数阴云，皇宫里顿时变得阴暗无比，云层继续卷动不安，显得格外狂暴，其间隐隐出现一个“镇”字！

能被世人尊为书圣，自有非凡处，他的符道修行与普通的符师不同，于天地感悟其形之余，还令人难以想象地拥有了自己的本命物。他的本命物正是他手中的这支笔，这笔看上去非常普通，约摸普通人的小臂长短，看上去就像个写大字的家什，他提笔在风中写的字，确实很大。寻常符师以念力为笔，以感悟为墨，把字写给自然看，当自然看懂，便有天地元气应召而来，变成无数神奇手段。而他则是以本命为笔，于风中蘸无数天地元气为墨，尽性狂书，他不需要让自然看懂自己的意思，因为他在用自己的意思命令自然！

云层里骤然偌大一个“镇”字，便有一道威压向皇宫里镇去，宁缺释出的那两道凌厉符意，顿时变得有些凝滞，再不像先前那般强大。

宁缺看着殿前提笔在风中写字的老者，心道不愧是书圣，果然了得。

王书圣写出“镇”字之后，笔依然在动，缭绕宫殿的冬风，把笔意传给空中的云层，阴云再次绞动不安，无数潦草的字迹缓缓浮现。这片云就像是一张纸，书圣在云间写字。无数道极为复杂、深不可测的符意，自云头降落，袭向宁缺的身体。即便是柳白复活，面对这些符意，也会觉得有些棘手，因为那些笔迹太过潦草，那些符意变幻不停，不知其意，如何能破？

宁缺是个例外，因为他也是位书家，而且是位举世闻名的大书法家，他看着云上那篇潦草的字，很是震撼，生出无尽赞美之心，“好一篇大狂草！”

能认识这篇草书，不代表能够破掉，因为这是一篇将书者精神淋漓尽致挥洒出来的大狂草，首重的乃是气势与气度！宁缺在符道上再有天赋，悟道不过数年而已，成为神符师更是去年的事情，在这方面如何能是在符道上浸淫多年的书圣对手？不能以气势与气度破，那该如何破？他该写出什么字？感受着自云间降落的狂草符意，宁缺于冬风里收回手指，握住腰间的刀柄，抽出沉重的铁刀，向着那片写满了字的云斩了过去！

左一刀！右一刀！乂字符再次出现！

如果单凭符意境界，哪怕是宁缺最强大的乂字符，也没有办法破除云间这片草书，但他用的不是符意，而是乂字的本意！宁缺的符永远是那样的简单，根本不需要用草书来写，他写出的乂字符，更是不能用草书来写，因为乂字的本意，就是割草！

很多人都以为乂字是形容杀人如草，其实那只是延伸的字义，在人类造字之始，乂字就是一把铡草的刀，用来在田里除草。

你在云上写了篇大狂草。那我只好铡你两刀。

云上草木凌乱，有的叶繁枝茂，有的如白霜下的秋草惨淡，都是潦草的字，都是杀人的字，待宁缺以刀斩出的那道乂字符飘将上去，只见空中出现无数道细细的痕迹，云间的草书顿时变得凌乱起来。只听殿前响起王书圣的一声断喝，微凉的冬风骤然加疾，有更多的云被风卷来此间，遮掩云后阳光，皇宫显得更加清幽。

云是一种很奇异的事物，当它数量少时，便是飘在晴朗碧空里的白云，当它数量变多，彼此重叠在一起时，颜色便会愈来愈深。皇宫上空的云越来越厚，变成阴晦的乌云，随着云絮的游动，看上去就像是砚中的墨水，被无形的笔不停搅动着。先前的白纸变成了砚里的墨水，那篇凌厉而潦乱的大狂草自然消失不见，然而就在下一刻，云层骤然变低，然后飞出无数墨团般的乱云。每团乱云，便是一个潦草的字。

王书圣的狂草并没有消失，而是从云纸上的痕迹，变成了云墨，仿佛拥有了实质的能量，如雨般向着宁缺的头顶落下。好神奇的手段！

宁缺脸色微白，识海里的念力拼命地向外输出，铁刀在身前挥舞，写出一道又一道的乂字符，将那些墨云形成的草字尽数斩成枯枝。然而这片乌云覆盖了整座皇城，面积其广，其间隐藏着的大狂草至少有数百字，就这样不停地坠落，他能斩到何时？铁刀破风而出，乂字符除草无声，那些潦草而威力恐怖的字迹，就像是真正的草一般，被收割切碎，墨云里落下的草字越来越密，仿佛无穷无尽，宁缺的脸色变得越来越白，只能凭借身周的符意苦苦支撑。

在战场里，唯一能够制约符道威力的便是念力，像乂字符这样威力巨大的神符，对念力的消耗大得难以想象，如果不是这样，岂不是只需要几名神符师便可以横扫整个人间？对宁缺来说，他以往施符时很少感觉到念力的重要性，那是因为他自幼冥想，近乎苦思，念力的数量完全超越了普通的符师。而真正需要他写出无数神符的关键时刻，比如光明祭上战群雄或者长安城与观主一战时，他都拥有无穷无尽的念力来源——桑桑的神力惊神阵。

今天的情况不同，面对着境界高深莫测的书圣大人，他必然要施出全力，却没有长安城的帮助，写出七道乂字符后，便感觉念力竟然有了枯竭的征兆！颜瑟大师当年传他符道时，对这种事情自然早有说明，宁缺很清楚，符师耗尽念力是很常见的事情，更是最常见的死法，真正令他震撼的是，他写出七道乂字神符便将耗尽念力，对手在云间写了这样一篇数百字的狂草，居然神情不变！宁缺知道必须早做决断，将手中的铁刀重重插入青石地面，借着身周空中的乂字符还在抵抗自云中落下的墨字草书，自大黑马背上取出弓箭。

他挽铁弓，搭铁箭，指向殿前石阶上方的书圣。你念力再如何雄浑，这篇云间的草书再如何恐怖，待我一箭把你射个透心凉，你又能如何？

此时场间墨云乱飞，符意撼天动地，根本没有人能够看清楚画面，王书圣却把宁缺的动作看得清清楚楚。看着这把声震世间的铁弓，王书圣的神情平静如前，没有任何惧意，就连警惕都没有，既然他要杀宁缺，又怎会想不到此人最强大的手段？袍袖微拂，王书圣自袖中探出右手，向着空中遥遥一抓，竟从满天乌云里抓出一团墨云，然后向着宁缺撒了过去！

大泼墨！这里是大河国，这里是书圣的主场，他岂能容宁缺放肆。

十余座宫殿，无数石像铜雕，随着书圣抓云泼墨的动作，陡然间散发出无数道庄严肃杀的气息，这便是皇宫大阵！阵便是大符，大河国皇宫里的阵法，便是墨池苑历代宗师写出的大符，书圣今日抓云为墨，动殿为符，便要把宁缺当场镇压！殿前一片昏暗，隐隐传来极凄厉的声音，所有视线都被书圣泼出来的墨云遮掩，就连空间都被墨云里的混沌符意所扭曲！

宁缺的铁箭已然离弦，却根本不知去了何处！这便是对付元十三箭最有效的方法，如果你无法瞄准，如果你看到的空间都是假的，或者是扭曲的，又怎么能射中目标？

看着眼前的墨云，感觉着其间隐藏着无数混沌符意，宁缺的神情变得有些复杂，他知道自己输了。眼见着便要被墨云里的符意击杀，但奇怪的是，他的脸上没有任何惧意，显得很平静，只是显得有些微的失落。

王书圣看着他脸上的神情，微微蹙眉，有些不解。

宁缺此生经历过无数险恶的战斗，要说与真正的强者公平决战，却只有雪湖上与夏侯的那一战，以及在长安城里与观主的一战。与夏侯战时，夏侯伤势未愈，与观主战时，整座长安城以及城内的人们都是他的帮手，按道理来说，他今日面对王书圣，才是最险恶的一场战斗——对方真的很强大，强大到可以抓云泼墨，使出仿佛神迹般的手段。宁缺眼看必败无疑，但他依然认为这是自己此生最轻松的一场战斗。他放下已经失去意义的铁弓，自青石间抽出沉重的铁刀，右脚重重一踏，踩碎四块相连的青石，身形暴起，向着书圣冲去！

他腹内的浩然气完全爆发，无穷无尽的力量，灌注到他的身躯每一处，把他的速度提升到难以想象的程度！宁缺冲进了泼墨般的雾里。

那片昏暗漆黑的雾里，有无数潦草的字迹，有墨里混沌的符意。雾里的空气都已经扭曲。浩然气遮掩着身体的每寸肌肤，却依然不足以完全隔绝那些恐怖的符意，衣服破裂，身体裂出细小的血口，血水溢出便被破碎成雾。宁缺带着淡淡的血雾继续奔跑，挥刀斩向这片大泼墨。每刀落下，泼墨里便被斩淡一分，皇宫上方灰暗的云层上，便会出现一道清晰的刀痕，露出湛湛青天，那里依然晴空万里。

王书圣的眉缓缓挑起，先前被宁缺神符割乱的白发在风中飘舞。他知道宁缺修行过浩然气，知道此子已然入魔，但依然觉得对方是在送死，因为这片大泼墨里的空间已经扭曲，莫要说宁缺，即便是轲浩然复生，也不可能拿着剑便这样冲过来，因为空间代表着规则的力量。他觉得宁缺是在送死，于是决定再送宁缺一程。

一道雄浑的念力笼罩整座皇宫，泼墨的范围扩展得越来越远，暗淡的雾气弥漫殿前的广场，甚至将皇城角里那棵花树都渐渐淹没。宁缺冲进了泼墨里，无数啪啪的清脆声音响起，那是冬风被他的身体带动，然后被泼墨里的扭曲空间和混沌符意割断的声音。连风都能割断，更何况刀，更何况人？皇城墙上角落里那株花树，有数根赘枝落下，显得不堪符意。

宁缺继续奔跑，根本无视这片恐怖的墨雾。然后，他跑出了这片雾，出现在王书圣的身前。雾里的扭曲空间和混沌符意，没有杀死他，除了最开始被割开的衣裳和小血口外，他的身上竟连一道新伤都没有添加。皇城墙上角落里那株花树，安然无恙。

王书圣看着来到身前的宁缺，微微皱眉，沉默不语。他觉得这件事情很费解，很没有道理。虽然唐人确实不讲道理，书院更是以不讲道理著称。但这件事情，真的太没有道理了。宁缺不准备再讲什么道理，先前对话时，书圣说唐人不讲道理，他已经请对方讲过，那么这时候便不需要再重复。他举起沉重的铁刀，向着王书圣斩落。

让宁缺握着铁刀进入身前一尺，当今世间除了那几名明宗强者和叶红鱼之外，谁还能是他的对手？王书圣厉啸一声，提笔横于身前。笔断。王书圣被震飞，撞到正殿的圆柱上，喷出无数鲜血。他是书圣，终究不是剑圣。

王书圣在极短的时间内，变得苍老了很多，他看着自己手中握着的半根断笔，神情有些惘然，因为他还是没想明白。他看着宁缺问道："为什么？"

宁缺想了想后说道："大概是因为……你不能赢我。"

王书圣没有听懂，继续问道："我为什么不能赢你？"

这个时候，殿侧传来一道声音。这道声音没有任何情绪，却让所有听到的人都必须相信，因为说话的人显得那样的理所当然，因为她的话就是天理，"因为我不想你赢他。"

桑桑背着双手走到殿前，看都没有看血泊中的王书圣一眼，抬头看着空中那片乌云，说道："集云的手段不错，只是这云脏了些。"

提笔呼风、挥袖集云、于天上抓把乌云便是大泼墨——书圣在这场战斗里展现出的符道境界和手段，远远超出了普通修行者能够想象的范围，便是宁缺也不得不震撼赞叹，确实是世间最巅峰的人物。对桑桑来说，如此依然不入她眼，只觉得此人集云的手段有些可喜，这还主要是因为她喜欢，而且她认为这云有些脏。王书圣乃西陵神殿客卿，亦是昊天信徒，知晓昊天来到人间之后，心神尽在其中，谁能想到，昊天便这样突然地出现在他的身前。宁缺为何能够逃离桃山，为何先前能够无视大泼墨，在这一瞬间都有了答案，他甚至明白了更多的一些东西。他站在了昊天的对立面，焉有不败之理？败才是天理。

桑桑站在他身前，背着双手静静看着满是墨云的天空，随着她的眼光落下，先前宁缺在云层里斩出的刀缝，瞬间扩大向着天地四周蔓延，不过片刻时光便消失无踪，露出了湛湛青天。墨云尽散、天光复落，大河国皇宫恢复清明，先前被隔绝视线的人群，直到此时才看到书圣坐在血泊里的画面，不由发出无数声惊呼。

高大厚实的殿门无风而开，桑桑向正殿里走去。大黑马自广场中间行来，宁缺将铁刀归鞘，重新系到鞍旁，跟着她向殿里走去。桑桑行走在幽静的宫殿里，脚落无声，无数侍卫太监，把大河国君护在身后，脸色苍白地向后退去，画面看着有些诡异。

宫殿最深处有方台，台上高处有方精美华贵的辇座，正是大河国的皇位，她踩在铺在地面的毛毯走到座前，很随意地坐了上去。人间的事情很难令她生出兴趣，她对大河国君的位置更没有任何兴趣，此时她之所以会坐在那方辇座上，原因很简单——这是殿内最高也是最中间的位置，身为昊天，理所应当便要坐在这个位置上。

宁缺牵着大黑马走到御辇的下方，抬头看着她问道：“坐那儿干吗？”

桑桑轻拂衣袖，繁花盛开于辇间，平静说道：“我喜欢。”

宁缺有些无奈，望向人群，问道：“敢问哪位是国君大人？”

大河国君终究是一国之君，他伸手分开身前的太监和侍卫，看着宁缺说道：“十三先生，你闯宫究竟想要做些什么？”

宁缺看着国君说道：“国君多虑了，我只是有些事情想要拜托你。”

大河国君看着他的神情，总觉得像是看见一只正在玩弄将死老鼠的野猫，惨淡一笑说道：“难道你不顾两国情谊，非要杀死朕不成？”

宁缺摇头，说道：“国君真的多虑了。”

大河国君脸色苍白，看着坐在御辇里的那女子，悲痛说道：“你们连朕的皇位都抢了，难道还要我当成什么都没有发生？”

桑桑觉得宁缺果然虚伪到了极点，都已经在对方的皇宫里打成这样，把对方欺负成这样，事到临头居然不好意思开口。她已经看遍了这座皇宫里的花树，找到了她想要找到的东西，于是不想再耽搁更多时间，看着国君说道：“取消婚约。”

大河国君说道：“若悔婚约，教我如何取信于大河子民？”

桑桑觉得这个问题很简单，人类想问题往往太复杂，有些不耐，说道：“既然婚约说的是她嫁给国君，你不当不就成了。”大河国君怔住，心想国君不是官职，怎能说不当就不当？

桑桑看着他说道：“死，或者退位，两种方法你选一种。”

对于国君来说，死亡和退位其实没有任何分别，自然不可能接受，他的脸色瞬间变得异常苍白，眼眸里却开始流露出决然的神情。如果无论怎样反抗，都不能改变结局，有的人大概会选择不再反抗，默默承受，但像唐人和大河国人则会认为，既然如此，为什么不反抗？随着大河国君的神情变化，殿内的侍卫们也渐渐变得沉默下来，他们的手纷纷握住剑柄，开始准备用战斗来迎接最后的死亡。

就在这时，殿外传来急促的马蹄声，紧接着是慌乱的唱名声。一名满身风尘的军士，骑马直奔殿前，落在地上再难爬起，“西陵神殿骑兵南下！先锋已过大河，入关北郡！”

殿内顿时变得死寂一片，大河国君和侍卫们刚刚生出的勇气和战斗意志，忽然间消失无踪，因为西陵神殿的骑兵到了。大河国与唐国世代交好，自然与西陵神殿的关系不可能太过密切，又与南晋月轮仇恨难解，这些年来之所以能够偏安一隅，那是因为他们对西陵神殿表现的非常恭顺，最重要的当然是唐国的威名。

西陵神殿骑兵已经过了大河？他们要来做什么？他们想做什么？

“陛下，退位吧。”王书圣从殿外走了进来，脚步显得格外沉重，脸色比披散的头发还要苍白，神情更是惘然惊惧，复杂得难以言表。

大河国君大怒，不解看着他，心想即便是死，又怎能向敌人投降。

王书圣痛苦地咳嗽两声，根本不敢看御辇上那位女子，神情黯然说道：“如果陛下不想大河国就此消失，最好听从贵客的意见。”

昊天离开神国，来到人间做客，自然是贵客。

大河国君看着书圣，看懂了很多事情，于是瞬间失去了所有的力气。

王书圣走到御辇前跪下，说道：“请您示下。”

桑桑说道：“退位便自然解除婚约，还需要向我请示什么？”

王书圣颤声说道：“国君之位由谁来接？”

桑桑沉默片刻，发现这确实是个问题。

她在殿内的人群里看了看，发现只有一个熟人，“就他好了？”

宁缺震惊，指着自己的鼻子说道：“你要我当大河国君？”

王书圣也很震惊，抬起头来说道：“他……是唐人。”

桑桑说道：“唐人大河人，在我眼里，都只是人而已。”

王书圣不敢再多言。殿内的人们更是震撼得说不出话来。

桑桑起身离开御辇，向殿外走去，王书圣撑着重伤后的身躯，躬身随在身后相送。走出殿外，桑桑停下脚步，回头看着他说道：“我本对你有些兴趣，因为敢于称圣，想来总有些不同，但你令我很是失望。”王书圣不敢辩，神情谦卑说道：“请您点化。”

桑桑说道：“柳白敢向我出剑，你却连向我出手都不敢，他是剑圣，你有什么资格当书圣？从今日起，你便叫王书。”

王书圣自此刻更名为王书。

因为他被昊天把那个“圣”字去掉了。

宁缺牵着大黑马，跟在桑桑身后向皇宫外走去，大黑马背上多了一个极大的包裹，从隐隐透出的香味来看，应该是脂粉之类的东西。皇宫里的花树极多，一路穿花而行，衣上都沾惹了些花香，他看着前面桑桑的背影，想着先前发生的事情，忍不住笑了起来，“王书圣是有本名的，书圣是尊称，你如果觉得他不配称圣，直接说便是，居然要他改名叫王书……”

桑桑停下脚步，没有转身，声音显得有些漠然：“先前你说大事都由你做主？我觉得这句话要更可笑一些。”宁缺有些不安，身体变得有些僵硬，强自笑着解释说道：“在外人面前，总得留些颜面，其实你还不清楚，我就能管些小事。”

桑桑说道：“但我看你管的事情挺多的。”

宁缺走到她身后，说道：“都是小事，都是小事。”

桑桑转身看了他一眼，问道：“那什么是大事，什么是小事？”

宁缺说道：“你是昊天，在你眼里，人间的事情不都是小事？”

桑桑想了想，觉得此言有理，又觉得似乎很没有道理。

46

桑桑给人的感觉，向来不是聪明人，就算她现在变成了昊天，在某些方面依然显得有些迟钝，那是因为能算尽世间一切的天算，最擅长的领域是数理推论，在面对生活里的琐碎时，在对接上有些困难。但这不代表她真的就很迟钝，只要她愿意把心思落在这些事情上，只需要稍一推论，便能从宁缺的言语里找到那个可恶的真相。

宁缺当然很清楚这一点，不待她反应过来，接着说道："你让我当大河国君，这件事情就更可笑了。"桑桑说道："此事哪里可笑？"宁缺说道："不切实际，便是可笑，就算大河国在西陵神殿的压力下不敢反对你的意志，但我们总是要回长安城的。"

桑桑面无表情地说道："我何时说过要去长安？"

宁缺在心里轻叹一声，说道："但我们总不能一直留在大河。"

桑桑说道："若你不想当国君，离开的时候送人便是。"

宁缺想了想，说道："如此处理，倒也可行。"

一国之君的位置，在世俗里不知会引来多少血腥的冲突，但对桑桑和宁缺来说，则像是召之则来、挥之则去的玩具，宁缺说对于桑桑而言，人间的事情都是小事，从这个角度上看，确实没有不对的地方。

漫步出宫，花树渐远，皇城墙角落里那株孤零零的花树，便显得有些醒目，桑桑看着那处，说道："我只是不想看着那树被割断。"宁缺知道她是在解释，先前为何要在战斗里帮助自己，破除王书圣的大泼墨，心想就算变成昊天，还是这样倔强脸薄，不由笑了笑。他不想深入讨论这个问题，非要逼着桑桑说出关心自己，并不见得有什么好结果，反而可能会让她恼羞成怒，于是他很自然地转了话题，"在路上见你把一朵云插在树枝上，觉得好神奇，但先前看了王书圣的手段，现在想来，也不过如此。"

"他现在叫王书，另外我说过，他集的云有些脏。"

"你集的云就能确保干净？"

"我的云都来自万里之外的宋国海畔，风暴海的正中央，没有人类的痕迹，也没有尘埃的污染，自然绝对干净。"

闲谈中，便出了大河皇宫，来到铺满红叶的御道上，大黑马低头嗅着枫叶里极淡的味道，宁缺望着远处，忽然不知道应该去哪里，"接下来去哪儿？"他看着桑桑问道。

桑桑说道："莫干山。"

宁缺沉默片刻，问道："为什么？"

桑桑静静看着他，说道："你不想去吗？"

宁缺没有任何思考，说道："确实不想。"

桑桑看着他的眼睛，说道："你想什么我都知道。"

宁缺无言，说道："这样真没意思。"

莫干山是座青翠秀美的山峰，离京都数十里的距离，对宁缺和桑桑来说，自然花不了多长时间，暮时他们便看到了山腰间的那片湖。湖那岸的山庐结彩成衣，华灯将明，为了迎接即将到来的婚事，看上去应该颇为热闹，但不知为何，却听不到任何声音，墨池四周是那样的幽静，湖水里漂着的稚莲，看着山庐的方向，都显得有些诧异。

宁缺和桑桑向着湖那岸走去，一路没有看到任何宾客，也没有看到一名墨池苑的弟子，他不禁觉得有些奇怪。来到庐门前，他推门而入，迎面便是数道雪亮的剑光。剑意凌厉而决然，正是墨池苑闻名世间的迎风斩！

对着这数道凌厉的剑光，宁缺神情不变，说道："是我。"剑光骤敛，三道细长的秀剑在他的眉前停下，执剑的女子们看见是他，脸上露出惊喜的神情，纷纷喊出声来：

"宁缺！"

"十三先生！"

"宁大家！"

喊宁缺的不止执剑的三名女子，庐里至少有十名墨池苑弟子，都认出了他，惊喜地喊着，因为习惯的缘故，称呼各有不同。当年在荒原上一路同行，遇马贼，斗月轮，宁缺和墨池苑的女弟子们非常熟悉，虽然已经很长时间不见，那份情谊却未淡去。

宁缺笑着走进山庐，便看见了莫山山。她还是穿着那身棉质的白裙，站在一匹精骏的黄马旁，马背上系着行囊，看模样竟是在准备远行，哪有出嫁的模样。看着她，宁缺的情绪有些复杂，不知该说些什么。

自从书圣准备把山主嫁给国君后，墨池苑诸弟子便一直有些担心，很多人都期望着宁缺能够出现，这时候他真的出现，她们自然惊喜难当。天猫女更是如此，心想宁缺果然有良心，不枉当年我在细蓝腰子海畔，给你吃了那么多点心，便向他扑了过去。忽然间，她的手臂被酌之华抓住了。酌之华抓着她衣袖的手非常用力，指节可以看到清晰的苍白，脸色也变得异常苍白，显得格外畏惧。她看到了在宁缺身后走进来的那个青衣女子。

青衣女子很高大，生得有些胖，眉眼普通，神情间也看不出什么特殊之处，但就这样背着双手站在那里，却像是天那般高。酌之华确认自己没有见过她，但她猜到了她是谁，于是她的身心瞬间被恐惧所占据，紧紧攥着天猫女的手里全部是汗水。

桑桑背着双手，打量着墨池苑的山庐，脸上看不出情绪。

看着青衣女子高大的身影，墨池苑诸弟子们的脸色都变得苍白起来。在见到宁缺的那一瞬间，莫山山湖水般清澈的眼瞳里流过一丝喜悦，而在看到桑桑之后，那丝喜悦便变成了苦涩与惘然。她走到桑桑身前，轻提白裙，缓缓跪倒。墨池苑诸弟子见此画面，与先前心头的猜测印证，哪还有不知道桑桑身份的道理，纷纷走上前去，沉默无言对她行跪拜之礼。

桑桑在看山庐梁间悬着的那些毛笔，觉得不如去年在燕北山村那些农宅梁上悬着的腊肉好看，待墨池苑弟子们跪下，才醒过神来。

“起来。”她说道。莫山山带着师姐和师妹们起身，静静站在一旁。

桑桑看着她有些微白的脸颊，说道：“你怕我？”

“是敬，不是怕。”

“那你脸为何白了？”

“我一直很白。”

桑桑想了想，当年在长安相见的时候，她确实已经很白，而不像自己，当时生得很黑，直到现在才白了起来，她看着莫山山的脸，有些不悦地说道：“你脸没有以前圆了。”

莫山山不知她为何不悦，说道：“俗事繁多。”

桑桑说道：“婚约已除，你还有什么烦心事？”

听着这句话，墨池苑诸弟子先是惊喜，然后有些惘然，因为她们怎么也想不明白，这句话会从桑桑的嘴里说出来。莫山山静静地看着她的眼睛，有些感激，却没有说话。她是书痴，是世间最年轻的神符师，是书院大先生的义妹，她都无法解决烦心的事情，自然便是情之一字。桑桑忽然说道：“看来你是真的不怎么怕我。”

莫山山还是没有说话，她知道昊天一定能明白自己的想法。

桑桑明白她的意思，说道：“敢于与我相争的人类，总会显得有趣些，比如夫子，比如轲疯子，比如柳白，比如你。你虽然没有那三个人的力量，但你有不逊于他们的勇气，我其实不是很明白，这种勇气的来源是什么。”

如果说与昊天相争便是逆天，莫山山便是在逆天。

“从人类的观念来说，他对我确实不错，所以我想赐他永生，但被他拒绝，他想在人间继续煎熬着，那便由他去，你们的事情，与我无关。”桑桑说道，“我是昊天，你是人类，位置不同，关心的事情自然不同，你的勇气应该落在他的身上，而不是我的身上。”

莫山山看着探出棉裙的鞋尖，沉默不语。

被遗忘了很长时间的宁缺，到此时终于忍不住了，无奈地说道：“我说这事儿是不是得先征求一下我的意见？”

“你的意见从来都不重要。”桑桑面无表情地说道，背着双手向山庐外走去。

暮色中的墨池，仿佛要燃烧起来，稚嫩的青莲像是火中的精灵，看上去非常美丽，她在湖畔坐下，静静看着湖中的天地。

前一刻，她仿佛有天那么高。

这一刻，她却显得那样的孤独。

庐前石椅正对着暮色下的湖，宁缺和莫山山坐在椅上，大黑马在不远处低头吃草，当然它不会把草真的吞进腹中，只是打发下无聊的时间。

宁缺把京都发生的事情说了一遍，莫山山细长的睫毛轻轻闪动，低头看着探出白裙的鞋尖，沉默不语，哪怕听说自己的老师身受重伤，脸上的神情也没有什么变化，只在得知宁缺成为大河国君之后，显得有些讶异。她没有像世间很多被才子佳人小说熏陶久了的女子那样，开口便说“既然你不肯娶我，为何又不要我嫁人”这种废话，“在长安城你说这一次她跑到天上去了，跑得太远，回不来，所以你没有任何办法，现在她已经回到了人间，那么你怎么想？”

宁缺说道：“我发现当时自己想的还是太简单了些，事实上，无论她是去了天上，还是在人间，她总是在那里，没办法。”

莫山山说道：“她已经不是她，她是昊天，这样也可以一直喜欢着吗？”

宁缺想了想，说道：“我有想过这个问题，她是昊天，但她拥有桑桑的所有记忆，那些与我的所有记忆，我怎么能说她不是桑桑？”他沉默了会儿，继续说道，“我知道没有人会喜欢她，但我不在乎，其实从很久以前开始，我就从来没有在乎过这件事情。”

“这大概便是真喜欢吧。”

莫山山抬起头来，静静看着他的眼睛，说道：“那我呢？”

宁缺沉默不语。

莫山山低声说道：“你就是个负心汉。”

宁缺说道：“从某个角度上来说，我确实是个负心汉。”

莫山山微笑说道：“但总比不当负心汉来得好。”

感情这种事情，如果一旦面临选择，那么便总要辜负一方，他若想不负山山，便要负桑桑，若他想不负二者之心，那便是花心。男子大多数都是花心的，有的人可以做到不负所有，然而他做不到，因为最关键的问题在于，桑桑和山山都不会接受。

宁缺想了很长时间，看着美丽的她说道：“你人真好。”

这句话一出口，他就觉得自己特别傻×。

“我也觉得自己是个很好的姑娘。”莫山山看着湖的方向，感慨道，“但依然不够啊，我终究赢不了这场战争，但这是天要胜我，非战之罪。”

最后的斜阳，照着山崖间的那片静湖，天光渐暗，湖面泛着金波，湖水则显得深沉起来，随风漂荡，真的很像砚里的墨。

桑桑坐在湖畔，身影虽然显得有些落寞，但依然如天一般高。

莫山山看着那处，沉默了很长时间，然后像是有些惧寒般，把双腿收到椅上，紧紧抱住膝头，问道：“你还喜欢我吗？”宁缺想了想，很诚实地说道：“是的。”她说道：“但你还是不够喜欢啊。”前面的不够是指她自己，这里的不够是指他。

宁缺该说些什么？

她抱着双膝，伤心地说道："你还是更喜欢她。"膝上的裙被泪水打湿了。在世人眼中，她是不问世事、痴于符书、淑静温婉的女子，会生活，无俗韵，识大体，正心意，如先前所说，她是最好最好的。谁会想到她会为了一个男人流泪？

这是宁缺第一次看见她流泪，非常慌乱，不知该做些什么，说些什么，最后憋出一句话："把我杀了，你能不能开心些？"他这时候不是在说笑话，说的是真心话。有些事情太过沉重，无以为报，那该怎么办？他下意识里双手奉上自己所以为最重要的东西，那便是生死。

"人只有一次生命，你给了我，她怎么办？还是说你习惯了到处许人？那你到底要许给谁？你怎么这么……呢？"莫山山流泪说道，今天是她第一次在人前落泪，也是她第一次想用脏话骂人，只是在最后那刻，还是被她收了回去。

宁缺这辈子做过很多不容于世的事情，他知道自己很冷血无情，如果用世俗眼光来看，他毫无疑问是个人渣，只是他从来都不在意，直到此时看着莫山山的泪水，他才发现原来人渣不是这么好当的。庐前一片幽静，暮色渐渐隐去，椅后那株树投下的影子渐渐蔓延开来，直至与夜色融为一体，很长时间都没有人说话。

"接下来你们会去哪里？"她声音微哑问道。

宁缺说道："我也不知道终点在哪儿。"

莫山山抬头望向他，关心问道："很辛苦吧？"

宁缺说道："还能承受。"

无论是为了人间，还是为了自己，他都必然要继续这场旅程，然而既然是相伴而游，又怎么可能只是他一个人感到辛苦？便在他这样想的时候，莫山山看着湖畔夜色里桑桑的背影，情绪变得有些复杂，说道："我想她也很辛苦吧？"

桑桑一直坐在湖边。

她先是看湖水里那几朵青莲，算出二十八天后的那个清晨，现在看上去还如此稚嫩的青莲便会蓬蓬如扇，并且会生出一朵很娇艳的莲花。然后她看湖水，算出再过三千七百四十四年，莫干山下那道地河便会与山腹相连，这片清波荡漾的湖，到那时候便会消失无踪。

天猫女怯生生地走过来，双手奉上清茶一盏，神情显得格外紧张，然后便想退走，却被桑桑留了下来，要她陪着说话。桑桑喜欢小姑娘，因为她也曾经是小姑娘，但天猫女不知道，陪着昊天说话，对她来说实在是压力太过沉重。闲话便要闲散着说，谈话的对象一方太过紧张，那么便很难持续下去，桑桑微微蹙眉，觉得有些无趣，挥手让她离开。

桑桑继续看湖，想算出这片湖会不会因为六百年后的那场山崩提前消失，却发现有些乱，忽然想起了长安城里的雁鸣湖。她望向湖水里的青莲，便想起了雁鸣湖里的那些荷花。没有什么关系，只不过是因为那些荷花是我自己种的，所以印象深刻了些，桑桑默默说道，却知道这只不过是借口。

夜色降临，她举目望星。在人类看来无比复杂的繁星，在她的眼里其实只是些非常简单的数字，要比人间的事情简单很多。她认为这是无趣的人类总喜欢把事情变得复杂起来，因为只有这样他们才会觉得有趣，觉得生存是有意义的。满天繁星在夜空里静静地看着大地，那些星星的位置，还有彼此之间的距离，无数年来都没有发生过任何改变。

她忽然发现，与在神国的位置看上去相比，在地面仰望的星空，虽然同样美丽，但总显得有些单调，有些乏味。不，静穆才是真正的美，她默默说道。静穆是美，这是道门的理念，因为满天繁星分布的规律，便是昊天。那么自然不能改变。

便在这时，夜空西南的那片云被风吹散，露出一轮圆月。月光照耀大地，也照耀着夜本身，先前仿佛凝滞不动的星光，瞬间变得鲜活起来，整个世界都变得鲜活起来。

桑桑眯起眼睛，柳叶般的眼睛显得很明亮。神色却有些迷惘。

昊天来到人间，这听着像是神明降世，实际上，规则离开规则的客观领域，来到人间，就像一个婴儿来到新的世界。新生的婴儿依靠本能生存，通过学习，才能成长。

她在人间也是在依靠本能生存，只不过她的本能是冰冷的规则和逻辑，而此间温暖的那些东西，对她来说太过陌生。

她的学习很笨拙。

她很孤单，如果没有宁缺的话，她会更孤单。

莫山山看着湖畔桑桑的背影，疼惜地说道："她真的很可怜。"

宁缺看着那处，沉默片刻后说道："她肯定不喜欢听到人类这样评价她，不过你说的对，她确实很可怜。"

莫山山说道："你要好好照顾她。"

宁缺想着在西陵神殿和旅途上的那些折磨，自嘲一笑说道："我也很可怜。"

莫山山说道："难道我不可怜？"

宁缺正准备说话，忽然觉得脸上传来湿软的感觉。

莫山山轻轻地亲了他一下。

他有些愕然。她有些微羞，不是想要抢什么，只是想要表示心意，满足心意。

宁缺起身走出庐前树影与夜色，来到湖畔，看着桑桑的背影说道："走吧。"

桑桑站起身来，看着他想说什么，但什么都没有说。

这场旅行再次继续。

有人在湖畔相送，白裙飘飘。

大唐正始元年，西陵大治三千四百五十年，大河崇圣十四年深冬。两千西陵神殿骑兵渡河南下。大河国来了一对年轻男女。国君退位。大河国改元熙洹。

熙指晒日，洹乃南国某溪，溪畔植着数千株相思树。

新国君是位女子，登基之日，那女子不着国服，依旧白裙飘飘。

夜色深沉，蹄声寥落，宁缺和桑桑往山下行走，道旁的树木越发繁茂，月光落在他们身上，显得有些黯淡。宁缺停下脚步，把手里的缰绳抛到黑马背上，静静看着她，沉默了很长时间后说道："我觉得你现在有些怕我。"

桑桑眯着明亮的柳叶眼说道："我觉得你病了。"

宁缺想了想，说道："你开始害怕了吗？"

桑桑面无表情说道："卑微的人类……"

没有等她把话说完，宁缺挥手说道："你把这句话重复三万遍，也不能改变这个事实，你终究还是害怕了，你怕被我留在人间。"

桑桑想了想，说道："我不高兴。"

宁缺以为她是在说自己的说法显得太过自信，于是她觉得不高兴，笑着解释说道："这不代表我比你强，只说明你知道了我对你的好。"

桑桑看着他脸上某处，没有说话。

宁缺这才明白她的意思，有些尴尬，心想既然看见了，先前不闹小脾气，这时候又拿出来说事儿，事儿事儿的不烦吗？想是这般想，自然不敢说出来——虽然他想的事情，桑桑都知道，但有没有说出来终究还是有些差别，心中有贼和做贼总不是一回事。

道旁有条清澈的小溪，他走到溪畔蹲下，用溪水洗了把脸，尤其是脸上被山山亲的那个位置洗得非常仔细，甚至洗到有些发红。

宁缺走回她身边，指着微微发红的脸颊，说道："这下可以了吧？"

桑桑微微蹙眉，摇了摇头，明显还是不满意。

宁缺有些无奈说道："再洗的话，连皮都要搓掉了。"

桑桑的柳叶眼忽然明亮起来，宁缺的话，给她提供了一个非常好的思路，山道上，忽然间有一阵微寒的风拂过，擦着他的脸颊而逝。

宁缺哎哟一声痛唤，捂着脸颊，眼睛里满是震惊和不可思议的情绪。他的手指里没有溢出血水，因为桑桑的动作很快，在那道风刚刚把他脸上那块肉切掉后的瞬间，她便让他复原如初了。宁缺摸了摸脸，发现没有血水，也没有伤口，但他清楚地知道，先前那刻发生了什么，那道痛楚和恐惧还在心里。"你这个疯婆子！"他再也受不了，对着桑桑吼道，"你这个恶毒的婆娘！我是你男人！又不是你烤的肉棒！"

桑桑对于痛觉这种事情没有什么直观认识，只有冷静的数据分析，她本想着在光明神殿和幽阁里，宁缺被自己凌迟了那么多次，想来早就应该习惯，哪里想到他此时的反应竟是如此剧烈，不由有些不解。以前在西陵神殿，两个人是同生共死的敌人，而现在他们的关系已经隐隐发生了改变。所以宁缺才会显得如此愤怒。

桑桑虽然没有想明白其间的变化，但能够感觉到宁缺是真的生气了，沉默片刻后，说道："以后我会提前告诉你。"切你肉前提前告诉你一声，让你有些心理准备，如果让旁人听着这话，不免会觉得有些荒谬，觉得她是在嘲弄宁缺。

宁缺知道这不是嘲弄，对于昊天来说，做事之前先告诉你一声，那已是难得的仁慈，甚至隐约代表了某种抱歉的意思。昊天是不会对人类道歉的，她就算觉得不妥，也是不会说出口的，宁缺这样安慰自己，然后觉得很是安慰，接着便觉得自己真的很贱。

"算了，不要有下次了。"他说道。

桑桑理都没有理他，背起双手向山下走去。大黑马鄙夷地看了宁缺一眼，然后屁颠屁颠地跟了上去。宁缺觉得好生无趣，加快脚步走到她身后，语重心长说道："这种事情没什么意思，而且你切了我的肉，又要让它重新生出来，这是很耗费神力的。"

桑桑说道："我喜欢。"

宁缺训斥道："你的就是我的，你的神力就是我的神力，将来指不定还有什么大用，怎么能这么浪费？真是个败家娘们！"

桑桑停下脚步，转身望向他，说道："你再说一遍。"

宁缺听到这句话，忽然觉得她很像长安城里那些一言不合，便要大打出手的蛮汉，于是他情真意切回答道："我说的是，你随意。"

回到京都城外时，夜色半退，晨光熹微，隐约可见城中的黑檐诸楼，很是美丽，然而密密麻麻的火炬，则增添了很多紧张气氛。国君被迫退位，两千西陵神殿骑兵渡河南下，今夜的大河国，面临着从来没有出现过的震荡，京都城里有谁能够安睡？

离开莫干山前，宁缺已经和莫山山说清楚了这件事情，他知道到明天，这些混乱与动荡便会结束，但心里还是有疑问未解，"大河国君的位置，山山接下来了，你事先就应该算到了这一点，所以我不明白，为什么在皇宫里你要我做国君，让我过趟手有什么意义？"

“有些事情没有意义，但有意思。”不知道为什么，最近这段时间，桑桑总喜欢提及“意义”与“意思”这两个词，感觉就像是在对书院的处世原则进行嘲弄。

“比如？”他问道。

“隔壁吴老二和他女人曾经说过一段话。”

宁缺摇头说道：“他们天天吵架，我哪记得他们说过的每段话。”

“那女人说，吴老二休想娶小妾进门，除非你能当上皇帝。”

宁缺想起了这件事情，有些无语，看着她说道：“就因为这个原因，所以你要我当大河国君，哪怕只有一夜的时间？”

“一夜国君，还是做过国君。”

宁缺很是无奈，说道：“果然不愧是昊天，管的事情真宽。”

桑桑没有理会他的嘲弄，说道：“你说过，我欠人间很多情，所以无法斩断尘缘，因为那些情是还不完的，其中你便提到这对夫妇。”

“你这是在还情？”

“不错，吴老二的情应该还清了。”

“但你这样岂不是对不起吴婶？”

桑桑想了想，发现是这个道理，说道：“以后再想办法还她。”

宁缺说道：“怎么还？你又要赐她永生？当心她听到这句话就直接吓死了，还永生……真不知道你脑子里面在想什么。”

桑桑也不生气，说道：“我在想什么，你这个卑微的人类自然是不知道的。”

宁缺很生气，说道：“看看，每次说不赢我就来这句，能不能来点新鲜的？”

桑桑平静说道：“你这个低贱的人类？”

宁缺拿她没有任何办法，向着东方走去，显得有些闷闷不乐。

桑桑走在他身后，问道：“你为何不高兴？”

宁缺没有回头，说道：“你把人国君的位置抢了，就是想让吴老二娶门小妾，你也欠我很多情，怎么不想着找个办法让我也多娶个？”

桑桑说道：“因为我不想，那么你想也别想。”

他和桑桑一路絮絮叨叨说着闲话，离京都越来越远，随着时间的流逝，晨光渐盛，那轮鲜红的朝阳，终于跃出了地面。道旁有早起的摊贩，摊贩并不知道京都城内发生了什么事情，像往常那样烧着水，准备煮面。桑桑在摊旁停下脚步，说道：“来碗面条。”

宁缺走回来，补充说道：“两碗。”

然后他望向东方初升的朝阳，感慨道：“真像一个咸鸭蛋黄。”面摊老板也是有趣之人，搭话道：“没有咸鸭蛋，但有煎鸡蛋。”宁缺听着煎鸡蛋，微微一怔。

桑桑说道：“每碗加一个。”

就着红暖的晨光与朝阳，二人蹲在道旁的柳树下，开始吃煎蛋面，宁缺早就饿了，吃得极不讲究，哗啦啦的有若流水。桑桑吃面没有发出任何声音，速度却不比宁缺慢上丝毫。她的脸上没有什么表情，但宁缺知道她很开心。从离开西陵神殿之后，桑桑偶尔会微笑，大多数时间依然没有情绪，他早已学会从别的方面来判断她的心情，比如吃饭的速度，比如吃面的速度，比如看着棉花糖时的眼神。

宁缺碗里的面吃完了，煎蛋还在。从很小的时候开始，他就习惯先吃面，后吃煎蛋，这是苦日子过得太多的缘故。他把碗里的煎蛋挑起来，没有送进嘴里，而是夹到了她的碗里。桑桑看了他一眼，没有道谢，也没有说什么，直接吃掉。从很小的时候开始，她就习惯了他会把好吃的先给她吃。

大黑马站在一旁，低头嚼着晨光里的鲜花，把露水吮掉，吐出花渣，显得格外风轻云淡，颇有仙家气度。实际上它的心情很糟糕，因为它没有面吃，也好些天没有地精黄果吃了，最令它恼火的是，宁缺和桑桑好像忘记了自己的存在。它恨恨想着，你们就秀恩爱吧，总有你们恼火的时候。

有句话叫一语成谶，说的就是大黑马这样的乌鸦嘴。

离开京都，顺着官道行出大半日后，忽然间远处烟尘漫天，大地震动，无数身着黑甲的骑兵破烟而出，气势逼人！两千名神殿骑兵，渡河南下，破关北郡，终于赶到了。

宁缺和桑桑在世间行走，并没有刻意掩饰自己的行踪，对于西陵神殿这样的庞然大物来说，想要找到他们并不是难事。为了防止泄密，也因为不知道昊天安排，西陵神殿方面派出骑兵却不敢接近，直到宁缺和桑桑走进大河国皇宫——昊天既然在人间展露了神迹，保密便变得没有任何意义，神殿方面当然要做出反应。两千神殿骑兵渡河南下，日夜兼程，终于出现在宁缺和桑桑的眼前，烟尘渐敛，神殿骑兵停在数里之外，不敢靠近。

暮色里，隐约可见一骑挟尘而至，大概是想面见昊天，却不知马背上是谁。

宁缺看了桑桑一眼，有些担心。

他担心她真的会选择跟这些骑兵回西陵。

就像她昨夜担心他真的会留在墨池畔。

桑桑看着那些忠诚于自己的人类，沉默片刻后说道："你有什么想去的地方吗？"

宁缺想了想说道："你想看什么？"

桑桑说道："我想去看看海。"

他们转而向南，因为南方有海。

西陵神殿骑兵的阵营里，隐隐可以看到有些混乱，挟尘而来的那骑缓缓停下，隐约可以看到上面有一抹鲜红的颜色。没有过多长时间，神殿骑兵也开始向南进发。大河国的田野间，烟尘四起，蹄声阵阵。神殿骑兵们显得很沉默。沉默里自有强硬感，他们根本不在意大河国会不会派出军队来拦截，会不会受到攻击；沉默里也透着谦卑，他们远远跟着前方的两人一马，隔着十余里的距离，不敢上前也不敢离开。出现在大河国南方田野上的这幕画面，看上去极为震撼，也非常诡异，无数烟尘追随着夕阳下的高大身影，将要走向何处？

宁缺和桑桑来到海边。

南方的海，不像宋国那边的海洋一般狂暴，显得很是平静。海上的风很轻柔，但在高空却想来又是一番模样，悬在碧空里的云被卷成各种各样的形状，海上有轻波，泛着各种各样的蓝。大黑马冲进碧海里，欢快地嘶鸣。

宁缺和桑桑走到沙滩上，静静看着这片海。

海上有风雨来。

风是狂风，雨是暴雨，自南海深处而来，无数雨水磅礴而落，沙滩上顿时变得一片泥泞，碧蓝的海水也因为不安而渐渐变深。大黑马从海里奔回，想要去沙滩后方的树下避雨，却发现宁缺和桑桑站在海边没有动，它想了想又走了回来，在二人身后默默站着，雨水顺着它颈间的鬃毛不停淌落，模样显得有些凄惨可怜。

桑桑静静看着身前，无论海雨还是天风，都不能在她的眼眸里留下任何痕迹，狂暴的自然看上去没有任何规则，实际上却到处都是规则，海水里有风雨里也有，她站在海天之间，却到处都是。这场旅行的目的地在哪里，她不知道，宁缺带她来到人间，是想让她体会，想要加深她与人间之间的羁绊，她选择与他一道离开桃山，除了要证明天道不可违，也是想要寻找到离开人间的方法。

她选择来大河，便是想体会把她留在人间最深的那个情字，只是依然不够。不够宁缺把她留下，不够她想出离开人间的方法。她的情绪有些不宁，于是海边便有了这样一阵暴风骤雨，她无意识间将自己的天道展露给宁缺看，宁缺却选择不看。沙滩被暴雨冲洗成无数细小的泥石流，埋在沙下的一些海中生物的遗骸还有顽童埋下的琉璃珠，都露了出来。

宁缺蹲下身，在脚边的沙中拣起一只美丽的贝壳。

于是风雨便停了。

“我想我是海。”她想去看海，所以她来到海边，然后说了这样一句话，“海是没有形状的，风怎样吹，浪花便会怎样。”

这是她第一次对宁缺谈及自己，谈及身为昊天的自己。

宁缺明白她的意思，心情变得有些复杂。对于道门信徒们来说，昊天是不能形容、不能解释的唯一主宰，是统治这个世界的唯一真神，但他知道这是错的。在宋国那间酒楼里，夫子拿着筷子指着天空说过，昊天是客观的规则集合，它的生命便是规则持续的惯性。那么这个世界的客观规则，是从什么时候开始拥有生命的呢？如果说昊天是客观意志，那么最开始的时候，是谁让它醒来？这毫无疑问是世界上最难以回答的问题，即便是西陵神殿学识最渊博的神学教习，都没有办法也不敢做出回答。

书院对此自然有过分析，只是没有结论，以宁缺现在的境界，也不可能得出真实的答案，但她是他的本命，所以他懂。客观意志的苏醒，来源于人类的信仰。无数轮回前，人类不再蒙昧，开始探索这个世界，认识并且掌握了这个世界的很多规则，有的人因此而无畏，有的人因此而心生敬畏。道门代表人类选择了敬畏，选择让她来守护这个世界，信仰开始，人类的集体意识竟然显得那样的强大，强大到足够让她醒来。她醒来，拥有了自己的生命，她像人类祈祷的那样，变成一片宁静的大海，默默地守护着这个世界。

宁缺把手里的贝壳扔进海中，看着海洋深处，说道："而当人类的好奇心，或者说对自由的渴望，开始战胜这份恐惧后，他们便想要造船，甚至哪怕是徒手游泳，也要游过你这片海，去看看海底和海那边究竟有什么。"

桑桑沉默不语。她的存在，并不是她自己的选择，而是人类的选择，如果要改变这个世界，突破规则的束缚，那么她会面临怎样的结局？

宁缺转过身来，静静地看着她，然后把她抱进怀里。桑桑面无表情，任由他抱着。

宁缺说道："我忽然有个地方想带你去看看。"

她问道："什么地方？"

宁缺说道："你去过的……看完海，我们去看山，瓦山。"

二人一马离开海畔，沿着海向东而行。

西陵神殿骑兵，在离南海十余里的田野间，黑压压的一片，片刻后，这些骑兵也重新启程，带着满身风尘，缓缓而行。

瓦山离海不远，入春极早。宁缺和桑桑来到瓦山前那座小镇时，道旁的树枝里已经生出很多新叶，虽然不像更南海的大河那样花树四季不败，但翠翠嫩嫩的很是喜人。

数年前，烂柯寺遭遇劫难，半寺尽毁，事后虽然不停整修，但工程太大，一时半会儿还不能重现佛光，盂兰节也已经很长时间没有举办过，曾经因为游客而兴盛的小镇，现在显得有些冷清。说冷清其实也不合适，因为镇子里到处都能听到沉闷的敲击声，无论大人还是孩童，都在敲石头，然后交由工匠刻成佛像。

“听大师兄和观海说过，小镇上的人现在以制佛像为生，山上那座佛像垮了后，满山满谷都是石头，原材料倒是不用发愁。”宁缺对桑桑说道，牵着大黑马来到烂柯寺前坪。

曾经发生过无数故事的旧寺前坪，现在格外幽静，寺前知客僧听着宁缺自报身份，很是震惊，赶紧敲响了迎客钟。入得烂柯寺，有雨落下。初春的雨往往被称为喜雨，宁缺其实并不喜欢这种微寒而且不痛快的雨，但看着观海僧光头上流淌的雨水，还是忍不住笑了起来。

观海僧有些无奈，合十说道：“师兄甫脱大难，还是如此顽皮。”光明祭时，他在桃山前坪目睹宁缺先是震慑全场，然后进入光明神殿，再也没有出来，此时自然以为他是从桃山逃出来的。宁缺笑着说道：“脱难自然可乐。”

观海僧笑着摇头，然后才注意到他身旁那个高大的女子。微寒春雨里，她便站在眼前，他却没有看到。观海僧神情微凛，不知道她是谁。

“桑桑。”宁缺说道，“你见过的，我老婆。”

观海僧脸色变得极为苍白。他见过桑桑，但没有见过现在的桑桑。虽然西陵神殿一直保密，他不知道桑桑跟着宁缺一起离开了桃山，但他知道桑桑就是昊天，这等于说，自己见到昊天了？宁缺说道：“你稳着点儿，我可不想看着你被吓死。”观海僧用了很长时间，才消化掉心头震撼。也亏得他是佛宗高僧，不是昊天信徒，不然他真有可能被吓死。

桑桑看着雨中的旧寺沉思，直到此时才醒过神来。

她看着宁缺说道：“你刚才说我是你什么？”

宁缺撑开大黑伞，替她遮住雨水，说道：“你别吓我，我就是随口说说。”

图书在版编目（CIP）数据

将夜 8：精修典藏版 / 猫腻著 . -- 北京：作家出版社 2022.2（2022.7 重印）

（网络文学名作典藏丛书）

ISBN 978－7－5212－1776－6

Ⅰ. ①将… Ⅱ. ①猫… Ⅲ. ①长篇小说－中国－当代 Ⅳ. ①I247. 5

中国版本图书馆 CIP 数据核字（2021）第 275419 号

将夜 8：精修典藏版

总 策 划： 何 弘 张亚丽
主　　编： 肖惊鸿
作　　者： 猫 腻
责任编辑： 王 烨 袁艺方
装帧设计： 天行云翼 · 宋晓亮
出版发行： 作家出版社有限公司
社　　址： 北京农展馆南里 10 号　　**邮　　编：** 100125
电话传真： 86－10－65067186（发行中心及邮购部）
86－10－65004079（总编室）
E－mail: zuojia@zuojia. net. cn
http: //www. zuojiachubanshe. com
印　　刷： 唐山嘉德印刷有限公司
成品尺寸： 152 × 230
字　　数： 380 千
印　　张： 27.5
版　　次： 2022 年 2 月第 1 版
印　　次： 2022 年 7 月第 2 次印刷
ISBN 978－7－5212－1776－6
定　　价： 45.00 元